苍黄

王跃文 著

湖南文艺出版社

图书在版编目（CIP）数据

苍黄 / 王跃文著. -- 长沙：湖南文艺出版社，2023.6（2024.8重印）
ISBN 978-7-5726-1044-8

Ⅰ.①苍… Ⅱ.①王… Ⅲ.①长篇小说-中国-当代 Ⅳ.①I247.5

中国国家版本馆CIP数据核字（2023）第019144号

苍黄
CANGHUANG

作　　者：王跃文
出 版 人：陈新文
责任编辑：谢迪南　张潇格　王　琦
装帧设计：Mitaliaume
内文排版：刘晓霞
出版发行：湖南文艺出版社
　　　　　（长沙市雨花区东二环一段508号　邮编：410014）
印　　刷：长沙超峰印刷有限公司
开　　本：880 mm×1230 mm　1/32
印　　张：16.25
字　　数：393千字
版　　次：2023年6月第1版
印　　次：2024年8月第2次印刷
书　　号：ISBN 978-7-5726-1044-8
定　　价：69.80元
　　　　　（如有印装质量问题，请直接与本社出版科联系调换）

子墨子言见染丝者而叹曰：
染于苍则苍，染于黄则黄，
所入者变，其色亦变。

——《墨子·所染》

  我的客厅挂了一幅油画,海外慈善义卖场拍买下的。画的是深蓝色的花瓶,插着一束粉红玫瑰。玫瑰正在怒放,像笼罩着一层薄雾。

  构图有些像凡·高的《向日葵》,只是调子为安静祥和的蓝色,不同于凡·高的炽烈。花瓶却是歪斜着,将倾欲倾的样子,叫人颇为费解。

  我似乎总怕那花瓶碎落一地,忍不住想伸手去扶。可是,扶正了花瓶,画框歪了;扶正了画框,花瓶又歪了。

  画出自一位高僧之手,不知道藏着什么禅机。大约供奉此画两年之后,我才看到画框很不起眼的地方,写着小小的一个字:怕。

  菩萨怕因,凡人怕果。心里有怕,敬畏常住。

  我把这幅画写进了这部小说,挂在一位主人公的客厅里。

一

有天刘星明下乡，到了偏远山区，见白云出岫，风过袖底，颇为快意。只苦于不会写诗，倒是想起了前人的句子。他也记不清那是谁的，脱口吟哦起来："一间茅屋在深山，白云半间僧半间。白云有时行雨去，回头却羡老僧闲。"

身边围着好几个人，纷纷鼓掌喝彩，只道刘书记才思敏捷，出口成章。刘星明也含糊着，不说自己拾了古人牙慧。他双手叉腰，远眺满目青山，发起了感慨："真想学那老和尚，远离万丈红尘，到这深山里结茅屋一间，还让去白云半间。人的贪心不可太重，日食不过三餐，夜宿不过五尺。"

李济运正好在场，也是无尽感慨："是啊！钱财如粪土，生不带来，死不带去，要那么多干什么？有些人手伸得那么长，到头来人财两空！"

刘星明又道："济运哪，我退下来之后，就到这里来，建个小茅屋，过过清闲日子。你们要是还记得我，一年半载上来看看，我陪你喝杯好茶。"

李济运笑道："刘书记年富力强，前程似锦，结茅屋的日子还远着哪!"

刘星明写得出这么好的诗,李济运不太相信。他有回偶然想起,才知道那是郑板桥的诗。李济运文才虽是不错,但肚子里古典文学,也不过几首唐诗宋词。刘星明是学机电的,文墨功夫不会太好。郑板桥毕竟不像李杜,他的诗平常人知道的少。刘星明记住了这首诗,也许是碰巧读到过。他刚到乌柚县的头几个月,不论走到哪里都喜欢吟诵"白云半间僧半间",都说要建个小茅屋。李济运若是在场,就只是微笑着鼓鼓掌,不再生发感慨了。他怕自己再说话,刘星明就会尴尬。那等于提醒人家老说几句现话。别人夸刘书记好诗,李济运只作没听见。他是县委办主任,时常陪同刘星明下乡。照说县委书记出门,犯不着老带上县委办主任,人家大小也是个常委。可李济运年纪很轻,刘星明有事就喜欢叫上他。

没想到有人却把刘星明这些话记落肚子里去了,背地里说:"刘书记要那么多小茅屋干什么?"于是,刘星明就有了个外号,叫刘半间。刘星明到乌柚县转眼就快一年,该调整的干部也都重新安排了。有得意走运的,也有背后骂娘的。县里的干部,敢直呼国家领导人名字,却不敢把县委书记名字挂在嘴上。哪怕背地里说起,也多会叫刘书记。口口声声刘半间的,都是些无所谓的老油条。用乌柚话讲,他们是烂船当作烂船扒了。

乌柚县还有个刘星明,他是黄土坳乡党委书记。他也有个外号,叫作刘差配。县政府换届,副县长差额选举,得找个差配。差配是官场的非正式说法,指的是差额选举的配角。这种障眼法原本就摆不上桌面,自然也不可能有个正式说法。莫说文件上找不到,字典里都找不到。李济运觉得好玩,去网上搜索,得到的解释是:差配,指古代官府向百姓摊派劳役、赋税。看来"差配"二字,放在古代也不是个好事。

刘星明最先想到的差配人选是舒泽光，县物价局局长，一个公认的老实人。差配必须找老实人，这都是心照不宣的。选差配不能太早，须得在人大会前不久。选得太早，怕差配人员搞活动，反倒把组织上考察的人差掉了。差掉了组织上的意中人，选举就是失败的。眼看着人大会议渐近，刘星明找舒泽光谈话。没想到舒泽光一听，脸就紫红如秋茄子，骂道："莫把我当哈卵！看哪个让我做差配！"哈卵是乌柚土话，说的是傻卵，也就是傻瓜。

刘星明被呛得说不出话，眼睁睁望着舒泽光拂袖而去。他生了半日的气，还是得赶紧另找差配。选举不能出任何纰漏，不然就是班子的驾驭能力太差。这时候班子并不是众人，就是县委书记。县里的干部，像床底下的咸鸭蛋，刘星明心里都有数。摸来摸去，却不知拉谁出来凑数。他本应该同县长和组织部长商量，却叫了李济运过来。原来刘星明和组织部长都是外地调来的，干部们的人脉关系和个性，他俩都不如李济运清楚。县长明阳还是代理的，他来乌柚的时间也不长，自己还得过选举大关。代县长只是个说法，行使的就是县长权力，没有意外肯定当选。但时代毕竟有些变了，意外也不是没有发生过。代县长要是落选，就看他上面的人硬不硬了。如果有过硬的后台，终有办法再次选上；后台要是不太牢实，可能从此就栽了。

刘星明请李济运坐下，没有说舒泽光骂了娘，他不想让自己太没有面子，只道："舒泽光不愿意做差配，也不能勉强人家。济运，你对县里干部可能比我还了解，你谈谈看法？"

李济运不好怎么说，先是应付："选差配得慎重，应该考虑得周全些。"

刘星明心里着急，加上又受了气，听李济运只是支吾，便很有些不快，道："真想不出人选？难道让我自己出来做差配？"

刘星明几句气话，反让李济运眼睛一亮，笑道："刘书记，您倒提醒我了。我看黄土坳乡党委书记刘星明同志比较合适。"

刘星明略作沉吟，道："星明同志不错。济运，你们是老同学，你不妨先找他谈谈？他若愿意，我们再做方案。"

李济运听了暗自欢喜，心想他替老同学做了件好事。差配干部虽说只是摆样儿，但事后依例都会适当提拔。比不上正经当选来得正路，却到底也是晋升捷径。升官有些像排队买火车票，前面插队的不是同窗口相熟，就是惹不起的票贩子。做个差配干部，说不定就插了队，好丑算捡了便宜。

这时，县委办副主任于先奉的脑袋在门口探了一下。刘星明瞟了门口一眼，并不说话。于先奉笑笑，说："没事没事。"人就缩回去了。李济运隐隐有些不快，心想你于先奉没事老往书记这里跑什么？有事也先得问问我，怎么直接往书记这里跑？于先奉年纪比李济运大，当个副主任总觉得很亏似的。李济运也听见有人议论，说于先奉总埋怨自己屈居人下。于先奉越是背后讲怪话，李济运就对他越客气。外人初看好像李济运不善识人，日久方知这正是做领导的高招。人们慢慢地就讨厌于先奉，不再以为是李济运傻。于先奉为人如何，李济运其实朗朗明白。此人满脑子鬼名堂，平日却最喜欢说："我们于家自古多忠臣！于谦知道吗？要留清白在人间！于右任知道吗？大陆不可见兮，只有痛哭！"

李济运领了刘星明的意思，马上驱车去了黄土坳乡。司机朱师傅等在外头，两个老同学关起门来说话。李济运把来意说完，道："星明，这事你自己想好，组织上没有勉强的意思。有一点请你相信，这是县委对你的信任。"

"早信任我，我就不只是乡党委书记了。"刘星明这么说话，自是官场大忌。可同学间私下说说，倒也无所谓。

刘星明好像并不领情，李济运也不生气，捺着性子好言相劝:"老同学,你论能力、论实绩、论资历,该进班子。道理说多了,老同学会讲我打官腔。一句话,你若能从大局考虑,从县委的难处考虑,说不定这对你个人也是个机遇。"

刘星明就像外行人见了古董,信了怕吃亏上当,不信怕错失良机。他望着老同学半日,说:"济运,我听不懂你的话。"

李济运笑笑,说:"我是说这事对你有好处,但我不能明确对你许什么愿。我这个老同学起不到什么作用,但处处都在帮你。官场上的事,时时都有变数。"

刘星明摇头笑道:"县委真是慷慨大方!差配出问题了,让我出来救场,却闭口不谈出场费。"

刘星明把话说得太直了,听起来有些刺耳。李济运却只好当他是玩笑,道:"星明越来越幽默了!刘书记看我俩是老同学,让我出面看看你的想法。我相信他会有考虑。"

刘星明不搭腔,只是嘿嘿地笑。他给李济运换了茶叶,慢慢地重新泡茶。桌上晃出一点茶水,他取来抹布小心地擦着。李济运点上烟,缓缓地吞吐。他知道刘星明慢条斯理,脑子里却在翻江倒海。

李济运等刘星明落座,便道:"星明,组织上选差配是件严肃的事情。刘书记是个大好人,不然舒泽光今后的日子不会好过。"

刘星明脸上像掠过一道闪电,先白了一阵,马上就红了。李济运顿时尴尬万分,感觉自己有些威胁人的意思。他奇怪自己的脸没有红,倒是刘星明的脸红了。李济运琢磨自己处于心理优势,不免暗自快意。

刘星明脸色慢慢平和了,说:"济运,我话说在明处。我不怕有人给我穿小鞋,也不想抓住什么机遇。既然要我出来演戏,我就演吧。"

刘星明说这话，只是要面子，且由他说吧。只要他肯做差配，难题就算结了。李济运非常高兴，却又道："星明，既然你同意，我就向刘书记正式汇报。你呢就不要再说怪话，别做好不得好。老同学说话就不绕弯子了。"

"好吧，怪话我不说了。你是老同学，我当然口无遮拦！"刘星明笑笑，接下去说的净是同学之谊。他叙旧的话说得越多，越流露出奉迎之意。李济运也就越是放心，不怕刘星明再反悔。

正是周末，刘星明随车回县城。他老婆陈美是县妇联副主席，家也住在机关大院里头。李济运在路上给刘星明发了短信：事妥，回来详细汇报。刘星明只回了两个字：谢谢！

望着手机上简单两个谢字，李济运隐隐有些不快。他自信不是个计较小节的人，可刘星明似乎也太拿架子了。他难免猜测刘星明回信息时的表情，必定是居高临下的一张冷脸。刘星明的络腮胡子很重，每日刮得青青的像块生铁。这种生铁脸色，要么显得很凶，要么就是很冷。

车外是冬日的田野，黄草在风中抖索。偶尔见到油菜地，绿绿的格外抢眼。李济运回想起小时候，冬日田野并不像现在这般萧索，不是种着草籽，就是种着油菜。乌柚人说的草籽，就是紫云英。这个季节草籽正好开花，漫无边际的紫色花海。草籽花开得正盛的时候，油菜花也开了，一片片金黄。

一时没人说话，难免有些尴尬。刘星明忍不住了，便说："济运，你当了常委，我俩私人往来倒少了。今天你要是没安排，不如到我家吃晚饭去。"

李济运知道这是客套话，就说："太麻烦了吧？"

刘星明道："济运你要是讲客气就算了，不然就去我家。"

李济运也想同刘星明多聊聊，管他是不是客套，就答应了。刘星明马上打老婆电话，说："美美，我同济运在回来的车上。

济运一家来吃晚饭,你准备一下吧。"

李济运突然又觉得不妥,给自己找了台阶,说:"如今不是至交,哪个请你去家里吃饭?太麻烦美美了!还是算了吧。"

刘星明说:"美美别的不说,好客倒是真的。你能去家里吃饭,是你赏脸。"

李济运拍拍刘星明的手,只说老同学说话怎么越来越生分。他私下却想城里早已风俗大变,不怎么有人在家里请客了。刘星明给老婆打电话,先说自己正同李济运一道回家,怕老婆在那边说不客气的话。手机有些漏音,免得不好意思。

李济运也打了老婆舒瑾的电话,说:"我下乡回来了,正同老同学星明在一起。他邀请我们吃晚饭,你就……"

舒瑾没等他话说完,就说道:"自己还自在些!"

李济运知道老婆说话有时缺胳膊少腿,意思是说自己在家随便吃点还好些。他怕刘星明听见,忙抢着说:"我们老同学随便,你下班领了儿子来吧,就这样啊!"他挂了电话,又说:"舒瑾怕你们麻烦,她是最怕麻烦别人的。"

刘星明只道别讲客气,话说得含含糊糊。看来他是听见舒瑾的话了。李济运也并不在意,舒瑾是个不太好接近的人,熟悉她的人都知道。他本来是说直接去刘星明家的,进了院子却说回去洗个脸。

车子停了,刘星明突然拉拉李济运的袖子,悄悄儿说:"不会让我当哈卵吧?"

李济运摇摇头,轻声道:"相信老同学吧。"

怕朱师傅听见了出去传话,他俩的交谈就像地下党员。刘星明又把手放在老同学腿上,李济运就抓住他的手用力握了几下。刘星明回握一下,力气用得很大。两人相视而笑,像谈妥了一桩大生意。

车正停在银杏树下，李济运感觉脚底软软的，就像踩在海绵上。银杏树从深秋开始落叶，每天清早扫干净了，一到下午又是满地金黄。李济运是学林业出身的，却颇有些浪漫情调，很喜欢黄叶满地的样子。他想要是自己有个私人院子，也长着这么大棵银杏，一定不让人扫掉落叶。秋冬黄昏，残阳如血，踩在黄叶上散步，该是多么美的事！可他是县委办主任，必须规定每天清早打扫机关大院，地上得干干净净。

这棵大银杏树没人知道它到底长多少年了。脚下这地方原来就是千年县衙，秦砖汉瓦找不到半片，只有这棵古银杏树高高地盖过所有房子。据说自有县衙，就有这棵银杏树。大家都把这棵树喊做大树，大树底下也就成了县机关大院的代称。有人指点人家走门子，会隐晦地说：你该到大树底下去走走！银杏树的南面是两栋办公楼，北面是几栋住宅。两栋办公楼东西相对，东边是县委办公楼，西边是政府办公楼。大院正南方是大门，院子正中有个大坪，干部们要上领导家里去，必须经过大树下面。有人晚上去领导家，看见了不想碰面的人，就围着大树走一圈，始终让树干挡着，就能躲过去。

李济运回到家里，再次打了舒瑾电话。舒瑾免不了在电话里嚷几句，说自己在家随便弄些吃的自在多了。舒瑾是县领导夫人里长得最好的，却又是背后最招人笑话的。她原是县剧团的演员，后来去了幼儿园当老师。县剧团撑不下去，有门路的都飞了。舒瑾能够飞出来，就因嫁了李济运。他官越当越大，老婆在幼儿园的位置越来越高。他成了县委常委，老婆就当上了幼儿园园长。舒瑾身份越来越高，围着她转的人也越来越多。都是些喜欢在场面上混的女人，多是部门领导的夫人和机关女干部。舒瑾成天听到的都是些好话，慢慢地就觉得自己真了不起似的。也有些女人，她们巴结人的法子，就是打小报告。谁说了舒瑾的坏话，就悄悄儿告诉她。漂亮女人本来就容易神化自己，同权力挨边的漂亮女人更不消说。只要听谁说了她的坏话，她就要逼着李济运去问罪。李济运倒是个男子汉，他绝不会搅和女人间的事，还要劝老婆少听闲言碎语。每回遇上这事，舒瑾就火冒三丈，两人就要吵上几天。李济运心里是护着老婆的，只是觉得为女人的事出头，太损自己形象了。

李济运原是让舒瑾领了儿子径直去刘星明家，这会儿他又说在家里等她娘儿俩一起去。他洗了脸，看时间还早，就打了刘书记电话："刘书记，我回来了。星明同志也回来了，您要不要约他谈谈？"

刘星明说："暂时不谈。你只说是组织上有这个意图，我在会前再找他正式谈谈。"

"好吧。星明请我吃晚饭，我再同他说说吧。"李济运放下电话，坐下来等妻儿回家。他猜刘书记可能改变策略了，不想过早面对差配对象。李济运隐隐有些担忧，怕刘星明始终躲在后面，差配等于就是他李某人找的了。他一个人找的差配，人情就得他一个人还。刘星明不给礼物，李济运还不起人情。

舒瑾领着儿子回来了，进屋就说："你真有意思啊，什么年代了！请客的也真是的！春节才过！"她这话也得再添点东西进去才明白。李济运熟悉她说话的习惯，她意思是说如今没谁在家里请吃饭，真讲客气就到馆子里去。何况春节才过，天天吃喝，哪有胃口。

李济运怕歌儿听了不好，朝舒瑾做了做样子。歌儿进门就组装他的恐龙，并没有在意大人说什么。儿子单名李歌，舒瑾起的。她说自己喜欢唱歌，儿子就叫李歌。

舒瑾换了一身衣服，喊道："歌儿，做客去！"

舒瑾领着歌儿走在前面，李济运跟在后面。歌儿捡起一片银

9

杏叶，透过黄昏的天光照一照，说："爸爸，好像铁扇公主的芭蕉扇！"李济运看看，果然像芭蕉扇。

舒瑾却骂道："丢掉！地上的脏东西乱捡！"

刘星明家只隔着两栋楼，几分钟就到了。敲了敲门，开门的是东东，刘星明的儿子。东东和歌儿是同班同学。星明和美美迎到门口，说道欢迎欢迎。舒瑾闻得满屋菜香，笑道："美美好手艺，就是太麻烦你了。"

美美说："你们一家肯来，就是给面子了。快请坐。"

歌儿同东东进屋就玩到一块去了，美美还在忙厨房，刘星明陪李济运夫妇说话。

"济运，我进屋就把差配的事说了，让美美说了我一通。"刘星明就像小孩做了坏事，不停地抓脑袋。

李济运就朝厨房喊道："美美，你得支持才对啊！这事对星明，是个机遇。"

美美正端了菜出来，放在桌上，说："你们是老同学，我说话就直了。你们这是盘宝。"盘宝是乌柚土话，捉弄人的意思。乌柚赌博叫赌宝，老的玩法是把铜钱弹得飞转，拿碗盖下去，赌铜钱正反。那用来赌宝的铜钱，叫作宝钱。宝钱叫人玩于掌指间，捉弄人就叫盘宝，又叫把人当宝钱。说一个人傻，也说他是个宝钱。

刘星明笑笑，自嘲起来："济运，回来听老婆一说，我也觉得自己成宝钱了。"

李济运生怕他反悔，心里实在着急，嘴上却是平和，道："星明，你不能这么看。组织上请你出来，实在是对你的信任。刘书记深思熟虑，才让我找你的。"

美美快嘴快舌："你不知道，舒泽光是在刘书记那里骂了娘出来的。老舒这个人，平时没几句话说，关键时候硬得起。"

李济运头一回听到这种说法，很是吃惊，说："不可能吧？老舒是个老实人。"

"外头都讲抬起了！"美美说的又是乌柚土话，外地人难识其生动有趣。说的人多，势可抬物，便是讲抬起了。

李济运道："哪怕是骂了，这么快外头都知道了？"

美美说："你们领导肯定听不到，人家不会同你们说。刘书记上午找老舒谈的话，下午机关里的人都知道了。信息社会嘛！大家都说老舒有性格，很佩服他。"

"饭菜好了吗？吃饭吧，不谈这个了。"刘星明很惭愧似的，人家老舒不肯做差配，还敢骂县委书记的娘。

屋子里有些冷，电烤炉不太管用。南方的冬天不好过，不如北方有暖气。县城人口并不太多，冬日大清早却天天都有送葬的。天气太冷，老人家经不住的，就去见阎王了。李济运二十几岁住的单身房正临着大街，十冬腊月差不多每天都被爆竹和哭号吵醒。撩开窗户看看，白衣白幡络绎不绝。那会儿他很敏感，看见葬礼便会想得很多，免不了叹息几声。

李济运发现自己有些走神了，便去逗东东玩，说："东东比我屋歌儿懂事多了。"歌儿有些不高兴，拿眼睛白了爸爸。刘星明就说东东不听话，也招来东东的白眼。

美美就笑了，说："现在的孩子啊，都是豆腐掉到灰里面，吹也吹不得，拍也拍不得。"

热饭热菜的，身上慢慢暖和了。主客之间客气地让着菜，免不了又说到了差配。美美说："谁都知道，差配就是白鼻孔陪考，叫你去做差配就有些可笑。"

乌柚人说白鼻孔陪考，不知道典自何处，意思等于外地人说的陪太子读书。李济运知道这是事实，他却只能说："差额选举，毕竟是在进步。充分尊重人民代表意愿，始终是政府换届选举的

11

重要原则。"

刘星明笑了起来，说："喝酒喝酒，我不想引诱老同学讲假话。你不讲不行，讲又只能违心讲话。"

李济运在老同学家的酒桌上讲官话，真有些不好意思。他只得把话挑明了："退一万步讲，差配干部只要配合得好，事后都会有适当安排。"

美美听了却说："就算安排，也有打发叫花子的味道。算了，我们好好吃饭，再不提这个事了。"

两个孩子边吃饭边打闹，大人的事他们不明白，也不感兴趣。歌儿最近迷上了恐龙，东东在玩高达机器人。他们说的东西，大人们也莫名其妙。李济运突然有了灵感似的，心想要让后辈人听不懂上辈人的话，也许社会才算进步了。真不希望到了儿子他们，还要为差配的事劳神费力。留给时间吧，时间会改变生活的。

吃完饭，闲聊几句，李济运一家就告辞。歌儿和东东都有作业，大人们也不方便久坐。出门后，李济运望见刘书记办公室的灯亮着，便对舒瑾说："你带着儿子先回去，我去去办公室。"

舒瑾在饭桌上不怎么说话，这会儿问："什么意思？"

李济运知道她问的是差配，就说："一句话同你讲不清，回来我再同你说。"

李济运根本不打算再同舒瑾说，他不喜欢把工作上的事带到家里去，何况事关政府换届选举。他上了办公楼，径直敲了刘书记办公室的门。刘星明在里头应了，他就推门进去。刘星明在看文件，满屋子烟味。他示意李济运坐下，道："舒泽光充英雄。"

李济运便猜到有人打了小报告，说舒泽光在外头如何乱说。有些人真是多事，这种小报告打上去，有什么意思呢？无非是惹得刘星明白白地生气，未必能够处理舒泽光？骂娘又不犯法！骂娘要是犯法了，全国人民都该法办。中国人的毛病，就是有事没事，拿人家的娘出气。李济运不想惹麻烦，只说："我同星明同志谈得很好，他表示愿意配合组织。"

刘星明就像没听见李济运说话，火气冲天的样子："舒泽光想充英雄，当斗士！他在外头吹牛，说把我刘星明骂得狗血淋头。我明天把他找来，看他敢放半句屁不！"

李济运不能再装蒜了，劝道："刘书记，您犯不着生气。群众眼睛是雪亮的，哪会相信他的牛皮？"

刘星明眼睛红得像出了血，说："社会上有股不良风气，喜欢看我们领导干部的笑话。舒泽光的牛皮在外头会越传越神，我刘星明在民间传说中就会越来越像小丑，他舒泽光会是个怒斥昏官的铁汉子！"

李济运说了些宽慰的话，无非是清者自清，浊者自浊，流言止于智者。这些话很空洞，却只能这么说。刘星明清早刮过的络腮胡子，十几个小时之后就冒出来了。李济运凑上去点烟，反倒看不清刘星明的胡子。他退回到沙发上坐下，却见刘星明的脸色，由白天的青，变成了晚上的黑。真是"草色遥看近却无"啊！气氛有些压抑，李济运便暗自幽默。两人坐到深夜，说的话多是些感叹。刘星明没有问另外那个刘星明，李济运也懒得提及了。他心里却有些摸不准，刘星明难道不中意新的差配？

李济运回家悄悄开了门，怕吵了老婆孩子。开门一看，老婆还坐在沙发上看电视。他洗了澡出来，却见老婆在扶墙上的画。那画是几年前他的一个朋友送的，据说出自一位高僧之手。不知道值不值钱，他却很珍爱。那是一幅油画，深蓝色的花瓶，插着一束粉红玫瑰。玫瑰正在怒放，像罩着一层薄雾。构图有些像凡·高的名画《向日葵》，只是格调不是那种明快的太阳色，而是安静祥和的蓝色。花瓶却是歪斜着，将倾欲倾的样子，叫人颇为费解。李济运经常注视这幅画,那花瓶好像马上就要碎落一地,忍不住要伸手去扶一把。可是,扶正了花瓶,画框歪了;扶正了画框,花瓶又歪了。舒瑾很不喜欢这幅画,只因李济运说这是高僧加持过的,她才有所顾忌。不然,早被她取下了。

"不用扶,扶不正的。"李济运说。

舒瑾说:"这不正了吗?"

李济运笑笑,说:"你是扶正了,可看上去仍是歪的。不信你来看看,你瞪着它望,望久了你会觉得画框也歪了。"

"可它就是正的,画框是正的。"舒瑾说。

"可能是错觉吧,因为瓶子是歪的。"李济运叫老婆别空费心思了。

他总觉得这幅画里藏着某种玄机。它画的是一个瞬间吗?瓶子倒下去马上就碎了。或者,它画的正如古人所说,战战兢兢,如履薄冰?

"睡吧,别发呆了!"舒瑾站起来往卧室里去。

李济运没有说出自己的胡思乱想,说了舒瑾会当他是神经病。他望着舒瑾消失在门里的背影,突然觉得自己也许真是个怪人。凡事喜欢琢磨,尽是些刁钻古怪的心思。他对刘星明络腮胡子和脸色的观察,要是细细说给别人听,他就很叫人可怕了。

李济运上床躺下,舒瑾把手放在他小腹处。他明白她的意思,侧了身子搂着她。她的手又往下挪,慢慢地就握住了。他俩夫妻这么多年了,做这事仍是很含蓄。谁有了那意思,嘴上不说,只做动作。

舒瑾轻轻地说:"床讨厌,太响了,太响了。"

李济运本来全神贯注,脑子里云蒸霞蔚。可听老婆说到床响,那响声就有些滑稽,忍不住笑了起来。舒瑾就松弛下来,说:"你笑我吧?"

李济运说:"我笑床哩!"

"床好笑?"

"这么响,吱咿吱咿像老猫叫。"李济运说。

舒瑾突然没了兴致,任李济运潦草完事。李济运说:"这床质量太差了。"

"买的床不都这样?"舒瑾说。

李济运说:"我看到过一个报道,《胖妻撒娇,压死丈夫》,说德国有个女的很胖,撒娇往她男人身上一坐,卡在沙发里起不来了,结果把丈夫活活压死了。"

舒瑾笑道:"我不相信有这种事。"

李济运说:"我是相信。你知道为什么会压死人吗?人家沙发质量太好了。要是中国的沙发,最多坐得沙发散架,也不会把人压死。"

舒瑾说:"那技术做架床,肯定不响。"

李济运说:"我们今后自己做架床,不让它响。"

舒瑾呵呵地笑,说:"叫它哑床。"

"什么床?"李济运问。

舒瑾说:"没声音的床,哑巴床。"

"哑床?"李济运大笑,"老婆,做爱可以开发智力啊!这是你说的最聪明的话。"

舒瑾却不高兴了,说:"你反正就是嫌我蠢!"

半夜,舒瑾听得地响,问道:"歌儿吗?"

歌儿答道:"尿尿!"

舒瑾睡下时总喜欢趴在男人怀里,睡着就翻身过去了。她重新趴在男人怀里,一手勾男人的腰。李济运在她耳边轻声说话:"儿子怎么这么多尿?"

舒瑾说:"屙尿你也要管?"

李济运说:"歌儿这个年龄,应该是一觉睡到大天亮的。"

舒瑾说:"没事的,睡吧。"

舒瑾慢慢睡去了,身子松软下来,头便滚了过去。李济运却半天睡不着。他又听得响动,就悄悄爬起来。他掩了卧室的门,打开客厅灯。见有个影子闪进了厨房,不由得惊得寒毛发直。

他操起茶几上的水果刀,摸亮厨房的灯。进去一看,竟然是歌儿,神色怔怔站着。"儿子,你没事吧?"歌儿不说话,低头出来,进屋睡下了。

舒瑾听到动静,出来了。她刚要开口问话,李济运眨眨眼睛,拉她进屋去。李济运轻声说:"我听到外头响,起来去看。一个影子闪了一下,进了厨房。我以为是贼哩,是歌儿。他样子傻傻的,没声没响又进去睡了。"

舒瑾说:"儿子是在梦游吧?"

李济运说:"不管怎样,带他去看看医生。"

第二天正好是星期六,舒瑾要带歌儿去医院。歌儿死也不肯去,说他没哪里不舒服。又说闻不得医院那股气味,闻着就想呕吐。哄也不行,吓也不行,反正不去医院。好在医生很多都熟,就请医生晚上到家里来。医生看了看,歌儿真没什么毛病。医生等歌儿进自己屋子去了,交代李济运夫妇再作些观察。

过了几天,老同学刘星明有些耐不住,打电话给李济运:"怎么没人找我正式谈?"

李济运支吾着,说:"这个这个,星明呀,我既是你的老同学,也是县委常委。我找你谈了,也算谈了吧。"

刘星明说:"你不是说刘星明要找我谈吗?"

刘星明直呼同名书记的名字,看来是有情绪了。李济运说:"筹备换届选举,事事都很具体。选举无小事,刘书记非常忙。找不找你,都一样的。请你相信,刘书记心里有本账。"

李济运心里其实没有半点儿底，他看不清刘星明肚子里装着什么。常委们每天开会，事无巨细地研究。宣传部门要把好关，不允许出现任何负面报道。公安部门要严防死守，不允许发生任何刑事案件。信访部门要未雨绸缪，不允许任何上访者扰乱会议。总之，一切都要平安、祥和。只是没人提到差配干部刘星明，就像重要的配角演员叫人忘记在后台了。

二

梅园宾馆外头扯起了横幅，满街都是"学习""致敬"之类的标语。人大、政协两会终于召开了。漓州市下面的十三个县市，各县市的政府宾馆好像都叫作某园。但"乌"和"柚"两个字，都不好放在园字前头。叫乌园嘛，怕落得百姓望文生义去笑话；叫柚园呢，文理上似又不通。二十年前新修宾馆，有人想出个梅园，虽说无凭无考，倒也有几分雅趣。既然叫了梅园，就得栽几株梅树。花大价钱买了十几棵老梅树，在宾馆前厅正面弄了个梅圃。大堂挂着巨幅梅花，寓含"喜上眉梢"。味道虽说俗了些，却也合了梅园的意思。再过些年月，为那十几株老梅编些故事，都是后人们的事了。

李济运脱掉冬天的棉衣，穿上了西装。领带是大红色的，很有些喜庆气氛。一件藏青色风衣搭在手腕上，万一觉得冷就穿上。他不太懂得衣服品牌，这件风衣是去省城买的，不是太贵，款式好看。他喜欢在西装外头套上风衣，走起路来暗自琢磨自己的风度，脑子里满是电影明星的派头。

李济运刚进梅园，就碰见老同学刘星明。他是人大代表，当然又是黄土坳乡代表团的团长。李济运马上伸手过去,心里却有些虚。刘星明把李济运拉到一边,悄悄儿说:"老同学,别把我当宝钱啊!"

李济运说:"请你一定相信老同学。"

刘星明说:"我屋美美坚决不支持我做差配。"

"美美是个开通人,又是中层干部,你多说说。"李济运说。

刘星明夹着公文包走了,李济运突然有些歉疚。虽然再没有人同他说差配干部的事,可刘半间未见得就会随便耍弄人。李济运尽管叫自己不要想得太多,但好像总觉得对不起老同学。他正望着刘星明的背影,突然有人拍了他的肩膀。回头一看,原来是县人大主任李非凡。

"哟,李主任,您最近可忙了啊!"两人握了手。

李非凡一笑,说:"济运老弟,感谢您替我们解了难啊!"

李济运说:"哪里啊,替您李主任打工,我非常荣幸!"

李非凡使劲捏了李济运的手,样子格外亲热,说:"李主任把话说反了,您是常委,我替您打工啊!"

两人云山雾罩,说的是差配干部。选差配干部,县委有责任,人大也有责任。李济运把这事摆平了,也算是帮了人大的忙。选举这场大戏,县委书记是总导演,人大主任是执行导演。演员没选好,戏就导不下去。

李非凡本是县委副书记,雄心勃勃要当县长的。他自己也放出话来,说乌柚县不能总让外地人当家。他敢这么说话,必定心里有底。场面上的人都清楚,李非凡心里这个底,就是市委副书记田家永。没想到市委突然派了明阳当县长,李非凡就做人大主任了。李非凡没有做成县长,人们就有两种猜测,要么是田家永越来越说不起话了,要么是李非凡在田家永那里失宠了。

公安局长周应龙走过来,老远就笑道:"两位领导,多好的太阳!"

周应龙伸出两只手,一只朝着李非凡,一只朝着李济运。握手之后,李济运拍了周应龙的腰板,说:"周局长厉害,连握手都是两个两个地握!"因拍着了周应龙腰间的枪,马上又笑道:"嚯,真家伙呀!"

周应龙笑道:"遵照你们领导的安排,两会的安全保卫工作马虎不得啊!"

李非凡望望周应龙腰间鼓出的东西,呵呵一笑:"安保重要,但也用不上你这四两铁啊!"

周应龙说:"这叫哑巴说话,做样子!"

玩笑开完了,正经话仍要说几句。李非凡说:"重点是堵死上访的。每到两会,上访的就趁机到城里来找领导。"

"上访的是蚂蟥听水响,县里一有大活动,他们就出动了。"李济运说。

周应龙说的是狠话,脸上却仍是笑着:"我是下了死命令,不能让上访者踏进宾馆半步。重点上访钉子户,已派人配合信访局控制起来,不让他们离开家门。"

李济运听这话有些刺耳,笑道:"周局长措施得力,话可要说得艺术一点。你这话要是让敌对势力媒体听了,又是没有民主的证据了。"

周应龙在李济运肩上狠狠拍了一板,说:"李主任你是玩笔杆子的,我是玩枪杆子的!"

"你两位扯吧,我得去去。"李非凡说着就扬手走了。他说去去,也没说去哪里。也不用说清楚,无非是不想再扯谈了。

李济运同周应龙仍站着说话,都是些无关紧要的,却绝不涉及是非长短。公安局长也许是案子审得多了,脸色通常不怎么好看。周应龙却总是笑哈哈的,见了熟人就伸出手来握握。他人长得黑,笑起来一口白牙。李济运平时想起周应龙,就是他那白亮亮的牙齿。人在公安里面当头,非有几分威风不可。起码样子要做得凶悍,见人就龙睛虎眼的。周应龙看起来没煞气,却也压得住他那帮武艺弟兄。他也许另有过人之处,不然在公安是待不下去的。

两人握手别过,各自都有事去。李济运转过身来,迎面又碰上毛云生。他是信访局长,老远就苦笑着摇头。李济运明白他的意思,握了他的手说:"毛局长,我知道你这几天很辛苦。"

毛云生却说:"哪天不辛苦!李主任,我再次向您汇报,一定要想办法,弄几间办公室给我们。实在没有,给我几间柴棚子都要得。李主任,您可是分管信访工作的县领导,您真得关心我们信访局啊!"

原来,大院本是砌着围墙的,早几年机关做生意,围墙都改作了门面。后来不让机关经商了,门面都租了出去。信访局办公室不够用,大院里头也空不出房子。有人出了一个好主意,收回四个门面给信访局作办公室。信访局死也不要那几间门面,可县里领导做了决定,不搬不行。信访局原先在机关里面,上访的来了传达室和门卫先挡挡,挡不住的才会进信访局。如今搬到了大院外面,老百姓有事没事就上信访局去。毛云生后来做了信访局长,一直骂那个搬出大院的前任,说房子小未必就挤死人了?搬到外面说不定哪天真会被人打死!他只要见着李济运,就问他要办公室。

李济运说:"云生兄,你自己去院子里看看,哪间办公室是空的,你搬进去就是。你明知道没有,我是孙悟空也变不出啊!"

毛云生摇头叹息,说:"我们信访局这几天倾巢出动。我在这里坐镇,其他同志跟公安局一起守钉子户,信访局关门。我巴不得天天开'两会',我们信访局天天关门,省得跟上访人员磨嘴皮子。"

毛云生说话没轻没重的,谁都知道他这个性格。李济运想要走掉,毛云生却拉着他,说:"我就怕药材公司老职工上街。三阎王安排做政协常委,不知道县委领导怎么想的!我们信访局人手有限,公安局派人日夜守着几个骨干分子。"

毛云生说的三阎王,就是民营企业老板贺飞龙。他公司的名字冠以"飞龙"二字,就叫飞龙实业股份有限公司。乌柚人说起飞龙公司,人们想到的就是三阎王。此人十几岁开始就在街上混,打架的名气很大,得了个外号三阎王。二十几岁时,三阎王成了道上老大,自己不再出面打架,慢慢开始做生意。先是承包建筑工程,再是自己开发房产。生意越做越兴旺,凡在乌柚赚钱的门路,他都是里头的老大。他是县里最大的煤炭老板、最大的房地产老板、最大的酒店老板。他的紫罗兰酒店三星级,县里没有第二家。见过世面的人都说,紫罗兰的设施和环境,并不逊于大城市的四星级。前几年,贺飞龙开始做善事,资助失学儿童,给孤寡老人拜年。他便成了民营企业家的表率,很快就被推作县政协委员。本届政协,又被安排做常委。有人教育孩子不听话,就拿贺飞龙打比方,叫浪子回头金不换。三阎王这个外号,似乎不再是恶名,只是他的小名了。谁小时候没淘过气呢?

前年,贺飞龙把县药材公司买下了,官方说法叫企业改制。听说在招标会上,飞龙公司抢先举了牌子,谁也不敢再举了。飞龙公司出的报价,只比标的高出一万块钱。有人还说就连这个标的,都是贺飞龙他们事先串通好了的。种种说法传来传去,弄得群情激愤。加上原先的职工没有安置好,一直都有人在告状。再怎么告状也没有办法,贺飞龙中标完全合法。没有人再举牌子,又怪不得贺飞龙。这回听说贺飞龙又要做政协常委,老职工们早就暗中串联。

这事说不得的，李济运只是笑笑。正好刘星明的车来了，李济运赶快迎了过去，也就势甩掉了毛云生。毛云生不便凑上来，只喊了声刘书记，笑了笑走开了。刘星明随口问李济运："都好吧？"李济运也随口答道："都好。"刘星明嘴里"好好"着，往贵宾楼去了。

刘星明是去看望市委副书记田家永。田副书记是个有名的硬派人物，这回是专门到乌柚坐镇来的。乌柚县本是田家永的老家，他曾是这里的县委书记。县里中层以上的头头多是他的老部下，市委让他来乌柚把关自是用心良苦。田家永到县里之后，不太同人打交道，整天坐在房间里。自然也有老部下要去看他，都被他的秘书挡了驾。他的房间只有刘星明、明阳、李非凡和李济运出入，别的县领导他都不单独见面。吃饭也只让他们四位陪同，简简单单吃完就回房间去。依照常理本来轮不上李济运陪同，但田家永同李济运的关系乌柚人都是知道的。李济运曾是田家永的秘书，算是他一手栽培起来的。田家永平日并不是个神秘兮兮的人，虽然说话做事硬邦邦的，却也很愿意同部下混在一起。他这次回到县里像个影子似的，叫人暗自看在眼里，生发出许多离奇的说法。

选举是绝对不允许出麻烦的，县级领导都负责联系三四个代表团。只有政协主席吴德满没有承担谈话任务，他说政协会议上的事情也多。刘星明也没有勉强他，只道老吴您就负责把政协会开好吧。实际上大家心里都明白，刘星明原本就不打算让吴德满联系代表团。政协主席权威不够，吴德满的性格又太温和，他未必就负得了责任。吴德满在县里资格老，已当过一届政协主席。他这次再任政协主席，选举不会有任何悬念。

看来刘星明把握十足，有人说居然听见他哼歌了。他那张生铁般青硬的脸，平日不怎么有喜色。细节都叫人描述了，说是在梅园宾馆，刘半间从车里下来，嘴里哼着"太阳出来喜洋洋"，只有点儿走调。原来天气一直冷飕飕的，"两会"刚刚报到，天气就放晴了。刘半间说，好兆头。背后叫他刘半间的，多是些官场失意的人。他们巴不得选举出乱子，要是像台湾选举时打起架来那才好玩哩！

　　李济运是专门来看望代表的，他在宾馆楼道里碰上宣传部长朱芝。朱芝喊了声"李老兄"，两人招呼几句，各自找人去。朱芝只负责一个代表团，她的主要任务是防范媒体找事。刘星明在常委会上说到媒体，用的是"防范"二字，而不是说应对，更不是讲接待。他过去可能尝过媒体的苦头。朱芝比李济运还小两岁，同事们都叫她美女常委。朱芝的眉毛又黑又长，眼睛又大又亮。但时兴的美女眉毛不可太重，朱芝的眉形是修饰过的。她得意自己仍是天眉，不是文出来的假眉毛。美女通常更加爱美，朱芝却不敢穿得出格。她只穿职业女性的西服或套裙，靠各式各色的丝巾小心做些点缀。她的包也很中性，通常只是提着。朱芝的面色总是沉静的，眉头有时会微微皱起。李济运同她私下开玩笑，说美女你不要皱眉头，会生川字纹的，威严没有漂亮重要，不信过几年你会后悔的。李济运的玩笑话，朱芝肯定是听进去了。她从此多了个习惯动作，喜欢拿手顺着眉毛往眼角抹。毕竟也过了三十岁，两眉间的细纹若隐若现了。

　　才同朱芝打过招呼，又碰上肖可兴。他是副县长候选人，这回新提拔的。肖可兴握着李济运的手，暗中用了好几回力，嘴上说着多多关照。李济运拍拍他的肩膀，脸上只是笑。话说透了，并不太好。肖可兴这几天最客气，见人就握手言笑。他也是从乡党委书记中提的名，却不像刘星明那样是个差配。无论提拔谁，好丑都有人说。代表中间就有人讲，要是刘星明暗中活动，差掉肖可兴都说不定。县里领导注意到了,关照各位联系代表团的负责人,务必把工作做细。

吃晚饭的时候,刘星明嘴里嚼着东西,含含糊糊说:"济运,差配干部,你看看让谁提出来。"明阳正给田家永敬酒,大家的眼睛都在两个酒杯上,谁也没在意刘星明说了什么。只有李济运听清了,点头说了声"好"。李非凡望望李济运,不知道他说什么东西好。

晚饭吃完了,李济运去找代表团谈话。他包了乌金乡、黄土坳乡和白马乡。他不是人大代表,以列席身份参加活动。

有人问他:"李主任,副县长到底是等额选举,还是差额选举?"

李济运说:"差额选举,早就定了的。"

"听说差配人选都还没有?"

"有人说,原来定的是舒泽光,舒局长骂娘了。"

李济运笑道:"谣言!老舒是个老实人,脾气最好的,他哪会骂娘呢?"

"想想也是,舒局长人好,要他红个脸都不容易。"

李济运说:"按组织法,差额人选得人民代表提名,又不能组织上指定。"

"哈哈哈,李主任也越来越会说官话了。"

代表们多是基层干部和企业老板之类,很多同李济运是老熟人,说话也就随便。李济运只好笑笑,含糊着握握手,再去别的房间。又碰到别的人,问他:"李主任,听说这次组织上定的差配是刘星明?"

李济运说:"我不知道呀,组织上怎么会指定差配人选呢?不合组织法嘛!那得人民代表提名。"

问话的人就笑,摇摇头不说了。李济运也笑笑,话全在眼睛里。大家都心知肚明，彼此望望眼神就行了。

李济运曾在乌金乡当过书记，现任书记叫朱达云，自然就是代表团团长。李济运刚进朱达云的房间，就跟进了几个人，有村支部书记，有村委会主任，有企业老板。他们都是人大代表，也都认得李济运。大家围着扯谈，慢慢有人看出，李济运同朱达云似乎有话要说，就告辞了。只要有人说走，众人都走了。李济运过去关了门，说："达云，组织上决定请刘星明同志做差配，到时候请你联合十位以上代表提提名。"

朱达云说："好，这个好说。济运兄，怎么让您出面说这事？"

李济运不想解释，故意开玩笑："达云兄，你是嫌我的官小吧？"

朱达云笑了起来，说："哪里！你们领导各有分工，按职责这就不是您管的事。"

李济运说："星明同志让我做工作，受命而已。"

朱达云说："听人说，这回先找的是舒泽光，星明同志亲自找的，被臭骂一回。舒泽光，看不出啊！"

李济运忙说："那都是外头乱传的，老舒不是这种人。他是个老实人。"

他俩说的有两个刘星明，外人听着必定糊涂。李济运猜想，舒泽光肯定发了火，说不定也真骂了娘。不然刘星明那天不会那么大的火气，说舒泽光想充英雄，当斗士。李济运得维护刘星明的威信，只好替他打圆场。

朱达云说："济运兄您是领导，我说句没原则的话，基层选举要民主就真民主，内定差配不是个办法。活活地拉个人出来做差配，这人没心理承受能力还真不行。人家说老舒骂了娘，真有人相信。"

李济运摇头一笑，说："达云，你说是游戏规则也好，说是演戏也好，说是糊弄也好，我们先这么办吧。今后社会进步了，再当笑话讲去。我们国家几十年不就是这么走过来的吗？过去说水稻亩产几十万斤，有谁敢说是假的？还都相信是真的哩！"

朱达云点头道："我小时候天天听人喊万岁万岁万万岁，真相信伟人是不会死的哩！"

李济运忍不住爆笑，说："我小时候写文章，开笔就是春雷一声震天响，东方出了红太阳。告诉你，我真以为1949年以前天上是没有太阳的。"

两人就开始怀旧，说起过去好玩的事情。朱达云说："我记得小时候家里毛主席像贴得越多，说明政治觉悟越高。生产队还搞过竞赛评比，看谁家的毛主席像贴得多。我家除了厕所里，所有屋子都贴着毛主席像。每个屋子还不止贴一张两张，而是墙壁上贴上一圈。我不懂事，就问妈妈，到底谁的觉悟最高呢？"

李济运笑了，自己又想起一件旧事："我俩年纪差不多，有很多相同的记忆。我小时候听说地主暗地里会记变天账。账上记些什么，我总一个人傻傻地猜，打死也猜不出来。但什么是变天，我是知道的，就是回到万恶的旧社会，红旗变色，人头落地，血流成河。可我又常常听奶奶望望天色说，要变天了！我听着心里怦怦跳，怕有人说我奶奶讲反动话。"

朱达云哈哈大笑，眼泪水都出来了。李济运颇为高兴，以为他的故事讲得幽默。朱达云其实是想起了一个更好笑的故事："李主任，我们村里有个哈卵，没人把他当回事。偏偏他的老婆长得好。毛主席逝世的时候，每个大队都设了灵堂，晚上都安排社员守灵。大队支部书记每天晚上都叫哈卵守灵，哈卵觉得脸上很有光。有天晚上，别人同哈卵说，你夜夜守灵，回去看看老婆在干什么。他回去一看，支部书记正同他老婆睡觉。哈卵指着支部书记大声哭喊,狗日的,毛主席都死了,你还有心思搞男女关系!中央禁止一切娱乐活动!"

李济运早听过这个故事,仍笑得腰背生生地痛。他俩谈兴很浓,听得有人敲门,就不说了。李济运起身告辞,见进来的居然是老同学刘星明。

李济运说:"星明,我正要去你房间坐坐哩!"

朱达云招呼道:"星明兄,请坐。"

刘星明站在门口不进来,笑道:"李大主任一定是有指示,达云兄我就改时间再来拜访您。"

"我们扯完了,去你房间坐坐吧。"李济运去了刘星明房间,坐下来同他扯谈。刘星明也是他们代表团的团长。李济运说:"老同学,会有代表提名让你做候选人。你在选举之前不方便到处走,免得有人说你拉票。"

刘星明嘿嘿一笑,说:"老同学,说句真心话,我也后悔答应你做差配了。"

李济运听着就急了,忙说:"星明兄,这可开不得玩笑啊!你如果临时不干了,县委会很被动!"

刘星明叹息一声,苦笑道:"放心,我也只是说说。肖可兴可以四处窜,没人说他不方便。我要是走动走动,就怀疑是拉票。老同学,要是拉票成了合法行为,就是真民主了。"

李济运说:"你我都别乱说!什么是真民主,我们并不懂。有人羡慕西方民主,但人家是怎么运行的,我们知道吗?别跟着瞎嚷嚷!"

刘星明点头道:"说得也是。我其实不是去找朱达云,听说明县长在那里,我想找找他。"

"有事?"李济运问。

刘星明鬼里鬼气一笑,说:"要钱!"

李济运笑道:"你真会找时间,知道选举之前找县长要钱是最好要的。"

刘星明问:"济运,听说明县长不太好打交道?"

李济运笑笑,说:"星明,你说这话,可就不成熟了。再说了,明县长都来半年了,你又不是没见过!"

刘星明说:"见是见过,又没有正面打过交道。他去过我们乡,听听汇报,吃顿饭就走了。我又不会看相,哪里见个面就了解?"

李济运倒是熟悉明阳的脾气,说话像嘴里吐钢珠,梆硬地砸在你脸上。他同意的事情,不用你多说,拍起板来啪啪响;他要是不同意的,由不得你多说半句。摸准了他性子的,都说他是个实在人;初次打照面的,都说他架子太大了。明阳这种性格的人,要么是后台硬得如磐石,要么就是自己真有本事。代理县长本不该这么硬的,毕竟还得让人大选一选。县里这些干部,谁是什么人脉关系,大家心里都清楚。明阳的后台就是田家永,他自己的本事也是有的。但县长的后台再硬也硬不过县委书记,不然县长同县委书记就该换换凳子了。

"星明,我建议你莫在这个时候找他。选举过后,该给的钱,明县长照样会给。"李济运说。他知道明阳的性子,却不方便把话讲穿。明阳是个不怕人家不投票的人,现在找他签字要钱,很可能空手而归。

刘星明听了李济运的话,不打算在会上找明县长了。他闲扯几句,却又忍不住问道:"济运,我的事应该是他刘星明自己找我谈,还是李非凡找我谈?我就这么不尴不尬的。"

这话问得李济运不好怎么回答。那个刘星明似乎不打算讲游戏规则,他在饭桌上交代李济运,示意下面提出差配,竟然那么轻描淡写。也许是自己误会了吧,相信刘星明会有考虑的。李济运只得安慰道:"老同学,我同你谈话,就是代表刘书记。他这几天忙,你别太在意。"

刘星明仍是不快,道:"济运,我不要他许什么愿,至少得尊重人嘛。我报到之后,同他碰了几回面了,他哪怕暗示一下,说声谢谢,我也好过些。他居然就当没这回事似的。"

李济运索性幽默一下,说:"星明,刘书记装着不知道这事,也是有道理的。按组织法和程序,你这个差配应该是十人以上人大代表自发提名产生。"

刘星明苦笑道:"哈哈,还要当真的演啊!"

李济运说:"星明,这个话题我们暂时放下。你得替老同学打包票,你们团不能在选举上出问题啊!我可是在常委会上领了军令状的。"

"老同学,我别的不说,本代表团里几个人脑壳我还是管得住的。你尽管放心吧。"刘星明表明了态度,又说,"济运,我听到有人说,肖可兴有点悬。还说我若是努点力,说不定正式当选。我知道人家是好意,但我明确拒绝了。"

"老同学你做得对。共产党员,就得服从组织安排。"李济运把声音再放低些,"星明,这个话,你听都不要听。再听到这种议论,你的态度要更严肃些。不然,真会有人说你在活动。"

"唉,都是我自讨的麻烦!"刘星明万分后悔的样子。

李济运也不便在这里久坐,闲话几句就告辞了。两人握手都暗自用力捏捏,似乎彼此心里明白。但到底明白了什么,谁的脑子里都是糊涂的。刘星明送李济运到门口,挥挥手就进去了。他好像不敢走出自己的房间,得在里头坐禁闭似的。

李济运想,要不要把老同学说的情况告诉刘星明呢?反复琢磨,还是不说算了。某些迹象,几个头头都已知道,再去多嘴,倒让人怀疑他老同学在做手脚。李济运正要下楼,突然听得有人喊:"李主任!"

李济运回头看看,原来是明县长。"哦,明县长,还没休息?"李济运问。

明阳说:"看看代表,就回去。"

明阳和肖可兴他们看望代表,都是名正言顺。刘星明是暗定的差配,就不能随便走动。老同学事后要是没得到安排,李济运会很对不住人。

"我也是看看代表。"李济运主动把手伸了过去。

明阳就不再说话,同李济运一道下楼。他俩是从二楼下来,总共十八级台阶。李济运有个怪毛病,喜欢数数字。他爬楼喜欢数楼梯级数,站在马路上喜欢数楼房层数,坐在洗漱间喜欢数地板砖。每次在家里蹲马桶,他就先数地上的瓷砖,又去数墙上的,横是多少竖是多少,半块的折合成整的又是多少。自家的厕所,他不知数过多少回的,可每回又重新数,重新算账。有回算得头都大了,就掏出手机找计算器,不料一失手,手机跌进马桶里。他没法把这事告诉舒瑾,她会说他是神经病。他今天数着十八级楼梯,感觉格外漫长。明阳不说话,气氛有些沉闷。

下楼望见明阳的秘书和司机,李济运就松了一口气,心想可以脱身了。没想到明阳却对秘书和司机说:"你们回去吧,我同李主任走走。"

小车慢慢开过他俩身边,再稍稍加速出了宾馆。李济运同明阳并肩走着,仍不知道要说什么话。他想说说刘星明做差配的事,话到嘴边却忍住了。同选举有关的事,还是不说为妙。李济运突然发觉自己修炼没有到家,不然就不会老想着找话说了。明阳也没有讲话,他却不会尴尬。李济运想到这点,越发不好意思。他找了些不着边际的话说,明阳嘴里只是唔唔的。好在宾馆离县委机关并不太远,两人很快就进了大院。

李济运说:"明县长,您早点休息吧,我去去办公室。"

明阳说声"好好",自己朝前面走了。李济运去办公室没事,只是不想再陪明阳走。县领导都住在一幢宿舍里,从办公楼前走进去还得五六分钟。没有什么话说,五六分钟简直太漫长了。李济运还有个更深的隐衷,就是不想让人看见他同明阳并肩回来。照说他同明阳都是田家永的门生,平时应该多有往来。明阳刚到县里的时候,李济运故意提起田家永,有攀攀同门之谊的意思,明阳却顾左右而言他。李济运摸不透明阳,从此就同他公事公办了。再说了,县委书记同县长的关系通常是很微妙的,县委办主任夹在中间最需讲究艺术。

李济运在办公室消磨了二十几分钟,拿上几份报纸回家去。脚下沙沙地响,地上又满是银杏叶子。银杏树从深秋开始落叶,整整三四个月都是黄叶纷纷。这棵千年银杏像个魔法师,它的黄叶好像永远落不完。此去千百年,数不清的县令、县丞、衙役、更夫,都踩着这些黄叶走过去了。李济运突然想到那些黑衣黑裤的先人,某种说不明白的感触顷刻间涌上心头。

突然有人拍了他肩头,李济运吓得浑身发抖。原来是朱芝,她哈哈一笑,说:"李老兄这么脆弱,就吓着你了?"

李济运正在想象魑魅魍魉,自然不好意思说,只笑道:"你倒快活!"

朱芝说:"我只负责一个代表团,两会又不会有什么负面报道。我没压力,乐得轻松!"

他俩住同一个单元,李济运住三楼,朱芝住四楼。上了三楼,李济运说声再见,朱芝习惯地伸出手来。两人握了手,朱芝忍不住又笑了。

李济运又说:"只有你快活!"

朱芝笑道:"我突然想起,官场握手是个陋习,成条件反射了。"

有些晚了,舒瑾已经上床。她并没有睡下,坐在床头做脸。她每夜睡前必须在脸上拉拉扯扯几十分钟,这套梳妆镜前的功课她却喜欢坐在床头来做。李济运洗漱好了进来,听得她问:"刘星明要当副县长了?"

他明知舒瑾问的是老同学,却故意装蒜,说:"县委书记怎么会当副县长呢?"

舒瑾说:"你老同学。"

"当不当,要代表选。"李济运暗自又好气,又好笑。老婆对官场的悟性也太低了,那天他们去刘星明家吃饭,一个多小时都在说这事儿,她却还是云里雾里。

舒瑾说:"你老同学倒跑到你前面去了啊!"

李济运说:"谁说的?我是常委,他当了副县长也不是常委。"

舒瑾仍是糊涂,说:"光是个常委,虚的。副县长正经是个官儿。"

李济运笑笑,也不多说了。他想舒瑾枉然做了几年官太太,官大官小都还弄不明白。不过细细一想,舒瑾说的也不是没有道理。常委也只有中国人自己懂,弄个外国人来你得跟人家解释半天。中国很多事情外国人是不懂的。李济运有个同学在美国教书,他说有回给学生讲中国的户口,讲了整整两天还没有讲明白。李济运听了不相信,说怎么可能呢?同学说绝对不是开玩笑!他说从中国户籍制度起源讲起,一直讲到了现在的户口管理,满以为讲清楚了。哪知道美国学生提了大堆问题,什么是黑户口?什么是农村户口?什么是城镇户口?什么是半边户?为什么中国有粮票、肉票、布票、糖票?美国人弄不清中国的历史,他们脑子里中国几百年、几十年的事情都是搅在一起的。

"儿子这几天你注意了吗?"李济运问。

舒瑾说:"你这话问得有意思啊!你不天天在家?"

李济运说:"我这几天累,晚上睡得死。"

"你累,上床就是死猪。"舒瑾说。

李济运知道她在抱怨,嘿嘿一笑:"你摇醒我嘛。"

"谁稀罕!"舒瑾又说到儿子,"我夜里都听了,歌儿照样起来尿尿。听他过会又睡下了,我才放心。"

"总是有问题,小孩子不该半夜起来尿尿的。"李济运说着就去扳老婆的肩膀。身子一动,床就吱呀一响。"真要架哑床,趁早做一张。"李济运又说。

舒瑾说:"你这么忙,等你做了哑床,我们都老了。"

三

有人私下里说,舒泽光迟早要倒霉的,他的物价局长只怕保不住。只要等人大会结束,且看看刘星明的手段。此话也传到李济运耳里,他只道刘书记是有雅量的。他也不把这话说给刘星明听,那样就太愚蠢了。人大会上非选举议程,各部门领导都列席参加,舒泽光也在台下坐着。认识的人同他见面,都会拍着他的肩膀笑笑,嘴里什么都不说。舒泽光起先还很从容,慢慢就觉得不太对劲了。似乎每个同他拍肩膀的人,都向他暗递某种信息。这些信息暧昧难辨,渐渐叫他惶恐起来。

舒泽光同李济运还算随便,有次会间休息,他居然私下问道:"李主任,我真的闯祸了吗?"

李济运握住他的手说:"别想多了。"

舒泽光道:"老子大不了回家种地去。"

李济运玩笑道:"你在乡里没有地了吧?早收回村集体了。"

李济运的调侃竟引得舒泽光万分感叹:"不配合组织上演戏,归田都没处归!"

李济运又握握他的手,说:"泽光兄,别胡思乱想了。"

忽然瞥见刘星明正朝这边张望,李济运就故意装作坦然的样子,朝舒泽光哈哈大笑,道:"泽光兄越来越深刻了!好,哪天找时间我俩好好聊聊!"说罢也拍拍舒泽光的肩膀,大大方方地上了主席台。

李济运目光茫然地望着台下,无意间发现有个影子颇为抢眼。他的眼神不由得聚焦了,发现那是老同学刘星明,正低头做着笔记。台上讲话的是县委书记刘星明,台下的代表们都抬头倾听,只有老同学刘星明低头写字。

台下的黄色面孔模糊一片,李济运想到一句俗话:蛤蟆张露水。据说蛤蟆到了夜里就会张开大嘴,享受自天而降的甘露。小时候,老师骂学生听讲时脑子开小差,会说你们就像蛤蟆张露水。蛤蟆张露水,模样是呆滞的,看上去非常认真,实际上心不在焉。

李济运注视片刻,就把目光移开了。他怀疑老同学有些装样子。没有学过速记的人,不可能记全别人讲话,通常只记个大意。老同学不是记记停停,而是像个速记员奋笔疾书。李济运就想起一个真实的笑话。原先田家永在乌柚当县委书记,他每次讲话都看见有个乡党委书记认真做笔记。田家永便格外器重这个年轻人,竟然把他提到副县长位置。此人便飞黄腾达,做到县委副书记。这个年轻人,就是李非凡。去年曾传闻李非凡会当县长,也是田家永在给他使劲。关于李非凡做笔记,有人却泄露了天机,说他从没记过一个字,只在本子上画王八。乌柚县的干部都知道这个笑话,只有田家永蒙在鼓里。领导干部背后通常会有很多故事在民间流传,只是他们自己不知道。李济运是田家永很亲近的人,也不会把这个故事说给他听。

电话突然振动,看看是舒瑾打的。他便掐断了,发了短信:开会,坐在主席台上。舒瑾回道:老师讲儿子越来越没有精神,上课不是走神,就是打瞌睡。老是低头回短信也不好,李济运就把电话揣进口袋。心里却想儿子只怕哪里有毛病。

老同学刘星明每次碰见李济运，目光都怪怪的。看样子他想说什么，却又不便出口。刘书记肯定还没有找过他，可能根本就不打算找他。酝酿候选人的程序到了，刘星明自然被推出来做差配。代表们不感到意外，也没有太多议论，最多有人开开玩笑。有人在背后议论差额候选人，开始叫他的外号，刘差配。外号刘差配和刘半间，多被人同时提起。这几天两个刘星明，常被人挂在嘴边。为了区别，干脆就叫外号。自然都是私下里说起，说的时候带着诡谲的笑。

刘星明正式成了刘差配，说话走路都不太自然了。他主持代表团讨论的时候，有位不太晓事的基层代表说，既然组织上确定刘书记是候选人，我们就要认真行使代表权利。刘差配听了，就像自己做错了事似的，忙打断代表的话："我说几句。首先，你对候选人的产生办法，认识是模糊的。我是人民代表按照组织法推举的，不是组织上内定的。其次，没有谁妨碍大家行使代表权利。我个人觉得自己各方面都不够，不论是工作能力，还是工作实绩，都远在其他几位候选人之下。我非常感谢代表们的信任，但也请代表们真正抱着对人民负责的态度投好自己的票。我更适合现在的岗位。"

刘差配做梦也没想到，他这番用心良苦的谦虚话，传出去味道就完全变了。他说自己是人民代表推举的候选人，就是说他是最符合民意的人选。没有谁妨碍大家行使民主权利，就是说代表们可以按自己意图投票。

话很快传到刘星明耳朵里，他马上找到李济运："济运，这事还得你出面谈谈。他得明白，自己首先是个党员，就要服从组织意图。"

李济运火急火燎去找刘星明，问到底是怎么回事。刘星明大呼冤枉："济运，你是相信谣言，还是相信我？我说那番话，就是请大家服从组织意图！"

"也许话传到外面，味道就变了。"李济运是相信老同学的。

刘星明摇头叹息，道："我到底是太单纯了！话肯定是从我们代表团出去的。我知道，原因我知道。"

李济运问："什么原因？"

刘星明说："情况你是知道的，这几年人大会上刮起一股歪风，代表团集体向候选人和政府组成单位的负责人要好处，意图很明白，不给好处不投票。我不赞成这种做法，讨论时谈了自己的观点。"

此风由来已久，李济运自然知道。无奈陋习已成，谁也没有办法。每次换届选举，候选人都会接到电话，政府组成单位负责人也会接到电话。电话通常是代表团团长打的，他们都是乡党委书记。团长会把话说得入情入理，说是代表们有这个意思，还是给点小钱打发打发吧。语气完全是替候选人考虑，似乎他是在好心帮你，不然代表就不投你的票。正副县长候选人肚子里骂娘，多少却会打发些小钱。政府组成单位负责人不需选举，却仍要打发打发。犯不着为这小钱得罪人。谁都没有捅破这层纸，反正钱也不是自己掏腰包。刘星明却把它捅破了，坏了多年来的规矩。

李济运不好意思说老同学迂腐，只道："星明，我相信你，我会向刘书记解释。你要做的工作，就是保证代表们按组织意图投票。"

刘星明肚子里有气，说话就不怎么顾忌了："刘星明和李非凡在大会上讲得冠冕堂皇的，说要充分尊重人民代表的民主权利，我们在下面就得要求代表们服从组织意图。我只说了一句原则话，就成了违背组织意图。同样的话，领导在台上可以讲，我在讨论会上就不能讲！"

李济运听着,并不觉得尴尬,只是笑道:"我们都相互理解吧。放心,星明兄,县委是信任你的!"

刘星明仍是牢骚,说:"什么县委?县委是谁?县委就是刘星明!他信任我,还让你找我谈话?"

"话不能这么说。选举无小事,刘书记谨慎些,也是应该的。"李济运安慰道。

李济运话没谈完,电话突然响了起来。电话是于先奉打来的,说召开紧急常委会议。心想坏了,肯定事关选举。李济运握紧老同学的手,又拍了拍他的肩膀,道:"拜托,拜托!"刘星明点点头,说:"放心,放心!"看上去不像谈公事,倒像私事托人帮忙。

李济运下楼来,听得有人喊他。他回头看看,原来是三阎王贺飞龙朝他走来,说:"李主任,按您的指示,给每位人大代表、政协委员发一件衬衣。金利来的,都是正牌货。"

李济运望望门口,停着一辆小货车,正在卸货。前几日,贺飞龙专门找到刘星明汇报,说人要懂得感恩,想给每个委员发一件衬衣。刘星明说你要发就给人大代表也发,不然关系摆不平。贺飞龙很爽快,说就按刘书记的指示办。李济运知道来龙去脉,便拍拍贺飞龙的肩膀,笑道:"贺总,谢谢你!可这不是我的指示,是刘书记的指示啊!"

贺飞龙笑着说:"县委的指示,就是您的指示。"

李济运急着去开会,匆匆说了几句就走了。李济运赶到宾馆小会议室,只见田家永板着脸孔。常委们差不多都到了,李非凡也列席会议。李济运朝田家永点点头,却碰了个冷脸。他知道田家永的脾气,也不觉得尴尬。刘星明和明阳也都没有说话,好像刚才谁同谁吵过架。田家永看看手表,很不耐烦的样子,冷冷地说:"开始吧。"

刘星明道:"田书记,那我们开始?明阳同志先说说情况吧。"

"我向同志们通报一下情况。"明阳虎着眼睛,像要找人比武。他说从昨天晚上开始,陆续有代表团的团长打电话,说希望他去慰问一下代表。他听了不明白。他挨个代表团看望过了,还要慰问什么?今天就有人直接说了,代表们要抽烟,要喝酒,说白了就是要钱。他问了几位副县长候选人,有的说没接到电话,有的说接到了。他估计大家都接到电话了,只是有的人向歪风邪气妥协,送了钱就说没接到电话。

明阳越说越激愤:"政府各组成单位的负责人也都接到了电话。农机局不是政府组成单位,有人也给他们局长打电话说,你们多少也要搞一点啊!太不像话了!我的意见是这股歪风一定要煞!我哪怕没人投票,也不会迁就这种可耻的要求!"

明阳讲完,一时无人说话。好比一个气球,刘差配扎了个小沙眼,明阳却一脚把它踩爆了。这事摆到了桌面上,谁都得有个态度。没有谁会争着发言,但都是要说几句的。这时候,组织部任命干部的排名,就成了发言的顺序。说的话当然都是义正词严,无非是抨击这股歪风。李济运内心是平静的,却也非常愤慨的样子。

都在批评人民代表的素质,李非凡越来越坐不住。他分明也是知道真相的,仍把话说得底气十足。他说人民代表都是严格按程序选出来的,我们没有理由从整体上怀疑他们的素质。他们对选举也许会有自己的想法,但这是政治素质提高的表现,不能看作问题。也许有个别代表伸手要钱要物,但不能因此就把人民代表的形象完全歪曲了。他建议把工作再做细一点,多加宣传和引导。总而言之,人民代表政治上是可靠的,不会在选举上出什么事。

刘星明似乎不在意李非凡的意见,仍不紧不慢地说:"我先讲几句,最后请田书记作指示。我们县选举存在一些不好的风气,县委是有责任的。我来县里工作一年了,明阳同志来了半年。按时间算,我的责任比明阳同志大。"

田家永打断刘星明的话,说:"星明同志,时间紧迫,现在不是追究责任的时候,直接说对策吧。选举不能出问题。出了问题,我没法向市委龙书记和王市长交代,你们在座的都要挨板子!龙书记和王市长对乌柚县选举非常重视,刚才打电话作了指示。"

一般说到市委领导,通常只说市委书记。可田家永说起市委,总是龙书记和王市长并提,官场中人一听就知道非同寻常。早听说市委龙书记和王市长不太和,王市长是个很有手腕的领导。王市长是漓州本地人,根基非常深厚。龙书记是上面调来的,平时只得让着三分。

刘星明说:"各位都是明确了代表团的,有负责三个团的,有负责四个团的。据明阳同志讲,只有刘星明同志没有给他打电话。"

田家永听得有些糊涂,奇怪地望着刘星明。他突然又想了起来,说:"哦哦,是的是的,你说的是那位差配干部,他也叫刘星明。谁负责这个代表团?"

刘星明望望李济运,说:"济运同志负责这个代表团。"

李济运借势给老同学做人情,说:"星明同志很讲党性,他在讨论的时候公开反对这股歪风,结果就有人造谣,说他散布非组织言论。他本来有事要找明县长批钱的,考虑到选举期间不太好找,就没有找了。可见星明同志是个光明正大的人。"

明阳接过话头说:"我就欣赏这样的干部!各地都有这种怪现象,选举期间向领导递报告要钱,这分明是要挟嘛!我这几天也接到过不少要钱的报告,通通压着!"

"刘星明这个差配干部,县委是选准了的。政治上可靠的同志,组织上绝对不能亏待他。"田家永望着李济运,目光十分亲切,似乎他就是刘差配。

刘星明喊应了纪委书记艾建德,说:"老艾,你们纪委也要行动起来。田书记,我谈个意见看对不对。纪委不光只是查处干部贪污腐败,其他纪律问题也要管起来。比方说选举中,不听从组织意见的,特别是制造谣言扰乱人心的,搞非组织活动的,纪委有权出面说服、制止,直至采取组织措施!"

田家永说:"我同意星明同志意见。"

艾建德立即表态:"我们纪委遵照田书记和刘书记意见。纪委是县委的纪委,一定服从县委意图!"

明阳的意见本来发表完了,可他情绪有些控制不住,又说了起来:"我知道这种情况各地都有,程度不同而已。没想到乌柚县到了这种地步!此风不煞,党的威信会荡然无存,干部作风会彻底败坏,人民代表的神圣地位会受到严重亵渎!"

常委们都望着地板、墙壁或天花板,没有任何人同别人对视。他们不想因交换眼神而尴尬。李济运也只望着地板砖,他却想象李非凡可能冷冷地瞪着明阳,心里恨恨的:你怎么可以把人大代表说得如此不堪。李非凡不喜欢明阳顺理成章,他自己原本可能当县长的。李济运觉得奇怪,明阳是怎么做到县长的?他这性子太不合时宜了。官场早就是个大江湖,清清浊浊,恩恩怨怨,是是非非,一塌糊涂。

讨论得差不多了,田家永说:"我觉得首先对这件事要有个正确把握。第一,只可能是少数代表习气不好,而不是大多数或全体代表如此。第二,不能认定为人民代表索贿,只是个别代表的坏毛病。也可以叫它不良习气。怎么办呢?开两个会。一是代表团团长会,严肃地提出这个问题,坚决制止这种不良习气。二是候选人会,不允许任何候选人给人民代表送钱送物。"

听听田家永的指示,明阳就太不成熟了。田家永把事情说得轻描淡写,这只是少数人的不良习气。说成人民代表集体索贿,那将是天大的丑闻。网络的传播能力简直恐怖,此事一旦上网就会天下沸腾。哪个地方都不想出这种丑闻。田家永坐镇在此,他怕这事被捅出去。李济运实在有些忍不住了,装着不经意地暗自望望各位,果然见李非凡脸上颇有得意之色。刘星明似乎惭愧,不停地点头表示赞同。明阳则黑着脸,很不服气的样子。李非凡故意挨个儿递眼神,似乎想让大家看看明阳。李济运忙把目光收回,恭敬地望着田家永。这时候望着田家永,算是最安全、最得体的。倾听田家永指示,自然得望着他。

时间已是深夜了,两个会却得马上召开。先开代表团团长会,再开候选人会。这两个会都是开宗明义,没绕任何弯子。各位候选人话都说得梆硬,只有肖可兴小心翼翼。他毕竟是新提拔的,左右都不敢得罪。开完了两个会,常委们还得找代表团团长个别谈话。田家永和刘星明在会上说的都是硬话,会后其他的常委还得说软话。软话也有技巧,得软中带刚。

李济运刚要去找老同学刘星明,却想起手机忘在田家永房间了。敲门进去,听得田家永正在骂明阳。他刚要退出来,田家永说:"进来吧。"李济运进去,田家永并不招呼他,仍在训着明阳:"你的正派我是赏识的,但你政治上太不成熟了。风气已经如此,不是一时可以改过来的。你不送就不送,干吗还要把这事提出来?你提出来了,我能不闻不问?你不提,你是县长唯一人选,没有人敢不投你的票。你提了,就犯了众怒!你要整风,当上县长再去整也不迟。告诉你,你这回有点悬!"

李济运听这些话觉得不太好,就说:"田书记,我先告辞,我得抓紧做工作去。"

田家永说："济运，你对县里的干部熟悉，你要多做工作。你们两个，任何人出问题，我的脸面都没地方放！你去吧。"

李济运说："田书记放心，我负责的三个代表团，保证不会出问题。我很敬重明县长，他的事就是我的事。"

明阳朝李济运点点头，没有多说什么。李济运告辞出来，急匆匆的样子。田家永把他同明阳放在一起说，就是想把他俩拉近乎些。

李济运下了楼，突然听得有人喊道："济运！"

抬眼一看，见灯影下走来堂兄李济发。济发比济运大十岁，干过乡党委书记，去年由煤炭局长改任交通局长。李济运刚参加工作时，搭帮这位堂兄多方关照。可是过了没几年，李济运做官做到前头去了。李济发总在背后说，不是他当时帮忙，运坨还不知道在哪里哩！李济运在乡下的小名叫运坨。话传到李济运耳朵里，他总是笑而不语。

"发哥，你还没休息？"李济运过去打招呼。

"看看朋友。"李济发说，"济运，有人把代表要钱的事捅出来了，哪个这么傻？"

"你也知道了？"李济运问。

李济发并不答话，只道："济运你要学会息事，不让这事传来传去。谁这么傻？"

李济运也不细说，只含糊道："我们在做工作。"

毕竟是两兄弟，用不着太客气。他俩没有握手，点点头就各自走了。李济发虽官居李济运之下，平时说话口气却有些大。李济运并不往心里去，但多少有些不舒服。李济发做了几年煤炭局长，他家兄弟就开了煤矿。发哥的弟弟叫李济旺，村里人叫他旺坨。旺坨是煤矿老总，事情却都是发哥背后指点。他家的桃花溪煤矿,如今在县里名头很响。事做得太显眼了,难免有人告状。但谁也抓不到他的把柄,县委就把他换到交通局长位置上。他家兄弟的煤矿照开,倒是他妹妹新搞了一个厂子,生产些简单的交通设施。李济运的老弟李济林,如今仍在家里盘泥巴。济林只恨哥哥没本事,说起来当了大官,家里没得他半点好处。他老弟的牢骚,都是同这位堂兄比出来的。

李济运往对面楼房走去,不经意间回头望望。恰好李济发也回过头来。李济运明知黑夜里什么也没看清,可他总觉得济发的眼睛黑幽幽的。电话响了,看看是舒瑾打来的:"什么事?还没睡?"

舒瑾轻声说道:"睡了。儿子刚才又起来了,我看他往厨房里去,不是上厕所。他也没开灯,不知道弄什么,过会又进房里去了。"

李济运说:"你不知道问问他?"

舒瑾说:"听人讲,梦游是不能受惊的,我不敢叫他。"

李济运说:"知道是梦游就没事,不算什么大毛病。你放心睡吧。还是要看医生。"

李济运先找了老同学,说:"星明,你坚决反对这种不良习气,市委田书记、刘书记都很赞赏。你不但要制止这种不良习气,而且要保证各位代表按组织意图投票。"

刘星明有些为难的样子,说:"我该说的话都说了,不但在会上说,会后个别谈话也说。效果如何,我真不敢保证了。有人造我的谣,说明如今人心太可怕了。天知道他们答应得好好的,背后如何?我总不能捉住人家的手投票啊!"

李济运听着很不高兴,却不能发作出来,只道:"星明,你把握局面的能力我是知道的,你把工作再做细一点。党员代表要带头,这是纪律。"

刘星明说:"我猜这次明县长很难说。"

李济运本来心里有数,却故作惊讶,说:"谁出问题也不能让明县长出问题!"

刘星明说:"济运兄,今年的情况有些不同。一来我是候选人,大家看我的眼光有些不同;二来我提出来反对向候选人要好处,损害了代表们的利益。常委会的内容有人知道了,说明县长在会上大发脾气。我估计代表们现在最有意见的是两个人,一是明阳同志,二是我刘星明。"

没想到常委会的细节这么快就传到外面了。刚才开候选人会时,几个准副县长都很气愤,差不多要骂娘了。有人还说我反正没有钱,剥皮也没有几尺。但这些人私下里都会给代表团送钱去。谁也不想选举出差错,误了自己的前程。只要能够当选,自己掏钱也都合算。李济运这么想想,几个副县长候选人,谁都可能泄密。如此说来,明阳真是胜算难料。

李济运见老同学没精打采,便说:"星明,田书记刚才对你作了高度评价,他说像你这样政治上可靠的同志,组织上绝对不能亏待!"

刘星明扬起了眉毛,眼睛亮亮的,问:"市委田书记?"

李济运说:"不是市委田书记,哪里还有田书记?"

刘星明脸不禁红了起来,说:"哦,田书记是管干部的。"

李济运又说:"星明,田书记是很关心干部成长的。"

刘星明似乎感觉自己的表现有些过分,马上又故作平淡,说:"济运,田书记再管干部也管不到乡干部。我是不作非分之想的。你放心吧,我们代表团的工作,我会尽全力去做。"

有了刘星明这句话,李济运就放心了。他拱手抱拳谢过,又去找朱达云。朱达云把胸脯拍得啪啪响:"济运兄,您请放心,乌金乡绝对不会给您丢脸!您是这里的老书记,大家看您的面子也会服从组织意图的！"

　　李济运心里却是有数：朱达云肯定收过候选人的好处了，只有明阳没有给他面子。看样子朱达云不想细谈，他说起了段子："李主任，那天同你说了小时候的故事，我这几天就总是想起过去。记得小学作文，有三篇作文不知写过多少次，就是《新学期的打算》《我的家史》《记一次有意义的劳动》。《新学期的打算》第一句话总是：新的学期开始了！《我的家史》第一句话总是：在那万恶的旧社会……《记一次有意义的劳动》第一句话总是：天刚蒙蒙亮……只说《我的家史》，全班同学除去几个地主成分的学生，爷爷和父亲都在地主家做长工、打短工。我们村里总共只有三四户地主，哪用得着这么多长工和短工？有个同学最是好玩，他为了显得自己家苦大仇深，写自己妈妈从小就在地主家做童养媳，受尽地主少爷的欺负。同学们就问他：那你的爸爸到底是地主少爷，还是贫农呢？"

　　李济运碍于面子，应付着笑了几声，告辞出来了。他还急着找人谈话，没有心思听朱达云讲段子。心想这朱达云可是个大滑头。

　　谈完话回到房间，见桌上放着一个礼品袋。打开一看，原来是金利来衬衣。李济运想起贺飞龙特意说到正牌货，似乎此地无银三百两。

　　李济运把衬衣拿出来看看，虽怀疑是冒牌货，却也分辨不出来。如今的人作假功夫非常了得，赝品文物连现代仪器都测不出真假。李济运突然觉得很可笑。他想贺飞龙这个政协常委，就像他赠送的金利来衬衣，叫人不好怎么说。前不久，吴德满在常委会上汇报政协会议筹备工作，包括人事安排。吴德满汇报完了，刘星明请大家发表意见。居然没有人说话，也不说没意见，也不说有意见。刘星明猜到其中缘由，就把话挑明了，说："同志们是不是对贺飞龙当政协常委有看法？有看法就提出来讨论。我个人的意见，贺飞龙是民营企业家的优秀代表，他有回报社会、服务社会的情怀。他这几年不论从纳税上，还是从公益事业上，都体现了一个企业家的社会责任感。所以，我个人是同意安排他做政协常委的。退一万步讲，一个企业家，做了人大代表，或政协委员，真发现有问题，照样可以处理。从各地情况看，出问题的各级人大代表、政协委员，并不少见。我们提拔干部，能保证他不犯错误吗？"刘星明把话说到这个份上，大家就真没有话说了。

四

政协会提前两天召开，也提前两天散会。人大会议进入选举程序，政协委员们就回家去了。吴德满坐在主席台上，神情有些事不关己。主席台上原本摆放了各色花草，今天又加了十几盆火焰似的一串红。台上就座的胸口还别了鲜花，就像谁家娶亲似的。乌柚的官方场面毕竟还没那么庄严，领导们佩戴鲜花只是近两年的事。有的人便不太自在，不时瞟瞟胸前的鲜花，似乎那是个快要爆炸的雷管。

李济运也有些别扭，双手相扣抵着下巴，便把鲜花挡住了。县里人大会的规矩多少有些随意，本来应该只是大会主席团坐台上的，却每次都把所有常委放在台上坐着。吴德满不是常委，可他是县级领导，也是怠慢不得的。主席台就显得格外拥挤。有人在底下开玩笑，说今后设计会场，干脆把主席台弄得比台下大些，免得领导们那么艰苦。有人却说，拥挤一点好啊，这就叫紧密地团结在刘星明同志周围。

今天是县政府换届选举，代表们到会稍早些。程序都是固定的，正式选举之前，得通过有关决议。代表们举手放下，再举手再放下，鼓掌再鼓掌。没有掌声的时候，会场里只有翻动文件的沙沙声，气氛就很有些肃穆了。

代表们开始填写选票，李济运无意间望见了老同学刘星明。他坐得腰板笔直，脸上带着微笑。那感觉就像知道摄像机正从他头顶摇过，他得注意仪态和表情。投票时摄像机其实只拍全景，不太会拍代表们的特写，填写选票的特写更不会拍的。

运动员进行曲响了起来，代表们纷纷起立走向投票箱。听着这烂熟的曲子，李济运心想这各种会议仪礼的曲子，是否也应该规范规范？运动会是这个曲子，党代会是这个曲子，人大选举也是这个曲子，总觉得不伦不类。

统票还要花些时间，县里没有电子计票设备。用这段时间看场电影，已是多年的惯例。会场黑了下来，电影很快放映。居然是美国片子《真实的谎言》。银幕上刚刚映出"真实的谎言"几个字，代表们哄地就笑了。这是一部老电影，李济运是看过的。很多代表笑了，可能他们没看过。电影倒是精彩，只是这片名同选举摆在一块儿，有种怪怪的感觉。电影放了几十分钟，李济运忽然发现，很多代表都在低头收发短信。是否同选举有关？他早把手机调到振动了，忙看看自己的手机，正好有于先奉的短信。打开一看，不由得一惊。信息写道：李主任，请马上到休息室开紧急会议。

李济运弓着腰走了出来。他进入休息室，见会议已经开始。参加会议的是全体县委常委、县人大正副主任。田家永在讲话，脸色白得透着青。李济运听了几句，就知道明阳落选了。李济运隐约有些预感，没想到真的应验了。政府换届选举不关他的事，却也不愿意看到这种结局。明阳在他眼里，毕竟是条汉子。

"我紧急请示了市委龙书记和王市长。龙书记和王市长的意见，一定要保证组织意图不折不扣地实现。怎么落实市委指示？

刚才的选举显然是存在问题的。选举中的问题，只能用选举来纠正。我的意见是先宣布刚才的选举结果，县长再选一次。这个意见，市委同意了。"田家永话讲得硬邦邦的。

李非凡说："我拥护田书记传达的市委意见。但个人认为，再选一次是否符合组织法，是否会引起舆论震动，都是需要考虑的。明阳同志来乌柚县工作半年了，他作为代理县长是称职的，工作能力大家有目共睹。但选举有个程序问题，程序是合法的和正常的，我们就要慎之又慎了。我们一定要把问题想复杂些，把法律问题想得更清楚些，把应对措施想周全些，这样才能确保不折不扣地落实组织意图。"

李非凡说得冠冕堂皇，真实意图却是不想再选。他也许还有幻想，希望市委会突然让他改任县长。田家永好像非常赞许，慢镜头似的点着头，说："非凡讲得很有道理，这些情况我们要充分考虑。时间不等人，星明同志，你谈点看法，目的是确保再次选举成功。"

刘星明的络腮胡子，好像一急就长得快些，长长短短地竖着。他的右掌本来撑在脸上，突然用力一抹，就像匕首擦过磨刀石，说："我坚决拥护田书记传达的龙书记和王市长的意见。县长再选一次，这是总的原则。法律问题请县人大负责研究。这种情况至少在全市是第一次出现，我们在处置方式上不妨有所突破，翻不了天！"

所有人都点着头，李非凡的头点得最用力，就像跟人家比赛似的。可他说出的话却是软拖硬顶，说："刘书记的意见我们人大会认真考虑，但法律问题必须研究清楚。时代不同了，人民群众的觉悟高了，弄不好会出乱子。"

明阳表面上平和，内心却是激愤，道："我虽然预料过这种结局，但主观上仍不相信会落选。我不是说自己如何了不起，而是没有想到少数人的能量会这么大。为了不给组织添麻烦，我可以不当这个县长。"

田家永瞟了一眼明阳，说："明阳同志，现在容不得你讲个人意气！这是考验我们执政能力的时候，这是同少数人的不良习气交锋的时候。乌柚县不能开这个坏头，我坐镇的地方不能开这个坏头！星明同志和非凡同志讲得有道理，我们现在要紧的是研究对策。小范围说吧，非凡同志，少数人向候选人索要好处，这是违纪问题，还是违法问题，我们再去研究。但只要存在这个问题，选举就不正常，我们就有理由再进行一次正常的选举。"

田家永这话好像自相矛盾。如果选举不正常，整个选举结果就得作废。而田家永说的显然只是县长选举不正常，副县长选举仍是有效的。李济运听出了田家永说话的毛病，他相信所有人都会感觉到。但没有人说出来，都点头表示赞同。田家永说到代表索要好处，有意点了点李非凡的名字，也是用心良苦。李非凡果然不再说话，这毕竟是摆不上桌面的事。

田家永见大家只是附和，并没有实际意见，就语重心长起来："同志们，不要把问题看得太严重，明阳同志只差十五票就过半数，说明存在不良习气的代表只是极少数。我们可以通过教育，给他们转变态度的机会。你说呢，非凡同志？"

李非凡被顶到墙上了，头点得更加费劲，说："我坚决执行田书记的指示。"

刘星明看看手表，道："田书记，电影马上就结束了。我建议，马上宣布选举结果。会议结束之后，马上做代表工作。"

刘星明一连说了三个"马上"，然后望着田家永说："田书记还是不要亲自出面，我分别找四十六个代表团的团长谈一次，几位常委再有针对性地找一些代表谈。明阳同志回避。"

"不！"田家永摇摇手，"我跟全体常委、人大正副主任一起，一个一个找代表团团长谈。"

刘星明望望田家永，说："田书记，您还是得有个退路吧？"

田家永笑笑，说："你是怕我丢脸吧？我们要相信人民代表的觉悟！出了问题，只说明我们工作没有做到家。"

刘星明忙作检讨，道："田书记，责任主要在我身上。选举结束之后，我会请求市委处分。"

田家永说："这话就不说了。快去宣布结果吧。我还说一句，请宣传部密切关注网络，乌柚县选举的情况，网上不得有一个字的负面消息！"

李济运听了这话，就望了望朱芝。朱芝来不及说什么，田家永已经站起来了。朱芝有些欲言又止的样子。她似乎觉得很为难，刘星明又回头交代说，首先要管好你自己的网站。刘星明说的是乌柚在线，乌柚县的官办网站，可听上去好像那是朱芝的网站。李济运猜她肯定有话说不出。网络是谁也拿它没办法的。县委宣传部管得住乌柚在线，管不住别的网站。朱芝一年到头四处灭火，压住各种媒体的负面报道。她在常委会上说得最多的一句就是："我是个消防队长。"李济运暗自想，网上要起火，谁也防不住。他估计网上很快就会有乌柚选举的帖子。一个县长，一次没选上，再次选举，这可是闻所未闻。

田家永走在最前头，刘星明紧随其后。田家永临出门时，回头见明阳落在最后面，严肃地说："明阳同志，你到前面来！"

明阳便抢了几步，走到了刘星明后面。运动员进行曲再次响起，田家永带领刘星明、李非凡、明阳等走向主席台。李济运同朱芝走在最后，趁着音乐声掩护说话。朱芝说："真没想到！"李济运轻轻握了她的手，说："不着急，急也没用。"掌声突然响了起来，主席台上的人马上拍手回应。李非凡吹吹话筒，说："继续开会！"掌声渐渐停了下来。李非凡紧闭双唇，等会场完全安静了,才宣布随后的程序。李非凡颇有煞气,乌柚县的干部都知道。

没有按程序先宣布县长选举结果,而是先宣布副县长候选人得票数。代表们还没察觉到异样,都屏息静气听着。副县长选举没有任何悬念,落选的自然是差配刘星明,也就是有人私下给他起的外号刘差配。不管投没投明阳票的,都不会想到明阳会落选。毕竟不投他票的人不敢串联,他们并不知道有多少人没投明阳的票。突然听说明阳没有选上,台下顿时闹哄哄的,掌声也稀落下来。谁都意识到出大事了。可掌声马上又响了起来,毕竟副县长们还是当选了。掌声听上去似乎有些尴尬,不知是为副县长们欢呼,还是为明阳幸灾乐祸。掌声伴随着哄闹,情形有些怪诞。李济运坐在主席台第二排,他看见明阳也在拍手。台下掌声先是礼仪性的,慢慢地越来越热烈,居然经久不息。台下的人没有停止鼓掌,台上的人也不便放下手来。必定是没有给明阳投票的人奋力鼓掌,全场的人都不由自主地被他们裹挟了。台上的人互递眼色,谁都没有见过这种场面。

田家永觉得不太对头,板起脸孔放下了双手。主席台上的人马上停止鼓掌,通通威严地注视着台下。鼓掌的声音逐渐变小,却并没有完全停下来。这时,莫名其妙地,掌声突然停了。原来,差配刘星明站了起来,朝代表们频频鞠躬,高声喊道:"感谢代表们的信任!感谢代表们的信任!我一定尽职尽责,不辜负人民的重托!"

刘星明坐在台下最前排,他的话台上台下都听见了。掌声再次狂暴而起,并伴以满堂笑闹。

田家永又惊又恼,问刘星明:"这是怎么回事?这个人是谁?"

刘星明一时不知所以,说:"田书记,他就是那个差配干部刘星明。"

田家永说:"他不会是开玩笑吧?这个玩笑可太大了。"

刘星明回头望望李济运,求救似的,说:"他不是疯了吧?"

李济运脸早吓得铁青,马上站了起来,说:"他可能真的疯了!"

李济运从座位里挤了出来,飞快地跑下台去。他走到老同学身边,说:"星明,你去休息一下。"

刘星明仍是站着,笑道:"没事的,我马上要做就职演说。"

李济运确认老同学的确是疯了,忙招呼会场工作人员:"快带刘书记去休息一下。"

工作人员伸手要来拉人,刘星明挥挥手,横了眼睛骂道:"你们怎么回事?"大家都是熟人,一时都不好意思太伤面子。

李济运只好自己把手搭在老同学肩上,说:"星明,我俩出去说句话。"一边就使了眼色,叫人帮忙。刘星明便挥着手,叫人半拉半推地弄出去了。

送了刘星明去房间,李济运却脱不得身。刘星明笑容满面,场面上的话说得有板有眼:"济运兄,今后我的工作还要靠你多支持。看新一届政府如何分工,我自己的想法还是分管农业。我们是农业大县,乡党委书记都是农业书记。管农业,我是驾轻就熟。"不知道的,根本看不出他精神失常了。

"星明,我上个厕所。"李济运暗自叫人看紧点,自己躲到厕所打电话,"刘书记,他真是疯了。"

刘星明说:"你想办法叫他安静,你自己快到会场来。"

李济运说:"他也没有不安静,只是真以为当选副县长了,正同我谈以后分管什么工作。他不出来见人,不会有事。要是出来,就会闹笑话。"

刘星明说:"总不能限制他的自由吧。这样,叫医生给他打一针镇静剂,让他睡觉,再安排人守着。"

李济运拿不定主意,问:"这样行吗?"

刘星明说:"选举是大事,不能再出笑话。你按这个办,出了问题我负责!"

李济运不想自己做这事,叫来于先奉,小声交代了。于先奉也有顾虑,说:"李主任,只怕要同他家属说吧?"

李济运说:"这事暂时还不能让陈美知道,事后再作解释吧。老于,这是刘书记的意见,你照着办就是了。我得马上去会场。"

"好吧,我马上同医院联系。"于先奉只好遵命,却又莫名其妙地搓搓手,"太冷了!南方的冬天比北方都难过。我于娟说在家里只穿一件薄毛衣。"

于先奉总觉怀才不遇,就总拿他女儿于娟出来献宝。李济运只图脱干系,便夸了几句于先奉的女儿,匆匆奔会场去。于娟读完硕士留在北京了,于先奉平时说话转弯抹角都要说到他这宝贝女儿。

刘星明正在讲话,台下意外地安静。时间也快十二点了,刘星明的讲话也到了尾声:"请各代表团团长午饭后不要外出,中午有重要会议。具体时间,电话通知。"

李济运没来得及上主席台会就散了,他不想站在门口同代表们打招呼,转身想回房间去。明阳落选了,刘星明发疯了,马上会成热门话题。大家见了他,必定就会说到这事。他能说什么呢?上策就是躲着。

没想到电话响了起来,刘星明打来的:"济运,怎么样了?"

李济运说:"先奉同志在处理,医生快到了。"

刘星明似乎有些不高兴,顿了会儿才说:"那你快到会场来吧,开个紧急会。"

李济运转身回会场,逆着人流往主席台走。有人同他打招呼,他匆匆地答应。果然听得代表们都在议论刘差配和明阳,似乎大家对刘差配发疯更感兴趣。李济运隐约觉得,老同学发疯无意间帮了明阳。西方国家的政治公关有个惯用手法,就是危机时刻想办法转移注意力。老同学把大家的注意力吸引过去了,也许对明阳再次选举有好处。有些残酷,却是事实。

李济运觉得非常对不住老同学,马上打了于先奉电话:"于主任,怎么样了?"

于先奉说:"针才打下去,刘书记在骂娘,质问我们这是为什么。"

李济运说:"事后再向他解释吧,一定要稳住他。"

于先奉说:"放心吧。好了好了,刘书记躺下去了。李主任,我看着真有些过意不去。"

李济运手忍不住颤抖,说:"老于,我们都是奉命行事。"

李济运去了主席台东侧的休息室,县委常委同人大正副主任们都在座。田家永朝李济运招手,他身边正好有个空位。李济运犹豫不前,他显然不便坐到那里去。他若坐下去,右边是田家永,左边是刘星明。这个座位至少是市委书记坐的。这时,刘星明说话了:"济运过来,田书记问你话。"

李济运只得过去,脸朝田家永,侧了身半坐着。

田家永问:"怎么样了?"

李济运回道:"打了镇静剂,刚睡着。"

田家永抬眼望望刘星明,说:"星明,又一个麻烦来了。"

刘星明只是望着田家永,一时没明白他的意思。田家永说:"情况特殊,我们苦无良策,给他打了镇静剂。这事他的家属如果追究,也是要闹事的。"

李济运听着就暗自紧张,这件事他毕竟参与了。陈美是个有性格的人,天知道她会闹出什么花样。刘星明的手在沙发扶手上轻轻动着,既像从容地敲打,又像机械地抖动,话却说得轻松:

"星明同志的确是精神失常了，三百多代表可以作证。我想这事不会闹出麻烦来。"

田家永吐出浓浓一团烟雾，再慢慢喝了一口茶，说："好吧，事后一定要做好疏通工作。星明同志既然病了，趁他睡着的时候，送到医院去。我们现在开始开会。我宣布几点：一、我们在场的所有同志，集体找各代表团团长谈话；二、找代表团团长单个地谈，每人只谈三五分钟，争取两个小时谈完；三、为了保证会议质量，我建议同志们都关了手机；四、李济运同志负责安排谈话对象，并负责同他们联系。济运一个人年轻些，你就辛苦吧；五、谈完之后，下午马上举行县长再次选举。下午三点钟谈完，给半个小时代表团开会，三点半开始选举。各代表团下午三点钟准时开会，不能提前。我们也不去吃饭了，让工作人员送盒饭来。"

刘星明把关了的手机放在茶几上，大家也都关了手机放在显眼处。李非凡一边关着手机，一边笑道："田书记，饭还要去餐厅吃吧。"

田家永瞟了一眼李非凡，并不掩饰脸上的不快，说："非凡，这话最不应该是你说。选举如果出问题，星明是第一责任人，你是第二责任人。我们都在替你做事，你还说这话！"

李非凡有些不好意思，笑道："感谢田书记！我工作没做好。"

田家永说："饭一时来不了，谈话先开始。济运，你安排人吧。"

李济运刚才趁田家永说话的时候，已叫于先奉把刘星明送到医院去了，安排人二十四小时陪着。这会儿听了田家永的吩咐，便说："我马上通知。请示一下，黄土坳乡代表团团长刘星明同志病了，是否可请副团长替代？"

刘星明说:"非凡,你说说意见吧。"

李非凡说:"同意副团长负总责,这事不要研究了。"

李济运马上打电话,先叫朱达云过来。朱达云还在吃饭,说马上就来。田家永拍拍李济运坐的座位,说:"济运,这个位置留给谈话对象。"

李济运屁股像被火烫了似的,一弹就站了起来,笑道:"我哪敢坐这个位置?借个胆子都不敢。坐这个位置至少得市委书记。"

田家永也笑了,说:"你好好干,说不定哪天就轮到你坐了。"

田家永今天都是绷着脸的,大家见他笑了,也都笑了起来。大家笑了笑,都望着李济运。不知道是感谢他,还是羡慕他。说感谢也有道理,全搭帮他一句玩笑,田家永笑了,气氛轻松了片刻。说羡慕更有道理,大家都知道田家永很赏识李济运,他人又年轻。李济运找了空位坐下,再望望田家永身边的座位,心想那里果然不是自己该坐的。可是,今天进来谈话的人,都得坐到那个座位上。

没多时,朱达云敲门进来。李济运说:"达云,您坐到田书记和刘书记身边去。"

朱达云红着脸,站着不动,说:"我哪敢坐那里?"

田家永笑容可掬,拍拍身边的沙发,说:"来,请坐。刚才同志们还在开玩笑,说这个位置至少是市委书记才可以坐。"

朱达云腼腆得有些忸怩,很不自然地走过去,抓耳挠腮地坐下。李济运工作做得细,事先已写了一张条子:朱达云,乌金乡代表团团长,该乡党委书记。田家永早看过条子了,说起话来非常亲切:"达云同志,我们长话短说。组织上的选举意图要不折不扣实现,这条原则是不能变的。县长不搞差额选举,候选人只能是明阳同志,这条原则也是不能变的。上午选举出了点小问题,情况我们早就掌握了。有个别人向候选人索要好处,明阳同志公开反对,有人就不投票。这是违纪问题,还是违法问题,我们暂时不过问。我专门请示过市委龙书记和王市长,市委同意下午举行县长第二次选举。达云同志,现在既是一个市委副书记找你谈话,也是星明同志、非凡同志等县委、人大全体领导集体找你谈话。目的就是一条,拜托你做好工作,务必保证下午选举成功。如果个别人仍然坚持错误,组织上不排除进行调查。我这话是说得严肃的。"

田家永说话最初十分亲切,说着说着脸色就黑了起来,到最后又随和起来,道:"达云同志,我说完了,看看其他领导还有什么意见。"

刘星明说:"我完全同意田书记的意见。达云同志,一定要把工作做细。"

李非凡说:"我没有别的意见了。"

田家永站了起来,紧紧地握着朱达云的手,重重地拍着他的肩膀,说:"小伙子,很年轻嘛!"

朱达云双手握着田家永的手,使劲摇晃着,说:"请田书记一定放心,我一定做好工作!"

田家永笑道:"不光是让我一个人放心,你还要让星明同志、非凡同志和全体领导放心!"

朱达云朝领导们深深地鞠了一躬,说:"请各位领导放心!我提议,万一选举再出问题,全县的乡党委书记全体免职!"

田家永马上板了脸,说:"达云,这不是玩笑话!这不成了连坐吗?"

刘星明马上替朱达云打圆场,说:"达云同志这话,就是表个决心。达云,我们相信你的决心,但这个玩笑只到这里为止,说不得的。"

田家永又道："达云同志，下午三点钟你们召开代表团会，不得提前。三点钟之前，不得透露谈话内容。下午三点半开选举大会。请准时到会，不另行通知。我这个市委副书记把会务工作都做了。"

田家永拍了朱达云的肩膀，又称他年轻小伙子，还同他开玩笑说自己搞会务，朱达云感动得差不多鼻子发酸，拱手告辞而去。第二个代表团团长马上被请了进来。李济运早做了安排，时刻有三五个人在外头候着。田家永说的还是那些话，就像播放录音。做领导的都有一种特异功能，同样的话重复说来，让人听起来都像头一次。很有些像职业歌唱家的表演，一首歌唱一万次都能声情并茂。又有些像情场老手，一天会三个情人，说的话都是"我只爱你"。

谈完了四个人，盒饭送来了。大家十分钟吃完饭，马上又开始谈话。进来谈话的人一个个也都像朱达云，都被田家永感动得热血沸腾了才出去。每进来一个人，田家永都站起来握手，请他坐在自己身边。谈完之后又站起来握手送别，老朋友似的夸上几句。田家永都能叫他们的名字，都只叫名而省去了姓，相当于外国人喊昵称。唯一遗憾的是有个乡的书记叫陈波，总不能叫他"波同志"。一个乡党委书记，这么近挨着市委副书记，平时是没有机会的。县委、人大班子也环列而坐，暗生一种震慑人的气场。

快三点的时候，李济运听得外头动静，马上跑了出去。见来的是陈美，心想坏事了。周应龙正好在会场里头，听得动静也赶了出来。他马上掏出对讲机："快来几个人！"

李济运忙碰了碰周应龙，轻轻地说："周局长，千万不要叫公安！"

周应龙就站着不动了,犹豫几秒钟仍进了会场。

陈美看见了李济运,点着手指骂道:"你说,你们对我屋星明做了什么?"

"美美你别激动,我们过去说话。"李济运说话间拉住陈美,不让她往休息室里去。

陈美甩开他的手,嚷道:"你别碰我!"

李济运怎么也不能让陈美进去,拉住她说:"里面在开会,有话同我说。"

陈美说:"同你有什么好说的?我屋星明就是你害的!"

李济运力气大,拉着陈美往外走,说:"美美,星明突然犯了病,送到医院去了。"

陈美哪里听得进去,道:"我屋星明好好的,哪有什么病?我才从医院回来,他睡得像死人一样。医生说,县里领导叫人给他打了镇静剂。为什么?这是为什么?他是恐怖分子,还是疯子?"

李济运真不好开口,摇头半天才说:"美美,你得挺得住。我相信星明只是一时的,他会好的。"

陈美说:"他本来就好好的,哪有什么病?"

李济运只得说:"星明突然精神失常了,三百多人大代表可以证明。"

陈美身子一软,双脚打跪,瘫倒在地。李济运忙叫过几个女服务员,说:"你们把陈主席送到医院去。"

几个女服务员不知所措,迟疑半天才上前搀扶陈美。陈美被扶出去好远,才又哇哇地哭了起来。

这时,几个警察赶了过来,想帮忙搀扶陈美。李济运忙朝他们摇摇手。警察忙闪开,站立两边。陈美果然高声叫喊:"好啊,警察都来了啊,我们全家都是坏人啊!"

李济运回到休息室，一位谈过话的人才出来。田家永说："刘星明的老婆吧？我料想到了的。暂时安排人稳住，我们继续吧。"

李济运突然收到济发的短信：只看到你跑上跑下，不好！

李济运身上突然发热，额上渗出汗来。自己的堂兄提醒，肯定是好心好意。可济发总是指指点点，他想着就不舒服。心想你懂你还是个科级干部，我不懂我是县委常委了！过了好几分钟，李济运才回道：我会注意，谢谢发哥！

明阳终于顺利当选县长，只差一票就是满票。肖可兴也顺利当选，他将分管文化、教育和卫生。会议热热闹闹地结束了。田家永笑容满面，坐在主席台上讲了话，说市委龙书记、王市长对乌柚的选举非常满意，说明乌柚广大干部是靠得住的，广大人民代表是能够真正代表人民群众利益的。普通代表并不知道田副书记早就到了县里，他们见了这么大的领导，情绪有些激动，台下非常安静。

散会那天的晚宴，田家永领着刘星明、李非凡、明阳和副县长们挨桌敬酒。凡事总有人讲怪话。望着新领导们喜气洋洋的样子，有人就在席间开玩笑说：几年之内，他们将是乌柚新闻的专业演员。这话原来是有典故的，说的是有位老人指着电视上的领导问四岁的小孙子：宝贝知道这位爷爷是谁吗？孙子想都没想，随口回道：知道，演新闻的。小孩子懵懂无知，以为电视都是演的。今后乌柚新闻正式演出，李非凡的名字会排在明阳前面，可这会儿敬酒他却走在明阳后面。事后有人议论，明阳差的那票就是李非凡。说是乌柚六十多万人，最不愿意明阳当县长的，就是人大主任李非凡。明阳和李非凡，还有李济运，他们三人本有同门之谊，都是田家永用起来的。

五

乌柚官场中人都熟悉田家永的风格,他的铁硬手腕这次叫人再度领教了。自然就会有各种说法,传来传去就不太好听。传这些话的都是县里领导,也就是被召集在会场休息室的那些人。他们说名义上是集体找人谈话,其实是田家永把大家软禁了。他们的手机也被勒令关闭,怕有人同外面暗通消息。刘星明和李非凡不便讲田家永坏话,他俩心里却都满是牢骚。当时只有李济运一个人开着手机,只因他需随时联系谈话对象,可给人的感觉是他成了田家永最信任的人。刘星明隐隐有些嫉妒,李非凡更是不舒服。

果然像李济运料想的,两条乌柚县选举的帖子满天飞。一条是《乌柚县两次选县长,不选明阳不让过关》;一条是《乌柚县选举副县长,差配干部当场发疯》。李济运上网一看,有嘲笑老同学刘星明的,说他是现代官场怪胎。明阳更是冤枉,他简直被人妖魔化,说成是不学无术的庸官,只会溜须拍马的贪官。他若不是贪官,谁硬要保他做县长?贪官才有钱行贿,才能做大官。

田家永已经打马而去,乌柚县的麻烦都得刘星明顶着。明阳被抛在风口浪尖，他自己说不得半句话。老百姓是宁可相信谣言，也不相信官方宣传的。也怪不得老百姓，这年头官方老喜欢辟谣，最后又总是打了自己嘴巴。你说是造谣，刘差配不是真的疯了吗？

朱芝被刘星明骂了顿死的，却只得硬着鼻子忍着。刘星明也知道自己是发虚火，网络好比正月十三夜的菜园子，谁都可以进去捞一把。刘星明调到乌柚来，知道这地方有种奇怪的风俗。每逢正月十三夜，谁都可以去别人家菜园偷菜吃。要是怕人家偷，就先给白菜、萝卜浇上大粪，断不可骂娘。菜园可以浇大粪，网上是没法浇的。

纸媒和电视比网络慢些，却也飞快地赶到了乌柚。他们都要采访刘星明、李非凡和明阳，一概被宣传部挡掉了。朱芝出来做挡箭牌，陪记者们喝酒，打发红包。县里每次出麻烦事，《中国法制时报》的记者成鄂渝总是最难缠的。乌柚的县级领导多认识此人，私下给他取了个外号"鳄鱼"。他每次照例都会闭嘴，可花费总是最大的。

成鄂渝这次悄然而来，不像往常那样先打电话。他也没有去梅园宾馆住宿，自己住进了紫罗兰大酒店。周应龙得到指令，注意所有可疑人员。成鄂渝进入乌柚，处处都有人掉线。当时下午，朱芝同周应龙找刘星明汇报，李济运被请去听情况。

朱芝简要报告了媒体的情况，说："这些记者都摆平了，他们不会发报道的。只有那条鳄鱼仍不露面，不知道他什么意思。"

李济运说："还有什么意思？不就是想把这一单做得更大些？这个人实在可恶，一天到晚扛着'法治'二字，满世界吓唬人！"

刘星明问周应龙："周局长，你说说吧。"

周应龙说："我有人暗中掉了他的线。他先去了物价局，在舒泽光办公室坐了一小时三十四分钟。后来想找星明同志，被陈美挡了，没见成。又在街上随意询问群众，围着他的人很多。我的人混在里头，说群众的话很难听。"

"他这不是调查采访，这是蛊惑人心！"刘星明骂了几句，又开始长篇大论，"我们要学会同媒体打交道，交朋友。这是门艺术。我们对待舆论监督，也要有个正确态度。总的态度是欢迎监督，但不允许他们歪曲事实，以乱视听。我觉得大多数记者素质都是很高的，对我们的工作很有促进和帮助。像成鄂渝这种记者只是极少数。应龙，你有什么建议？"

周应龙说："我建议，干脆把他请出来！我刚才一路同朱部长商量，可以文请，也可以武请。"

"怎样文请？怎样武请？"刘星明问。

朱芝说："文请就是我请，直接打电话给他，就说听说他到乌柚来了，怎么不见老朋友。请他住到梅园去，见面就好说了。武请就是周局长请，他有办法。"

李济运知道周应龙所谓武请，无非是给他栽个什么事儿。最好做的就是抓他的嫖，录下口供签字画押。也不必真的处置他，只需留住把柄，他不再来乌柚寻事就行。乌柚人都知道紫罗兰的小姐多，在那里设局太容易了。李济运却不赞成这么做，怕弄不好反而添乱。

"我想还是文请吧，他不就是要钱吗？"李济运说。

"我也同意文请。我向市委骆部长汇报过，他嘱咐我注意策略。但万一他的鳄鱼口张得太大怎么办？此人的确太讨厌了！"朱芝说的骆部长，就是市委宣传部长骆川，他干过两届部长了，算是市委里面的老资格。

李济运想想却也不怕，说："成鄂渝的真实目的仍是新闻讹诈，他故作神秘先在民间调查，无非是捞些材料吓唬人。他在民间搜集的言论，远比不上网上丰富。他也不敢凭民间传闻写稿件，必须得到我们官方口径。"

朱芝笑了起来，说："刘书记，干脆请李主任当宣传部长算了。他太懂新闻纪律了。李主任分析得有道理，成鄂渝把我们当乡巴佬耍，以为他搜集些民间言论，就可以吓住我们。我打电话请他出来！"

刘星明点头道："同意！你打他电话，有情况我们随时联系。我是不见他的，不给他这个面子。"

朱芝和周应龙走了，刘星明问李济运："舒泽光真想同县委对着干？"

李济运不想火上加油，只道："不知道舒泽光说了什么。"

刘星明说："一小时三十四分钟，不要话说？不会光是打哈哈吧？这个舒泽光，他真要做斗士啊！"

李济运附和着说了些话，慢慢就把话题转移了。他最愧疚的是老同学疯了，便说："刘书记，我建议您去看看星明同志。"

刘星明低着眼睛，说："济运，你代表我去看吧。"

李济运劝道："星明同志已经那样了，建议县里舍得花钱，尽快送出去治疗。现在关键是陈美同志，她的工作不做通，也是个问题。您亲自去看看，陈美那里就好做工作些。"

刘星明仍不说去不去看，只问："他还在医院吗？"

李济运说："他住在人民医院没用，回家来了。"

刘星明摸了半天的脸，终于点头道："好，我们晚上去吧。"

李济运回到自己办公室，打了陈美电话："美美，晚上刘书记同我一起来看看星明。"

陈美没好气，说："不稀罕，不要来。"

李济运说："美美你别激动，我们谁也没想到会这样。县委信任星明同志，才请他配合选举。"

陈美说："你们欺负他是个老实人！你们把他当宝钱、当哈卵！"

67

李济运放下声气，说："美美，我同星明是老同学，一向关系不错。我的初衷是帮他，差配干部也会安排的，这个你知道的。"

陈美说："谢了，不用。"

李济运仍是劝她："你就给刘书记一个面子吧。"

"他的面子？他的面子这么重要？我好好的一个男人，就叫你们害了！"陈美说着就哭了起来，电话断了。

李济运其实早把肠子都悔青了。他不推荐老同学，换了别人做差配，就不会生出这个枝节。他昨天夜里回家，舒瑾见面就说："熊猫了你怎么啊？"他去洗漱间照照镜子，发现自己眼圈青黑，脸也瘦了下去。选举之事他并不真的着急，反正同自己没有太多关系。只是老同学疯了，他才时刻忐忑不安。

李济运正苦于无计，收到陈美短信：星明并不知道自己疯了，人看上去很正常。你们来时不准提他的病，只说他突然低血糖昏迷，送到医院抢救。看了短信，李济运稍稍安心些。不然，他没法同刘书记说去。

刚把手机放下，又来了新的短信。一看，朱芝发的：老兄，速来梅园帮我，拜托！李济运发短信过去，开玩笑：有人绑架你了？朱芝回道：不是玩笑！我不想一个人见鳄鱼！李济运回道：遵命，马上赶到！朱芝又发来信息：你若现在动身，可能比我们先到。你在大堂突然出现，我们偶然碰上。李济运回道：你做导演啊，呵呵。

李济运马上赶到梅园宾馆，刚好碰到朱芝同成鄂渝下车。李济运才要同朱芝打招呼，突然看见成鄂渝，忙伸手过去："这不是成大记者吗？"

成鄂渝伸手过来握了，望着朱芝问道："朱部长，不好意思，这位……"

朱芝说："县委常委、县委办主任，李济运同志。"

李济运知道成鄂渝故意摆谱,笑道:"成大记者可是贵人多忘事!我俩同桌吃饭不下四五次了!朱部长您见一次就记住了。"

"惭愧,成某就这点毛病,只记得美女。"成鄂渝哈哈大笑,"开个玩笑。宣传部门是我们的领导部门,当然要记得啦!"

"李主任,正要向您汇报哩!刘书记从漓州打电话过来,要我转达他的意见,请您同我一起陪好成大记者。"朱芝笑眯眯地望着李济运。

李济运明白朱芝的意思,笑着说:"不用说刘书记指示,朱部长指示我也照办。成大记者,县里几个主要领导都在漓州,我同朱部长陪您!"

说话间,房间已经办好。李济运抢过成鄂渝的包,说:"我们送您去房间。"

成鄂渝客气几句,就双手插进口袋里,让李济运替他提包,大模大样的派头。到了门口,朱芝接过房卡,亲自替他开了门。看见是一个宽大的套间,成鄂渝禁不住站在门口往里望。

朱芝说:"县里就这个条件,成大记者就将就些吧。"

成鄂渝说:"很好很好。我们做记者的,什么艰苦的条件都见过。"

闲聊几句,李济运看看时间,说:"成大记者,您先洗漱一下,我同朱部长下去等。过十五分钟您请下来,我们吃晚饭。"

进了电梯,朱芝抿着嘴巴笑。李济运知道她笑什么,道:"妈的,还真把自己当回事了!"

朱芝说:"我是笑你,虚情假意却滴水不漏。他会真以为你很殷勤哩!"

李济运笑道:"美女你没良心啊,我替你打工,你还笑话我!"

出了电梯,两人就不说了。去大堂一侧的茶吧坐下,服务员过来,问要点什么。李济运玩笑道:"朱部长请客,问她要什么。"

69

朱芝笑道:"谢谢你小妹,坐坐就走。"

两人闲聊,谈到媒体的无良。李济运笑道:"我俩私下说,还真不好说谁无良。"

朱芝点头道:"各有各的难处,各有各的利益。我想过,官场主要是叫媒体不准说,商场主要是叫媒体怎么说。最近不断披露的商界黑幕,很多黑心企业过去都被媒体吹到天上去了。只要给钱,让媒体怎么说就怎么说。"

李济运说:"官场也有叫媒体怎么说的。"

朱芝说:"各有侧重。我们基层问题多,主要是不准媒体说。上面把握方向,主要是让媒体怎么说。"

电梯门开了,看见成鄂渝出来了,李济运同朱芝忙站了起来。还隔着一段距离,李济运悄悄儿说:"今天先把他灌醉,事情明天再说。我晚上还要同刘书记去看刘星明。"

"谁陪他晚上谈工作!他没这个格!"朱芝轻声说道,人却朝成鄂渝笑眯眯走去。

去了包厢,宣传部几个能喝的干将早候着了。朱芝请成鄂渝坐主位,他却说这是主人坐的。李济运说成大记者您不知道,乌柚县如今早改规矩了,尊贵客人坐主座。他硬拉成鄂渝坐了主座,自己同朱芝左右陪着。宣传部几个副部长和新闻干事张弛,依级别次序坐下。

端了酒杯,朱芝请李济运发话。李济运说:"我同朱部长代表县委宴请成大记者,宣传部干部可是来了大半。成大记者对乌柚工作非常关心,非常支持,我们一起先敬一杯!"

成鄂渝笑道:"我知道县里领导很忙,本不想打搅。没想到朱部长太厉害了,居然知道我到乌柚来了。朱部长,你们乌柚没有东厂吧?"

朱芝笑笑,说:"还克格勃哩!您成大记者是名人,您一到乌柚，老百姓可是奔走相告！我们还没来得及组织群众夹道欢迎哩！"

朱芝虽是开玩笑，成鄂渝听着也是高兴。边聊边喝，不断有副县长敲门进来，手伸得老长："啊呀呀，听说成大记者来了，那硬要敬杯酒。"

成鄂渝笑道："李主任，朱部长，你们先发动干部，不会再发动群众吧？乌柚可有几十万群众啊！"

朱芝笑道："我真没告诉他们。我早就说了，乌柚人民奔走相告，你只当玩笑！他们来敬酒，没有组织，都是自发的，自发的。"

成鄂渝哈哈大笑，道："我搞了二十多年新闻，知道报道中说的所有群众自发行动，都是你们组织的。"

李济运半真半假道："成大记者，您说这话，我觉得应罚酒一杯。您说什么'你们'，不太见外了吗？我们是一家人！您《中国法制时报》不也是官方的吗？中国还有民间报刊？"

成鄂渝道："李主任厉害，说得在理。但是，你的官方同我的官方，不是一回事。"

李济运听出成鄂渝的傲慢，话说得却软中带硬："成大记者，您是上级部门的记者，我们是基层。这一点觉悟，我们还是有的。但是，上级也得体谅下级啊！成大记者，这杯酒您得喝，就算我单独敬您！"

李济运不由分说，举杯朝成鄂渝碰了，自己一饮而尽。成鄂渝不好再说什么，也只得干了杯。李济运又说："开句玩笑，老早就有个说法，领导就是服务，可搞服务的从来不是领导。悖论，悖论！但我看您成大记者，最关心我们乌柚，我不敢说您给我们服务了，您可要继续加强领导啊！"

成鄂渝听了这几句话，不禁有些飘飘然，又因酒性来了，说话就没了轻重:"说句实在话,我这几年写报道也少了。我们新闻界有句行话,小记者写报道,大记者写参考。"

李济运明知故问:"兄弟我没见识,什么参考?不是《参考消息》吧?"

成鄂渝笑道:"《内参》!"

李济运忙拱手:"向成大记者致敬!说句掏心窝的话,我们在基层做的,天不怕地不怕,就怕《内参》来电话。"

成鄂渝说:"《内参》来电话,什么意思?我也不懂了。"

朱芝笑道:"大记者们做事都不背地里弄人,写了《内参》都会打电话告诉我们。我们就去解释,说明情况。记者们都通情达理,说清楚了,《内参》就不上了。不然领导批示下来,麻烦就大了。轻则作检讨,重则丢官帽。"

成鄂渝说:"这倒是的。我没有十足把握,不会轻易写《内参》的。我一旦写了,天王老子说情也不行。记者得有记者的良知。"

"成大记者刚直、实在,我很佩服。"朱芝奉承几句,"成大记者,可以跟您照个相吗?"

成鄂渝笑道:"我是记者,又不是明星,照什么相!"

朱芝很真诚的样子:"我可是从来不追星的,只敬佩有真才实学的人。您不会不给面子吧?"

成鄂渝站了起来,说:"同美女照相,我求之不得。"

朱芝便走过去,站在成鄂渝身边。张弛忙举了相机,嘴里喊着"茄子"。朱芝说别太远了,人要取大些。李济运看出朱芝是在灌迷魂汤,也喊道:"不能只同美女照,我也照一个。"

李济运站过去,朱芝伸手要过张弛的相机,说:"我亲自来拍,不相信你的技术。"

桌上七八个人都要拍照,都是朱芝举着相机。成鄂渝过足了明星瘾，酒性慢慢开始发作，舌头有些不听使唤了。李济运望望朱芝，两人会意，见好就收。喝过团圆杯，朱芝说："成大记者，您也辛苦。我安排弟兄们陪您泡泡澡也好，洗洗脚也好，放松放松吧。我同李主任不太方便陪，乌柚就这么大个地方。"

成鄂渝只知道挥手傻笑，嘴里不停地叫朱芝美女，说："漓州十三个县市，我都多次跑过，只有乌柚县干部素质最高。像朱美女这样年轻漂亮的部长，莫说是漓州，全省全国都少见。"

辞过了成鄂渝，两人步行回大院。朱芝笑道："李主任你真以为我追星啊！"

"知道你是演戏！"李济运说。

朱芝嘿嘿一笑，轻轻地哼一句歌："其实你不懂我的心！"

望着朱芝调皮的样子，李济运不解何意。朱芝笑道："你看出成鄂渝身上行头了吗？他手表是劳力士，衣服也都是名牌。我把他身上能拍到的都拍了特写。"

"我是老土，不太认得牌子。"李济运说。

朱芝说："你还不懂我的用意。"

李济运明白过来，说："以其人之道，还治其人之身？"

朱芝说："记得东北那位高官吗？就是被香港记者把他全身披挂曝了光，才翻的船。我想他成鄂渝一个普通记者，哪有这么多钱？他真的太不像话了，我们也用用这个法子。"

李济运笑道："朱妹妹你好阴险，我是再也不敢同你照相了。"

朱芝语气稍稍有些撒娇："我的同志，你是个好干部，你连衣服牌子都不认得。我认得，只因我是女人。"

李济运故作神秘，说："我真的不懂。不过，我看到过一篇文章，说自从网上出了几次官员穿着的人肉搜索，领导们身上的行头有所收敛。听说'文革'时候提倡艰苦朴素，有的干部做了

73

新衣服,还要故意打上一个补丁。"

朱芝理理脖子上的丝巾,说:"明天就把我老娘的旧衣服翻出来穿,看能否混个廉洁模范。"

李济运想起成鄂渝故意提到写《内参》,便说:"拿《内参》来吓唬人,吓三岁小孩呀?工作中真有问题,才怕他写《内参》。这回的事情没有写《内参》的价值,他是故意威胁。老百姓容易引哄的事,上头领导眼里未必就是大事。选举中的问题,哪个领导心里不清楚?所以,不要怕。"

进了机关大院,两人就不怎么说话了。刘星明办公室还亮着灯,李济运便上了办公楼。朱芝知道他俩要去看刘癫子,唯恐躲之不及,就先回家去了。李济运上楼敲门进去,刘星明正在看文件。做官就是如此,看不尽的文件,陪不完的饭局。刘星明一句话没说,自己就站起来了。李济运退到门外,让刘星明走在前面。

开门的是陈美,她男人马上迎到门口:"啊呀呀,刘书记,李主任,惊动你们了。我早没事了,还劳动你们来看。"

坐下之后,刘星明问:"星明,怎么样?感觉好些吗?"

"没事了,早没事了。我都不知道是怎么回事,我屋美美说,我开会时低血糖昏迷。"

"是的,是的。没事就好。"刘星明含糊着说。

"刘书记,我想明天就可以上班了。我先回乡里交代一下工作,几天就到县里来报到。黄土坳的书记,我建议就由乡长接任。我们共事几年,我了解他。当然这得由县委决定。我自己呢,建议还是让我管农业,当然要看县政府怎么分工。我打电话同明阳同志谈过,他说要征求县委意见。"

刘星明说:"星明,你别着急,先养几天。"

陈美不忍听男人的疯话,不声不响进里屋去了。李济运听着心里也隐隐地痛。老同学不知道自己疯了，谁也不好意思说他疯了。

刘星明朝里屋喊道："美美，出来添茶呀！"

陈美应了一声，挨了一会儿才出来，低着头续水。她不想让人看到自己的泪痕。刘星明又说："美美，你怎么不说话呢？你又不是普通家庭妇女，你大小也是妇联副主席，县委书记来了话都没有一句？"

刘书记玩笑着圆场，说："陈美同志回到家里就是主妇，这可是对你这大男子的尊敬啊！"话说得大家都笑了起来，陈美也勉强笑了。

这几天倒春寒，比冬天还难受，冬天水汽没这么重。既然已经入春，取暖器都收捡起来了，水汽寒气直往皮肉里钻。舒瑾老在家里嚷嚷，说人都快发霉了。窗玻璃上凝着厚厚的水，眼泪一样往下流。坐了几十分钟，刘、李二人就告辞了。刘星明平日口若悬河，遇着这事却毫无主张。李济运想起了他的外号刘半间。出门之后，刘半间说："他脑子里全是幻觉。"

李济运说："他除了认为自己是副县长，别的话没有半句是疯的。"

"唉，怎么也没想到会出这种事。"刘半间摇头叹息，也没说这事到底怎么办。

李济运回到家里，歌儿刚做完作业，准备上床睡觉。"歌儿，爸爸一天没见你哩！"李济运进了儿子房间。歌儿脱了衣服，钻进被窝里。很冷，歌儿牙齿梆梆地响。

李济运说："儿子，夜里冷，叫妈妈拿个尿盆进来好吗？"

歌儿说："不用。"

李济运摸摸儿子脑袋，说："儿子，老师说你听讲不用心，老是发呆。告诉爸爸，你有什么心事吗？"

75

歌儿说:"没有呀?我哪有不用心!"

舒瑾进来,说:"歌儿,你的成绩是不如以前了。"

歌儿有些烦了,说:"好啦,我困死了!"

歌儿拿被子蒙了头,身子往里头滚了过去。两口子摇摇头,拉上门出来了。两人回到卧室,半天无语。

舒瑾说:"儿子原先好活泼的,现在听不见他说几句话。"

李济运说:"孩子太孤独了。你我都忙,顾不上他。"

舒瑾说:"现在孩子都是独生子,谁家孩子时刻有大人陪着?"

说说只归说说,也找不着办法,两口子叹息着睡下。李济运翻了一下身,床就吱呀一响。舒瑾说:"你轻些好吗?我才睡着,又吵醒了。"

李济运嘿嘿一笑,说:"又不是哑床。"

舒瑾说:"别老拿这话笑我。哑床,讲不通吗?"

"哪里,你是创造发明哩!"李济运拍拍老婆的屁股。

第二天,李济运上班没多久,机要室送来市委明传电报。他先瞟了一眼,便知大事不好。原来网上的帖子引起省委关注,市委责成乌柚县委说明情况。李济运提笔批道:呈星明、明阳同志阅示。

他笔都还没放下,刘半间打了电话来:"济运,请你过来一下。"

李济运顺手拿起电报,出门往刘半间那里去。他脑子里老闪现刘星明的外号"刘半间",只怕不是个好兆头。他总迷信人与人之间互有感应,刘星明在他脑子里是刘半间,天知道刘星明是如何看他的。他推门进去,见陈美坐在里头。

"济运你坐吧。"刘半间回头对陈美说,"我的意见,还是要治病。看看济运意见。"

李济运还没开口,陈美先说话了:"我不同意!我屋星明只要不说自己是副县长,说话做事都好好的。哪个去同他说破了,说他有精神病?你们开得了口,我是开不了口!"

陈美说着就泪流满面,鼻子眼睛红成一片。刘星明望望李济运,不知如何是好。李济运劝慰道:"美美,我相信星明会好的,他平时是个很开朗的人,说不定哪个窍一打通就好了。我想应该送医院去。"

陈美只是低头哭泣,嘴巴抿得天紧。似乎她只要张嘴,苦水就会往外冒。李济运知道陈美有些恨他,怪他把她屋星明拉出来做差配。又想他的老同学确实正派,居然推荐乡长接任书记。离任书记推荐政府搭档继任,他在官场近十年从未见过。

李济运不好意思说更多的话,反过来望着刘星明。刘星明说:"陈美同志,星明同志肯定不能再主持黄土坳乡的工作,我们会尽快配好新的党委书记。他目前的情况还是要治疗。"

陈美终于忍不住,哇地哭了起来,说:"治疗?怎么治疗?送他去精神病医院?只要进了精神病医院,他这辈子就完了!"

"你怎么这么看呢?"刘星明问。

"那不等于承认他真是精神病吗?"原来陈美仍不愿意相信她屋男人真的疯了。

刘星明叹息几声,说:"陈美同志,我们都不愿意看到这种情况,但终究要承认事实,要相信科学。"

陈美揩干眼泪,一扭头就走了。她不想再听这两个男人讲大道理。刘星明望着门口,老半天才站了起来。李济运见刘星明要去关门,忙抢着把门掩上了。

"刘书记,市委有个明传电报,要我们说明政府换届选举情况。"李济运把电报递了过来。

刘星明看都没看,就批道:立即召开常委会专题研究。请非凡同志列席会议。他把明传电报递还李济运,说:"我早知道了。田书记打过电话。下午开个会吧。"

李济运见刘半间皱着眉头,就猜田家永肯定发了脾气。乌柚县的选举是田家永把的关,出任何问题他脸上都没有光。

"济运,你谈谈看法?"刘星明说。

李济运没想到刘星明会问他,支吾几声,才说:"我个人的意见,只对组织说明情况,网上可不予理睬。我们在网上是开不得口的,再怎么讲得清清楚楚,都有人狂骂。好比汽油起火,越浇水火越旺。"

"但这次就因网上引起轩然大波,省里才注意到了。"

李济运说:"只要组织上知道真实情况就行了。我建议请市委宣传部支持,往省委宣传部跑一趟,封掉网上的帖子。网上你没法同他讲道理,封帖子是最好的办法。"

"向市委怎么汇报?"刘星明问。

李济运的思路早已理清楚了,便谈了自己的看法。他认为宁肯承认组织工作做得不细,也不能把代表索要好处的事捅出去。那样不但会丢县里的脸,而且市委不会高兴,省委也不会高兴。星明同志发病的事,仅仅是特殊情况。中国这么多年的选举,也许就此一例,说明不了什么。网上有人愿意拿这个说事的,让他们说去。再说帖子一封,想说也没地方说了。

刘星明说:"我也上网看过,星明同志发病的事,网上最多只是看笑话,说这人想当官想疯了。没人理睬,时间一长大家就忘记了。"

李济运说:"网上热点是一波一波的,两次选县长也不会叫网民关注太久。只是上面过问下来,就得认真对待。"

"济运,我同意你的观点。下午开会时,你把意思说说,征求大家的看法。代表索要好处的事,千万不能传到外面去。说透了就是代表索贿,简直太丑了。"刘星明越说越生气,稍作停顿,又道,"明阳同志有些性急,他应该讲点艺术。"

李济运不方便评价明阳什么,只是含糊地笑笑。刘星明也自觉失言,马上换了话题:"星明同志是你的老同学,你还要多做工作。陈美也是副科级干部,她应该配合组织才行。"

李济运想这话欠了些人味,人家男人都疯了,还要她如何配合?他当然不能把肚子里的话倒出来,只道:"星明同志的病,看最后是个什么情况。陈美不同意送医院,我们不能勉强。千万不能激化矛盾。"

下午开会,刘星明请朱芝先说说。"好,我这个消防队长先汇报吧。"朱芝便把这几天接待过的媒体一五一十说了,大家听着简直义愤。"现在只有那个鳄鱼,还不肯松口。我的态度很硬,说你调查民间反映,我可以送你两个字——谣言。只有我介绍的情况,代表乌柚县委意见,这是唯一真实的、合法的。"

刘星明问:"舒泽光同他说了什么没有?"

朱芝略作迟疑,说:"成鄂渝没有说到。"

明阳说:"我插句话,你还可以挑明,告诉他说,若他根据民间反映写的稿子发表了,算他有本事。相信他们《中国法制时报》也不敢这么发稿子!"

"明阳同志分析得有道理。"刘星明说,"但也不必把关系弄得太僵。这些记者,你得罪他了,他今天不弄你,总有机会弄你。我们基层情况这么复杂,难免有出差错的时候。如果听凭负面报道泛滥,天下没有太平的地方。"

朱芝说:"我的汇报完了。请各位领导放心,成鄂渝我会处理好的。"

这次会议的重点,却是研究如何向上级说明选举情况。李济运依照刘星明的授意,谈了自己的建议。自然是没有异议,都说网民不必理睬。刘星明用自己的话再作重复，李济运的建议就成了县委意见。明阳说仅仅书面汇报可能不行，最好往省里跑一趟。刘星明也说有这个必要，但应该有市委领导带队才行："我争取请田书记亲自出马，去省里跑一趟。明阳同志在家主持工作，我同非凡同志、济运同志、朱芝同志一起去。"

朱芝建议请市委宣传部骆部长也出出面，骆部长同省里宣传口的人更加熟悉。朱芝有个本事，就是很会讲话。她能把很硬的话笑眯眯地讲出来，也能把很严肃的事玩笑似的说出来。李济运很欣赏她这套功夫，却又想这是别人学不到的。她的语气、笑容和女人态，都帮了她的忙。

刚才刘星明说话时，李济运开了小差，在笔记本上乱写乱画，下意识地写了很多"哑床"。朱芝无意间瞟了一眼，轻声问："哑床？什么意思？"

李济运不好怎么说，只道："不响的床。"

朱芝脸就红了，轻声说："坏人！"

李济运其实是陷入一种怪诞的联想：很多事情都不能让外界听到响动，所以需要一张大大的哑床。朱芝做的很多工作，就是为了不让外面听见响声。但与夫妻床笫之欢不同，李济运想象的这张大哑床上并不都是快乐的响动。

晚上，朱芝打电话告诉李济运，鳄鱼答应闭嘴了，只是多花了两千块钱。李济运接电话时，刚脱衣服准备洗澡。他忙拿浴巾裹了身子，像怕朱芝看见似的。舒瑾眼睛瞟着他，听他接完了电话，说："你那个朱美女天天晚上打你电话啊！"

李济运冻得牙齿敲梆，说："我和她还天天一起吃饭哩！"

李济运洗澡出来，又听舒瑾在讲风凉话："做官的女人，只要两个鼻孔眼长得一样大，就算美女！"

李济运只当没听见，去书房上网。他得再看看网上情况，好让心里多些把握。网上照例是骂声不绝，几乎看不到正面的说法。他的老同学和明阳，真可谓一夜成名了。他很不明白那些明星，实在没有材料宣传自己，就制造些丑闻来炒作。也许娱乐界人士同政界人士，确实是完全不同的两种动物。

他刚想下网，突然想起儿子，便去网上搜索梦游症。从小听到过很多梦游的稀奇故事，却并不知道梦游是怎么回事。听爸爸说，村里从前有个人，经常夜里上山砍柴，自己第二天什么都不知道。

有很多同梦游症相关的网页，不可不信，不可全信。有些网络资料就是普通网友弄上去的，真真假假难以判断。李济运看到一个离奇的梦游症故事，真是匪夷所思。法国有个男子患了梦游症，他有天晚上熟睡之后突然爬起来，离家出走到了英国伦敦。他在那里找了工作，娶妻生子。二十多年后他突然醒来，又返回了法国，爬到床上睡下。第二天早晨，他的法国妻子看见身边躺着一个满头白发的男人，吓得尖叫起来。仔细一看，竟然是她阔别二十年的丈夫。妻子问道："亲爱的，这二十年你逃到哪里去了？"男子却伸了伸懒腰，若无其事地说："别开玩笑！昨天晚上我不是睡得好好的吗？"

李济运上了床，说了这个法国男人的故事。舒瑾听了直摇头，说打死我也不相信。肯定是个花心男人，跑出去浪荡了二十年，回家骗老婆，说自己得了梦游症。李济运说你太习惯了把男人往坏处想，我宁愿相信这是个荒诞小说。两口子斗了几句嘴，自然又说到歌儿。担心儿子真的有病，看他脸上也不像原先那么有血色。听得儿子起来了，舒瑾就披了衣，开门出去看看。李济运在房里听见儿子嚷道："我起来尿尿，也要监视？"

舒瑾进屋来，躺下哭了起来。李济运说你这做娘的，哭什么呀？舒瑾擦擦眼泪，说："你看他多大脾气，才这么小的人！"

李济运却说:"儿子同你说话,说明他就不是梦游。"

第二天,田家永和骆川领队,火速跑到省里。各找各的关系,一天下来就把所有的事摆平了。拿田家永的话说,叫一揽子方案。省里领导表扬市、县两级处置得当,确保了选举工作顺利。帖子在网上仍可搜到,点开却是找不到服务器,或网页已被删除。

省委办公厅有个处长叫刘克强,老家是乌柚的。刘克强人好,乌柚来人办事,多会找他帮忙。这次很多关系,照样是他代为联系。李济运同刘克强交往多年,算是很知心的朋友。刘克强每次回县里,必打李济运的电话。李济运便替他开房,陪着吃几顿饭。县里调来的新领导,不出几天就会同刘克强联系上。他们跑省里办事,用得着这位刘处长。

一场风波压入海底,上上下下皆大欢喜。田家永和骆川同大家聚餐,也算是庆贺的意思。刘克强也被请来吃饭,感谢他为这事四处联络。朱芝似乎还有些孩子气,见网上没事了就开怀大笑,说:"我故意点那两个帖子,怎么也点不开,心里就特别舒服!突然间我都有灵感了!"

骆川笑着问她:"小朱你有什么灵感?"

朱芝说:"我发明了一个词,叫'网尸'。那些死掉的帖子,就叫'网尸'!"

骆川听罢哈哈大笑,说:"小朱,你可以申请专利!"

刘克强说:"朱部长适合做宣传工作,哪天我向省委宣传部推荐一下。"

朱芝忙摇手:"谢谢刘处长了,我没这个素质。"

李济运却在暗想:朱芝年纪轻轻的,但网络并不太熟。"网尸"通过百度快照仍可查看,只是不能添加评论。不过,只要不让评论,自是平安无事。网络上漂浮的"网尸"再多,人们不能发表意见也是枉然。

席间大家老开朱芝的玩笑,叫她"网尸发明家"。朱芝笑着自嘲:"准确地说,我这行当应该叫'网尸炮制家'。不好的帖子,一句话下去,它就是网尸了。"

这回上省城炮制"网尸",本是李济运的建议。可他心里明白,此法摆不上桌面。李济运给田家永和骆川敬酒的时候,脑子已经又晕晕乎乎了。他便想象那些漫游在网络海洋的"网尸",好比永远留在宇宙空间的太空垃圾,陪伴它们的是无边的黑暗和恐怖的沉寂。

六

老银杏树的叶子早已落尽，嫩嫩的芽舌慢慢伸出。不经意间就听到了知了叫，银杏树又是郁郁葱葱了。李济运有天从树下走过，突然间想到了菩提树。他曾去印度旅行，有人教他认识了菩提树。可他总莫名其妙地想，银杏树似有某种灵性，好比那神圣的菩提树。

每日清早，都有几个人守在银杏树下，他们在等候刘星明和明阳。这些人都是有关部门的头头，只要刘、明二人出来，他们就围将上去，有递书面报告的，有口头汇报的。明阳发过火，说有事不可以去办公室？可这是乌柚县官场多年的习惯，被人私下里叫作早朝。喜欢来早朝的，多是场面上混得开的。那些不显眼的单位领导，清早很少在这里露面。细心的人数得出，三天两头早朝的就那么十几个人。有事没事找领导汇报，也算是官场套路。这些人在领导面前晃得多了，叫人看着也很讨厌。广告不就叫人嫌吗？可越是业绩好的企业，越是舍得花钱做广告。有种保健品广告，两个动画老头老太太，成天在电视里又扭又唱，看了叫人想吐。可人家产品就是深入人心，据说还卖得特别的火。这也应了乌柚乡下一句俗话：讨得嫌，赚得钱。官人们在领导面前晃荡，大概同做广告有异曲同工之妙。

明阳不满意原来的政府办的主任，调了乌金乡党委书记朱达云来替代。李济运对朱达云的印象并不好，却不便在明阳面前讲直话。朱达云讲笑话有名，初相识的都说他好玩。可李济运觉得这人只会讲段子，大事小事都不会太认真。如今每天清早，银杏树下做早朝的多了个朱达云。李济运不喜欢在银杏树下逗留，有事就上办公室去。

银杏树下晃荡的，每日都少不了刘差配。人们私下里说起他，再不叫他刘星明，只叫他刘差配。大清早，刘差配梳洗好了，就夹着黑皮包出门。他总是头发锃亮，衣着讲究，步履稳健。大家当着他的面，会喊他一声刘书记。他就上去同人家握握手，说上几句话。他谈的都是公事，就像吩咐部下。听他吩咐的人都点着头，嘴里说着"行行行""好好好"。他到了银杏树下，遇着的就是部门的头头。人家会说："刘书记，您忙啊。"刘差配就微微一笑，握着人家的手说："不忙，不忙。没事吧?"人家就说："刘书记您忙吧，我找明县长哩。"或者会说："我找星明书记，您忙吧!"刘差配也叫星明，却知道人家不是找他的。他就扬扬手走开，满面春风的样子。他会在银杏树下徘徊几分钟，然后夹着皮包往大门外面走，没人知道他走到哪里去。

县妇联在二楼，陈美坐在办公室，透过窗户就可以望见银杏树，可以望见办公楼前的大坪。只要她屋男人出现，她的视线就不会离开他。她会观察每个同他男人说话的人，在乎人家是否客气。要是有人稍不热情，那个人的手机就会响起来。陈美会说："都是老熟人，你也别太那个了。"那接了电话的人就会连忙道歉，从此不敢再对刘差配不冷不热。

刘差配就这么亦真亦幻地过日子。他脑子里真幻之间是怎么区分的，谁也弄不清楚。刘星明和明阳经常会接到他公事公办的电话，他也会到他们办公室去谈上半个小时工作。刘星明和明阳都热情地对待他，慢慢地他们都学会了一套周旋刘差配的话。谁也不点破他是个病人，总之是一团和气。每天快到中午时分，陈美就会眼睁睁望着机关大门。她屋男人通常会很准时，十一点五十分左右走进大院，一路同熟人打招呼，不紧不慢地回家去。陈美就马上下楼，正好碰上她男人，笑着问他："回来了？"男人也笑笑，说："回来了。"两人就有说有笑地回家。她必须天天这么等着，她屋男人经常不带钥匙，多年的老习惯了。

刘差配成了乌柚县天天上演的小品，只是看戏的观众不敢笑出声。他们怕妇联办公楼内那双眼睛。刘星明平时做人口碑很好，场面上的人同他都是兄弟似的。如今知道他癫了，也不好意思笑话。乌柚人把疯子分作两种，一种叫文癫子，一种叫武癫子。武癫子会动手打人，蓬头垢面人见人怕；文癫子不吵不闹，有时候还看不出来。刘星明就是个文癫子。他的外号人家也只敢背地里说，见面都客气地叫他刘书记。

刘差配看样子不会生出乱子，也就没人说要送他去医院了。李济运专门找陈美谈过，老同学的工资由财政局直接划到他工资卡上。他的工作关系没有落在任何单位，他可以享受财政局干部所有的福利待遇。李济运说："美美，我看星明会好的。只要他好起来，县委就立即给他安排工作。"陈美不说话，只是摇头。不知她是不信任李济运，还是不相信男人会好起来。

李济运在老同学的事上，心里总是不安。有回见气氛不错，他同刘星明说："做了差配的干部，都会得到补偿性安排，这也是不成文的规矩。我想，星明同志的事，建议县委应有所考虑。"

刘星明说："济运，星明是你的老同学，让他做差配也是你推荐的。你有负疚感，你的心情我完全理解。星明的确是个好干部,他成了这个样子,我也痛心。但是,星明毕竟瘫了,又如何补偿呢?"

李济运挑明了说:"陈美是个很有素质的干部,工作向来也很不错。"

刘星明深深地吸了一口烟,慢慢吐了出来,说:"陈美真是个好女人!她骂过你,也骂过我。可我一点也没生她的气。她对自家男人这么好,难找得出这样的女人啊!"

李济运笑道:"我在家里说陈美好,还同老婆吵起来了哩!我那老婆,容不得我说任何女人的好。"

刘星明也笑了,说:"你老婆那也叫爱!女人吃醋确实叫人烦,可人家那是爱你呀!"

李济运怕刘星明把正事几个哈哈就打掉了,又说:"私德更显大德。陈美这样的干部,应该用起来。"

刘星明一脸笑意,说:"济运,用干部不是你我两个人说了算。你的意见很好,我会认真考虑。哪天开常委会,你可以提个建议。"

李济运听刘星明这么一说,就知道陈美的安排没戏。刘星明还暗暗刺了一下李济运,他说"用干部不是你我两个人说了算",其实说的是用干部轮不到你李济运说话。这话摆到台面上没任何毛病,提拔干部得集体研究,不是一两个人做得了主的。可刘星明说的"你我",并不是一回事。"你"肯定没权,"我"却是说了算。

李济运不想到常委会上丢丑,便说:"刘书记,我提出来还是不妥。"他本想再补一句"您提出来吧",可话到嘴边又咽回去了。他怕刘星明在会上闭口不提,自己就会再次落得无趣。

这时,艾建德出现在门口,笑道:"刘书记我在外面等等?"

"进来吧,我们谈完了。"刘星明又望着李济运,含含糊糊地

87

说,"到时候再看吧,得有机遇。"

李济运心里明白,机遇也得怎么看,给你就是机遇,不给你就是拖延。他本是藏得住话的人,只因总觉得愧对老同学,便把自己的想法同陈美说了。这事半点把握都没有,陈美并不知道内情,只说:"济运,我屋星明癫了,你们把他老婆提拔了,心就安了?"

李济运听着极难堪,硬着头皮说:"美美,这是两码事,星明是个意外,你本来就是组织上倚重的干部。"

陈美冷冷一笑,道:"感谢你的组织,我不想当官。"

李济运说:"美美,你别讲气话。当干部嘛,谁没有追求呢?"

陈美说:"我不是讲气话,气话我早讲完了。星明是这个样子,我不能再往自己肩上加担子,我得好好照顾他。"

"美美,你真是……真是太好了。我老同学他有福气。"李济运禁不住喉咙都有些发硬了。陈美不想再作官场上的打算,她只愿坐在二楼的窗后,天天望着那个癫了的男人。

陈美苦笑道:"是啊,星明他最大的福气,就是变成癫子了自己不知道。"

李济运的脸就像被烙铁烫了,半天说不出话来。陈美手里拿着几份文件,放在桌上颠来倒去,说道:"济运,事情已经这样了,我要哭眼泪也哭干了。我不会再说什么,你也不必内疚。我凭良心讲,也知道你是为我屋星明好。只怪星明他是这个命。"

陈美说到这个份上,李济运不便再多嘴,只道:"谢谢美美。今后家里有什么事,你尽管跟我讲。"

陈美说:"我不会麻烦别人的。我只有一句话,任何人都别想欺负我屋星明,不然我对他不客气!"

刘星明果然闭口不提陈美的任用,李济运心想幸好她自己也谢绝了。陈美要是指望组织上提拔,天知道又会扯出什么麻纱。

李济运深悔自己太不老练，他确实不应该同陈美说那些话。他又想刘半间真不地道，心里暗暗给这个人打了折扣。

有天清早，李济运同明阳站在银杏树下说舒泽光，刘差配过来打招呼："明县长，李主任，你们好忙吧。"

他俩都说不忙，热乎地同他握手。刘差配谈了几句公事，匆匆地走了。听他说的，好像他正管着某项工程，非常忙碌。

明阳回头望着刘星明的背影，轻轻地说："可惜了一个好干部。"

李济运故意说道："他爱人陈美也是个好干部。"

明阳望望李济运，说："我明白你的意思。我同他提过，他只哼哼哈哈。"

明阳说得隐晦，李济运心知肚明。原来他俩有同样的想法，只是刘星明那里过不了关。明、李二人都知道不宜说得太透，就转了话题说舒泽光的事去了。

明阳问："你是听谁说的？"

李济运说："外头议论这事的人多，说舒泽光倒霉的日子快到了。明县长，如果舒泽光就因为不肯做差配，组织上就对他进行处理，只怕又会闹出事来。"

明阳说："老舒这人的确缺乏大局观念，但也不至于因为这事就处理他。我是不同意的。"

李济运说："星明同志那里，我是不便再说了。外头都说舒泽光骂了他的娘，我想越是这样他就越要有度量。但是，星明同志那里话不太好说。"

明阳笑笑，说："济运，你可是县委办主任啊！"

李济运听了这话，心里反而暖呼呼的。明阳不是个可以套近乎的人，他这么说话已经很人情味了。他的言下之意就是，你李济运怎么同我县长走得还近些？李济运心里愿意同明阳近些，可话却说得很原则:"明县长,我同您说的只是我个人的担心。乌柚县再也不能因为这些鸡毛蒜皮的事出乱子。我是县委办主任,您也是县委副书记。"

明阳把手伸了过来,说:"行,我知道了。"

两人握手就算告别了,各自掉头去了办公室。原来昨天夜里,舒泽光给李济运打了个把小时电话,说有人想要整他了。李济运反复安慰他,说别相信谣言。舒泽光担心的事,李济运真没听说过。也许他毕竟是县委领导,人家有话也不会同他说。不知道是舒泽光疑神疑鬼,还是他真听到什么话了。舒泽光的所谓有个性,李济运并不怎么看好。官场是个江湖,江湖自有规矩。舒泽光不讲规矩,确实叫组织上被动。兴许舒泽光痛痛快快做了差配,就不会有刘星明的发疯。李济运对舒泽光也有股无名火,但他仍不希望刘半间去为难人家。

没过几天,李济运突然听到传言:舒泽光被调查了!

部门的头头接受调查,李济运事先未必知道。他不想问刘星明,正好在院子里遇着明阳,悄悄儿问了一句:"有人说舒泽光出事了,真的假的?"

明阳说:"刘书记没同你通气?"

李济运只是笑笑,望着明阳不说话。明阳便明白了,说:"纪委接到举报,去年小水电调价,舒泽光收了五万块钱好处。"

"哦,这样啊!"李济运不再多问了。他知道纪委出手通常很谨慎,没有十足把握不会轻易找你。一旦找上了,不死也要脱层皮。心想舒泽光自己不争气,就怪不得谁故意整他了。难怪这几天,老见艾建德到刘星明那里去。

回到家里,听舒瑾问:"舒泽光真是冤枉吗?"

"谁知道冤枉不冤枉?案子又没有结。"李济运听老婆的话好没由来。

舒瑾说:"他老婆天天在幼儿园嚷,人家说是两袖清风,我舒局长是十袖清风,百袖清风,千袖清风!"

李济运忍不住笑了起来,说:"舒泽光老婆很会说话啊,千袖清风!她男人是千手观音啊!"

舒泽光的老婆宋香云在幼儿园煮饭,她人长得粗鲁,外号叫"推土机",只是从来没人敢当面这么喊她。舒瑾说:"宋香云硬相信他舒局长没有贪。她说自己男人贪不贪钱不知道?除非他在外面养了婊子!"

李济运问:"她都叫自己男人舒局长?你没有在外头叫我李主任吧?"

"我?神经啊!李主任,好大的官?常委,短委哩!"舒瑾又是风凉话,又是白眼。

一家人吃过晚饭,歌儿进屋做作业。舒瑾朝里屋努努嘴,叫李济运进去陪陪儿子。歌儿头都没抬,趴在桌上写字。李济运问:"作业多吗?"

歌儿说:"不多才怪。"

李济运站在歌儿身后,见儿子的字写得实在难看。儿子先做语文,正抄写词语。歌儿回头说:"爸爸您出去吧,我不习惯您看着写。"

李济运拍拍歌儿脑袋,只好出来了。他跑到厨房门口,望着舒瑾笑,说:"我在他面前,永远是自作多情。"

舒瑾也只是笑:"怎么?被赶出来了?"

李济运回到客厅坐下,拿本书随意翻着。他突然想到如今学校教育最失败的,可能就是语言教育。不管是汉语教育,还是外语教育,都很失败。学生从小学一年级开始学语文,大学毕业了很多人还写不好就业自荐书。他在办公室工作多年,每年都会接到狗屁不通的大学生自荐书。英语教育也是如此,考硕士和考博士，几乎就等于考英语。

舒瑾收拾好了厨房，出来没头没脑地说："我也不相信舒泽光贪污。一个物价局长，哪里去贪钱？又不是过去计划经济，白菜萝卜好多钱一斤，他们又管不了！"

李济运说："你不晓得！小电网和自来水的价格都是县物价局管的，很多部门的收费也是县物价局管的，比方国土收费、人事部门招考公务员收费、教育部门收费，多哩。权没有过去大了，小便宜还是贪得了。"

"那就难讲了。"舒瑾长舒一口气，恍然大悟的样子。

三四天后，艾建德在常委会上通报情况：舒泽光正接受调查。有些常委就说，难怪有事找他，电话打不通！先听到外头人讲，以为是谣言哩！谁都听得出，干部接受调查不通气，大家有意见。刘星明也听出这意思来了，就说："事情来得突然，我同明阳同志碰了头。纪委办事很严肃，不会轻易调查干部，一定是有确凿证据。我同明阳同志都签了字，如果错了我俩负责，主要是我负责。"

可是舒泽光出事了，几乎听不到议论。他老婆逢人就骂，这是政治报复！听她骂的都是熟人，也不便多嘴，含糊几句，赶快走掉。李济运暗想宋香云骂的话，猜她背后肯定有人指点。"政治报复"这样的话，宋香云是骂不出来的。乌柚男人最重脑壳，男儿头女儿腰，摸不得的。乌柚女人骂男人，最毒的话是"剁脑壳""炮打脑壳"。凭宋香云的性格骂人，她只会拿人家的脑壳出气。舒泽光家住大院里头，他老婆每天出门上班，出了宿舍楼就开始骂，一路骂将过去。"你们等着吧，等着国家赔偿吧！"李济运有天听她这么骂着，更相信她背后有人出主意。依宋香云的见识，应该不知道什么是国家赔偿。

没想到查了二十几天，案子节外生枝，又进去了三个人。一个是物价局副局长，一个是收费股股长，一个是物价检查所所长。副局长叫余尚彪，另外两个干部是无名小辈，名字李济运没记住。多几个人进去就叫窝案，人们就有了谈论的兴趣。网上飞出帖子《一窝老鼠贪污五万元，一县百姓多交五百万》。副标题是"乌柚县物价局烂透了！"网上帖子的题目总是先声夺人，内容未必就是那么回事。李济运看看帖子，无非是县电业局为了电力提价，给物价局送了五万块钱。每度电提价一分五厘，电业局每年电费收入增加了近五百万元。五百万数字说起来很大，实际上每度电也就加了一分五厘，摊到每个人头上每年多了五六块钱。电力提价未必没有道理，只是行贿受贿说不过去。电业局不给物价局送钱，电价也是要提上去的。如今办事总得打发，早已成了惯例。

有天艾建德碰到李济运，说："老舒嘴硬，一个字都不吐。"

案子正在办理，不能在外头说的。可两人都是县里领导，就私下里说说。李济运笑道："都说你们办案很有办法嘛。"

艾建德说："办法都用尽了，他硬说自己清白。"

李济运也不相信舒泽光清白，物价局进去几个人，未必就他一干二净？他回到家里，再听舒瑾说宋香云骂街，就说："她还骂什么？物价局进去四个人了，他舒泽光跑得脱？"

舒瑾说："'推土机'讲，全世界人都贪，我舒局长都不会贪！"

"不贪就好嘛！马上就会移交司法，没事肯定还他清白。"他想舒泽光干净，黄河水倒流！

大清早，李济运在银杏树下碰着老同学。刘星明说："济运，我感到很痛心。舒泽光进去之后，我一直指望他没事。看来真有事了。听说物价局还会有人进去？"

"我也不希望他们有事，但情况已经这样了。老同学，你也不必难过。我们再痛心都没用，谁叫他们自己不争气呢？"李济运握握老同学的手，想快点离开。

刘星明却抓住他的手不放，说："我一直没有议论这件事，因为心里有疑虑。看来是我误会星明同志了。我得找时间同星明同志交交心。"

李济运把手收回来，说："老同学，我觉得你没必要找刘书记交心。有些话，不解释没有误会，解释了反而有误会了。"

"那也是的，我听你的吧。"刘星明想了想，很久才说出这话。他同李济运再次握手，才转身而去。刘星明腋下夹着皮包，往大门外走。一路碰着熟人，都会同他握手。有人同他交臂之后，会回头去望望。

有天下午，李济运看看时间快下班了，刘星明打电话请他过去一下。晚上照例在梅园宾馆有接待，他不知道这会儿还有什么事。他敲门进去，刘星明说："济运，艾建德刚才向我汇报，舒泽光真的没有问题，收钱的是余尚彪他们三个人。"

"老舒真的这么过得硬？"李济运听着有些吃惊。

"济运，有这样的好干部，我们应该高兴啊！"刘星明的络腮胡子，一到下午就黑而乱。他放松身子往后靠着，双手软软地搭在胸前。李济运想这人嘴上冠冕堂皇，内心肯定希望舒泽光有事。

"我们当然应该高兴。"李济运顺着刘星明的话说。

刘星明点上一支烟，深深地吸了一口，就只剩下半截烟头了。他这么吸烟的时候，必定是心潮起伏。他让烟雾从嘴里慢慢地冒出，就像练着某种神秘的功夫。烟雾完全散尽，看得见李济运的脸了，他才说话："余尚彪他们还交代了新的问题，违法金额超过六十多万了。你知道吗？这中间没有舒泽光半点问题。真是难得啊！"

"确实难得。"李济运说得谨慎。他后悔在家说了舒泽光的坏话，应该相信好干部还是有的。他自己就算过得去的，做人做事无亏大节。只是官场风气的确不太好，似乎自己都不相信自己了。

烟灰缸里有水，刘星明把烟头扔进去，听得嗞地一响："可是，认真追究起来，舒泽光也要承担领导责任啊！"

"刘书记您说得对。他没有带好班子，肯定难辞其咎。"李济运也点上烟，小心斟酌了措辞，"但是，我想这种情况下，追究舒泽光的领导责任可能不太妥。他们局里出这么大的窝案，他可以一尘不染，老百姓只会替他叫好。组织上一追究，老百姓会起拱子。"

"起拱子？"刘星明没听懂。

李济运笑笑，说："乌柚方言，说的就是群众集体闹事。"

"你们乌柚方言可真丰富，我来这么久了都还有好多话听不懂。"刘星明不相信会有人起拱子，"济运，你说得有理，但也未必。如今群众不太相信干部，被查的干部要是过了关，只会说他们后台过硬。"

李济运没想到刘星明会这么说。不过他倒说了句大实话，只是这话他说出来不太好。他只能说群众对干部是信任的。李济运有意帮帮舒泽光，便说："越是群众不相信干部，我们就越要理直气壮地肯定好干部。这是教育群众的好机会。舒泽光没有问题，就还他清白。"

刘星明笑笑，说："济运说到哪里去了！没有谁说舒泽光不清白，组织上有权调查任何一个干部。没问题，他依然当他的局长。"

李济运眉头锁着，说："刘书记，怕只怕好进不好出啊。"

刘星明使劲地摇头，说："你没想清楚！又不是依法逮捕，

95

更没有治他的罪,只是组织上调查。他是共产党员,是国家公务员,就有义务配合组织调查任何问题,包括他自己的问题和别人的问题。"

"我听他老婆骂过要国家赔偿。"李济运说。

刘星明冷冷一笑,说:"她是一知半解!没伤她男人一丝毫毛,赔偿什么呀?干部接受调查是按党纪行事,不存在剥夺人身自由,他法律空子都没有钻的!"

李济运想的是息事宁人,说:"刘书记,我觉得不管怎样,得让舒泽光体体面面出来。顺顺他的气,这是肯定要做的工作。他老婆和我舒瑾同事,我知道他老婆的脾气。"

"做领导干部的,教育好自己的配偶,这一点非常重要。星明同志的老婆陈美,就是个好同志。人家毕竟是副科级干部啊!"刘星明居然说到了陈美,李济运听着很不舒服。心想你既然说陈美是个好同志,又欠着人家人情,就应该提拔她呀!

"济运,市物价局长熊雄是你同学吧?"刘星明突然问道。

"是的。熊雄是市直部门最年轻的一把手。"李济运说。

刘星明说:"我想请熊局长到县里来一趟,我们一起陪舒泽光吃个饭。走,吃饭去吧。我们边走边说。"

李济运这才明白,刘星明同他闲话半天,只是想让他请熊雄。两人下了楼,同车去梅园宾馆。突然响起了爆竹声,震得车窗玻璃发颤。车往外走,才发现大门口浓烟滚滚。刘星明问:"大门口放什么鞭炮?"

"我也不知道。"李济运说着,就看见朱达云站在那里,龙睛虎眼的样子。他忙摇下车窗,向朱达云招手。朱达云瞟了眼李济运,头又偏过去了。他的头才转过去,突然又转了回来。他发现是刘星明的车,忙跑了过来。

"叫他上车。"刘星明说。

朱达云钻进车里，刘星明大声问道："怎么回事？"爆竹飞到车玻璃上，砰砰地响。司机心痛车子，骂了粗话。车已出了大门，回头见大门上方拉着横幅：热烈欢迎舒泽光局长清清白白回家！

朱达云说："我制止不住，差点儿打起来了。"

"谁组织的？"刘星明问。

"舒泽光老婆和物价局几个干部。"

刘星明骂道："真是不像话了！物价局干部还有没有组织纪律？这不是向我们示威吗？"

朱达云说："我批评了物价局的干部，他们说舒局长老婆逼得不行，他们也没办法。"

不知弄了好多鞭炮，车到梅园宾馆仍听得见噼里啪啦。刘星明拳头捏得吱吱叫，可马上就得接待客人，只得深深地出了一口气。下了车，他就把那鞭炮声甩到脑后了。接待科长早在餐厅外候着，汇报今天都有哪些客人。重要客人刘星明事先都知道了，别的客人接待科也向领导汇报一下。领导觉得有必要的，抽空去敬杯酒。接待科汇报别的客人，也得讲究方法。有的客人领导本不想陪，可知道了不去打个照面又不妥。领导实在不想去打招呼的，就只作没听见。领导没听见的客人，你就不必再提了。

刘星明和李济运各自都有客人要陪，分头去了自己的包厢。他俩席间还得请请假，去别的包厢串场子。李济运到别的包厢敬酒回来，在走廊里碰上刘星明。刘星明朝他点点头，刚交臂而过，又突然叫住他："济运，你说要不要请熊局长来？"

"这事您定，刘书记。"

刘星明说："我是想给舒泽光一个面子，可他老婆太不像话了。拉横幅，放鞭炮，不是出我们的丑吗？"

李济运说："真的讨厌！可她妇道人家……"

97

刘星明说:"那还是请吧。你晚上就联系,最好请熊局长明天来。"

李济运陪完了客人,回家打了熊雄的电话。熊雄说:"老同学,我早就听到反映,有人故意想整他。舒泽光我了解,真是个老实人。"

李济运与此事无关,听着仍是尴尬,只道:"老同学,有些话我不好说。老舒同我平时也可以,他没有事,值得庆幸。"

熊雄问:"我来有什么意义呢?没必要吧?"

李济运说:"刘书记是想给足舒泽光的面子,县里主要领导一起请他吃个饭,又有你市局领导在场,气氛更好一些。"

熊雄说:"我想老舒那个脾气,他未必肯来吃饭。"

李济运说:"请你来一下,正有这个意思。你来了,舒泽光不得不出来嘛。"

熊雄轻轻叹息一声,说:"你打电话来,我有什么办法呢?什么时候呢?"

"明天吧。明天你有空吗?"

"没空也得有空啊!我明天下午来吧,到你那儿赶晚饭!"

第二天下午,李济运穿了瓦灰西装,系上蓝色领带,出城迎接老同学。看见熊雄的车子到了,他下车微笑着招手。熊雄的车停了,也下了车。他穿了件薄夹克,乳白色的,里面是细格衬衣。"老同学,没必要这么客气啊!出城郊迎,古时可是大礼,我受不起。"熊雄握过手来。

李济运上了熊雄的车,自己的车在前头开路。熊雄说:"济运,舒泽光是这么廉洁的好干部,你们可以大力宣传,树他做榜样嘛!"

"说句老实话,舒泽光叫我佩服!都说常在河边走,哪有不湿鞋!他舒泽光就是不湿。同路的人都湿了鞋,就他不湿。"李济运松松领带，感觉衣服很不自在。他平日喜欢穿西装，系上领带人就精神。可这会儿他突然觉得自己很土。他说话时目视前方，脑子里却是老同学的衬衣。熊雄的细格衬衣极是淡雅，似乎散发着野菊花的清香。

"老舒这么廉洁，那你们就树他做榜样。"熊雄说。

李济运嘿嘿一笑，说："熊雄兄，哎，你这名字真拗口，硬得叫你熊局长。我说树什么榜样都有道理，只有这廉洁榜样没道理。廉洁应是对公务员的最低要求，干部只要廉洁就应该树为榜样，那就是笑话了。好比说，普通公民不偷不抢，不杀人放火，这也是最低要求。老百姓只要符合这个最低要求就要大力表彰，国家表彰得过来吗？从逻辑上讲，凡是没被追究刑事责任的公民，国家都应该表彰他们为守法公民。我说哪，我们对待干部，已经把最低要求当成最高要求了！"

熊雄重重地拍了李济运膝头，说："济运，你这么一说，还真是个道理！可是，我们也得承认，很多干部就是做不到最低要求！我对干部队伍的评价是，贪污腐败的是少数，不廉洁的是绝大多数，一尘不染的又是极少数。舒泽光可贵就在于，很多人没做到廉洁，他做到了。"

"事实归事实，道理归道理。所以，也经常看到有些地方表彰廉政建设单位和个人，我看着总是觉得不对头。"李济运笑道。

熊雄偏过头望望李济运，说："老同学，我问句直话，你对舒泽光没有成见吧？"

李济运笑道："我也同你说真话。老舒我们平时谈不上太密切，但他是个老实人，这个我心里有数。这回听说他出事，我先是将信将疑。后来又进去几个，交代的问题越来越多，我猜他老舒肯定逃不了这一劫。最后证实他真没有问题，我对他可以说是肃然起敬。"

到了梅园，时间还早，先去房间休息。李济运问服务台要房卡，服务员告诉了房号，说舒局长已在房间了。熊雄笑笑，说："老舒肯定在房间洗澡。"

舒泽光这个毛病，很多人都知道。每次市局有人下来，舒泽光就早早地开了房间，自己先在里头洗个澡，再坐下来等候客人。县里好几位领导说过他：客人都没进门，你就把洗漱间弄得湿淋淋的！舒泽光却说，市局领导都是他老朋友，很随便的。他原先还在里头抽烟，客人一进门，烟臭味就扑面而来。他如今好歹不抽烟了，澡却照常在里头洗。

果然，李济运还没敲门，就听得里头哗哗地响。服务员认得李济运，忙过来开了门。见床上堆着舒泽光脱下来的衣服，李济运有些不好意思。熊雄却说："没关系的，老舒我们太了解了。"

舒泽光在里头听见声响，喊道："熊局长吗？请坐请坐，我马上出来！"

他说是马上出来，却哗啦哗啦了老半天。老同学之间本来话题很多，可听着洗漱间的流水声，李济运却得无话找话。他脖子上越来越不舒服，干脆取下领带塞进包里。熊雄就笑他又不是接待外宾，何必弄得西装革履的。李济运就自嘲，说县里的领导，老要坐主席台，人模狗样惯了。熊雄说自己在漓州没资格坐主席台，穿衣服可以随便些。好不容易等到浴室门开了，舒泽光伸出头来问："没有女士吧？"没听到回答，舒泽光穿着三角短裤，蹑脚跑了出来。

李济运笑道："洗这么久，你是杀猪啊！"乌柚人说人洗澡洗得太久了，就说他杀猪。杀猪要脱毛、刮皮，跟洗澡好有一比。

舒泽光笑笑，说："我这几个星期被弄得很臭了，要好好洗洗。"

听他一语双关，李济运佯作生气，说："老舒你莫扯淡！"说着就去了门口,喊服务员收拾洗漱间。

熊雄讲客气,只道:"没事的。"

舒泽光又借题发挥,笑道:"李主任,市局领导不怕我脏,县里领导嫌我臭狗屎。"

服务员恭恭敬敬说声"打扰了",进屋打扫洗漱间。李济运说:"老舒你莫开玩笑了。熊局长很关心你,专门赶来看看。你受委屈了。"

熊雄说:"我知道之后,不便说什么,却一直关注。老舒这个人,我了解他。"

舒泽光禁不住摇头叹息,道:"您两位,年纪都比我轻,但都是我的领导,我很尊重你们。有的人,你尊重他,他不尊重你!"

李济运明白他话里的意思,怕挑破了大家面子上不好过,忙说:"老舒,有些话我们不要说。情况都清楚了,这就行了。话说回来,党员干部,尤其是担负领导职务的干部,接受组织调查,也有这个义务。我知道你听了这话不高兴。我承认这是官话,但摆到桌面上讲,还就是这个道理。"

舒泽光说:"李主任,你我了解。你随便怎么讲,我都没有意见!"

熊雄也帮着李济运做工作:"舒局长,不管怎么讲,我们还是要感谢时代的进步。放在三十年前四十年前,关你进去,只怕就出不来了。现在还是讲实事求是,还是讲依法办事。"

舒泽光微微闭着眼睛,像是强忍心头的疼痛。听着熊雄说完了,他慢慢睁开眼睛,说:"我在里头,你说不怕吗?也怕。我怕什么?我是后怕。我有机会受贿吗?有!我缺钱用吗?缺!我想钱吗?也想!我不是说自己如何廉洁,如何高尚。我是胆小。别人贪污没有事,那是别人的运气好。我要是贪污了,肯定就出事了。你看,我没贪污都被白整了一回,说明我运气是不好嘛!"

李济运拍拍舒泽光的手,说:"泽光兄,你怕得好!世间多个'怕'字,会少很多罪孽。常说,凡人怕果,菩萨怕因。善因有善果,恶因有恶果。菩萨高于凡人,就是他明了因果。凡人往往自作自受,就是从一开始就错了。拿我们凡人的话讲,怕不是懦弱,它是佛门倡导的一种可贵品质。"

舒泽光笑了起来,说:"李主任这么一说,我突然就高大起来了,心里还有一种神圣感。我原以为自己没有栽下,只是侥幸哩。"

"你们李主任脑子好使,嘴皮子更好使。不然怎么叫智囊呢?"熊雄也笑了,"济运你学林出身,却是五花八门都讲得出道道。老舒,你们李主任是我们同学中间文才最好的。"

李济运道:"你的文才更好。你也是学林的,却成了物价局长。"熊雄大学毕业,分配在市物价局。他先是极不满意,埋怨专业不对口。可他干了几年,发表了不少物价方面的论文。很多专业学物价的拿不出文章,他就显得出类拔萃。八年时间,就做到了物价局长。

李济运肚子里还有些话,怕说出来人家笑他迂。他想起了自家客厅那幅画。那画并没有题目,他想若要有个题目,应该叫作《怕》。他是刚才悟到的,也许正是那幅画里的禅机?佛门正是教人怕!心头有个怕字,便会敬畏常住。

听得敲门声,猜到是刘星明来了。开门一看,果然是刘星明,还有明阳和艾建德。彼此握了手,道了客气。刘星明直话直说:"泽光同志,组织上接到举报,肯定要查查。我俩要是换个位置,你也会查我的。你没有问题,我们都很欣慰。今天,我同明阳同志、建德同志、济运同志,专门请来了熊局长,陪你吃个饭。"

"人大李主任、政协吴主席，他们俩另外有接待，就不参加了。"明阳说。

"我是自己主动要求参加的。舒局长，得罪了！"艾建德笑道。

舒泽光说："艾书记，我当时真的很恨你。平时熟人熟面的，你干吗那么凶？非得把我关几年，你才高兴？"

艾建德脸红了一下，马上就平复了，说："我今天就是专门听你骂来的。"

"舒局长，你们刘书记、明县长经常同我说起你，他们对你一向很关心。"熊雄出来打圆场，他这话是现编的，却谁都愿意认账。

舒泽光也不想给脸不要脸，场面上的客气话免不了说了。李济运见他没那么犟，也就暗暗放心了。时间差不多了，下楼去吃饭。见舒泽光去洗漱间取了脏衣服出来，刘星明笑道："老舒就是有个性！我批评过你，你还是要在客人房间洗澡。"

舒泽光也笑笑，说："我是大事听领导的，小事听自己的。"

熊雄笑道："各县物价局长中，我最喜欢舒局长的性格。"

进了餐厅包厢，刘星明请熊雄坐他右手边，要舒泽光坐他左手边。舒泽光死也不肯，说这个位置是明县长坐的。明阳硬拉着舒泽光，一定要他坐下。舒泽光哪里肯坐，两人僵持不下。刘星明说："泽光，说明白了，今天就是请你吃饭。要不是熊局长来了，你得坐我右手边。你就不要讲客气了。"

熊雄说："舒局长，你听刘书记安排。"

舒泽光这才坐下，仍是局促不安。一顿饭下来，只是找各种理由敬酒。先是大家敬舒泽光，再是舒泽光回敬各位。舒泽光酒量并不大，两轮刚完舌头就大了。他端着杯子，结结巴巴敬了刘星明，然后说："刘……书记，我现在有个请求。"

刘星明怕他有非分之请，谨慎地说："明县长、熊局长都在场，你有什么话尽管说。"

舒泽光说："请免去我的局长职务！"

刘星明听了，松了口气，说："泽光同志，你对我仍然有意见，我可以理解。但你不能拿工作出气。"

舒泽光醉醺醺地摇着脑袋，那脑袋软软的，像橡皮做的。他这么摇了半天橡皮脑袋，说："我不是出气。我在物价局不会再有威信了。我不要钱，大家都得不到钱。不知道各位记得《红楼梦》里的故事吗？贾政到外地做官，他自己两袖清风，跟在背后的喽啰都捞不着好处，全都跑……跑光了。水至清则无鱼，我终于明……白这句话的道理了。"

刘星明笑笑，说："泽光看书好记性啊。泽光，你只是担心这个的话，我可以明确告诉你，你把干部的总体水平看低了。干部队伍不是一团漆黑。就拿你们物价局来说，有问题也就是余尚彪他们三个人嘛！"

"冠冕堂皇！冠……冕堂皇！"舒泽光结巴着。

李济运怕他说出更难堪的话，便说："酒我看差不多，吃点主食吧。舒局长，你先吃点水果？"

舒泽光挥手一笑，说："放心，我醉了，心里明白。如果按立案标准，没几个干净干部，统统法办！统统法办！我心里清……楚，只是睁只眼闭只眼。几千块钱的事，我装糊涂算了。没想到他们几万几万地要钱！物价局只有我舒某一个人经得起调查。你们几位怎么样我不敢保证。"

舒泽光果然越说越难听了。他说到你们几个人，抬手满桌画了个圈。他这么一比画，感觉在座几个人，就像一把稻草，紧紧捆在一起了。只需划一根火柴，这捆稻草立马就成灰烬。熊雄想打破尴尬，开起了玩笑："我建议干脆请老舒当纪委书记！"

"纪委书记？"舒泽光哈哈一笑，"没用的，没用的！县委书记有问题、县长有问题，县纪委敢查吗？艾书记，你自己说，你敢查吗？"

艾建德被问得不知如何说话，只是嘿嘿地笑。刘星明自嘲道："我有问题，不要老艾来查，就请你老舒来查！"

熊雄有些不好意思，他的玩笑引得舒泽光更加胡说。他示意李济运，快些结束饭局。李济运喊了一声，他的司机朱师傅进来了。"朱师傅，你送舒局长回去休息。"

舒泽光果然酒醉心里明，站起来说："我知道，我……的话说直了，你们听着不高兴。我回去了，你们继续说吧。熊局长，对不起，我喝多了，失……陪了。"

明阳不怎么说话，直到舒泽光出去了，他才说："熊局长，真是不好意思。专门请您过来，看这种笑话。"

刘星明却说："也没关系。老舒这个人，熊局长又不是不了解。再说了，人家也的确说的是直话。加强干部廉政建设，形势的确严峻，任务非常艰巨。"

李济运忙起身倒茶，他忍不住想打哈欠了。服务员看见了，飞快地接过茶壶。李济运并不是真要倒茶，他只想转身掩饰哈欠。他在这种场合，听见官腔就犯困。

刘星明举了茶杯敬熊雄，说："熊局长，您要多来县里指导。我交代过，凡是上级部门的领导来了，必须向县委、县政府报告。如果县委、县政府事后知道，算是部门领导失职。"

熊雄说："我到县里来，都只是业务工作。我同各县物价局长都说过，一般不要惊动县里领导。县里工作很忙，我很清楚。"

刘星明说："熊局长，您到别的县去我不管，到我乌柚来，我一定要出来陪您！"

明阳又不说话了，独自埋头抽烟。李济运熟知游戏规则，对

105

场面话的真真假假了如指掌。刘星明平日出面陪同的，都是上面要害部门的领导，市物价局长他是不会陪的。市物价局长来了，明阳有空明阳陪，明阳要是不在家，管物价的副县长陪。熊雄是个聪明人，他说不惊动县里领导，也是给自己留面子。种种规则很微妙，彼此都心照不宣，小心遵循。也有那懵懂鲁莽的，到了下面就四处打电话，别人不是说在省里，就是说去北京了。他可能就在你隔壁包厢，冷不防就撞见了。

喝了一会儿茶，轮到李济运讲规则了。他说：“刘书记、明县长，你们二位休息去，我陪陪熊局长。”

刘星明说：“不不，我要陪熊局长喝喝茶，去房间还是找个地方？"

李济运说：“刘书记你放心，我一定陪好熊局长。不瞒两位领导，我俩老同学还有私房话说。"

明阳就打圆场：“刘书记，既然这样，我们就不妨碍他们老同学了。”

大家都轻松了，握手言笑，欢然而散。去了房间，李济运问：“要不要去洗个脚？"

“扯扯谈吧。我不喜欢洗脚，多半也是讲客气。老同学，没必要。"熊雄倒是个实在人。

李济运说：“专门请你过来看舒泽光发宝气，真是不好意思。”

“没事的。"熊雄说，“可是我觉得，没必要请这顿饭啊。他没有问题，人出来不就行了？哪天你们某位领导做报告时，临时脱稿发挥，表扬他几句。"

李济运解释说：“老舒的老婆性格不好，不就是怕她闹事嘛！"

熊雄笑笑，欲言又止，却终于讲了：“我说呀老同学，你们有人心虚。听说是让舒泽光做差配他不愿意，还骂了娘。有这事吗？"

"我俩私下里说吧，真有这么回事。但我不相信因这件事就要整他。"李济运其实就相信刘星明故意整人，只是不便说出来。成鄂渝来县里找事，刘星明总怀疑舒泽光说了坏话。舒泽光没有说选举上的任何事，只是抱怨社会风气不好，也没有点到任何人和事。朱芝事后同李济运闲扯，把成鄂渝在乌柚找了什么人，听见了什么话，细细说给他听了。朱芝也是多一事不如少一事，没有在会上讲过多细节。她只需把记者摆平，尽到责任就行了。

熊雄欲言又止，喝了几口茶，到底还是说了："济运，你是局中人，不便直说吧。我两个人的话，绝不过耳。我看人十有八九不会错。我看你们刘书记为人不太好，明阳县长可能实在些。"

李济运人在乌柚，老同学面前也得谨慎，只是含糊地说："他俩自有个性，人都不错吧。"

熊雄就笑了起来，摇头不语了。李济运不想陷入是非，索性编了假话："老同学，星明同志老同我讲，你们同学净出人才哩！他每次都会提到你，说你是漓州市最年轻的部门一把手，前程无量。"刘星明有回倒是谈到过熊雄，说他是个不错的业务型干部。此话自是不错，可当时的语境，李济运听出了不屑。刘星明真实的意思是说，熊雄不过是个业务型干部而已，政治上不会有太大前途。

熊雄说："济运，我们是老同学，不同你说场面上的漂亮话。我的确年轻，按说也是春风得意。可我自己知道，我这样的干部不叫从政。我冷眼观看别人，比方你们刘星明，真有些忘乎所以的味道。官做得顺，最容易自我膨胀。"

熊雄这话叫李济运颇有感触，却不便评说哪个人，便说："我家里有幅油画，哪天请你去看看。"

107

他突然说到油画,熊雄听了文不对题,便问:"什么讲究?"

"一个朋友送的,据说是一位高僧手笔。朋友说是在海外慈善义卖时竞买下来的,专门送给我。"

"那倒是珍贵。"熊雄说。

"我看得很珍贵,倒不是说它值多少钱。"李济运细细说了那幅画,"我很喜欢一个人欣赏那幅画。今天听舒泽光说自己怕,我突然悟到这幅画的禅机,就是一个'怕'字。佛家说电光石火也好,镜花水月也好,梦幻泡影也好,都是说的怕。你刚才说有的人忘乎所以,就是缺个'怕'字。"

熊雄点头半响,若有所悟,却又说:"济运你说得有理,但未免消极了些。"

李济运笑道:"我并不觉得佛家的这些道理是消极的,相反它是积极的。要紧是看自己怎么去悟。我悟到一个'怕'字,就会多些抑让,多些收敛,多些宽厚。"

"你这么说,我就理解了。济运,这是我俩共通之处。"熊雄说。

李济运说:"老同学,你得争取下来干干。"

熊雄摇头道:"我干个业务干部也好,难得劳神。"

老同学讲的未必就是真心话,李济运也不去点破。人在仕途,谁不想往上走?但升官的路径很有讲究。熊雄年纪很轻已是正处级了,就不宜在物价局干得太久。他必须到县里干干一把手,才有机会更上层楼。眼看着时间差不多了,李济运就告辞:"老同学,你就早点休息。"

熊雄把李济运送到电梯口,突然莫名其妙地笑了,说:"我刚才有些恍惚,不知道今天是干什么来的。"

李济运没来得及答话,电梯门关上了。下楼后,朱师傅忙从车里出来。

朱师傅问:"李主任是回去吗?"

"回去。"李济运上了车问,"老舒在路上还发酒疯吗?"

"一路上骂,说有人想整他,谅他整不倒!人正不怕影子歪!"朱师傅说。

李济运怕舒泽光指名道姓说到谁,就故意把话题扯开了。他在办公楼前下了车,想起还要到办公室去取个东西。听得明阳喊道:"济运回来了?"

明阳下楼来,正好碰上。李济运说:"明县长,还在忙啊。"

明阳不太说客套话,只说:"济运,老舒总算没事,我替他高兴。不能再节外生枝了。"

李济运点点头,明阳就转身走了。

七

　　李济运老家离县城很近，白天驱车四十分钟，晚上二十几分钟就到了。村里姓李的人最多，村子就叫李家坪。李济运很久没回家看望父母了，这天周末没什么要紧事，就叫了车回李家坪去。

　　县城是在河边，往北有片开阔的河谷平地。越过平地，山地兀然而起。放眼望去十几座山尾，就像突然拿刀斩断了。李济运自小听老人们讲，从前有个皇帝想在乌柚建京城，得了神仙相助，打算把河谷弄得更开阔些。神仙挥着鞭子，山全都变成了羊，飞快地往北跑。神仙碰见一个放牛佬，问他我"赶的是什么？"放牛佬说赶的是石头。神仙连问了三次，放牛佬都说赶的是石头。神仙就生气了，扔下鞭子走了，山就不动了。不然啊，这里不知道是多大的平原！

　　李济运讲了这个故事，歌儿问他："神仙为什么生气呢？"

　　李济运说："那个放牛佬看破了天机。"

　　"为什么看破天机，神仙就要生气呢？"歌儿缠着不放。

　　李济运就答不出来了，只道天机是不可泄露的。歌儿说他等于没有回答,说:"我说呀,神仙就是不讲道理的!看《西游记》里面,妖魔鬼怪都是神仙家养的!"

李济运笑笑,夸歌儿聪明。沿路的山上栽满了乌柚树,这里的柚子表皮也是橙黄的,肉籽儿却是紫色。乡人把紫喊作乌,就喊本地柚子为乌柚。史载乌柚为历代贡品,县名也缘此而来。此风沿袭至今,只是需进贡的地方比古时更多,市里、省里和北京都得送去。乌柚也成了县里主导产业,能栽柚树的地方都栽上了。李济运却喜欢小时候看到的山,长满松树、杉树和各色野树,山上藏着各色鸟,时节到了还能采蘑菇。全都栽了乌柚树,山就没有姿态了。

李济运的老家是个山间盆地,几条小溪流向外面的河谷。车子下到盆地,但见田野开满了白色小花。田野的风很清和,李济运摇下车窗。舒瑾只道那些白花好漂亮,要歌儿形容一下。歌儿不听,说:"妈妈讨厌,看见什么就要我写作文!"

舒瑾轻轻拍了拍儿子的头:"歌儿就是不听话。要我说呀,这就像天上的星星全都掉到地上了。"

李济运哼着鼻子笑笑,说:"很美吗?告诉你,这是灾害!"

"这么漂亮的花,怎么是灾害?"舒瑾问。

李济运说:"一个无知的农技干部,不知道从哪里引进了这种草。原来是作绿肥引进的,哪知道它繁衍能力惊人,长这种草的地方别的作物没法生长。"

歌儿听着好奇,问:"它叫什么草?"

李济运说:"乡下人叫它'强盗花'。"

"有这么吓人吗?"舒瑾不以为然。

李济运告诉她:"有人说是从加拿大引进的,有人说是从澳大利亚引进的。反正搞不清楚。它开花之后,结一种类似蒲公英的籽,满天地飞,飞到哪里发到哪里。才几年工夫,你看这地里哪里没有？"

"我怎么才看见？"舒瑾说。

李济运有些不耐烦，过了几分钟才说："不是开花的时候，你也没注意。撂荒的田土多，'强盗花'发起来更快。你看那些成片成片的白花，都是'强盗花'。"

李济运不说话了，望着窗外恐怖的风景。他这些年回到乡下，总想起鲁迅先生《故乡》的开头："我冒了严寒，回到相隔二千余里，别了二十余年的故乡去。时候既然是深冬；渐近故乡时，天色又阴晦了。"他总觉得自己的乡村在凋敝，可是这话他不能说给别人听。他大小也是县里的领导，乡村的衰败他有责任，却又是他无能为力的。

父亲正在屋檐下编竹筲箕，听见汽车响声就抬头张望。老人知道是儿孙们回来了，回头叫唤老太太。老太太出门来，双手在围裙上拍着。李济运家辈分高，他爸很多人都叫四爷，妈妈被人叫作四奶奶。

歌儿下车就飞跑，扑过去抱着爷爷的脖子摇。四爷手里拿着篾刀，四奶奶忙喊："歌儿别疯！爷爷你快把刀放下。"

四爷放下篾刀，把歌儿反抱过来，使劲地哈痒痒。歌儿笑得鲤鱼似的乱跳，奶奶又骂人了："爷爷你没名堂，会把歌儿哈傻的！"

"怕痒的人怕老婆，歌儿长大了肯定怕死了老婆！"四爷放了手说。

歌儿说："我爸爸最怕痒了！"

舒瑾笑着白了儿子一眼，说："你爸爸才不怕我哩！"

歌儿又给爷爷哈痒痒，爷爷一动不动，说："歌儿要是把爷爷哈笑了，爷爷给你十块钱！"

歌儿就使劲地哈痒痒，爷爷挺直腰板绷着脸。四奶奶笑道：

"歌儿你别哈了,你爷爷一辈子都没怕过奶奶!"

祖孙两人闹着的时候,舒瑾早已搬出凳子。四奶奶倒了茶出来,请司机朱师傅喝茶。朱师傅说不喝茶,他要先回城里去。李济运客套几句,就说:"那你就走吧,我到时候打你电话。"

时辰是上半日,做午饭的时间还早,一家人坐在屋檐下说话。歌儿自己玩去了,他拿了铁铲子刨蚯蚓。舒瑾朝李济运使使眼色,又望望歌儿。李济运明白她的意思,是说歌儿到乡下就活泼多了。

场院边的土沟旁也长着那种开白花的草,李济运说:"爸,'强盗花'真没办法对付吗?"

四爷说:"如今最害人的是'强盗宝'!"

四爷说的"强盗宝"是乡下流行的一种赌博,叫作滚坨坨。三个木头做成的骰子,沿着一个有斜坡的轨道往前滚,众人围着押大小。这种赌法李济运是听爸爸说的,他自己不可能去场子里看。村里没有几个人没赌过,很多人家输得精光,四爷顺口就叫它"强盗宝"。

四奶奶拿了糖果给歌儿吃。歌儿手上很脏,张嘴让奶奶喂了一颗。他试了试,味道不好,就吐掉了。舒瑾怪歌儿不爱惜东西,骂了几句。四奶奶却笑自家代代农民,到孙子这代就贵气了,吃糖都嫌好丑了。嘴上说的是骂人,心里实在是欢喜。她听得四爷在讲强盗宝,又回头说:"自己家的人不争气,你还有面子讲!"

"济林还在做这事?"李济运问的是他弟弟。

四奶奶说:"济林坐庄,春桃在场子里放贷!我们老了,管也管不住,看你这个做哥哥的管得住不!"

春桃是济林的老婆,李济运曾经开玩笑,说她是小旋风。她走路一阵风,人过之后桌子、凳子、门都被碰得嘭嘭响。

舒瑾听着急了:"爸爸,妈妈,这不是好事!他哥哥是县里领导,弟弟在乡里聚众赌博。人家会说哥哥是他后台。"

四爷说:"这个倒都不怕,一人做事一人当。怕只怕他三十多岁的人了,正事没做一样,鬼事做尽了。赌博是当得正业的?"

"明儿呢?"李济运突然想起了三岁的小侄子。

四爷说:"明儿他妈妈带着,一天到晚在赌场里。两三岁的人,怎么得了!"

"明儿两三岁的人,你看他聪明不?麻将、扑克他都认得!赌场里出大他就喊大,出小他就喊小。"四奶奶说着孙子,笑得合不拢嘴。笑着笑着又唉声叹气:"两三岁的人,怎么得了?回家嘴里净是赌场上的话,大!小!豹子!"

"什么豹子?"李济运问。

四爷说:"三个骰子同一色花,就是豹子。赌大小时庄家有输有赢,出豹子庄家通吃。庄家赚就赚在出豹子。"

"庄家保证有赢吗?"李济运又问。

舒瑾听得不耐烦了,说:"你是要开场子吗?"

李济运白了一眼老婆,仍望着老爹。四爷说:"庄家运气不好也有亏的,要是一天没出豹子,难说有赚的。只有派出所稳坐是赚。"

四奶奶忙喊住老头子:"你莫乱讲!派出所收钱未必你看见了?济运,你爸这张嘴巴就是管不住!自己儿子开场子,他还到处说社会不像样子了,赌场开到家里来了。他这嘴巴,迟早要出事的!"

四爷就闭口不说了,仍操起篾刀干活。四爷的篾匠货远近闻名,但乡下早就用不着他的手艺。筲箕、篮子、筛子、簸箕、篓子,要么就是没人用了,要么就改用塑料货了。四爷挑土仍喜欢用筲箕,就自己织了自己用。

乡下滚坨坨成风，李济运早就知道。他怕惹事上身，平时不太过问。听说派出所的保护费，一个场子每日交八百，一年差不多就是二十八九万。黑钱不入账的，全入私人腰包。李济运小学同学二牛，少有的不赌博的人，有回在城里碰见他了，告诉他说：''济运，村里赌博赌疯了！派出所还收保护费。你是常委，要管管啊！''李济运只作糊涂：''不可能吧？''二牛笑笑，说：''不信你回去问你弟弟！''李济运说：''赌博可能，派出所保护没那个胆子。''二牛听他是这个腔调，摇摇头不多说了。

李济运正想着二牛，四奶奶就说到二牛了：''村里老老实实做事的，只有个二牛。可他穷得叮当响。越是扎扎实实作几亩地的，就越是穷！''

''村里也没有人管事。''四爷说，''你说这'强盗花'，没等它结籽，全村男女老少一声喊，扯得它寸根不留，我就不相信明年还会长！''

突然听得几声公鸡叫，更觉四处静无声息。两千多人的村子，看不到几个人走动。田垄里也很少有人影，只有漫无边际的''强盗花''。依照农事季节，正是薅田的时候。李济运高中时薅过田，炎炎烈日之下，白鹭总是不远不近。

''济林在哪里开场子？''李济运问。

四爷说：''三猫子家。济林同三猫子合伙坐庄。我不准，要不就开在家里了。''

四奶奶说：''几个村的人都在这里赌，都是车接车送，中午还供餐盒饭。''

''好久散场？''李济运又问。

舒瑾喊了一声男人，说：''你今天好怪啊！你要开赌场？''

李济运望望老婆，说：''吃过中饭，你同歌儿先回去。''

''你要留在家里赌博？''

115

李济运不理舒瑾，望望屋角的老柚树。柚子还只有拳头大，几只麻雀在树上跳。一只猫拖着尾巴，喵地叫了几声，从场院前面低腰走过。村里以前很多野猫，夜里总能听到猫叫。木房子地板底下、楼板顶上，都是藏猫的好地方。如今村里多半是砖房子，没有猫躲的地方，就见不到野猫了。没了野猫，老鼠就多了。歌儿看见了猫，放下铁铲悄悄靠近。那猫回头望着歌儿，好像并不怕人。可等歌儿快到跟前，猫风一样地窜开了。

　　四爷听媳妇好像在生气，就不急着回答儿子的话。歌儿过来玩篾丝，奶奶喊道："会割手的。"

　　李济运说："哪那么娇贵！只是莫挡爷爷的路。"

　　"哪像你那时候，小猫小狗一样养！"舒瑾说。

　　四奶奶习惯了舒瑾，也并不生气，只说："我们那时候养儿女，哪里顾得上那么多？不饿着不冻着就是他们的福分了！"

　　"每天晚上不到两三点，不得散场。"四爷突然没头没脑地说。

　　太阳开始老了，四奶奶喊儿子屋里坐。堂屋门敞开着，李济运把凳子往屋里移了几尺。四奶奶去厨房做饭，舒瑾进去帮忙。四爷这才说："济林你管得了就管管。我们家祖宗八代都是老实人，莫做这种亏心事。哪像三猫子家，他家祖公老儿手上就是赌棍！"

　　李济运听爹这么说，猜想赌场是三猫子邀济林开的。三猫子比济林小几岁，却是偷扒抢都干过。不知三猫子是手法高，还是运气好，他竟从没进过笼子。村里也有人私下里说，三猫子是派出所的线人，他做什么事警察都是睁只眼闭只眼。

　　四爷有一句没一句的，又说："前几年家家户户买码，村里钱都买空了。没有钱买码了，我想该息事了吧？好，又滚坨坨了！农村人得几个钱不容易。做事做得变猪叫，不够赌场放一炮！"

"买码的还有吗？"李济运问。

四爷说："有是有，少了。"

吃过午饭，李济运叫了车子，先送舒瑾和歌儿回去。舒瑾知道男人有事，仍故意气他："你真留下来取经啊！"李济运懒得同她多说，只嘱咐朱师傅："我晚上打你电话！"

李济运等到深夜十点多，实在有些着急了。四爷对老伴说："你叫济林先回来。"正说着，听得春桃回来了。明儿睡得口水直流，叫他妈妈像麻袋似的扛着。春桃见了李济运，点头喊了一声运哥。四奶奶过去接了明儿，说："春桃，你去叫济林先回来。"

春桃说："他哪有空?!"

四奶奶说："你去替替不就是了？"

春桃进了睡房，只听得稀里哗啦，不知她在屋里弄什么。一会儿又嘭嘭嘭地出门去了，也不说是不是去喊人。李济运不便说弟媳，要说得让爸妈去说。爹娘也懒得说，望着电视装糊涂。春桃出门好一会儿，妈才说："粗手粗脚，走到哪里就像打雷！"说得也是轻言细语，不像要说给谁听的。

过了会儿，突然听见脚步声，知道是济林回来了。济林进来同哥哥招呼一声，就坐下来看电视。李济运不知怎么开口，半天才说："济林，这不是个名堂。"

"我还有什么名堂呢？"济林说。

李济运说："不开赌场就没事做了？"

"你有本事让我也当个官呀！"

济林的话来得很陡，逼得李济运气都出不匀。四爷开腔了："济林，你哥哥走在外头哪个都敬他三分，你这做老弟的哪是这样说话的？他说你，是为你好……"

四爷话没说完，济林抢了过去："那我该怎样说话？我要向他请示汇报？他当他的官，我搬我的砖！"

李济运说:"你要是老老实实搬砖就好了,你搬的是骰子砖,要搬出麻烦来的!"

济林虎着眼睛喊道:"你不管就没有麻烦!你去叫派出所抓我呀!谅你喊不动!"

李济运再也忍不住,高声吼道:"你出事不要找我!"

济林冷冷一笑,说:"找你?我坐班房都不得找你!真有事找你也没用!村里流行一句歇后语你听说过吗?运坨当官——卵用!"

济林的脑袋狠狠地点了两下,好像在"卵用"下面打了黑点。李济运呼地站起来要打人,济林早已摔门出去了。四爷拉着李济运,不让他追出去。

"济林他怪你。"四爷说。

四奶奶叹了几口气,说:"我做妈妈的也不是要你贪,老弟帮得上的就帮帮。你就这一个弟弟。他是说济发有本事,人家开了煤矿,亲戚六眷都在煤矿做事。人家调到交通局,他妹妹又开了一个新店子,净卖交通的。你弟弟老说,人家官比你还小,祖宗十八代跟着沾光。"

四奶奶说"净卖交通的",话听着不通,李济运却听得明白。济发妹妹开的其实是厂子,公路上需要的交通设施,尽由她那里生产出来。一夜之间喊办厂就办厂,能生产的也就是水泥墩子之类。中间赚得多大,外人不会知道。

"济发的官真比你小吗?"四奶奶问。

李济运说:"妈妈,官场上的事,同您讲不清楚。"

四奶奶说:"运坨,你自己在官场上,万事小心。莫争强,莫贪心,莫偷懒。妈妈不图你做好大的官,你只要对得起良心就是。我们家代代老实人,济林他是脱种了。"

李济运抱着头抽烟,心想济林他是管不了的。他猜妈妈嘴上不说，心里只怕也想他帮帮济林。他自己理上也亏，官做到常委，弟弟沾不到半点好处。他这常委实在是张空头支票，到哪家银行都兑不了现。他又不能同弟弟说，你先老老实实种地，等我有了实权再说。

夜已很深了，狗不时地叫。四奶奶说："都是从宝场上出来的。"滚坨坨的人隔会儿出来几个，狗就隔会儿叫上几声。听到几声鸡叫，娘说："鸡都叫头道了，你回去吧。"

李济运回到家里，吵醒了舒瑾。舒瑾没有理他，翻了个身又睡去了。他去洗澡，看见一只壁虎，趴在窗玻璃外面。墙外栽了爬墙虎，开春以后就是满墙的绿。绿藤挂在窗口，摇晃着极有风姿。小时候的屋子是土墙的，东墙上也爬着密密的青藤。他喜欢在东墙下玩泥巴，时常看见青藤里钻出壁虎。妈妈总说别坐在那里玩，怕藤里有蛇。他从来没见藤里爬出过蛇，只看见过壁虎。壁虎最爱晚上出来，贴在窗户上。屋里热热闹闹的，壁虎像看戏似的静静趴着。又想儿子今天在乡下多快乐，玩得一身泥巴。

旧城改造喊了多年，就是拿不下来。今年县里拍了板，一定要做成这件大事。县里拿整体改造方案，旧城地块打包出让，商家自筹资金开发。刘星明在会上反复强调，一定要公开招标选择开发商，并要求县纪委全程监督招标过程。"招投标过程中的腐败问题，已被人们说成是不可治愈的中国病。我就不相信！只要同志们心中无私，真正做到公开、公平、公正，就制止不了腐败？"刘星明说这话时，把手里的茶杯重重地放下，茶水溅了出来。

旧城改造工程由李非凡牵头负责。这是刘星明提议的，他说得很实在："我作为县委书记，给自己定一条死原则，就是决不直接负责任何重大建设项目。非凡同志情况熟悉，作风扎实，他负责我看很合适。"

李非凡略略推让，表示服从组织分配，却又颇感无奈似的，说："我也知道，这个工作难度很大。牵涉到千家万户的拆迁和补偿，招标工作又非常复杂。弄得不好，我会成千古罪人。因此，恳请同志们支持我！我需要表态的是，一定把这项工作做得干干净净。"

李非凡讲完了，刘星明又作发挥，说："县委、县政府、人大、政协，四套班子在重要工作上打破职能设置界限，统一分工，齐心协力，共谋发展。我看这是一条重要经验！济运同志，你们办公室可以考虑整理一篇文章，宣传我们这个经验。"

李济运领命，不久这篇文章就在省报上发表了。四套班子分工，原先也有过争议。有人说人大、政协不宜管实际工作，应该体现各自职能。人大在于监督政府，政协在于参政议政。刘星明却说："充分调动大家积极性，才是最重要的。四套班子各演各的角色。我演县委书记，明阳同志演县长，非凡同志演人大主任，德满同志演政协主席。四兄弟换换角色，也是一个意思。"这个比喻很形象，却不能写进文章里去。

转眼就是秋尾，大院里的银杏叶开始飘落。新落的银杏叶黄得发亮。中午下班时，正碰上歌儿放学。歌儿捡起一片银杏叶，抬头对着太阳照："好漂亮的，爸爸！"李济运笑笑，搭着儿子肩膀回家。

歌儿说："有的银杏结果子，这棵树怎么不结？"

李济运说："银杏树分雌雄，雌树结果，雄树不结。"

"这棵是雄树吗？"歌儿问。

李济运说："我也不知道。"

"可它不结果子呀！"

李济运告诉儿子："雌树跟雄树得长在一起，才结果子。爸爸不是植物学家，认不出来。"

歌儿又问:"城南周家村有棵银杏就结果子,它身边又没有雄树。我去年跟同学去捡过银杏果。"

"鬼东西,你可跑得远啊!"李济运说,"雌雄同株的树也有,很稀少。雌雄同株,就结果子。"

父子俩进屋没多久,舒瑾回来了。中午时间短,做饭就像打仗。匆匆吃过饭,舒瑾就得赶到幼儿园去。幼儿园教师都在园里吃午饭,只有舒瑾中午回家打个转。李济运吃完饭稍事休息,下午得去高速公路施工现场,处理农民阻工的事。过境的高速公路原计划三年通车,如今四年多了都还没有完成。上头批评过多次,说乌柚境内拖了后腿。农民总是借故阻止施工,其实就是地方上的混混想捞好处。县里把情况掌握得很清楚,但牵涉到群众太多,难免要注意方法。

下午,刘星明、明阳、李济运及交通、公安、检察、法院,该到场的都到场了。官方说法,就是现场办公。刘星明正在讲话,周应龙悄悄走到他身边耳语几句。刘星明马上黑了脸,说:"太不像话,严肃处理!"众人听了面面相觑,不知道出什么事了。刘星明不说,大家也就不问。

会议结束了,各自上车回城。下班时间还没到,李济运去了办公室。"济运你来一下。"刘星明也来了办公室,他开门的钥匙还在稀里哗啦响,就骂起了粗口,"舒泽光他妈的真不是个东西!"

李济运很是吃惊:"他怎么了?"

刘星明说:"刚才周应龙接到派出所电话,说舒泽光在梅园宾馆叫小姐,被派出所抓了!"

李济运听得半天一声雷,说:"梅园可是县委招待所呀!他哪来这么大的胆子?"

刘星明进屋坐下,说:"老子气就气在他居然在县委宾馆里嫖娼！我以为他真是个堂堂汉子哩，一个道德败坏的流氓！这样的害群之马，一定要严惩！"

李济运觉得蹊跷，起码是太凑巧了。他不便过问详情，只道："我个人的意见，先让公安处理，组织上再作处理。党员干部嫖娼，有很明确的处理办法，也不会弄出冤假错案。"

刘星明望着李济运，目光阴冷得像深山古潭，说："济运，听你这话的意思，好像怕冤枉了他？"

李济运说："哪里，我没有这个意思。"

刘星明说："我知道，公安既然介入，当然得公安先依法处理。这也是组织上再作处理的依据。县委肯定会依法办事。我的意见是，这不是个普通的治安案件，牵涉到对干部的教育问题，务必引起高度重视。今天熊局长本来说到县里来的，刚才我在路上接到他电话，他说不来了。出这种丑事，我这个书记真没面子！"

李济运明白刘星明意思了，自己主动说："我打电话解释一下吧。"

他回到自己办公室，见于先奉笑嘻嘻地进来了，便问："于主任有事吗？"

于先奉说："没事，没事。"

李济运猜到于先奉肯定是聊天来了。果然，于先奉说："舒泽光也太那个了。"

李济运没说话，只是摇头而叹。他没想到事情传得这么快，从出事到现在还不到两个小时。

于先奉又说："议论很多，有人讲是对头设有圈套。"

李济运不想说这事，敷衍道："他舒泽光有什么对头？"

"是的，老舒人老实，哪有对头。"于先奉见李济运没有兴趣，就不痛不痒说几句，整理整理衣服出去了。老于肚子有些大，扎进裤腰里的衬衣老往外跑。他偏又是个讲究风度的人，一天到晚老往裤腰里塞衬衣。有回，他在值班室边说话边塞衬衣，塞了好久都塞不熨帖，就率性解开皮带叉开双腿。有个上访的女人正好在反映情况，见他这样子就借故发疯，说他当众耍流氓。李济运事后说了于先奉，大庭广众之下宽衣解带确实不雅。于先奉嘿地笑笑，又说到了他的女儿："我原来是不太讲究的，可是在女儿那里过不了关。我去年到北京去，走在长安街上，女儿老围着我扯衬衣。"

于先奉走了，李济运打了熊雄电话。他没开口，熊雄说话了："济运，你们乌柚有的人太狠了！"

"我觉得奇怪，你是怎么知道的？说你今天本来要来乌柚，我都不知道。"李济运说。

熊雄很生气，说："刘星明不是说我来了要报告他吗？舒泽光报告他了。我人还没到，派出所就到我房间捉奸了！他们是想抓舒泽光，还是想抓我？我要是上午到了，派出所不检查我来了？"

李济运不好说什么，只道："老同学，你别生气。事情到底如何，还不知道哩。"

"还能怎样？舒泽光当时就打电话给我，说熊局长你不要来了，我在你房间里被抓了，说我嫖娼。他话还没说完，电话就被抢了。我再打过去，电话关了。济运，上回你说的'怕'字，我后来想了很多，很受教益。可是你看，有些人却是什么都不怕啊！"熊雄的火气虽不是冲李济运来的，他听着也很尴尬。听熊雄口气，他相信舒泽光被陷害了。李济运不便评说是非，只道公安会调查清楚。

晚上，李济运在家看乌柚新闻，头条是刘星明在高速公路现场办公，下面飞出即将播报的新闻，居然有这么一条：县物价局局长舒泽光因嫖娼被公安当场抓获。

他马上打了朱芝电话:"朱部长,电视里播报舒泽光嫖娼的新闻,你知道吗?"

朱芝说:"我知道。李主任,有问题吗?"

李济运说:"案子还在办理之中,公安该怎么处理就怎么处理,组织上该怎么处理也怎么处理。如果放在电视里播,影响可能不好吧?"

朱芝笑道:"李主任您可是最开明的呀!香港警察性骚扰都公开报道哩,他舒泽光算什么?香港警察也是人民警察啊,人家就不怕影响形象。"

李济运说:"内地同香港毕竟不一样,不然怎么叫一国两制呢?"

朱芝笑了起来,说:"李主任,我同您开玩笑的,我个人哪敢乱来啊!"

李济运听明白了,就说:"哦哦,这样。部长妹妹,这个电话就当我没有打。"

朱芝说:"谢谢老兄体谅。我知道,这样的新闻按常规是不该播报的。老兄,我难办啊。"

放下电话没多久,舒泽光嫖娼的新闻就出来了。公安干警突然进入宾馆房间,舒泽光拿被子裹住身子,惊慌失措的样子。一个裸体女子,打了马赛克,捂着脸奔向洗手间。舒瑾在旁边说:"舒泽光真是这种人?"

李济运说:"鬼知道。"

舒瑾说:"电视不都拍了吗?"

李济运冷冷笑道:"电视剧也是拍的啊!"

"你未必怀疑?"舒瑾奇怪地望着李济运,"你是在替你们男人那个吧?"

"我哪个了？"他知道舒瑾是说他替男人辩护。

舒瑾说："你们男人只有两种。"

李济运问："哪两种呢？"

舒瑾说："一种是好色的，还有一种你自己猜。"

舒瑾从来不说幽默话的，李济运觉得奇怪，问："听到新段子了？我猜不出。"

舒瑾说："我听同事说的，说男人只有两种，一种是好色的，一种是非常好色的。"

李济运笑道："我老婆可是从来不说段子的啊。"

舒瑾道："我才不说哩，低级趣味！有个同事跟宋香云有意见，故意当着她的面讲这个段子。"

"他下午才被抓，你们同事就知道了？"李济运问。

舒瑾说："未必还等政府下文件？手机短信，马上全城都知道了。"

李济运说："你们女人也真是的。宋香云家出事了，还硬往人家伤口上撒盐！"

舒瑾说："'推土机'也不是好惹的，她说有的女人，再好色的男人都不会要，脱光了送去都不会要！同她有意见的那个同事长得不好看。"

"不说了，没意思！"李济运听着恶心。他心里却想，舒泽光嫖娼，其中必有文章。未必公安要去抓嫖，先得通知电视台？此话他只能放在肚子里。他很想打电话同明阳说说话，拿起电话又放下了。

这几天，李济运不论走到哪里，大家都在嘻嘻哈哈，说着舒泽光嫖娼的事，像天上正在掉钞票。大家议论干部贪污多少会摇摇头，说到干部嫖娼却是乐不可支。有人说老舒天天守着个"推土机"也没味道了，早该换换车型了。早些年，当官的干了丑事，老百姓还有些愤慨。这几年，大家不再愤慨，只把官场当戏看。舒泽光的丑闻没有重播，没看到的人居然非常遗憾。

舒瑾看到了都不满意，几天之后她还在问："那个女的我没有看清，不知道她长得怎么样。"

李济运问："你是希望她长得好呢，还是希望她长得丑呢？"

舒瑾说："好丑关我屁事！我只是没看清楚，她脸上打了马赛克！"

李济运摇头不语。他想那小姐的肖像权都要保护，舒泽光却让他暴露在光天化日之下。李济运突然想起舒泽光的老婆，问："宋香云情绪怎样？"

舒瑾说："她天天来上班，天天在幼儿园骂。她说看他们怎么处理，她告状告到中南海去，都要给舒局长讨个清白。"

清早，李济运在银杏树下碰到刘差配。虽是深秋，今天却热得逼人。刘差配的短袖衫扎进裤腰里，腋下夹着公文包，人格外的精神。

李济运先打了招呼："星明你好！一大早就这么热！"

刘星明胸前渗出点点汗星，可他谈的却不是天气："济运，舒泽光的事我看有问题。"

李济运不方便多嘴，只道："公安在处理，我没有问过这事。"

刘星明说："社会上反应很大，都说他是不肯做差配，被组织上报复。查他贪污没查出问题，又用流氓问题来整他。俗话说的，犁不倒耙倒！"

"不会吧？"李济运想含糊过去。

老同学却很严肃，说："我是差配干部，顺利当选了。说明选举并不是社会上说的什么假民主。但是如果真的报复舒泽光，倒给人留下话柄了。这事我得找星明同志谈谈。"

李济运劝道："星明，刘书记很忙，你不要去找他。公安会依法办事，怎敢乱来？法治社会嘛！"

刘星明忧心忡忡的，说："外头说法很多，我想绝不会是空穴来风。"

李济运脑子不时地恍惚，眼前这个人到底是不是癫子？他说话条理分明，只有一句疯话，说自己当选了。李济运不敢同他多说，只道："星明兄，你我都不管这事，让公安去处理吧。我们要相信组织。"他说着就掏出手机，装着接电话的样子，说："好的好的，我马上就来。"匆匆挂了电话，同刘星明握手道别。

李济运走了几步，又突然回过头去，朝刘星明挥挥手，样子十分客气。他突然想到了陈美，她很可能正在二楼的窗后望着。机关大院里的人都知道，只要刘差配在办公楼前的坪里走动，陈美都会守在窗口张望。

八

　　李济运找朱达云商量事儿，两人碰完了头，朱达云发了讲笑话的瘾，说："有个领导在台上讲科学养猪，说要推广生猪人工授精。一个老汉举手说，给母猪授精，我想是想搞，就是怕猪咬！"

　　李济运早听过这个段子，礼貌地大笑几声，说："你就是那个书记吧？你要给老汉示范示范嘛！"

　　朱达云笑着回道："我听说是您在乌金乡当书记时候的事。"

　　李济运笑笑，也想起一个笑话，说："我有个笑话，不是编的。小时候生产队分谷子，有个单身汉很懒，工分少谷子也当然分得少。这个懒汉就同生产队长吵了起来。生产队长说，毛主席讲的，四体不勤，五谷不分！谁叫你四体不勤？你四体不勤，我就五谷不给你分！"

　　朱达云高兴得直拍大腿，他脑子里又多了个好段子。他连夸这个段子有水平，肯定直接来自生活，又说："李主任，说明几十年过去了，农民素质没有提高嘛！"

　　"这是个别例子，个别例子！"李济运心想说段子就说段子，还发挥什么呢?

突然听得窗外有个女人大喊大叫,一听就是宋香云:"我屋舒局长不是那种人!我一分钱没有出的!我要到北京去喊冤!我屋舒局长早就说过,他不肯当哈卵,可能要挨整,就挨整了!你查他贪污查不到,就说他嫖娼!"原来她刚刚得到消息,舒泽光被处行政拘留十五天,罚款五千块。

李济运站起来看看窗外,见宋香云堵住了县长明阳。明阳高声说道:"公安依法处理的,你有意见可以上诉,找政府有什么用?政府也无权干涉公安执法!"

"你快叫人把宋香云拉走。"因为是在政府办门口,李济运便对朱达云说道。

朱达云自己不想出面,叫了几个干部。那几个干部应声而上,拉着宋香云走了。

明阳见李济运从政府办出来,便朝他发火:"济运,你是管信访的。你们两办应好好研究一下门卫和信访工作。什么人都放进来,我们还要工作吗?"

李济运说:"明县长,舒泽光家就住在院子里面,他屋老婆用不着从大门进来。"

明阳沉着脸走了,李济运知道他发的是无名火。老百姓遇事就找政府的麻烦,很多事其实同政府是没关系的。老百姓踩着香蕉皮摔一跤,也会骂县长没把卫生管好。宋香云怀疑男人受了冤枉,她不找别人只找县长。县长县长,一县之长,不找县长找谁呀?

明阳发的是虚火,李济运也得认真对待。他回去叫了于先奉,说:"于主任,刚才明县长说,要两办研究一下信访和门卫工作。你找朱达云,还有毛云生,开个会吧。"

于先奉觉得有些为难,说:"信访局虽说是县委、县政府共管的，但体制上是政府机构，我们对政府办也不好直接发号施令。"

李济运说："老于，不是你发号施令，县长有指示。"

于先奉说："真要说起来，老百姓找政府，太正常了。我女婿说，他在美国留学，随便去州政府撒尿，州长都出来接待。"

"你说相声吧？"

"是真的！"

于先奉是想借机说说他的女婿，据说是个海归博士。李济运明白他的意思，便夸了几句："你女婿真优秀！养女儿就要养你家这样的。"

于先奉笑笑说："我女儿也是博士，配他也不差。"

李济运点头道："那倒是。你女婿是海归博士，女儿是国产博士。"

"李主任你知道吗？他们叫洋博士海龟，叫土博士土鳖！"

"是吗？这话听着就怪怪的了！"李济运说，"我们不能看不起国家自己培养的土博士。"

于先奉很快就回来了，实际上只等于传旨，把明县长的意思说了。领导有吩咐，就得有回复。李济运觉得这么快就去回话，显得太不认真了。挨到十一点半，他去了明阳那里。却碰见肖可兴，只见他脑袋不停地摇。李济运说过会儿再来，明阳说肖副县长快完了。这话听上去有毛病，却也没谁挑剔。

今年乌柚要创省级卫生县城，肖可兴具体负责这项工作。这事儿简称"创卫工程"，意义被说得非常重大。老百姓看到的却是掀摊子，拆房子，砸牌子，弄得有些怨声载道。掀摊子就是规范沿街摊点，拆房子就是清除违章建筑，砸牌子就是统一商店招牌。哪项工作都得同老百姓面对面，肖可兴差不多天天在街上吵架。他便落下个毛病，见人就摇脑袋。

肖可兴汇报完了，摇头晃脑出了门。李济运把于先奉回的话，加进自己的想法，向明阳汇报了。明阳听了未置可否，只道："不能再无事找事了。"李济运听懂了明阳的意思，就是怪刘星明惹出没必要的麻烦事。他却不加水也不添盐，说几句无关痛痒的话。

中午，李济运在梅园宾馆陪客，市委办来了彭科长几个人。酒杯才端起来，李济运就接到电话，说是舒泽光在拘留所自杀了。

"人死了吗？啊！死了？"李济运吓得眼睛都圆了。他说话的声音并不低，满桌的人都只当没听见，仍是碰杯喝酒。也不是谁漠不关心，只是李济运不说，彭科长他们不好相问。县里陪同的人要护着家丑，也不好当着客人打听。

桌上气氛还须弄得热闹，李济运说："刘书记本来要亲自作陪的，他在乡下赶不回来，我就全权代表了。"这是谁都明白的谎话，只是彼此心照不宣。彭科长的级别够不上县委书记出面，县委办主任陪陪就行了。

彭科长笑道："不用惊动刘书记，谢谢李主任！"

李济运吆喝着干杯，心里想的却是舒泽光自杀的事。舒泽光实在是个好人，怎么会是这个下场呢？又一个大麻烦来了。他想起刚才明阳说的，不能再无事找事了。这事就是有人找出来的，他只是嘴上不好说。

酒喝到半路，听得外头大吵大闹。李济运有些难堪，只道："喝酒喝酒。"

彭科长再也不好装聋作哑，说："县里工作真不容易，矛盾太集中了。"

李济运听清了，外头叫骂的正是舒泽光的老婆："刘星明你出来，明阳你出来！你们逼死人命！你们狼心狗肺！你们还有心思躲在宾馆喝酒！我要炸了你们宾馆！"

李济运知道刘星明正在别的包厢陪客人，生怕他出来接招。

听宋香云骂得越来越凶，李济运有些坐不住了，说："彭科长，不好意思，我出去看看。"

李济运出去一看，见几个人拉着宋香云，却怎么也拉不住。她一次一次挣脱出来，直往餐厅里扑。她外号"推土机"，真是不虚。李济运上前劝解："宋大姐，你有话好好说……"

宋香云眼泪汪汪看不清人，她挣脱一只手撩了一把泪水，指着李济运大骂："是你啊！你是什么好东西？刘星明癫了搭帮你！你们要当官你们当啊，你们要演戏你们演啊！害得死一个，癫一个！陈美是个善人哩，我要是陈美啊，剥你的皮！"

李济运两耳发热，仍是好声好气："宋大姐，出了天大的事，吵闹解决不了问题。你要相信政策，相信法律！"

宋香云哇哇大哭："我屋人都死了，你还同我讲狗屁法律、狗屁政策！法律能起死还阳吗？政策阎王老儿认账吗？"

"宋大姐，我同舒局长是老朋友，哪想到他这么想不开呢？"李济运招呼宾馆保安，"你们找个地方安排宋大姐休息。"

宋香云被架走了，一路叫骂着。李济运没有马上回包厢，先去了洗漱间。他并没有多少尿意，只是心里想静静。他从洗漱间出来，碰到明阳进去。明阳皱着眉头，一句话都没说。李济运也没讲话，怕洗漱间有人蹲着。

回到包厢，彭科长问："出什么事了？"

"一个干部嫖娼被抓，自己在拘留所里自杀了。"李济运说道。他这么说内心很有愧，可又不能再作解释。

彭科长嘿嘿一笑，说："有胆做鬼，无脸见人。"

饭局快完时，李济运又接到电话，说舒泽光救过来了。他松了口气，说："还好，刚才说的那个干部没死，抢救过来了。"

彭科长却说："唉，再活着也没有意思。"

送彭科长进房休息，出来碰到于先奉。李济运问："你知道是怎么回事吗?"

于先奉说:"怎么不知道?我在现场,才回来。舒泽光扯碎衬衣上吊,发现时人已经不行了,马上送到医院。他老婆跑到医院,抢救室不准她进去。她听旁边人说不行了不行了,她人就像疯子,跑到宾馆里来了。刚才告诉她男人没死,把她送到医院去了。算他命大!"

李济运反复思量,下午找了刘星明,说:"刘书记,舒泽光的事,我谈点个人看法。他不自爱,的确可恨。但毕竟也是多年科局级干部,组织上该怎么处理县委再研究。至于治安处罚,我看就免了。如果坚持要拘留、罚款,说不定真要出人命。"

"还说乌柚干部就他一个人干净,我说就他一个人肮脏!自杀,自杀吓得了谁?"刘星明骂了半天舒泽光,然后说,"济运,你的担心有道理。我不希望看到死人,目的在于教育干部。可是,不作治安处理,组织上怎么处理?那不等于说他没问题吗?他又有那样一个老婆,告状不要告到联合国去?"

李济运说:"媒体已经曝光,他在乌柚早已抬不起头了。你就是再让他当局长,他自己也不会干了。他上次就提出过辞职嘛。"

"辞职?便宜他了!按党的纪律,他至少要开除党籍、撤销行政职务,严重的还要开除公职,移送司法机关!"刘星明说话间拍了桌子。

李济运等刘星明发够了脾气,仍然说:"刘书记,此事宁软不宁硬。至少先拖拖。"

第二天,刘星明对李济运说:"济运,我接受你的建议。你同周应龙去说吧。"

李济运听着松了一口气,心想自己总算帮了舒泽光。他不想在电话里说这事,自己跑到公安局。周应龙听了,笑眯眯地说:

"李主任,县委这个指示,我们落实起来有难度啊!"

"为什么呢?"李济运问道。

周应龙仍是笑着,露一口雪白的牙齿,说:"公安轻易不抓人,抓人就得处理。要是不处理,就会被反咬一口。我在公安二十多年,教训太多了。"

李济运想了想,说:"周局长,我有个折中建议。治安处罚决定你们不妨照做,只是不要执行。他人都这样了,还弄他进去干吗?"

周应龙想想也有道理,说:"好,遵照李主任指示。"

李济运握了周应龙的手,笑道:"什么指示,周局长老朋友了,还这么客气!"

周应龙哈哈大笑,说:"酒桌上是朋友,工作上您还是领导嘛!"

半个月之后,舒泽光被开除党籍,撤销了局长职务。舒泽光没说半句话,天天关在家里睡觉。他老婆也不再骂街,只是埋头上班不理人。刘星明毕竟有些担心,问李济运听到什么说法。舒瑾同宋香云同事,刘星明是知道的。李济运说还算平静,刘星明就放心了。

有天,舒瑾回来说:"'推土机'今天告诉我,她老舒很感谢你,说你是个好人。"

李济运听了感觉不妙,问:"你是不是同宋香云说什么了?"

舒瑾说:"我告诉她,说你保过他舒局长。"

李济运非常恼火:"你多什么嘴!"

舒瑾听着委屈,说:"不是给你做个人情嘛!你是替他说了话呀!"

李济运气得直想打人,心想女人的嘴巴真是靠不住。他确实想帮帮舒泽光,但他不想让任何人知道。

九

有人在乌柚在线的论坛里发了一条帖子，很快就被删掉了：

上帝说，要有光，就有了光。
孔子说，我欲仁，斯仁至矣！
阿Q说，要什么有什么，喜欢谁就是谁。
刘半间说，要有好的典型，就有好的典型。

原来，财政局长吴建军出车祸死了。同时遇难的还有预算股股长宋采薇、办公室主任侯远、司机张克佳。他们下乡时遇上泥石流，连人带车翻进了河里。但是噩耗同绯闻同时流传，因为死后的吴建军同宋采薇紧紧抱着，打捞上来时几乎没法分开。他们的家属都找到刘星明，要求还遇难者以清白。同时溺水的人都会抱在一起，他们的家属举了很多身边的例子。刘星明安慰说，他们是因公殉职，要好好宣传他们。刘星明同明阳事先通了气，就在常委会上郑重建议，树立好财政局这个英雄群像。

刘星明讲得很动情："建军同志是个工作狂。他们这次下去是专题调研财源建设问题,连续跑了几个乡,吃住都在乡下。遇难那天,离开白马乡时已是四点多。他们本来可以在白马乡吃晚饭,住上一宿第二天再走。但是,建军同志为了赶时间,一定要赶到黄麻乡吃晚饭,说第二天一早就可以开展工作。万万没有料到,那几天连续暴雨,建军同志、采薇同志、侯远同志,还有张克佳同志,遇上了泥石流。他们哪怕早走几分钟,或者晚走几分钟,都不会遇难!"

网上说刘半间的帖子,并没有多少人看到,乌柚在线时刻有人监视。但总有人多嘴,这个帖子被说来说去,不知怎么就到了刘星明耳朵里。刘星明在会上沉痛地谈到了吴建军,话锋突然转到帖子上。他说这帖子绝对是干部发的,普通老百姓没有这个文字水平。从上帝、孔子、阿Q,到什么刘半间,等而下之。"我非圣贤,不过是尽职尽责,问心无愧。值得有人这么刻毒吗?这股风气要刹!"刘星明自此知道自己有个外号,叫刘半间。

宣传部受命组织材料,并制订宣传方案。可是,民间的版本却有出入。说那段时间他们确实天天下乡,但侯远和张师傅晚上都回城里,第二天一早再赶到乡下去。吴建军和宋采薇没有回来过,他俩在下面怎么回事谁说得清。又说他们急急地要赶到黄麻乡去,只因那边准备好了全狗宴。乌柚人好吃狗肉,全狗宴最是诱人。朱芝听到这些话很生气,说人都死了还嚼什么舌头!

朱芝牵头写好了材料,刘星明签了很长一段话:

> 宣传先进典型,既要理直气壮,又要以理服人,更要生动有力。吴建军同志为代表的英雄群体,是我县广大干部整体风貌的集中体现,是我县狠抓干部作风建设的必然结果。请济运同志、朱芝同志组织写作班子,把这个英雄群体的光辉事迹挖掘得更深入一些。

李济运看到这个批示，心里难免有些尴尬。虽然是签给他同朱芝两个人的，事实上是对朱芝弄的材料不满意。好在他是县里公认的大笔杆子，朱芝也并不觉得丢面子。再说他俩私交不错，也就不太分彼此。李济运却到底要顾及她的感受，私下对她说："材料已经很扎实了，但刘书记要求精益求精，那就再研究一下。写好这个材料确实有难度，难就难在是写群像，材料难免分散。建议以吴建军同志为主，兼顾其他几位同志。"

朱芝听了很服气，说："老兄你一句就说到点子上了。依我说，其实可以只树吴建军一个形象。当然，刘书记的考虑有他的道理，不好做其他三位家属的工作。"

李济运再仔细琢磨刘星明的批示，觉得中间另有曲直。吴建军同宋采薇的关系，他是听到过一些议论的。刘星明似乎也感觉到了什么，所以才说宣传典型要理直气壮。但不可能有人敢在刘星明面前议论，他肯定是接到举报信之类。多半也只会是匿名信。越是人们对干部作风不满意，就越要树立这个好典型。

两人商量好了材料，便闲聊了几句。朱芝问道："李老兄，旧城改造招标尘埃落定，你听说了吗？"

李济运说："听说了，我早料到是这个结果。"

朱芝道："我不是无端地怀疑，未必什么好事都让贺飞龙沾着？"

李济运说："你的怀疑不是没道理，我想很多人都会有看法。但是，人家场面功夫做得漂亮，看上去就是公开招标，你有什么办法？"

"算了算了，我俩不说这些了。"朱芝摇手道。

李济运牵头召集写作班子，扎扎实实地开了半天会。素材并没有新鲜的，只把条理重新安排，改了几个标题，文章就面目一新了。朱芝甘拜下风，拍了拍李济运的肩膀。李济运却是谦虚，只道没有动什么，都是现成的东西。刘星明再看时，点头不止。

乌柚县迅速掀起学习吴建军为代表的英雄群体活动。县委、县政府下发了文件，各单位组织学习讨论，电视轮番播放专题宣传片。好在如今干部的影像资料多，吴建军的电视形象真实动人。吴建军同志是个工作狂人、学习狂人，他办公室的灯时常亮到深夜。他生活上却是个苦行僧，一双解放鞋穿了十多年，鞋底磨得光溜溜的。这个铁打的汉子，却患有多种疾病，经常累倒在工作岗位上。好干部等于坏身体，这似乎是一条定理。

好典型只在县里宣传太可惜了，一定要推荐到上面去。县里推到市里，市里推到省里。半年下来，吴建军成了全省的典型。果然应了李济运和朱芝当初的设想，群像不如个体形象那么好宣传。英雄群体的材料到了漓州，就开始慢慢成为吴建军个人形象。省里最后定下的典型，就只有吴建军了。另外三位英雄的家属有意见，县里便尽量安抚。

果然如李济运所料，旧城改造招标，有意见的人多。外面还没听到响动，乌柚在线先吵起来了。朱芝心里有牢骚，看不惯贺飞龙的做派。可她职守所在，只得命人删帖子。李济运同她说了哑床的比方，道："你以为我讲痞话？你做的这些事，就是不让外界听到响声。拿这个比方说，你追求的就是哑床效应！"

朱芝哭笑不得，说："亏你想得出。但仔细想想，又不太贴切。我们很多事情，都要大造声势，巴不得响动大些。"

李济运说："夫妻之间，也只是晚上不想让人家听见啊，不雅！家里有了喜事，比方孩子考上清华，巴不得上中央台打广告哩！"

朱芝叹道："我们想按住不出声音的，岂止是不雅？"

告状信到了省市有关部门，照例是打回县里处理。刘星明严厉批示：建德同志，此工作纪委全程监督，仍有群众告状。工作中是否仍有问题？请县纪委认真调查！此件转全体常委及非凡同志、德满同志阅。

李济运看到这道批示，上面已画满了押。一般都是把自己名字圈出，写了一个"阅"字。只有李非凡写了一行字：建议县纪委成立专案组，不光查事，还要查人，从我查起！李非凡的话显然是带有情绪的，因为这项工作是他负责的。

告状只管告状，调查只管调查，旧城改造早已启动。贺飞龙的公司天天在拆房子，政府门口天天少不了告状的老居民。毛云生天天骂娘，有天碰见李济运，又苦中作乐开玩笑："李主任，要么你提议把我换个位置，要么你叫贺飞龙给我另外开份工资。"

李济运笑道："我建议你去找两个人。"

毛云生听了当真，问："哪两个人？"

李济运说："刘星明和贺飞龙。"

半年过去了，县财政局长的宝座仍然空着。传闻三天两头在变，一会儿说这个人有希望，一会儿说那个人有把握。明知无缘的人就说风凉话，只道财政局长位置是故意久久地空着。个中缘由，不言自明。

有回李济运到漓州开会，抽空找老同学熊雄聚了一下。熊雄也没请人作陪，两个人找了家干净些的小店，选了一个僻静的小包厢。几杯酒下去，熊雄说他有个朋友的亲戚想谋财政局长的位置："我本来不打算麻烦你的，你既然来了，就同你说说。"

李济运算准熊雄说的那个人没希望，便自嘲道："我明白你的意思，同我说了也是白说，所以就不打算说。"

熊雄也不讲漂亮话，说："我知道，财政局长这个位置，肯定是刘星明说了算，明阳都是说不上话的。这个人让我找你说，肯定他是找不着别的关系了。但官场上的人，遇着机会只要有一线希望,都会做些努力。你也没必要感到为难,就当我没说。"

"空了半年多了,干部中间议论很多,都说有人故意在钓鱼。"李济运说。

熊雄说:"都是这个套路,见得多了。只是做得太明显了,真的不怕出事?"

李济运笑笑,说:"怕?我们乌柚有句俗话,这边河里淹死人,那边河里在洗澡。"

"好在我们物价局也没什么权,我也省得过什么权力关。定价标准,要么是省里的,要么是县里的。我们市里在物价和收费管理方面,权限非常有限。还好些,落得自在!"熊雄说着,长舒一口气。

李济运便开老同学玩笑:"你出这么大一口气,是感叹自己无权呢,还是真的感到欣慰?"

熊雄忙说:"没有权好,真的好,安全!"

李济运又想到县里那个财政局长位置,说:"我有时也替人家着急。那么多人争,怎么办呀?现在有两种说法,一是财政局内部提拔,一是外头调进去。"

熊雄笑了笑,露出孩子般的调皮,说:"老同学,我俩打个赌。我对你们县里干部情况不了解,你说最后财政局长会是内部提拔,还是外面调进去?"

李济运想了想,说:"我个人看法,如果从实际出发,不如内部提拔。财政工作业务性强,副局长里面倒是有很懂行的。但是,用干部未必就是这个标准。"

熊雄摇摇头,说:"我不清楚你们县里干部的具体情况,但我打赌肯定会从外面调进去。"

李济运心领神会,道:"我想也会这样。从内部提拔,最多只盘活了两个干部。从外面调进去,说不定就盘活几十个干部了。"

熊雄哈哈大笑，说："济运真会用词，盘活！"

李济运不再往深处说，嘿嘿一笑把话题岔开了。他想要是从财政局内部提拔，一个副局长当局长，要么再从里面提拔一个副局长，要么从外面安排一个副局长进去。最多盘活两个干部。从外面提拔就不一样了。局级干部虽说级别相同，事实上却是三等九级。能够安排到财政局去当局长的，必定早就是某个重要部门的头头。动一个要紧部门的头头，其他岗位都会依次挪动。话说白了，就是再次洗牌。吴建军同志的牺牲，给很多人带来了希望。

闲谈间，熊雄又问起舒泽光。李济运说："开除党籍，撤销局长职务。"

熊雄说："这个我知道。我想问他状况怎样？"

李济运语气有些黯然，说："天天关在家里，还能怎样？"

"我总是不明白，刘星明他为什么要这样？"熊雄说话半点弯子都没绕。

李济运不太方便这么直说，只道："真相到底如何，谁也说不清。他在公安局自己认了，白纸黑字签了名的。要说是刘星明设圈套，我想还不至于吧。"

熊雄冷冷一笑，说："公安叫人招供，太有办法了。济运，我也明白这事你不好直说。"

李济运叹息几声，只得实言相告："选差配的事上，舒泽光确实是骂了娘。查他的经济问题，明摆着就是要整他。刘星明后来又怀疑舒泽光在记者面前多嘴。选举的事，网上起了风波，《中国法制时报》的记者专门找过他。"

熊雄很义愤，说："我相信很多人都知道刘星明故意陷害，怎么就没有一个人站出来说句公道话？"

李济运脸上发烧，说："老同学你是在骂我啊！我也猜测这中间有文章，可我有什么办法呢？我无法证明他是被冤枉的。对了，那个录像的余尚飞，他的哥哥就是物价局副局长余尚彪，贪污受贿被抓的那个。"

熊雄疑惑道："未必余家怀疑是舒泽光检举揭发的？"

李济运望着熊雄，目光有些倦怠。"余尚飞，可能只是被人利用。背后没有人，他不敢这么做。"李济运拍拍脑门子，"我很后悔一件事。"

"什么事？"熊雄问道。

李济运说："你当时建议，树立舒泽光为廉政建设先进典型，我同你说了一通道理，现在想来很迂腐。"

熊雄说："不是你迂腐。这个问题我原来没有想过，你点破之后，我反复一想，就是你讲的那个道理。干部只有廉洁和不廉洁两种，廉洁是理应如此的，廉洁算不上先进。"

李济运摇摇头，说道："当时我如果信了你的，建议刘星明把舒泽光树为廉政建设先进典型，他说不定也会同意。培养先进典型，也是升官之道。真的这样做了，舒泽光可能就不会这么倒霉。"

两人分手时，熊雄托付说："济运，舒泽光是个老实人，是个正派人。你要是有机会，尽量帮帮他吧。"

李济运虽是满口应承，却并不说他早帮过舒泽光了。叫人看出他护着舒泽光，绝对不是个好事。他上次建议公安不要再处罚舒泽光，说不定刘星明已记他一笔账了。

不久，民间又有新的传闻：吴建军办公室里搜出现金一千三百多万！

舒瑾也听说了，回来问她男人。李济运叫她不要信谣，也不要传谣。民间传闻自有道理，原来是省电视台每日新闻有个板块叫"时代先锋"，片头都会飞出几个先进人物的头像。原先都有吴建军，最近却没有看见了。中国的老百姓都是时政观察家，只要隔几天没见哪位领导露面，就会生发很多猜测。不是猜人家生病了，就是猜人家出事了。

十

　　李济运乘车出去，大门口围着一堆人。朱师傅下去看看，回来说："有个上访的老头，躺在地上不肯起来。"李济运怕迟到，打算步行算了。这时，老同学刘星明夹着包从外面回来。李济运想尽量回避同他碰面，推开车门又关上了。却见刘星明走向人群，大声说着什么。李济运坐在车里听不清楚。人群却闪开了，老头爬了起来。刘星明对老头说了几句话，老头就跟他进了传达室。不知道老同学使了什么法子，居然就叫上访的人听他的了。门口围观的人散去。李济运要去赶会，也就没往心里去。

　　李济运在会上突然接到电话，幼儿园发生食物中毒事件。他吓得双手打战，马上告假出来了。他打了卫生局长电话，嘱咐他立即收治所有中毒师生。卫生局长说他已经在医院，中毒的幼儿和老师正陆续往医院送。又打了教育局长电话，他也在医院了。才要打舒瑾电话，她的电话进来了。老婆只是哽咽，说不出半句话。他在医院门口刚下车，看见刘星明也来了。两人都青着脸，没说一句话。电视台的记者刘艳也到了，摄像的小伙子叫余尚飞。只要有刘星明的地方，刘艳和余尚飞都会在场。刘艳和余尚飞在县里也是名人，上至县里领导，下到平民百姓，都知道他们。

急诊室一片哭闹声。小孩在哭，家长在骂。中毒学生三百多，赶来的家长就有上千。孩子们的爸爸妈妈、爷爷奶奶、外公外婆、三舅四姑，都赶到了医院。里里外外，水泄不通。

舒瑾哭得眼睛红肿，人都吓傻了。周应龙早就到了，看见了刘星明和李济运，忙跑过来说："全都中毒了，只有舒园长幸免，她中午没在园里吃饭。"

说话间，明阳同朱达云也赶到了。明阳皱着眉头，谁说话他都不望，只是侧耳听着。刘星明说："赶快开个会。"

进了会议室，周院长招呼倒茶。明阳这时开了腔："喝什么茶！快坐下来研究！"

肖可兴冲冲进来，说才在街上扯皮。听他这话谁都明白，他刚在街上掀摊子、拆房子、砸牌子。拆违章建筑好像还讲得出道理，禁止乱摆摊点也说得过去，砸牌子就有些蛮横了——商家挂招牌是自己的事，政府却要统一制作新的。肖可兴想必是跑上楼的，大口大口地出气，掏出纸巾擦汗。开会的规矩，总是底下人先说，最高领导最后说。周院长介绍了情况，说可以确定是食物中毒。中的什么毒，正在化验，很快就有结果。周院长说完，轮到了朱达云。他却讲客气似的，说："先听李主任意见吧。"

李济运心想这人真是没用，便道："长话短说。一是全力抢救，确保不能死人；二是马上请市医院和省医院专家来，防止万一有技术难题；三是做好学生家长工作，不能在这个时候闹事，有意见和要求事后再说；四是公安介入调查，必须尽快破案；五是马上向上面报告情况，不能有所隐瞒，纸是包不住火的。"

明阳没多话可说，只道济运的意见很好，建议分工落实。刘星明说起来就长篇大论了，阐述了做好抢救工作的重要性，说事关社会稳定和政府形象。他最后拍板的几条，都是李济运的建议，却刻意变化了措辞。李济运听着暗自好笑，心想不变几个字词就丢你脸了？

"还要汇报一个情况。"周院长说，"我怕影响同中医院的关系，但想一想还是要提。我们现在最着急的是洗胃人手不够，我们人民医院能调动的医务人员都调动了。我们向中医院求过援，请他们支持人手。他们只同意接收病人，不同意派人过来。"

明阳听着发火了："什么时候了，还在抢生意？"

周院长说："不是我们抢生意，我们愿意转些病人过去。但是转谁不转谁，不好办。我们做过工作，学生家长都不愿意转。"

原来老百姓总觉得人民医院好些，何况中毒急救更不相信中医院。刘星明点了肖可兴的名，说："肖副县长，你马上同卫生局协调，中医院务必派人过来，不然院长就地免职！人命关天，谁误事追究谁！"

肖可兴马上起身，拉着卫生局长去了走廊，严厉地训斥了一顿。卫生局长打了电话，先是骂了人，再说："你马上把全院一半护士派过来，不管上班的还是休息的。你别啰唆，只要护士，不要医生。三十分钟之内！"那边挨骂的人，肯定就是中医院王院长。

余尚飞扛着摄像机，谁说话就对着谁照。说话的人就很有镜头感，语气和措辞也讲究多了。这都是条件反射，其实没有必要。新闻播出来，多是刘星明的镜头，明阳的头像会略略定格，其他的人只是闪闪影子。刚要散会，周院长接了个电话。他放下电话，说："报告各位领导，结果出来了。从食品中的毒素成分看，疑似一种叫毒鼠强的老鼠药。"

刘星明听着不满意，问："到底是疑似还是确认？"

周院长脸一红，支吾一下，说："刘书记，从专业上，严谨地说，只能讲疑似。如果要我主观判断，我想就是毒鼠强。患者抽搐、吐白沫、昏迷，很典型的毒鼠强中毒症状。"

刘星明马上喊周应龙："你们公安立即着手破案！"

听到外面闹哄哄的，周院长说："学生家长太多了，医院里挤都挤不动了，政府能不能做做工作？"

刘星明说："济运、达云，你们两办出面劝说吧。"

李济运却说："我倒是建议医院出面，你们可以从方便治疗和医院规定这个角度去讲。可以考虑每个孩子只留一个大人陪着。我们出面讲，容易激发群众对立情绪。"

明阳说："我看济运说得在理。群众遇事就迁怒政府，我们出面做工作怕适得其反。"

周院长听着有理，马上吩咐医生去劝说。

刘星明领着各位去病房巡视，再三嘱咐医生全力救人。他伏在一个孩子床头，慈祥地说："小朋友，肚子痛吗？放心，医生叔叔、医生阿姨他们都在全力抢救！"摄像机过来了，明阳退了几步。他退到摄像机的后面，同李济运站在一起。李济运说："真没想到！"他这是无话找话。明阳没有搭腔，掏出烟和打火机。马上想到病房不能吸烟，就把烟送到鼻孔下闻闻。李济运看出他的焦虑，轻声说："明县长您到外面去抽支烟吧。"明阳把手中的烟捏碎了，深深地叹了一口气。病房里光线有些暗，刘艳突然举起了碘钨灯，小朋友吓得哇地大哭起来。刘星明拍拍小朋友的脸，就去看别的病床。肖可兴在旁轻声提醒，老师也要看看。刘星明就走到一位老师病床边，大声说道："我心里很难过！请您放心，我们会全力救治。我们开会认真分析了情况，大家都不会有生命危险的！"有学生家长在旁边议论，说："怎么像演戏？看病人那么大声说话，担心录音效果不好吧。"李济运听见这些话了，没有回头去看。

147

刘星明从病房出来，紧紧握着周院长的手，说："周院长，孩子们的生命安全，都托付给你们了！有什么困难，你尽管提出来！"他作了些交代，同医生们握握手，走了。没有刘星明在场，记者们就是多余，也统统地走掉了。肖可兴留下来值班，李济运自愿留下。卫生局长没有走，教育局长也留下了。明阳同刘星明一起走的，低着头没有说话。

肖可兴烟瘾发了，说出去抽支烟。李济运四处看看，没见到舒瑾，不知道她躲到哪里哭去了。听着病房里的吵闹，李济运非常着急。他去了医生办公室，问医生："告诉我，情况到底严重到什么程度？"

"说不上，正在采取措施。目前看来最严重的是……"医生看了看病历，"宋香云，是个老师，她人已昏迷了。"

李济运没有说她就是厨师。他突然觉得口干，看见有饮水机，自己倒了水喝。周院长进来，陪李济运坐着，也是满脸凝重。

"我的孙子也在里头。"周院长说。

李济运问："您孙子情况怎样？"

周院长说："洗过胃了，没有危险。"

"周院长，凭您的经验，会出大事吗？"李济运问。

周院长苦笑道："已经是大事了，这么多人中毒。"

李济运见自己问了傻话，改口道："我是想知道会不会死人。"

周院长说："只能说尽最大努力。现在只看那个昏迷的老师是否有危险。"

这时，周应龙进来，说："李主任，汇报个事。"

"说吧。"李济运请周应龙坐下。

周应龙仍是站着，道："李主任您出来一下吧。"

李济运出了医生办公室，正好碰着肖可兴回来。周应龙朝肖可兴点点头，就往走廊僻静处走。两人站在角落里，周应龙说："李主任，请您一定理解，我们得请舒园长去谈谈情况。"

李济运一听，脑子轰地发响。周应龙又说："办案的逻辑就是这样，一来她是园长，幼儿园的情况她最熟悉；二来……这个，这个，我都不好怎么说。"

李济运听明白了，说："就她一个人没中毒，是吧？"

"正是的。"周应龙有些不好意思。

李济运说："应龙兄，您按规矩办吧，我没有意见。"

周应龙走了几分钟，舒瑾突然打了电话来，又哭又骂："他们怎么回事？要把我带到公安局去！我犯了什么法？未必是我下的老鼠药？"

李济运听着很丢丑，大声说道："你吵什么？只是让你去说说情况！你至少要负领导责任你知道吗？你不要哭哭啼啼，你要配合公安调查。你是园长，不首先找你了解情况找谁？"

肖可兴听出是怎么回事了，便说："公安办事就是这样，有时叫人接受不了。"

李济运知道他是宽慰自己，便说："公事公办，没什么可说的。"

李济运突然想起，毒鼠强早就禁止生产，外头怎么还会有买的呢？他马上打了周应龙电话。周应龙没等他开口，就说："李主任您放心，我们只是了解情况。"

李济运说："我不是这个意思。我是说，毒鼠强早就禁止生产了。那么，肯定就是非法生产，非法销售。这是否有利于破案？查查鼠药源头，也许是个思路。"

周应龙笑笑，说："谢谢李主任。我们刚才初步研究了一下，觉得难度很大。正因为是非法销售，老鼠药贩子走村串户叫卖，

149

不会摆摊,更不会开门面。不过请您放心,我感觉这个案子最终破得了。"

听得外头有响动,李济运抬头看看,见来了许多白大褂。中医院的护士们到了。周院长忙出去招呼,见中医院王院长也来了。王院长半开玩笑地骂道:"周院长你告我的状啊!"

周院长毕竟有些不好意思,只道:"我哪敢告你的状?我是请求你们支援!"

眼看着快下班了,李济运请朱司机帮忙,把歌儿接到他家去吃饭。他自己只怕要通宵守在医院,舒瑾也不知道什么时候回去。周院长叫了盒饭,李济运没有胃口,吃了几口就倒掉。肖可兴急起来就犯烟瘾,李济运急起来只想喝水。他不停地去饮水机接水,一喝就是两三杯。周院长见肖可兴老是出去抽烟,便说:"肖县长,您就在这里抽吧。我不准医生在办公室抽烟,他们背着我也照样抽。"肖可兴嘿嘿一笑,就掏出烟来,给李济运也递了一支。

李济运突然想到了媒体,记者们又会蜂拥而来的。这不是他管的事,但毕竟关系到幼儿园,他自然就多了份心思。事情炒得越大,越是对舒瑾不利。他打了朱芝电话,说:"朱部长,你又要救火了。"

朱芝听了满腹牢骚,说:"李主任,我这部长真不想干了。不是这里起火,就是那里起火!扑火是要开支的,我哪天要提出来,给我部里一笔灭火基金!"

听朱芝这么心直口快,李济运知道她是信任自己,便笑道:"你提出来吧,我投赞成票。"

朱芝叹道:"话是这么说,这事是摆不上桌面的!外头要是知道我们设立专项费用,专门用来堵媒体的嘴巴,那不是天下奇闻?"

宣传部其实是有这笔开支的，当然只叫作媒体接待费用。幼儿园中毒这事，李济运想好了主意，说："朱部长，我有个建议。这件事，媒体上见不到一个字，肯定是做不到的。我们不妨主动，自己写个新闻稿发出去。新闻讲究时效，我们自己先发了，他们再来就没有意义了。假如他们要做什么跟踪报道、深度报道之类，再去对付也好办些。老妹，你的责任就是把乌柚整成一架大哑床，再怎么闹腾，外面绝对听不到响动。"

朱芝在电话里大笑，说："老兄，我早就同刘书记讲过，你来做宣传部长更好，只是你的主任我干不了，不然我俩换个岗位。"

李济运笑道："部长妹妹您太谦虚了。如果我的建议有用，您就向刘书记汇报，我们自己先走一步。"

朱芝说："我尽快向刘书记汇报。非常感谢老兄！今后有什么事，我多向你请教，你也要多指点。真的，我不是说客气话。"

李济运合上电话，满脑子是朱芝的笑容。做个宣传部长，得花那么多精力同记者们周旋。朱芝有回在省里开会，小组讨论时她发言说，那些记者都是上级宣传部门管的，却专门跑下去对付基层宣传部门。就像《西游记》里的妖精，不是太上老君的青牛精，就是观音菩萨的金毛犼。宣传部的马副部长听着只是打哈哈，说小朱部长真是太可爱了。她回来在常委会上汇报，也只把自己的发言当花絮讲。常委们听了，也只有苦笑。

李济运不时到病房里转转，小孩的哭闹声没有停息过。病床是不锈钢架做的，吱吱地响着，格外刺耳。这回的事牵涉到这么多家庭，中毒的又都是家里的心肝宝贝，把这么多架钢架床整成哑床，恐怕不太容易。

晚上七点多，周院长回到医生办公室，长长地舒了一口气，说："除了那个老师，应该都没有危险了。"

原来宋香云还没有醒，身子不停地抽搐。李济运想知道她的凶吉，医生也说不准。有位女医生长得胖，却是开朗性子。她回到办公室洗手，笑着说："二十五床那身肉呀！怎么那么胖呢？我看到她就想到自己，我也是那个身材吧？"

她的同事说："不是啊，你是沈殿霞，胖得好看。"

胖医生说："没办法，我是喝水都胖。都说胖子贪吃，真是冤枉我们了！"

李济运问："你们说的是二十五床是宋香云吧？她是幼儿园厨师。"

胖医生又说了："说厨师胖是炒菜时偷吃，也是冤枉。我看电视里说，厨师天天在厨房，熏都熏得胖！"

李济运好像突然想到了什么，却一时理不清头绪。这时，周院长望了眼门口，突然站了起来。李济运回头一看，原来是刘星明和明阳来了。刘艳和余尚飞也跟着，没精打采地站在一边。李济运把情况大致说说，又道："只有舒泽光的老婆情况严重些，人至今还没有醒来。"

刘星明没搭腔，只说："省、市领导的批示都到了，要求我们全力抢救中毒师生，并尽快破案，严惩罪犯。省里派了专家，已经在路上了，估计十点多就会到达。"

难怪刘星明同明阳又来了，只因省、市领导有了批示，马上还有专家到来。凡有领导批示，下级就得有点响动。落实领导批示也有文章讲究，总之是不妨做得夸张些。可以打电话落实的，亲自到场效果更好；不用亲自动手的，身体力行效果更好。

十点刚过，果然专家就到了。一位五十多岁的教授，姓马，带着两名助手。余尚飞马上把摄像机扛到肩上，刘艳高高地举着碘钨灯。马教授稍作寒暄，就去翻阅病历，再巡视病房。摄像机始终随着，刘星明同马教授时刻并肩而行。马教授看望病人，刘星明就在旁边点头。

回到医生办公室,再听周院长介绍情况。马教授一开口,却是个极好玩的人:"刘书记,我们医生也要讲政治。毒鼠强中毒治疗是很常见的,周院长他们完全能够胜任。我看了,他们处置非常得当。可欧省长有指示,我不来就不讲政治啊!刘书记您放心,一个都死不了!"

听马教授这么一说,大家禁不住鼓起掌来。李济运拍着手,眼泪却夺眶而出,连说谢谢马教授!马教授看了非常感慨:"这位领导真是爱民如子啊!"

周院长说:"刚才介绍过的,他是我们县委常委、县委办李主任。他夫人就是幼儿园园长。"

"哦,哦。"马教授点点头,"不出人命就好,万幸万幸。"

周院长说:"马教授,我就担心二十五床。"

马教授说:"我看也不会有事。她长得胖,可能食量大,吃得多些。"

刘星明看看时间,说:"马教授,既然没事,您就早点休息。太辛苦您了。"

马教授又笑道:"我其实可以赶回去,时间不算太晚。但是,我必须住上一晚,不然就是态度问题啊!"

刘星明也笑了,说:"我们要向马教授学习!"

明阳悄悄对李济运说:"没事了,你也不必在这里守着。回去吧,手机开着就是。"

"我还是守着吧。"李济运说。

朱达云说:"我替替李主任吧。"

刘星明听见了,说:"听周院长的,要不要他们在这里?"

周院长说:"大家都辛苦了,回去休息吧。有事我们随时打电话汇报。"

安顿好了马教授他们，大家都回家休息。李济运没有另外叫车，坐了刘星明的车。刘星明在路上说："现在中心任务要转移，全力以赴破案。谁这么大的胆子？要严判重判！"

李济运回到家里，看见舒瑾趴在沙发上。"你回来多久了？"李济运问。

舒瑾坐了起来，眼睛肿成一条缝，说："你还管我死活？我去公安局几个小时，你电话都没有一个！"

"我在干什么你不知道？人命关天！"

两人吵了几句，舒瑾问："怎么样？"

李济运听了很生气，说："你还知道问问怎么样？既然从公安局出来了，你就应该到医院去！"

舒瑾又哭了起来，说："我怕学生家长围攻，哪里敢去？"

李济运说："你该负什么责就负什么责，躲是躲得了的？"

李济运去洗了澡，出来说："我刚才突然想起，你不能躲在家里。你想想，全园师生躺在医院里抢救，你在家里睡大觉，像话吗？你快洗个澡，我陪你到医院去。你今夜要守在那里，死也要死在那里。"

舒瑾说："我不是不愿意去，我真的怕。"

"怕什么？我陪着你，谁敢吃了你不成？"

舒瑾洗澡去了，李济运去看看儿子。歌儿已经睡得很熟，发出匀和的呼吸声。自从听说出事，李济运就浑身肌肉发紧，喉咙干得像撒了生石灰。他在床头坐下，听听儿子的气息，浑身才舒缓开来。他写了一张纸条放在床头，嘱咐儿子自己出去买早点吃。听得舒瑾收拾好了，两人悄悄地出门。也不叫车，想走着去医院。李济运走到银杏树下，突然摸摸口袋，手机忘在茶几上了，又跑了回去。开门却见歌儿从厨房里出来，跑进厕所。

李济运问："歌儿你干什么？"

歌儿说:"尿尿。"

李济运说:"尿尿跑厨房去了?"

歌儿说:"尿尿就是尿尿。"

这孩子脾气越来越犟,总不同大人好好说话。李济运没时间多说,只告诉他:"爸爸妈妈还要到医院去,你一个人怕吗?"

歌儿从厕所出来,说:"不怕。"

李济运回到银杏树下,告诉舒瑾歌儿刚才起床了,说:"说不定我们出门时,他就在装睡。这孩子越来越怪了。"

舒瑾说:"我最近夜里只要醒来,都会仔细听听。有时听见他起床,有时也没听见。"

"歌儿未必这么早就到叛逆期了?"李济运不等舒瑾答话,又说到了医院的事,"只有宋香云情况严重些,我回来时她还没有醒。"

舒瑾说:"真可怜。她舒局长双开了,自己又这样。不会有事吗?"

"省里来的马教授说不会有生命危险。"李济运纠正说,"党籍和公职都开除才叫双开。他还保留公职,只是职务没了。"

舒瑾说:"宋香云身体最好,壮得像牛,怎么会最严重呢?"

李济运说:"马教授分析,说她人胖,可能饭量大,吃得最多。"

"啊?吃得最多?"舒瑾觉得奇怪,"她一年四季喊减肥,平时中午不吃饭的啊!今天她是该背时!"

"是吗?她平时都不吃中饭吗?"李济运突然站住,意识到了什么。

舒瑾说:"她中午都不吃饭,老师们都知道。"

李济运隐约觉得,只怕是宋香云投的毒!是的,肯定是的!她平日就是火暴性子,家里又出了这么大的事。这不成了人肉炸

155

弹吗？他只闷在心里思量，没有说出来。他怕舒瑾乱说，万一说错就麻烦了。好在舒瑾没往这里想，仍在叹息宋香云太可怜了。

周院长还在办公室，马上站了起来，说："李主任怎么又来了？不用啊，您回去休息吧。"

李济运指指老婆，说："她一定要来，我只能陪着。"

舒瑾说："我应该守在这里，刚才一直在公安局说情况。"

周院长说："二十五床醒了，她醒来就要跳楼，幸好被护士发现，制止了。"

"啊？她要跳楼？"李济运更相信自己的判断了。

周院长却说："毒鼠强中毒患者可能有狂躁等精神症状。"

李济运同舒瑾去了病房，劈面就碰见舒泽光。李济运马上伸手过去，道："老舒你来了。"

"幸好没出人命！"舒泽光说。他从拘留所出来以后，李济运还没有见过他。

舒瑾挨个儿去看望幼儿和老师，告诉他们医生说了不会有危险，很快就会好的。怕老师怪她这么晚才来，就向每个老师重复同样的话：她到公安局说情况去了。

李济运搬了一张凳子，叫舒瑾就坐在病房里。舒泽光打过招呼，就坐在老婆床头，不再说话。李济运朝他招招手，请他出来一下。两人走到楼道口，李济运轻声问道："周院长讲宋大姐刚才发狂，你在场吗？"

舒泽光说："我才到，听说了，没看见。我是才接到电话，不知道出这么大的事了。"

"周院长说，这种病人有的会伴有狂躁症状，你就辛苦一点时刻守着。"李济运怕宋香云再去自杀。

舒泽光说："她这会儿睡着了。"

两人说了几句，舒泽光又进病房去。李济运去了医生办公室，周院长说："李主任，我那里有张床，你去休息一下？要不你就回去。"

李济运说："周院长，我没事的，你去睡睡。你要保持体力，这都全靠你了。"

客气几句，周院长说："那我去稍微休息一下。"

周院长去了，李济运也开始发困。他靠着沙发，合眼养神。蒙眬间有些睡意了，突然有人拍了他肩膀。睁眼一看，原来是周应龙。同来的还有几个警察，朝李济运打招呼。

"应龙兄，还没休息？"李济运问。

周应龙说："我们再来看看。李主任，我俩出去说几句话。"

到了楼下，周应龙打开车门。"没地方，我俩就在车里说吧。"周应龙说。

李济运问："是否有线索了？"

周应龙说："我们分析，宋香云有重大嫌疑！"

李济运早就想到了，但他不能说，只道："刚才听周院长说，她醒来之后有狂躁症状。"

"周院长给我打过电话。她到底是想自杀，还是精神狂躁症状，我们要分析。为防止万一，我派两个警察守在这里。"

"好！你向刘书记和明县长汇报了没有？"李济运问。

周应龙说："太晚了，我明天再向他们汇报。李主任，我这里已安排人了，您回去休息吗？我送送您。"

李济运说："你回去吧，我守在这里。舒瑾应该守着，我陪陪她。"

"唉，我看舒园长吓得人都木了。碰上这种事，她这当园长的不好过。"周应龙又道，"李主任替我解释一下，我们找舒园长问情况是例行公事，她当时很不理解。"

"没事的，你放心吧。"李济运笑道，"她是没见过事，以为你们把她逮捕了。"

周应龙回去了,李济运上楼去。他想找舒泽光聊聊天,却不便到病房里去。如今乌柚有两个特殊干部,刘星明和舒泽光。舒泽光天天不上班,工资照领也没人说他。老同学刘星明天天夹着包晃荡,财政局把薪水直接打到他工资卡上。有人编出话来更有意思,说是财政直接发工资的,一个人,一棵树。原来大院里那棵老银杏树,已被视为县里的宝贝,每年财政拨八百块钱养护。一个人,就是李济运的老同学刘星明,有人背后叫他刘差配。

李济运迷迷糊糊醒来,已是清早六点半。他歪在沙发上睡的,脖子痛得发酸。舒泽光探头进来,李济运说:"老舒进来坐坐吧。"

舒泽光有些迟疑,终于没有进来。过了会儿,舒泽光又来了,说:"李主任,我想同你说个事。"

"什么事?进来吧。"

舒泽光进来,却不说话。等到医生出去了,他才说:"李主任,求你救救我老婆!"

李济运揉揉眼睛,看清舒泽光两眼红红的,含着泪水。李济运心里明白了八九分,却故意装糊涂:"医生说,她已没有危险了。"

舒泽光说:"我想了一个晚上,还是只能求你。我知道是她放的毒!"

"怎么可能呢?"李济运仍这么说。

舒泽光说:"我问她了,她不肯承认。但我相信就是她。我心里有数。迟早会破案的,我想劝她自首。她不肯,只想死。"

李济运说:"老舒,这可是重罪,你得让她自己承认,怕万一冤枉了她。"

舒泽光说:"她最近有些反常,成天不说话。依她过去的脾气，肯定天天去政府闹。可她没有闹。她平时不怎么爱收拾家里的，最近她把家里弄得整整齐齐，把衣服、被子都翻出来晒了。家里钱都是她管的，存折的密码我都不知道。她前天把密码告诉我了，说自己记性越来越不好，怕哪天忘记了。她这不是交代后事吗？"

李济运听着心里发慌，喉咙又开始发干。老舒真是个善良的人，他怎么去承受这个事实！可他却得检举自己的老婆！"老舒，她得自己承认，才算自首啊！"李济运说。

"怎么办呢？李主任你替我想个办法。"舒泽光非常焦急。

天色越来越亮了，照得舒泽光额上的皱纹深如刀刻。李济运说："你去找那两个警察，就说是你老婆让你替她自首。"

舒泽光疑惑道："这样在法律上算数吗？"

李济运想了想，说："老舒，我陪你到你老婆病床前去待几分钟，你再去找警察。"

舒泽光没有明白他的用意。李济运也不解释，起身就往病房去，舒泽光跟在后面。两个警察坐在病房里，见李济运去了，站起来打招呼。李济运朝宋香云病床努努嘴，轻轻对警察说："你俩回避一下，我同她说几句话。"

舒泽光把老婆叫醒了，同她说了几句话。她看见了李济运，就把脸背了过去。过了大约五六分钟，舒泽光出来，走到警察面前，说："我老婆她承认了，愿意自首。毒是她放的。"

两个警察并不吃惊，看来他们早就心里有数了。一位警察马上打电话给周应龙："周局长，犯罪嫌疑人自首了，就是宋香云。"

听到犯罪嫌疑人几个字，舒泽光脸色顿时发白。李济运忙扶住他，说："你坐坐，你坐下来。"

舒泽光泪水直流，进了病房。李济运进去看看，见他趴在老婆床头，双肩微微耸动。舒瑾隐约听见了，出来问男人："真是她？不太可能啊！她平时脾气坏，人很好啊！"

周应龙很快就赶到了。他同医生商量一下，宋香云被转到单人间，由警察时刻监视。舒泽光站在病房外面，闭着眼睛靠在墙上。李济运看见他那样子，过去说："老舒，你守在这里也没用，回去休息吧。"

舒泽光摇摇头，说："李主任，谢谢您，谢谢您！您的意思，我懂了。"

李济运看看两边没人，便说："老舒，都放在心里，不要说出来。我只交代你，你一定保证自己不再做傻事。"

舒泽光点点头，牙齿咬得紧紧的。

李济运还要上班，跑到洗漱间冲了个冷水脸，就回办公室去了。他先去了刘星明那里，说："刘书记，周应龙向您报告了吧？"

"一家人，没有一个好东西！"刘星明骂了几句，吩咐道，"济运，马上向省委、市委起草汇报材料。如实汇报，就事论事，不要扯宽了。"

李济运听出了刘星明的心虚，他怕投毒事件同选举扯上关系。中午又有饭局，李济运实在太累，编个理由推掉了。他回到家里，躺在沙发上，已是精疲力竭。舒瑾仍在医院守着。他给歌儿几块钱，叫他自己买吃的。李济运久久望着墙上的油画，心里把它叫作《怕》。他觉得刘星明太不可理喻，难道只因蔑视了他的权威，就要把舒泽光往死里整？舒泽光是个老实人，实在犯不着对他大动干戈。想查人家的经济问题，倒查出个廉洁干部。事情本可就此了结，却又节外生枝抓嫖。那天熊雄电话里的意思，就是怀疑有人设局陷害。如果说是刘星明玩这种下作手段，李济运也不太相信。但他实在又想不清楚。明阳也说，乌柚县再不能出事了。

李济运把《怕》取下来，想擦擦上面的灰尘。才要动手，发现擦不得。画上的色块高高低低，灰尘都积在沟沟壑壑里。他拿来电吹风，去阳台上用冷风吹。又想那刘星明，也许太没有怕惧了。

十一

　　李济运的点子果然见效,幼儿园中毒事件没有引起媒体太大兴趣。见报的新闻很简单,只是普通的社会新闻。电视上只有一条口播消息,几秒钟一晃而过。没有记者到乌柚来,倒是有电话采访的,都一一对付过去了。只有成鄂渝打了朱芝电话,一定要到乌柚看看现场。朱芝软磨硬劝都拦不住,只好说我们欢迎您来。

　　朱芝专门到李济运办公室讨主意,说:"这个人怎么这么无耻!喝了酒塞了红包说是好朋友,第二天就可以翻脸!"

　　李济运说:"朱妹妹你别慌,这回的事情不同上回,不怕他。你们可以不予理睬,他自己爱找谁采访就找谁去。"

　　"这样行吗?"朱芝拿不定主意。

　　李济运说:"他可以去采访学生家长,无非是听一肚子牢骚话。他敢把老百姓骂街的话原原本本写进去?不敢!犯罪嫌疑人他无权采访,案件还在办理之中。公安方面我们打个招呼,他们会不方便透露任何情况。只有一个舒泽光他可以找,我同老舒打个招呼就行了。"

　　朱芝笑笑,说:"李老兄手段厉害!我说,要得罪他,就干脆得罪个彻底！我同县里领导都打个招呼，谁也不理睬他。没有人陪同，没有人接待。"

第二天下午，成鄂渝到了。他到了梅园宾馆，打朱芝电话。朱芝说在开会，就把电话挂了。他打张弛电话，张弛说在乡下。成鄂渝同李济运没有交往，这回只好打了他的电话。李济运打了几个哈哈，说宣传部的事他不便管，也挂了电话。成鄂渝很是无趣，把记者证一甩，叫总台开个房间。服务员很客气，递过客人登记表。平日都是下面早开好了房间，哪有他自己填表的道理。成鄂渝脸色一沉，龙飞凤舞地填了表。服务员接过表去，说字迹太潦草，请问您尊姓大名。成鄂渝便骂骂咧咧，大声叫嚷自己的名字。服务员仍是微笑，说您没有填身份证。成鄂渝说你不认字吗？服务员说对不起，记者也要填身份证，我替您填写吧。记者证上有身份证号码。服务员填好了表，请问他住几天。成鄂渝没好气，说想住几天就住几天。服务员笑眯眯地说，您得讲个确切时间，不然不好收您的押金。成鄂渝声音越来越大，说我是你们宣传部接待的！服务员满面春风，说真是不好意思，我们没有接到通知。成鄂渝气鼓鼓的，甩出一把票子。服务员没有一点脾气，说要不先给您开一个晚上？您只要交一千块钱押金就行了。服务员数了一千块钱，剩余的往成鄂渝面前一推。

服务员都是朱芝关照过的，这些细节事后被当成相声似的说。成鄂渝自己住下来，没有任何领导有空见面。他去医院亮明记者身份，立即就被学生家长们围住。七嘴八舌没几句有用的话，弄得他只想早早地脱身。周院长不管他是哪里的记者，请他别在这里影响医院秩序。成鄂渝觉得受辱，却不敢在医院发威。他正好想脱身，就借机走掉了。他到了医院才听说，投毒者不是别人，就是舒泽光的老婆。他以为有好戏看了，却怎么也找不到舒泽光。

成鄂渝住了一个晚上，自己结账走了。他临行发短信给朱芝：您真是厉害，我领教了！

朱芝看出这话似在威胁，却故意装糊涂：抱歉，因更换手机，部分号码丢失。请问您哪位？

成鄂渝回道：《内参》见！

有李济运的话做底，朱芝真的不怕，又回道：不知道您是哪位大记者？幼儿园中毒事件只是普通的社会新闻，并无《内参》价值。您写吧，我等着拜读！

成鄂渝再没有回复，朱芝倒有些担心了。小人是得罪不起的。李济运安慰她，说这种人得罪跟不得罪，没多大区别。不管是否得罪他，有事拿钱照样摆平。

事后偶然听说，成鄂渝结账出来，恰恰碰见了朱达云。成鄂渝脸色不好，只作不认识他。朱达云不知道个中究竟，迎上去打招呼。成鄂渝也拉不下面子，同朱达云寒暄了几句。朱达云见成鄂渝没有车，就说派个车送送他。成鄂渝说只送到汽车站就行了，朱达云却说送到省城吧，反正就两个多小时。朱达云本是嘴上客气，并没有想真送这么远。成鄂渝正好想争点面子，就说谢谢朱主任了。朱达云不好退步，就让司机送他回了省城。朱芝就开朱达云玩笑，说他同县委离心离德。朱达云忙赔不是，只道哪知道成鄂渝这么混蛋呢。

李济运忙得不亦乐乎，舒瑾突然打他电话，叫他快到歌儿学校去，说是歌儿闯祸了，她在医院走不开。李济运问："歌儿到底闯什么祸？"

舒瑾说："歌儿班主任向老师说，歌儿拿蜈蚣咬了同学。"

李济运听了不敢相信："他哪里来的蜈蚣？"

舒瑾说："我也不相信，怕是同学栽赃。我们儿子就是太老实了。"

李济运赶到学校，听有个女人在叫骂："当官的儿子怎么了？哪怕他是省长儿子呢！"李济运猜到这叫骂同自己有关，朝这声音走去就到了校长办公室。校长是位姓张的女老师，李济运认得。张校长见了李济运，站起来同他握手。果然见儿子站在里头，低着头踢地板。原来歌儿真带了蜈蚣到学校，咬了同桌的女同学。那骂着嚷着的就是女同学的妈妈。李济运忙赔小心，问孩子怎么样了。那女人说："不到医院打针去，还在这里等死？"

"蜈蚣在这里，我拿开水烫死了。"张校长指着一个铁茶叶罐子。

李济运伸过头去看，罐子里浮着十几条蜈蚣，心里不由得麻腻。他回头对那女人说："真对不住！我也不知道这孩子哪里弄来这东西。孩子我会批评教育，您家孩子医疗费我们承担，看您还有什么想法尽管提。"

"我提什么？我还靠女儿性命赚钱？弄不好要死人的！"

张校长出来解围，说："学生我们会教育的，再说哪家孩子不有调皮的时候呢？您呢请消消气。我们学校也有责任，向您道歉！"

"我半天生意都没做了！我女儿中了毒，肯定是要补营养的。"那女的说。

李济运说："您说得在理！我俩打个商量吧！"

女人横了一眼，说："你怕我没见过钱？"

张校长说："大姐，您到底是什么意思，您得说呀！莫怪我说得直，您的意思就是要钱，嘴上又不准人家说钱！"

"说钱就说钱，你怕我不敢说？拿一千块钱吧。"女人说。

张校长很吃惊："你太离谱了吧？你摆半天摊子能赚多少钱？你孩子去打一针也就几十块！"

女人说："那我不要钱，明天捉条蜈蚣来，咬他一口算了！"

165

李济运知道是碰了个泼妇，就拉开包点了一千块钱，说："您数数吧！"

女人啪地扯过钱去，丢下一句话："要包我女儿没事！"

张校长望着这女人走了，却不便当着歌儿说她，就望着李济运摇摇头，说："不好意思，我没起到调解作用。"

李济运笑笑，说："孩子被咬了嘛，可以理解。"

张校长严肃地望着歌儿，说："李歌同学，你现在当着校长和你爸爸的面说说，蜈蚣是哪里来的？"

歌儿仍是踢着地板，头也不抬，话也不说。李济运说："歌儿，张校长问你，没听见？"

张校长说："他们班主任有课，交给了我。我问过很多遍了，这孩子就是不说话。"

"张校长，还有几节课？"李济运说，"不如我先带他回去，明天让他交检讨过来。"

李济运已打发车子走了，不能让儿子同他坐车回家。父子俩一路也说不上话，歌儿只是低着脑袋跟在后面。李济运让儿子先回家，他还得去去办公室。正忙得一团乱麻，他不敢早早地就回去了。

李济运晚上还得去医院，歌儿却把自己关在房间里。李济运进去说："歌儿，爸爸不骂你，想同你好好谈谈。你哪来的蜈蚣？"

"自己养的。"歌儿说。

"你养蜈蚣干什么？"

"喜欢。"

李济运说："蜈蚣有毒，很危险你不知道？"

歌儿说："你又不懂。"

李济运说："没听谁说养蜈蚣当宠物啊，你也太出格了。"

"养狗你未必同意？"

"大院里不准养狗。"

"又没有说不准养蜈蚣！"

"歌儿你别同我讲歪道理！"

"我哪讲歪道理？不要再说了，反正蜈蚣被张校长全部烫死了。"

歌儿最后答应写检讨，李济运就去医院了。他没有告诉舒瑾赔了那么多钱，怕她去找那女人吵架。那女人也真是讨厌。

第二天晚饭时，李济运仍是在梅园宾馆陪客人。舒瑾还在医院，歌儿独自在家。李济运给儿子留了条子，告诉他会带盒饭回去。没想到他正给客人敬酒，歌儿哭着打了电话来，说家里来了坏人。李济运问儿子是什么人。儿子说是同学的爸爸妈妈，同学的爸爸还带着刀。李济运听得脑袋发蒙，问同学的爸妈怎么是坏人呢？歌儿只知道哭，喊"爸爸你快回来！"席上的人听出李济运家里有事，叫他快回去看看。李济运只得道了歉，叫上车飞快地赶回去。

人还在一楼，就听得楼上吵闹。往楼上跑时，听得朱芝的声音："有话好好说，你先把刀放下！"

果然有人带着刀上门来了！李济运尽量让自己镇静，想着遇事应如何处置。没来得及想清楚，人已到家门口了。门是敞开着的，他一眼就认出那个女人。她就是歌儿同学的妈妈，昨天让他赔了一千块钱的那个人。有个男人手里提着杀猪刀，肯定就是这女人的丈夫。

女人见了李济运，拍手跺脚的："好啊，你回来得正好！你砸了我的摊子，我家没有饭吃了，问你家讨口饭吃。你家老婆倒好啊，进屋就吓人，说我犯法！抓我去坐牢呀！"

李济运听着莫名其妙，他不解释朱芝不是他老婆，只问：

167

"都是几个熟人,有话好好说。我什么时候砸你家摊子了?"

女人仍是拍手打掌,说:"别做了事不承认!好汉做事好汉当!你儿子昨天咬了我女儿,你赔了钱就记仇,今天我的摊子就被人砸了。不是你派的人是谁?你有本事不赔钱呀?背后捅刀子算什么角色?"

李济运瞟了那男人手里的杀猪刀,实在有些胆寒。男人好丑不说话,只把刀捏得紧紧的。朱芝对那男人说:"有话好好说,你先把刀放下。"

那女人说:"我男人天天拿杀猪刀的!你报警呀?知道你男人官大,你一个电话警察就来了。我坐班房喜欢,全家人进去,反正没饭吃了!"

李济运朝朱芝摇摇头,又回头问歌儿在哪里。歌儿从屋里出来,他身后有个女孩。两个孩子都在哭。女孩必定就是歌儿的同学。李济运做了笑脸,说:"你们进了我家屋,就算是我家客人。你们请坐下。吃饭好说,只是今天我老婆不在家,我们到外面找家店子好吗?"

那女人望望朱芝,回头对李济运说:"你的话我是不信的!当面撒谎!骗我们出去,好叫警察抓人?"

"不想出去吃也行,我打电话叫外面送。"李济运说完就打了朱师傅电话,请他买几个盒饭进来,"不好意思,只好请你们吃盒饭了。"

李济运这么说了,那女人也软下来,望望她的男人。她男人仍立在屋中央,杀猪刀不离手。李济运猜想,肯定是搞"创卫工程",掀了这家的摊子。肖可兴成天焦头烂额的样子,只说哪天老百姓会把他煮了吃掉。

朱芝对那男人说:"你这样也吓了自家孩子!看看两个孩子多可怜,都在哭!"

那女人说:"我家孩子才不怕刀哩!她爸爸天天刀不离手。"

李济运对朱芝说:"朱部长,您回去吧。没事的,不就是来了客人吗?"

朱芝喊了歌儿,说:"到朱姨家去好吗?"

李济运说:"歌儿,你去吗?带同学一起去。"

歌儿摇摇头,那女孩也摇头。朱芝过去摸摸两个孩子的脑袋,说:"别哭了,你俩进屋去玩吧。大人间有些误会,没问题的。"

朱芝回头望望李济运,说:"那我回去了?有事打电话吧。"

李济运送走朱芝,关了门。他自己口干唇燥,便去倒了两杯水,递给女人和她丈夫。那男人把杀猪刀换到左手,右手接了水杯。李济运喝了几口水,说:"两位贵姓?"

那两口子都没答话,只是喝水。李济运笑笑,说:"你两位姓什么我都不知道,更不知道你家摊子在哪里,我怎么叫人去砸你家摊子?"

女人便说:"那就这么巧?昨天你赔了钱,今天我摊子就叫人砸了?"

李济运笑笑,说:"你是想当然。看见我屋里有个女人,就说人家是我老婆。她是我楼上的邻居。你说我派人砸你摊子,不是想当然吗?"

"我不信,这么巧!"女人说。

李济运见这女人容易上火,便说:"好好,你先冷静,我们吃了饭,再慢慢说。"

李济运试着同他们聊天,却是热脸贴冷屁股。那男人不再站在屋中央,斜靠在厨房门口,手里仍提着杀猪刀。李济运问:"师傅是杀猪的吧?"

男人不答话,女人说:"他半天生意都没做!"

169

李济运听明白了，这男人真是个屠夫。杀猪惯了的人，心都有些狠。他半天生意没做，未必又要给他补误工费？李济运想再也不能那么傻了。听了敲门声，知道是盒饭来了。李济运开了门，却是几个警察拥了进来。他还没来得及开口，那男人已被警察制伏。女人高声叫喊："你们凭什么抓人？我们犯了什么法？"

警察又过去扭住那女人。这时，才看见肖可兴进门来。李济运问："肖副县长，你这是干什么？"

肖可兴说："我接到朱部长电话，说有个拆违户拿着杀猪刀跑到你家来了，就赶快叫了警察。太嚣张了，简直太嚣张了！"

李济运让警察带走他们，又说："不要为难人家，问清楚情况，教育一下。"

那男人一直没说话，这时回头大声吼道："李济运，你等着！"

女孩正在歌儿房间里玩，听得吵闹声跑了出来。见警察抓走了爸爸妈妈，大声哭喊。李济运拉住女孩，只说没事的。朱芝听得响动，也跑下来了。朱师傅送了盒饭来，谁也没有心思吃。

李济运说："我们做得太过分了！"

朱芝说："不叫警察，天知道会出什么事！"

李济运摇摇头，说："我不是说这事。我是说，创建卫生县城，手段过了头，方法太简单。拆违章建筑，道理上说得过去。老百姓摆一个摊子，何必管得那么死？一个摊子就是一家人的生计，何必逼得人家没活路？"

李济运叹息几声，打了肖可兴电话："肖副县长，请你嘱咐公安的同志，千万不要粗暴。人家上门来说理，没有错。那个男人是个屠夫，他手里拿着杀猪刀，就像农民扛着锄头。锄头也可打死人，你不能见了一个扛锄头的人，就把他抓起来吧？"

肖可兴笑道："李主任，您真是太体恤老百姓了。"

李济运又把这对夫妇如何误会，赖他派人砸摊子的事说了，道:"你们撤人家摊子的事,你负责处理好。人是不能关的,关人会出大麻烦。"

听李济运打完电话,朱芝说:"我正要问你,歌儿怎么咬了人家呢?原来是蜈蚣咬的!"朱芝觉得太有意思了,回头逗歌儿,说:"歌儿你长大了,肯定是科学家!"李济运心里却是急,笑道:"若是你的孩子,看你还'科学家'不!"

舒瑾还在医院守着,李济运也得去看看。家里又出了这事,他苦无分身之术。朱芝见他为难,就说她来照顾两个孩子。

李济运匆匆吃了盒饭,去了医院。家里有人提刀上门,李济运没有同舒瑾说。她也够烦心的了。晚上十点多,肖可兴也到了医院。他见了李济运就说:"李主任,处理好了,人都放了。"

李济运怕舒瑾听见,拉了肖可兴到外面,细细问了详情。肖可兴笑道:"李主任,你体恤老百姓,我完全赞同。我们自己都出身老百姓,家里还有一大堆老百姓。可是,工作摆在我面前,我有什么办法?创卫不成功,我是第一责任人。"

为了戴上卫生县城的帽子,弄得很多老百姓生计都没了,又有什么意义?街边多几个摊点,无非是显得凌乱,于卫生县城何干?那些摊点买家需要,卖家也需要。取消那些摊点,生活倒不方便了。李济运满腹牢骚,却不能说出来。

李济运说:"肖副县长,医院应该没什么事了。你看看就回去吧,我在这里。"

肖可兴不好意思马上就走,他同几位熟识的学生家长说说话,又找李济运闲聊:"他们硬说是你报复,真的是凑巧!这两口子太不讲理了。人不抓进去吓唬一下,他还会找我们麻烦,说不定明天又上你家去了。我告诉那个男的,你持刀入室,不管你承认不承认,都有行凶嫌疑。要不是李主任保你,就可判你的刑!吓唬一下,叫他们写了检讨,立下保证,就放了。"

"人家孩子看着爸爸妈妈被抓走，太可怜了。"李济运说。

肖可兴笑道："李主任适合当大领导，直接面对老百姓您会心软。您不想想，当时如果放了人，事情就没完没了。"

说笑一会儿，肖可兴就走了。李济运想陪陪舒瑾，仍留在医院。深夜时，李济运说："我俩下去走走吧。"

舒瑾说："什么时候，还有心情搞情调！"

李济运轻声道："我有话同你说。"

舒瑾望望男人的眼神，就跟他下去了。医院的路灯很昏暗，两口子很久没有说话。走了好一会儿，李济运说："老婆，我慎重考虑，建议你主动辞去园长职务。"

舒瑾一听就火暴起来："我家里养着一个常委，就是专门处分老婆的？到底是你的建议，还是常委开会研究了？"

"你这个级别，还轮不到常委会研究！"李济运说了句气话，马上平和下来，"你先耐心听我说。出这么大的事，牵涉到三百多个家庭，谁敢保证没有人提出要追究你的责任？与其到时候让人家逼着下来，不如自己先下来。"

舒瑾哪里听得进去，几乎喊了起来："你们讲不讲政策？讲不讲法律？讲不讲良心？案子不是破了吗？我喊宋香云放的毒不成？她是报复！她屋舒局长要是真的冤枉了，她报复还有几分理哩！"

"你闭嘴！"李济运压着嗓子喊道，抓着老婆的手臂使劲摇。他知道舒瑾话说得很难听，可她那意思大家都明白。但这些话由别人说去，他两口子是不能说的。

舒瑾声音小了，却哭诉起来："人家男人，老婆出了事，肯定是帮着的。哪像你，先来整老婆！人家还没说哩，自己就先动手了。"

李济运没能说通她，只好暂时不说了。过后几天，他有空就劝劝。舒瑾硬是不愿意,说撤职就撤职,开除就开除,法办就法办,坚决不辞职。李济运拿她没办法,总是唉声叹气。他知道舒瑾这个园长职务肯定保不住的。

想着歌儿的同学,李济运心里有些难过。那么小的年纪,就看见爸爸妈妈被警察抓走。他回家问歌儿:"你同学叫什么名字?"

歌儿说:"你问哪个同学?我班上有五十多个同学。"

李济运说:"你蜈蚣咬了人家的那个。"

歌儿说:"她叫胡玉英。"

李济运听了就笑笑,心想这个名字真像古董。他买了个书包,叫歌儿带给胡玉英。

宋香云从医院出来,径直去了看守所。舒泽光找周应龙说,他老婆罪该万死,但她有自首情节,希望能够从轻量刑。周应龙说老舒你糊涂了,如何量刑这是法院的事,公安只负责案情调查。只因都是熟人,周应龙讲了真话:"老舒,事实上是你向警察说的,你老婆开始并不承认。她后来承认了,不久又翻供。所以,这是否算她自首,得要法院最后裁定。"

舒泽光说:"她自己没勇气说,叫我去向警察说。这个李主任可以作证。"

周应龙说:"我们向李主任取过证,他的说法同你一致。我会把情况向法院说明。老舒,事情到这个地步了,你着急也没用。"

原来那天清早,李济运同舒泽光到宋香云病床前面去,都是故意做给警察看的。宋香云眼睛闭得天紧,一句话都没有说。李济运暗示舒泽光做做样子,然后出来找警察自首。家属替代自首是否有用,李济运并不清楚。自己有作伪证之嫌,他倒是心中有数。他良心过不去,没有想得太多。舒泽光当时不懂李济运的苦心，直到他老婆被单独隔离，才突然明白过来。他感激李济运，话说得很隐晦。他俩都知道，这事不能说透。

孩子们陆续出院，事态总算平稳了。舒瑾中午再不敢回家，一天到晚守在幼儿园。她忙起来脾气就大，回家很容易发火。李济运说你还发什么脾气？出这么大的事没死人，你要烧高香哩！他不再劝她辞职，劝也没用。李济运中饭和晚饭都是说不准的，歌儿每天中午就去幼儿园吃饭。有天晚上，歌儿告诉爸爸，胡玉英老从家里带东西给他吃。舒瑾不知道中间的故事，望望李济运抿着嘴巴笑。她过后同李济运说，歌儿不会早恋吧？李济运笑她太神经兮兮了，才几岁的孩子！

刘星明就像沉睡了一百年，突然苏醒过来了。他的苏醒并不是清白了，却是越发糊涂。他天天找刘书记和明县长，问为什么不给他分配工作。刘书记把这事推给李济运，说你们老同学好说话，你看怎么做做工作吧。李济运也没有法子做工作，他只好去找陈美。陈美却说："你们怕什么呀？他既不打人，又不骂人。你们无非是用些耐心，听他说几句话就行了。你们谁告诉他是癫子，我就找谁的麻烦！"

有天一大早，大院门口又响起了鞭炮声。门卫想要上前制止，却见来的是个老头，手里高举锦旗。锦旗上写着：感谢刘星明书记为百姓申冤。见是给刘书记送锦旗的，门卫忙打了县委办电话。于先奉接了电话，马上出来迎接。正好凑巧，县电视台记者刘艳的采访车从这里经过。刘艳是个机灵人，忙下车看看。见是给刘书记送锦旗的，这种新闻找都找不来的，马上采访了那位老人。

于先奉等刘艳采访完了，就把老人家请进了传达室。原来这老人姓周，他家承包村里水库养鱼，合同期是三十年。前几年鱼的价钱好，他家发了一点小财。村里有个烂仔看着眼红，想要强占他的水库。村干部怕烂仔逗强生事,又收了烂仔的好处,就把水库收回,包给那个烂仔。周老头一家人老实,自认吃了哑巴亏。可那烂仔不会养鱼,水库里的鱼老是翻白死掉。烂仔诬赖周老头家的放毒,跑到他家打人。周老头告了几年的状,都没有人理睬。上回他又到县里告状,正巧碰到刘书记。刘书记看了他的状子,马上签了字。乡里见了刘书记的字,就像接到圣旨,马上到村里处理。派出所把那个烂仔抓去关了几天,水库仍然按原来合同包给周家。

于先奉握着周老头的手,很是亲切,说:"老人家,刘书记到省里开会去了,您的锦旗我一定转给刘书记。我也替刘书记感谢您!刘书记是个好领导,群众的冷暖他时刻放在心头。为群众排忧解难,也是我们应该做的!"

送走了周老头,于先奉回到办公室,把锦旗锁进自己抽屉。他没有去报告李济运,想自己把锦旗交给刘星明。李济运手头正忙着,外头鞭炮响了又停了,他也没有在意。

晚饭时,李济运在梅园宾馆陪客,电视里正播着乌柚新闻。只因刘星明和明阳都去省里开会了,头条新闻便是周老头送锦旗。李济运仔细一听,觉得此事来得蹊跷。刘星明很讲办事程序,凡有批示必经县委办备案,事后查有实据。刘星明这个习惯,李济运很佩服。刘星明来乌柚两年多,威信非其他领导可比。他是强硬的,也是扎实的。很多过去久拖未决的事,刘星明三板斧就砍定了。这个人的能力,你不服不行。

可李济运搜肠刮肚,想不起有新闻里报道的这回事。镜头里隐约看见于先奉的影子,未必老于知道这事?于先奉正在别的包厢陪客。李济运依礼要过去敬酒,就暂且告假,说那边还有客人,得去打个招呼。

李济运过去敬过了酒,请于先奉借一步说话,问那锦旗是怎么回事。于先奉很不好意思,手不停地往裤腰里塞衬衣,说:"我接到门卫电话,来不及向您报告就去了。一问是那个情况,就把锦旗收下,替刘书记谢了那个老头。"

李济运说:"老于你别讲客气,我不是要你向我报告。我是说那锦旗的事,应该先向刘书记报告。刘书记自己都还不知道,新闻就播了,我看不妥。"

于先奉说:"关于领导的新闻,宣传部把关。"

李济运听着不高兴,说:"宣传部把关,这个没错。你当时在场,知道情况,就应该同宣传部打个招呼。"

于先奉笑笑,说:"李主任,反正又不是负面新闻,应该没事吧。"

李济运不再多说,回到自己的包厢。刘星明的批示是否都备案了,谁也说不准。他心里正想着这事,朱芝打了电话来:"李主任,群众给刘书记送锦旗的新闻,是不是有问题?"

"于先奉给你打电话了是吗?"李济运心想老于真是多事,话传来传去会生误会的。

朱芝好像有些情绪,说:"你们于主任问我审过这条新闻没有,我怕有问题哩!"

李济运碍着客人在场,不便多说,只道:"没事,没事,朱部长你放心吧。"

第二天,刘星明就回来了。李济运正同他说事儿,于先奉拿着锦旗,喜滋滋地进来,好像等着领赏。刘星明看看锦旗上的字,问:"哪来这东西?"于先奉就从头到尾说了来由。刘星明问李济运:"济运你知道这事吗?"他不明白刘星明是问送锦旗的事,还是问谁帮周老头解决问题的事,反正是都不知道。

刘星明说:"我正要问这事。我老婆说,她昨天看到新闻里都播了。"

于先奉知道不妙，忙说："新闻是记者碰巧，正好遇着了。"

"有这么巧的事？老于你遇事要动动脑筋！幸好不是件坏事，不然也让播了？"刘星明很有些生气。

于先奉满心委屈，说："我真的没有联系电视台，刘艳正好碰上。她还想采访我哩，我回避了。我当时只是觉得这是给刘书记送锦旗，我出镜不太好。"

李济运不是个火上加油的人，不说昨天看了新闻他就过问了。于先奉很是难堪，手不停地往裤腰里塞衬衣。

刘星明说："我在市委机关干了快二十年，习惯凡事都讲程序。我哪件事批了不在办公室备案？我这个习惯你们不是不知道！你们查查，就知道了。县里这么多领导，假如是别人办的事，功劳算在我头上，我这个县委书记算什么？"

于先奉红着脸说："对不起刘书记，我没想到这一点。我只看上面写着您的名字，您又是位作风过硬的领导……"

刘星明打断于先奉的话，说："好了，我也不要你戴高帽子了。事情出在你身上，你负责处理。你问问几大家领导，看看有谁处理过这件事。"

李济运说："刘书记，我看不必惊动这么多人，老于你知道周老头是哪个乡的吗？问问他们乡里，看是哪位领导签的意见就行了。"

于先奉"这个这个"了半天，终于说道："昨天李主任说了我，我怕真有问题，就打电话去问了。乡里书记说，真是刘书记签的字。我这才放心了。"

"啊？"刘星明望望李济运，大概知道是怎么回事了。

李济运也猜到了，却不想说出来。刘星明说："老于你先忙去，你把锦旗也拿走。"

于先奉出了门，刘星明说："济运，未必是你老同学签的字？"

177

李济运这才说："可能吧。"

刘星明苦笑道："竟有这样的乡党委书记，我的字都认不得！"

"哈哈哈！"李济运忍不住笑了起来，"刘书记您要表扬人家，执行您的指示不折不扣啊！"

刘星明也笑了，却道："济运，你那老同学，还真是个事儿。他现在三天两头找我安排工作。陈美那里能做通工作吗？有病就得送去治啊！"

李济运说："陈美就是不忍心刺激他。她说看着她男人无忧无虑的，又不惹谁犯谁，很好。还说你们看他是癫子，她觉得他清白得很。"

刘星明眉头锁了起来："我怕哪天他又批个什么条子，办不得的事办了，那不出乱子了？"

"我再找陈美做做工作吧。"李济运只是嘴上应付，他不想管这事儿。他很不满眼前这位刘星明的处事态度。李济运虽是满肚子意见，却仍建议刘星明批条子的事，不要说出去，怕影响不好。李济运说到老同学刘星明，突然觉得有些拗口。毕竟，眼前这位书记也叫刘星明。直呼县委书记名字，到底是不太妥的。

"那怎么办呢？听之任之也不是办法啊！"刘星明说。

李济运想想，说："刘书记，暂时您这样，刘字写成繁体字。我们私下同有关单位和部门领导打个招呼，只认繁体字的刘书记。"

刘星明突然笑了起来，说："济运，听说乌柚干部喜欢给领导起外号，我今后会被人叫作刘繁体吧？"

难道刘星明知道有人背后叫他刘半间了？李济运也笑笑，说："不至于吧？我知道有人叫我老同学刘差配。我想这都是为了同您刘书记相区别。"

"刘差配？哈哈哈，有些人真是损！"刘星明打了几个哈哈，说起这回到省里开会的事，"济运，省里领导专门找我过问了幼儿园中毒事件。省里领导表扬我们处置得当，没有造成群死群伤，没有酿成群众集体上访。特别是破案神速，领导高度赞赏。实践证明，只要我们本着为人民群众负责的态度，敢于面对复杂局面，措施得力，再难的工作都能做好。"

"刘书记您总在一线，有您把关坐镇，事情就好办。"这话李济运不说不行，说多了就有故意讽刺之嫌。那几天倒是李济运在医院守得最多，只不过刘星明来的时候都有刘艳和余尚飞跟着。那几天，乌柚新闻天天都有刘星明往医院跑的镜头。事关领导的新闻，都有潜规则，可以叫老大优先制。同条新闻里出场的领导，谁的官最大，谁就是一号演员。刘星明每次都是同明阳一道去医院的，可明阳跟在后面似乎像个秘书。第二条新闻可能明阳就是男一号，他似乎立即就从秘书提拔成领导了。

李济运回到自己办公室，于先奉又跑过来说："李主任，您一定替我解释一下，我真没有同电视台联系，真的是碰巧。"

"老于你真是的，这点小事解释来解释去干什么？刘书记难道是个给人穿小鞋的？"李济运说。

"是的是的，刘书记大人有大量！"于先奉仍是摇头叹气，只道自己太倒霉了。他还没想到条子是谁批的，只道事情简直太奇怪了。李济运不会同他说，免得传了出去，外头看笑话。他刚才向刘星明进言，锦旗新闻的报道，也不要再追究，含糊过去算了。

十二

　　清早上班没多久，门卫打电话来，说大院门前站了很多人。电话是于先奉接的，他马上报告李济运。李济运叫他去看看，到底是怎么回事。于先奉有些不情愿，但还是满腹牢骚地去了。他的牢骚并没有讲出来，李济运却从他背影里看得出。背过身去就变脸的人，李济运见得太多，慢慢就学会了透过背影看脸色。

　　过了二十几分钟，于先奉回来说："李主任，都是幼儿园学生的家长，只怕有上千人。"

　　听说是幼儿园学生家长，李济运吓了一大跳，问："你了解了一下情况吗？"

　　"看起来又不像要闹事的样子。他们都站在大院门口对面街上，并没有堵大门。还拉着大红横幅，上面写着：感谢县委、县政府挽救了孩子们的生命！看热闹的人也多，街上黑压压的。"于先奉说。

　　李济运听着觉得不对头，他打了朱达云电话："朱主任，大院门口有很多群众，你知道吗？"

　　朱达云说："我已同毛云生说了，他们正在了解情况。"

"那好，看是什么情况，随时联系。"

李济运知道刘星明要到乡下去，忙过去报告了情况，然后说："刘书记，您今天最好不要出门，老百姓认得您的车。"

"未必敢炸了我的车不成？"刘星明话是这么说，却把包放下了。他刚准备出门，车已在下面等着。

刘星明坐了下来，骂起了粗口："他妈的怎么就没几天清静的？"

天天有人上访，只是人多人少。人少的信访局处理了，惊动不了刘星明。凡是要上访的，多半是麻烦事。信访局也没办法，无非是和稀泥。有回市信访局戚局长到县里来，毛云生多喝了几杯酒，就口无遮拦了，说："我总结信访工作方法，就是四个字，一是拖，二是推，三是骗，四是吓。"刘星明听着很没面子，臭骂了毛云生。戚局长却笑着解围，说："这四个字上不得书，却是信访工作的宝典秘籍。"这一套其实谁都知道，只是明说出来不太好。老百姓到上级机关上访，上面通通都推到下面。下面没能阻止老百姓上访，还得挨上级批评。

毛云生到外头问了问情况，同朱达云一道找李济运碰头。毛云生说："李主任，大院外面全是幼儿园的学生家长，他们没有吵也没有闹，还打着横幅歌颂县委、县政府。我们了解了一下，学生家长们提出三条要求，一是严惩投毒凶手宋香云，二是要求给中毒学生经济赔偿，三是……"

毛云生话语支吾，李济运就猜到怎么回事了，问："三是要舒瑾负领导责任吧？"

朱达云接了腔，说："倒没有点舒瑾的名，只是说要追究相关责任人。"

"一回事。我早就劝她辞职，她也正准备辞职哩。"李济运笑笑，替舒瑾护着面子。

181

朱达云说起漂亮话："我看也没必要。该负责才负责嘛，得看看情况。"

李济运说："我们先不说这个吧。我看这事肯定是有预谋的，而且有聪明人指点。他们没有围堵党政机关，只是在对面街上站着，我们在法律上还抓不到人家把柄。"

这事来得太突然了。成千人聚集到大院外面，事先没有闻到一丝风声，也没听舒瑾在家里说过半句。李济运请示刘星明，是否召集有关部门紧急开会。教育局和公安局是必须到场的。舒瑾是幼儿园园长，肯定也要来开会。李济运说他自己应该回避，因为舒瑾是他的老婆。他建议肖副县长牵头。刘星明想想也有道理，却又说："济运，会议你还是参加，事情由可兴同志为主处理。我同明阳同志也参加会议。"

李济运马上吩咐办公室发通知，县领导由于先奉打电话。没过几分钟，于先奉跑到李济运办公室来回话："李主任，明县长不肯来开会。"

"明县长怎么说？"李济运问。

于先奉说："明县长说他正在忙。"

李济运说："好的。明县长确实很忙。"

于先奉出去了，李济运自己打了明阳电话。明阳在电话里发火："无事找事！这都是自找的！谁找的事，谁去处理！"

李济运等明阳骂完了，才说："明县长，您要是有空，还是争取参加一下吧。"

明阳也不说是否参加，只把电话挂了。李济运知道明阳发谁的火。明阳在他面前口无遮拦，只因信得过他。面对这种信任，李济运似感温暖，更觉害怕。

肖可兴进会场就摇脑袋，一副焦头烂额的样子。刘星明说："可兴同志你不要摇脑袋，这事还得由你出面处理。"

肖可兴苦笑道:"我分内的事,责无旁贷。但意见靠大家拿,我做挡车炮吧。我搞创卫天天起早贪黑,老百姓讲我搞打砸抢,他妈的!"

刘星明看看时间,说:"人差不多都到了,明阳同志呢?"

"明县长正在处理事情,说争取参加,叫我们不要等。"

李济运正这么说着,明阳沉着脸进来了。他谁也不打招呼,掏出烟来啪地点上。于先奉望望刘星明,又望望明阳,再望望别人。李济运见老于的目光飞来飞去,心里就暗自着急,这会把情况弄复杂的。他马上建议:"刘书记,明县长,人都到齐了,开始吧。"

刘星明便说了几句,算是主持会议的意思。毛云生先只把情况汇报了,却没有谈自己的意见。刘星明很不高兴,说:"云生同志,你不谈解决问题的办法,说这么多有什么用?"

毛云生是机关老油子,只是笑了笑,脸都没红一下。刘星明拿他没办法,便说:"我谈几条基本原则,大家再发表意见吧。第一,宋香云投毒案还在处理中,有个法律程序,不存在故意拖延,更不存在谁包庇的问题。这一点,向学生家长解释清楚。第二,这是个恶性刑事案件,全部责任都在犯罪嫌疑人。从这个道理上讲,学生家长提出政府赔偿是说不过去的。法院如果对宋香云处以经济罚款,可以考虑赔偿给受害人。罚多少,赔多少,二一添作五,分到每个中毒学生头上。同样道理,要让舒瑾同志负责,也是说不过去的。第三,这是个偶然事件,不能放大了,更不得借此攻击县委和县政府。"

刘星明定了这个调子,别人发言就没有什么余地了,大家都说政府不能赔钱。这个钱要是赔了,今后政府会有赔不尽的钱。杀了人,受害人家属也可要政府赔钱!被偷了,被抢了,被强奸了,都可以问政府要赔偿。"美国都没有这种好事!"这句话是舒瑾说的，李济运听着耳朵根都红了。早几十年说了这话，那可是歌颂资本主义。

李济运知道刘星明是在给他面子，人家说的却未必就是真心话。他谈了几点意见，最后说："舒瑾在家同我说过多次，自己应该引咎辞职。我支持她这个想法。"

舒瑾脸马上通红起来，瞪着自己男人说："你什么意思？你比刘书记还那个啊！"

舒瑾这话大家都只当没听见。李济运面子上挂不住，却不便在这里发作。他也红着脸。十几秒钟，没有人说话。这十几秒钟格外漫长，李济运的耳朵越来越热。他的脸在会上已发过两次烧，心想再烧几次就可当红烧肉吃了。

明阳虽说肚子里有火，到了会上还是着眼大局。他吸了几支烟，脸色平和些了，说："我赞成刘书记的意见。关键是如何把工作做通。我提几点建议，最后请刘书记定。一是请学生家长们推举几个代表，由可兴同志出面，县委办、政府办、教育局、信访局参加，面对面谈一谈，进一步了解他们的具体要求。二是请舒园长尽快提供幼儿园学生家庭情况。凡是国家公务员、事业单位干部子女在幼儿园的，要做好这些同志的工作，不允许他们参加闹事。同时，还应请他们协助县委、县政府做好工作。三是公安要密切关注动向，防止事态扩大和恶化。应龙，公安一定要注意方法，不要同群众搞成对抗状态。一旦对抗，就很可能出事。"

刘星明照例还要谈几点意见，不然就显得明阳坐头把交椅了。坐头把交椅的领导，职责有些像语文老师。当然是那种老派的语文老师，每课必须归纳中心思想和写作特点。刘星明做完语文老师，招呼周应龙留一下，又请明阳和李济运再坐几分钟。

会议室里只剩下他们四个人了，刘星明说："应龙，我看这事是经过周密策划和精心组织的，肯定有几个人成头。你们马上暗中调查，掌握情况。我不希望出事，一旦出事，你们就抓人！我们不妨把脑子里的弦绷紧一点。是不是有别有用心的人借机闹事？是不是有敌对势力浑水摸鱼？我们得提高警惕！"

"报告刘书记、明县长，还有李主任，我们公安第一时间就做了布置。"刚才会上有其他同志，周应龙几乎没有说话。这会儿只有三位县领导在场，他才大致汇报了公安局的部署。他也没有说得很细，这是他的职业习惯。

肖可兴领着朱达云、毛云生和教育局长上街做工作。可谁也不愿意当家长代表，都说我们是自发来的，没什么代表不代表的。肖可兴他们在街上劝说了几十分钟，无功而返。李济运越发相信成头的人不简单，谁都怕充当代表最后没好果子吃。他们怕枪打出头鸟。李济运没有说出自己的猜测，他相信大家都明白这个原因。

舒瑾很快把幼儿园学生的家庭情况送来了，有一百多学生是干部的小孩。知道有这么多干部的孩子，李济运暗自高兴。普通老百姓不好对付，对待干部就好办多了。李济运马上建议，召集这些干部开会。刘星明表示同意，请肖可兴出面做工作。肖可兴非得拉上李济运，说这么大的事得有个常委坐镇。李济运一心只想回避，可刘星明叫他参加，他只得答应了。

时间快到中午，那些接到电话的干部，不知道是什么事，只得跑到县政府会议室去。他们看见舒瑾在场，才猜到是什么事了。

李济运主持，肖可兴讲话。见人到得差不多了，李济运说："大家应该知道，今天来的都是幼儿园学生中的干部家长。先清点一下人数。"毕竟都是干部，只要领导讲话，下面就安静下来。但李济运讲完这一句，干部们就开始说话，底下一片哄闹声。李济运有些生气，却不便发作。这时候可不能得罪这些人。舒瑾点名的时候,大家一直在说话。有的是爸爸来,有的是妈妈来,她只好点谁谁的家长。

点完了名,李济运说:"大家知道,大院外面有很多幼儿园学生的家长,大家感谢县委、县政府为抢救孩子们的生命做了最大的努力,没有导致一例死亡事故的发生。大家对县委、县政府的工作给予了肯定。我代表县委、县政府,对所有家长表示感谢。但同时,大家也提出了一些要求。下面,请肖副县长谈一谈,同大家交换一下意见。"

肖可兴按照刘星明的口径,先谈了对幼儿园中毒事件的看法,再做干部们的工作。他的语气很柔和,却是软中带刚。这些人听惯了领导讲话,软的硬的都听得多,一听就明白了。有位干部举手道:"肖副县长,您要我们不参与这件事,我们做到了。我们都在上班,没有在外面站着。我们是接到电话才到这里来的,不然正在家里吃中饭哩!"

底下哄堂大笑,有人还鼓了掌。只要有人带头,全场都是掌声。肖可兴听出这是气话,等掌声停了下来,才笑道:"县委、县政府的要求是,不光在座各位自己不参与,还要说服家庭其他成员不参与。孩子们的爷爷奶奶、外公外婆、三姑四叔……都不要参与。拜托大家做工作。"肖可兴清清嗓子,突然挺了一下腰板,"我在这里还要严肃地说一句,一定要警惕有人借机攻击县委、县政府,警惕坏人甚至是敌对势力借机故意把事态扩大和恶化。如果出现这种情况,我们将依法查处,严厉打击!希望同志们不要蹚这趟浑水!不是我危言耸听,普通群众事件因坏人操纵,导致恶性案件的情况,在别的地方屡有发生。我们不希望乌柚县出现这种情况,我们要坚决维护乌柚县社会稳定的良好局面!"

散会了,听着座椅啪啦啪啦地响,李济运心里没有底。有人回头同他打招呼，还有人过来同他握手。肖可兴也在那里同人拍肩说笑。看了这种场景，李济运突然又有了信心。他暗暗松了一口气，会议可能会有效果。干部们头上都有道紧箍，他们不敢太不听话。

李济运回到家里，用微波炉热了剩饭吃。舒瑾又去幼儿园了，她中午再不敢回家。她晚上回来，肯定会同他吵的。李济运很累，可他不敢脱衣上床，只在沙发上躺着。果然，他刚有些睡意，毛云生打电话来，说外头的人少了很多。李济运心想刚才的会议还是有效果的。他顿时睡意全消，想报告刘星明。电话拨到一半，又忍住了。刘星明也是要午睡的，上班时再说吧。

下午，李济运刚到办公室，就碰到了周应龙。"李主任，我有事向您汇报。"周应龙把手伸了过来。

李济运同他握了手，笑道："您向我汇什么报！"他知道周应龙是来找刘星明的，只是先碰到他了，才说说客气话。周应龙也是副县级干部，但见了李济运开口闭口就说汇报。

"刘书记在吗？外面这个事，我有个建议。"周应龙说。

李济运说："刘书记在，您去吧。"

周应龙说："李主任有空吗？我向你们两位领导一起汇报。"

李济运明知这是客气话，但他也想听听，便说："我同您一起去刘书记那里吧。"

李济运敲了门，说："刘书记，周局长找您汇报。"

刘星明正在接电话，示意他俩进去坐下。李济运听了几句，就知道上面过问下来了。刘星明接完电话，果然说："市委田副书记来的电话，要求我们尽快把事情处理好。龙书记和王市长对这件事很关注。"又忍不住埋怨消息传得太快，下面稍有风吹草动，上面马上就知道了。

"县委办、政府办都有信息上报机制，不能隐瞒的。"李济运明白自己在说废话，刘星明自然知道这些。但如何上报信息，却是一门学问。遇事既不能瞒报，又要显得处置得当，万一发生意外情况，还得巧妙推掉责任。

公安系统也有信息上报渠道，周应龙却没有说。他等刘星明埋怨完了，说："刘书记，我们掌握了几个人，他们极有可能就是成头的。肖副县长说家长们不肯推举代表，我建议指定这几个人作代表。他们自己心里有数，只要请他们作代表，他们心里就会怕，事情就好办了。"

"都是些什么人？"刘星明问。

周应龙说："干部有两个，还有几个是普通居民。"

刘星明问李济运："你的意见呢？"

李济运说："周局长的建议很好。我的意见，尽量平和地处理，千万不能形成对抗。这几个人哪怕是成头的，只要他们肯配合工作，也不必点破了。点破了反而怕出乱子。"

"济运说得有理。"刘星明说，"应龙，麻烦你把这几个人告诉可兴同志。我会给他打个电话。"

周应龙刚走，刘差配突然敲门进来："刘书记，我有事汇报。"

李济运想挡驾也来不及了，干脆就想溜掉，说："我要回避吗？"

刘星明生怕他走掉，忙说："济运你一起听听吧。"

刘差配说："李主任你一起听听吧。我了解了一下，幼儿园家长闹事，情况很复杂。他们要求追究责任人，并不是要追究幼儿园的领导，而是县里领导。有人议论说，宋香云确实下手太毒，但她这么做的根子在县领导那里。"

李济运忙打断老同学的话："星明，你不要听信谣言。我们开了会，成立了专门班子在处理。他们要追究舒瑾的责任，她早就打算辞职了。"

老同学哪里肯听，又说："我听到很多议论，我也找过舒泽光。舒泽光不愿意同我讲真话，但我相信他是冤枉的。舒泽光喜欢在客人房间里洗澡，很多人都知道他这个习惯。外头都说这是个圈套，有人设了圈套害他！"

刘星明终于忍不住了，拍了桌子："刘星明你还有没有一点纪律性？你不仅信谣，而且传谣，还帮助制造谣言！你这样做，县委可以处分你！"

对面这位刘星明也拍了桌子，说："刘星明，我是一个共产党员，一个领导干部，向你书记报告情况，犯着哪一条纪律？你长期不给我分配工作，我也要上访去。我还要把我掌握的舒泽光受陷害的情况一起向上面汇报！"

李济运一把拉起老同学，使劲往外拖，道："星明你越说越不像话了！不要在这里吵，有话到我那里去说！"

李济运把老同学强行拉到自己办公室，关上门。刘星明很激动，胸脯急剧地起伏。李济运替他倒了茶，说："星明，你再怎么生气，再怎么有意见，也不能这样同刘书记讲话嘛！"

"济运你不要劝我，我反正是要向上面反映情况的。"刘星明说。

"反映情况，这是你的权利，老同学不阻拦你。"李济运坐下来，手放在刘星明肩上，"但情况应是真实的。公安调查、侦查都可能出错，你随便问问就保证是对的？"

刘星明说："济运，你这还是劝我不要上访。我做了多年干部，想不通一个问题：既然国家存在信访制度，有信访机构，还颁布了信访法规，为什么老百姓上访都像犯法似的？我经常在媒体上看到，有些地方专门派人常驻省里和北京抓上访人员。"

李济运说："老同学，你就别钻牛角尖了！我没道理同你讲。

道理你清楚，我也清楚。反正一条，你要听老同学一句劝。外面学生家长上访的事你不要管，舒泽光的事你不要管。你自己的事，我会同刘书记说，相信县委会认真研究！"

刘星明不说话了，茶喝得嗞嗞响。喝完了茶，李济运又替他满上。刘星明连喝了三大杯茶，没说一句话。李济运也找不出话来说，他真的无从说起。可是突然，刘星明眼泪出来了，说："济运，我在外面了解情况，听见有人轻轻议论，说我是个癫子。你说，我真的癫了吗？难怪这么久不给我安排工作！这是政治迫害！"

李济运慌了神，不知道怎么安慰他，只道："星明，你别激动。"

"济运，我拿一套高考卷子来，我俩比比，看谁的分数高！"刘星明说。

李济运扯了纸巾，递给刘星明，笑道："你的成绩比我好，我知道的。"

"不信我马上给你背书，相信高中课文你肯定忘记了。"刘星明擦擦眼泪，便开始背《岳阳楼记》，"庆历四年春，滕子京谪守巴陵郡。越明年，政通人和，百废具兴。乃重修岳阳楼，增其旧制，刻唐贤今人诗赋于其上。属予作文以记之。予观夫巴陵胜状，在洞庭一湖。衔远山，吞长江，浩浩汤汤，横无际涯；朝晖夕阴，气象万千；此则岳阳楼之大观也，前人之述备矣。然则北通巫峡，南极潇湘，迁客骚人，多会于此……"

李济运不忍心打断他的背诵，听他背得差不多了，就笑道："好了老同学，知道你厉害！我真的忘记得干干净净了。"心里却想，你这不是癫子是什么呢？

刘星明不再背书，就谈对工作的看法，不乏真知灼见。真不敢相信这是个癫子。聊了几十分钟，他说没事了，夹着包出门。

他下了楼,又高声叫喊"阴风怒号,浊浪排空"。

李济运送走了老同学,刘星明又过来说:"听见了,刚才还在喊'阴风怒号,浊浪排空'。乌柚县真是他说的这样吗?济运,不把他送到精神病医院去,迟早会出事。"

这时,肖可兴跑来汇报,说开了个家长代表会,名单是周局长建议的。这几位家长愿意帮着做工作,但效果如何不敢保证。刘星明问他是否向明县长报告了。肖可兴说报告过了,明县长没有具体意见。

下午五点多钟,大院外的人群渐渐散去。肖可兴赶紧报告刘星明和明阳,说总算松一口气了。李济运却不乐观,说还要看明天的情况。他打电话嘱咐朱芝,请她对媒体要有防备。李济运同朱芝很随便,不然他就是管闲事了。朱芝说宣传部严阵以待,多谢李老兄提醒。

晚上,李济运跟刘星明、明阳都在梅园陪客人吃饭。才酒过三巡,李济运电话响了。一看是市委办的电话,马上出门接听。原来,老同学刘星明把他参加选举的事,还有舒泽光嫖娼的事,都贴在自己的博客上,已经引发网络风暴。李济运进来同刘星明耳语几句,两人出门说话。

刘星明问:"博客是什么意思?"

李济运不好怎么同他解释,说:"相当于个人自己开的网站吧。"

"个人开网站,难道国家没有规定吗?开网站不就同办报纸一样吗?个人可以随便办报纸,天下不乱套了?"刘星明问。

李济运知道自己解释错了,改口道:"也不是个人网站。相当于个人在报纸上开专栏写文章吧。"

刘星明一脸的不屑,说:"就他刘星明那个水平,还开专栏写文章?"

听着刘星明蔑视刘星明,总觉得有些怪怪的。李济运说:"网上开博客很自由,可以真名,可以假名。刘星明开的是真名博客。"

"晚饭后,开个紧急会议。"刘星明点了几个开会的人,又道,"关于干部开什么博客这个事,我看县委应该研究一下,应该有个规定。"

刘星明先进去了,李济运打了朱芝电话,先把情况大致说了,又道:"朱部长,你是一定要参加会议的,刘书记点了你的名。再请你们部里同志把刘星明博客内容,包括下面所有评论,都下载下来打印,与会同志人手一份。"

陪完客人出来,刘星明就骂道:"早就应该把他关到精神病医院去!你们就是心慈手软!"李济运听得明白,刘星明是怪他顾及同学情面。明阳当时在场,一句话都没有说。

朱芝最早赶到会议室,进来一位她就递上一份资料。刘星明、李非凡、明阳、吴德满都到了。朱达云不管场合,开起了玩笑:"刘星明哪天脱光了出门,他会以为只有他一个人穿衣服了!"

大家都不好意思笑,毕竟这里还有一位刘星明。会议室里只听得纸哗哗地响,各位都在看材料。朱芝早看过了,说:"我们七点多下载文章时,点击量已达到了二十万人,评论五千多条。评论太多了,这里只打印了小部分。"

刘星明说:"看完了吧?我看了,刘星明说的两件事,一是自己因为是差配干部,当选了副县长而得不到组织认可;二是舒泽光嫖娼是个别人设圈套陷害。下面那些话叫什么?"

朱芝说:"网友评论。"

"对,网友评论。也就是说那些话不是刘星明写的,是别人写的。"刘星明原来从来不上网的,"别人说的那些话,两个字可以概括：骂娘。大家讨论一下吧。"

半天没有人说话，明阳开腔了："很明显，星明同志的病症越来越严重了。好好同陈美同志做做工作，送他去治疗。至于网上引起的不良影响，我们可以通过适当渠道解释和澄清。"

李非凡有些漠不关心的样子，只说了一句话："我赞成明县长意见。"

"我也赞成明县长意见。"吴德满说完，又觉得说得不够似的，"星明同志过去我们很了解，很不错的。为什么会这样？生病了。尽快给他治病，再也拖不得了。"

刘星明没有听出各位的义愤，似乎大家都在同情那个癫子。他就透过现象看本质，滔滔不绝起来。他说："这件事情不是同志们说的这么轻描淡写。风暴刚刚开始，海啸还在后头。网民反应如此强烈，上级领导肯定会批示下来。各种媒体又会扑向乌柚。我们要提前做好应对准备。为什么网民的声音一边倒？值得我们每个同志深思。我们务必教育干部，自觉维护党和政府的形象。我们自己从细处做起，从自己的形象做起，才能改变群众对我们的看法。当然，我们坐在这间小会议室里，可以埋怨网民素质不高，可是，这话能到外头去说吗？说不得！不光会引起公愤，而且也违背基本事实。网民是谁？就是人民。我们有权说人民素质不高吗？我们谁也没有这个权力！我们所能做的，就是真正全心全意为人民服务！"刘星明最后郑重建议："干部开博客，我看要研究。可以考虑下个文，禁止干部开博客！"

各位都只低着头，谁也没说话。刘星明便点了李济运的名："你们办公室先起草个文件，我们慎重研究一下。"

明阳把烟屁股往烟灰缸里按下，说话了："刘书记，禁止干部开博客，现在就要研究。不然，县委办文件初稿一出来，你也签个拟同意，我也签个拟同意，怕最后出乱子。朱芝同志不是发明过一个名字,叫'网尸'吗?你先谈谈看法吧。"

朱芝红了脸,说:"我也不太上网的。"

李非凡笑笑,说:"上网多才有发言权。好像济运上网最多。"

李济运听出了明阳的意思——这个文件下不得。禁止干部开博客是荒唐的。可他又得维护刘星明的权威,便说:"我觉得这个文件,正像刘书记讲的,一定要慎重。禁止干部开博客,我们有没有这个权力?只怕要考虑法律或政策依据。不然,人家一顶干涉言论自由的帽子下来,我们会不好办。"

李济运把话点破了,大家都附和他,说这个文件发不得。刘星明有些难堪,说:"大家说得有道理,但我总觉得给你一个自由空间,你就无法无天,肯定是有问题的。"

明阳接过刘星明话头:"真无法无天了,有法律制裁。就说星明同志这个事,如果医学上鉴定他没有精神病,他就极有可能涉嫌违法,就用法律措施制裁他。"明阳有个习惯,只要刘星明在场,他尽量不多说话。他的本意也许是不想喧宾夺主,可外人看来似乎他俩不和。最近发生的事情,明阳确实不想多说。

"下文这个事,暂时放着吧。"刘星明说暂时放着,只是给自己下台阶,"我建议请李济运同朱芝出面,找陈美好好谈谈。"

朱芝想推托,却不敢明说,只道:"我去谈合适吗?"

刘星明说:"应该找陈美同志单独谈。就是考虑到陈美是个女同志,有你在场气氛好些。"

朱达云又开玩笑了,说:"刘书记这是爱护干部,怕济运同志犯错误!"

"你这张嘴,什么事都拿来开玩笑!"刘星明骂了朱达云。

十三

李济运看出刘星明不高兴，却不便同他再作解释。谁敢禁止干部开博客，谁就会成为网民公敌。这个话题放到网上去，谈论起来便会无限延伸，非常可怕。刘星明的担心实在也是多余，领导干部没几个敢开真名博客。老同学刘星明是疯子，才开了真名博客。治好了他的病，再给他戴上官帽子，他必定不敢开真名博客了。敢明明昭昭开博客，自己至少得是干净的。手握实权的，哪怕自己没毛病，敢开真名博客的也不多。博客没有围墙，谁都可以进去，说什么的都有。哪怕不进来捣蛋，天天向你反映情况，天天要你解决问题，你也是受不了的。莫说坏人，好人也不敢随便开真名博客。做官堂堂正正，必然得罪坏人。坏人会披着马甲，天天到你博客里拉屎拉尿。

散了会，李济运同朱芝站在楼前路灯下说话。朱芝说今天电话采访的很多，只因是上次中毒事件的延续，倒也容易应付。如今又冒出刘星明博客事件，只怕又会有新的震动。成鄂渝没有打电话，只给朱芝发了短信，暗含威胁的意思。朱芝想把成鄂渝的照片放到网上去，曝曝他的豪华披挂。李济运觉得不妥，怕没事惹出事来。朱芝直骂成鄂渝真是可恶，媒体怎么净养些不要脸的东西。李济运劝她该忍当忍，一旦因那些照片惹出事来，就不是单纯的个人行为了。

　　李济运回到家里，洗漱完了刚要睡觉，爸爸打电话来，说出大事了。李济运听着头皮底下都空了，忙问是什么事。爸爸说济林的赌场出了人命案。原来有个外村的妇女，在赌场输红了眼，就借高利贷。越借越多，借到十几万，仍旧是输，就喝农药自杀了。她是跑到赌场喝的药，死在赌场里。外村来了几十人，打了一场大架。

　　李济运胸口突突地跳，问："春桃哪有这么多钱放高利贷？"

　　爸爸说："万幸，她不是借的春桃的钱，借的是烂仔的。"

　　赌场放贷的多是烂仔，哪里有场子就往哪里去。春桃没有多少钱，只借给知根知底的人。烂仔放贷不管三七二十一，你敢借他就敢放，还不出就挑脚筋。那女的就是烂仔逼她还钱，才喝了农药。

　　出了人命案，赌场必定要封掉，必定还要抓人。开场子的人肯定跑不脱。李济运早就猜到要出事，没想到出这么大的事。他跟爸爸说："要济林马上停手。他还要搞，到时候不要找我！"

　　爸爸说："我打电话给你，就是要你劝他。我劝不住。"

　　李济运说："我怎么回来呢？我不能回来。出这么大的事，我回来不过问不行，过问起来又自找麻烦。我不管这项工作。再加上，自己弟弟也在里头搞！"

　　舒瑾在旁边听着，猜到是出大事了。她本来要同李济运吵架，只得暂时把自己的事放下。听男人说了村里的人命案，就说："你不管不行，你至少打个电话，叫济林赶快收手。"

　　"他听我的吗？他不到黄河心不甘！"李济运虽说生气，仍是打了济林电话。济林果然不听，只说人命案关他屁事！派出所调查了，农药是她自己喝的，又不是哪个灌的！"

"公安就这么轻松放过你们？"李济运骂道。

济林在电话那头冷笑几声，说："你怪公安不管啊，你下指示嘛！告诉你，他们管了！来了几个马仔，把桌椅板凳一顿乱打就走了。我告诉你这是做样子的，他们收了钱，敢怎么样？他们砍烂了三猫子家一张桌子，三猫子老娘骂他们砍脑壳死的，他们屁都不敢放，灰灰溜溜地走了。"

济林还在得意地讲着，李济运把电话挂了。舒瑾见男人挂完了电话，就开始说自己的事："我干吗要辞职？负领导责任？教育局长是我的领导，要辞职吗？县委书记和县长是教育局长的领导，要辞职吗？"

李济运心里气得要命，却忍不住笑了起来："依你这么辞职下去，一直要辞到联合国！"

"谁跟你笑！联合国同幼儿园中毒屁关系，我同这事屁关系！我辞什么职？"

李济运摇摇手，不想说了。他实在太累，今天的事太多了。舒瑾先进卧室了，李济运独自坐在客厅。脑袋都快炸开了，他想安静一下。墙上的《怕》，安详地望着他。那个花瓶，真像佛的眼睛。凡人造孽或是受苦，佛只能慈悲地望着。自己不救赎，便是苦海无边。李济运这么胡乱想着，突然发现自己只是个看热闹的人。他身处这个位置，说起来是个常委，却事事都是做不得主的。

第二天一早，老百姓抬了一具尸体，黑压压一片堵在大院门口。李济运暗暗担心：未必是村里赌场死的那个？他听到有人议论，却只作没有在意。上访的事谁都不会争着去揽，除非牵涉到自己分管的工作。李济运除了当县委办的家，只分管信访工作。这可是伤透脑筋的事。好在政府办和信访局还在前头挡着，不然他得天天守在大门口。这事迟早要到他这里来的,只是不想这么快就去管。真是自己村里的事,他反倒不好管。

李济运约了朱芝,两人去妇联找陈美。妇联只有两间办公室,主席单独一间小的,副主席和另外几位干部共一间大的。见来了两位常委,大家都站了起来。妇联干部都是女的,就嘻嘻哈哈的,叫李济运帅哥常委,叫朱芝美女常委。陈美勉强笑笑,不喊帅哥,也不喊美女。玩笑间,有人倒上了茶水。李济运接过茶,笑道:"美女们,我同朱部长找陈主席说几句话。"

听出是要回避,几个女干部就笑着出去了。陈美猜到是什么事,便说:"劳动两位常委,不好意思。说吧。"

李济运问:"美美,星明博客上的文章你看了吗?"

陈美双眼红着,流泪不语。朱芝拉开手袋找纸巾,陈美自己先掏了纸巾出来。朱芝仍把纸巾递了过去。陈美揩揩眼泪,头偏向窗外。李济运见陈美在哭,心里反倒轻松些了。陈美可能不会再那么强硬,她肯定知道事态严重。

李济运说:"美美,我们还是让星明去治疗一下吧。"

"他没病!"陈美哽咽着吐出三个字,眼泪又哗哗地流。朱芝站起来,抓住陈美的肩膀,自己也忍不住红了眼睛。李济运把朱芝的凳子移过去,让两个女人挨紧坐着。

"他真是个癫子,后半辈子怎么过呀!"陈美哭诉着。

朱芝说:"美美姐,不治疗更不行啊!"

"不去医院,坚决不去!我什么职务都不要,守传达都行。我专门跟着他,不让他再说疯话,不让他再做疯事。"陈美说。

李济运很不忍心,却不得不说硬话了:"美美,网上骂什么的都有,你未必没看过?上面已经过问了。网上情况瞬息万变,不知道还会出什么情况。美美,请你一定要支持县委。"

朱芝说起来却柔和多了:"美美姐,我做这个宣传部长,最头痛的就是网络。屁大的事,只要到网上,有人就会兴风作浪。刘书记说自己被选上了,只因为是差配干部,人大会不予承认,这是多严重的事呀?这事一被坏人利用,影响不堪设想。他还说舒泽光嫖娼被抓是政治迫害,也是同人大会议有关。刘书记原来是多好的人,我们都是知道的。不是生病,他怎么会这样说话?"

见朱芝边说边揩眼泪,陈美轻轻拍着她的手,反过来安慰她似的。李济运任两个女人哭去,自己掏出烟来抽。点上了烟,却找不到烟灰缸。妇联办公室是没有烟灰缸的。他找了个纸杯子,往里头倒些茶水,把烟灰往里面弹。李济运脸朝窗外坐着,正好可以望见大院门口。他看见许多警察跑了过来,同老百姓推来推去。昨天幼儿园家长闹事,不敢派警察出来。今天上访的是农民,又只是为赌博的事,警察就出动了。城里人毕竟没有乡下人那么好惹。突然看见门口打了起来,吼闹声传进院子里,震得窗户玻璃发颤。朱芝抬头看看窗外,却是见怪不怪,仍回头劝慰陈美。陈美只管低头哭泣,天塌下来都不关她的事。李济运不时瞟瞟窗外,见院内大坪里空无一人。他猜每个窗口必定都挤着看热闹的人,但谁都不会跑到大门口去。

两个女人哭得差不多了,李济运暂时不看窗外,回头说:"美美,只有送星明去医院,事情才好处理。我说的都是真话,你听了别有想法。他要是不去医院治病,他就得对自己的言行负责。说得再明白些,星明如果不是精神病人,他就要负刑事责任。"

"送他去坐牢吧,枪毙他吧,他反正叫你害惨了!"陈美浑身发抖,嘴唇白得像纸。朱芝抱着她,替她揩着眼泪。李济运知道她难受,只好陪着叹息。

朱芝说:"美美姐,李主任都是替你刘书记着想。"

"他早不是刘书记了。"陈美自己擦擦泪水,"我心里像刀子

199

在割。济运,我不怪你,只是心里苦。怪得了谁呢?天底下做差配的何止他?只有他癫了。"

李济运暗自松了一口气,陈美终于亲口承认男人癫了。她原先嘴上一直犟着,死也不说男人是癫子。陈美红肿着眼睛,说:"济运,朱部长,我同意送星明去医院治疗。医药费请县里全额负担。人都这样了,我还说钱有什么意思?只不知道治这病要多少钱,我们家没能力负担。"

李济运先望望朱芝,算是征求她的意见,然后才说:"我想医药费不是问题。美美,我说代表县委感谢你,就是官话了。我个人感谢你,朱部长也感谢你!"

李济运站起来告辞,不经意看看窗外,见大门口居然平息了。只要没事就好,他不想过问细节。下了楼,李济运说:"朱部长,我俩去刘书记那里吧。"

刘星明听了汇报,点了老半天的头,好像终于办了件大事,说:"那就好,那就好。朱部长,还得利用你的关系,把他的博客变成'网尸'。"

朱芝不好意思,笑了起来,说:"我那是随口说的,传来传去,我会落下恶名的。网民知道我发明了'网尸'这个词,不要骂死我?"

刘星明笑道:"管他什么网民!我还知道田部长表扬过你!"

李济运听刘星明这么一说,猜想田家永对朱芝颇为赏识,便说:"上回去省里拜访,田书记就同朱部长说过,让她巩固同网站的关系。刘书记,我倒是有个建议,暂时不要把星明的博客打成网尸。"

"你有什么高见?"刘星明问。

李济运说:"他的博客访问量大,那些不实之词都是从他博客里出去的。我们不妨利用这个阵地。可以做做陈美的工作,请她以妻子的身份,在博客上澄清真相。"

刘星明觉得他讲得在理,却又怪他太顾及同学情面:"还说什么不实之词,你就不忍心用'谣言'二字?要是回去二三十年,马上把他关起来!"

李济运嘿嘿地笑,心里却想刘星明这种人,只要遇着麻烦事,就怀念过去的日子,想关谁就关谁,想毙谁就毙谁。按说依刘星明的年龄,不应该有这种情结。可现在怀着这种情结的人还真的不少。

朱芝等刘星明发完了牢骚,便说:"李主任讲得有道理,我们就请陈美自己出面。"

李济运顺水推舟,玩笑道:"谢谢朱部长表扬!朱部长,陈美的工作,还是请你亲自去做吧。"

刘星明望着朱芝,问:"你看呢?"

朱芝看出刘星明的意思,不便推托,自嘲道:"我做的工作,不是叫人封口,就是叫人改口。"

李济运笑了起来,刘星明却没有笑。他轻轻敲着桌子,话却说得很重:"朱芝同志,你不要学朱达云,什么事都拿来开玩笑!"

女干部的好处便是遇事可以撒娇,朱芝憨憨地笑了几声,说:"我从来都是书记怎么讲,我就怎么讲。今天开了一句玩笑,就挨骂了!真是伴君如伴虎啊!"

"我真那么可怕吗?"刘星明话虽这么说,却很享受威严给他的快感,"不说这些没意思的话了。朱部长你负责做好陈美的工作吧。向你两位通报一件事。刚才,我同明阳同志、可兴同志等几位研究了一下,同意给幼儿园中毒学生适当补贴,每个学生三百块钱。可兴同志代表县委和县政府,同学生家长代表反复对话,得出这么一个结果。"

李济运因舒瑾之故，不便说太多话，只好点头不语。朱芝随口编了几条不着边际的理由，证明刘书记的决策是英明的。刘星明听着受用，越发阐述起理论来。大抵是说花钱买稳定，最合算也最有效。政府拿十万块钱，换得社会和谐，何乐而不为呢？但花钱也要讲策略。发给幼儿园学生的钱，不是国家赔偿，而是营养补贴。孩子们是国家的未来，他们不幸遭遇中毒事件，政府施以援助之手，放到哪里去都是讲得通的。

下午四点多钟，李济运接到朱芝电话，她把陈美说通了。李济运道："朱部长，我还有个建议。你不妨发动部里年轻人上网灌水，帮着政府说话。网上的人多不明真相，需要我们引导。"

朱芝听了连连叫好，笑道："李主任，您的脑子就是管用！"

晚上，李济运在办公室上网，看了刘星明的博客。陈美果然发表了声明，文字很简短：

我是刘星明的妻子，下面的话请你们相信。

我丈夫刘星明因突发精神病，不能对自己的言行负责。他上文所说选举之事，纯属一个精神病人的虚妄想象，不是事实真相。他作为法定候选人之一，未能当选乌柚县人民政府副县长，这是事实。文章中说到的某干部嫖娼一事，也因刘星明特殊病症之故，不能代表他的正常判断。公安部门对此案件有法定结论，本人不发表评论。

鉴于我丈夫病情越来越重，我决定马上送他到专科医院治疗。

谢谢网上朋友们的关心！

没想到谁也不相信陈美的话，网友们不是说她受到了威胁，就是说这些文字出自别人之手。精神病医院到了网民嘴里，就成了疯人院。他们说刘星明破坏了潜规则,就被关进疯人院了。正面评论的声音很微弱,一看就知道是朱芝部下的手笔。宣传部几个干部,哪怕每人配上十副马甲,也敌不过成千上万的网民。李济运浏览评论,很多人都管陈美叫嫂子。纷纷留言:我们支持你,嫂子!陈美并没有暴露自己的姓名,却有人说出了她的单位和姓名。此人肯定是乌柚人。很快陈美就有了一个外号——"美嫂子"。有个人更搞笑,贴出歌曲《嫂子颂》歌词,说是对美嫂子的声援。歌词下面有个网络链接,李济运好奇,点了进去。原来是李娜唱的《嫂子颂》,吓得他连忙点了叉叉。

听得敲门声,回头就见刘星明进来了。"刘书记您还没休息?"李济运站起来。

刘星明说:"你也在上网吧?你看你看,网上怎么会这样?刘星明自己老婆出来说话,网民还是不相信!说什么有人迫害陈美,恫吓陈美!"

"刘书记,事实终归是事实,真相终归是真相。您也别太急。"李济运说。

"急也没用,明天再说吧。唉,原先不上网,我还清寂些。现在学会上网了,忍不住要上去看看,一看心里就有火!"刘星明并不坐下来,李济运也只好站着。

"还要防止舒泽光同刘星明合流。舒泽光的老婆杀与不杀,全在两可之间。"刘星明说完就走了。

李济运把门虚掩了,仍去网上瞎逛。他把电脑喇叭打到静音,怕万一哪个网页又冒出声音。刚才必定是《嫂子颂》惊动了刘星明。李济运看着网上的言论,预感到某种不祥。网上再群情激愤下去,上头又会严厉责备。哪怕明知事出有因,也是要处理人的。

偶然看到一条评论:《中国法制时报》记者的天价披挂,质问中国媒体的良知！李济运暗自一惊，赶快点了后面的链接。慢慢打开一个网页，却是一个马甲博客，贴的正是成鄂渝的照片，配了一篇千字文章。文章结尾写道：

  一个普通记者能有多少工资收入？浑身披挂几十万，难道是工资收入可以承受的吗？当这些记者口口声声为正义和公平呐喊的时候，他们自己又做了些什么？

李济运马上打朱芝电话，问她是否知道这事。朱芝说："老兄，不好意思，我没听你的意见，叫张弛把这条鳄鱼的照片曝光了。他一直在威胁我。"

李济运说："朱妹妹，我担心出事。"

"真要出事，我一人做事一人当。"朱芝说。

挂了电话，李济运继续看下面的评论。同样是骂声震天，都说媒体早已泯灭良知，不是只会学舌的鹦鹉，就是争食腐尸的秃鹫。也有替记者说话的，却只占少数。

  笑看风云：发生矿难之类的重大事件，记者们的表现更像秃鹫。他们从四面八方飞扑而来，只为从遇难者身上争一块肉吃。好好招待，塞上红包，他们就闭口不言。

  哈哈镜：有的记者长年在官员身边溜须拍马，专门替人摆平关系，从中渔利。他们凭借职务之便，干的是权力掮客勾当。

  行内老人：我是老媒体，如今退休在家。看到现在这帮王八羔子记者，急得要犯心脏病。他们发正面报道收钱，扣住负面报道不发要收更多的钱。反正是钱，他们只认钱，早把职业道德抛到九霄云外去了！

也是行内人：上面老糊涂了吧？你看不出这是贪官们在报复吗？只因网上有人给贪官搞了人肉搜索，曝出他们的天价手表、天价皮带，他们就拿记者出气。

乌柚人：成大记者被曝光，肯定跟他的乌柚之行有关。网友们都知道，最近乌柚发生了很多事件，成大记者专门去采访了。有人别有用心贴出他的照片（还不知道是否PS了哩），不就是想堵他的嘴吗？

同饮一江水：我也是乌柚人，想驳斥上面的鬼话。成鄂渝人称"成鳄鱼"，长年干的就是拿负面新闻敲诈钱财的事。为什么叫他鳄鱼？只因他贪得无厌，嘴张得比任何人都大。他确实来过乌柚，可是他的文章发在哪里？没有看见！不正好说明他受人钱财，替人消灾了吗？

李济运隐约感觉到，朱芝可能做蠢事了。他关了电脑，静坐片刻，下楼回家。走在路上，突然想起刘星明的话。他说舒泽光的老婆，杀与不杀，全在两可之间。这是什么意思？李济运想都没想清楚，就转身往舒泽光家里去。

他不知道舒泽光是否在家，却不便打电话去。反正就在大院里头，几分钟就到了。他慢悠悠地走着，像散步的样子。到了舒泽光家那个门洞，他突然想到电影里的镜头。电影里表现这种情节，他就得警觉地回头四顾，然后飞快地闪进去。

李济运敲了门，半天没有回应。他想可能家里没人，正想往回走，门轻轻地开了。舒泽光脑袋探出来，问："李主任，有事吗？"舒泽光的声音很轻，听得出不是故作低语，而是有气无力。李济运没有答话，示意进屋再说。舒泽光把李济运迎了进去，自己却拘束地站着。李济运坐下来，说："老舒你坐吧。"舒泽光坐下，似乎他不是这屋子主人。

"老舒，你孩子呢？"李济运话刚出口，才想起舒泽光的女儿早上大学了。

舒泽光泪水流了出来，说："孩子回来过，说再不认我了。"

"孩子毕竟还小，她长大之后会明白的。"李济运宽慰道。

舒泽光话语更加悲切："叫她明白什么？明白爸爸是个嫖客，妈妈是个杀人犯？"

李济运心头一沉，身子微微哆嗦了一下。舒泽光不洗清不白之冤，他在女儿面前永远抬不起头。他如果鸣冤叫屈，就会把老婆送上死路。刘星明那话的意思，就是想叫舒泽光闭嘴。杀不杀宋香云，就看舒泽光是否沉默。

舒泽光不停地揩眼泪，可那泪水就像割破了的大动脉，怎么也止不住。李济运默然地吸着烟。厕所里的滴水声叫人听着发慌。屋子里有股重重的霉味，刺得他鼻子痒痒的想打喷嚏。

"记得你女儿叫舒芳芳吧？"李济运问。

"芳芳，是叫芳芳。她明年大学毕业了。她想出国留学，我供不起她。我这个没用的爹，还要让她蒙羞！"舒泽光的哭声像闷在被子里发出来的。

李济运故意说到芳芳，想缓和舒泽光的情绪。可越说他的女儿，他越是哀伤。李济运只好直话直说："老舒，你现在最当紧的，就是保宋大姐的命。"

舒泽光惊骇地抬起头来："她真会判死刑吗？"

李济运说："她犯的是故意杀人罪，尽管没有造成死人恶果，但情节太严重，影响太坏，民愤太大。最终看法院怎么判，我这里只是分析。"

"都是我害的！她是受不了我遭冤枉，才做这蠢事！"舒泽光呜呜地哭着。

李济运不抽烟心里就慌得紧，又点上了烟。他说："老舒，你是否受冤枉，都不能影响对她的判决。但是，你的所作所为，说不定会影响她的生死。"

"为什么?"舒泽光突然收住了眼泪，就像尖着耳朵听他老婆的判决书。

李济运沉默片刻，说："老舒，请你相信我。没有人让我来同你说这番话，我是自己来的。我想告诉你，你千万不要再说自己被冤枉了。你说了，对宋大姐的判决有影响。事关宋大姐的性命，你自己考虑。"

"我信你的，我信你的!"舒泽光使劲地点头。

李济运便告辞，握了舒泽光的手，说："老舒，我今天纯属老朋友私人走动，你不要同任何人讲。"

十四

　　李济运村里的赌场被查封了，济林被抓了进去。赌场出了人命案，派出所到那里吆喝几句，两个多月再无消息。都以为万事大吉了，赌场天天照开。没想到夜里突然来了几十个警察，赌场被围得就像铁桶。

　　他娘四奶奶打电话来，说是死人那方守着告，状子都递到北京了。有大官签了字，警察不敢不管了。"济林进去了，你要想办法。春桃身上一万多块钱也搜走了。"四奶奶最后说。李济运很生气，只说声"知道了"，就挂了电话。凡事到了民间，都会另有说法。但多少有些影子，不会空穴来风。肯定是有人告状，不然公安不会从天而降。他事先真的不知道，半点风声都没听见。

　　深更半夜，不便打电话找人。此事电话里又不方便说。天快亮时，四奶奶电话又来了。李济运没好气，说："妈妈你急什么？让他关几天，不会枪毙的！"

　　四奶奶就嚷了起来："你管也好，不管也好。说出去不好听，那是你的面子。人家要关你家人，就关你家人，你脸上有光？"

李济运不想让妈妈难过，劝道："妈妈，你说这些有什么用呢？他做的是争光的事？我要找人也得天亮了。死不了人的，也丢不了我的脸。"

想着父母必定通宵未眠，李济运心里不好受。只恨那济林不争气，怎么就不正经做事。

第二天上班，李济运去办公室打了个转，就去公安局找周应龙。他说了声不好意思，就把弟弟被抓、弟媳钱被搜等事说了。免不了骂几句弟弟不听话，快把老爹老娘气死了。周应龙笑眯眯的，说马上打个电话。李济运怕他为难，说该怎么处理，你们还是处理吧。他说的自然是场面上的客套话。周应龙说这只是治安案子，他吩咐下去就行了。又说李济运来得及时，昨天夜里抓的人，没来得及问话。要是问了话，案子立了，又多些麻烦。周应龙问了他弟弟的名字，马上就打了电话。几句话就把放人的事交代妥了，但被没收的钱不好退。周应龙反复解释，说场子里所有的人，现金和手机全部收缴，也没有逐人登记。只有一个总数，分不清谁是多少钱。李济运知道家里心痛的就是钱，人多关几天都没太大的事。可他不便勉强，只好道了感谢。

周应龙摇摇头，露着一口白牙，笑道："昨天的行动，只有刘书记、明县长、政法委书记和我四个人知道。我租了三辆封闭式货车，弟兄们都不知道拉他们到哪里去。手机也集中保管。"

"这么神秘？"李济运明知自有缘由，却故意问道。

周应龙叹息道："公安部直接批下来的。出了人命案，上了《内参》，领导有批示。公安队伍复杂，每次行动都有人通风报信。"他唉声叹气也不会皱眉头，就像说着一件愉快的事。

李济运好像替他担心似的，说："应龙兄，你未免太硬了吧。"

周应龙说："李主任是替我着想，我知道。但是不硬行吗？

老百姓有意见。吃公安这碗饭就得硬！越是软，越不行。"

李济运想到民间传闻，果然是有根由的。只是赌场岂止自己村里有？上级领导有批示，才出动警察端掉，到底不是根治之法。可没有人说要根治，李济运也不便多嘴。他感叹周应龙局长难当，自是赞赏和体贴的意思。周应龙却说："公安有一点好，就像部队，以服从命令为天职。事后听说这是公安部领导有批示，同志们都很理解。"

李济运谢过周应龙，回到办公室。他打了家里电话，告诉母亲人马上就放了。四奶奶听说钱没有退，就说："那要你找什么人呢？人关在里头还省几顿饭！"

李济运没法同母亲解释，故意把话说得重些："人出来就行了，还说什么钱？济林他是聚众赌博，我不找人会判他几年刑！家里是要人还是要钱？"

四奶奶就在电话里骂强盗，说是钱也抢了，手机也抢了。不管你是赌博的，还是看热闹的，统统地都搜了身。李济运不说话，听母亲骂完了，才放了电话。四奶奶骂的这些话，倒是有些道理。乡下人爱看热闹，去赌场里玩的，未必都是去赌博的。可公安来端场子，哪管你是赌博的，还是看热闹的？脸上又没写字。

下午，周应龙打李济运电话，说他有事，马上过来一下。他也没说有什么事，就挂了电话。有些事电话里不方便说。李济运不免有些担心，难道济林还有更大的麻烦？济林上午就放掉了。

不到二十分钟，周应龙来了，还带着一个人。周应龙介绍道："这是我们治安股股长刘卫。"

李济运同刘卫握手，说："刘股长面熟，没打过交道。"

刘卫笑道："股长也算官？叫我小刘吧。"

周应龙过去关了门，说："李主任，我想办法做了个主，把你弟媳那一万块钱退了。"

李济运没想到会是这事，问："方便吗？"

刘卫说："我们调查过，李主任您弟媳的确不是赌博的，只是看热闹。我们都处理好了，您放心吧。"

刘卫说完，从包里掏出信封。李济运接过，连道了好几声感谢。周应龙笑道："李主任，多话不再说了。我让刘卫一起来，就是三头对六面。您忙，我们走了。"

送走周应龙和刘卫，李济运打了家里电话，叫济林到城里来。母亲接的电话，说济林在睡觉，不肯接电话。娘问："有事吗，我同他说吧。"

李济运说："我有事，要当面同他讲。他不接，算了吧。"

李济运放下电话，很生气。想到周应龙的义气，心情略略舒畅些。电话响了，一听是朱芝。她问有没有空，想过来说个事。李济运玩笑道："部长妹妹有什么指示？"朱芝只道有事请教，就放了电话。

宣传部就在楼上，朱芝没多时就下来了。李济运给她倒了茶，笑着说："有事吩咐一声就行了，还亲自跑下来？"

朱芝笑了笑，端起茶吹了几口，顾不上喝，就说："老兄，那条鳄鱼真的太讨厌了！"

原来成鄂渝的天价披挂曝了光，殃及《中国法制时报》的声誉。毕竟是全国发行的报纸，各省的网友都纷纷发帖，列举了他们记者的劣迹。成鄂渝就疯了似的给朱芝发短信，说的尽是下三烂的话。朱芝起初还很硬气地回复，慢慢地就有些害怕了。

"当初听你的，忍一忍就好了。"朱芝抿了几口茶，放下杯子。

李济运问："他的短信说了什么？"

"我给你念吧。"朱芝便调出短信，一条一条地念。

211

听朱芝念完了短信,李济运说:"朱妹妹你别怕。我告诉你写一条短信,保证成鳄鱼马上闭嘴!你这么写:成鄂渝先生,您涉嫌敲诈勒索和人身攻击,您发给我的所有信息,我都依法公证,做了证据保全。请您自珍自重!"

朱芝依言而行,编好短信给李济运看看。李济运看了,点点头说:"你发去之后,再不理他。我相信他会后悔发那些短信,你完全可以凭这些短信告他。他不光是敲诈你个人,他是敲诈我们县委、县政府,告的话他会有大麻烦!"

"成鄂渝给张弛也发了很多威胁短信。"朱芝说。

李济运嘱咐说:"你叫张弛也发这么一条短信去,不怕吓死他!"

朱芝道了谢,仍上楼去了。快下班时,她打电话过来说,成鄂渝没有回话,果然真的害怕了。李济运却嘱咐她,成鄂渝毕竟是小人,还需小心防着。晚上,仍旧要在梅园陪客人。餐厅外面,几个头头站着说话。朱芝便把成鄂渝如何敲诈,她如何处理的事向刘星明汇报了。她说话时望望李济运,却没有说是他出的主意。李济运会意,点了点头。刘星明望着眼前的樟树,没有在意他俩眼色的来去。听朱芝说完,刘星明仍望着樟树,说:"朱芝同志处理得妥当。媒体记者我们要尊重,支持他们的工作,也希望他们理解我们的工作。个别特别操蛋的,我们也不要怕。"

"终于哑床了。"李济运嘿嘿一笑。

刘星明没听明白,问:"什么?"

这话解释起来太费周折,又有些不雅,李济运搪塞:"我说终于没事了。"

朱芝就望着李济运笑,轻轻地咬着嘴唇。看看时间差不多了,各自去陪客人。李济运去了包厢,握了一圈的手。手机响了两声,知道来了短信。因仍在同客人寒暄,顾不上看。客套尽完了，才掏了手机看看，原来是朱芝发的：老兄，小妹掠美了，请你理解。李济运刚才就隐隐明白，她没说为成鄂渝的事找过他，怕的是别人想得太多。他想到这层意思，心脏竟突突地跳。他回了八个字：哑床就好，心有灵犀。

席间，李济运接到舒瑾电话，说是老爹老娘来了。他说声知道了，就挂了电话。一定是爹娘怕他有要紧事说，济林又赌气不肯动，两老就自己来了。李济运陪完客人，该尽的礼数都尽了，急忙回家。

四奶奶见了儿子，头一句话就说："比旧社会都还过余，强盗到街上来了。"

李济运见娘很生气，忙问："怎么回事？"

舒瑾说："爹在街上叫'吃粉的'拍了肩膀！"

乌柚人叫吸毒的瘾君为'吃粉的'，拍肩膀的意思有些像普通话说的敲竹杠。街上常有'吃粉的'站在你面前，拍拍你的肩膀："老大，给几块钱买个包子吃！"吃包子也是黑话，说的就是吃粉。李济运倒是经常听说，自己从没碰上过。拍肩膀也是看人的，专找乡下人和老年人。

四奶奶说："你爹怕事，赶紧给钱。"

李济运问："好多钱？"

四爹说："我身上没带钱，三十块。"

舒瑾劝道："算了算了，破财免灾。"

四奶奶见李济运脸红红的，又说："你要少喝酒。"

舒瑾说："娘你说了也是空的，他天天喝酒。"

四爹像做错了事，望着电视不说话。李济运知道，劝他少喝酒，娘是必说的，他是必听的。说也只归说，听也只归听。左耳进，右耳出。

李济运问："济林他不肯来就不来，还劳您二老跑来。幸好只是碰上小混混。"

四爷说："娘听你讲得很急，怕有事。"

李济运就把退钱的事说了。四奶奶听了长舒一口气，说："那好那好。去了一万块钱，割了春桃的肉。"

李济运说："爸爸，妈妈，我想让济林自己来，就是想告诉他，退钱的事，外头千万说不得。您二老回去，要掐着耳朵交代。万一说出去，怕是要出大事的。"

"道理娘知道，我会跟他两口子讲清楚。"四奶奶又把前日夜里捉宝，细细地说了。村里都在说这事，娘又听得很多话，都说给李济运听了。放贷的三个烂仔也被抓了，光他们身上就没收了五十多万。

"听说总共没收了八十多万！"四爷说。

四奶奶说："哪止！说有一百多万！"

四爷说："我想只怕是本糊涂账。公安一声喊把场子围了，一个一个地搜身。哪个动一下，就是一警棍。搜了多少钱，还不是公安说了算。济林这里不是退了一万吗？"

李济运听出爹的意思：公安既然可以退钱，自然也可以私下分钱。果然，四爷摇了几下脑袋，说："上交多少，还不是公安分剩了，凭良心！"

四奶奶就骂人："你怕是老糊涂了！你硬是管不住嘴巴！你看见公安分钱了不成？迟早要惹祸的你！"

李济运劝道："关您二老什么事呢？还要你们在这里吵！春桃的钱退了就行了。"

四奶奶又骂了几句四爷，回头对儿子说："运坨，你不打电话，娘也要来的。三猫子娘到我屋哭，想求你找找人，把三猫子放了。"

李济运说："妈妈，我请人帮忙放了济林，又退了春桃的钱，已经是天大的面子了。再去求人，我开得了口？三猫子放了，抓进去的人不都要放？没收的钱不都要退？"

四爷说："听说，那三个烂仔，都是三阎王的人。三阎王的人，公安抓进去就会放的。三阎王下面有个马三，鬼见了都怕。"

"你又乱说！"四奶奶骂道。

四爷回了嘴："我乱说？公安局、派出所、强盗拐子是一伙！你没听说过？"

"要是回去几十年，你要牢底坐穿！"四奶奶骂了几句老头子，又说，"人家三阎王，早就是副县长了！"

李济运告诉娘："妈妈，您老说的三阎王，叫贺飞龙。他现在是大老板，不是副县长。他当政协常委了，倒是真的。"

"常委，还不是一回事？你是常委，村里不都说你跟副县长平级？"四奶奶觉得自己很懂。

李济运就不说了，望着舒瑾笑笑。爹娘这么争吵，他早就习惯了，多半只是听着。舒瑾也不在意，坐在旁边就像没听见。老娘不理老爹，又跟李济运说："乡里乡亲的，能帮的就帮帮。实在没有办法，娘也不为难你。我是怕人家说，家里有人当官，派出所就不敢抓人。"

"妈妈，人家要说，只有让人家说。我不能再出面。除非再把济林送进去！"李济运没小心就说了重话。

舒瑾在男人面前总是没好话，却看不得他在爹娘面前这种口气，说："你做不到就好好告诉娘，说这话有什么用？未必真把济林送进去？"

李济运缓和了语气，说："我不是讲气话，是跟娘讲道理。说得再清楚些，我把济林弄出来，本来是没有道理的。"

第二天一早，爹娘就要回乡下去。舒瑾留二老住几天，老人家说在城里搞不惯。也不要儿子派车送，说坐班车很方便。李济运又再三嘱咐,退钱的事千万说不得。爹娘叫他放心,会掩着耳朵交代的。四奶奶出门前,再次跟儿子说,要是有办法,还是帮帮三猫子。李济运只得嘴上应付,心里并不想去找人。乡下人有乡下人的道理,娘的那套说法李济运明白,却不可能去做。

李济运去办公室没多时,刘星明请他去商量个事情。他跑了过去,见朱芝坐在里头。原来谁也没想到,《中国法制时报》副总编陈一迪会亲赴乌柚。他打了朱芝电话,只说想到乌柚来看看,言辞非常客气。

朱芝说:"我也很客气,问他有什么具体指示,我们好做做准备。他说只想来看看,从来没有到过乌柚,听说我们这里很漂亮。不知道他此行目的何在?"

"济运你谈谈看法?"刘星明说。

李济运说:"我想他绝对不是来找麻烦的。报社副总亲自来找麻烦,未免层次太低了。他很可能是来改善关系。如果他不提成鄂渝,我们也不说。要是说起,我们只讲成鄂渝的好话。他们肯定知道是我们给成鄂渝曝的光,估计都心照不宣。"

刘星明问朱芝:"他们的报纸在我们县有多少订户,你们掌握吗?"

朱芝说:"不是要确保的报刊,我们没有过问。估计不会太多。"

刘星明说:"你们到邮局查查。"

朱芝说:"我有个建议,如果他是友善之行,我们可以送份礼物。县领导和公检法副科以上干部,每人订一份《中国法制时报》。他们最看重的就是自己的发行量。"

李济运有些担心,说:"下面订阅报刊压力很大,怕弄得大家有意见吧?"

朱芝说:"我们只要求大家订一年,今后谁还管他?"

刘星明道："同意你们两位的意见。陈总编来了，我和明阳同志请他吃个饭，你们二位全程陪同。看他时间安排，可以带他四处走走。乌柚这个时节很美，到处都是红叶秋果，比他们北京香山强百倍！"

陈一迪来乌柚那天，李济运同朱芝在梅园宾馆迎候。他俩坐在大堂角落茶吧聊天，透过落地窗的竹帘，可以望见外面车来人往。一辆省城牌照的车停下，车里低头钻出一个高大的男人。李济运瞟见似有"采访车"字样，估计这位就是陈一迪。朱芝先迎了出去，一问正是陈一迪。李济运过来见面，握手道好。陈一迪没有带人，只有司机跟着。房间早安排好了，就是上回成鄂渝住的地方。那是梅园宾馆最好的房子。

晚饭时间没到，朱芝问道："陈总您要不先休息？"

陈一迪毫无倦意，说："去我房间聊天吧。"

进了房间，陈一迪去洗漱间擦了把脸，很快就出来了。他一坐下，便说："乌柚真是个好地方，空气都是甜的。"

朱芝道："陈总真是神速啊，上午在北京机场打了电话，这会儿就到乌柚了。"

陈一迪说："北京飞过来很快，省城到乌柚也快。"

朱芝感慨道："我有时傻想，人类文明进步真是了不得。刚参加工作时，听老同志讲，古时从京城派个县官来，路上要走半年。清朝有个知县来乌柚履新，走到半路上就病死了。"

陈一迪便夸朱芝真像个宣传部长，脑子里很有想法。朱芝就不好意思，说自己胡思乱想，张嘴就闹笑话了。又说您陈总是大文化人，见多识广，可要多多点拨。反正都知道是客套话，免不了往夸张处说。

李济运想试探一下，看陈一迪是否为成鄂渝而来，便笑道："陈总秘书都不带，作风值得我们学习。"

陈一迪果然不提成鄂渝，只说："我是从基层记者做起的，一个人走南闯北惯了。身边跟着个人，还不自在。"

朱芝同李济运彼此无意间看看，意思都明白了。朱芝说："陈总这个季节来乌柚，真是来对了。乌柚秋山红叶，至少在我们省是有名的。其他季节也各有好处，随时欢迎陈总来。"

"非常感谢！"陈一迪道，"不过，全国这么大，能来乌柚算是我的福气。"

李济运递上烟，说："应该说是我们乌柚县的荣幸！陈总您在天子脚下，跑到我们这小地方来，对我们是个鼓舞！"

聊了会儿，刘星明和明阳来了。陈一迪说："把书记和县长也惊动了，那就不好了。"

刘星明说："哪里的话！陈总来了，我们应跑到省城去迎接才是！我俩刚才处理个事情，迟到了一步。"

陈一迪很有感慨的样子，说："我过去经常往基层跑，知道你们工作最辛苦。基层情况，太复杂了！"

明阳接过话头，说："要是上级领导都像陈总这么体恤基层，我们的工作就好做了。"

陈一迪笑道："我们只是媒体，哪是什么领导！"

朱芝开玩笑说："北京来的，我们都看作领导。我到北京去，看见戴红袖章的大妈都像大领导。"

李济运正想着朱芝这话似不得体，陈一迪却哈哈大笑，说："我刚到北京上学，有回在长安街上不小心丢了纸屑。一位老大妈过来了，戴着红袖章，撕了一张票要罚款。我自知错了，马上掏钱。记得那时是罚五毛钱。老大妈半天不给票，也不收钱，足足教育了我几十分钟！我不停地点头认错，头都点晕了。我是内蒙古人，自小在草原上长大，嘴皮子从来就拙，哪见过这么能说的？真是服了！"

满堂欢笑,都说陈总太有意思了。朱芝问道:"陈总是蒙古族吧?难怪这么豪爽!"

陈总说:"我不是蒙古族,姓陈嘛。但已是五代在内蒙古生活,早就像蒙古人了。"

朱芝看看时间,说:"请陈总下去用餐吧。"

陈一迪走在前头,刘星明并肩陪着。明阳、李济运、朱芝依次跟在后面。到了电梯口,朱芝上前一步按住按钮。请陈一迪先进去,各位再依次而入。

进了包厢,刘星明拉着陈一迪,请他坐主位。陈一迪摇手说:"这是刘书记您坐的,您是主人。"

"不不,陈总您听我解释。我们这小地方,规矩跟外地不同。您得坐这里,我同明县长左右陪着。"刘星明临时编了规矩,为的是让陈一迪感觉舒服。

陈一迪只好说,恭敬不如从命,欣然坐下。主位套了红色椅罩,其他椅子套的是米色罩子。陈一迪坐的是中心主位,就有些众星拱月的感觉。他回头望望身后,一幅漂亮的摄影。刘星明说这就是乌柚秋景,城外随处可见。陈一迪说进入乌柚时沿路也欣赏了,真是处处可以入画。可惜北方人认得的树木太少,看到漂亮的树多叫不上名字。刘星明马上吩咐:"济运,你跟林业局说说,明天陪陈总下去时,派个林业专家解说。"

陈一迪连连道谢,又说于小处见魄力,夸刘星明雷厉风行。明阳却说,济运就是林业专家,不用再派人了。李济运谦虚,说只是略知皮毛。刘星明便叫李济运当好解说,得让陈总对乌柚留下深刻印象。陈一迪说,劳烦县委常委做解说,真是折煞自己了。李济运私下却想,陈一迪入县所经之地,都是植被保护很好的地方。乌柚北部山清水秀,省城在乌柚的北方。南部多是煤矿,处处都不入眼。乌柚素有北林南煤之说,自然资源分布有差别。

谈笑之际,酒已倒上。刘星明举了杯,说了欢迎的话。陈一迪难免客气几句,一一碰杯,干了。彼此敬过一轮酒,陈一迪说:"刘书记,明县长,我有个提议。规定动作都完了,下面就把酒倒匀,这样才显公平。"

朱芝忙说:"我除外吧,我喝这几杯就已经到量了。"

刘星明满桌子望了一圈子,说:"陈总一看就是个实在人。我同意陈总提议,平均分了。今天是两瓶,总量控制。朱部长你酒还是倒上,最后谁替你喝,只看你同谁关系最密切。"

朱芝满脸无奈的笑,却不好再推让。服务员拿来几个大杯,余下的酒全部倒匀。李济运暗自看看,猜陈一迪必是海量,就说:"我想陈总的量,至少一公斤。"陈一迪自是谦虚,说酒量全在兴致,无趣喝酒如同毒药。听听这话,无疑是位酒仙。

不停地碰杯,再不添酒。陈一迪喜欢说话,谈资多是天下见闻。他嘴里说出的东西,都是亲历亲见的。说得太多了,便有吹牛之嫌。只怕诸多道听途说之事,他都说成了自己的经历。李济运隐隐有了这种感觉,反而故作艳羡,说做媒体真好。饭局耗了近两个小时,没说半句要紧话。各人杯中的酒都快见底了,朱芝的酒却还有大半。刘星明笑道:"朱部长,考验你的时候到了,只看你同谁关系最密切。"

"我说同陈总最密切,肯定就是虚伪,我们才认识。我说同您书记和县长最密切,你们要注意影响。"朱芝望着李济运,一脸的娇憨,"济运兄最年轻,请您替我一些。"

李济运假装生气,说:"我想听你说,我俩最密切,你偏不说,却要我喝酒。哪有这个道理?"

刘星明说:"我们都吃醋哩,你还得了便宜说便宜!人家是嫌我跟明县长老了!"

明阳不习惯开玩笑,勉强笑笑,说:"济运,少废话,就是半杯酒嘛。"

李济运就把朱芝的酒全倒了过来。刘星明又笑话,说他表现太过头了,也应给人家留点,还要喝团圆杯哩。朱芝说再不能喝了,拿茶代替算了。她望望陈一迪,问:"陈总,我酒喝多了,说话您就别计较。内蒙古的人是不是都长您这样儿?"

陈一迪笑道:"看样子,美女部长受不了我这长相。"

"不是不是,"朱芝连连摇手,"我越看越觉得您就是典型的蒙古族长相。"

"什么特征?"陈一迪很有兴趣似的。

明阳插话说:"陈总说了,他是汉族。"

朱芝说:"明县长,水土能改变人的长相的。我有个熟人,到新疆去了二十几年,就有些新疆人的味道了。眼窝子变深了,头发都卷了。"

陈一迪问:"那您说说,我什么地方像蒙古族?"

朱芝说:"我也说不上。总感觉您的眼神,就像我在画上看到的成吉思汗。成吉思汗的眼睛炯炯有神,又很有穿透力,总叫我联想起蒙古族崇拜的鹰。"

刘星明大笑起来,说:"朱部长转了这么大一个弯子,就是夸陈总您有帝王之相!"

陈一迪笑道:"谢谢朱部长!不过,正像朱部长所讲,水土和饮食习惯,真能影响人的外相和体格。我要是不长在草原,肯定不会是个彪形大汉。"

刘星明看看酒没了,说陈总肯定不尽兴。"团圆杯吧,酒到尽兴止。我已很尽兴了。"陈一迪举了酒杯。

"我们陈总喝酒不讲客气的,他说不喝就是喝好了。"陈一迪的司机在饭局上只讲了这一句话。

刘星明道:"我们都听陈总的。"

"哪里哪里！到了乌柚，我都听刘书记和明县长的！"陈一迪笑道。

干了杯，刘星明说："陈总，看您时间怎么安排。乌柚可看的地方多，我建议您明天先看看白象谷，原始次生林，风景绝佳！"

陈一迪不解，问道："乌柚有象吗？纬度不对啊！"

明阳笑笑，说："山谷里有块白色巨石，极像大象。白象谷里尽是千年以上的古树，成片银杏林就有上千亩，举世罕见。"

"上千亩银杏林，那是何等壮观啊！"陈一迪点头道，"全听刘书记和明县长安排！"

刘星明说："那地方陈总您去了绝对有收获。记得我第一次去时，感觉那里就像仙境。当时我记起古人一首诗：一间茅屋在深山，白云半间僧半间。白云有时行雨去，回头却羡老僧闲。今天的人哪能过那种日子！"

陈一迪笑道："我记得这好像是郑板桥的诗，头两句很平淡，就像大白话。后面两句意思一下子就出来了。"

刘星明便道陈总学问好，不愧是大报老总。陈一迪只道腹中无书，装了些一鳞半爪而已。送陈一迪回了房间，刘星明和明阳各自坐车回去。李济运同朱芝走路，商量明天怎么安排。朱芝说："李主任，您觉得今天刘书记有些不一样吗？他平日没这么多话。"

"可能是最近被媒体弄怕了。"李济运笑笑。

朱芝说："他平日也不开那种玩笑的。"

李济运明白她说的意思，刘星明笑他俩关系密切。他不想把这话挑破了，男女同事暧昧起来会很麻烦。他心里喜欢朱芝这种女人，要是她不在官场会更加纯粹。他望着朱芝笑笑，像理会她的意思，又像只是傻笑，然后说："明天去两台车吧。县委办去一辆,你们部里去一辆。我俩陪陈一迪坐一辆车,你们部里再去个人陪他的司机。就叫张弛去吧,人家司机到县里来,就不要他开车了。"

朱芝说:"行,您考虑得周到。对他司机都这么礼遇,看他还有什么说的。"

走过银杏树下,脚底软绵绵的,又是黄叶满地。李济运一时没有说话,脑子里满是黄灿灿的小芭蕉扇。朱芝问他是不是有心事了。他轻轻叹道:"踩着这黄叶,就想时间过得真快。"

朱芝却笑嘻嘻地拍他一掌,说:"怕什么?你年轻着哪!"

两人同时上楼,李济运先到家门口。他掏钥匙的时候,朱芝已走到拐弯处,突然回头说:"难道他到这里来,真的只是游山玩水?"

李济运说:"明天再看吧,相机行事。"

进屋之后,李济运又打朱芝电话:"看是不是派个摄像去?"

朱芝说:"我们俩出去,派个摄像不太好吧?"

李济运笑道:"你没明白我的意思。我是想让陈一迪感觉更好些。还轮不到我俩搞个人崇拜啊!"

朱芝也笑了起来,说:"是的是的,您考虑得周到。"

舒瑾等他放了电话,说:"真是难舍难分啊!要进屋了还在外面说个不停,回到屋里还要打电话。"

李济运只是笑笑。舒瑾就是这张嘴厉害,心里未必真在吃醋。他去洗澡,望见窗口爬墙虎叶子快掉光了。突然想起那只壁虎,躲到哪里去了?又想那白象谷,满山红红黄黄的叶子。陈一迪是来干什么的?

十五

第二天一早,李济运和朱芝在银杏树下会面,同车去梅园宾馆陪陈一迪用早餐。下车之后,李济运笑道:"接待排场不怕大,只要他高兴。我们接待上级领导不就这样?够不上警车开道的,你也给他弄个警车在前头,他看着警灯闪闪的,就觉得自己是个人物。"

朱芝笑得捂了肚子,说:"李主任,我们没必要也弄个警车吧?"

"那倒没必要。他见有摄像记者跟着,必定兴高采烈。"李济运也呵呵地笑。

张弛同刘艳、余尚飞已先到了,正站在坪里聊天。朱芝吩咐张弛:"你去请请陈总。"

张弛飞跑而去,刘艳就开玩笑,说:"朱部长,张弛这样的干部,肯定提拔得快。您一声令下,他就像射箭一样。"

朱芝佯作生气,道:"我部里干部都是雷厉风行的。你们电视台记者,我这个部长有时未必喊得动!"

刘艳连喊冤枉,说:"朱部长您这批评可要扁死我了!您昨夜一个电话，我今天六点钟就起床了。"

朱芝说得也是半真半假，电视台虽然是她管的，可新闻惯例是一把手优先，有时宣传部需要电视台出面，可就是派不出摄像的记者。她当然理解电视台的苦处，但也难免不太舒服。开过几句玩笑，朱芝说："这回来的是《中国法制时报》陈总，你们两位随时跟拍，一定要突出陈总的中心位置。"

余尚飞问："只做记录，还是要做新闻？"

朱芝说："两手准备吧。"

说话间，看见张弛陪着陈一迪来了，身后跟着他的司机。李济运同朱芝迎上去，道了早安。进了包厢，朱芝介绍了张弛、刘艳和余尚飞。陈一迪见派了电视台记者，只道李主任和朱部长太客气了。朱芝见陈一迪果然高兴，忍不住望望李济运。

用过早餐，出来上车。朱芝问道："陈总您习惯坐前面，还是喜欢坐后面？"

陈一迪玩笑道："昨天就知道你俩关系密切，两位金童玉女坐后面吧。"

朱芝装着不经意地望望四周，好在刘艳他们已上了那辆车。陈一迪这些玩笑话，万万不能让其他干部听见。

李济运说："陈总您不知道，我们接待上级领导，免不了为这些小节费神。我们基层把前面的位置看成领导专座，上面大领导其实是坐后面的。可是大领导也都是从基层做上去的，我们就拿不准他到底是喜欢坐前面，还是喜欢坐后面。"

两辆车出城而去，正是稻熟季节，满目金黄。田野里随处可见稻草人，居然蓑衣斗笠，竹竿横肩。陈一迪说："这么多稻草人，很有风情。"

朱芝笑道："农民的创举，吓唬麻雀的。南方农村都这样。"

"北方农村也有，但内蒙古不太多见。稻草人早进入童话世界，成文学形象了。"陈一迪望望窗外，成群的麻雀掠过稻田，像调皮的顽童，"好像不起作用啊！"

"聊胜于无吧。"李济运说。

陈一迪回头望望后面那辆车，笑道："我们司机从没享受过这种待遇，他回去不知道怎么跟同事们讲哩！"

朱芝玩笑说："应该的。上级部门来的人，见官大三级。"

陈一迪乐呵呵地说："我们报社是副部级，我是正局级，大三级就应该是省部级干部了。朱部长您就是中央领导，一句话就任命了一个省部级干部。"

一路谈笑，越过河谷平地，慢慢进入山区。看见一条岔路，朱芝说："陈总，从这条路进去，有个山间平地，美如桃源仙境。那里有个胜迹，有空也可去看看。"

"什么好地方？"陈一迪问道。

朱芝笑笑，说："李济运同志故居。"

陈一迪稍稍一愣，爆笑起来，直道朱部长太幽默了。

李济运拍了朱芝的手，骂道："我还活着，怎么就故居了？"

朱芝忙改口："旧居，旧居！"

陈一迪笑道："其实这里故和旧一个意思，别那么想就行了。韶山冲在六十年代就写的是毛泽东同志故居，后来改成旧居，现在又称故居。"

"就是嘛，还是陈总有学问。常听人讲，疑是故人来，未必是说死人来？"朱芝说着又笑了起来。

陈一迪侧身望望朱芝，笑道："朱部长真是童言无忌啊！"

李济运说："她是我们常委班子里最小的，大家都把她当小妹妹，被惯坏了。"他等陈一迪回过头去，便用力捏了捏朱芝的手。她被捏痛了，却不敢叫喊，牙齿暗自咬咬。他慢慢地松了劲，朱芝却没有缩回手去。李济运觉得不好意思，抬起手来抹抹头发。朱芝便收回手,放在膝头轻轻揉着。

"陈总您看看前面!"朱师傅突然说道。

原来前面就是白象谷了。一头巨大的白象,似在临溪吸水。陈一迪觉得奇怪,道:"周围的山都是郁郁葱葱,唯独那头大象身上没长树。"

李济运说:"乌柚的山虽然高挺,但都有厚厚的土层,树木茂盛。只有这头白象,光溜溜的。我曾爬上去看过,好像石质同这里也不太一样。"

陈一迪笑道:"你们要是搞旅游,就可以编故事,说这是飞来神象。天下景点都是这么胡诌的。"

朱芝说:"陈总,我们可不是胡诌啊!曾有专家看过,猜测它极有可能是块巨大的陨石。这不就是飞来神象了吗?"

陈一迪说:"我这就完全是外行了。我印象中,这么大的陨石,整整一座山头,从未见过。"

朱芝听了却击节叫好:"陈总正好提醒我们了。我们就炒作它是世界上最大的陨石。"

不觉间下到谷底,再抬头看看白象,就只是悬崖峭壁,什么都不像了。白色的山石如刀劈斧削,猿猴都爬不上去。低头看时,有溪水流出。沿溪小径崎岖,手足并用方可前行。李济运担心陈一迪走不惯山路,嘱咐他小心脚下。又说入口处难走些,里头会好走些。陈一迪说看景就得看原生态的,如今天下好景都经人工开发了,很败兴致。陈一迪的司机怕他老总摔着,上前想要搀扶。陈一迪甩开他,笑道:"别把我当老头啊!"他回头看看,问:"你们那两位司机呢?"

朱芝说:"他们开车到前面谷口去了,不用走回头路的。"

余尚飞和张弛在山石间跳跃而行,早就远远地守在前头。余尚飞扛着机子,时刻扫着陈一迪。陈一迪驻足抬头,余尚飞的镜头就随着他的目光,慢慢地扫向山头。"两位小伙子的名字都名副其实",陈一迪笑道,"一张一弛,文武之道。张弛是新闻干事,算个文秀才。你看他爬山这么厉害,可谓文武双全。尚飞,步履如飞。"

张弛和余尚飞在前面听了,直道感谢首长表扬。却听见刘艳在后面喊道:"那我呢?"回头看看,刘艳已坐在石头上了。她的鞋穿错了,居然是高跟鞋。朱芝笑道:"刘艳,你要亭亭玉立的感觉,就只有受苦了。"

刘艳苦着脸说:"朱部长呀,您只说让我执行任务,没说到白象谷来啊!"

李济运说:"刘艳,我建议你干脆打赤脚算了,不然很危险。"

刘艳只好脱了鞋,走一步耸一下肩膀。余尚飞幸灾乐祸的样子,说:"我们做一副担架,抬着刘小姐走算了。"

刘艳扑哧一笑,弯下腰去半天起不来。张弛见刘艳笑成那个样子,便道:"她肯定想到别的什么了。刘美女,我还不知道?"

刘艳笑道:"我想起一个笑话。先是把十个男人和一个女人放在荒岛上,三个月之后再去看时,只见十个男人做了一顶轿子,抬着女人在岛上玩耍,那女人面如桃花,幸福极了。又把十个女人和一个男人放在荒岛上,三个月之后再去看,只见十个女人围着一棵高高的椰子树,有拿棍子往上面戳的,有往上面丢石头的,有拿果子逗的。那个男人瘦得像猴子,抱住椰子树死也不肯下来。"

朱芝听了哈哈大笑。见陈一迪望着她,也在大笑,她才抿了嘴,却仍是笑个不止。李济运笑道:"刘艳,你真看不出啊!"

张弛说:"你们才知道呀?刘艳是段子高手!"

刘艳忙说:"张弛你别害我!我哪会讲段子!朱部长会骂死我的!"

陈一迪见着树都有兴趣，便请教李济运。李济运说："我也不是所有树都认得。这是樟树，我们这里最为常见。那是楠木，很名贵的。"

"楠木就是这种样子啊！只在书上读到，听说已经很稀少了。"陈一迪去摸摸树干。

李济运说："我们这里还很多。您摸的这棵树，树龄应在五百年以上。"

陈一迪感叹道："随意一棵树就是几百岁，我们人太渺小了。"

朱芝说："陈总，这不算什么，前头有棵银杏树，我们叫它树王，树龄三千多年了。"

"怎么还不见银杏树？"陈一迪问道。

李济运笑道："游白象谷，好就好在渐入佳境。"

听得前头有人声，原来那里有片野生栗林，几个妇人背了竹篓，正在地上捡板栗。朱芝说："我们这里的野生板栗很好吃。"张弛跑上前去捡了一把板栗，分给众人品尝，果然清香甘甜。李济运说："板栗风干之后，味道更好。"

也有游人过往，点头打个招呼。陈一迪说这么好的山水，若放在北京近郊，那可不得了！李济运说乌柚人不稀罕这些地方，平日也不怎么有人进来。只在周末会从省城过来些人，也都是看看就走了。离省城太近，留不住过夜客。

朱芝拍拍路边一棵大树，问："这树上怎么一颗板栗都没有呢？"

李济运笑了起来，说："你是洋人啊！那不是板栗树！"

朱芝仔细看看，说："它太像板栗树了！"

李济运抬头望着树，说："你们哪位若能叫出这棵树名，我请客吃饭！"

陈一迪肯定说不出的，只望着大家笑。众人都是摇头，叫不上树名。刘艳开玩笑："我知道，它是公板栗树。"

"刘艳你的思维总是在公母上！"李济运笑笑，"它是栲树的一种，叫构栲。构造的构，考试的考加个木旁。"

"难怪明县长说你是林业专家！"朱芝说。

李济运做了个怪脸，笑道："我也考过明县长，他也不认识。"

"那就叫考树算了，不要木旁。"朱芝笑道，"李主任只要拿这树考倒一个人，你就是林业专家了！"

陈一迪直夸朱芝有急智，话里尽是机锋。李济运笑笑，说朱芝伶牙俐齿，开口总要损人。朱芝却得意地笑，飞了李济运一眼。余尚飞总不说话，只在前头专心摄像。朱芝问道："尚飞，你没有把我们讲的话都录上吧？"

余尚飞知道朱芝只是随便问问，也就笑而不答。刘艳突然哇了一声，问道："尚飞你没有把我的段子录下吧？"

余尚飞这才开了腔，说："对不住了，记录在案！我会制个碟，公开发售！"

山谷往前一拐，中间突然横出一山，壁如斧劈。陈一迪疑心问道："山谷都到头了，怎么还没见着银杏林呢？"

正说话间，见前头几个脑袋慢慢从树丛中露出来。李济运说："陈总，这又是白象谷一景。山谷到前面好像突然间断了，山脚却有小洞，仅容一人过身。过这个山洞，那边别有天地。有人想把桃花源的故事编到这里来，我想太勉强了。"

几个年轻人迎面而来，同李济运他们擦肩而过。他们是山谷那边过来的，白象谷两头可互为出入，只看游者乐意。张弛跑到前面去，伏在洞口喊道："那边有人吗？"

朱芝笑道："陈总，这也是一趣。两边的人进洞之前，先要

230

相互喊话，不然在洞里没法让路。"

陈一迪听得极是好玩，问："这洞有名字吗？"

李济运说："没有名字，请陈总起个名？"

陈一迪摇手道："岂敢岂敢！"

"别客气，陈总！您起了名，我们就把它刻在上面。"朱芝说。

到了洞口，陈一迪笑道："依我说呀，就叫喊洞。各地景点都喜欢编神话故事，听着就腻烦。"

"喊洞，很好！"朱芝说着就鼓了掌，大家都跟着鼓掌。

余尚飞头一个进洞，边退边摄像。往里十几米，洞子拐了弯，四壁暗了下来。余尚飞的摄像机是不带灯的。再走不远，渐见明亮。临近洞口，便已瞥见一片金黄。洞子虽窄顶却很高，但陈一迪个子高大，习惯了低着头。他一出洞口，立马直了身子。举头四顾，惊叹不绝。满山满谷都是几人合抱的银杏树，望不到尽头。地上的黄叶铺得厚厚的，细碎的日影映在上面，很像起着淡花的锦缎。路旁有个小木屋，门上着锁。陈一迪说："这地方景色虽好，住在里头还是不方便吧。"李济运告诉他，这房子是看林人住的。银杏果产量很高，就是太难采摘了。林子是国营林场的，一直保护得很好。林场后来改制了，林子就包了出去。再细看地下，四处散落着银杏果。

朱芝说："我们包出这片林子，目的只在保护。承包人上交承包金很少，但不准他们野蛮采收果子，只准自然收摘。也就是等果子自己落了，从地上捡。"

"朱部长讲的野蛮采收，就是拿竹竿打，很伤树。"李济运说。

陈一迪说："你们县里领导很有远见，这可是真正替后人着想啊！"

李济运说:"我们不急于搞白象谷旅游开发,也是这个考虑。乌柚县还没有穷到卖祖宗、卖子孙的地步。"

朱芝抬手指了指,说:"陈总,前面就是树王。"

余尚飞拍拍朱芝,又拍拍陈一迪,镜头再慢慢扫到远处。树王正好长在路边,陈一迪绕树走了一周,说:"只怕四五个人才能合抱吧。"

李济运说:"来,我们来抱一抱。"

陈一迪、李济运、朱芝、刘艳、张弛、陈一迪司机六个人牵了手,贴着树王围了一圈,刚刚围上。张弛喊道:"尚飞你别拍了,也来抱抱。"余尚飞已围树转了一圈,便放下摄像机,身子扑在树上,双手使劲拍了拍。

松开手,陈一迪笑道:"要是旅游搞起来,导游小姐肯定会说:抱一抱,十年少;抱抱树王,黄金万两。"

刘艳说:"陈总一定是旅游景点跑遍了,很烦各地千篇一律的导游腔。"

陈一迪笑笑,说:"小刘你们往前面走吧,我同李主任、朱部长稍稍休息就来。"

余尚飞见陈一迪在树根坐下,扛着机子扫了扫,就往前去了。刘艳和张弛彼此望望,也往前继续走。山风吹过,林间沙沙地响,黄叶纷纷飘落。偶有银杏果落地,微微噗的一声。又闻有鸟鸣,此呼彼应,似在问答。太安静了,虫鸣都听得见,吱地拖着长声,渐衰而无。虫子们鼓噪了整个夏季,正在秋风中老去。

见他们几个人走远了,陈一迪说:"我们报社的成鄂渝是不是老在下面惹事?"

朱芝望望李济运,才说:"没有啊,你们成记者我们很熟的。"

"贵报很理解我们基层工作。"李济运含混地附和着。

陈一迪说:"您二位这么说是给我面子。最近网上因为成鄂渝,弄得我们报社很难堪。我们已经做出决定,调成鄂渝到社里去,不让他再在下面做记者了。"

李济运掏出烟来,说:"里头是禁烟的,我们小心些吧。"

陈一迪摇摇手,说:"还是不抽吧。"

李济运就不好意思,仍把烟塞进烟盒。他捡了几粒银杏果,递给陈一迪说:"尝尝吧。这东西每天只能吃几粒,多吃有毒。"他如此环顾左右,只因一时不知怎么说。嚼了一粒银杏果,他说:"陈总,我说句不该说的话。如果你们真以为成这个人有问题,干吗还要把他往社里调?听上去像高升啊!"

陈一迪摇头苦笑,说:"他是你们成副省长成家骏的远房侄子!"

"啊?成副省长?"朱芝惊道。

李济运却说:"不就是远房侄子吗?"

"他是亲侄子,就做官去了。他是亲儿子,就做房地产去了。"陈一迪捡起一粒银杏,向前面的一棵树砸去,"网上舆论不等于法律,但要真的立案查处又不太容易。成鄂渝是驻贵省记者站站长,副厅级干部,调到社里还得安排职务,做采编部主任。可他人不肯去北京,好在现在可以网上办公,就随他了。"

李济运问:"干吗这么由着他呢?"

陈一迪沉默一会儿,只道:"山不转水转。"

朱芝始终不吭声,李济运想她肯定是吓着了。得罪了成鄂渝,等于得罪了成副省长。李济运想安慰她,却不方便在这里说话。又想那成鄂渝,大小也是个副厅级干部,怎么像个无赖似的!

"他待在省里不动,不照样可以四处瞎搞?"李济运说。

陈一迪说:"我们把他叫到北京,认真地谈过。我们内部批

233

评还是很严厉的，但不方便处理他。他在省城是买了别墅的，到北京去哪有这么好的条件？看重自己优越感的人，是不会去北京的。他到北京去算什么？一只小蚂蚁！"

陈一迪沉默片刻，又说："我说他若是成副省长亲儿子，就做房地产去了，说的是一般规律。成鄂渝这个人有政治抱负，一直想到地方工作，没有弄成。几次他在酒桌上说，自己这个级别到地方上，就是市委副书记，哪用四处屁颠写报道！"

李济运和朱芝不便说长道短，只听陈一迪一个人说。陈一迪说得这么直，他俩原先打算说成鄂渝好话的，也就不再说了。陈一迪又道："直说了吧，我就是为这事来乌柚的。看看网上IP，知道帖子是乌柚发出去的，网上炮轰成鄂渝和我们报社的，也多是乌柚网民。全国各地都有网民参与，也是乌柚人带动的。"

李济运见朱芝红了脸，就出来解围，说："可能是个别知情的干部看不过去，才发的帖子。我想陈总您是可以理解的。贵报在我们这里很有声誉，却让成鄂渝一个人弄得不堪。陈总您是个爽快人，我表个态吧。我们自己调查一下，叫人把帖子下了。"

朱芝的脸色很快回复正常，说："陈总，您来之前，我同李主任商量过，也向刘书记汇报了，发动干部踊跃订阅《中国法制时报》。至少，我们要求政法系统副科以上干部人手一份，县级领导每人一份，估计有两百多份。"

"非常感谢！"陈一迪说，"全国各县都像贵县，我们的发行量抵得上《人民日报》了！"

成鄂渝同成副省长的关系，要是让刘星明知道了，必定会恨死朱芝。要是谁对朱芝有意见，也会拿这事做做文章。李济运想到这些，便说："陈总，我有个建议。成鄂渝的事，我同朱部长负责处理好。不必让县里其他领导知道细枝末节，不然对成副省长不太好。领导同志的威信，我们得维护。"

陈一迪笑道:"自然自然!这正是我想说的。我没说到乌柚来干什么,就是想到了贵县之后,看看同谁说合适。同您二位打过交道,知道是可以说直话的人,我才说了。"

"感谢陈总信任我们!"朱芝说过这话,望着李济运笑。

"不客气。走吧,不说这事了。莫辜负了这么好的美景。"陈一迪走了几步,回头轻声说,"成鄂渝其实很想从政的,一直想把工作关系弄到地方来。"

李济运摇头道:"我说句直话,这种人弄到哪里做官,只怕会为害一方。"

"我们也有难处。"陈一迪这话意思有些含糊。

刘艳他们在不远处等着,没几分钟就赶上了。刚才谈的毕竟不是愉快的事,李济运便用乌柚话嘱咐刘艳,叫她好好想几个问题,选个好地方采访陈一迪。

李济运嘱咐完,忙道歉说:"不好意思陈总,没注意就讲乌柚话了。"

陈一迪笑道:"乌柚话还真是难懂,听发音和节奏,有些像日语。"

没过多久,刘艳跑到陈一迪跟前:"陈总,我想给您作个专访,您介意吗?"

陈一迪推辞几句,就答应了。余尚飞扛着机子扫了扫,说陈总您坐在那块石头上。陈一迪坐上去,背后是深谷、银杏林和山峰。

李济运同朱芝走远些,坐下来轻声说话。

朱芝说的是乌柚话:"老兄,非常感谢你!"

李济运也说土话:"感谢什么?"

朱芝说:"我知道自己闯祸了。"

李济运笑道:"你不用怕什么成副省长,他同你八竿子打不着。但刘星明会怕成副省长，所以就不能让他知道。"

朱芝眼眶突然红了，说："我知道你是替我打算，才同陈总那么说。"

李济运也有些感慨，却故意笑着，说："你别这样，让人看了不好。你刚才脸红，我就想朱妹妹在官场多年，还知道红脸，真是难得。你现在倒好，眼睛也红了。"

说得朱芝也笑了，说："难道人在官场，非得弄得不像人吗？"

张弛回头望望，他俩就不说话了。陈一迪谈兴很浓，不停地做着手势。

朱芝轻声说道："陈总好像人还不错。"

"看样子正直，但也说不定。他们那样维护成鄂渝，或许真有难处，或许也有别的原因。"李济运点着头，却突然又摇头笑了，"我这个人也变了，不太容易相信别人的好。明末有个名士叫陈眉公，他说当时很多人闻人善则疑之，闻人恶则信之。我读到这话印象很深刻。"

"他专门跑来乌柚，就为这事？"朱芝问。

李济运说："你问到点子上了。他知道是我们乌柚人发的帖子，就是想叫我们收手。放成鄂渝一马，也就是放他们报社一马。你回去叫张弛马上删了帖子。"

"这么说，成鄂渝真是个人物！"朱芝说。

"成鄂渝不是人物，他背后有人物。"怕不远处的人看出异样，李济运低头掩饰着说话，"这件事给我新的启示，就是不能忽视网络的力量。《中国法制时报》这么大的报社都害怕网络舆论，我们就更不能小看。今后你们宣传部门要多动脑筋，对付网络不能只靠制造'网尸'。"

朱芝轻声一笑，似有撒娇的意思："你又在骂我了。"

陈一迪突然回过头来，笑道："不好意思，我是话痨，谈起来就没完没了。只因你们乌柚太美了。"

原来专访做完了。刘艳只道陈总谈得太好了，节目做出来必定非常好。余尚飞说陈总很有镜头感，就像电影明星。陈一迪摇头而笑，说两位记者真不错。李济运却说余尚飞你也太不会拍马屁了，电影明星算什么？陈总可是高级官员，学者型官员！

慢慢地出了山谷，车在谷口候着。已经中午时分，去了谷口外面农家小店。朱芝说："这是乌柚最好的农家乐，一定要让陈总尝尝我们县最地道的土菜。"

刚才在白象谷走着，反倒不觉得太饿。往餐桌一坐，都说肠子在里头叫了。张弛过去张罗，吆喝店家快快上菜。老板认得李济运和朱芝，样子极是恭敬。李济运说今天来的可是北京贵客，一定要把好菜好手艺都拿出来。

没多时，菜就上来了，一份爆炒石板蛙。李济运笑道："陈总，不管您是不是环保主义者，这道菜您得尝尝。小孩子都知道蛙是人类的朋友，但我们这山里石板蛙太多，快成敌人了。"

陈一迪先尝了一口，只道天下至味，从未吃过。李济运招呼着上酒，陈一迪说："李主任，这么好的菜，不忍喝酒。酒把嘴喝麻了，吃不出美味了。"

李济运只道陈总真雅人，也就不勉强了。菜上得很快，陈一迪连连叫好。有溶洞里的盲鱼，有山里的野鸡、麂子、蜂蛹，有各色蘑菇和野菜。

望着那盘蜂蛹，朱芝直摇头，说："我是不敢吃，你就说吃了长生不老我也不吃！"

陈一迪说："蜂蛹我倒是在很多地方吃过。朱部长你克服心理障碍，很有营养的。"

朱芝仍是摇头，只吃眼前的野菜。李济运说采蜂蛹极是危

237

险，野蜂的毒刺又长又利，能刺破厚厚的防护衣，每年都有人采蜂蛹丧命。朱芝听着打了个寒战，说想起了《捕蛇者说》，越发不吃了。

"依我说，应该禁止食用蜂蛹，免得有人丧命！"朱芝说。

李济运笑道："朱部长菩萨心肠，就是太迂了。你就像有些好心人，不忍心让擦鞋女擦皮鞋，觉得那样太不人道了，一定要回家自己擦。"

朱芝也笑了起来，说："是啊，李主任最体恤民情，我是断人家活路的！"

席间笑语不断，碗碟都吃得光光的。李济运说今天菜是环保的，消费观念也是环保的，没有一道菜浪费了。陈一迪说他吃了四碗饭，回到了二十年前的饭量。

回途中，李济运说："陈总，您下午好好休息，不要太劳累了。明天我们再找个地方看看，乌柚好看之处多哩！"

陈一迪说："好地方留着下次看吧。我明天早饭后往回赶，下午的机票。我有个建议，贵县可以组织几篇文章，在我们报纸上发发。可以是以你们领导名义的关于法治建设的经验文章，也可以是其他角度的，总之同法治建设有关就行。我看能不能自己写篇乌柚印象之类，也算宣传一下贵县吧。"

李济运和朱芝争相说着感谢，又说等着拜读陈总的锦绣文章。朱芝打了刘艳电话，说："你们回去辛苦一下，马上把节目做出来，今天乌柚新闻要播。要马上让全县人民看到陈总的光辉形象！"

陈一迪大笑，知道这是玩笑话，听着仍是高兴。回到梅园宾馆，送陈一迪去房间休息，约好晚饭时再见。李济运同朱芝告辞，马上去刘星明那里复命。刘星明听了非常高兴，说："这是个经验！今后我们要把各个媒体的老总搞定，就不怕下面那些个小鬼小神作怪了！"

  李济运说："刘书记，事情我们都谈妥了。您晚上还陪个饭，成鄂渝的事，陈总不提及，我们都不提。"

  "我们自然不提，毕竟尴尬嘛。"刘星明满面笑容，"朱部长你看，该硬就硬，怕什么？到头来还不是他们主动出面调和？"

  李济运和朱芝告辞出来，各自回办公室去。

  朱芝发来短信："仍是不安。"

  李济运回道："大可不必。"

  他虽是这么安慰朱芝，却很理解她的不安。刘星明这会儿越是高兴，他知晓详情就越会震怒。真到那时，他同朱芝都别想过好日子。

十六

不久,《中国法制时报》做了个乌柚专版,刘星明和明阳都有署名文章。陈一迪写了篇《乌柚散记》,真的好文笔。细看版面责任编辑,居然是成鄂渝!简直是黑色幽默。朱芝拿了报纸跟李济运说:"真是不可思议!他也太没有性格了吧?要是换了我,打死也不署这个责任编辑名啊!不是自己屙屎自己吃吗?"李济运笑道:"不叫没性格,这叫没操守!"

县财政局长位置悬放已久,近日终于有人坐上去了,他就是原交通局长李济发。交通局长本来也是一把金交椅,几十个局级干部就推磨似的,咔吱咔吱地转了一个大圈。果然应了熊雄同李济运打的赌,盘活了几十个干部。官场手法玩得再高明,民间都会另有说法。有人就私下算账,说这回调整干部,哪些领导发了财。听说也有人写信检举,说得都有鼻子有眼的,最终都只是传闻。

有回在梅园宾馆,李济运碰见李济发,两兄弟也不握手,站着说了几句话。李济发说:"运坨,外面有人说,我当这个财政局长,全靠有个老弟是常委。"

李济运听出这话里的轻狂，笑了笑说："发哥你可以告诉别人，李济运在常委中间是最不中用的，哪里帮得上你！"

李济发却很正经的样子，说："老弟，外人这么说，就让人这么说！越叫人看得没本事，就越没有人睬你！"

李济运说："谢谢发哥指点，老弟没本事就是没本事。"

李济运的话不太客气，李济发也并不生气，倒是说起了别的事："刘大亮在外头造谣，你听说了吗？"

"我不知道。"李济运早有耳闻，却故意装糊涂。

"财政局长真是送钱就能买到的吗？刘大亮是在诬蔑县委领导！"李济发气狠狠地说了起来，不管李济运爱不爱听。刘大亮是财政局常务副局长，曾经传说中的财政局长。听说他给刘星明送了十万块钱，财政局长却成了李济发。常委会刚刚研究过，外头就知道消息了。当天晚上，刘大亮就去刘星明家。他也没说有什么事，只坐在他家里聊天。刘星明有事先出门了，刘大亮仍坐着不动。刘星明的老婆只好陪着说话，不停地给他添茶。过了好久，刘星明的老婆突然想起来，说："不好意思差点忘了。你的事没办成，老刘让我退给你。"她说完就进屋拿了纸袋出来。刘大亮回家点了点，发现纸袋里装的竟然是十五万。他就在外头说，这个生意做得，轻轻松松赚了五万！

李济运捺着性子听完，笑道："老刘不会这么傻吧？真有这事也不敢出去说啊！"

这个故事在乌柚官场流传，很快就尽人皆知了。故事每流传一次，都会有新的评点。收钱就得办事，没有办事就退钱。盗亦有道，何况官乎？诚信当如刘星明，硬气当如刘大亮。有人模仿娱乐圈，叫他俩为"明亮组合"。"明亮组合"的叫法出炉了，很快又衍生出顺口溜：乌柚官场，一派明亮！

哪怕相信这个故事是真的，也明知刘星明的老婆把钱退错了,却偏说刘书记真够意思,事没办成承担高额赔偿。还有人竟然说刘大亮不太厚道,多退了钱就该还回去,更不应该在外头乱说。

李济运半信半疑,故事也可能是别人编的。他听李济发那意思,只想把刘大亮弄出去。刘大亮做财政局二把手多年,李济发可能担心压不住他。不知道这个故事,刘星明是否听说了。故事的主人公,往往是最后听故事的人。

一天清早,李济运去办公室才坐下,刘星明提着两瓶茅台酒进来了。李济运连忙站了起来,奇怪刘星明怎么送酒给我呢?他来不及讲客气,刘星明把酒往桌上一放,递过一个信封,说:"济运,这事你处理一下。"

刘星明刚刚刮过胡子,腮帮子青得发亮。李济运还不知道怎么回事,刘星明已经出去了。他打开信封,见里头是刘星明致全县党员干部的公开信,号召继续掀起学习以吴建军为代表的英雄群体热潮,牢固树立清正廉洁,求真务实的良好作风。信中点了刘大亮的名,说他为了跑官送了两瓶茅台酒。刘星明在公开信上批示:请迅速将此信刊发《县委工作通报》。

李济运把信看了三遍,心想这封信不能发表。他想去说服刘星明,又担心刘星明会发火。他思前想后半日,仍去了刘星明办公室,说:"刘书记,我建议把酒退给刘大亮,或者由纪委转交。但公开信发出去,怕有不良影响。"

不料刘星明没有发火,居然笑了起来,问道:"济运你说说,怕有什么不良影响?"

李济运话不能说得太透,只含糊着说:"我想这信发出去,会引起社会上各种议论,总是不好。"

刘星明递给李济运一支烟,自己也点上烟,深深地吸上一口,说:"济运同志,你的担心代表了一种倾向,就是对干部队伍的基本评价过于消极。这种倾向认为，干部队伍中贪污腐败和不廉洁的占多数；这种倾向还认为，凡是干部提拔和任用必然存在金钱交易；这种倾向尤其认为，干部作风的败坏已到了不可挽回的地步。所以，你怕我这封信发出去，引发此地无银三百两的议论。"

李济运很佩服刘星明的语言才能，却又觉得这种伟人的语言风格过时了。李济运仍想阐明自己的观点，又说："刘书记，请您听我解释。"

"你听我把话说完。"刘星明大手一挥，站起来踱着步，一手夹着烟，一手叉在腰间，"我发现一种非常奇怪的现象，那就是我们有些同志，面对不良之风不敢大义凛然，提倡良好风尚不敢理直气壮。我总相信一条，不管社会怎么发展和变化，一些基本价值和观念是不会变的。所以，我们认为是正确的东西，务必坚持！"

李济运听了这番高论，见他又叉腰踱步作伟人状，就不想多说了，只道："好，我们按刘书记意见办理。"

刘星明看看时间，又说："请通知一下，九点半钟开个常委会。"

李济运问："什么议题呢？"

刘星明说："就说临时动议，会上再说。"

李济运过去同于先奉商量，安排好了编简报和发通知的事。于先奉也问常委会研究什么，李济运说："我也不知道。明县长的电话我自己打吧。于主任，你告诉有关人员，这期《县委工作通报》发出之前，内容请对外保密。"

于先奉有些奇怪李济运的脸色，他还没有细看刘星明的公开信。李济运回到自己办公室，打了明阳的电话。明阳果然有牢骚，说："什么大不了的事情，他不可以同我先通通气？"李济运

243

只能原话相告,说几句熄火的话。他猜想议题必定同刘大亮的事有关,却不能说出来。他刚打完明阳电话,朱芝来电话问:"李主任,你们县委办通知开常委会,却不告诉研究什么事情。到底怎么回事?"

李济运说:"我们是按照刘书记意思,原话通知。"

朱芝说:"是吗?我觉得越来越不正常了。"

"你别多嘴!"李济运轻声道,"到会上,不管研究什么,你不发表意见就是了。"

朱芝便不再多话,却免不了叹息几声。李济运电话没接完,手机响了起来。一看是刘大亮的号码,他就像自己做了亏心事,胸口怦怦地跳。他稍稍迟疑,还是接了电话。刘大亮的声音很高:"李主任,听说你刚签发了一期《县委工作通报》?"

李济运故意装糊涂:"刘局长怎么关心起《县委工作通报》了?"

刘大亮说:"李主任你别打哈哈,我不是同你开玩笑。你老兄来当局长,我当副局长也不碍着他呀?"

李济运听着也火了,说:"刘局长,你为什么这么大的火气?李济发当财政局长,这是县委研究决定的,并不因为他是我的堂兄!"

刘大亮语气缓和下来,话却说得更难听了:"李济运,你当刘星明的走狗,不会有好下场!"

李济运挂了电话,气得想砸桌子。他叫过于先奉,厉声道:"你让电信部门查查电话,谁给刘大亮通风报信!"

于先奉说:"李主任,我们县委办有这个权力吗?查电话记录,好像应该有法律手续,得通过公安部门啊!"

"你别在这个时候同我讲法律!"李济运叫了起来。

刘星明的办公室隔着几间房子,听得吵闹便出来问怎么回事。李济运没有马上答话，只对于先奉说："你先问问电信部门，要什么手续，办什么手续！反正给我查个清楚！"

李济运看着于先奉走了，才说："真不像话，我交代过先要保密，就有人给刘大亮通风报信了。"

李济运只草草说了个大概，并不细道刘大亮的原话。他虽然恼怒刘大亮的混账，但也不想落井下石。刘星明却不关心这事，反正泄密又不令他难堪。他看看手表，说："时间差不多了，我们去会议室吧。"

没多时，常委们都到齐了。刘星明说："开个常委紧急会议，只研究一个事。前不久调整了干部，每个干部的任用，都是常委会集体研究决定的。可是，有人在外面造谣，说各部、委、办、局领导职位，都是真金白银卖出去的。会上我只有一票，同志们各有一票。我是否清白，组织上可以调查。我想问问同志们，你们收了多少钱？说什么刘大亮送了我十万想当财政局长，他没有当成局长又跑到我家里要退钱。我老婆糊里糊涂退错了，退了他十五万。多么精彩的小说情节！我今天向同志们说句实话，平时有人送烟、送酒，我实在拒绝不了也收了。同志们都明白这是陋习，但这种现状谁也改变不了。今天，我想出个小小风头，一改这种陋习。我把刘大亮送我的两瓶茅台酒退了。他送我两瓶茅台酒，提出来想要当财政局长，其目的就是想买官。我写了一封致全县党员干部的公开信，点了刘大亮的名。今天召集同志们开个短会，就是想形成一个处理意见。我提议，给予刘大亮同志就地免职处分！"

李济运早就心中有数，并没半点吃惊。他也不想认真听，发了个短信给于先奉：不必再追查电话，但下次要在会上严肃批评这种做法，重申保密纪律。

于先奉回信：按李主任意见办。

李济运不想知道谁泄了密。也不是什么重大机密，不能拿这个处分谁，最多只能看穿谁在讨好卖乖，这又有什么意义呢？

刘星明谈完，没有人说话。依照常规，明阳发表意见，别人才好说话。可明阳半天不说，只是慢慢地喝茶。刘星明便说："各位发表意见吧。明阳同志，您先谈谈？"

阳明只说一句话："同意刘书记意见。"

别的常委也没有异议，都说同意刘书记意见。会议只开了短短三十分钟就散了。彼此都不多话，像开完追悼会似的。这时，刘大亮突然赶来了，高声喊道："刘书记我要找您汇报。"

刘星明正朝办公室走去，回头道："没空听你汇报！"

"我要你给我一个说法！"刘大亮喊道。

明阳本已下楼，听得上面闹哄哄的，忍不住上来喝道："刘大亮，你像不像话？！"

明阳声音粗重，震得走廊里嗡嗡地响。刘大亮被镇住了，望了一眼明阳，低头下楼去了。刘大亮对明阳如此驯服，刘星明见了脸色极其难看。李济运瞟见了刘星明的脸色，只作没事似的进了自己办公室。

朱芝说得不错，太不正常了。明阳是个直性子，照理应该说话的。他都开始沉默了，刘星明就成了孤家寡人。明阳多次说过，他的工作很忙，没时间扯皮。今天李济运本想劝劝刘星明，不用把这件事弄大。可他见刘星明一手夹烟，一手叉腰踱着步，侃侃如也的样子，就不想多说了。刘星明那会儿的语言风格，太像三十多年前的社论。他的气度和举止，也在作伟人状。

今天县委办事效率极高，处分刘大亮的文件和《县委工作通报》，很快就印制出来了。李济运估计刘大亮还会闹的，却再也没有动静。他心想刘大亮真是不识好歹，没头没脑冲着我来干吗？我起初还想着帮他哩！李济运只是这么想想，也不打算同刘大亮去解释。这几年官场风气有些变了,有些干部不怕同领导关系搞僵。他们料你书记也好,县长也好,都干不了几年。他们同你关系搞得好就彼此方便,实在搞不好也不怕。过几年来了新领导,再去搞好关系也能得势。

深夜,李济运被电话惊醒了。他眼睛痛得像进了沙子,轻声骂道:"这个时候谁打电话?"眯着眼睛看看来电显示,竟是乡下爸妈打来的。他吓了一跳,父母年纪大了,夜里最怕听乡下来电话。他抓起电话,听到四奶奶在电话里叫喊:"不得了,出事了,出大事了!"

"什么?"李济运坐了起来,摸出床头的手表看看,凌晨三点二十,"妈妈您慢慢说,什么事?"

四奶奶说:"房子被人炸了!"

李济运脑袋蒙了:"房子?谁家的房子?"

四奶奶说:"你快回来!"

李济运问:"妈妈,您慢慢说,谁家房子?"

四奶奶说:"我们家房子,有人放了炸药。"

李济运浑身哆嗦:"妈妈,人没事吗?"

四奶奶说:"人没事,你快回来!"

舒瑾也醒了,问:"房子炸了?谁家的?"

李济运半天不说话,只是摇手。舒瑾急得坐了起来,望着男人。李济运抓起电话,打了周应龙家里:"应龙吗?我是李济运!麻烦你立即叫上刑侦队的人,赶到县委来。我在县委门口等你。快,见面再说!"

李济运边穿衣服边说:"家里的房子被人炸了!"

舒瑾吓得张嘴瞪眼,拿被子裹着身子。

李济运出门时,舒瑾问:"我要去吗?"

李济运说:"你去也没用。"

舒瑾交代："到家打个电话回来！"

李济运走到县委门口喊门，传达室老头嚷着出来了。见是李济运，很不好意思，忙说："不知道是李主任。"

李济运并不见怪，只说："你睡吧，我把门带上。"

没多时，来了两辆警车。周应龙下车，问："李主任，出什么事了？"

"应龙兄你不用亲自来嘛。"李济运说了句客气话，"我不叫车了，就坐你的车。上车再说吧。"

周应龙听说李济运老家房子被炸了，吃惊更甚于愤怒，道："反了，简直反了！这不是一般的刑事案件，这是政治案件！"

李济运说："看看情况再说吧。"

周应龙说："向县委领导家房子下手，这是公然同党和政府叫板！"

周应龙是几十年的职业警察，照理不会如此武断说话。他无非是要渲染李济运的身份，这比说几句安慰话更为管用。李济运一路上不说话，脑子里在过电影，想想自己这些年都得罪了什么人。他实在想不出，谁对他有这么大的仇恨。

车走了十几分钟，李济运才看清开车的是刘卫，便道："哦，是刘卫，辛苦了。"

周应龙说："李主任没说详情，我就把刑侦股、治安股都叫上了。"

屋子已被人围得里三层外三层，都是被爆炸声惊醒的村民。四奶奶见了李济运，哭喊着上来："哪个这么毒啊，要取我和你老爸性命！我床是挨墙放的！我是平时烧香烧得好，今天晚上同你爸睡到楼上去了，不然就炸死了！"

警察吆喝着让村民闪开，叫他们别破坏了现场。村民们像受惊的鸭子，哄地往后退去。有人被踩了脚，大声笑骂，像过节似的。人闪开了,就见墙上炸开一个洞。两层楼的房子,炸坏的只是一楼东头一堵墙。李济运随警察进去看看,见床已炸得断裂,满屋子的碎砖头、木板和碎玻璃。心脏不由得怦怦地跳,心想爸妈要是睡在床上,肯定炸死了。空气中还弥漫着硝烟和尘土的味道,有些呛人。阳台和屋内的灯都亮着,各种飞虫在光亮中飞舞。周应龙听了听刑警队长意见,再同李济运说:"李主任,我们先把现场保护起来,天亮之后再作勘查,晚上看不出名堂。老人家没事就好,我们先问问情况。"

李济运点点头,耳朵却在听村民议论。

"肯定是外面人干的,村里熟人熟事的谁会干?"

"谁知道?人心隔肚皮!"

"在外面做官,讲不清!"

"抓到肯定判无期,人家是县里大官!"

"吓死我了,我以为是打雷哩!"

"你神经啊,这季节哪有雷!"

"我听见有人哭才起来的,以为死人了!"

李济运领着周应龙和几位警察上了二楼,见老爸坐在房里抽烟。屋外吵吵嚷嚷,就像不关老头儿的事。李济运给舒瑾打了电话,告诉她没多大事,放心睡觉。周应龙先问了两位老人好,再说:"老人家,我们想了解一下情况。"

四爷只点点头,四奶奶开腔了:"我同他爹都是睡在一楼的,这几天纱窗叫老鼠咬了个洞,屋里蚊子多,就睡到楼上来了。今年天气怪,都快到冬天了,蚊子还咬人。硬是我香烧得好,菩萨保佑,要不还有人?床都成那个样子,人比床还经事?"

周应龙问:"阿姨,听到一点动静吗?"

四奶奶说:"下半夜了,人都睡死了,哪听见?"

周应龙又问:"您老人家猜得出有谁吗?"

四奶奶说:"我们家世世代代是善人,平日同人家脸都没红过,不会得罪哪个。我想不到哪个这么毒!"

周应龙问:"你们两位老人家平日同谁吵过架吗?"

四奶奶说:"哪有?我是从来不同人家论长论短的!"

周应龙说:"您二老是有福气的人,儿女争气有出息。您二老平日在家怎么过?"

李济运让周应龙问去,自己出去看看房子。他去了二楼东头,仔细查看墙面,没有发现裂纹。房子建得结实,只是炸坏了楼下那堵墙。他突然感觉脚下喳喳地响,低头看看,满地碎玻璃。原来二楼窗户的玻璃也震碎了。他在阳台上假装东看西看,用心却全在楼下。留在楼下的警察想驱散看热闹的村民,他却想再听听他们说些什么。村里人说什么的都有,仔细听听说不定会有蛛丝马迹。李济运隐约听得有人说:"爱揽闲事,得罪人都不知道!"他想再听听,却是一片嘈杂。

李济运看看时间,快五点钟了。他去叫了周应龙,说:"应龙,你在这里安排一下,我得赶到县里去,上午有个会。"

周应龙说:"李主任您忙去,我留在这里。"

李济运说:"应龙你也不用守在这里,回去休息一下吧。"

周应龙摇头道:"李主任您莫管,我安排好了再说。"

这时,听得喇叭声,李济运望望楼下,又一辆小车开来了。看见从车上下来的人扛着摄像机,原来是刘艳和余尚飞。李济运火气直往喉咙口蹿。可他不想显得没涵养,强忍火气轻声对周应龙说:"别让他们拍!"

周应龙飞快冲到楼下,大声吼道:"艳子,谁叫你们来的?不准拍!"

刘艳说:"我们接到新闻线索,马上就赶来了。"

周应龙虎着眼睛:"你们不要学外国的狗仔队,你们要讲新闻纪律！回去吧，不准拍！回去也不准说！有谣言出去，我找你麻烦，我下你的岗！"

刘艳笑嘻嘻地给自己下台阶，说："报告周局长，您老人家不让拍，我们就不拍！"

周应龙脸色仍是严肃，说出的话却是玩笑了："小刘你拍马屁都不会拍，还拍新闻！我就是老人家了？"

刘艳笑道："报告最最年轻的周局长，艳子闪了！"

李济运安慰了两位老人，说："我上午要开会。周局长他们都是专家，爸爸妈妈放心！只要人没事就好！"

周应龙送李济运到楼下，说："李主任您放心吧，跟我来的几位都是局里最厉害的角色。"

李济运道了感谢，又道："应龙，到底如何，当然看最后侦破。但暂时得有个说法，别让外头谣言纷纷。"

周应龙想想，说："随便编个理由，就说您老爸准备过七十大寿，买了一大筐焰火和鞭炮，不小心遇火爆炸了。"

李济运点头道："好，就这么说吧。"

周应龙同李济运握了手，又说："我给刘艳打个电话！"他拨通了电话，说："艳子吗？我是周应龙。不是不是，你听我说，不是又来封你的口。告诉你，我们调查清楚了，这家老人准备过七十大寿，买了一大箩筐焰火，不慎爆炸了。不是不是，不是要你报道，只是顺便告诉你。你不要报道，最近国家有大事，气氛要祥和！"

李济运等周应龙打完电话，朝他点头笑笑。周应龙得了表扬似的，又同李济运握了回手。这明摆着是刑侦方面的事，周应龙就叫刘卫送李济运回去。

上了车，刘卫说："李主任，你们当领导真不容易。"

李济运听刘卫的意思，好像是他惹了是非似的。他不便明着

251

解释，只道："村里离县城太近，比其他农村就复杂些。"他这么说算是巧妙地辩解，说明这事同他没关系，可能是家里人同村里人的纠纷。

刘卫道："是的是的，城乡接合部总是治安情况最复杂的，外国也是这样。"

到了宋家坳，离城还有两公里，两辆货车撞上了。公路本来就不宽，两辆大货车横撞着，路就封死了。司机在路上对骂，一个穿着拖鞋，一个光着脑袋。

刘卫下车说："你们不要吵，是谁的责任就是谁的责任！"

两人见是警察，就不吵了。光脑壳司机说："那你来判一下责任。"

刘卫说："我又不是交警！"

光脑壳说："那你不等于放屁！"

刘卫听着火了："你嘴巴放干净点！"

光脑壳说："我嘴巴不干净又怎么了？又不犯法，又不要你评我道德模范！"

刘卫说："你们先把路让开，不然马上就会堵得水泄不通！"

光脑壳说："你是假警察吧？保护现场，你懂吗？"

穿拖鞋的司机说："堵车关我卵事！我在车上睡一个月都没事！他妈的，反正跑得要死也赚不了钱！不超载就亏本，超载抓住了就被你们大盖帽罚死！"

刘卫说："那是交警，关我卵事！"

光脑壳说："你是警察，老百姓讲'关我卵事'不要紧，你讲就是不文明！怕我举报吗？"

刘卫气得手打战，说："真是两个混蛋！"

光脑壳看出刘卫的愤怒，故意找事："怎么？你敢骂人？想打架？你动手试试？"

堵的车越来越多,喇叭声和骂娘声混成一片。

刘卫指着光脑壳,说:"他妈的……"

话未说完,光脑壳就挥拳上来。刘卫闪身躲过,光脑壳自己差点跌倒。看热闹的哄地笑了。光脑壳失了面子,骂得更难听。

刘卫用手指点着光脑壳,吼道:"你再骂,老子揍死你!"

光脑壳挥着拳头又冲上来骂道:"妈妈的,老子就是看不得你指指点点!"

刘卫身子一偏,顺手一带,光脑壳就趴在地上。光脑壳大喊"警察打人!",爬起来又往前扑。李济运忙下车劝解,那个穿拖鞋的司机也拉住光脑壳。

光脑壳把那人推了一掌,骂道:"你妈妈的,你敢拦老子!"

李济运把刘卫拉了回来,看热闹的也说算了算了。光脑壳看出自己不是警察对手,骂骂咧咧地给自己下台阶。他怪那个穿拖鞋的司机,说:"你妈妈的,不是你拉着老子,老子打死这个警察!"

李济运把刘卫拉回车上,说:"小刘,你回去算了。我叫车到那边接。"

刘卫把车子倒了出去,气哼哼地骂道:"他妈的,法律越健全,越绑住我们警察的手脚!回去十年,老子当场铐了他们!老子揍死他们!"

车窗没有关上,听得外头有人骂道:"警察有卵用,卵大的事都摆不平!大盖帽拿回去盖马桶算了!"

骂的人故意高声大气,就是要让车上人听见。李济运打了朱师傅电话,叫了车。他让刘卫先回村里去,刘卫说陪陪李主任,等车来了再走。围观的人越来越多,吵闹声越来越大。刘卫说:"估计那两个司机打起来了。那个光脑壳不是好鸟,肯定怪人家不该拉他。"

253

李济运说:"货车司机脾气都不太好,怕出人命吧。"

刘卫还在生气,说:"打死就打死,他妈的这种人,死了算是减轻公安工作压力!"

知道刘卫在说气话,李济运也不说他,只道:"小刘你走吧,我到那边等车去!"他想那两个司机在打架,刘卫不管又不好,管又管不住。

货车前面围了很多人,李济运懒得管闲事,要吵要闹随他们去。天慢慢有些亮了,路两边的人家却都没有开门。乡下人起得晚,日子过得悠闲。他走了二十几分钟,手机响了起来。朱师傅打来的电话:"李主任,您在哪个位置?"

李济运说:"我从宋家坳往城里走,你来时注意看看路上。"

朱师傅说:"不好意思,我接了电话还要跑到机关取车,就迟了。我马上就到!"

李济运说:"没事没事,你注意路边就行了。"

朱师傅开车来了,闪了闪灯,停了下来,道:"李主任,害得您走这么远。"

李济运上了车,说:"前面出了交通事故,堵死了。"

朱师傅问:"没多大事吧?"

李济运说:"没事,两辆货车,撞得也不重。就是两个司机都不让,硬要等交警去处理。"

朱师傅道:"货车司机素质都不高!"

回到家里,李济运冲了个澡,好让人清醒些。冲完澡出来,舒瑾问起乡下的房子,他没心思细说,只道:"有人要是问起,你就说家里一箩筐焰火爆炸了,原是准备老爸做七十大寿用的。"

舒瑾听了奇怪:"那就不要查了?"

李济运道:"谁说不查了?没破案之前先这么说,免得外头乱猜!我们家里有不得事,卵大个事会说得骆驼大!"

他出门的时候，舒瑾问："你得罪过什么人吗？"

"我就得罪了你！"李济运没好气。

李济运本是气鼓鼓的，出了门面色就和悦了。今天格外闷热，他的衬衣上沁出点点汗星。李济运出汗就想冲澡，浑身不自在。他暗自留心别人，好像没谁像他这么热。兴许是他通宵未眠，身上火气旺。

今天是开报刊发行会，他替朱芝撑门面，陪着坐主席台。报刊发行会往年都是宣传部长召集，今天朱芝把刘星明和李济运都请来了。刘星明要求除了必保的党报党刊外，今年还要重点抓好《中国法制时报》的发行。他大谈了依法治国的重大意义，《中国法制时报》的发行听上去就顺理成章了。主席台下面的人并不知道发行这份报纸的背景。李济运昨晚没睡，坐在主席台上却没有瞌睡。家里的事情刺激太大了。朱芝见他脸色发白，轻声问他是否不舒服。他摇摇头，又点点头。朱芝不知所以，可毕竟是在台上，就不再问了。下面的人看着，他俩似乎在商量工作。

李济运感觉裤兜里震动，知道来了短信。打开手机一看，周应龙发的：李主任，临时出了凶杀案，我先回局里了。现场勘查已经做完，留了人在村里走访。暂时还没有线索。您先开会，有情况随时报告。

李济运的手微微抖了一下，立即想到那两个打架的司机。未必真是那两个司机打出人命案了？不会这么凑巧的。九十多万人的大县，哪里都可能发生凶案。刘星明的声音听上去忽远忽近，李济运知道自己的耳朵在发响。他背上不觉间汗湿了，便趁服务员倒茶之机，轻声招呼："空调温度再弄低些。"服务员悄悄儿说："已调到最低了，李主任。"

下午李济运哪里也没去，坐在办公室听老家的消息。他回去也没用，那里有公安局的人。他怎么也想不通，谁会下如此毒手？自己在外肯定没有结仇，他在官场没有明显的对头。他常回乡下去，乡亲们都会同他说长说短。他是村里在外最大的官，乡亲们说他替李家祠堂争了光。村里不会有人想取父母性命。案子真不知道从哪里破起，说不定会是个无头案。记得昨夜隐约听见，有人说谁喜欢揽闲事，可能说的是他爸爸四爷。爸爸是个直性子，好恶都挂在嘴上。也就是那张嘴，说了就说了，也碍不着谁。妈妈在村里说话算数，威望胜过村干部。兄弟打架的，婆媳不和的，邻居相争的，只要四奶奶到场，三言两语，谁是谁非，都心服口服。

四点多的时候，刘卫突然来了。李济运没见周应龙来，暗自有些奇怪。刘卫也没寒暄，开口就说："李主任，我不是汇报您老家的事。"

李济运见刘卫神色异样，问："哦，什么事？你说吧。"

刘卫说："那个光脑壳司机您有印象吗？他被打死了。"

李济运惊道："啊？"

刘卫说："我们初步了解了案子。光脑壳姓陈，叫陈福。打死人那个司机姓邢，叫邢达贵。我俩离开以后，光脑壳怪邢某不该拉他，两人越吵越凶，就打起来了。本来两人就撞了车，都是在气头上。光脑壳下手很毒，打得邢某爬回车上。陈某还要追上去打，邢某抓起扳手还手，把陈某脑袋打破了。有人打了120，陈某死在医院里。"

两人半日无语。窗外樟树叶子被晒得发亮。几只鸟呱呱地叫。李济运刚要说话，听得外头急促的高跟鞋响。

舒瑾噔噔地进来了，脸色很不好看。

李济运问："怎么回事？"

舒瑾也不管有外人在，没好气地说："只有你不知道！"

"什么事嘛！"

舒瑾说:"满街都在说,李济运家房子被炸了!"

李济运说:"房子是被炸了,没什么呀,只是传得太快了!"

舒瑾声音有些高:"很难听!"

李济运有些难为情,说:"你声音小点行吗?"

舒瑾仍大着嗓子说:"各种说法都有!有人说是你收了钱,没办事,又不退钱。有人说你同哪个女的好,人家男人去报复。"

李济运笑笑,问:"还有说什么?"

舒瑾哭了起来,说:"你自己出去听听!"

李济运说:"我没时间听!你也没时间,幼儿园还没放学,你快回去!"

舒瑾揩揩眼泪,说:"你自己想想!"

李济运问:"你要我想什么呀?"

舒瑾说:"有人高兴啊!听说李济运房子被炸了,以为是我们县委机关的房子,好多人去我们家楼下看哩!"

李济运说:"愿意看让他们看去!"

舒瑾骂道:"你就是油盐不进!"说完就呼地一阵风出去了。

李济运朝刘卫笑笑,说:"我这老婆,就是这张嘴!"

刘卫说:"家里出了这事,也难怪她。"

李济运问:"小刘,你是不是有什么担心?"

刘卫说:"李主任,110先到的,我们后来也到了。邢某认出我了,我怕自己牵进去。"

李济运说:"我可以作证,法律上你没有责任。"

刘卫说:"法律是法律,死了人就难说了,老百姓胡搅蛮缠的事常有。我在公安这么多年,见得太多了。"

刘卫正说着话,手机响了。他接了电话,说了几声好,合上手机说:"周局长电话。李主任,我走了。我猜有麻烦了。我也不是同李主任串供,情况您也知道。我送您回去,遇上两辆货车

257

相撞，把路堵死了。我下车做工作，请他们先把路让开，他们不干，要等待交警处理。做不通工作，我只好驾车返回，您另外叫车回县里。后来发生的情况，我们就不知道了。"

李济运说："是的，是这么个情况。"

刘卫小跑着走了，肯定是周应龙急着找他。李济运越想越觉得真可能惹麻烦了。刘卫没有打电话，也没有发短信，人直接就跑来了。他故意把过程说了一遍，其实就是对口供，只是没有造假而已。刘卫如此谨慎，必定是有缘由的。

李济运也想知道这事儿到底如何了，就打了周应龙的电话。他也不明着问，只是讲客气话，道："应龙，今天你可是忙坏了。"

周应龙说："今天真不是个好日子。刘卫说打死人之前，你们正好在那里。"

李济运装作才听说这事："你是说交通事故？"

周应龙说："两个司机打架，一个打死了。李主任，当时情况是怎么回事？"

李济运笑道："应龙你这不是录口供吧？"

周应龙也笑了，说："哪里，我是向李主任请示啊！"

李济运开几句玩笑，就把过程说了："两个司机火气大，吵得厉害。刘卫下去劝架，差点叫他们打了。他们说不用你管，要等交警来处理。两辆货车横在路中间，小刘只好回村，我就另外叫了车。没想到他们后来打起来了，还出了人命。"

周应龙说："他们打出人命案，麻烦弄到公安局来了。"

李济运问："这是为什么呀？你们不就是查清案子就行了吗？"

周应龙说："老百姓要是横起来，河里的水都会横断！他们怪刘卫不该管闲事。死者姓陈，犯罪嫌疑人姓邢。陈某家里怪刘卫不该管闲事，他不管闲事，邢某就不会拦架，陈某同邢某就不会打起来，陈某就不会怪邢某，邢某就不会打死陈某。"

李济运听得云里雾里的，说："又是陈某，又是邢某，我脑袋都大了！"

周应龙还在说话，李济运的手机响了。周应龙便说："李主任，您那边有电话，我就不说了。您老家的事，放心。只是突然又出了命案，力量上会受到牵扯。"

电话是朱芝打来的："老兄，听说家里出了点事？"

李济运只道没多大事，案子正在破。朱芝却很关切，细细地问了。李济运就一五一十地说，两人打了十几分钟电话。朱芝百思不解，只说怎么可能呢。李济运叫她放心，只是墙上炸了个洞。

电话刚放下，又响起来了。刘星明说："济运你一直忙音。"

李济运问："刘书记有事吗？"

"你来一下吧。"

刘星明见李济运进了门，便问："济运，听说你家里出了点事？"

李济运心想事情传得太快了，就说："我才准备向您汇报哩。昨天深夜，大概是三点十分左右，我老家的房子被人炸了。"

刘星明吃惊起来眼睛就成了三角形，问："炸掉了？！"

李济运笑笑，说："没多大事，只是墙上炸了一个洞。"

"没伤人吧？"

李济运说："人没事。只是想起来后怕，我爸妈的床正挨着那堵墙，碰巧我老爸老妈昨夜没睡在那里。不然啊，就要请您去送花圈了。"

"哦哦，那就好，只要人没事。"刘星明深深地吐了一口气，点了半天脑袋，"你拨一下周应龙电话。"

李济运拨通电话只"喂"了一句，刘星明的手伸了过来。他

259

拿起李济运的电话,喊道:"喂,周应龙吗?我是刘星明。济运同志老家的事,你们局里要全力以赴!我限你三天之内破案!"

李济运听着脸上发烧,心想这事哪用你打电话呢,不知道周应龙会怎么想。他等刘星明打完电话,只好说:"感谢刘书记关心。周局长昨天第一时间就同我去看了。我相信公安局的侦破能力。"

刘星明叹道:"复杂啊!我们做领导的,真不容易!这事情哪,我看不简单!"

李济运就怕把这事想得太复杂,说:"看看侦破情况吧。"

"济运,你也别太着急,会很快破案的!干这种蠢事的人,智商都不会太高,总会留下什么的。"刘星明安慰几句,又道,"今天的日子怕是百事不顺吧?一早出了杀人案,周应龙上午打电话报告了。"

李济运说:"我差点碰上这事了。"

"是吗?"刘星明听李济运前前后后讲了,又说:"周应龙后来又打电话报告,陈某家属到公安局闹事,说警察见死不救。"

"什么?下午周应龙电话里告诉我,是说死者家属怪警察不该劝架。才几个小时,怎么又成警察见死不救了?"李济运说。

"现在有几种说法,一是说警察刘卫同陈某打架,邢某劝解;二是说陈某同邢某吵架,刘卫劝架;三是说刘卫看见他俩打起来了,不予制止。"刘星明说着话就躺了下来,脚高高地搭在办公桌上,"真是累死了,恨不得倒挂起来。"

望着刘星明舒舒服服地躺下,李济运人就像快散架了。他也想那样躺着,却只得硬挺着。他昨天晚上没有合眼,今天中午也睡不着。刘星明很快发出轻微的鼾声,好像睡着了。李济运想悄然离开,却见刘星明突然使劲地抓了几下头皮,脚又从桌子上下来了。

李济运见没有别的事，就再次道谢告辞。他回到办公室，马上打了周应龙电话："应龙兄，真不好意思，刘书记知道了，一定要给你打电话。"

周应龙笑道："领导关心嘛。"

快到下班时间，梅园宾馆还有应酬，李济运就出门了。下了车，见明阳同周应龙站着说话。明阳朝李济运招招手，叫他过去，说："我才知道。没事吧？"

"没事没事，谢谢明县长。"李济运说。

周应龙道："突然出了凶杀案，人手抽回来了。不过我有预感，这个案子好破。"

明阳听了，说："应龙，情况不妨想复杂些。案子未破之前，你要安排警力在济运爸妈家值班。"

李济运忙摇手："那倒不必，不会再有事的。"

周应龙却说："明县长想得周到，我也觉得有必要。我马上派人过去。"

明阳见刘星明下了车，正朝他走来，就迎了过去。他俩像是有话要说，李济运同周应龙就走开几步。周应龙又说起清早的凶案："李主任，被害人陈某家越来越蛮不讲理了，现在又说警察见死不救！警车在那种场合太显眼了！"

李济运听着气愤，道："真是瞎胡闹！谁闹谁有理？！我们千万不能开这个头！整个过程我都是见证人！"

周应龙说："李主任，我现在担心的就是会把您这个见证人牵进来！"

李济运便问："应龙，是不是已经有人说什么了？"

周应龙略略支吾，说："警车很显眼，您当时坐在车上，有人认出来了。"

李济运说："应龙兄，我不能预料事态会怎么发展，但事实就是事实,不容有丝毫歪曲。仗着人多势众,向政府施压,这种不法行为,一定要严肃处理!"

周应龙说:"李主任,我们会依法处理!下午陈某家属到公安局闹,我们给予了严肃批评。"

闲聊几句,各自陪客人去了。周应龙要陪市局的领导,请李济运等会儿去敬杯酒。刘星明和明阳都有客人要陪,李济运到时也要去串串场子。进包厢之前,李济运去厕所小解。他在小便池边站了几秒钟,突然感到不太舒服。他便掉转枪口,钻进大便间,关上门屏息闭目。头皮里就像有无数蚂蚁在钻,人想瘫下去。真不是人过的日子。

十七

　　李济运进屋就躺在沙发上,闭着眼睛天旋地转。一个坚硬的东西顶着背,他懒得伸手拿开。人太困了,只想睡去。听得舒瑾在说:"喝多了马尿吧?"李济运不去理她,眼皮子已睁不开了。"我下午去你办公室,本来是要说别的。"舒瑾又说。李济运感觉像睡在烂泥里,身子正慢慢沉下去。

　　他鼻尖痒痒的,猛地睁开眼睛。见舒瑾手里拿着餐巾纸,低头望着他,眼神有些怪。"你干什么?"李济运想坐起来。

　　舒瑾说:"你纹丝不动,我怕你……"

　　李济运没有坐起来,仰面望着天花板,说:"你以为我死了吧?"

　　舒瑾说:"人家怕你出事,拿纸试试你的呼吸。"

　　天花板上有些陈年印迹,就像云朵似的流过头顶。李济运仍闭上眼睛,脑袋还在发晕。"我没喝几杯酒。昨夜没有睡,今天又没有休息,你不是不知道!"李济运说。

　　舒瑾就不说话了,进去收拾厨房。过了会儿,李济运感觉手心暖暖的,软软的。知道那是歌儿的手,就紧紧地握着。他好像很久没见着儿子了。大清早儿子就起床,七点四十学校开始早读。李济运每天都是听到儿子出门的声音,才爬起来洗漱。他晚上回家,儿子多半都已睡下。他抓着儿子的手,慢慢睁开眼睛。刚要对儿子说话,却发现仍是舒瑾。他掩饰着心里的窘迫,坐起来说:"对不起!让你跟着我,家里尽是事儿。"

舒瑾拿毛巾给他擦擦脸,问:"好些吗?好些就去洗澡。"

李济运顺手摸摸沙发,原来是儿子的恐龙腿,刚才正是这东西顶在他背上。歌儿早没了玩恐龙的兴趣,居然是养蜈蚣去了。他说:"我去看看儿子。"

歌儿晚上仍是起来晃荡,不知道是不是梦游。儿子也不肯去医院,说他晚上只是尿尿,何必大惊小怪。李济运同舒瑾都忙,也就不太在意了。李济运去歌儿房间,说了几句话就出来了,免得影响他做作业。

舒瑾说:"我下午见你那里有人,就没同你说了。"

"你要说什么?"李济运问。

舒瑾说:"局里领导今天找我谈,还是要我辞职。"

李济运说:"你是应该辞职。宋香云最近就会判,到时候看不到对你的处理,只怕又会有人闹事。"

舒瑾听着很气:"我就这么大的民愤吗?中毒事件我根本谈不上责任!"

李济运劝她:"你莫高声大气,冷静想想吧。"

电话突然响起,铃声有些吓人。李济运越来越怕听到电话声,时间又是这么晚了。看看电话号码,是朱芝家的。李济运忙接了,说:"朱部长,你好!"

朱芝说:"李主任,你快上网看看。网上有个帖子,说公安干警挑起事端,县委常委见死不救。是说你的。"

李济运如闻天雷,忙问是什么网站。他放下电话,跑去开电脑。舒瑾见他这么着急，就坐到他身边来，也不多问。帖子居然在首页，标红题目格外刺眼。他手有些哆嗦，心脏跳到了耳朵里。舒瑾先看到的是他的照片，说："这不是你吗？"李济运记不得这是他在哪个场合的照片，下面注有一行字：见死不救的就是这位气宇轩昂的县委常委。刘卫也有一张照片在网上，歪歪地戴着警帽，脸上油光光的。下面也有一行字：就是这位匪气十足的公安干警挑起司机斗殴致死！

　　帖子不到两千字，李济运反复几次才看完。不知是他的眼珠子在跳，还是屏幕上的文字和照片在跳。终于看明白了，他气得拍桌大怒："他妈的胡编乱造，颠倒黑白！我要查出这个发帖的人，告他诽谤！我还要告这个网站！"

　　舒瑾被弄糊涂了，问："到底是怎么回事？"

　　李济运已没有力气多说了，只道："你慢慢把文章看完，最后只相信一句话，他们是在放狗屁！"

　　舒瑾看完帖子，仍问道："他们打架你在那里吗？"

　　李济运白了一眼老婆，说："你都怀疑？"

　　舒瑾往下翻着网页，说："你看，下面还有哩！"

　　她看到的是下面的跟帖：

　　　　这位常委自家的房子被愤怒的群众炸了，官逼民反，古今如此！

　　　　他住在县委大院吗？那不干脆把大院炸了算了？痛快！

　　　　我们这里也是这样啊，呵呵，老百姓恨死他们了。天下乌鸦一般黑！

　　　　惩治贪官！

　　　　谁炸的？什么深仇大恨？河蟹啊！

　　　　楼上的是猪啊！肯定是觉悟了的群众炸的，炸得有理！

265

全部炸死肯定有冤枉的，炸一个留一些肯定有漏网的！

案子破不了？笨蛋！他家房子肯定就是被打死的司机家炸的！

楼上的是人渣！你什么立场？炸得好！一为平地才好！

夷为平地！没有文化真可怕！

你有文化，你有文化去当文化部长呀！

文化部长就最有文化？银行行长就最有钱？

想知道这位常委的秘密吗？我们发起人肉搜索，让这人渣的嘴脸暴露在光天化日之下！

李济运看不下去了，暗自骂道："网络暴力！网络流氓！"

夜已很深了，他顾不得太多，又打了朱芝电话："朱部长，这么晚太打搅你了，但这件事天亮之后地球人都知道了。拜托你请宣传部的同志出面协调，务必叫网站把帖子撤下来！"

朱芝说："李主任，不用你下指示，我们已经在同网站联系。你也知道最不好控制的就是网络，难度肯定是有的。网友转帖，防不胜防。乌柚在线我们控制死了，外面的大网站不好办。我会尽最大努力把这事哑床掉的。"

李济运道了感谢，又想朱芝说话也有网络风格了，很有意思。哑床是他俩私下说的暗语，而朱芝说成"哑床掉"就最像网上年轻人说话。他想这话如果流行开来，网上肯定经常会有人说：被哑床了。

李济运洗澡上床休息，两耳吧嗒吧嗒地响，像定时炸弹走着秒针，没有半丝睡意。窗口已经泛白，才迷迷糊糊睡着。听得门哐地带上，知道歌儿出门了。李济运不敢再睡，起床洗漱。舒瑾还想睡一会儿，只道嫁给芝麻大个官，日子就过得不安宁。李济运说："你别抬举我了！我芝麻官都算不上！刘星明和明阳才是芝麻官！"

刚走到银杏树下，朱达云过来说："李主任，大院门口放了一口棺材，堵了几百群众。"

李济运猜到是怎么回事了，摇着头说："大院门口不是尸体，就是棺材！同公安局联系了吗？"

朱达云说："联系了。明县长提议开个会，我已通知了。请李主任您也参加。"

李济运直接去了会议室，只有周应龙先到了。"又是陈某家的人？"李济运问道。

周应龙说："不光是陈某家的，邢某家的人也来了！"

"邢某家的？杀人未必有理了？"

周应龙说："邢某家说，邢某是自卫，是过失杀人，要求放人！"

李济运说："应龙兄，你知道吗？网上有人发了帖子，说公安干警挑起事端，县委常委见死不救！我和刘卫的照片都在网上！哼，我一夜之间成明星了！"

周应龙苦笑一下，说："听说了。我是老土，不会上网。"

没多时，刘星明、明阳、朱芝和有关部门的头头都到了。刘星明问周应龙："你们公安都到位了吗？"

周应龙说："我们能上的力量都上去了。我作了部署，原则上只是维持秩序，不能有正面冲突。这种时候，老百姓是干柴烈火，一点就燃。"

刘星明高声道："叫他们眼睛记事，闹得凶的，心里要有数！大门口的监控要保持工作状态，别到有事的时候就是个瞎子！"

朱芝同李济运挨着，她轻声说道："李主任，我们昨夜同网站联系了，但我们这级宣传部门的话他们不听。晚上不方便惊动上面领导，我准备通过市委宣传部，请省委宣传部出面。"

李济运轻声骂道:"他妈的,这就是新闻自由!"

刘星明正发着脾气,有人却不合时宜地开玩笑,说大院里应该有防空洞通往外面,不然大门被老百姓堵上就进出不得。刘星明听了,狠狠地瞟了那人。他平常说话总要起承转合,今天却非常干脆,只道:"应龙你说说情况!"

"凶案发生在9月27日清晨6点45分钟左右,我们内部叫它9·27案件。9·27案件引发的群体事件,四个字可以概括,叫作无理取闹!"周应龙大致介绍了前因后果,最后说,"我的分析是,陈某家把矛头对着政府,目的是想尽快拿到赔偿。他们知道找政府赔偿,比找邢某家赔偿容易。邢某家也来闹事,一想替邢某开脱罪责,二想赖掉经济赔偿。他们无中生有,给李主任和刘卫造谣,目的是把对政府的压力具体化。"

"说说你的意见,简短些。"刘星明眼睛没有望人,只是低头吸烟。

"老办法,一是稳住,二是瓦解。群众刚上来,情绪激动,拖拖就疲了。再就是分化他们,不让陈某、邢某两家在闹事时合流。"周应龙很有套路,一五一十地说了。他说着说着就在炫耀他们的办案法宝,那些手段多少让人觉得阴暗和卑鄙。也许公安办案需要这样做,但摆在桌面上滔滔不绝地说出来,听着就不是个味道。各位装着没事似的彼此望望,却又故作自然地把目光移向别处。

周应龙见刘星明看了看手表,他的话就戛然而止:"我汇报完了,请各位领导看看如何?"

刘星明道:"时间不早了,要抓紧时间处理事件,就不请大家再发表意见了。成立个领导班子,总之要果断处理,防止让少数坏人钻了空子。"

刘星明说了许多话,点了几个人的名来负责此事。他说着说着就站了起来,一手叉在腰间,一手夹着烟,在会议室里兜圈子,一副大气磅礴的样子。他谈的不过都是平常的工作套路,事情其实都在周应龙头上。会议结束时,周应龙露着一口白牙笑笑,说请各位领导放心,有情况他会随时汇报。人们渐渐散去,只有周应龙没有走。他不可能回到局里去,就坐在会议室里遥控。他的干将们都在大门口,同他的直线距离不到两百米。

李济运想陪他说说话,周应龙请他忙去。李济运就去了,坐在办公室上网。他打了朱芝电话,请她下来商量商量。朱芝很快下来了,说几个大网站不听招呼,真是讨厌。李济运问道:"网上不明真相的人乱说,别有用心的人也乱说,我们真没有招架之功吗?"

朱芝说:"李老兄,你倒是提醒了我。我们可以自己组织人手上网还击。"

李济运说:"只怕不太现实。干部们心里怎么想的,我们并不清楚。我怕有的人阳奉阴违,穿了马甲上去胡闹都说不准。"

朱芝说:"我有个设想,可以在干部中建立一支基本队伍,再从社会上招募些志愿者,专门对付网络发帖。纯粹作志愿者,只怕也靠不住。可以考虑付费,比方每发一条正面帖子,给三五毛钱。"

李济运说:"我们不妨先试试。你让部里的干部发动靠得住的好朋友,我也让县委办干部发动人。看看效果如何。"

朱芝说马上去布置,就上楼去了。李济运叫来县委办几个年轻人,吩咐他们发动同学、亲戚、朋友上网发帖。"发帖要讲究艺术,可以是只讲事实,不表明态度;可以是似是而非,不得要领;也可以小骂大帮忙,暗地里是公正立场。总之是既要起到导向作用,又不要暴露你们是雇佣军。"

中午快下班时,大院门口终于清空了。周应龙从会议室出来,先向刘星明做了汇报,再来同李济运打招呼。李济运这才想起,周应龙一直待在会议室,便说:"应龙兄,你辛苦了!"周应龙笑道:"哪里,也习惯了。陈家和邢家,各自抓了他们两三个成头的,人就散了。来的多是村里旁人,又不是实亲,哪会那么死心塌地!"

李济运说:"抓人也不好抓啊!"

"李主任您放心,我们只是吓唬吓唬,他们保证不再闹事就放人。叫他们写个检讨,白纸黑字就行了。案子本身该怎么处理就怎么处理。"周应龙说罢,就准备告辞。他走到门口,又回头说:"李主任您老家房子的事,不用担心,我相信容易破。"

果然过了没几天,李济运老家房子爆炸案水落石出。房子是三个放高利贷的烂仔炸的,他们在赌场被收走四十多万,人还被抓进去关了十几天。他们放出来的当天,就跑到李家坪找三猫子,说钱是在场子里没收的,你庄家就要赔。三猫子也不是好惹的,拍着桌子喊了几声,院子里人就满了。烂仔见场合不对,就同三猫子称兄道弟打拱不迭。三猫子讲江湖义气,又留他们吃饭喝酒。酒席上说到这回场子被端,肯定有人背后搞名堂。外头都说只因赌场里出了人命案,三个烂仔硬是不相信。死人那家告状不是一日两日,怎么拖了这么久才来呢?上回派出所倒来过一回,几个大盖帽不是灰溜溜走了吗?三猫子不知听谁说的,公安退了济林老婆的钱。烂仔听了一拍桌子,说肯定是济林搞名堂!三猫子说济林不会搞名堂,他爹四爷看不惯赌博的,老说现在风气比旧社会还过余!烂仔回去三天后,就来炸了房子。

四奶奶知道三猫子又被抓进去了,忙打电话给李济运:"村里的人得罪不起,你要把三猫子放了。世世代代结仇的事,万万做不得。"

"我听公安局说,炸房子三猫子是同伙。"李济运说。

四奶奶劝道:"运坨你要晓事,老辈人讲得好,宁在千里结仇,莫同隔壁红脸。"

李济运听妈妈喊他小名,自己仿佛立刻回到了乡间。乡间自有一套生存法则,什么政策、法律之类,在它面前都显得有些迂腐。四奶奶见李济运没吭声,又说道:"你爸他是不想事的,嘴巴子管不住。全村人都得罪了,死了抬丧都没有人!"

李济运老听妈这么骂他爸,也知道妈的话不是没道理。他说:"妈,三猫子都狂到要炸我家屋子了,您就一口气忍了,不怕他更加欺负人?"

四奶奶说:"我比你多吃几包盐,乡下的事情你听我的。你要想办法,放了三猫子。"

李济运没想好怎么做这事,只道:"妈,您先去三猫子家劝劝他妈妈,说我在想办法。他这是犯罪,不是说放人就放人的。"

李济运打算找找周应龙,先让三猫子吃点苦头再放人。三猫子会知道是李济运发了话,不然就得判他几年徒刑。他刚准备打电话,又忍住了。干脆等两天。他不用发话下去,三猫子也会吃苦的。等他吃过苦了,再打电话说情。

周应龙却打了电话过来,有心灵感应似的:"李主任,晚上有安排吗?"

"怎么?应龙兄要请客?"李济运笑道。

周应龙说:"贺总贺飞龙想约您吃个饭,托我好久了。"

李济运说:"贺飞龙?他不认识我?贺总真是见外!"

周应龙打了哈哈,道:"李主任,他托你请我,托我请你,都是一回事。无非是几个朋友一起坐坐。"

李济运说:"那倒是的。行吧。七点行不行?我这个常委就是县委接待员,天天都要去梅园张罗一下的。"

周应龙笑道:"李主任是大内总管,位高权重!"

李济运自嘲道："应龙兄，你说的大内总管，可是宦官头子啊！我还没被阉掉吧？"

周应龙忙赔了罪，说七点在紫罗兰见。紫罗兰是贺飞龙开的酒店，设施和服务都胜过梅园。传说紫罗兰有色情服务，李济运只偶尔去吃吃饭，从来不在那里接待客人住宿。

下班之后，李济运去梅园招呼一圈，就叫朱师傅送他去紫罗兰。他在路上就交代朱师傅，他吃过饭自己回去。不能让车子停在紫罗兰门口，谁都知道李济运常用这辆车。到了紫罗兰，李济运下了车，飞快地往门里走。像生怕有人跟踪似的。服务员认得李济运，径直领着他进了包厢。

贺飞龙忙站起来，双手伸了过来："李主任，谢谢您赏脸！"

李济运擂了贺飞龙的肩，说："你这是什么话？经常见面的朋友，搞得这么客气。"

周应龙说："贺总的意思是，平时虽然常常见面，从未单独请李主任吃过饭，说一定要请请。"

"什么叫单独请？我们俩？情侣餐？我不是同志！"李济运笑笑，见还有一位面生，"这位兄弟没见过。"

贺飞龙说："我正要向您介绍。我的一个小兄弟，您叫他马三就是了。"

马三站起来，样子有些拘谨，说："李主任您好！"

李济运望望马三，原来就是这个人！看上去也斯斯文文，并不凶神恶煞。可江湖说起这个马三，似乎跺一脚地动山摇。

周应龙说："没别的人，就我们四个人。"

菜很快就上来了，贺飞龙说："今天我们四个兄弟，就两瓶酒，分了！"

李济运说："不行不行，我是不行的。"

周应龙要过酒瓶，说："酒我来倒！李主任的酒量我是知道的，贺总您这酒只有我来才倒得下去！"

李济运就有些为难了。他让周应龙倒酒吗？贺飞龙就没有面子似的；他不让周应龙倒酒吗？又显得周应龙吹牛似的。但他俩的分量，自然是周应龙重得多。李济运只好笑道："贺总，我就怕应龙兄来蛮办法！"

果然贺飞龙就说了："李主任这里，还是周局长面子大！"

李济运便说："飞龙你别扯淡！几个兄弟，分什么彼此？"

酒都倒上了，贺飞龙举杯开腔，无非是酒桌上的套话。李济运干了杯，却还不明白这个饭局的由来。世上没有无缘无故的饭局。虽然贺飞龙说只是几个朋友聚聚，但这绝对不是设饭局的理由。

酒喝到八成份上，贺飞龙端了杯子，说："李主任，兄弟我有一事相求！"

李济运问："飞龙你别弄得跟演电影似的。只要不是让我犯法，我办得到的都会办！"

"我先自罚一杯！"贺飞龙干了杯说，"李主任，不是让您犯法，我兄弟犯了法。"

李济运听着蒙了，说："你兄弟犯法，也不该找我呀？你找周局长不得了？"

周应龙笑笑，说："李主任您听飞龙说完吧。"

贺飞龙说："李主任您也知道，我过去是在道上混的，如今早已是浪子回头，不说金不换吧。可我还有帮旧兄弟在外头，他们也要吃饭。我同他们打过招呼，不准他们乱来。可他们真有了事，找上门来我也不忍心不管。"

李济运问："飞龙你说吧，什么事？"

贺飞龙说："您乡下的房子，我的几个不懂事的兄弟炸的。"

马三忙站起来，说："李主任，这事同我大哥他没任何关系，那三个人是跟着我混的。真不好意思,大水冲了龙王庙……"

贺飞龙忙打断马三的话:"你千万别说自家人不认得自家人!你同我是兄弟,你同李主任还说不上话。李主任同你是什么自家人?"

李济运倒不好意思了,说:"别这么说,都是兄弟!"这话才出口,突然觉得不自在。他想起被炸的那堵墙,还有那张稀巴烂的床。他脸色沉了下来,望着马三:"没有把我老爸老妈炸死,你们运气好!"

周应龙说:"只能说伯父伯母有福气,他两老天天都睡在那张床上,独独那天晚上睡到楼上去了。"

贺飞龙训斥马三:"我最恨不孝的人!害人父母,当千刀万剐!伯父伯母的福气救了你们!不是你们自己的运气好!"

马三连干三杯酒,求李主任大人大量。李济运说:"你们是江湖中人,我不干涉你们的生活方式。但是,真正跑江湖的,都是好汉。像你们老大贺总,就是跑江湖出身的。所以说,你要让兄弟们玩得高级些,别只知道打打杀杀的。"

周应龙出来圆场,说:"济运兄,马三答应好好管教兄弟们,我们也就不再追究他们刑事责任。您老家房子的损失,马三负责赔偿。"

贺飞龙说:"我搞多年建筑,知道行情。李主任老家墙上的洞,一万块钱保证修得好。我做主,让他们出两万,多出的一万,算是给老人家赔个不是。"

李济运说:"不是钱的事。这样吧,我同老人家说说,尽量劝劝他们。"

话只能说到这地步,再说一句都是多余。几个人只是相互敬酒,说的话都是侠肝义胆。似乎造成错觉,饭局真没有别的意思。两瓶酒都喝完了,贺飞龙说还加一瓶,李济运说不行了,周应龙也说恰到好处。贺飞龙不再勉强,只道谢谢两位领导给面子。

李济运步行回家,周应龙说送送,他拱手谢绝了。走到大院门口,明亮的路灯下,望见地上飞着银杏叶。一辆车开来,地上的黄叶掀起来,飘在他的裤脚上。他无意间看了车牌,原来是明阳刚回来。

进了大院,却见明阳站在坪里。李济运上去打招呼,明阳请他上楼去坐坐。原来明阳刚才看见他了,专门在这里等他。李济运跟着明阳上楼,问明县长有什么指示。他回头望望对面的办公楼,刘星明的办公室正亮着灯光。前段时间,刘星明从下面回来,着手安排一个扶贫项目,天天晚上都在办公室忙着,李济运深夜从外面回来,已经不是第一次看见了,他心里难得地生出一丝敬意:刘星明做事还是很有魄力的,说干就干。

进办公室坐下,明阳也不讲客气,只道:"济运,刘大亮告状告到中纪委,告状信被层层批了回来。怕扩散影响,县里只有星明同志和我看了。"

"刘大亮告状,意料之中的。"李济运心里隐隐有些不快。他是分管信访的,此事却不让他知道。他不是对明阳有意见,而是觉得刘星明处事不周。不过,此事不理为妙,免得惹麻烦。

明阳长叹一声,说:"济运,你是县委高参,可以给星明多些提醒。我们要一心一意干事,不能再节外生枝了。刘大亮的事,值得那么小题大做吗?"

李济运笑道:"明县长,您是县委二把手,您觉得星明同志会听我的吗?今天我多喝了几杯酒,明县长您话也说得直,我就有胆子说实话了。我觉得星明同志性格需要调整,他这么处理事情,麻烦会越来越多。"

明阳说:"不是性格问题。他原来在零县当县长,我是副书

275

记。当时他跟县委书记配合得非常好。怎么他自己坐到书记位置上，就变了个人呢？"

李济运说："你们原先共过事，我今天才知道。"

明阳道："我俩共事不到半年，我就调到市农办去了。半年间我俩相处愉快，所以他调乌柚当书记，就提议我当县长。很多人不知道我俩有过共事经历。"

"不是他性格问题，那是什么问题呢？"李济运话到嘴边，又忍回去了。

李济运想说而没有出口的话，明阳说出来了："他当了书记，就老子天下第一了。他的权威不容挑战，哪怕是些鸡毛蒜皮的事。我们的政治生活存在严重问题，摆在桌面上说是民主集中制，实际上是一把手的一言堂。说白了，就是专制，一层是一层的专制，一个单位是一个单位的专制！"

明阳今天会这么说话，李济运万万没想到，估计他也喝多了。只是李济运自己酒醉醺醺，闻不到明阳的酒气。

"我一直很维护他的权威，也找他个别交过心。可是，他一意孤行。"明阳点上烟抽了几口，才想起递给李济运一支，看样子真是醉了，"刘大亮是个聪明人，他不直接告刘星明如何，只说吴建军是个假典型。他检举从吴建军办公室搜出巨额现金，财政没有入库。"

李济运听着两耳嗡嗡叫，说："有点天方夜谭！"

明阳却说："我不敢妄下断语。上面批下来，要我们县委说明情况。"

李济运不明白明阳的意图，就只管抽着烟，看他如何说。既然刘大亮告状信被批回的事只有刘星明同明阳两人知道，李济运就应该当聋作哑。明阳说："济运，你是个正派人，我看准了。我同你说的，只到这里打止。刘星明批示四天之后，信才到我手里。我不知道中间有什么名堂。"

李济运暗自寻思着：上面要县里说明情况，谁起草这个材料？艾建德至少应该要知道，这事不能瞒着县纪委。李济运只是闷在心里想，并不打算弄清细节。明阳也再不说别的话，只是喝茶抽烟，然后说："济运你有事先走吧，我看看东西。"

李济运下楼来，脚底软软的，就像踩在棉花上。望望地上，确实尽是银杏叶。可树叶也没这么软，必定是喝多了。照说今天他喝的酒也不多，自己分内的喝完了，也只是半斤。他的酒量不止半斤。

回到家里，先洗了澡，想让自己清醒些。李济运闭着眼睛冲水，太阳穴阵阵发胀。明阳今天太出乎意料，他那些话都是不该说的。他虽然性子不拐弯，也不至于如此直露。他不会平白无故找人说话，也绝不会只是喝多了酒。酒醉心里明，喝酒的人都知道。

李济运突然想起那只壁虎，睁开眼睛望望窗户。说来有些奇怪，他洗澡时总会想起那只壁虎，却再也没看见过它。白象谷的黄叶更厚了吧？李济运又闭上眼睛冲水，耳旁似乎响起落木声。正是万木凋零时节，经霜之后虫鸣早已不复，山涧流泉却愈发清冽了。

李济运突然睁开眼睛，胸口怦怦地跳。他想起今天的饭局，发现自己竟然红黑两道了。自己收了周应龙退回的钱，就已经不清不白。他早知道贺飞龙是什么人，可县里把此人当个人物。他自认为于己无干，且让贺飞龙风光去。可自己同贺飞龙沾上了，他就很不自在。他又闭上眼睛冲水，想自己也许有些迂腐吧。

舒瑾在外面嚷，说他在里头杀猪。他就关了水，穿好衣服出来。他打了家里电话，说烂仔包赔损失，还多出一万块钱。四奶奶说："我不要赚这个钱，他们只负责把墙修好，赔一架新床，把震坏的玻璃补上。"

李济运说："那倒好说，他们少出钱肯定愿意。"

四奶奶又说："他们负责请工，哪个炸的房子，哪个来我家里监工。"

李济运不明白妈妈意思，说："您只管他们弄好就行了，哪管谁来监工？"

四奶奶说："运坨你不晓得，你按我讲的说就是了。三猫子也放吗？"

"肯定放，你先告诉他们家里吧。不是我出面说情，肯定判他几年刑！他说自己没有参加，只是告诉我家是哪栋房子。法律上没有这么简单，他这就是同伙。"李济运知道自己是信口解释法律，却仍说得振振有词。

李济运刚有些睡着，舒瑾说："你儿子老说他的同学胡玉英，怪不怪？"

"今天他又说什么了？"李济运问。

舒瑾说："歌儿说，胡玉英带了卤猪耳给他吃。"

李济运笑笑，说："那孩子爸爸是杀猪的，家里有嘛！"

舒瑾有些不喜欢，说："我还怕她妈搞得不卫生哩！"

李济运就怪舒瑾："你别讲得这么难听！小孩子嘛。歌儿的话不是越来越少了吗？他跟同学关系好，只有益处。"

几天之后，四奶奶打电话来，说三个青年人请了泥工，运了砖来补墙。村里人认得那三个青年，说就是赌场里放贷的烂仔。乡亲们都说四奶奶真是厉害，城里烂仔都听她的。四奶奶电话里很高兴，李济运听着心里不是滋味。

卫生县城检查验收的日子近了，满街都是同这事相关的标语口号。乌柚县城差不多进入战时状态，人们的神经都绷得紧紧的。每个县级领导都包了片，片内卫生须一寸一寸管住。从刘星明到每个副县长、每个政协副主席,清早上班第一件事不是去办公室,而是去负责的片上巡查。每一寸地面都有责任人,不是就近的住户,就是那里的商家。主街道到两旁的人行道则是环卫所负责,二十四小时有环卫工人巡逻。

终于等到了考核验收专家组驾到,领队的是省爱卫会副主任、卫生厅马副厅长。刘星明亲自陪同验收,县里所有工作都停了摆。马副厅长在酒桌上表示很满意,说专家组将建议省爱卫会授予乌柚卫生县城称号。

可是一个月之后,乌柚等到的却是泡影。刘星明把肖可兴骂得抬不起头,叫他马上去省里检讨,看看哪些地方没做好,以便明年再做工作。肖可兴领着人去了趟省城,找到马副厅长汇报。马副厅长很热情,请肖可兴吃了中饭。马副厅长说他们回来研究,全省平衡之后发现乌柚在爱国卫生组织管理、健康教育等方面有差距。

刘星明听肖可兴回来汇报,立马就下了结论:"一句话,就是材料没写好!"他说着就望望李济运,似乎凡材料出了问题,都同县委办主任有关。李济运却想未必就是材料出了问题,也许还有别的摆不上桌面的原因。

十八

　　陈美从医院回来了，人瘦得像剪纸，走路感觉在飘。精神病医院在漓州，老百姓习惯叫它疯人院。就像精神病人，人们总叫神经病。李济运看见她领着儿子，走过银杏树下，腰微微弓着。他坐在车里，想摇下窗户打招呼，问问星明在医院如何。可他终于没有叫朱师傅停车，怕自己下车去的样子显得居高临下。陈美低着头，也没有在意身边的车。

　　今年冬天风格外大，院子里的银杏叶比往年都厚。街上也是樟树叶、梧桐叶，满地随风翻卷。李济运晚上睡在床上，听窗外寒风呼啸，总想起小时候的印象。刮这么大的风，山上必会铺上厚厚的松茅，黄黄的像金丝。乡下人一早就会去耙松茅，那是上好的柴火。如今山上都栽了乌柚，早没有松树了。往远些山里去，倒是有板栗叶和银杏叶，当柴却不太好烧。不过现在乡下人也不再烧柴，早改烧蜂窝煤了。

　　李济运那件风衣不抵用，穿上了封存多年的羽绒衣。衣是黑色的，瞥上一眼，有些像警服。他不爱穿，就因太像警服。这几天，他两口子正生着闷气。舒瑾的园长职务到底还是免去了。文件是说同意舒瑾同志辞去园长职务，只是为顾及她的面子。她没有当初那么大的火气，但仍是责怪李济运没本事，自己老婆都保护不了。

宋香云也判了，没获死罪，无期徒刑。舒泽光保住了老婆的命，马上就上省里告状去了。他不是为老婆鸣冤叫屈，只想替自己讨个清白。老婆的罪是明摆着的，他告到哪里也没有用。他关了手机，谁也联系不上。刘星明大骂舒泽光不是东西，早知道他会胡搅蛮缠，就该杀了他老婆！

马上就要召开全省经济工作会议，对所有上访者务必严防死守。可是又传出消息，贺飞龙要当副县长了。朱芝问李济运，真会这么荒唐吗？李济运说不知道，按说贺飞龙公务员都不是，怎么可能当副县长呢？但老百姓中间传得沸沸扬扬，都说真的官匪不分了。李济运不想打听这事，只隐约感觉会出麻烦。药材公司职工告状从没断过，贺飞龙的任何好消息都会激起怨恨。

刘星明在常委会上的一番讲话，证明外界传闻并非空穴来风。他说以贺飞龙为代表的一批民营企业家，实实在在就是乌柚县先进生产力的代表，他们对县里经济的贡献是有目共睹的。乌柚县的贺飞龙，不是多了，而是少了，越多越好。原来倒不是要选举贺飞龙当副县长，而是任命几个贡献突出的民营企业家为县长助理。传到老百姓耳朵里，贺飞龙就成副县长了。

听着刘星明的高论，李济运发了短信给朱芝：会出大事！

朱芝回道：袖手旁观吧。

李济运却想自己不可能袖手旁观，很多矛盾不是暴露在大院门口，就是通过信访件回到县里，他都得过问。跑到省里和北京去上访的，他还得负责派人劝回来。他想朱芝也不可能袖手旁观，有些事情会成为网络事件和新闻线索，她这个宣传部长得做消防员，她这么说话只是情绪而已。李济运知道明阳也有情绪，怪刘星明不知息事。

派人把上访人员从省里和北京弄回来，这事儿叫截访。截访离不了软硬兼施。舒泽光在省里被人劝回来了，到了县里就被全天候监控。刘大亮没有出门，只是写告状信。他的信被打回到县里，人也就被监控了。药材公司几个成头的人，也被人二十四小时盯着。刘星明叮嘱李济运，省里经济工作会议期间，不准有一个乌柚人上访。

李济运立下军令状，便敲破脑袋想主意。他找朱达云和毛云生商量，召集信访办和公安局开会，把全县的上访人员摸了底。信访本不关公安局的事，但紧要关头得动用他们，李济运只得请了周应龙来。周应龙照例是露着白白的牙齿笑，说你李主任有命令谁敢不来呢。

李济运分析了信访工作形势，拿出了基本方案。成立截访班子，三五个人一组，每组负责盯死一人。这都是老套路，并非李济运的发明。他也不敢发明新招，怕招来民怨。被选来截访的干部，都有满腹牢骚。可他们端着政府的饭碗，骂着娘也得干事。

全省经济工作会议结束后，紧接着要开半天信访工作会议。信访会议从来没有这么高规格过，要求县委书记和县长都参加。乌柚县将被评为信访工作先进单位，刘星明要在会议上做个发言。起草发言稿的任务，自然就落在李济运身上。原来，春节之后省里先开"两会"，紧接着就是全国"两会"，信访工作被高度重视起来。

李济运找朱达云和毛云生谈了初步意见，告诉他们发言稿应该怎么写。他们拿出了初稿，李济运再来把关。送刘星明改了三次，终于定了稿。单看这个发言稿，似乎信访就是乌柚县的中心工作。这当然不是事实，县里工作千头万绪，但人们平常感受最深的，真的就是信访工作。毛云生他们不是在大院门口同人吵架,就是派人上省里和北京截访。

临去省里开会,突然发现舒泽光和刘大亮不见了。他俩照例是关了手机,谁也不知道他们的下落。李济运把负责盯他们的人骂了顿死的,忙去找刘星明汇报。刘星明自然又是发火,吩咐火速派人上省里和北京。北京派去十个人,省里也派了十个人去。他们得盯住上级重要办公地点,只要他们露面就强行带回。那些上级重要办公地点,乌柚领导叫它们"敏感地带"。省里还去了辆警车待命,随时准备运人回来。北京实在太远了,不然也要派警车去。

李济运担心药材公司那边再出麻烦,找来贺飞龙商量,说:"飞龙,药材公司那几个成头告状的,你得破费些。"

"我宁肯助学,宁肯打发叫花子,也不愿把钱花在这些刁民身上。他们老是盯着老子不放。"贺飞龙气呼呼的。

李济运劝道:"飞龙兄,你目前太打眼了,也是关键时刻,得忍且忍。政府讲究花钱买稳定,你也得做做姿态。你把他们几个人请到紫罗兰去,好好招待一顿,道理说清楚,再打个红包。人心都是肉长的,工作做得通的。"

贺飞龙说:"他们要是给脸不要脸怎么办?"

李济运说:"你先做工作,个别做不动的,组织上可以出面。"

贺飞龙只得答应了。当天晚上,他就请了客。贺飞龙打李济运电话,想请他也去吃饭,李济运推说有重要接待,用得着他的时候再说。他不想随便就把自己推到前台去,不然上访人员有事就会找上门来。晚饭后,贺飞龙就打电话报告,直道感谢李主任的金点子,不到两万块钱就把五个人摆平了。李济运也松了一口气。药材公司的人会不会再上访,谁也保证不了,但至少他们最近不会上省里和北京去。能拖则拖,能压则压,很多事情都是如此。

李济运先期到达省城，拜访了省委、省政府的保卫处和信访局。省里这些单位的领导很满意，说只要发现乌柚上访人员，马上同李济运他们联系。李济运此行的目的，就是确保事情不捅到省里领导那里去。他在省政府迎宾馆房间里坐镇，被派来截访的同志就像地下工作者，潜伏在敏感地带隐蔽处，密切注视机关大门口。舒泽光和刘大亮，还有别的乌柚老上访人员，截访人员通通认得。他们向李济运诉苦，说吃饭屙屎都没时间。李济运安慰他们，不吃不喝也就是几天，没出问题给他们发奖金。

省里经济工作会议开幕那天，仍没有舒泽光和刘大亮的消息。李济运的心脏紧巴巴地悬着，生怕突然冒出大事来。他给朱芝打电话，请她把网上看紧些。网上网下会像病毒似的交互感染。朱芝没好气，只说尽力吧。她的气不是冲着李济运发的，他俩算是心有灵犀。舒泽光和刘大亮的事，乌柚在线时有帖子，都飞快地成了"网尸"。近段网上说得最多的是贺飞龙，帖子也是随上随删。朱芝说过几天开宣传部长会，她也会到省里来。

刘星明找李济运分析，猜测舒泽光和刘大亮可能进京了。"这个时候倒是宁愿他们进京，也不能让他们在省里闹。"刘星明说。李济运却想他们到哪里闹都不好，反正最后得他去擦屁股。李济运给舒、刘二人都发了短信，请他们见信回音。知道他们不会回音的，李济运只是抱着幻想而已。

经济工作会议眼看着结束了，仍没有舒、刘二人的动静。李济运心存侥幸，也许不会有事了吧？只要不在会议期间上访，就算是菩萨保佑了。马上开信访工作会，刘星明、明阳和毛云生参加。李济运算是没事了，准备回乌柚去。刘星明不让他走，说再忙不在这二十四小时。

李济运自己不走，他也不让盯梢的人走。他吩咐他们不得松懈，照例二十四小时把守敏感地带。李济运弄得有些累，开信访会这天他想睡个懒觉。没想到九点多钟,手机铃铃地响了。原来,舒泽光同刘大亮进入了信访会议会场,此刻已被武警战士控制着。李济运飞快地穿好衣服,匆匆擦了把脸就出门了。他在车上打电话召集各路人马,叫他们飞快赶到会场碰面,又命警车火速赶到准备运人。正是行车高峰期,路被堵得死死的。李济运急得不行,却接到刘星明的电话:"他妈的,老子刚在台上介绍完了信访工作经验,他俩就在会场大吵大闹!"

李济运说:"刘书记您别着急,您安心开会,我马上就到。"

"务必劝回,绑也要绑回去!"刘星明说。

李济运说:"行行,刘书记您放心吧。"

挂了电话,没几分钟,刘星明发来短信:我建议送他们去漓州做精神病鉴定!

李济运吓了一跳,他琢磨刘星明的意思,就是要把舒、刘二人送到精神病医院去。他不能做这事,太昧良心了。刘星明干几年就拍屁股走人,自己的根底却都在乌柚,万万结不得这个仇。李济运想了想,谨慎地回了信息:我会酌情处理。

李济运赶到会场,同武警方面联系了。一位战士领他去了值班室,见毛云生已在里头做工作。刘大亮高声喊道:"我要告,他们动手打人!"李济运这才看见刘大亮左眼角红肿了。舒泽光拉扯着衣服,脸色铁青。李济运见他的纽扣掉了几粒,细看衣服也破了。舒泽光望望李济运,又低下头去叹息。武警战士的手是没有轻重的,人到他们手里必定吃亏。

李济运说:"不管有什么问题,你们冲击会场,这是极其错误的。往严处讲,这是违法犯罪。都是多年的领导同志,道理不用我多讲。"

刘大亮说:"李主任,我正好有个机会向您道歉。您替我说过好话我不知道,还打电话对你发脾气。老舒也说您是个好人,我俩都感谢您。但今天我们只是想找个说理的地方，犯了哪门子法？他们这些当兵的，比我儿子都还小，他妈的像恶狼一样！未必他们不是人养的？"

听刘大亮说这些话，李济运有些害怕。他不需要刘大亮记他的情，更怕人知道他替刘大亮说过话。毛云生在场听着，天知道话传出去，会有什么后果。可李济运还来不及说什么，一个战士骂了起来："少啰唆！我们只知道执行命令！再嚷嚷老子揍死你！"

刘大亮指着战士叫骂道："你开口老子，闭口老子，你生得出我这么老的儿子吗？回去问问你家老子！"

战士扬手就要打人，李济运上前拦住了。李济运用乌柚话说："两位，秀才碰到兵，有理讲不清。好汉不吃眼前亏，你们还是跟我回去。"

舒泽光说话声音很轻，语气却是硬硬的："我们不走，死也死在这里。"

毛云生说："两位老兄，别说小孩子话了。这里绝对不是你们说话的地方，没有人出来同你们说话的。我是讲真话，听不听由你们。不如跟我们回去，有话我们慢慢说。"

这时，毛云生接了电话，说："左边，你们进来吧。"

听得敲门响，战士开了门。门口黑压压站了几个人，战士警觉地喝道："干什么的？"

李济运说："我们的干部，截访的。"

毛云生望望李济运，再回头对门口的人说："我们请舒局长和刘局长回去吧。"

战士听着蒙了，说："他们还是局长？"

没人回答武警战士，他们只忙着把舒、刘二人往外拉。他俩不肯走，喊道："你们不要乱来！"都是几个熟人，难免就犹豫了。李济运说:"二位,只好得罪你们了。"

大家听了这话,便把两位抬起来往警车拖。舒泽光两手捏得紧紧的,却左右出不得拳。刘大亮高声叫骂,粗话极是难听。李济运不忍看,背过身去。

警车走了,毛云生问:"怎么办,李主任?"

李济运不敢说出刘星明的意思,嘴里只是支吾着。毛云生电话又响了,他接了电话说:"你们先往回走,我马上打电话过来。"

毛云生合上电话,说:"他们问送到哪里去。"

李济运宁愿那句话毛云生讲,便问:"刘书记有意见吗?"

毛云生说:"刘书记说送到精神病医院去。李主任,你做主,我可不敢啊!"

李济运不说刘星明给他发过短信,只道:"那怎么处理呢?送回去他们又会出来的。"

毛云生松松棉衣,大冷的天他已出汗了。李济运心里甚是焦急,毛云生却说起刚才会场上的事。原来舒泽光和刘大亮早早地就混进去了,坐在会场二楼的椅子上。二楼都是记者,谁也不在意谁。只等刘星明发言完毕,他俩就站起来大喊大叫。他俩居然每人带了个电喇叭,叫喊起来全场都听得清清楚楚。

李济运问:"他们喊了什么?"

毛云生说:"两个人都在喊,不知道哪句话是哪个喊的。只听说'诬陷、贪污、报复',没喊几句就被人带走了。"

李济运掏出烟来,躲在衣襟里点上,深深地吸了一口,逆风眯着眼睛,说:"他俩怎么这么傻呢?这样闹未必有好处?"

毛云生说:"刘大亮说他是烂船当作烂船扒,只想通天。省委吴书记和欧省长都在,如果他们不引起重视,那就认命死心了。"

"天真！真是太天真了！"李济运把吸了两口的烟丢在树根，拿鞋底踩得粉碎。

寒风飕飕，毛云生把松开的棉衣又扣上，说："李主任，你拿个主意吧。"

李济运说："刘书记有具体意见，那不按他的意见办？"

毛云生直摇头，说："李主任，这明摆着是不妥的。"

李济运又点了支烟，吸了两口又丢掉，说："我也知道不妥。这样吧，先带到漓州去，开个酒店住下来。不得离人，不能再让他们跑了。"

毛云生仍有些为难，说："我还在开会。"

李济运笑笑，说："总不至于要我亲自去吧？"

毛云生就不好意思了，说："哪能让李主任自己去！我马上打电话，叫家里去个副局长，让他们在漓州会合！"

毛云生交代好了仍进去开会，李济运打算回迎宾馆休息。朱师傅刚才没有下车，他是个不爱管闲事的人。听得李济运叹息，朱师傅才忍不住说："这也算是一世人啊！"

李济运不搭话，鼻腔里酸酸的。舒泽光和刘大亮，都算是乌柚的体面人。他俩跑到会场鸣冤叫屈，实在是被逼无奈。李济运回到迎宾馆，倒在床上睡觉。中午不想吃饭，只开着手机等电话。既然惊动了省委吴书记和欧省长，他们必定会过问下来。不管上级领导意见如何，李济运知道刘星明都会怪罪他的。

李济运迷迷糊糊睡着了，醒来已是下午三点多钟。他看看手机，没有未接电话。心想会议早就结束了，忙打了刘星明电话。刘星明说："我以为你走了。你到我房间来吧。"

李济运在刘星明房外，正好碰见明阳也来了。明阳摇摇头，什么话也没说。李济运敲敲门，听得里面应道"请进"，门就开了。两人进去坐下，刘星明说："朱芝马上就到，她来开宣传部长会议。我们四个常委在,可以开个常委会。"

李济运知道朱芝要来,就发短信:我们在刘书记房间,你呢?

朱芝回道:就到。什么事,我刚到就找我去?

李济运回信:到了就知道了。

听到敲门声,李济运去开了,门口站着朱芝。她穿了件黑色裙式羊绒外套,系着桃红色长围巾。她朝李济运苦笑,又悄悄儿做了个眼色,且怨且恼的样子。李济运心领神会,却故意玩笑道:"热烈欢迎朱部长驾到!"

"我们四个常委在,可以开个常委会了。"刘星明重复了这句话,便说到省委吴书记的意见。吴书记本来说要亲自接访,但听说是两个精神病患者,就放弃这个打算了。不然,乌柚县信访工作先进单位的牌子,当场就会摘掉。吴书记指示,县里要本着人道主义原则,帮助这两个精神病人治疗。"济运,你是分管信访的,你谈谈意见。"刘星明说。

李济运的话不便说得太直,绕来绕去说了些原则性意见。刘星明听着急了,问:"济运,你直接表个态吧,同不同意送他们去做精神病鉴定。"

李济运被逼得墙上转不得弯,只好说:"我不同意!"

刘星明把烟蒂往烟缸里一顿,砰砰地响:"济运同志,信访工作弄成这个局面,你是有责任的!"

李济运也来了火,顶了上去,说:"刘书记,我们县的信访工作刚刚评上全省先进!"

明阳出来打圆场,说:"不要扯远了,就事论事吧。刘书记,我想如果只是精神病鉴定,送去做做也无妨。但要考虑后果,怕激化矛盾。"

刘星明更加不高兴了,说:"明阳同志,你这指的意思,是说我会白栽他俩是精神病?这么严肃的会场,不是精神有问题,谁会冲进来大喊大叫?"

明阳也没好气了,说:"你的意思,他俩就是精神病了?那还要鉴定什么呢?你就把意见明说了嘛!"

朱芝不说话,轻轻咬着嘴唇。刘星明问她:"请你参加,不是要你看戏的!"

朱芝的脸刷地红了,说:"我不愿意看到任何矛盾发生,希望能够冷静处理,把工作做细一点……"

刘星明不等朱芝把话说完,就很不耐烦了:"你们三个人意见是统一的,我成了孤家寡人了!"

四个人都不说话了,只有烟雾在房间盘旋着。三个男人都在抽烟,烟雾叫空调吹起来,便如乱云飞渡。朱芝笑笑说:"我快被你们熏成腊肉了!"她故意说说调皮话,却没能让气氛好起来。她忍不住捂嘴咳了咳,李济运就把烟灭了。明阳嘴上的烟正好抽完,也把烟屁股按进烟灰缸。刘星明的烟才抽到半截,重重地掐灭了,却又点上一支。李济运闭上眼睛养神,不管刘星明如何生气。他想这哪像常委开会?简直就是吵架!一个县委书记,怎么是这个涵养!

听得明阳又说话了,李济运才睁开眼睛。明阳说:"星明同志,我们都心平气和地讲话吧。今天在场的人不多,我要提您意见。您应该调整工作方法,不能激化矛盾。我同济运同志、朱芝同志,都是维护您的威信的。但是,明摆着考虑欠周的事,我们就有责任提出不同意见。不然,既不是对您负责,也不是对乌柚人民负责。"

刘星明吸着烟,说:"明阳同志,济运同志,朱芝同志,你们对我的工作很支持,我非常感谢。但是,什么叫对我和乌柚负责?乌柚处于发展的关键时期,必须要有良好的发展环境。谁影响乌柚的发展一阵子,我就要影响他一辈子!"

刘星明的话简直杀气腾腾,而语气却变得相当柔和了。声调也放得很低,几乎像自言自语。他又说舒泽光和刘大亮冲击会场,吴书记虽然没有批评乌柚县,但省委办公厅保卫处和武警都会受过,说不定还要处分几个干部。他建议适当时候请保卫处和武警那边吃个饭,也算赔个不是。

会议最终不欢而散,事情却仍要李济运去办。毛云生散会后立即赶往漓州去了,刘星明要他先去处理舒、刘二人的事。现在开会研究,只是走走过场。刘星明拍板让李济运去漓州,为的是不把实际责任揽在自己肩上。

明阳、李济运和朱芝出了刘星明的房间,走在走廊里没谁说话。到了明阳房间门口,李济运诉苦道:"偏要我去做恶人!"

明阳说:"他执意如此,你就照办吧!出事责任也不在你。"

"谁担责任事小,逼人做疯子事大!"李济运说。

明阳摇头不语,进房间去了。朱芝进了李济运房间,发起牢骚:"同我八竿子打不着的事,要我参加研究什么!"

李济运说:"他不就是想多一个人担担子吗?"

朱芝说:"不也多一个人见证他的霸道吗?"

"算了算了,我们都不说了。"李济运开始收拾行李。

朱芝刚坐下,又站起来,说:"好吧,我报到去了。你一路顺风!"

李济运把茶杯哐地丢进行李箱里,说:"顺风个屁!我伤天害理去!"

朱芝刚要拉开门,又回头说道:"老兄,从来没见你发这么大的脾气。我有时真想赌气,不管那些鬼事!乌柚这张床,要响就让它响!"

李济运只是摇头,望着朱芝出门去。他俩已很习惯说哑床云云,这是他俩明白的专有名词,早没有任何暧昧颜色了。李济运独自关在房间连抽了几支烟,才叫朱师傅开车在大堂前面等着。他估计毛云生早已到漓州了,却不想打电话去过问。毛云生也是个聪明人,知道此事能躲就躲。不是刘星明紧紧逼迫,毛云生也不会去的。

　　李济运慢吞吞下楼去,天色昏暗得像快黑了。看看时间,四点刚过。朱师傅问是不是回县里,他说到漓州去。正是堵车高峰期,朱师傅有些急躁,嘴里骂骂咧咧。李济运只说别急,又不是去救火。他平生第一次感觉堵车竟是件好事,他不想急匆匆赶到漓州去。刘星明吩咐毛云生先去,肯定把意图都说确切了。就让毛云生去做吧。他巴不得地塌下去,汽车再也不走了。朱师傅车技好,有空子就想钻。李济运吩咐不许超车,慢慢移动就是了。他闭上眼睛养神,耳边的喇叭声嘈杂一片。他平时很讨厌汽车打喇叭,今天却是心不烦气不躁。

　　电话响了,他猜肯定是毛云生。掏出手机看看,果然是的。他不想接,任手机唱着歌。毛云生却是不停地打,他只好接了:"哦,毛局长,我刚才开会把手机调振动了。"

　　毛云生问:"李主任,您到哪里了?"

　　李济运说:"我才散会,还没出城,堵得厉害。有事吗?"

　　毛云生说:"还不是那个事!您不来,我不好做主啊!"

　　李济运说:"刘书记不是同你说了吗?你按照刘书记意见办就是了。"

　　毛云生却仍是问那句话:"您什么时候能够到?"

　　李济运见毛云生一心要等着他去,便说:"毛局长,刘书记的意见很明确,你遵照执行就是了。你等着我来亲自鉴定,还是等我来帮你扯手扯脚呢?你先处理吧,我手机快没电了。"

　　李济运挂断电话,就把手机关了。他想先让毛云生办着,看看结果如何。明天实在没有办成,再想办法也不迟。汽车好不容易出了城,也叫朱师傅别开快了。平时两个半小时的路程,今天跑了三个多小时。到了漓州,也不忙着住宿,找家馆子吃了晚饭。李济运要了一瓶酒,叫朱师傅陪着喝。朱师傅推让几句,也就喝上了。朱师傅喝了几杯酒,就说到舒、刘二人。他说送他俩去精神病医院,真是要遭雷打的。李济运说你只管开车,当聋子做哑巴吧。

吃过饭,李济运让朱师傅去宾馆开房,他还要出去有事。朱师傅问他去哪里,要送他去。他说你只管去开房子,我回来找你就是了。朱师傅不便多问,就开车去宾馆了。李济运打了的士,去市物价局找熊雄聊天。他不敢开手机,怕毛云生打电话进来。他进了物价局大院,径直跑到熊雄家敲门。熊夫人开了门,只道来了稀客。熊雄闻声迎到门口,说老同学这么神秘,怎么不打个电话呢?李济运说碰碰运气,访而不遇回去就是了。

李济运进屋落座,熊夫人沏茶端上。熊雄见李济运似有心事,便请他到书屋说话。熊夫人就说:"你们老同学聊天,我就不管了。"关了门,李济运叹息再三,说了舒、刘二人的事。熊雄拍案而起,直道暗无天日了。

"我同明县长、朱部长都反对,刘星明却一意孤行。我反对不成,还要来执行他的指示。我会成罪人啊!"李济运微有醉意,使劲地拍着脑袋。

熊雄说:"他说鉴定是假,真实目的就是要把人关进精神病医院。"

李济运点头道:"我们都明白他的意思。我不想自己办这事,只好躲起来。我真恨自己,没本事反抗。"

"你们明县长都无力反抗,你奈他何?你也不必自责。"熊雄气得不停地捏着手,"我实在是在市委领导面前说不起话,不然非告刘星明不可!"

李济运说:"田副书记是信任我的,但我怎么敢同他说?说不定他更信任刘星明哩!人家能做到县委书记,上面肯定还有更高的人。"

"没有几个领导干部不被告状,但有几个人会被查处?靠山!"熊雄说。

李济运说:"老同学,刘星明为什么非把这两个人送进精神病医院不可?我一路上都在想,也许不光是他心胸狭窄。"

"你是说他怕人家真抓了什么把柄?"熊雄问。

"我猜可能如此。"李济运说,"他嘴上说得堂皇,说是怕影响乌柚的发展,他是怕影响自己的发展。"

熊雄说:"他那是慈禧太后的口气!慈禧太后说,谁让我一时不舒坦,我就让谁一辈子不舒坦。"

两个老同学激愤到底,无非是意气之辞,于事毫无补益。李济运说:"老同学,我是有些灰心了。你年纪轻轻级别就上来了,日后万一有机会往高处走,可一定要尽可能做点好事!"

李济运这么一说,谈话气氛就变了。熊雄只当是玩笑,说:"老同学你就别取笑我了。我自己看得清清楚楚,只是个业务型干部,运气好的话,临退休前解决个副市级空头级别。"

"说不准说不准!人的运气,真说不准!"李济运说。

熊雄说:"不是我吹嘘自己如何正派,我真有可能说得起话,马上还舒泽光清白,刘大亮的举报坚决立案调查。"

李济运又是感叹,说:"我相信老同学的人品。我想自己也会这样,哪怕我是明阳这个位置,我也会据理力争。"

雄熊问:"舒泽光嫖娼案,一看就知道有人设了圈套,很容易查呀!难道刘星明这么下作?"

李济运说:"乌柚那边说法很多,有说是刘星明干的,也有人说是他别的对手干的。物价局副局长余尚彪你知道的,他是真有经济问题。有人说,他们家怀疑是舒泽光检举的,就陷害他。余尚彪的弟弟是电视台的摄像,那带子就是他摄的!舒泽光已是死老虎,谁替他去查呀!反正是桩疑案。"

熊雄摇头道:"济运兄,想想世上这么多不平事,我们却无能为力,真是悲哀!有时候真是拔剑四顾心茫然啊!"

眼看着时间不早了,李济运告辞出来。他回到宾馆,向前台打听了,就去找朱师傅。朱师傅说毛云生已在他房间坐着,要等着向他汇报。李济运醉意未消,气得火冒三丈,骂了几句粗话。心想毛云生真不是东西,非得逼着他亲自做这恶人。可这又是自己职守所在,生气又能如何呢?李济运决定不给毛云生好脸色,不管他如何汇报情况,不管这事如何处理。

毛云生开了门,迎着李济运喊道:"李主任您回来了。"

李济运只点点头,一言不发地坐下。毛云生说:"李主任,人都送进去了。"

李济运后脑勺上一凉,顿时酒意全醒,问:"他俩真有精神病?"

毛云生说:"没有精神病又能如何?"

李济运刚才黑着的脸色是生气,现在同样颜色的脸是震惊了。这是他早就预料到的结果,甚至是他必须做到的结果。真的做到了,他不敢面对。他没有脸面再恨毛云生滑头,也没有胆量感谢他做好了工作。他只说:"辛苦你了,毛局长。"

没想到毛云生突然哭了起来,李济运吓得不知所措。他想给毛云生倒茶,却发现没有开水。他打了水烧上,坐下劝慰毛云生。他不知毛云生到底哭什么,劝慰起来就不着边际。

毛云生欷歔良久,说:"李主任,我实在忍不住了。眼看着过去的老朋友、老熟人,明知道他没有精神病,我要昧着良心把他送进去！他俩都骂我断子绝孙，我不敢回骂他俩半句。"

水烧开了，李济运倒了茶，说："云生兄，你受委屈了。"

毛云生喝了几口茶，说："不是委屈不委屈的事，是良心上过不去。想想怎么对他们家里人交代？老舒老婆在牢里倒好说，他女儿怎么受得了？还有老刘家里的人。"

这些后遗症，李济运早想到了。已经容不得再哭哭啼啼，必须考虑怎么应付新的麻烦。"手续都齐全吗？"李济运问。

毛云生冷冷一笑，说："手续？什么假不可以造！"

"医院可以这么不严肃？"李济运说。

毛云生抬眼望着李济运，就像突然遇见了生人。他望得李济运脸上的皮都发硬了，才说："生意！医院只要生意！只要医院忙得过来，你把整个乌柚县划为疯人院他们都愿意。可是我们还有脸指责人家医院吗？"

李济运满心羞愧，却无从辩白。他不能说自己同刘星明争吵过，更不能说明阳和朱芝都反对这么做。他要维护班子的团结，这是他必须坚持的。何况这些话传到刘星明耳朵里去，不知道会有什么后果。

毛云生说："李主任，我打您电话不通，只好把处理情况直接向刘书记汇报了。刘书记说，明天上午在家的常委开个会，由您通报情况。他们几个人都回去了，我是专门留下来等您的。"

朱师傅今晚喝了酒，李济运有些担心。他自己的酒早就醒了，便想路上两人换着开。他叫朱师傅退了房，说自己来开车。朱师傅只道没事，一定保证领导安全。上了车，李济运见朱师傅真的醒了酒，才放心让他开车，只是嘱咐他慢些。

一路上没人说话。李济运闭着眼睛假装养神，内心却充满悲凉和愤怒。他明天摆在桌面上汇报，必须假话真讲，振振有词。他得出示舒泽光和刘大亮病历复印件，常委会将有详细记录。经过这套程序，舒、刘二人入院，就被集体认可了。今后查阅白纸黑字，舒、刘二人就是李济运送进精神病医院的。李济运看穿了这个圈套，也只得往里面钻。

十九

刘星明在常委会上专门说过,舒泽光和刘大亮的家属不得去医院探望。他俩的病情很特殊,容易鼓动家属闹事。等他俩的病好了,自会让他俩出院。

毛云生背后为舒、刘二人哭泣过,明里却要同他们家人吵架。舒泽光的女儿舒芳芳回到县里,说要把毛云生告到法庭上去。刘大亮家的人跑到信访局,差点儿把毛云生打了。终究胳膊拧不过大腿,两家人闹事都平息下去了。舒泽光和刘大亮便在精神病医院住着,尽管外头的说法沸沸扬扬。

乌柚在线又很热闹了,不断有人发帖子,说舒、刘二人进疯人院,纯属政治迫害。李济运在网上挨骂,他几乎成了刽子手。贺飞龙真成了县长助理,市委文件已经下来了。贺飞龙的运气真是好,他升官居然没有引起人们太大关注。街谈巷议的是舒、刘二人成了精神病,网上说这事儿的帖子屡删屡贴。李济运怕这些事闹大,跑去同朱芝商量。朱芝刚从省里开会回来,脸上总不太高兴。

李济运问她:"干吗老绷着脸?"

朱芝摇头叹息，然后就苦笑，说："出了洋相！"

"你这么聪明的人，怎么会出洋相呢？"李济运问。

朱芝说："分组讨论时，我把请人在网上作托的事说了，到会上来听意见的马副部长笑笑，说小朱部长好可爱。马副部长好几次说我好可爱，我真那么傻吗？我看他语气怪怪的，就不多说了。会后他把我叫到一边，批评了我。他说这种事情只能做，不能说的，你还当经验介绍！事后听大家议论，各地都是这么做的，却没有任何人说出来。你知道吗？网上的托，有个专门名号！"

李济运好奇，问："叫什么？"

朱芝说："'三毛党'！"

"什么意思？"

朱芝说："请来做托的这些人，每人每月底薪六百元，每发一帖三毛钱，被人们讥为'三毛党'。我们落伍了，还以为这是自己的发明。我上网看了，'三毛党'早就臭名昭著。"

李济运听了哭笑不得，说："真是英雄所见略同啊！"

他私下却想这种不谋而合，都因社会环境大同小异。

朱芝提起这事仍觉羞愧，说："真是太丢脸了！不知道别人背后怎么笑话我哩！老兄你知道吗？'三毛党'收入还很高，勤快的每月有几千块钱收入。"

李济运笑道："今后付费标准高了，会不会叫作'五毛党''八毛党''一块党'呢？他们工资高，我加入他们的党算了！"

朱芝生气道："你别笑话了，人家心里不舒服哩！有人开玩笑，叫我朱'总书记'，气人不气人！"

"什么朱'总书记'？"

"'三毛党总书记'！"朱芝说着又笑了起来，"我同那人急了，他才不再说。不然，我这个'总书记'的外号，会传遍全省！"

"你也别心思太重了，大家都是这么做的，谁也不好取笑谁。马副部长批评你，也有他的道理。这种做法的确见不得光，哪能公开说出来。"李济运安慰了几句，又说，"不过，我们还是要发挥'三毛党'的作用。网络一方面是严格管理，一方面是正面引导。最近网上又有些乱，又得辛苦你们部里同志。"

朱芝笑道："李老兄放心，我会安排下去的。谁攻击你，我挺身而出挡子弹。"

李济运谢了朱芝，又说："'三毛党'，我们做得还是不太过分的。人家有六百块底薪，我们就没有嘛。"李济运只说到这里，就把话题岔开了。要是没发生这么多无聊的事，他也许会建议朱芝向刘星明汇报，也像外地那样重视'三毛党'建设。他不会再出这种馊点子，真是没有意思。

逼近深冬，越来越冷。很快就要过春节了。李济运突然听到消息，市委领导有了重大变化。市委龙书记上调了，王市长继任书记。田副书记调省交通厅当副厅长。李济运隐约觉得不祥，他知道田副书记同王市长关系微妙。田副书记平时总是把龙书记同王市长并提，可谓用心良苦。曾听说田副书记的副字将去掉，王市长仍原位不动。可现在王市长成了王书记，田副书记就走人了。看来，平时民间的传闻，并非全无道理。

李济运觉得应该去看看田副书记，却不能让县里其他领导知道。谁都知道他是田家永的得意门生，这种印象今后要慢慢淡化。没想到朱芝打电话给他，也说到田副书记上调的事。他略略犹豫，告诉她想去看看老领导。朱芝也说想去看看，不如一同去。李济运不便劝她不去，说那就一同去走走吧。

李济运编了个理由，拿了朱师傅汽车钥匙。吃过晚饭，他约朱芝出门。他自己开车，带着朱芝赴漓州去。李济运平时不太开车，但车技还过得去。今天却格外小心，几乎有些紧张。他心里隐隐地有种不好的想象，假如汽车在路上出了事故，传出的肯定是桃色新闻。他便开得很慢，朱芝说他是开老爷车。

敲开田副书记家门，热情地握手一番。坐了下来，田家永便说："济运你不听话，电话里我说得好好的，叫你不要来。你自己来了不说，还连累人家小朱！"

朱芝忙说："田书记，我当然要来看您！我同济运一样，对您非常敬重！"

气氛自是乐融融的，但说的都是些无关紧要的话。看望只是个意思，不过带了些烟酒之类。时间差不多了，两人就起身告辞。田家永一手拉着李济运，一手拉着朱芝，笑道："你俩好好干。我调走了，又不是犯错误。我关照得了的地方，自会说话的。局面可能会有些变化。小朱，市委宣传部长会从上面派来，骆部长接我任副书记。"

朱芝问："知道部长是哪里来的吗？"

田家永说："你们应该认识，原来在《中国法制时报》，叫成鄂渝。"

"他？"朱芝惊得脸色发白。她望望李济运，嘴都合不拢了。李济运微微摇头，示意她不要说什么。

田家永似乎看出什么意思，说："此人来历蹊跷，背景神秘。他原来是《中国法制时报》驻省记者站站长，也是个副厅级干部。副厅级干部任市委宣传部长，也只是平调。但他到底是跨行业安排，非特别能量做不到。"

朱芝出了楼道，走到黑暗的树荫下，忙抓住李济运的肩，说："老兄，我支持不住了，脚有些发软。"

李济运扶了她，说："不要怕，老妹，天塌不下来的。"

车在路上默默开着，朱芝突然说："哥，停下来吧，我不敢往前走了。"

听朱芝喊声哥，李济运心头一热，慢慢把车靠了边。朱芝扑进他的怀里，呜呜地哭了起来。李济运撩着她的头发，轻轻吻了吻她的头，说："老妹，不要怕，真的不要怕。他敢怎样？"

朱芝摇摇头，说："不，不！我确实是怕，我是个强撑着的小女人。我感觉更深的是痛苦、愤怒！他是什么人呀？居然就市委常委了！别人来演戏我不管，我不了解他们。他成鄂渝，一个流氓无赖啊！"

李济运搂着朱芝，任她哭泣和诉说。他自己何尝不愤慨？人在官场再怎么也得演演戏，那成鄂渝却是连戏都懒得演的人。李济运自己也得罪了成鄂渝，但朱芝是直接同他对着干的。天知道姓成的会怎么对付朱芝？如果有机会下手，成鄂渝对他也不会客气。

朱芝瘫软在李济运怀里，说："我不敢往前走了，我怕。"

李济运听她话的意思是多重的，却只愿意理解她的字面，说："不怕，我把你座位调好，你安心躺着，一会儿就到家了。"

"不，今晚我不想回去了。"朱芝把他的手紧紧地捏了捏，又软了下去。

李济运犹豫片刻，说："好，住一晚再走吧。"

掉转车头，李济运没去市委宾馆，怕在那里碰着熟人。他另外找了家酒店，却仍是谨慎，说："你先在车上等着，我去开房。车钥匙你拿着。"

李济运开了两间房，上楼一看正是门对门。他先打了家里电话，说田副书记留他说话，太晚了就不回来了。他再打朱芝电话，却是忙音。估计她也在同家里打电话。过会儿，李济运再打过去，告诉朱芝房间号。

他把门敞敞地打开，坐在沙发上。朱芝进来了，顺手关了门。他让朱芝坐下来，自己去烧水。他从卫生间出来，见朱芝半躺在沙发上,眼睛紧紧地闭着。他不去惊动她,想让她安静安静。水很快开了,他倒了杯茶,说:"老妹,我就在对面,你好好休息吧。"

朱芝睁开眼睛,望着他摇头。李济运坐下,她就靠了过来,轻声说:"哥,给我力量吧,我要垮下去了。"

李济运问:"骆部长对你还行吗?"

"他是骆副书记了。"朱芝说,"骆副书记对我很不错的。他是个很正派的领导,能力也强。"

李济运想了想,说:"我明天一早赶回去,你不要回去。你去拜访一下骆副书记。"

"平白无故,拜访什么?"朱芝说。

李济运说:"这个还用我说?你只有同骆副书记走得更近些,才能保护自己。成鄂渝新来乍到,不敢同骆副书记作对的。"

"骆副书记对我的工作一向满意,真有什么事我敢找他当面汇报。"朱芝身子靠得更紧了,"好冷。"

李济运说:"我看看空调。"他起身调高了空调温度,抬手试试风量。回头看时,朱芝目光里似有几丝幽怨。他坐下来,拉着她的手说:"你要讲策略。从今天开始,没人提起成鄂渝,你半字不提。只要有人提起,你就说同他很熟,就说成部长很有能力,人很讲感情。你要把他的好话说尽。你明天去见骆副书记,如果他提到成鄂渝,你也要说他的好。"

"我还没说要去见骆副书记哩。"

李济运盯着朱芝,说:"别傻了,你要去!你是去汇报工作也好,随便去看看也好,反正要去。你要装着不知道他要当副书记了,毕竟还没有正式下文。"

朱芝说:"哥,抱我,我有些六神无主。"

李济运抱抱她,又松了手。朱芝说:"抱紧,别松开。"李济运抱紧了朱芝,心里隐隐作痛。他想这样的女人,应该让男人好好疼着,出来混什么官场啊!

朱芝轻声说:"哥,让你抱着,我好安心的。"

"好,那我就抱着你。"李济运像哄小孩瞌睡,轻轻拍打她的肩膀。

凌晨,李济运伏在床头深深地吻了朱芝,说:"我走了。你按我们说好的去做,骆部长是个好人。"

朱芝伸出双臂,缠着他的脖子。李济运也有些不想走了,真恨不能失踪几天。他的身子想慢慢离开,嘴却像粘住了似的拉不开。朱芝终于放开他,说:"路上小心,慢慢地开。"

李济运拿被子捂紧朱芝双肩,说:"昨晚你没怎么睡,好好睡个觉,九十点出门都不迟。"

"你也没睡,开车一定小心。"朱芝又伸出手来,摸摸李济运的脸。

李济运把她的手塞进被窝,说:"我真走了。"

他不敢再回头,叹息着往门口走。走到门厅拐角,他还是忍不住回了头。朱芝把自己蒙在被子里,他看不见她的脸。他稍稍迟疑,终于出门走了。

李济运一路上想着朱芝,眼眶里总是发酸。车里倒是暖暖的,外头却是寒风呼啸。他很想有个荒原可以呐喊,任寒风吹得浑身麻木。

回到乌柚,刚是上班时间。没人知道他去了漓州,他把车钥匙给了朱师傅。中午回家里,舒瑾免不了说几句。她不再是园长,上班想去就去。也没有新任命园长,副园长主持工作。就传出说法,说是只等风声过去,舒瑾仍要官复原职。

第二日,李济运到办公室没多久,朱芝敲门进来了。她笑了笑,脸突然红了,不敢望人。李济运也觉得脸上发烧,却只作没事似的，问她："见到了吗？"

朱芝说："见到了。我说有亲戚看病，要我帮着找专家。我说来看看骆部长，又把部里工作简单汇报了。骆部长请我吃午饭，部里还有几位作陪。"

李济运笑道："那好啊，你在骆部长面前很有面子嘛。"

"哪里，县里部长去了，骆部长有空都请吃饭的。"朱芝说，"部里有人给骆部长敬酒，说了祝贺的话，事情就说开了。我只当才知道这事，忙敬他的酒。"

李济运问："说到那个人吗？"

朱芝说："自然说到了。骆部长就说，新来的成部长是个大才子。"

李济运冷冷一笑，说："不知道骆部长真了解他，还是说的场面上的话？"

朱芝摇头道："骆部长是个厚道人，他只会说好话。"

办公室没有空调，取暖用的是电暖炉。李济运把电暖炉从办公桌下移出来，放在朱芝的脚边。朱芝说："你烟要少抽。"

李济运把烟灭了，坐回到办公桌前，说："下面看得严肃的干部人事安排，不过是上面某某领导一个招呼。算了，不说了。我俩从现在起，都要把心理调整过来。他是位德才兼备的领导，我们要尊重他。"

朱芝苦笑道："我想的却是，官也得有官态官样儿，他那副德行，怎么看也不像领导啊！"

李济运也笑了起来，说："我们就不必操心他像不像领导了。是猴子你给他根棍子，就像齐天大圣！"

于先奉伸了个脑袋进来，说："哦，朱部长在这里，我等会儿再来。"

朱芝站起来，说："我们说完了，于主任你来吧。"

305

朱芝上楼去了，李济运问："老于，有事吗？"

于先奉说："没事。知道吗？听说市委领导有变动。"

李济运装糊涂："我没听说。"

于先奉就愈加兴奋，就像他自己升了官，说："田副书记调省交通厅，骆部长接任副书记。谁来当宣传部长您知道吗？"

李济运说："别卖关子，你说吧。"

于先奉说："打死你都不相信。"

李济运笑笑，说："是你吗？"

于先奉摇头而笑："李主任开我玩笑！告诉你，就是《中国法制时报》那个成记者！"

李济运笑道："没什么奇怪呀？成记者是多年的副厅级干部，又长期在新闻战线工作，有名的大才子，算是内行领导。"

于先奉的脸立即红得像猴子屁股，差不多要结巴了："那当然，那当然。"

几天之后，局势完全明朗了。成鄂渝正式到任，朱芝接到通知去漓州开会。她跟李济运说，心里有障碍，想请假算了。李济运说万万请不得假，必须装作什么事也没有，高高兴兴去开会。"你见了他，就像见了老领导似的，主动伸手过去同他握手。"李济运说。

朱芝说："我怎么做得到！我是打心眼里厌恶他！"

李济运一听急了，说："克服，你一定要克服！"

会议只有半天，朱芝第二天就回来了。她先天晚上就发了短信给李济运：一切正常，出乎意料。第二天中午，李济运同朱芝在梅园宾馆都有饭局。等客人的时候，两人站在大堂角落里说话。看上去像商量工作，也没人近前去听。朱芝说："他先伸过手来，热情得不得了，说'小朱部长可是漓州宣传战线的形象代言人啊！'他拉着我的手，回头对骆书记说，'我到漓州来工作，有个很好的基础,就是同朱部长这批县市宣传部长都熟悉!'"

"你脸没有红吧?"李济运微笑着望着朱芝。

朱芝说:"胸口不争气地跳,脸好像没有红。我还算做得大方,没有失措表现。会议很简单,一是细化和落实全省宣传工作会议精神,二是骆书记同成鄂渝交接工作,三是成鄂渝同宣传口见面。"

李济运说:"我就说嘛,怕什么?反正要过这关的。"

朱芝说:"我就不明白,他身上那股流氓气、无赖气,居然看不见了。说起话来有板有眼,坐在主席台上也人模人样。我发现他还很适合演个宣传部长。"

"演个宣传部长!哈哈哈!"李济运忍不住笑了起来。

朱芝又说:"我给他敬酒,他居然跟骆书记说,'小朱部长同媒体处理关系很有经验,可谓有礼有节,不失原则。我做记者时,就碰过她的钉子!'他说到这话,我脸上直发烧,幸好喝了酒看不出来。他说屁股决定脑袋,这是中国国情。他说'我做记者是舆论监督的立场,现在是宣传部长的立场。小朱部长,我应该敬您!'"

"你还说他没有流氓气和无赖气了,这不就是吗?"李济运说。

朱芝摇头道:"不不,人家可是落落大方!"

"他不落落大方,几十年白活了。"李济运说。

朱芝说:"骆书记真好,他后来专门把成鄂渝拉到一边,让我过去敬酒,净说我的好话。"

李济运笑道:"你要改口了,别老直呼他的名字!你无论哪个场合提到他,都得说成部长!"

朱芝回头望望总台,说:"几个月前,他在这里对着总台服务员发威,大失体面。今天他要是再出现在这里,我们就得恭恭敬敬。"

"真像演戏!"李济运说,"同一个演员,只是换了套行头,就重新粉墨登场。"

　　朱达云进来了,远远地朝这边点头。朱芝说:"成鄂渝,不不,成部长让我带了两条烟,送给朱达云的。"

　　"他怎么平白无故给朱达云送烟?"李济运望着朱达云笑,轻声说,"对,想起来了。上回他在乌柚碰钉子,朱达云派车送他回省城。老妹,说明你们成部长对那事耿耿于怀。"

　　朱芝朝朱达云招手,等他走近了,就说:"朱主任,市委宣传部成部长带了两条中华烟给你,在我车里。"

　　朱达云的脸突然涨得通红,语无伦次起来:"啊,啊,成成部长,他太太太客气了。"

　　李济运就开他玩笑:"不是成部长太太送的,成部长送的!"

　　朱达云自嘲道:"领导送东西我都会激动,李主任不信你送我两条烟试试,我也会结巴的。"

　　李济运和朱芝要陪不同的客人,各自进包厢去。李济运同她刚刚分手,就收到她的短信:少喝酒!李济运心里暖暖的,回道:听你的。

二十

　　歌儿同学胡玉英的妈妈送了个腊猪头来。乌柚过年的规矩，年三十是要炖腊猪头的。乡下人家家户户杀年猪，过年的猪头叫财头，拿柴火熏得黄亮亮的。城里人虽不家家杀猪，总也要预备一个财头。胡玉英的爸爸是个屠户，熏腊猪头很方便。胡玉英妈妈送腊猪头来，家里只有舒瑾。李济运回来，她告诉男人，说歌儿同学的妈妈，人倒是个老实人，送了腊猪头，坐都不肯坐，话也没多说几句。李济运说这个礼物很珍贵，好好享用吧。其实这些年日子过好了，城里人不太讲究炖财头。李济运想到的是那一千块钱，算起来这财头也太贵了。他只是放在心里幽默，并没有说出来。舒瑾却怕人家有事相求，担心吃人家嘴软。李济运只是笑笑，说你放心吃吧。

　　歌儿放寒假了，像野兽似的在院子里出没。李济运怕他太野了，老是提醒他做作业。歌儿不太理睬，要么只说知道。李济运越来越拿不住儿子了，同舒瑾说："这孩子一天到晚干什么？像个地下工作者。"舒瑾说："歌儿你不要操心，这孩子本质好，不会干坏事的。不就是野吗？你小时候不野？"李济运倒不怕孩子变坏，才小学四年级学生，坏也坏不到哪里去。他只是担心孩子的性格，总没几句话同大人讲。

离过年还有几天，李济运带队往省里去拜年。今年拜年的名单上多了两个人，一个是田家永，一个是成鄂渝。田家永的家已搬到省城，成鄂渝的家不可能搬到漓州去。朱达云和有关部门领导也同去，各自对口拜年。乌柚县上去拜年，必备的礼物就是乌柚。朱芝打电话给成鄂渝，说想去成部长家拜年。成鄂渝说谢谢了，乌柚嘛下次到县里来好好吃。朱芝一听，便知道他并不欢迎。李济运说那就算了，意思到了就行了。可是，朱达云却上成家拜了年，他说成部长本来在漓州，专门赶回来请他吃了饭。

李济运和朱芝只去那些重要领导家里，有些领导多是县里各部门自己去。他俩就待在宾馆坐镇指挥，或约要好的朋友吃饭。李济运见朱达云眉飞色舞，心里就明白了八九分。他私下叫朱芝小心成鄂渝，看来他心里定是记着仇的。朱芝说她也想开了，本来就是刀俎鱼肉间的事，只看到时候如何对付吧。"真的，要不是家里三亲六眷都靠着我，真不想干了！"朱芝说起这话，有些淡淡的哀伤。李济运心里却想，朱芝本不该对他这么好的。他算什么呢？他实在看不出自己身上有什么东西值得朱芝看重。他把这心思说了出来，朱芝说："我看身边这些男人，个个都是权欲、利欲之徒，他们可以不择手段往上爬。他们把粗鲁当豪爽，把野蛮当胆量，把私欲当理想，我看着就鄙视！"李济运听着很羞惭，他知道自己并不是个高尚的人，他的善良只是懦弱。又想朱芝这种心境，很不利在官场走下去。他没有袒露自己，也没有点破朱芝。

不过，李济运仔细想想，似乎成鄂渝又不能奈朱芝何。成鄂渝能整朱芝，也就能整他李济运。他俩都把成鄂渝得罪了。一个市委宣传部长，决定不了县里领导的命运。可转念一想，成鄂渝

310

到底是个无赖,背后又有那么大的后台,他会不会作怪,就很难说了。他若在常委会上说硬话,别人看到的是他背后的人。光凭他自己,只能管管分内的事。李济运把这些话同朱芝说了,她仍是那句话:管他哩,相机行事吧。

田家永家李济运和朱芝当天就去了,还把田副厅长请出来吃了饭。田副厅长带了人去,不准李济运他们买单。李济运同朱芝请客就只是名义,老领导真是太给面子了。乌柚老乡吃饭,刘克强多半会到场。他自己不太请客,毕竟只是个处长。刘克强倒是个很客气的人,每次都争着说要请客。大家都很体谅,不会要他请客。

吃过晚饭,李、朱二人要送田副厅长回去。田副厅长却余兴未了,一定要去酒店看看。他今天多喝了几杯酒,可能有话想说。反正是老乡聊天,刘克强也去了。大家一同回了酒店,进了李济运的房间。朱芝就笑着回道,她要不要回避。田家永请她坐下,说你又不是外人。话多是田家永说,刘克强、李济运、朱芝多只是点头。田家永虽有些醉意,说话仍是滴水不漏。但听他多说几句,仍可觉出某些牢骚。只是说到乌柚几个人,田家永话就直露。他说李非凡是看错了,此人野心太大,又不听招呼。明阳没有看错,但他性子太直。田家永没有提到刘星明,他似乎故意回避说到这个人。

李济运听田家永说到人是人非,忍不住望望刘克强。乌柚县的领导来省里,多会找找刘克强。田家永说到的人,刘克强都是认识的,碰面了都是好友相待。田家永似乎也看出来了,便说:"克强,县里领导你都认识,我也不怕在这里说。"刘克强就笑笑,说:"小刘心里有谱。"

田家永话说得差不多了,起身回家。司机在下面等着,田家永说:"刘处长来车了吗?坐我的车吧。"

李济运忙说:"田厅长您先回去休息,刘处长我们送。"

送走田家永,三个年轻人再坐了会儿。朱芝笑笑,说:"看来田书记对他的安排是很有意见的。"

刘克强说:"官场就是这样,再怎么风光,总有失势的时候。田厅长当年在漓州,多威风!到了省厅,有人就说他笑话。"

"不至于吧?"李济运说。

刘克强说:"过去有个段子,在省城里流行好多年了。田书记调到省里,有人就把这个段子编在他身上。"

朱芝好奇,问:"什么段子呀?"

刘克强说:"说是田副厅长要调到省里来了,手续都还没有办完,他乘车经过家乡的大桥,突然叫司机停车。司机觉得奇怪,这座大桥可是禁止停车的呀?可领导叫停,那就停吧!田副厅长披着军大衣,缓缓地下了车。夜幕刚刚降临,他一手叉在腰间,一手抚摸栏杆,远望万家灯火,饱含深情地说,家乡的变化真大呀!听这故事的人都会爆笑。说是田家永知道自己荣调省里,这可是人生重大转折,日后必定衣锦还乡。他有些情不自禁,就把多年以后的风光,偷偷儿提前预演了。一听就是有人故意臭他的。"

李济运和朱芝早大笑不止,只说编这故事的人也太损了。李济运好不容易收住了笑,说:"太搞笑了!但明显是瞎编,故意笑话我们田书记。他到省里来没有半点荣调的感觉,怎么会有这种感觉呢?"

刘克强也说:"当然是瞎编的。这个故事被安在省里很多干部身上,谁也不认账,都只当玩笑。听起来也确实像虚构的故事,情节和台词太像中国电影。通常那种老将军戎马倥偬大半辈子,晚年回到故里会有这般感叹。八十年代以前的中国电影里的老将军,多是这个样子。"

说完这个笑话，李济运就送刘克强回去。也没有喊朱师傅，李济运自己开车去送。朱芝也说去送送，三个人一起下楼。省委院子就在宾馆隔壁，只是院子太大了，走到家属区不太方便。送了刘克强回来，李济运开着车，又在省委大院里兜了几圈。朱芝有些感叹，说："老兄，平常人做官做到田家永这样子，也够可以的了吧？到头来免不了失意。唉，真没意思。"李济运也是感慨，却故意宽慰朱芝："你可不能这样想啊！你是常委里面最年轻的，你得有上进心！"

拜完了年，李济运和朱芝赶回乌柚去。半路上得知县里出了矿难，常委们要紧急开会。路上信号不好，只听说有个煤矿穿水，二十三个人淹在里头了。李济运问了问矿名，听说是桃花溪煤矿，脸色顿时发白。原来出事的煤矿正是他堂兄李济发家的。桃花溪煤矿的所有证照自然都是李济发的弟弟旺坨，但谁都知道真正的老板是谁。李济运暗自担心，怕事故会扯出别的事来。

李济运同朱芝直接赶到会场，会议早已经开始了。李济运坐下来，听刘星明正在讲话，看来像是最后拍板："一是救人，尽快组织人员和器械到位，技术上有难度的马上向上级汇报；二是控制住有关责任人，不能让他们溜之大吉；三是尽快查明事故原因；四是清查煤矿有关证照，看是否属非法开采；五是做好家属工作，防止出现群众上访闹事。"刘星明谈完这些意见，就是分工。李济运负责做遇难矿工家属工作，具体工作部门是信访局、公安局，相关部门抽调干部参加。朱芝负责把住舆论关，严防有人趁机混淆视听。

李济运发了言，他喊应了周应龙和毛云生，说："我们这个组不能坐等遇难者家属上门来，我们要马上下去。先回去吃晚饭，晚上八点钟开个会，研究方案，明天一早下矿山去。"煤矿所在的乡也叫桃花溪乡，乡政府的宋乡长也来了。李济运请他马上回去做工作,别让老百姓明天大早就到县里来。

今天是元月二十日,这次矿难被称作"1·20矿难"。

散会时,李济运猛然看见了李济发,便过去问:"你怎么还在这里开会?"

李济发说:"我还能在哪里?"

李济运明白他的意思,他这时候不能在矿山,他又不是矿主,李济旺才是矿主。"发哥,你自己要稳住些,不能把自己扯进去。"李济运轻声说。

李济发望望这个堂弟,眼眶突然红了,说:"天意,都是天意。明天就要放假,今天就出事了!"

李济运问:"初步原因你知道吗?"

李济发说:"出事的是我们矿,责任是在贺飞龙的乌竹坳矿。两家矿紧挨着,约定好安全煤柱不能动,他们偷偷地挖,终于就穿水了。"

李济运说:"照理说他们挖穿的,应该淹他们矿呀?"

李济发摇头说:"你只是按常识推断!矿洞非常复杂,上下左右像老鼠洞似的。他们挖穿水了,人马上往上面洞子撤。我们洞子在下面,没几分钟就淹了。里面四十多个人,没跑出来一半。"

李济运说:"你要尽快把事故责任如实讲出来,不然麻烦全在你们家身上。"

李济发说:"我不能公开出面说,只能由济旺同他们说。刘书记信任我,我向他私下汇报了,他叫我沉默。我知道刘书记是为我好。但旺坨已被控制起来,我没法同他联系。"

"尽量想办法同旺坨联系上。"李济运又问,"淹在里面的人还有救吗?"

李济发说:"估计是没救了,但这话我不能说。"

兄弟俩不便多说，彼此点点头，就分开了。李济运回家去，说吃过饭马上要开会。舒瑾把饭菜端上，却不见歌儿在家。这么晚了，歌儿还在外头疯。李济运说不等了，给他留菜吧。他埋头稀里哗啦吃饭，想这个春节是过不安宁了，成天得同遇难者家属打交道。老百姓遇事，不分青红皂白，都要找政府。弄不好政府门口又是哭哭啼啼，吵吵闹闹。

晚上七点五十，李济运赶到会议室。他自己主持会议，就习惯先到会场。周应龙、毛云生和煤炭局、安监局等部门头头儿陆续到了。李济运先讲了大概意思，今晚主要是抽人成立工作组，研究初步工作方案。大家都发表了意见，会议很快就结束了。处理安全事故大家有经验的，只是过程有些难熬。前年李济运第一次处理矿难，头一句话就说自己感到很沉痛。他还来不及表示哀悼，老百姓就打断他的话，说你沉痛是假话，又不是你家死人！你说赔多少钱吧，只有钱是真的！

散会之后，李济运想打刘星明电话汇报，却见他办公室灯亮着，就准备上楼去。心里又想，若依晚上在办公室待着的时间，刘星明应该是最勤勉的领导干部。李济运刚走到楼梯口，却见李济发从上面下来。李济运忙拉住他，走到银杏树下面说话。

"你刚才去了他那里？"李济运轻声问道。

李济发小声说道："我去了，再三讲了事故真相。他仍是要我保持沉默，只让旺坨出面接受调查。我越想越觉得不对头，他的话说得太漂亮了。"

李济运说："你先看看情况，必要时你得站出来。"

李济发点点头，挥手走掉了。两人心里都清楚，这地方太当路，不方便说太多。

李济运再上楼去，敲了敲门。里面传来刘星明声音："哪位，请进！"

"我，李济运。"李济运推门进去，"刘书记，有个想法，汇报一下。"

刘星明在批阅文件，说："请坐，说吧。"

李济运说："快年关了，这事的处理要越快越好。不管事故原因、责任怎样，最要紧的是赔偿。我想不能像过去那样，政府大包大揽。政府直接出面同遇难者家属谈判，出钱或先垫钱，都是不妥的。我建议由煤矿派人同遇难者家属谈判，我们工作组的同志只是参与协调。"

刘星明想了想，说："济运你的建议很好，但是怕不怕矿主同遇难者家属当面冲突，把事情闹得更大？"

李济运说："我们工作组在场，应该可以控制局面。"

"好吧，这事你负责，你就辛苦吧。我现在考虑的是全局，要紧的是救人。明阳同志正在现场，刚才我俩通了电话，救人难度很大。我得留在家里等省里和市里的领导、专家，他们过会儿就到。"刘星明突然转了话头，问道："听说你们没上成部长家里去拜年？"

李济运暗自吃惊，却轻易地搪塞了："去了呀！达云同志去的。"

刘星明问："朱芝怎么没去呢？她是宣传部长呀！"

李济运说："朱芝打了电话给成部长，成部长讲客气，又说他在漓州，就免了，谢谢了。正好那天朱芝要去省委宣传部，就让朱达云去了。"

"原来是这样啊！"刘星明不再说这事了。

李济运告辞出来，心想这些细枝末节，刘星明怎么会知道呢？他不准备把这事告诉朱芝，免得她心思更重。反复推想，只可能是朱达云说的。朱达云从成家拜年回来，说起成鄂渝如何客气，几乎是手舞足蹈。未必朱达云要走大运了？成鄂渝上次在乌柚碰壁，应该是他从未有过的屈辱。朱达云在他狼狈不堪时给他派了车，好比古戏里唱的搭救落难公子。

第二天，李济运率队往桃花溪煤矿去。车往南走，路上卷起黑色尘土，都是运煤车弄的。沿公路两旁的山千疮百孔，绝少树木。溪里的水干涸了，流着黄褐色浓汁。硫黄污染了水源，就是这种颜色。

李济运看见了刘星明的车，知道事故调查组也在路上。他又看见朱芝的车，就打电话去问："你也去？"

朱芝说："刘书记临时叫我也去，要我们部里掌握情况。"

李济运说："你是随事故调查组吗？"

"是的。"朱芝说。

"有上面来的专家吗？还是只有县里的人？"李济运知道来了省里专家，只是想证实一下。

朱芝说："省市的领导和专家都来了，他们昨天晚上就赶到了。"

李济运说想上厕所，让朱师傅停车。他跑到厕所又打朱芝电话："老妹你听我说，事故处理情况你听着点。我听李济发说，责任应该在贺飞龙的乌竹坳煤矿，他们违规开采保安煤柱。但现在我知道的情况是贺飞龙他们那边没死人，也就没有控制他们那边的责任人。可别把责任都推给桃花溪煤矿。"

朱芝说："好好，我明白了。"

李济运想了想，又打了李济发电话："你在哪里？我想你不管怎样要自己到矿山去。你现在不要管避不避嫌了，这事比避嫌更严重。你旺坨是不会讲道理的。我担心贺飞龙那边早做工作了。"

李济发说："好好，我马上赶过去。"

听李济发的语气，李济运知道他早慌神了。人亲骨头香，看

317

到李济发这样子,李济运有些难过。他越来越有种不好的预感,怕贺飞龙把责任全部推掉。如果贺飞龙真没有责任,那倒另当别论。如果他真有责任,就看刘星明如何权衡。照理说责任在谁由事实而定,但李济运不太相信会秉公处理。

李济运带着工作组赶到矿山,早围着很多老百姓了。刘星明陪着省里的专家,也差不多同时到达。老百姓见着干部模样的人就围上去,吵吵闹闹乱作一团。李济运叫来宋乡长,请他召集一下遇难者家属。宋乡长吆喝了半天,没人听他安排。老百姓都认得刘星明和明阳,他俩是乌柚新闻的一、二号演员。有人在人群里叫喊:"谁官大就找谁!"宋乡长火了,拿起电喇叭喊道:"那边管抓人,这边管赔钱,你们想去哪边就去哪边!"

场面顿时就安静了,立即又响起嗡嗡声。人却立即分成两伙,一伙进了李济运这边会议室,一伙闹哄哄地站在坪里。看上去有些乱,其实阵营很清楚。遇难者家属不到三十人,都进了会议室。外面百多号人,都是看热闹的。事故调查组那边没人去,看热闹的人也不会去。

宋乡长请大家安静,这时候李济旺才进来。他身后跟着公安,像押进来的犯人。李济运很久没见到他了,人瘦得眼窝子陷了进去,头发很凌乱,胡子长长的。他望了一眼李济运,目光就躲到别处。李济运怕别人看出他俩的关系,目光也是冷冷的。

宋乡长说了几句开场白,李济运开始讲话:"我们谁也不愿意看到出事,但事情既然出了,大家都要心平气和。事故正在调查,该怎么处理会依法办事。我们这里只谈赔偿。赔偿是矿主同你们之间的事,政府只起协调作用。我想谈一个原则,就是赔偿是有法可依的,矿主对遇难者家属要理解,遇难者家属也要克制。"

李济旺说:"今天不能谈赔偿,责任都还没有弄清楚。穿水是由贺飞龙矿引起的,他们违章采挖保安煤柱!"

李济旺这话一说,会议室立马叫骂连天。只说人是在你矿里死的,我们只问你要钱。我们是明道理的,不然要你兑命!命是钱买得回的?你怪贺飞龙,你问贺飞龙要钱,我们只问你要钱!

李济运站起来,喊了半天才把吵闹平息下去。他骂了李济旺:"李济旺!你会不会讲话?人家都是家里死了人的,你说这话不怕打?"他先这么骂几句,等于替大家出了气。然后又说:"你讲事故责任另有说法,你就要马上向事故调查组汇报。"

李济旺说:"他们把我关着,根本不听我讲。我向谁讲去?"

李济运的手机振动了,一看是朱芝的短信:情况不妙,他偏向贺。贺在场,不见李矿的人。

李济运回道:知道了。

又马上发短信给李济发:你马上赶到矿里来。

李济发回道:马上到了。

李济运回短信的时候,遇难者家属们同李济旺又吵起来了。李济运大喊一声,说:"李济旺,你少说几句行不行?我看你是欠打!我做个主,请你们双方各让一步。先不管责任如何,由李济旺矿上给每位遇难者家属五万块抚恤金,等事故调查清楚之后,再确定最终赔偿标准,最后补齐!到时候该谁出就谁出。"

遇难者家属嫌少,李济旺却不肯给。李济运就请大家稍等,他找李济旺单独谈几句。他把李济旺拉到隔壁办公室,关了门说:"旺坨你怎么这么不懂事?今天不是我在这里,你真要挨打!不管怎么说人家死了人。快过年了,你给每户先付五万,把事情平息下来。你现在最要紧的是赶紧从这里脱身,去向事故调查组说明情况。不然你就不光是赔五万,你要赔五十万!"

李济旺听这么一说,只说依运哥的话。李济旺出来说愿意先付五万,有人就说,一条人命,五万块钱?我也把你打死了,给你老婆五万块钱。毛云生劝道:"你讲话也要凭良心,谁说只有五万块钱?明明说的是先预付!"

那人很恼火,指着毛云生骂娘。毛云生同老百姓吵架吵惯了的,软硬进退自有把握。他一拍桌子站了起来,说:"你嘴巴放干净点!你身上长的那家伙老子也有!你也是娘生的,你不是猪屁眼里出来的!我告诉你,煤矿死人不稀奇,出了事有话好说。你愿意吵架,你吵就是了,我封着耳朵不听见!我很同意李主任的说法,这赔偿本来只是你们同矿主之间的事,我们出面协调完全是为你们好,完全是为了维护社会稳定。"

毛云生这么一发火,吵闹声小些了,但仍安静不下来。周应龙笑眯眯地站起来说话,他的笑容同这气氛并没有不适合,大家似乎早忘记了死那么多人,谈来谈去只是钱。周应龙说:"快过年了,先拿五万块钱,把遇难者安葬好,安安心心过年。你们真要吵架打架呢,你们马上动手,我保证只在旁边看着。等你们打死人了,我们再来抓人。你们想想,这样对谁有好处?"

周应龙说话的时候,朱芝又发了短信来:李济发到了,那个人很不高兴。

他回道:知道了。

周应龙的笑容,似乎有种说不清的效果,再也没有人说话了。李济运这才说:"周局长和毛局长讲的,话粗理不粗。我相信大家都知道,不管出什么问题,我们政府是替群众着想的。你们想想,任何时候,任何地方,出任何问题,最先到场的不是我们国家干部?不是我们公安干警?处理问题,还不是我们这些人?但最终把问题处理好,还是要靠群众支持。相互体谅,什么事都能处理好。"

吵吵闹闹,两个多小时,总算说好了。李济运望望那些脸色,没有几张是悲伤的。他们只是有些愤恨或不满,嫌预付的钱太少了。既然说定了,也就不再吵了。李济旺出了门,公安又要把他带走。李济运对周应龙说:"应龙兄,你发句话吧。他跑不了的,让他先去事故调查组那边汇报情况。"

事情暂时有个了结,李济运想去矿难现场。周应龙打算先回去了,他对这边警力已作了安排。毛云生也要赶回去,说是政府门口又有上访的。李济运往事故现场去,远远地望见二十几口棺材,不由得两眼湿润。棺材都敞着盖子,随时准备放尸体进去。

明阳仍在这里指挥,李济运向他汇报几句,说是遇难者家属基本稳住了。明阳说只打捞上八具尸体,还有十五人生死不明。"水根本抽不干,一条阴河打通了。幸好是冬季,要是春夏不知要死多少人。"明阳说。

李济运望望身后的棺材,放了尸体的也是敞开着,旁边没有哭号的亲人。他们必要等到赔偿金全部到手,才会把棺材抬回去。稍微处理不当,这些棺材就会摆到县政府门口去。李济运望望那些面目冷漠的群众,说:"我们刚才处理赔偿,把所有失踪人员都考虑进去了。不然局面平息不下来。"

明阳轻声说:"我们心里清楚,失踪的都没救了。听老百姓议论,说里头的人只怕早顺着阴河到东海龙王爷那里了。"

李济运明白明阳的意思,现在尽力抢救只是做个姿态,坚持到适当时候就会放弃搜救。抢救场面看上去紧张,都是做给老百姓和媒体看的。没有办法,只能如此。可这话是万万说不得的。

李济运避着人,同明阳说:"明县长,听李济发说,事故责任并不是这个矿,而是相邻的矿。"

明阳说:"星明同志陪着事故调查组,我一直在这里。"

听明阳的意思,他不想管这事。李济运不说贺飞龙的名字,明阳也知道那个矿是谁的。宋乡长一直跟着的,明阳同李济运说话,他就自动站远些。李济运没接到电话,就不去事故调查那

321

边。相信李济发去了,会把话说清楚的。他去了反而不好,说话会很尴尬。

中饭时,宋乡长叫了盒饭来。李济运吃过中饭,仍没接到电话,就同明阳打个招呼,自己先回去了。他临走时嘱咐宋乡长,拜托他组织干部挨户上门,务必不让遇难者家属去县里上访。钱肯定是要赔的,只是时间迟早。

晚上十点多钟,李济运在家听到敲门声。开门见是朱芝,忙让了进来。"才回来,扯不清的皮!"朱芝说。

舒瑾忙倒了茶过来,说了句客气话:"朱部长真辛苦!"

朱芝道了谢,喝了口茶,说:"李济发同贺飞龙吵了起来,刘星明发脾气把两个人都骂了。可我感觉刘星明心里是偏向贺飞龙的。"

有些话李济运不想让舒瑾听了,怕她嘴巴不紧传了出去,就说:"朱部长我俩到里面去说吧。"

他领朱芝进了书房,门却并没有关上。朱芝说:"贺飞龙断然否认他的矿昨天生产了。他说他们矿前天就放假了,昨天只有十几个技术人员在洞里做安全检查。"

"最后结果呢?"李济运问。

朱芝说:"目前只是了解情况,收集证据,责任认定要等省市研究。快过年了,估计会拖到年后。"

李济运说:"拖就会拖出猫腻。"

朱芝把会议过程一五一十地说了,叹息道:"明县长最后到了会,我觉得他像是完全变了个人。"

李济运说:"他不表态,是吗?"

朱芝点头道:"他原来是最有个性的,今天他只讲原则话,说本着实事求是的态度,相信科学,听专家的。"

李济运说:"他在刘星明手下,只能如此吧。"

朱芝走后，李济运打了李济发电话。李济发却没太多话说了，只道结果下来再说。李济运不能说得太透，只问："结果会客观吗？"

李济发说："济运，必要时我当面同你说。"

舒瑾有些酸溜溜的，说："这么亲热，进屋了都要躲到里面说话！"

李济运说："什么呀？有些话你是不方便听的！官场上的事，你知道得越少越好！"

当天晚上，朱芝命人起草了"1·20"矿难事故通稿，交刘星明和明阳首肯，发给了有关媒体。通稿内容着重放在政府全力救援上，而事故原因只说正在调查之中。不论哪里出了事故，都是这种四平八稳的新闻通稿。

离春节还有几天，李济运很担心这时候遇难者家属上访。出这么大的事，随时都会有变数。一句谣言，某个人心血来潮，都会生出事来。好不容易等到大年三十早上，大院门口冷清清的，李济运才放了心。他打电话告诉爸爸妈妈，晚上回去吃团年饭。

"我还想今年自己在家煮财头算了哩。"舒瑾说。

李济运说："这个财头我们留着慢慢吃吧。"胡玉英妈妈送的财头，挂在阳台上风着。城里不如乡下，没地方继续熏着。这个冬天李济运总觉寒冷，只有想到朱芝他才感到温暖。今天想着阳台上的财头，他心头居然也暖暖的。那个蛮不讲理的女人，也许后悔自己太过分了。

下午，眼看着没什么事了，李济运领着老婆孩子回乡下去。街上不怎么有人，都回家忙团年饭去了。听到断断续续的焰火和鞭炮声，那是孩子们已等不到晚上了，急着享受过年的快乐。他回头望望坐在后座上的歌儿，这孩子却没有过年的兴奋。他拿MP3把耳朵塞着，眼睛微微闭上。李济运问过儿子，MP3是哪里来的，他说是借同学的。李济运不准儿子问同学借东西，歌儿总是不听。他说自己跟同学就有这么好，不可以吗？

很快就回了家，李济运客气地留留朱师傅，就请他回去好好过年。四奶奶依着旧俗，对朱师傅说了一大堆祝福的话。朱师傅作揖不迭，退身上车而去。早闻到了炖财头的浓香，还有煮熟的白萝卜甜甜的味道。济林和春桃出来打了招呼，比平日亲热多了。过年图个吉祥，一家人脸上都是笑意。

歌儿自己玩去，舒瑾帮着忙年饭。晚霞把场院映得红红的，感觉是吉光万丈。李济运陪爹在场院里说话，东一句西一句，净是村里的事儿。四爷突然把声音放低了，说："你娘成了黑老大了！"

李济运听着笑了，知道爹是开玩笑，说："她怎么黑老大了？"

四爷说："不是同你说笑，真的！"

"什么事呢？"李济运问。

四爷说："上回房子被炸，烂仔自己叫人补的墙。"

李济运说："这事我知道。"

四爷说："有人到冬生砖厂拍肩膀，你娘知道了，就打了烂仔电话。烂仔叫了十几个人马上就到了，把那几个拍肩膀的人打跑了。"

李济运听着就怕："娘不该管闲事，烂仔打人没有轻重，说不定就出命案。"

四爷说："那几个拍肩膀的是吃粉的，只是要几个小钱。这伙烂仔的老大听说叫马三，人多势众。他们要冬生每块砖加价一分钱，算是保护费。济运你看，像香港电影了。"

"一分钱，一年要多少？"李济运问。

四爷说："冬生不肯，每块砖加一分钱，一年就是十万。烂仔说，你不肯也要得，今后砖厂有事我不管。听我的保证你平平安安。不信你打电话给派出所，看看警察到得快些，还是我们快些。警察管不了的事，我们肯定管得了。"

"后来呢？"李济运问。

四爷说："冬生只好认了，答应每年给马三的兄弟十万块，从加价里头出。冬生肚子里有气，又不敢对人说。他后来一打听，马三的兄弟把全县的砖厂都跑到了，全县的砖厂都加了一分钱。"

李济运一听心里直喊老天。乌柚县的砖厂少说也有四五十家，都按冬生家这个规模去算，马三这伙人每年收保护费就有四五百万块！李济运也怪妈妈不该充能干，嘴上却替她辩解，说："爹，那也不是说妈妈就是黑老大了。她只是好心办了坏事。"

四爷说："你娘是越老越糊涂了，她说社会全变了，各路人都要交，要不就受人欺负。"

李济运说："爹，你随她吧。娘性格强，你说她，又要吵架。"

四爷说："我不讲她，随她去。我不晓得你娘怎么回事！烂仔叫人补墙，她就像招呼贵客，递烟倒茶。她还满村去讲，说城里烂仔在她面前服服帖帖！"

李济运笑笑，叫爹别说了。妈妈有她的生存法则，老人自以为如鱼得水。他印象中妈妈过去不是这样的人，这些年老人家真的变了。这个年纪的人还能变，也真是不太容易。又想自己也在变，不想做的事都在做。

团年饭吃得热闹，四奶奶讲的话句句都吉祥。鸡脑袋叫凤头，鸡爪子是抓钱手。歌儿打碎了勺子，奶奶笑道岁岁平安。四爷吃饭掉饭粒，平日四奶奶必是在嚷的。今天她不嚷不骂，笑道常种常收。只有桌子中间那道鱼没人动筷子，那得过了正月十五才吃。这叫年年有余。

吃过团年饭，一家人坐着说话。春桃喜欢看春节联欢晚会，李济林惦记着出去打牌。妈妈发了话，今天谁也不准出去。李济运不爱看电视，只是陪着爸爸妈妈坐。李济林说："隔壁屋里今年的年过不好。"

李济运见弟弟有些幸灾乐祸，就说："到底是一家人，不要看人家笑话。"

李济林说："我哪里看笑话，只是说说。"

李济运问："知道发哥回来过年了吗？"

四奶奶说："听到车子响过，应该是回来了。听说旺坨还关着。"

四爷说："济运，你帮得着的，还是要帮帮。你们是不认了，我同他爹是亲兄弟。他爹去得早，他们兄弟从小我带着的。"

"我哪里不认？"李济运不便说得太细，只道发哥有难，他必定要帮的。

临睡前，李济运给朱芝发了短信：祝福你！

朱芝马上回道：需要你的祝福！

第二天，李济运睡了个大懒觉，吃点东西就领着老婆孩子回城去。他是春节总值班，有事就得处理。也会有人上门拜年，躲在乡下也不是个事。拜年的有朋友，也有下级，都是平常的人情往来。人活在世上，谁也不能免俗。他也有需要去拜的人，多在年前就拜过了。年后再去拜的，多是礼节性往来。

正月初三，李济运又回乡下看看。今天老婆孩子没来，就他一个人。他打了发哥电话，知道他还在乡下。发哥过年都在乡下，村里的小车就你来我往。他不用坐在城里等人家拜年，他人在哪里人家会追到哪里。李济运虽然是个常委，却没有人追到乡下给他拜年。

四奶奶见儿子回来了，说："听到车子响，以为是发坨家拜年的来了。"

四爷说:"今年怪,他家拜年的人少多了。"

李济运说:"我回来就是想会会发哥。"

他打了李济发电话,说过去给他拜年。李济发说过来给四叔拜年,平辈之礼就不必客气了。李济运就听发哥的,坐在家里等着。没多时,李济发提着礼盒过来了。四奶奶笑眯眯地倒了茶,只道发坨年年都这么讲礼。李济发同叔叔婶子说了几句话,就叫李济运进里屋去了。

李济运问:"会怎么处理,你有把握吗?"

李济发说:"我那天自己赶到了,旺坨后来也来了。我们在会上同贺飞龙大吵一架,不是有人劝架会打起来。贺飞龙就是个流氓,刘星明让他做县长助理!"

"这些情况我都知道了,你说说结果会怎样?"李济运问。

李济发摇摇头说:"我没有把握。我据理力争,调查组同意把贺飞龙矿里负责技术的副总控制起来了。他们说那天没有生产,只是安全检查。我怕就怕这只是障眼法。"

李济运忍了忍,直话直说:"你做了工作吗?"

李济发叹息道:"我说没把握,原因就在这里。过去我自己在煤炭系统干过,上面这条钱都是通的。这回发现这条线断了。刚出事的时候,我按兵不动是心里有底。我打电话给过去的老关系,他们都说得好好的。可是过了一个晚上,他们要么电话不接,要么说话含含糊糊了。春节前刚刚提前拜过年的人,这会儿都不认识了。"

李济运说:"我猜贺飞龙的力度比你大。"

所谓力度,也是官场含蓄说法,无非是说钱花得多。李济发想了想,说:"贺飞龙舍得花钱,我是知道的。可我想关键还不在这里。肯定是要打点的,我不是不知道。我暂时不出手,他们也知道我办事的规矩。未必就要马上送钱,马上办事。都是熟人，平时称兄道弟，我事后肯定会把人情做到位。"

"那猜有什么名堂？"李济运问。

李济发说："我越来越觉得问题出在刘星明身上。"

李济运有些想不通，说："他对你可是很不错的呀？"

李济发说："要看什么时候。官场有不变的朋友？"

李济运说："发哥，这事你输不得！如果责任定在你家矿上，赔钱肯定在几百万以上，还得有人坐牢。"

李济发说："我又找刘星明谈过，只看最后怎么处理。弄急了，鱼死网破。"

李济运又是摇头，又是摆手，说："下策下策！发哥，你对老弟讲句实话，你自己经得起查吗？"

李济发说："我讲鱼死网破，就是说豁出去了！"

李济运听明白了，李济发自己肯定也是不清白的。听他话的意思，刘星明也不干净。都风传刘星明在李济发矿上有干股，只怕不是谣言。那就说不定刘星明在贺飞龙矿上也是有干股的。

李济发说："济运，真有事了，你不必替我出头。你出头也没有用。我们家今后就靠你，你自己好好干。"

李济运说："这些话都不说了，我肯定会尽力的。只是你不能坐等，有可能做工作的，还是要行动。"

李济发说："老弟，我该做的工作都做了。"

李济运说："我听有人讲，刘星明的态度明显是偏向贺飞龙的，说明他俩关系更近。"

"什么关系更近！不过就是钱拿得更多吧！"李济发说。

李济运却想还没这么简单。贺飞龙是才推上去的县长助理，他如果出了问题麻烦会很大。刘星明为了推出贺飞龙，跑市委和省委做过很多工作。说得上级组织部门动了心，终于拍板说不妨作为试点。这好歹算是刘星明的政绩，轻易出不得事。两相比较,一边只有经济利益,一边却是政治和经济双受益。如此思量,李济运猜想,刘星明肯定会舍李保贺。

他把这些想法同李济发说了,道:"你自己过得硬,万不得已就同他斗;你自己要是过不得硬,就争取赔些钱,让旺坨顶顶算了。旺坨在里头待几年,对他没什么影响。你自己千万不能有事。总的一句话,斗与不斗,你要想清楚。他哪怕有问题,你未必就扳得倒他,别到头来把自己弄进去了。"

李济发说:"要看,看最后结果如何。"

留李济发吃了晚饭,兄弟俩干了几杯。席间说的都是过年的好话,四爷和四奶奶看不出李济发正大难临头。吃过晚饭,李济运和李济发都要回城里去。要是平时,两兄弟可以同车回城。时下有些敏感,两人各自叫了单位的车。

李济发走了,李济运打朱师傅电话。这时,三猫子和几个年轻人来找李济林,商量舞龙灯的事。正月初三是出灯的日子,到了十三就要收灯。三猫子见了李济运,笑嘻嘻地说不是常委说话,他肯定在笼子里过年。乌柚人把看守所、监狱都喊作笼子。那回赌场出事之后,李济运回来过多次,三猫子每次碰见都会谢他。

李济运认得这些年轻人,发现都是村里的油子,有几个还是坐班房出来的。他便笑道:"你们还肯舞龙灯?很辛苦啊!"

三猫子说:"我们哪里舞,请人,一天五十块钱。我们几个人成头,凑股子。"

李济运问:"凑股子?赚得了钱吗?"

三猫子笑道:"赚什么钱?爱热闹,赚几个小钱打牌。常委给您说,你看了知道,我们都是些烂人,乡里乡亲的多少会给点面子。"

"你叔叔都不叫,叫什么常委!"李济运假作生气,依着辈分三猫子要叫他叔叔。

三猫子是油滑惯了，又说："常委是我们父母官，怎么敢随便叫叔呢？"

济林同三猫子他们商量去了，四爷悄悄地说："什么都变了。过去舞龙灯只图个热闹，图个吉祥，如今就是赚钱。旧社会，舞龙灯成头的，就是村里的头人，如今是烂人成头。舞龙灯的规矩你也是晓得的，先要下帖子。过去下帖子是告诉你龙灯会来，屋里留人，放封鞭炮，打发几个年糍粑就是了。如今呢？下帖子就把价格讲好，家里有喜事的要多出钱。起新屋的一千二，娶媳妇的八百，嫁女的六百，没有喜事的一两百。我们家没有喜事，出的也要比别人多，家里有个常委。"

李济运听着只是好笑，他这个常委倒成家里负担了。他数了两千块钱交给四爷，说："爸爸，打发龙灯吧。"

四爷说："不要不要。"

"拿着。"

"也不要这么多。"

"拿着吧。"

四爷接过钱，就听见外头车子响了。四奶奶出来，说："运坨就走？歇了吧。"

李济运说："明天要上班哩。"

二十一

新年上班第一天，同事们串串门子，拱手握手算是拜年。上午十点多，拜年差不多了，朱芝到了李济运办公室。两人握握手，眼睛里尽是笑意。彼此问问过年的事，一时坐下无话。李济运说："睁眼闭眼都是你，我算是着魔了。"

朱芝说："也不方便同你打电话，很想听你说说话。"

"城里过年热闹些吧？"李济运问。

朱芝说："焰火、鞭炮放得太多，街上总是烟雾冲天。"

李济运说："乡下倒是安静。"

朱芝说："我给他拜了年，他闭口不提成部长。他知道我是得罪了成部长的，故意不提就有些奇怪。自从知道成当了部长，他一直没有同我提到这个人。"

她说的是刘星明。当时朱芝不得已强硬对付成鄂渝，刘星明还表扬了她。李济运说："他故意不提，说明这在他心里是个事儿。假如成部长要为难你，刘未必就会替你说话。当然，这只是我的分析，也许我是小人之心吧。"

朱芝苦笑道："他未必就是君子。"

矿难事故的处理暂时搁下了，网上不断有质问的声音，刘星明吩咐朱芝虚与委蛇。朱芝觉得有压力，就找李济运诉苦。她说真不想当这个部长了，不如到政协去做个副主席，过过清静日子。李济运就笑她，说："你年纪轻轻的，真让你去政协，你会觉得有人整你。"

省里领导班子突然调整，欧省长调到北京去了，成副省长代理省长。李济运探到消息，为保证省里"两会"气氛和谐，全省所有安全事故的处理都暂时压着。省里"两会"期间，李济运照例坐镇省城，率专门班子随时准备截访。不可能没有人上访，好在没有太棘手的，都是一劝二哄三吓唬，统统送回了乌柚。

有天晚上，李济运突然接到李济发电话，说他到省城来了。"你不是上访吧？"李济运问。

李济发说："我还没到那一步。我想找人，人家都躲着。"

"你去过他们家里吗？"李济运问。

李济发说："现在哪兴去家里？济运，你有空吗，到我住的酒店来吧，我不方便到你那里去。"

"有事吗？"

"有事，我想听听你的意见。"李济发说得很神秘。

李济运去了李济发住的酒店，进屋闻得很重的烟臭。不知道李济发抽了多少烟，床上被子也是乱七八糟。

"你来几天了？"李济运问。

李济发说："来两天了。我去了煤炭厅，去了安监局，见到的熟人不是说马上要开会，就是说今天没空。"

李济运说："他们都是拿过你钱的，就这么翻脸不认人？"

李济发说："有个副处长，人还算仗义，向我透露了一点点消息，他说县里的态度很重要。我想这就很明确了，刘星明在搞鬼。"

李济运把话挑破，问："早听说刘在你这里得了好处，你愿意同我说句真话吗？"

李济发掏出录音笔，说："他来省里开会前天，我找了他。"

李济发把同刘星明的谈话，一字不漏录下来了。李济运一听傻了，果然如他所料，刘星明劝李济发家受点委屈。"这些年你们家钱也赚得差不多了，我们争取做通老百姓工作，每户只赔二十万。二十三个人，也就是四百六十万。你弟弟反正不存在政治前途，判他两三年刑也是假的，进去待几个月就让他出来。要不然，火很可能烧到你自己身上。济发同志，这个事你自己想清楚。"刘星明说。听录音李济发也不是好欺负的，他的话说得很硬："星明同志，你是县委书记，我敬重你。你的话，我愿意听。但是，既然我们矿出这么大的事，你今年的分红我就不给了。"沉默片刻，刘星明说："给不给你看着办。你的财政局长争的人很多，省里打招呼的都有。用你，我是力排众议，顶着压力。你看着办吧。成副省长很赏识我，他过了春节就是省长。我俩现在是私下里说话，完全不是上下级谈话，是朋友间交心。你眼光要放长远些。我肯定是要平步青云的。煤矿安全正是成副省长管的，他已接到事故调查报告，打电话问过我的意见。"

李济运听完录音，心想这位堂兄太有心机了。他故意不断地点到刘星明的名字和职务，引诱刘星明说了很多见不得光的话。一旦录音公布出去，刘星明肯定完了。

李济运问："你打算把它曝光？"

李济发说："只看刘星明怎么待我。"

李济运说："他的意思不是很明确了吗？就是让旺坨坐牢，你家赔钱。"

李济发埋头半天，说："我请你来，想讨个主意。我想如果他真逼得我没办法了，我把录音直接寄给成省长。刘星明等于出卖了成省长，成省长必定出手收拾刘星明。"

李济运说："那你自己也完了，成省长也会迁怒你的。再说行贿受贿都是罪。"

李济发说："人活一口气，真到那步了，我什么也不怕了。拜托兄弟一件事，我怕官官相护销毁证据，我把录音复制了很多份，每份都附了录音的文字整理。你拿一盒磁带，万一你用得着就拿出来。"

李济运没有接过磁带，只说："发哥，这是一坨炭，谁拿着都烫手。"

李济发说："济运，你只是拿着，你可以不拿出来，你也可以销毁。"

李济运拿了磁带，告辞出来了。晚上，刘星明打了李济运电话，没头没脑地问："怎么样？"

李济运明白他问什么事，就说："很正常。只有几个上访的，都是些鸡毛蒜皮的事，处理好了。刘书记您安心开会，不会有事的。"

刘星明说："听说李济发到省里来了，四处活动。你看到过他吗？"

李济运心想刘星明耳朵真尖，就搪塞说："我不知道，没看见他。"

刘星明说："济运，你俩是堂兄弟，你要劝劝他，请他相信组织。矿是他弟弟开的，他没有必要把自己摆进去。一个财政局长，他应该有起码的纪律。"

刚刚听过刘星明的录音，再听他说到组织和纪律，居然堂而皇之，李济运心里很不是味道。他下意识摸摸口袋里的磁带，似乎那里藏着一个恐怖的幽灵。

李济运只是在省城大睡几日，他没有心思约朋友吃饭。想着乌柚那些事，他心情很差。记得春节前，他远远地看见陈美，忙躲开了。他不敢见她。他想知道老同学病情怎么样了，却没有脸面问她。不久前送舒泽光和刘大亮去漓州，他本想去看看星明，却又忍住了。他不知道见了面两人说什么话。星明肯定不会说自己疯了，他说不定会把李济运骂个狗血淋头。

省里"两会"顺利地散了，成家骏正式当选省长。李济运回到乌柚，进大院就碰到陈美。他悔不该在大院外面就下了车，只是想买份《南方周末》。他喜欢这份报纸，但因不是省内党报，办公室没有订阅。他尴尬地望着陈美笑笑，心里想着明年硬要订这份报纸。他无话找话，问："美美，你这几天去了漓州吗？"

"才回来。"陈美说。

李济运问："星明病好些了吗？"

陈美说："他自己说感觉本来好些了，但看见了舒泽光和刘大亮，就不知道自己是不是真的有病。"

李济运窘得脸红，索性问道："你看见舒泽光和刘大亮了吗？"

陈美冷冷一笑，说："我看见了。刘大亮说他暂时不会出来，待上一段再说。"

"舒泽光呢？"李济运问。

陈美有些不耐烦了，说："你是个人感兴趣，还是代表组织了解情况？"

李济运笑笑，说："我关心星明，病好了就接他出院。"

陈美不想说了，道："你是他的老同学，有空自己去看看吧。"

李济运幸好拿着报纸，不然手不知要往哪里放。陈美低着头走了，人像在风中飘。她已瘦得皮包骨，脸色黑中泛黄。

省政府突然下发了关于"1·20矿难"的通报。省、市文件都是李济运先过目。他把通报反复看了三遍,身上阵阵发热,背上都湿透了。事故责任全在桃花溪煤矿,而且被定性为非法无证开采。完全是睁眼说瞎话,桃花溪煤矿证照齐全,李济运清清楚楚。

李济运马上去找刘星明,说:"省政府通报违背基本事实呀!"

刘星明先不作声,说:"我看看文件吧。"

李济运怀疑他故作糊涂,却只好等着他看完。刘星明看完文件,说:"这是省里调查组得出的结论,我们下级服从上级。马上召开常委会,传达省政府通报。请人大李主任和政协吴主席列席。"

常委会由刘星明主持,文件是李济运念的。大家默哀似的低着头,只有烟雾无声地盘旋。李济运念完通报,把文件重重地甩在茶几上,说:"简直胡说八道!"

刘星明厉声喝道:"济运同志,你有没有组织纪律?"

李济运举起手,说:"好,我现在按照党的纪律发言。桃花溪煤矿证照齐全,还是乌柚县的纳税大户,省政府通报却说它是无证开采的黑煤窑。事故调查之后,调查结论应该同被调查对象见面,做出相应的处理才可通报,省政府却通报在先,这是什么办事程序?堂堂省政府就是这么依法行政的?大家知道桃花溪煤矿是我堂弟李济旺开的,我敢保证自己的发言没有半句私愤!"

李济运从来没这么冲动过,大家都吃惊地望着他。刘星明也始料未及,他望望明阳,又望望大家,然后瞪着李济运:"省、市两级党委和政府对这次矿难的处理都非常重视,第一时间派出了事故调查组。连夜赶到乌柚来的都是负责这方面工作的领导和专家,我是个外行,你济运同志也是外行。不能情绪用事,相信科学,相信法律,相信政策,这是最基本的态度!"

刘星明总是长篇大论,还要围着椭圆形的会议桌踱步。他刚到乌柚时,他站起来兜圈子,常委们的目光就随着他打转转。今天李济运发现没有几个人的目光追踪他了,大家要么望着自己的茶杯,要么望着天花板。李济运望着桌子,桌面上有层薄薄的灰。会议室通常是晚上打扫,过了一夜桌上就会落灰。心想,什么时候了,还有心思模仿伟人!

明阳等刘星明说完了,才发表意见:"省政府通报,我们按照组织原则要认真传达,认真学习。济运同志的个人意见,可以按正常渠道向上级反映。鉴于被通报的主体是桃花溪煤矿,牵涉到的责任问题,如何依法处理,有关部门同煤矿会有接触。桃花溪煤矿如有不服,有权提起行政诉讼。通报中批评了乌柚县政府监管不力等问题,我们应该做出检查。"

明阳的话虽然听上去中规中矩,却同刘星明的态度暗相抵牾。刘星明肯定听明白了,手不停地在下巴上摸着。这是下午,他脸上的络腮胡已硬得扎手。人人都要表态的,明阳发言之后,大家说的都是套话。朱芝没有说套话,但也只说宣传部长分内的事:"我不希望又引发舆论地震。每每工作出了问题,李主任和信访局在大门口救火,我们宣传部在媒体上救火。上级放火,下级救火,这工作干起来不起劲!"

她这话却把刘星明惹火了。明阳已经叫他不高兴,他正好抓住朱芝出气:"朱芝你这是什么意思?我发现你最近总是同李济运一唱一和,要是回到'文化大革命',打你俩的反革命集团!"

李济运冷冷一笑,说:"刘书记这话是我听过的最有水平的。如果你认为我不适合目前的工作岗位,可以请组织上予以调整!"

已经不像开会了,明摆着是吵架。大家出面劝和,只说就事论事,都别扯远了。李非凡说:"我同德满同志是列席会议的,我谈几句个人看法。我觉得常委会的气氛越来越不对劲,研究工作不能带个人意气。摆事实,讲道理,这是最起码的会风。只要同志们心底无私，没有什么事值得在会上争吵。凡带个人意气，必有个人利益。"

听着李非凡的话，李济运暗自吃惊。他说的可谓一针见血，只是不明白他真实的意图。李济运听他继续讲下去，就明白了他的态度。李非凡居然也同刘星明作对。他说："桃花溪矿难事故的调查过于仓促，结论有些草率。当时快过春节了，大家心里着急，只想早点收场。这其实是很不负责任的。济运同志的质问很有道理，为什么事故还未处理，省政府就下发通报？下一步怎么做？依据省政府通报的定性再作处理？事故处理是依法办事，工作通报是政务程序。这里实际上是颠倒了法与权的关系。"

刘星明不敢对李非凡发火，只道："看样子对省政府的通报，同志们形成不了统一意见。那就不必强求。我同意明阳同志的观点，如果桃花溪煤矿对省政府通报有不同意见，他们有权提起行政诉讼。下一步的工作，由有关部门依法处理，我们县委和政府的责任是做好协调工作。"

会就这么草草散了，出门时大家都不说话，像开了个追悼会。李济运回到办公室枯坐，也想自己为什么就忍不住火气。他完全可以讲点儿艺术，既把意思讲得透彻，又不失风度。也许是听了那段录音，心里早把刘星明看透了。晚上在梅园宾馆仍有饭局，李济运还是得陪着刘星明去应付场面。酒桌上，就像什么也没发生过。刘星明笑容满面，明阳热情好客，李济运周旋自如。

晚上九点多钟，李济运已回家多时。他刚准备洗澡，李济发打电话来："济运，你有空出来一下吗？我马上开车到你楼下。"

李济运问："有急事吗？"

"见面再说。"李济发说完就挂了电话。

李济运猜到必是谈矿难的事，他有些不想管了。事情该如何将如何，他是没有办法的。但毕竟人太亲了，他只好下楼去。一辆三菱吉普停在银杏树下,他认得是财政局的车。拉开副驾驶门,却见明阳坐在里面。他上了后座,又见李非凡在上面。车是李济发自己开的。谁也没说话,车子出了大院。没几分钟,车子就出了城。

明阳说:"非凡同志,你说吧。"

李非凡说:"济运,我就不绕弯子了。我同明阳同志达成了共识,不把刘星明请下来,乌柚不得安宁。他现在成了乌柚很多矛盾和问题的根由,不把这个人搞走,我们对不起乌柚人民。"

"搞走,还是搞垮,这很重要。"李济运说。

李非凡说:"我明白济运的意思,只有搞垮他,才能达到目的。"

明阳说:"非凡同志试探过,吴主席对刘星明也很有想法。非凡同志、德满同志、你、我,四个县级领导实名举报,组织上不会不重视。但济发同志可能自己会有麻烦,你要有心理准备。"

李济发说:"我不怕。"

明阳又说:"济发,你要是有顾虑,这事到此为止。"

李济发说:"主意是我出的,我早想通了。"

李非凡却显得急迫,说:"不能犹豫,不能退缩,这是对乌柚人民负责!"

李济运问:"发哥,我一直还没机会问你。桃花溪煤矿明明证照齐全,为什么成了非法开采?"

"流氓手段!"李济发很愤怒,"调查组把我矿里的所有证照全部拿走了。他们可以销毁办证文件,硬把我的矿说成非法开采。矿山出了问题,只要一纸非法开采的膏药贴上去,政府有关部门就干净了!"

明阳说:"济运,你是笔杆子,举报信你起草,我们过目后共同签名。"

李济运上了这辆车,似乎就由不得他了。李非凡又说:"济运,要是有可能,你把朱芝也拉上。我看朱部长也是个有血性的人,她今天的发言我很佩服。"

　　"我看人够了,不必找她。"李济运担心这事有风险,怕朱芝受连累。

　　明阳说:"我看也没必要人太多了。"

　　"好吧,我来起草。发哥你尽快提供材料,越快越好。"李济运担心发哥随时会到笼子里去,嘴上不好说出来。

　　李济发递过一个信封,说:"我都准备好了。"

　　李济运说:"我现在就可以看看。"

　　车子慢慢行驶在乡间公路上,外面是黑漆漆的冬夜。李济运开了车顶灯,很快就看完了材料。李济发检举刘星明近两年来,从桃花溪煤矿获取干股分红三百五十万元。省煤炭厅和煤安局从李济发手里捞钱的有十几人,金额有多有少。李济发把灯关掉,说:"我觉得应研究一下策略。材料上举报的人太多,除了刘星明,还有省煤炭厅和煤安局的人。我怕牵涉的人太多了,上面领导有顾虑。"

　　李济发说:"不告倒煤炭厅和煤安局那些人,我的财产全部完蛋了。一纸非法开采的膏药贴上去,煤矿会被强行关闭,收入全成非法所得。"

　　李非凡说:"济发,不管你是否检举,煤矿这碗饭你家是吃不成了。你认了冤假错案,肯定吃不成这碗饭了;你讨回了清白,照样吃不成这碗饭。这个道理,你应该是懂的。"

　　"妈的,我真倒霉!"李济发骂道。

　　李济运说:"为尽快达到倒刘目的,我建议先只检举他一个人。"

　　明阳说:"我同意济运的意见。"

"我也同意。"李非凡说。

李济发说:"好吧,只检举刘半间。"

说到刘半间,没有人笑,看来刘星明的外号大家都是知道的。车子慢慢往回开,进城之后李非凡先下车。开了几百米,明阳又下了车。李济运这才说:"发哥,你还是太鲁莽了。"

已到大院门口,李济发稍做犹豫,仍把车子往前开,说:"到了这地步,我只能这样了。"

李济运说:"你不这样做只是散财,你自己可能不会有事。"

"说不定,如果刘半间要趁势把我往死里整,我仍会有事的。"李济发的语气很激愤。

李济运问:"发哥,你们三个人是怎么碰到一起的?谁先找的谁?"

李济发说:"李非凡先找的我,具体怎么做是我讲的。"

"什么时候?"

李济发说:"有几天了。"

李济运又问:"明阳是你找的吗?"

李济发说:"明阳是李非凡找的。"

"没让他们听录音吗?"李济运问。

李济发说:"我记住了你的话,没让他们听。"

李济运说:"录音的事你暂时不要让其他人知道。里面提到成省长,这对你是危险的。"

李济发开着车在城里转圈子,街上早没几个人了。环卫工人在清扫街道,街边堆着垃圾和残枝落叶。今年的卫生县城创建工作还没启动,街道又是脏兮兮的。车子开得慢,落叶不时打在车窗上。李济运望望车外,突然觉得很陌生。县城喧哗和杂乱的调子褪去,居然不太认得了。又想起家里浴室窗玻璃外的那只壁虎。他觉得自己正像那只壁虎。

李济运又说:"李非凡这么想倒掉刘半间,为什么?"

李济发沉默半天,轻轻地说:"济运,不瞒你说,县委常委和几大家主要领导里头,只有你、明县长和朱部长在我矿里没有股份。"

李济运虽早就猜到有领导在他煤矿入股,但听李济发说出来却仍是暗自吃惊。他问:"实股还是干股?"

李济发说:"还用问?肯定是干股。"

李济运摇头叹息,说:"发哥,你上了李非凡的当。"

李济发说:"我知道。李非凡找我,把话说透了。他估计我会接受调查,就叫我先下手为强。利害关系我很清楚,受我好处的只有刘半间是外地人,其他人都是乌柚人。我没必要同这么多乌柚人结仇。这会是世世代代的仇,我们家会在乌柚活不下去。"

李济运问:"李非凡叫你把刘星明检举了,就保护了他和所有乌柚本地领导,是吗?"

"是的。"李济发说。

李济运又是叹息不止,说:"发哥你有些天真。真的进去了,你顶得住吗?人家要撬开你的嘴,可是无所不用其极啊!还有旺坨已经在里头了。"

李济发说:"济运你放心,你发哥我不是小孩子。旺坨不知道任何事,都是我一手处理的。"

"李非凡这个人太阴险了!"李济运烟瘾发作了,点上了烟,"发哥,既然如此,你真不能把什么都吐了。"

李济发说:"明县长是条汉子,我给他送过钱,他不肯收。我请他入股,他回绝了。他也讲游戏规则,背后从来不整我。"

车子再转到大院门口,李济运就下去了。他洗澡的力气都没有了,喝了一大杯温开水就上床睡觉。舒瑾醒过来奇怪地望望他,说:"你怎么像地下党员了?"李济运听了舒瑾的埋怨,心里竟是猛然一惊。舒瑾都看出他的异样,他是否真有些鬼鬼祟祟的?他闭着眼睛装睡,脑子却是乱哄哄的。检举能否成功,他没有把握。哪怕成功了,于他也未必是件好事。但他答应了明阳和李非凡,就不能再往回退了。

第二天,李济运很快就把检举信弄好了。他把检举人的职务都写在落款处,只等着他们签名。他打印了五份,马上去找明阳。明阳看了检举信,说:"很好!你把李非凡叫来,吴德满由他请来。一起来,当面签字,免得有人临时退场。"

李济运说:"明县长,我打印了五份。我想这材料不能只交给一位领导,弄不清他们之间的关系。多交给几个领导,此事就捂不住。"

明阳说:"我同非凡商量了,我俩一起去市里跑一趟,市委书记、市长、人大主任、政协主席和纪委书记,一人一份,正好五份。"

不到二十分钟,几个人都到齐了。吴德满有些紧张,他毕竟是才加入的。明阳说:"老吴你不用怕,我们这是为民除害。"

吴德满笑笑,说:"我不是害怕,只是心理准备不足。既然各位意见统一了,我参加一个!"

四个人都签了字,明阳说:"济运,麻烦你再找济发同志,请他最后签字证实上面情况属实。我同非凡同志下午就去市里,德满同志愿意的话也一道去。"

吴德满稍想了一下,说:"既然如此,我们三家都去!"

李济运回到办公室,再打李济发电话,却是关着机。又打了他家里电话,没有人接听。他感到有些不祥,想打嫂子电话。可他拨了几个数字,马上又停住了。他打舒瑾电话,说:"你打一下嫂子电话,问问发哥在哪里。"

过了会儿,舒瑾回电话说:"嫂子正着急找人哩!她说昨天发哥吃过晚饭出门,一个晚上没有回来。"

李济运又跑到明阳那里,告诉他李济发不见了。明阳马上打朱达云电话,说:"达云吗?你叫财政局李局长到我这里来一下。"

朱达云过几分钟亲自跑来了,说:"手机关着,财政局没人知道他哪里去了。他的司机说昨天晚上李局长自己把车开出去了,到现在都还没看见车子。"

明阳骂道:"这个李济发,纪律性到哪里去了。"

朱达云走了,李济运说:"明县长,会不会出事?"

明阳说:"不会这么凑巧的。"

李济运问:"那还要不要等他签字呢?"

明阳说:"要等,他的签字是关键。"

李济运回到办公室,胸口闷得难受。他越来越感觉不妙,怕李济发真的出事了。若不是他自己躲起来了,人只有两种可能消失:一种是红道叫纪委找去了,一种是黑道叫烂仔找去了。

李济运打明阳电话,问:"明县长,有没有可能是纪委找他去了呢?"

明阳说得很断然:"绝不可能!纪委找局级领导谈话,得先经刘星明和我两个人同意。不着急,等等吧,不会有事的。"

整整三天,都没有李济发的消息。李济运真急了,心想必定是出事了。嫂子跑到他家里哭,他躲进屋里打了明阳电话:"明县长,是不是叫他家属报案?"

明阳想了想,说:"由他家属自己做主吧。"

李济运出来同嫂子讲:"嫂子,应该没事的。为以防万一,你报案吧。"

财政局长失踪是件大事,周应龙马上跑去找刘星明。常委们紧急集中,听取周应龙汇报。刘星明听完情况,说:"应龙,公安局抽调最精干的力量,务必尽快调查清楚。人不见了还躲得几天,一辆三菱吉普,两吨多重一坨铁盒子,跑到哪里去了呢?公安有手段,先调阅这几天所有监控录像,重点是高速路口,看是不是出县了。"

散会之后,李济运悄悄儿去了明阳那里。明阳说:"济运,你这几天别老往我这里跑。"

李济运说:"我有事要说。大院门口是有监控录像的,我回来时是在大门口下的车。他还打过我的电话。我是想同明县长对对口子,到时候怎么说。"

明阳想了想,说:"我是接的李非凡电话,我刚才回忆过了,我上下车的地方都不是监控区。你看自己怎么说吧。此事本应说真话,但不是时候。"

"这个东西呢?"李济运拍拍手里的公文包。

明阳说:"我想不等了,今天下午就同非凡、德满同志到市里去。"

李济运把检举信拿出来,却说:"没有李济发的签字,检举信的威力小了大半啊!"

"不见得,组织上不会不相信三个县级领导吧?"明阳说。

正说话间,李济运收到了短信。他暂时不看,出去再说。明阳刚接过检举信,桌上的电话响了。他接了电话,说:"哦,朱部长,哦哦,明天吗? 好好!"

明阳放下电话,说:"成部长明天到乌柚来。"

"哦!"李济运问,"那你们今天还去吗?"

明阳说:"去,当然去!晚上就可以赶回来。"

李济运告辞出来,看看是朱芝发的短信:成明天到县里来。

他暂不回复,一会儿就到办公室了。他打了电话,问:"视察工作?"

"不知道。人家是市委领导,只通知你们县委办。"朱芝说,

345

"我是接到你们县委办电话。"

"那你管什么闲事？"李济运说。

朱芝听得没头没脑，问："我管什么闲事了？"

李济运笑笑，说："我刚才正在明县长那里。既然没通知你，你明天到不到会，听刘书记安排。"

朱芝也笑了，说："我以为你吃醋哩！"

李济运笑道："还好先收到短信，不然真吃醋。老妹，我只是开玩笑。你还是要准备好汇报，不管用不用得着。"

放下电话，李济运去找于先奉，问："听说成部长明天到县里来？"

于先奉说："刚接到电话通知。我去您办公室，您不在，就向刘书记报告了。刘书记在电话记录上做了批示。"

李济运接过电话记录，见刘星明批道：知道了。请明阳同志汇报经济工作，朱芝同志准备好宣传工作汇报。

"落实了吗？"李济运问。

于先奉说："已报告明县长了，跟朱部长也说了。"

听于先奉说话，无意间就是春秋笔法。他向明县长是报告，同朱芝只是说了。同样都是县领导，在于先奉眼里斤两很明显。李济运很不喜欢于先奉的势利眼。

李济运回到办公室，又同李非凡通了电话，两人对好了口子。左思右想，自己先打了周应龙电话，说："应龙，有个情况我先同您说说，看对你们破案有没有帮助。"

周应龙很警觉，说："李主任您稍等，我在会议室，就出来。好好，您说吧。"

李济运说："李济发失踪那天晚上，大概是九点多钟，他突然打电话给我，说有事同我讲，叫我下楼去。我下去了，上了他的车。发现他自己开车，没有别人。我问他什么事，他只说想找我说说话。然后就开车出去，在外面转了大概个把小时。谈话具体内容我暂时保密，你猜猜也该知道，就是同桃花溪矿难有关。他大概是说压力很大，心里很委屈。十点多，他送我回来。我在大院门口下的车，监控应该可以看到。"

周应龙说："李主任，我们正在看那段录像，您下车是晚上十点二十三分四十八秒。"

李济运说："时间差不多。我第二天打他电话，想再安慰安慰，发现他关着机。"

周应龙问："李主任，他那天的情绪您可以描述一下吗？有没有轻生的念头？或者说到过被人恐吓等情况吗？"

李济运想了想，说："他没有表现轻生的情绪，只是说事情有些冤枉。具体内容我暂时不说吧，到时候根据破案需要，有必要我再说。"

周应龙说："好好，我明白，我理解。"

第二天，上午九点半钟，县里四大家领导和全体常委都赶到梅园宾馆。成鄂渝正在路上，县里领导得先候着。这么隆重的场面，刘星明亲自安排的。他说鄂渝同志以市委领导身份到乌柚，这是第一次。李济运同朱芝来得最早，他俩得先看看细节，包括会场座签的顺序，鲜花和水果的摆放。明阳后来也来了，同李济运握握手。李济运从明阳握手的力度，猜到昨天他的漓州之行很顺利。

十点钟，李济运电话响了。他放下电话，说："成部长马上到。"

刘星明站起来，说："明阳同志，我俩下去接一下吧。"

又过了几分钟，成鄂渝微笑着进来了，刘星明和明阳跟在后面鼓掌。会议室的同志们纷纷鼓掌，都站了起来。成鄂渝拍拍手，又朝大家打了拱。他走到自己座位前，秘书马上跑上去拉开椅子。成鄂渝不急着坐下，先脱掉了长外套。秘书忙接过外套，等他坐稳妥了，又把他的茶杯放在桌上，才蹑着脚离开。

刘星明拍拍话筒，说："同志们，外面是寒风呼啸，屋子里是暖意融融。今天，市委常委、市委宣传部长成鄂渝同志，来到我们乌柚视察指导工作，让我们以热烈的掌声表示欢迎！"

成鄂渝起身鞠躬，掌声就像夏日的雨声突然暴烈起来。他微笑着坐下，拿手扶了扶话筒，掌声慢慢就停了。成鄂渝的普通话还过得去，乡音浓重的乌柚人听来，无端地平添了几分官态，似乎也更显得有水平。他只说了几句，平和而谦恭："同志们，我来漓州工作时间不长，到哪里都还没有发言权。最近市委调整了领导分工，指派我联系乌柚工作。我过去从事新闻工作时，多次来过乌柚，结识了很多朋友。刘书记、明县长，都是老朋友了。还有济运同志，朱芝同志，达云同志，都很熟悉。我今天来只有一个目的，就是接上头，向同志们报个到。谢谢大家！"

刘星明说："成部长，我是不是先向您介绍一下四大家班子，再请明县长汇报一下经济工作。有时间的话，再请朱部长汇报一下宣传工作。"

成鄂渝点点头，说："很高兴！"

刘星明每介绍一位，成鄂渝便朝那人致意，遇着熟识的就说"老朋友了"，那"老朋友"就点头不止。朱达云不算班子成员，刘星明最后刚准备介绍他，成鄂渝忙说："达云同志，我们是老朋友。"朱达云便站起来行了个大礼。

介绍完毕，明阳开始汇报。桌前摆着汇报材料，成鄂渝仍摊开本子，要紧处记上几句。没拿本子出来的人就有些坐不住，装着不经意地顾盼左右，慢慢掏出本子来。包里没有本子可掏的，就不时在材料上画线。李济运看着有些想笑，就埋头看材料。朱芝同他并排坐着，他望不见她的表情。他瞟了眼她桌上的材料，却是她自己的汇报提纲。

明阳汇报完了，刘星明征求成鄂渝意见："成部长您看看，要不要小朱汇报一下宣传工作？"

成鄂渝望着朱芝笑笑，说："宣传工作，我们今后专门碰头吧。小朱部长是老部长了，我要向您学习！"

朱芝红了脸，忙说："成部长您随时指示！"

成鄂渝又扶了扶话筒，说："刚才，听了明县长的情况介绍，我觉得乌柚县领导班子是团结的，全体干部的作风是扎实的，各方面的工作是有成就的。一句话，乌柚县前景辉煌！下面，我根据最近市委常委会议精神，结合乌柚县的实际情况，谈几点不成熟的意见，供同志们参考。"

成鄂渝讲完套话便滔滔不绝，从世界形势讲到国情省情，最后归结到乌柚怎么办。他并不谈具体思路，只谈观点和看法。过去调侃领导，开口就先国际后国内，全是不着边际的套话。现在似乎并不如此了。成鄂渝舌灿莲花，全场屏息静气。远在天边的西门子、微软、华尔街之类，听成鄂渝娓娓道来，似乎就在家门口。乌柚县的每一根经济神经，好像都穿越太平洋和大西洋，伸向了世界的每个角落。你不愿意伸出去，人家也伸进来了。他谈的还不光是经济，政治、军事、文化都涉及了。总之是放眼世界，高屋建瓴。

成鄂渝看看时间，讲话戛然而止。他的语言真是干脆利落，绝无拖沓。刘星明还有十分钟时间，用了好多成语评价成鄂渝的讲话，什么"高瞻远瞩""醍醐灌顶"之类，然后说："全县干部将认真学习成部长的重要讲话，要把成部长的讲话精神贯彻到各项工作思路中去！"

散会时，李济运突然看见张弛和刘艳、余尚飞待在角落里。刘艳和余尚飞刚才在录新闻，李济运没有在意。张弛也在会议室里，却有些躲躲闪闪。他们三个人背对着众人说话，看样子要等大家走完了再离开。张弛也是得罪过成鄂渝的，李济运猜他内心必是又窘又怕。

中午，全体常委和人大李主任、政协吴主席留下陪成鄂渝吃饭。刘星明请成鄂渝坐主位，朱芝在旁插话："成部长，乌柚礼节，主客坐主位。"

成鄂渝笑道："想起来了，济运同朱芝请我时，也是让我坐这个位置。好，入乡随俗吧。"

中饭吃得中规中矩，成鄂渝不似做记者时那么好酒，县里领导们劝酒也不再霸蛮。倒是频频举杯，喝多喝少自是随意。成鄂渝吃罢午饭就告辞，说下午还要赶到零县去。

成鄂渝同大家一一握手，上了车又摇落车窗挥手。直到车子出了大门，刘星明他们举着的手才放下。刘星明酒意未消，又同天天见面的人握了轮手。李济运趁机同李非凡和吴德满握了手，彼此略略使劲暗递了信息。

李济运本来给成鄂渝安排了房间。既然客人走了，就不急着退房。李济运实在有些累，就去房间午睡。宾馆有中央空调，比家里还舒服些。他睡下来发了朱芝短信：不让你汇报，心里委屈吗？

朱芝回道：不汇报就不汇报，谁稀罕啊！

李济运又发道：不必往心里去。他上任后第一次来乌柚，应是市委领导的派头，不仅仅是宣传部长。他得听全面汇报，方显出身份。

朱芝回道：我不管这些。你在哪里？走时没看见你。

李济运告诉她：梅园休息，给他安排的房间里。

朱芝说：你休息吧。

李济运把身子移到床中央，感觉这双人床实在是太宽大了。

二十二

　　李济运酒喝得不是太多，正好可以催眠，很快就迷迷糊糊了。可他突然想到李济发，脑子猛地就像被凉水浇了。这几天他翻来覆去地想，李济发如果真被害了，说不定就是贺飞龙干的。贺飞龙有理由干掉李济发，也有可能受人指使。但都是没影的事，他只能闷在心里想。

　　这几个晚上，李济运都没有睡好。他慢慢地就有些疲了，半梦半醒地睡去。突然身子抽了一下，人完全清醒了。看看时间，已是下午三点半。他忙爬起来，匆匆忙忙往办公室去。临时叫车还费周折，他步行着往大院走。又想起中午关了手机，忙把手机打开。没有秘书台电话提醒，也没有短信进来。心想还好，没有误事。没人打电话，就是没有事。

　　他便把步履放从容些，一手夹着公文包，一手插进口袋里。天气比年前暖和些了，他已脱掉了黑警服似的羽绒服，穿上了他喜欢的那件藏青色风衣。平时差不多是条件反射，他穿上这风衣，就容易想起福尔摩斯或007，感觉就特别地好。但此刻他想起福尔摩斯和007，立马就想到了检举信。昨天下午五位市委领导收到了检举信,二十几个小时过去了,会出现怎样的情况?五位领导必定有刘星明的铁哥们,他们会通风报信吗?

有人说现在早没人写信了,通讯都用电话和电子邮件。谁要是写信,必是写举报信。但举报信多是匿名的,真名举报并不多见。四个人署真名,又都是县级领导,举报县委书记,应是中国首创。李济运突然意识到,他要一举成名了。如此一想,他很害怕。他不想成这个名。道理分桌面上的和桌面下的。依桌面上的道理,揭发贪污腐败是义举;依桌面下的道理,举报同事形同劣迹。

李济运本是风度翩翩地走着,突然感觉腿脚有些发软。过会儿回到办公室,刘星明如果黑着脸,他肯定就是知道了。李济运很想去问问明阳,市委书记是怎么说的,市长是怎么说的,人大主任是怎么说的,政协主席是怎么说的,纪委书记又是怎么说的。但昨天明阳说过,叫他这几天别老去找他。

他当然可以打电话,问问明阳或李非凡,要么就问问吴德满。可他就是不想打电话,好像怕听到坏消息似的。照说四个人做的事,他们三个人去了,回来就应该通个信。是不是情况不妙呢?左思右想,李济运就有些慌了。他终于打了吴德满电话:"吴主席,如何?"

"明县长没同你说?"吴德满说。

李济运说:"一早就开会,散会就分开了。我同他在一个院子,倒不方便去。"

吴德满说:"信都收了,没有表态。他们当然只能说原则话,说肯定会高度重视。"

李济运很想知道,五位市委领导原话是怎么说的。他得知道原话,心里才能判断。可他不方便在电话里太啰唆,就不再细问了,只说:"吴主席您猜结果会怎样?"

吴德满说:"我想一时不会有消息。市委必得有领导先找刘谈话,看他是什么态度。如果他把自己说得干干净净,领导相信了,他就没事了。领导不相信,就会有外围调查。过程你也清楚,不会轻易调查一个干部,必须要有十足的把握。"

李济运说:"事情可能搞砸了。李济发不见了,怎么外围调查?"

"他就人间蒸发了?"吴德满问。

李济运说:"我有种不祥的预感,他可能被害了。失踪都四天了。"

走到大院门口,李济运挂了电话。他穿过大院的宽坪,走路有些不自然。心里恨自己不中用,怎么跟做了贼似的。突然想到成鄂渝,他似乎又有了信心。原来是市委副书记田家永联系乌柚,现在竟换成了一般常委成鄂渝。似乎在市委领导眼里,刘星明不如以前了。李济运想到这点,脚已踏在楼梯上了。但愿自己的分析有道理。

下午李济运在办公室看文件,他不知道刘星明是否也在办公室。突然听到敲门声,李济运喊道:"请进!"

没想到是刘星明进来了。他忙站起来,说:"刘书记您有事吗?"

刘星明不说话,自己先坐了下来。李济运暗自有些紧张,平常刘星明有事就打电话,尽管他俩办公室只隔着十几米。刘星明点上烟,望着李济运,半天不说话。李济运问:"刘书记喝茶吗?"

刘星明不搭腔,只问:"济运,我俩共事多久了?"

李济运笑笑,说:"刘书记您今天怎么了?"

刘星明说:"我俩在会上争论,很正常。不应该因工作分歧而影响团结,这是我的基本原则。我想,这也应该是做领导干部的职业性格。"

李济运说:"自然自然。刘书记不往心里去,我非常感谢。"

"济运,如果您信任我,我想请您开诚布公,向我敞开心扉。"刘星明的表情严肃起来,就有些凶神恶煞。

李济运心想坏事了,他必定是听到消息了。难怪大家都不敢实名举报,上面那些人物都是靠不住的。可他不愿意轻易服软,只道:"刘书记,我不知道您要我说什么。"

刘星明吐出一团浓浓的烟雾,说:"李济发失踪那天晚上,同您到底谈了什么?应龙同志向我汇报了,他说您不想透露谈话内容。"

原来是这样!李济运松了一口气,说:"刘书记,我确实不方便透露谈话内容。他谈到一些具体的人和事,我必须保密。"

"如果是破案必需的调查呢?"刘星明问。

"看情况吧。"李济运说,"假如他人真的出事了,有些话我也不能说。牵涉到有些人,死无对证,我怎么说?说了,倒成了我诬陷。"

刘星明说:"未必,调查就是了。"

李济运摇摇头,说:"不是所有事都调查得清楚的。"

刘星明叹息道:"济运,我们共事两年多了,您还是不能完全信任我啊!"

"刘书记您误会我了。"李济运说,"假如说——刘书记,我只是打个比方——假如说李济发谈到您什么问题,我能说吗?我不会说的。一来我信任您,二来他人不在了。"

刘星明却笑了起来,说:"真说到我什么,你到时候也可以说嘛。我是相信组织的。"

"放心,刘书记,我肯定不会说的。"李济运说。

刘星明点点头,说:"济运,我很欣赏你的风格。不管工作上如何分歧，同志之间应有基本的信任。我是信任你的。市委领导调整了，县委班子肯定也会有些变动。对你，我会向市委领导推荐。你年轻，前程无量！"

李济运忙点头致谢："刘书记，我的工作还有很大差距。跟着您干，我心里有底。"

刘星明又把话题拉了回来，说："济发同志，我是很看重他的。不瞒你说，当时定他当财政局长，我是顶住压力的。上头打招呼的人多，可我得从工作出发啊！他现在凶吉未卜，我是忧心忡忡。说句不吉利的话，万一他出事了，我不希望又酿成什么新闻事件。桃花溪煤矿的处理，我们只能听省里意见。我也赞同你的意见，矿里要是对处理有看法，通过法律渠道上诉就是了。我不会带个人观点。"

李济运在玩迷魂阵，话也说得漂亮："刘书记，事后我反省自己，情绪也太冲动了。您是县委书记，您肯定要无条件服从省政府通报。您的立场是职守所在。我今天向您表个态，一旦牵涉到李济发家属闹事等问题，我会全力做工作。"

刘星明站起来，紧紧握着李济运的手，说："济运，谢谢你！"

李济运把他送到门口，回到桌前坐下，大大地舒了一口气。他想了想，便打了周应龙电话："应龙兄，有消息吗？"

周应龙说："暂时没有任何线索。"

李济运试探道："我仔细回想了一下，那天李济发同我谈的，好像没什么对破案有帮助。"

周应龙笑道："我尊重李主任意见，不过问你们谈话的细节。"

李济运说："好好。知道你们辛苦，但还是拜托你们多动脑筋。案子不破，不知道会出什么麻烦。"

放下电话,李济运反复琢磨,似乎更加明白了。刘星明必定嘱咐过周应龙,不要过问他同李济发的谈话。刘星明自己来找李济运,想必是探听虚实。他确认李济运不会乱说,心里悬着的石头就落地了。李济运讲到死无对证,刘星明肯定暗自高兴。他对李济运所谓前程的暗示,无非也是灌米汤。乌柚人说迷惑人,就叫灌米汤。

李济发失踪的消息,早已经瞒不住了。各种稀奇古怪的说法都在流传,李济运听了非常烦躁。每天吃过晚饭,舒瑾就去李济发家里,陪嫂子说说话。李济运有空也去坐坐,却只能是几句空洞的安慰。

桃花溪乡的宋乡长突然打来电话,说是赔偿再不到位,他们就稳不住了。李济运忙去报告刘星明,说:"刘书记,赔偿款再不到位,老百姓会闹到县里来。"

刘星明说:"济运,这事还是你负责。你到桃花溪去,同老百姓坐下来谈。按照这几年惯例,以每人二十万为限。煤矿的账已封了,我可以同法院说说,先动部分钱支付赔偿。"

李济运说:"刘书记,我有个请求。我同李济发的关系很多人都知道,我最好是回避这个事。"

刘星明想了想,说:"好,你讲得也有道理。我另外安排人吧。"

李济运刚要告辞,刘星明又说:"济运,不急着走,坐坐吧。"

李济运不知道他又要说什么,只好坐下来。最近这些日子,李济运每天睡前都在心里默念:但愿就在明天!他的所谓但愿,就是一觉醒来,发现刘星明被接受调查了。可是,每天都让他失望。刘星明脸上的络腮胡子照样刮得铁青,或者下基层调查研究,或者坐在主席台上讲话。开过一次常委会,刘星明照样说着说着就站起来，一手叉腰，一手比画，在会议室里踱步。常委们不再观赏话剧似的望着他，只是当他转到眼前了，不经意地瞟上一眼。

李济运问："刘书记，您还有什么指示吗？"

"济运你越来越客气，这可是生分了。"刘星明笑笑，"去年创建省卫生县城功亏一篑。既然搞了，不再搞上去，没法向人民群众交代。我们今年改变工作策略，想聘请省里专家作指导组。你点子多，有什么意见？"

李济运说："刘书记，我觉得这项工作意义重大，并不是有些同志认识的那样，只是县里的面子工程。去年最后没有被授牌，只能说明我们工作的确还有差距。爱国卫生组织管理、群众健康教育、环境保护、食品卫生、传染病防治，等等，还有很多工作要做。而这些才恰恰是老百姓最受益的。群众看到的卫生县城创建，只是拆铺子和扫街道，这个印象要彻底改变，不然就得不到老百姓的理解和支持。"

"我很赞同济运的观点。"刘星明点头道，"我会把你这些观点着重提出来，不要以为除了拆铺子和扫街道，别的工作都是虚的。"

桃花溪矿难赔偿很顺利，老百姓拿到钱就没话说了。刘星明颇为得意，说这是一条重要经验：一切社会矛盾和问题，都可以用经济办法解决。李济运点头称是，心里却很不是味道。老百姓命贱如草啊！

日子过得很平静，刘星明那里看不出任何出事的迹象。李济运感觉心脏越悬越高，只是不知道明阳、李非凡和吴德满怎么想的。刘星明去过几次漓州，每次李济运都希望他不再回来。可刘星明每次都回来了，脸上看不出任何异样。

有天在梅园宾馆，李济运碰到明阳，轻声说："真奇怪！"

明阳微微叹息，说："不知道他们是慎重，还是想捂住。"

李济运说："照理说送了五位领导，他们应碰在一起议议。"

"未必！"明阳说，"田书记走了，我没人可以说真话了。说不定哪天一纸调令，会让我离开这里。"

李济运说："我想既然做了，必须做到。不然，会一败涂地。"

"李济发失踪，谁也没想到。没有李济发，再行动就难了。"明阳说，"济运，我有些后悔把你拉进来了。李非凡提出让你参加，我没有反对。我怕害了你。"

李济运说："明县长，您别这么说。我既然做了，就不怕了。不过这些日子，我天天都想着这事。"

明阳苦笑道："我也是如此。就像判了死刑的人提出上诉，等待最高人民法院的消息。"

李济运事后想着这个比喻，心里说不出的悲凉。他们四人所为本来堂堂正正，却像做了坏事似的。他们居然让自己陷入深深的恐惧，像死刑犯侥幸地等待一线生机。李济运想到了那盘录音带，还有李济发检举材料的原稿。他原先劝李济发不要寄出这个录音带，现在局面完全变化了。李济发肯定已经出事，就不怕给他惹麻烦。他记得李济发说过，录音带复制过很多份，嫂子手里必定是有的。

李济运想好就去见嫂子，现在只能走这步棋了。他回去，却见嫂子已坐在家里，舒瑾陪着她说话。见了李济运，嫂子眼泪哗哗地流着说："济运，我是六神无主，想你发哥肯定是出大事了。你发哥说，他说不定会被抓进去，有人要整他。我现在唯愿他是被抓进去了。"

李济运叹息说："真是抓进去就好了。"

嫂子哭道："济运，你发哥告诉我，有事就让我找你，说你会告诉我怎么做。"

李济运还不想把自己手里的录音带拿出来,他怕别的录音带被人销毁,他手里的要留作最后的把柄,就问:"发哥给过你什么东西吗?"

嫂子想了想,说:"有个录音带,你发哥说在老家也放了。"

"是吗?一定是有用的证据。"李济运早把那个检举材料复印过了,他把原件给了嫂子,说:"你把录音带同这个一起寄给省里成省长。事到如今,就只有求清官了。"

"成省长?"嫂子听着吓了一跳。

"对,成省长。"李济运说,"我讲,你把地址记下来。"

李济运便一字一句讲了省政府的地址,说:"你去省城寄,用特快专递寄。你还要自己写一封信,说你男人已经失踪,怀疑被人害了。你把失踪前的情况写详细。"

嫂子点头不止,好像如此做了,她男人就会回来。李济运看着心痛,知道她男人十有八九是回不来了。他小时候把发哥看成靠山,外面遇着有人欺负,就会说:"我告诉我发哥,打死你!"村里的小孩都知道发哥只是他的堂哥,就说:"又不是你亲哥哥!"李济运自小便想,发哥是他的亲哥哥多好。后来参加工作,李济运慢慢地就不太喜欢发哥那味道。两兄弟的往来就淡淡的。发哥如今出事了,李济运全想起他的好来。

李济运从家出来,心想信寄出去仍没有动静,那就没有任何办法了。他做这些事没有同明阳通半点消息,他越来越看出检举同事似乎违背游戏规则。万一刘星明倒台了,他也不想当反腐败英雄。他还得吃官场这碗饭,没人愿意同反腐败英雄做同事。

嫂子从省城回来,打电话来说:"济运,信已寄了。成省长能收到吗?听说都是秘书收信,秘书靠得住吗?"

李济运只说:"嫂子,寄了就行了,等待消息吧。"

李非凡给李济运打了电话："济运，我们还有办法吗？"

李济运说："信是您同明县长、吴主席送的，您看可不可以催问呢？"

李非凡说："举报信写得很清楚，如果他们不予理睬，催有什么用？除非有新的证据或事实。"

李济运碰到吴德满，却见他大病一场似的，人瘦了好大一圈。李济运刚想开口说话，吴德满摇摇头走开了。看来吴德满非常后悔，不该卷进这件事。他想吴德满此时必定恨死了李非凡。不是李非凡去鼓动，吴德满不会做这傻事。

又过了几日，一个女孩跑到李济运办公室，问："您是李叔叔吗？"

李济运看着这孩子感觉在哪里见过，问："你是谁？"

"我是舒芳芳。"女孩说。

"你是芳芳？老舒的女儿？"李济运嘴都合不上了，不知道是惊是惧。

舒芳芳说："舒泽光是我爸爸。"

李济运忙说："芳芳你请坐。有事吗？"

舒芳芳说："李叔叔，爸爸跟我说，李叔叔您是个好官。您告诉我，我爸爸真的有精神病吗？"

李济运说："芳芳，你爸爸受了刺激。"

舒芳芳哭了起来，说："毛局长同我说的也是这话！我告毛局长，法院不受理。告状都告不进，这是什么天下？"

李济运说："芳芳你别哭。你家里的情况我很清楚，我也很难过。你爸爸只是受了点刺激，医院鉴定为偏执性精神病。放心，治治就好的。"

"我不相信！我去医院探望，不让我见人。就算治病，也要允许家人探病呀！难道他是政治犯吗？"舒芳芳说。

李济运好言相劝:"芳芳,听叔叔的话,你不要激动。"

舒芳芳说:"我激动也要关进精神病医院是吗?"

李济运内心非常难过,却不能有半丝流露,只道:"芳芳,李叔叔不是这个意思。中国现在没有政治犯。你爸爸同我是老朋友,你有什么困难,可以同我讲。"

舒芳芳说:"我没有困难,我只要见我爸爸!你们说是把他送去治病了,我爸爸是死是活我都不知道!"

李济运说:"芳芳,你给李叔叔时间。"

"什么意思?"舒芳芳追问。

李济运怕自己失言,忙说:"我是说你爸爸治疗需要一个过程。适当的时候,肯定让你去见见爸爸。也不是我说了算,得医院说了算。"

舒芳芳说:"你哄三岁小孩啊!你说是医院说了算,医院说要县里开证明。看个病人,怎么比探监还难?"

李济运说:"芳芳,你现在情绪有些激动。这样吧,你家里现在没人,到我家去吧。让舒姨给你做点好吃的。"

舒芳芳哭泣着磨了半天,说来说去就是那些话。她要去看望爸爸,李济运不能答应。真希望刘星明今天就出事了,他就可以准许舒芳芳去看爸爸。舒芳芳毕竟还是个孩子,磨不通李济运就只好哭着走了。

下午四点多钟,明阳突然打电话来:"济运,快到我这里来!"

李济运听明阳很急切,心想必定是坏事了!他甩上门,匆匆下楼。他第一次觉得楼前的坪太辽阔了,怎么也走不到对面去。他又不能跑步而往,从县委这边飞快地往政府跑,很容易让人胡乱猜疑。他爬上了政府办公楼,便想如果事情搞砸了,就退身官场自己混饭去。

走到明阳办公室外,他先深吸了几口气,才敲了门。明阳在里头应道:"请进!"

没想到他推门进去,明阳却是笑容满面,说:"济运,好消息!"

"他倒了?"李济运问。

明阳长舒一口气,说:"已被市纪委留在漓州了。"

"太好了!"李济运忍不住击掌,"他今天去漓州,我这个县委办主任居然不知道!"

明阳说:"济运,现在还只有我俩知道这事。骆副书记正在赶来乌柚的路上,晚上要开个紧急常委会议。你马上通知一下,请常委们晚上八点钟准时到会,传达市委重要指示。请非凡同志、德满同志列席会议。"

李济运回到办公室,兴奋得晚饭都不想吃。他先打了朱芝电话:"老妹,好消息!"

朱芝笑道:"你中彩票了?"

李济运说:"比中彩票更好的消息!"

朱芝又笑道:"我中彩票了?!"

李济运笑道:"不同你开玩笑!刘被调查了!"

"刘?哪个刘?"朱芝不相信自己的耳朵。

"刘星明!"李济运说。

朱芝说:"老兄,今天可是四月一号啊!"

李济运顿了顿,说:"哦哦,对对,今天是愚人节。老妹,这不是开玩笑。你晚上八点钟来常委会议室开会!我只告诉你,你不要说,会上由骆副书记宣布。"

"我现在就到会!"朱芝说着放了电话。

朱芝推门进来,李济运正在打电话:"对对,传达市委重要指示精神。我也不清楚,精神在市委领导脑子里。"

李济运放下电话，朱芝把门反锁了，抱着他就吻了起来。李济运缓过气来，说："老妹，你把门打开，我电话没打完。"

　　朱芝笑笑，过去开了门。李济运继续打电话，都只说传达市委重要精神。李非凡似乎察觉到了什么，问："全体常委都到会吗？"

　　李济运笑笑，说："常委会，当然是全体常委都到会。"

　　李非凡又说："我是列席会议，就请假吧。"

　　李济运说："李主任，今天会议非常重要，不可以请假。"

　　李非凡故意挑刺："济运老弟，到底是什么事你都不知道，怎么知道非常重要呢？"

　　李济运又只好笑笑，说："李主任，您是老领导，我只能按领导原话通知。"

　　"哪位领导的原话？"李非凡抓住不放。

　　李济运只好虚与委蛇，说："市委骆副书记的原话。"

　　李非凡一听惊了，说："啊？我明白了！但是，真的吗？"

　　李济运估计李非凡猜到了，便说："电话里不说吧，你到会就知道了。"

　　放下电话，李济运说："这个李非凡，真是不平凡。"

　　通知完了，朱芝问："哥，奇迹是怎么发生的？"

　　李济运靠在椅背上叹息："算奇迹吗？"

　　朱芝笑笑，说："也是，算什么奇迹呢？我见有个老人家看报纸，读一篇贪官下台的报道，就说，这些当官的，每人发一包老鼠药算了！我听着哭笑不得，就想真每人发一包老鼠药，哥你冤枉了，我也冤枉了。"

　　李济运嘿嘿一笑，说："我俩说着说着就偷换概念了。你问的奇迹是怎么就把刘弄下来了，我说的是倒个县委书记不稀罕，倒谁都不稀罕。"

李济运不回去吃饭,朱芝也不说回去。两个人坐到快八点,一同进了会议室。明阳早就到了,一个人心事重重的样子。他望见李济运和朱芝,笑道:"你俩可是比翼双飞啊!"

明阳从来不开玩笑的,朱芝脸就红了,说:"明县长也幽默起来了。"

明阳笑笑,问李济运:"都通知到了吗?"

李济运说:"都通知了。"

明阳说:"你俩打打招呼,我去接接骆副书记。"

明阳出去了,常委们陆续进来。李非凡和吴德满也到了。李非凡过来握手,轻声问:"真的?"

李济运说:"真的。"

李非凡紧紧地握了他的手,说:"那还干吗那么神秘!"

李济运说:"这事只能由骆副书记宣布。"

李非凡拍拍他的肩膀,玩笑道:"济运倒是很讲纪律啊!"

李济运没有安排工作人员,自己亲自倒茶。朱芝就去帮忙,有人就开玩笑,说他俩是常委中的金童玉女。朱芝便自嘲说,有这么老的玉女吗?常委们好像都感觉到了异样,目光老在会议室里搜索,像丢了什么东西似的。

听到会议室外有声响,常委们都把目光转了过去。骆副书记进来了,明阳跟在后面。明阳没有按惯例鼓掌,里面也没有掌声。骆副书记握了一圈手,明阳恭请他坐下。骆副书记握手时是微笑的,坐下之后脸色就严肃了。他示意明阳:开始吧。

明阳说:"骆书记风尘仆仆赶来,是要传达市委一个重要指示精神。下面请骆书记讲话。"

大家都像受了暗示,没有人鼓掌欢迎。骆副书记说:"同志们,明阳同志刚才说到我时,省去了一个副字。我今天要传达的是件非常严肃的事情,我们就一切按规矩办吧。我是市委副书记，受市委和王书记委托，向同志们宣布，乌柚县原县委书记刘星明同志，因涉嫌严重经济问题和其他重大违纪问题，市委决定该同志停职接受调查。"

骆副书记的话，就像拳头打在棉花上，没有任何回力。所有人都木木地坐着，听骆副书记继续讲下去："市委将尽快就乌柚班子作重新安排，在此之前由明阳同志负责全面工作。"

骆副书记传达精神很干脆，估计都是市委决议的原话。他眼看着说完了，又长叹一声，道："同志们，刚才传达的是市委指示精神。下面还讲几句，算是我个人的感受。今天是四月一日，西方人过的愚人节。我真希望发生的事情，只是一个愚人节玩笑呀！刘星明同志走到这步，我很痛心。我不愿意看到任何同志出问题。培养一个干部，不容易！一个人的成功，不容易！一个家庭的幸福，不容易！可是，就因为不自律，就因为贪婪之心，把一切都毁了！"

第二天上午九点半，乌柚县副科以上干部，全部集中在梅园宾馆。会议室一片哄闹声，看来消息早已传开。主席台上居然没人，就像疑有伏兵的空谷。不时有人引颈而望，似乎害怕出现某种怪物。

终于，明阳领着骆副书记上了主席台。明阳走到台前，同下面前排的人打招呼。前排的人都摇着手，谁也没有站起来。前排坐着的是其他县级领导，他们都不愿意上去。

宽大的主席台上，只坐着骆副书记和明县长，明显有些孤独。他俩相视点头，表示可以开始了。明阳拍拍话筒，场面就静下来了。明阳的开场白很简短，只说下面请市委骆副书记传达市委重要指示。他同样也没鼓掌，下面也没有掌声。

骆副书记先讲的几句话，同昨晚在常委会上讲的只字不差。讲完那些话，骆副书记又讲了一个小时。大意是统一认识，安定人心。说绝不能因为一人一事，就全面否定乌柚县的干部队伍。他说了很多严厉的话，却不再点刘星明名字。毕竟还是正在调查中的事，他不会把话说得太过了。

散会时已是中午，中饭还是要吃的。但大家似乎都没有兴致，明阳拉住了李非凡和吴德满，请他俩留下来陪骆副书记。李济运是跑不脱的，他是必须陪的。朱芝被骆副书记自己叫住了，玩笑说："小朱，我不当你的部长，你饭也不陪我吃了？"

朱芝笑道："骆书记真会批评人！我想赖着吃饭，怕您不赏饭吃！"

李济运突然瞟见贺飞龙，只见他正要走不走的，想让人留他吃饭似的。李济运装着没看见，请骆副书记进餐厅。心想贺飞龙为什么在这里游荡？突然想起，他早已是县长助理，今天被通知来开会。

餐桌上，谁都不提刘星明的事。又毕竟有这事堵在心里，酒就喝得不尽兴。彼此敬酒都是只尽礼节，没有霸蛮劝酒。午饭不到一小时就用完了，骆副书记告辞回去。

二十三

没几天，乌柚人都知道是谁检举了刘星明。传言自有很多演义成分，有些细节很像小说家言。说是本来刘星明的后台很硬，但乌柚县全体班子要集体辞职，那个后台就不敢保他了。他的后台是谁又有很多个版本，市委王书记和成省长都被说到了。但检举人却是一个版本，都清楚是哪四个人。

乌柚凡有大事，民间都会流传段子。这回刘星明出事了，乌柚人就说县里四大家，原来是三吃一。三吃一是扑克牌的打法，全国都很流行，各地规则有异。乌柚有自己的打法，此处不去详述。乌柚人把刘星明时代叫作三吃一，说的是人大、政府、政协都同县委书记对着干。比喻有点意思，县委书记正好是庄家，只因刘星明不按套路出牌，打了个大倒光。

朱芝到李济运办公室，很吃惊的样子，问他："检举刘，你是参加了吗？"

李济运说："你知道这个没有意义。"

朱芝有些紧张的样子，说："我听说了很后怕。假如检举没有成功怎么办？检举领导干部的天天有，有几个成功的？"

李济运笑笑，说："幸运，成功了。"

朱芝锁着眉头，说："唉，还算你们成功了。"

李济运又说："李非凡提出让你参加，我不同意。不是件好事啊！"

"道理我明白。"朱芝眼睛瞪得大大的："但我想着就是气愤。怎么像干了坏事似的？哥你替我着想，怎么不为自己着想呢？"

李济运说："我不一样，于公于私我义不容辞。发哥是我的堂兄。"

朱芝问："李济发就这么消失了？他开着车到哪里去呢？"

"公安说没有出县，所有出县的口子都有监控。"李济运说，"我听很多人说起李济发，都是非常关心、非常痛心的样子。我知道有些人是真心，有些人是假心。有的人巴不得他死了。他死了，得他好处的人就安心了。"

"人心真黑！"朱芝说。

李济运这几天都在想，刘星明被停职，到底是因为哪封信？是送给市里领导的，还是寄给成省长的？或者，两封信都起了作用？骆副书记没有半点暗示，更不公开表扬他们四个人。他们真像干了件见不得人的事。

"你说明县长会接书记吗？"朱芝问。

李济运说："我估计你说话这三秒钟，乌柚县有几万人在想这个问题。想得最多的肯定是明县长自己。但谁也说不准。"

朱芝说："真是明县长接书记，倒是件大好事。他这个人正派。"

李济运犹豫一会儿，还是说了："发哥讲，县里领导里头，没有拿他好处的只有几个人，你一个，我一个，明县长一个。"

朱芝笑笑，说："哥，依现在的逻辑，我们没拿好处，人家未必就说我们正派，只会说我们没本事。"

李济运说:"我倒宁愿没这个本事。"

朱芝说:"哥你误会我意思了,我不是羡慕人家,而是说如今是非、黑白都颠倒了。可是,明县长那里发哥肯定会送,除非他不肯收。"

李济运说:"你说对了,发哥送过,明县长拒收。"

朱芝深深地吸了一口气,缓缓地吐了出来,说:"明县长叫人敬佩!"

李济运苦笑道:"光你我敬佩是没有用的!明县长不会收别人的,肯定也不会送别人的。你想想,就明白了。"

朱芝说:"我们说着说着,好像用人之风已经坏透了。但是,你我在县里也算是领导干部,我俩都没有送礼走门子的习惯呀?"

李济运笑道:"当然不是说谁的官都是买来的。但是你得承认,没有任何根由,我俩都是做不到县委常委的。我是跟田书记跑了多年,得到了他的赏识。你呢?不是前任县委书记正好是你爸爸的老下级,你也不会这么顺!"

朱芝摇摇头,又点点头,说:"想想也是的。"

"检举虽然成功了,说不定麻烦也来了。"李济运忽又叹息起来,"我们得罪的肯定不是一个刘星明,而是一个利益集团。这个集团,或许有上面的领导,还有下面的大小官员。不知道什么时候,报复就会落到头上。"

朱芝说:"我早知道他们邀你,我也会阻止你。我注意过媒体的报道,那些腐败大案的检举人,没有谁有好下场。检举不成功,日子更不好过。检举成功了,日子也不好过。"

李济运捏紧拳头,往桌上轻轻一砸,说:"既然做了,就等着吧。该来的都让它来!"

突然来了倒春寒,天气冷了好几日。夜里寒风吹得四处响,好像哪里都在出事。李济运每天都去明阳那里,他临时主持全面

369

工作。明阳做得很明智，只把自己当维持会长。工作正常运转就行了，他不开会也不表态。明阳似乎只能如此，他如果真把自己当县委书记了，就怕为日后落下笑柄。

听说李非凡最近很忙，一直在市里和省城出差。李济运太了解这个人了，知道他必有所图。果然就有传言，李非凡正四处活动，想接任县委书记。省委书记通常都兼任省人大主任，县委书记为什么不可以是人大主任呢？但乌柚县委书记的版本，不光只是李非凡版，还有其他多种版本。

乌柚县委书记的位置空了七天，骆副书记突然把熊雄送来了。从来没有传闻熊雄会来当县委书记，真是太出人意料了。熊雄的出场相当隆重，市委副书记同组织部谢部长一起来了。通常县委书记到任，只是组织部常务副部长陪着。

这回任命熊雄，做得很保密，事先没有听到半点风声。最先知道消息的是明阳，骆副书记把他请到市里谈了话。但明阳只提前两天知道这事，他没有透露给任何人。李济运事后回忆，那天明阳从漓州回来，脸上不是很高兴。

熊雄来乌柚的前天下午，明阳请李济运过去，说："明天开个会，四大家班子都参加。"

"什么内容？"李济运问。

明阳笑笑，说："你急什么？听我慢慢说嘛。新书记到任，明天上午骆副书记和谢部长亲自送过来。"

李济运不免有些吃惊，问："谁呀？"

明阳说："你应该知道了吧？"

李济运说："我怎么会知道呢？"

明阳递给李济运一支烟，说："你的老同学熊雄。"

"熊雄？"李济运打燃了火机停住了，半天没有把烟点上。

明阳说："昨天骆副书记找我去谈了话。"

李济运笑道："明县长保密工作做得真好。"

明阳说："你那位老同学保密工作比我还好。他到乌柚来当书记，首先应该告诉你，这是人之常情。"

熊雄竟然这么老成，李济运没有想到。同学间平时无话不聊，李济运得出的印象，便是熊雄心无城府。他俩的私交也很不错，一个电话就能走到一起。

李济运回到办公室，吩咐人发通知。于先奉听说熊雄会来当书记，脸上大放光芒："李主任，熊书记是您的老同学，他来乌柚我们工作就更好做了。"

"是是，熊书记我们都熟悉。"李济运敷衍着。

他心里却不是很自在：要给熊雄打个电话吗？知道老同学要来当书记，却不打电话去祝贺，不太好似的。可熊雄自己没有作声，他不知道这电话该不该打。

李济运想了想，发了短信过去：老同学，祝贺你！

熊雄马上打电话过来："老同学，很突然的事，还没来得及报告你哩！"

李济运笑道："老同学，你话说反了。今后我天天要向你报告。"

熊雄说："济运，我到乌柚来是两眼黑，拜托你多支持啊！"

李济运说："老同学尽管吩咐，我们明天恭候你到来。"

简单说了几句，两人就放了电话。李济运觉得自己想多了，一个电话过去什么事都没有了。熊雄没有先告诉他，必是有自己的想法。官帽子也如同赚钱，钱是落袋为安，官帽子也得见了文件才算数。煮熟的鸭子，还真有飞的。

朱芝接到通知，马上就下楼来了，说："熊雄来当书记，真没想到啊！"

李济运开她玩笑："看样子你对市委这个安排有意见？"

朱芝笑了起来,说:"你可真会打棍子啊!他是你的老同学,听你说他人很正派,算是乌柚的福气吧。"

李济运笑笑,说:"组织上安排谁来,都不会觉得这个人不正派。"

又轮到朱芝开他的玩笑了:"那就是你对市委有意见了。"

李济运说:"我说的是真话,难道不是吗?每次上面派领导来,我们都满怀希望。可来的有好人,也有不太好的,甚至还有坏人。不过熊雄我了解他,真是个很不错的人。"

朱芝说:"我听说熊雄来当书记,真的非常高兴。常听你说,你这位老同学如何有才,如何正派。"

李济运突然大笑起来,朱芝问他什么事这么好笑。李济运摇摇头,死不肯说。朱芝佯作生气,说:"你肯定就是笑话我!"

李济运只好说:"你说到正派,我想起了一个笑话。有个朋友,他说自己最高理想,就是找一个作风正派的情人。我们都笑他,说人家都跟你当情人了,你还要求人家作风正派!"

朱芝真生气了,红了脸说:"你什么意思啊!"

李济运知道自己失言,却又不好怎么解释,只道:"我是说,有时候正派这个词,还真不好怎么说。"

"我再不理你就是了。"朱芝说。

李济运急了,说:"你想多了,我哪里有那意思!"

"那什么意思?"朱芝忍不住又笑了,"那你是说,做官就跟做情人一样,作风都不正派?"

李济运笑道:"傻呀你!你我都是官员,我才不会骂自己呢。我这笑话说得不是地方,神经错乱了好吗?"

第二天上午十点,乌柚县四大家班子,尽数集聚梅园宾馆。会议室照例是头天晚上安排的,全体常委和人大主任、政协主席都摆了座位牌。明阳去门口迎接骆副书记、谢部长和熊雄,李济运在会场打招呼。有人过来同李济运说话:"熊书记同你是老同学?"李济运笑笑,点点头。他突然发现大家对他比平日更客气,似乎是他当县委书记似的,心里感觉怪怪的。有人问到熊雄,他就含含糊糊地笑。

李济运见李非凡还没有来,就问于先奉:"老于,李主任通知到了吗?"

于先奉说:"李主任说在漓州看病,尽量赶回来。"

"你再打个电话吧。"李济运说。

于先奉出去打了电话,回来说:"李主任他请假,说今天要做检查。"

李非凡说不定是闹情绪,他可能真以功臣自居,想着分一杯羹。李济运望着李非凡的座位牌有些刺眼,想去拿掉。可他走过去又忍住了,就让它空着。

大家的脑袋都转向门口,原来那里响起了掌声。明阳拍着手进来了,里面立即响起了掌声。李济运上去引导骆副书记、谢部长、熊雄就座。骆副书记就同李济运握了手,拍了他的肩膀。拍肩膀是官场一门功夫,很多领导善用此道法门。有人叫领导这么一拍,浑身经络都舒泰了。说不定台下有人看在眼里,就会生发许多猜想。他们会以为骆副书记很赏识李济运,而新来的县委书记又是他的同学。说不定市委有那个意思,让两位老同学做黄金搭档?

骆副书记瞟了眼李非凡的座位牌,问:"非凡同志呢?"

李济运说:"非凡同志身体不适,请假了。"

骆副书记眉头稍稍皱了一下,说:"那就把牌子拿掉吧。"

李济运拿掉李非凡的牌子,马上觉得自己有些卑劣。他是故意把李非凡的牌子留着,好让骆副书记看了不高兴。李非凡这个人他真的不喜欢,但也不必对他使这种小心眼。

明阳敲敲话筒，开始主持会议。程序简单：一、谢部长宣布市委决定，任命熊雄同志任乌柚县委书记，同时介绍熊雄同志基本情况；二、熊雄同志讲话；三、骆副书记讲话；最后，明阳代表乌柚县全体干部对熊雄同志表示欢迎，表示将在新的县委班子领导下，一如既往地如何如何。明阳的话经不起推敲，熊雄的到来早已不在乎你欢迎还是不欢迎。只因他主持会议，顺着意思就得说出这些话。人的嘴巴很容易不受脑袋的支配，人们也习惯了把人的脑袋同嘴巴分离开来。各位讲的话多是提头知尾，并没有多少新意。听者并不介意，知道有些套话是必须讲的。

吃过午饭，骆副书记和谢部长就回去了。熊雄留了下来，住在梅园宾馆。事后听干部们议论，市委副书记和组织部长双双护送熊雄，可见他在市委领导心目中分量多重。却又有人说，只能讲乌柚是腐败重灾区，市委来了两位领导，原是镇邪气来的。

晚上，他约李济运去坐坐。晚餐照例有接待任务，李济运陪同熊雄接待客人。熊雄私下同李济运开玩笑，说："我到乌柚做的第一件工作，就是陪客人喝酒。唉，这种陋习，怎么得了！"李济运笑笑，说："谁也没办法。"

明阳同李济运一起陪熊雄进房间去，闲话几句，明阳便说："你两位老同学说说话，我先走了。"

明阳一走，熊雄笑道："济运兄，明县长倒是个直爽人。"

"明县长就是人太直。"李济运说。

同样是说明阳直爽，熊雄和李济运的意思似有不同。熊雄是赞赏明阳，李济运却是替他叹惋。但直爽是谁都愿意标榜的缺点，背后说人家太直了并不是诋毁。顺着这个话题，很容易说到班子成员的性格。但李济运没有说下去，熊雄也没有问别的人如何。要是再退回去几年，李济运会把自己对县里干部的了解，一五一十告诉老同学。他现在不会这样做了。自己的看法未必就对,不要误导了别人的判断。人家也未必真相信你说的,谁的肩膀上都扛着脑袋。

李济运没有对熊雄称兄,也不再叫他老同学,只叫他熊书记。熊雄也不讲客气,任老同学对他书记相称。他却仍口称济运兄,或是老同学。两人聊了半日的闲话,自然就说到了刘星明。他俩回避不了这个人,也没有必要忌讳。

熊雄问:"济运兄,刘星明到底会有多大的事?"

李济运说:"财政局长李济发检举,刘星明从他们家煤矿受贿三百五十多万元。外面传说,刘星明在乌柚受贿至少上千万。看调查结果吧。"

熊雄说:"听说李济发是你的堂兄?"

听熊雄这话,乌柚的事他知道不少。李济运便问:"熊书记,你应该知道乌柚哪几位干部检举了刘星明。"

熊雄说:"有所耳闻。"

李济运苦笑道:"我算一个。"

熊雄并不多说,只道:"听说了。"

听得有人敲门,李济运去开了,来的是李非凡同贺飞龙。熊雄同李非凡也是认得的,忙握手迎了进来。李非凡笑道:"非常抱歉,没有迎接熊书记。我今天上午在市医院做检查,临时接到通知,我已服药了——检查前吃的药。"

"检查情况如何?"熊雄问了问他的病情,又道,"李主任,你是乌柚县老领导,今后多向你请教。"

李非凡客气几句,指了指贺飞龙,说:"熊书记,这位是贺飞龙,县长助理,企业家。"

熊雄同贺飞龙握了手,说:"久闻大名!乌柚县的创举,提高民营企业家的地位。"

李济运站起来,说:"李主任,飞龙,你们同熊书记聊吧,我有点事先走了。"

李非凡便同李济运握了手,贺飞龙也来握了手。谁也不说话,只是笑笑。场面的气氛本来就暧昧,不怕再添个暧昧的表情。

李济运出来了,慢慢走回去。心想李非凡开会装病,引见贺飞龙却这么起劲。乌柚只要来了新领导,贺飞龙总会最先联络上。穿针引线的人肯定少不了,你不介绍别人也会介绍,没人介绍贺飞龙也有办法搭上来。

第二天上班,李济运叫来于先奉,商量熊雄的房子怎么安排。于先奉说:"没有空房子了,只有等刘星明房子空出来。"

李济运说:"你再想想办法吧,可以问问武装部。"

于先奉走了,李济运去梅园宾馆。办公室也没安排,熊雄只能待在宾馆里。李济运送了一沓材料去,说:"这些是乌柚基本情况,包括领导的分工,重要项目的责任领导。熊书记你先看看,需要什么告诉我。"

熊雄接过材料,笑道:"辛苦你了,济运。"

李济运说了房子的事,熊雄说:"刘星明的房子就不考虑吧。一年半载结不了案的。我赶着人家搬家,也不太好。"

李济运琢磨熊雄的意思,也许是嫌那房子不吉利。那栋常委楼要说都是凶宅,不论哪套房子总有前主人出过事。李济运自己住的这套,有位副书记还在牢里没出来。有回报纸上说,有个官员倒台,从他家墙壁里挖出巨款。舒瑾就乐了,对李济运说:"你猜我们这墙里藏没藏钱啊?"李济运逗她:"明天起你不要上班,就在家里挖墙。人家牢都坐几年了,肯定没交代。你挖到了,就发财了。"

熊雄没事吩咐,李济运准备告辞。熊雄却问:"济运,朱达云怎么样?"

李济运不想评品人物,只道:"朱达云是政府办主任,做过乡长和乡党委书记。熊书记跟他很熟吗?"

"哦,我随便问问。"熊雄马上就把话岔开了,"听有人说刘星明什么刘半间,什么意思?"

李济运说了刘半间的典故,背了那首"白云半间僧半间"的诗。熊雄既不觉得幽默,也没发任何感慨。依熊雄往日的心性,他至少会哈哈大笑,也许还要说刘半间嘴上冠冕堂皇,做的却见不得人。原先听李济运说起乌柚不平事,熊雄可是拍案而起。

终于在武装部找了套房子,熊雄七天后住进去了。熊雄的办公室也调整出来了,刘星明的办公室还打着封条。李济运忍不住开了句玩笑,说:"武装部的房子好,这些年还没听说武装部干部出事。"

熊雄笑道:"李主任,你相信风水?"

第一次听熊雄叫他李主任,李济运听着有些不习惯。熊雄对他的称呼,从济运兄或老同学,到济运,到李主任,花了一个星期。叫他济运兄或老同学,两人关系是很近的;叫他济运,就开始生疏;终于叫他李主任,两人的关系就是公事公办了。李济运知道这样才是正常的关系,庆幸自己一开始就叫他熊书记。这也是多年心得。新做官的人,最初听人叫他职务,总要谦虚几句。你若依着他的谦虚,不叫他的职务,却又把他得罪了。不要轻易相信别人的谦虚。

老同学刘星明从精神病院出来,李济运并不知道。他看见刘星明同陈美在大院里走过,忙下车去打招呼。他远远地伸过手去,刘星明犹豫着抬了手。

"老同学,哪天回来的?"李济运问。

"哪天?"刘星明回头问陈美。

陈美说:"回来三天了。"

李济运说:"回来也不说声!晚上请你吃饭!"

陈美忙说:"济运你忙吧,星明不想到外面去吃饭。"

刘星明说:"是的是的,你忙吧。"

李济运看出人家待他很冷,心里难免尴尬。他仍是笑眯眯的,说:"一定要请你,哪天约个时间。"

陈美拉拉刘星明,两口子就走了。今天熊雄要去看旧城改造,李济运得陪着。熊雄早上去梅园宾馆陪个客人吃早餐,李济运这会儿去同他会合。刘星明走了,李济运朝他背影招招手,上车赶到梅园宾馆去。

李济运站在梅园宾馆坪里,不断地有人过来打招呼。都是天天见面的熟人,李济运却感觉他们的笑容,握手的力度,都不太一样了。真是奇怪,熊雄的到来,似乎让他位置显赫了。李济运想着暗自好笑,他自己早就忘记他俩是老同学了。

熊雄同李济运赶到旧城改造指挥部,李非凡同贺飞龙早就候着了。刘艳和余尚飞也早到了,忙扛着机子拍摄起来。李非凡同贺飞龙迎上去,握了熊雄的手,又握了李济运的手。李非凡说:"飞龙,你把情况向书记汇报一下。"

贺飞龙就像作战参谋长,拿棍子指着沙盘。因为有电视录像,贺飞龙就操着普通话。乌柚场面上的人多爱讲普通话,怪就怪在平常听乌柚普通话不觉得太难听,放在电视里播出来就极有小品效果。贺飞龙介绍完了基本情况,说:"我们资金不是问题,技术不是问题,信心更不是问题。只有一个问题,就是投资环境问题。"贺飞龙也学会了官话,用上了"投资环境"这个词,事情的性质似乎就不同了。他自己首先就成了建设投资者,政府应为他排忧解难。中间遇到的所有问题,就不是单纯的纠纷,而是经济建设的环境。

熊雄果然表态:"利用民营资本搞城市开发,这条经验要充分肯定,并要继续认真探索。政府有责任为经济开发提供良好的外部环境,广大人民群众也有义务为创造好的建设环境出力。"

乌柚新闻每周两次,周三和周六。今天是周三,贺飞龙约在今天汇报旧城改造,真是讲效率。果然,晚上乌柚新闻的头条,就是熊雄同志到旧城改造指挥部做调研,熊雄的讲话全文播了出来。第二条新闻就是县经济环境治理办公室开展执法行动,对极少数影响经济建设环境的群众进行劝说和处理。所谓新官上任三把火,熊雄新政的第一着棋,就是成立经济环境治理办公室。公安、检察、法院、工商、税务等一切有执法权的单位抽人,成立综合执法机构。遇事一起上,适合哪个部门执法,哪个部门出面处理。拿熊雄的话说,既加大了执法的声势和力度,又避免在执法过程中的违法问题。新闻末尾,做了一条"外线链接",报道外地某拆迁钉子户被法院判定有罪。李济运看了新闻,发现自己老站在熊雄身边,极是不妥。他想今后同熊雄出去,只要看见摄像机,就一定要拉开距离。

有天晚上,刘星明突然打了电话来:"济运,我想同你坐坐。"

李济运忙说:"我上你家里去。"

刘星明说:"谁的家里也别去,我去你办公室吧。"

李济运马上去了办公室,没多久刘星明就到了。两人见面,一时找不到话说。李济运问他:"回来这些天,都在干什么?"

刘星明说:"我基本上不出门,天天关在家里。"

李济运无话找话,说:"天天关在家里不行,出来走动走动。"

刘星明叹道:"走什么呢?让人家看笑话?"

"哪里的话!星明兄是个好人,大家都关心你。"李济运说。

刘星明自嘲道:"好人?好人就是没用的人。得这么个丢脸的病!"

李济运安慰他:"话不可这样说,不就是生病嘛!"

刘星明苦笑道:"人家生病是头痛脑热,我生病是说自己当副县长了。好笑,真是好笑!"

李济运笑道:"星明,你自己能这么说,说明你的病完全好了。星明,应该庆幸!"

刘星明道:"济运,我病好了又能如何?谁还会用一个有精神病史的人?不怕我工作当中发神经?"

李济运听着胸口发堵,他真的为老同学心痛。可他又说不上一句有用的话,只道:"星明,你先休息休息吧。我会同熊雄同志商量,看看怎么安排你的工作。"

刘星明摇头道:"工作?工作就免谈了。我自己很清楚,我是熊雄同志,也不会安排一个得过神经病的人。我先在家关着吧,自己把自己想通了,再考虑怎么办。"

李济运说:"真是对不起!我当初的想法,完全是替你着想。"

"不不,济运,不怪你。要发这个病,迟早要发的。"刘星明笑笑,"不狂想自己当官了,也会狂想自己发财了。"

李济运又说:"星明,我听你这么敞开谈自己的病,真的很欣慰!说明你真的彻底好了。"

刘星明却低头而叹:"只是有个人一世都不会欣慰!美美当着我的面乐呵呵的,可我知道她心里很苦!"

李济运再也不敢说提拔陈美的事,知道这是他做不了主的。熊雄会怎么用人,李济运也不想多嘴。刘星明发病是刘半间手里的事,熊雄也没有义务替他打扫战场。

李济运很想问问舒泽光和刘大亮,却又怕刘星明提及这个话题。不知道刘星明在里面看见过他们吗?刘星明也怪,他同李济运闲聊两个小时,都没有提及在里面的生活。时间差不多了,刘星明说:"休息吧。"两人下了楼,各自回家去。李济运知道老同学闷得慌,只是想找他说说话。

李济运越来越觉得,凡事都不能指望正常的思路。自从刘半间接受调查,他一直暗自关注省煤炭系统的消息。如果说成省长对此事关注了,省煤炭系统就会有人出事。可是,这么长时间过去了,没听见半丝消息。有事总会先从地下渠道传出,李济运没听到一句流言。他抱着侥幸心理,每天留意省里的报纸,也没有他希望的报道。

他还希望贺飞龙被纪委找去问话,说明调查已经很深入了。不论是调查刘半间,还是调查省煤炭系统的人,都得找贺飞龙。可贺飞龙天天露面,风风火火的样子。他跑大院的日子更多了,人家既是县长助理,又干着重点工程。他任何时候找熊雄或明阳汇报,都名正言顺。

李济运担心李济发的案子不了了之,多次催问周应龙。周应龙都说案子还在查,只苦于没有任何线索。李济运想过从别的地方入手,比方端掉马三的黑势力,从中也许可以找到蛛丝马迹。但是,他不能把这主意出给任何人。周应龙同贺飞龙到底什么关系,他没有半点把握。他也不可能告诉熊雄,没有证据怀疑人家什么。贺飞龙同李济发失踪肯定有关,李济运料死了这点。但他只是推断,摆不上桌面。

有天中午,好不容易没有饭局,李济运回到家里。舒瑾还没有回来,他靠在沙发上休息。不多时就来了瞌睡,却瞥见自己的领带掉在茶几下面。他伸手捡起领带,人尖叫着跳了起来。他抓到的原来是条蛇!蛇被他甩掉了,逶迤着爬进卧室。他慌张地站在沙发上,心想报复这么快就来了?如此下三烂的手段!李济运又是愤恨,又是害怕,不知如何是好。他妈的谁来报复,喊应了交手嘛!又想今天放蛇,明天投毒,那该如何是好?

他终于镇静了，打了刘卫电话："小刘，我是李济运。请你帮个忙。我知道这不是你们的事。"

刘卫听他语无伦次，忙问："李主任，出什么事了？"

李济运说："家里有条蛇！"

刘卫说："好好，我叫几个兄弟过来。"

放下电话，听见开门声。舒瑾进来，见李济运站在沙发上，惊得不知如何是好。李济运忙挥手，说："不要进来！"

舒瑾退回到门口，问："怎么了？"

李济运似乎才发现自己不在地上，从沙发上跳下来跑到门口，说："屋里有蛇！"

舒瑾哇地叫了一声，退到楼道里，半天才说："楼上啊，怎么有蛇呢？"

陆续有人回家，都问出什么事了。听说屋里有蛇，却不太相信。李济运说："我抓到了。不不，又丢掉了。"

刘卫领着两个警察来了，手里都拿着棍子。刘卫问："李主任，蛇呢？"

李济运说："爬到卧室里去了。"

刘卫又问："没看错吗？"

李济运说："不会错。蛇在茶几下面，我以为是条领带，捡了起来。见是蛇，吓得脚都软了。我往地上一丢，它就爬到卧室里去了。"

刘卫问："有几条蛇？"

李济运说："只看见一条。"

刘卫领着两个警察进去，很快就提着一条死蛇出来了。门口的人见了死蛇，都惊得目瞪口呆。"怪了，真是怪了，楼上真的有蛇！楼上怎么会有呢？"

刘卫说："李主任，你们慢点进来，我们一间间屋子排查，看是不是还有。"

李济运怕显得太窝囊，自己进屋去了。他却只敢站在客厅中央，望着刘卫他们忙着。他们排查一间屋子，就把门关上。舒瑾不敢进屋，喊男人也出来。李济运麻着胆子，说："没事的，我这里有蛇看得见。"

歌儿回来了，舒瑾一把拉住他，说："快别进去，有蛇。才打死一条。"

歌儿这才看见死蛇，他却并不怕，也不说话，目光漠然。

隔壁艾建德的老娘来了，不得了的样子，说："啊呀呀，蛇是灵物，乡下屋里的蛇是打不得的，肯定是哪位先祖化生的，回来看看。"

看热闹的人就笑，老人家说："你们年轻人就是不信，回去问问你们大人！家蛇是不能打的！"

李济运知道乡下有这个规矩，心里还真有些害怕。又想自己疑神疑鬼，完全是被蛇吓着了。人受惊吓就脆弱，容易相信神神道道。

刘卫从厨房又提出一条蛇，李济运两眼都冒金花了。"怎么会呢？怎么会呢？"李济运问道。

刘卫一脸疑惑，问："李主任，蛇是你家养的吧？灶台下面暗柜里有个大纸箱，这条蛇就在里面。纸箱里有破棉絮，像有人给蛇做的窝。"

李济运完全明白了，回头瞪着歌儿，又惊又怕，问："快说，几条？"

歌儿说："我怎么知道！"

李济运扇了一巴掌过去，喝道："几条？"

歌儿从地上爬起来，说："只有两条！"

刘卫被弄糊涂了，问："怎么回事？"

383

李济运怒气冲冲,指着歌儿说:"蛇是小杂种养的!"

舒瑾一把抱住歌儿,又是哭,又是打,问:"歌儿你怎么这么傻?蛇是养得的?快说,到底还有没有?"

歌儿说:"只有两条。"

门口的人惊也不是,笑也不是,仍不敢进屋去看。

朱芝回得晚,路过李济运门口,正好人在散去。她不知道出什么事了,忙探头问道:"怎么了?"

刘卫笑了起来,摸摸歌儿脑袋,说:"歌儿比爸爸厉害!看你爸爸吓成什么样子了,人家歌儿还养蛇哩!"

李济运也笑了,说:"那两条蛇刘叔叔就不该打死,拿回去养着。"

刘卫见歌儿很委屈的样子,就说:"别再吓唬孩子,人家长大以后说不定就是个动物学家哩!不就是蛇吗?人和动物和谐相处啊!歌儿你说是不是?"

李济运说:"还和动物和谐相处,他现在和爸爸妈妈都不能和谐相处了。一天到晚只记着蛇呀,蜈蚣呀。"

刘卫倒是很喜欢歌儿的野性,夸了他几句,又说:"歌儿,你听刘叔叔说,蛇很危险,你喜欢也不是可以随便养的。"

歌儿说:"无知!这是无毒蛇!"

刘卫又笑道:"你们看,人家歌儿就比我们有学问。但是歌儿,你还是要听大人话,想养小动物就先同大人讲,同意了再养嘛!"

李济运问:"告诉爸爸,你还养了什么?别哪天家里跑出一只恐龙。"

歌儿不肯说话,靠在妈妈身上白眼睛。

刘卫他们告辞了,笑呵呵地下楼,只说这孩子有意思。

下午开常委会,艾建德听他老娘说,李济运家歌儿养了蛇,就忍不住哈哈大笑。熊雄看着奇怪,问是怎么回事。李济运便把儿子养蛇的事说了,大家都笑翻了。熊雄笑道:"李主任,你儿子可成大器!"

李济运说:"大气,气人的气!那小子成绩一天不如一天,原来迷上养小动物了。每天晚上鬼鬼祟祟起床,我以为他梦游哩,原来是侍候他这些小动物。这几个月他晚上睡得正常,我以为没事了。其实是他养的动物冬眠,不用他管了。我以为是条领带,捡起来冷冰冰的是条蛇,你看吓死人不!"

朱芝却说:"你别担心,歌儿说不定真是个奇才!"

晚上,李济运审问歌儿,蛇是哪里弄来的。歌儿说,蛇是宠物市场买的。李济运又问,钱是哪里来的。歌儿支吾半日,说钱是自己的。李济运知道这是假话,再追问下去。问出了结果,却气得打人。原来,上回歌儿养的蜈蚣,咬了同学胡玉英,赔了人家一千块钱。胡玉英妈妈后来退了八百块钱,说她只要打针吃药的钱。歌儿就把这钱瞒了,专门用来买小动物。这话又惹得舒瑾生气,说赔了一千块钱,父子俩瞒得天紧!

二十四

田家永到漓州调研，今天下午到了乌柚县。又一条高速公路要从乌柚过境，田家永的调研是为"工可报告"做前期。"工可研究"本是专家们的事，田家永带着几个处长走一圈，看上去多少像官样文章。这层意思谁也不敢点破，副厅长到底比任何专家都大。漓州人最关注田家永的处境，听说他在交通厅的分量已不可小视，很可能会接任厅长。原来交通厅一把手王厅长身体不好，最近两年都在医院住着。不得不佩服田家永的厉害，不到一年工夫就把对手们征服了。漓州人对田家永的所谓关注，有希望他官越做越好的，也有等着看笑话的。

田家永到漓州有关县份这么走走，多少有些炫耀权威的意思。市委和市政府领导们最高规格接待，不亚于接待一个副省长。他是带人来修高速公路的，投进来的是真金白银。市里的具体要求，尽可以提出来。田家永毕竟又是这边的人，大可以多做好事。他到乌柚来，关系就更近了。乌柚是他真正的老家，正像他经常喜欢说的，这是他丢胞衣的地方。

田副厅长赶到乌柚是下午四点多，先洗漱休息再用晚餐。汇报会定在第二天上午。熊雄请示田家永："田副厅长，您是乌柚的老领导，班子中的人您都认识。您看需要哪些人陪？"

田家永说："依我的话，一切从简。但多见几个人，我也高兴。全体常委，加上非凡同志、德满同志吧。"

李济运忙算了算，县里的加上省里的，总共二十位。分两桌气氛不好，就安排一个大桌。梅园宾馆最大的宴会厅叫桂花厅，够安排二十个人的座位，挤一挤最多也只能坐下二十五个人。像田副厅长这样的贵宾来了，总不能挤上二十五个人吧。

李济运早通知县里各位领导到餐厅候着，再同熊雄和明阳陪着田副厅长进去。田副厅长在门口一露脸，掌声立即响了起来。田副厅长笑道："又不是开会，鼓什么掌呀？"

熊雄忙说："宴会也是会，很重要的会，更重要的会。"

田副厅长绕了一圈，同大家一一握手。他握着李非凡的手，用力拉了几下，说："非凡，你小子要听话啊！"他这话亦威亦慈，似真似假，知情人心里朗朗明白，懵懂人只看着是玩笑。

李非凡不管是否听懂了，只得笑嘻嘻地说："田书记教训在耳，敢不听话？"

田副厅长握着吴德满的手，却在他肩上拍了一板，说："德满，你是个好人，可不要做老好人！"

田副厅长走到自己位置上坐下，宴会正式开始。熊雄说："我们很高兴迎来了田厅长及交通厅各位处长。请田厅长给我们说几句。"

田家永举了杯，说："酒桌上不讲别的，只讲喝酒！县里的同志有十几位，你们每人敬我一杯，我就得喝十几杯。有来无往非礼也，我再每人回敬一杯，我又是十几杯。我不是当年的田副书记了。"

熊雄说："田厅长，我们干了这杯，您再随意。我对县里同志宣布两条,一是凡敬田厅长的,自己先干;二是有幸得到田厅长回敬的,必须干杯。"

干了这杯酒,慢慢地开始互敬。场面很热闹,你来我往,干杯不止。朱芝喝不得几杯白酒,李济运小声嘱咐她把着点儿。

熊雄早敬过田副厅长了,他又端了酒杯说:"田厅长,您对家乡支持特别大,家乡父老非常感谢。"

田副厅长不忙端杯,他望望熊雄,说:"看你的眼神我就知道,你还有话说。"

熊雄摇头而笑,极是佩服的样子:"领导真是明察秋毫啊!"

田副厅长问:"这条路县里有什么要求,你尽管提。"

熊雄说:"我明天正式向厅长汇报,这会儿酒桌上我不谈路。"

田副厅长笑道:"你同交通厅长不谈路谈什么?"

熊雄说:"我想谈人。"

"谈人?你是想让我们派干部来县里挂职?"田副厅长又笑了起来,"熊雄呀,狡猾狡猾的!我们派干部到县里挂职,等于是又出力,又出钱!"

熊雄说:"报告田厅长,我是想派人到您厅里去挂职,上挂!"

田副厅长眼睛顿时放亮:"是吗?要去,就去你们班子里最年轻的!"

"谁最年轻?"熊雄望望大家,"李主任和朱部长。"

李济运说:"熊书记,你官比我大,年纪比我小。"

熊雄笑道:"我去挂职,你来当书记?"

李济运自嘲:"在座的都去挂职,也轮不到我当书记。"

熊雄望着李济运说:"李主任,你快快起来敬酒呀!"

李济运笑笑,说:"我第一轮敬过了,第二轮还没到我这儿来。我在官场没学到什么，就学会了谁大谁小。"

熊雄却使劲怂恿，说："田厅长点名要你去厅里挂职，你还坐着不动？"

李济运忙站起来，双手举了杯子，恭敬地望着田副厅长，说："感谢田厅长栽培！"

李济运还没弄清这事是好是坏，全桌的同事都朝他举杯，祝贺他到省里去工作。李济运面色放光，不管谁敬的酒他都干杯见底。他脸色好看只因喝了酒，心里却隐隐有些不快。派一个县委常委去省里挂职，又不是上街买一把小菜，怎么事先不通气呢？他不知道这是熊雄即兴发挥，还是早就想好了的。

李济运喝完了所有人敬的酒，说："我不是为自己挂职喝酒，我没有理由也要敬田厅长。田厅长一直在栽培我。大家同我碰杯我都喝了，也不是因为挂职这个理由，只是因为我今天特别高兴。为什么高兴？我是看到田厅长酒量不减当年，身体还很棒！"

田副厅长听了这话，自然很是受用，说："济运是我在这里的时候提拔的乡党委书记，他是那时乡镇班子里最年轻的。当时还有人担心他太嫩了，怕他掌握不了局面。事实证明怎么样？"

熊雄说："田厅长知人善用，济运在我们县级班子里仍然是最年轻的！"

明阳说："还有朱芝。"

"对对，还有朱芝。"熊雄含糊着说。

李济运谢过田副厅长的知遇之恩，又道："说到年轻，我最近看到克林顿过六十岁生日的报道，很有感慨。克林顿说，我很不喜欢六十岁！过去我总是班子里面最年轻的，今天才发现我是这个屋子里面最老的！"

熊雄笑了起来，说："李主任志向不小啊！来，再敬你一杯！"

李济运意识到自己这番玩笑大大失言，似乎他有爬上国家领导人的野心！这事儿放在三十年前，就是阴谋篡党夺权，那可是滔天大罪！李济运听出熊雄似有讽刺的意思，也只得解释道："酒我喝，算是罚酒也行！我李济运算什么？只是感叹韶华易逝而已。"

　　李济运喝得太快了，酒从嘴角两边流了下来。他揩揩嘴巴，想把刚才的话圆回来，说："年轻？谁都年轻过。杜甫有诗说，少壮能几时？鬓发各已苍！"

　　不料他说了这话，田副厅长却抗议了，笑道："济运，你这就是说我们老头子了！我可是白头翁啊！"

　　李济运见自己越想圆场，话就越说越错，忙朝田副厅长作揖打拱，道："哪里哪里，田厅长年轻哩，您头上哪有半根白头发？"

　　田副厅长撩起大背头，露出额上白色发根，道："假的！这才叫形式主义！"

　　田副厅长撩了头发，满桌的人都开始撩头发，争着说自己头发也是作假，好多年的形式主义了。只有朱芝没有撩头发，她的头发也真的没有白。李济运因为说话屡次出错，就恨不能马上满头飞雪了。他不但撩起前额，还低头把后脑勺给大家看，说自己的头发也白得差不多了。坐在他旁边的李非凡敲了他的脑袋，摸了摸，说："你这算什么，你是少白头！"

　　李济运突然想吐，眼睛开始发花。俗话说，男儿头，女儿腰，不能随便摸的！可李非凡却在他头上拍了一巴掌，还摸了一把。他大小也是个常委，又不是三岁小孩，怎能叫人随便摸脑袋？他知道李非凡也许是亲切或随便，可他不知是酒喝多了，还是因为挂职的事，反正全身都不舒服。无意间瞟见朱芝正微微地笑，他像酒后突遇冷风，脑子顿时清醒了许多。他想刚才这帮中老年男人吵着比谁的白头发多,朱芝看着肯定很可笑。他自己低头让人家看后脑勺,只怕最是可笑。也许他刚才想吐,就因为头埋得太低了。反正是不应该低头让人家看后脑勺。

大家都敬过了田副厅长,各自端着杯子起身,围着桌子相互敬酒。有人便戏言,宴会到了这时候,就转入运动会了。场面看上去有些乱,却是乱而有序。谁该敬谁的酒,先敬谁后敬谁,大家心里都非常清楚。省里各位处长都介绍过了,但喝起酒来又忘了尊姓大名。又是交换名片,又是幸会幸会。

只是服务员有些忙不过来,几乎是围着桌子小跑。

熊雄便吩咐:"多来一个服务员!"

田副厅长马上说:"只要一个服务员,只允许一把酒壶!"

熊雄马上赔罪:"田厅长,您是我们老领导,我们怎么敢呢?"

田副厅长笑道:"你们的名堂,我是知道的!"

局外人听着,似乎他们在说黑话。原来,酒喝到这个时候,气氛到了高潮,服务员就开始玩手脚,只让客人喝酒,自己领导就喝矿泉水。侍候这场面的服务员,都是训练有素的,做得滴水不漏。李济运敬别人都是一干而尽,只有朱芝悄悄嘱咐他别喝完了。

该敬的酒都敬了,田副厅长开始摆龙门阵:"我在西安见过一种酒壶,叫良心壶。那酒壶上面一个孔,下面一个孔。一个孔灌酒进去,一个孔灌水进去。你封住上面那个孔,倒出的是酒,封住下面那个孔,倒出的是水。里面有两个胆心,叫两心壶,叫着叫着就叫成了良心壶。他们演示给我看,我说你这分明叫黑心壶,居然还叫良心壶!我说你们要整别人的酒,最好去西安买个良心壶来!"

熊雄笑道:"真有这样的壶?那我们改天买几把来,县里的接待水平肯定要更上层次！田厅长您放心，我真有那壶啊，只用来接待外国鬼子！"

田副厅长故意骂人，说："真是没见识，哪见外国客人这么斗酒？我们这叫野蛮！别把野蛮当豪爽！"

熊雄知道田副厅长的性格，道："哪天田厅长下来，我们学文明了，您肯定要批评人了！"

田副厅长又道："那个良心壶，据说是哪个朝代的文物，现在复制出来做旅游商品出售。说明我们古人老早就开始酒桌上整人，煞费苦心啊！"

李济运两耳的声音忽近忽远，还伴有啦啦的响声，有些像在北京听到的鸽哨。秋天北京的天可真蓝啊，成群的鸽子掠空而过，啦啦啦啦地响。猛听有人说：济运不止这个量！李济运这才知道自己合上眼睛了。

他睁开眼睛，说："我醉了，真的醉了！"

他真的喝醉了，可又不能让人小看。酒桌上越说自己醉了，人家就越不相信你醉了。他想证明自己真的没醉，便举起酒杯，望着熊雄道："田厅长是我的老书记，您是我的新书记。还要敬您一杯！"

熊雄说："济运，要敬，在座各位你都要敬。一来你是老弟，二来你鸿运当头！"

田副厅长大手一挥，说："酒到尽兴止！你们就不要欺负小李了！"

李济运听这话差点要哭了，自己都不知道是感动还是心里真有委屈。无论如何，同酒是有关系的。不是喝酒，他也不容易被感动，心里有委屈也会咬牙受着。李济运拿餐巾纸把额上的汗和眼角快渗出来的泪水，稀里糊涂一把揩了，笑道："田厅长，您关心我，在座各位领导也关心我！"

田副厅长却拿出老大架势,说:"我看他们就是有些欺负人!告诉你们,俗话说得好,欺老莫欺小!"田副厅长越是声色俱厉,满桌的头头脑脑越是哈哈大笑。他们越是哈哈大笑,就越能衬托田副厅长的风范:既幽默风趣,又体恤部下。

熊雄笑过之后,很认真地望着李济运说:"李主任,田厅长是把你相准了,你日后必成大器!"

田副厅长笑道:"我也不是神仙,别给我戴高帽子!反正年轻人前程不可限量,你要欺负就欺负我这老家伙,年轻人是欺负不得的!谁知道人家会发达到什么地步?到时候你后悔都来不及!"

熊雄又道:"田厅长不光会相人,更会相己。报告厅长,我刚调来时就听说过一个故事,到您这里求证一下。"

田副厅长稍稍凝神,马上意识到了,微笑着问道:"你是说'家乡的变化'很大吧?这个故事在省里很多厅局流传。在我们厅里,有说是张三的,有说是李四的。"

熊雄说:"我听说的是厅长您!"

省厅办公室的吴主任马上插话:"完全是扯淡!我十多年前就听过这个笑话。田厅长人随和,有些人开玩笑就放肆了!"

李济运酒醉心里明,记得原先刘克强同他说过这个笑话。说不定田副厅长刚去时有人欺生,故意编故事嘲笑他。现在只怕谁也不敢把这个故事安在他身上了。看看这些处长们,只顾喝酒,没人说话。他们的目光都随着田副厅长转,仿佛他身上有根无形的线,扯着处长们的眼珠子。刚才要不是熊雄说起这个笑话,吴主任也不会说话的。

田副厅长却把大背头往后一抹,很认真地说:"我离开乌柚也有七八年了,家乡的变化真的很大啊!来,敬你们一杯,这都是你们的功劳!"

熊雄忙说:"要敬,也是我们一道敬您!一来都是您打下的好基础,二来我们也都是按照您的思路办!"

田副厅长听着这话自是高兴,但也知道这都是场面上的话,便自嘲道:"喝酒喝酒,我们不搞个人崇拜好不好?"

大家又只道田厅长真是太幽默了。田副厅长放下杯子,很认真地说:"我这话不是客气,你们真是辛苦了!一个地方,工作好坏,关键是看班子如何。我同你们市委领导多次交换过意见,我觉得你们这个班子是很好的!熊雄,你是新来的,要好好珍惜这个班子的团结。"

田副厅长说这话的时候,酒桌上鸦雀无声,有些像开那种很严肃的会议。官场上聊天就像放风筝,不管怎么开玩笑,也不怕话题跑到九霄云外去,总有一根绳子暗暗拉着。关键时刻掌握风筝的人把线轻轻一拉,局面又一本正经了。这种气氛,拿毛主席他老人家的话说,一会儿团结紧张,一会儿严肃活泼。

饭局热热闹闹结束了,熊雄领着县里十几个头头儿,前呼后拥送田副厅长回房休息。早有服务员站在电梯口,拿手挡着电梯门,不让它关上。那门却像小孩子顽皮,想伸出头来看稀奇,不时地往外探。李济运很想说那服务员,真有些笨,按住开关不就行了。大家停下来讲客气,握手拍肩打哈哈,电梯门往外一蹭一蹭的。田副厅长说:"大家都累了,回去休息吧。"

熊雄说:"我们不累,厅长您辛苦了。"

李济运脑子晕晕乎乎,可他仍能琢磨出熊雄的语言艺术。熊雄只讲厅长辛苦了,没有讲厅长累了。"辛苦"同"累",这两个词是有差别的。领导同志应是精力充沛的,"累"字不能随便用在他们身上。虽然非常辛苦,但并不觉得累,领导同志需要这种形象。谁看见过领导同志满脸倦容出现在电视新闻里?他们时刻都是红光满脸,精神抖擞。也不是不能说领导累了,那得看是什么场合。熊雄未必就想得这么细,但毕竟是老同学,熊雄的聪明他是知道的。说不定熊雄只需本能反应,就能把话说得非常得体。

田副厅长说:"听我的,有事的就先走,没事的就去我房里聊聊天!济运你留下来。"

田副厅长说了这话,大家心里略略掂量,就知道自己该不该留。于是,熊雄、明阳、李非凡、吴德满和李济运留下了,其他的人就往后退几步,朝电梯口拱手致意。李济运早年当普通干部的时候,私下琢磨过一个小幽默:请领导同志第一个进电梯,还是请他最后一个进电梯?这是个问题。领导同志第一个进电梯,他自然就得往最里面站,出电梯时他就在最后面了。领导同志最后出电梯,这怎么行呢?至少在中国官场,这绝对是个问题。李济运醉眼蒙眬,望着田副厅长微笑。反正大家都在笑,谁也不知道谁笑什么。几位县领导自然闪开,形成夹道,恭请田副厅长先进电梯。电梯一边缓缓上升,熊雄几个人一边慢慢作壁虎状,贴紧电梯的三个墙面。田副厅长自然就站在了最中间,他的前面就空阔了。电梯门徐徐打开,田副厅长第一个出了电梯。

服务员快步上前,替田副厅长开了门。李济运吩咐道:"倒茶。"服务员没言语,脸上只是微笑。田副厅长进门就去了洗漱间,县里头头们坐下来,一时不知道说什么。他们经常在一起坐的,可这会儿主心骨是田副厅长。主心骨不在,居然莫名的尴尬。服务员倒好了茶,田副厅长从洗漱间出来了。大家忙站了起来,等田副厅长坐下,他们才重新坐下。海阔天空地闲扯,只是再没提李济运挂职的事。不时有人在门口探头探脑,田副厅长就扬扬手,道:"进来吧!"那人就老早伸出双手,快步跑到田副厅长面前弓着腰握手。"老领导呀,才听说您来了,一定要来看看您!"田副厅长就拍拍他的肩,叫着他的名字。探头探脑进来的这些人，多是没有参加宴会的县级领导副职，也有县里部门的小头头儿。有几个人笑嘻嘻往里跑，田副厅长马上喊出他的名字，他们就感激得不行，道："老领导记性真好！"

李济运暗自想这事儿：真是的，人家认不认识你都拿不准，还往这里跑什么呀！进来的人多会跑两趟，先同田副厅长握握手，说几句话就告辞。再过两三分钟就领着一个手下，送来几条烟或几瓶酒。那手下原来早就候在外头。田副厅长不会讲客气，只点点头表示谢意。也有那很干脆的，提着东西就进来了，站在门口说："老领导，来看看您！"说罢就拐进隔壁卧房，出来再朝田副厅长拱拱手，说："各位领导扯，我走了我走了。"田副厅长也只扬扬手，马上转过头来继续说话。

晚上说了很多人和事，却等于什么也没说。田副厅长也明白自己控制不了地方人事，他不会说任何干政的话。有人提到某些人事，只是闲扯而已。李济运越坐脑子越清醒，他隐约意识到这位对当地再无影响力的前任领导，也许会再次影响他的仕途。

李济运回到家里已是深夜，舒瑾早已睡着。他洗完澡来到卧室，舒瑾被吵醒了，瓮声瓮气地说："天天，磨死人！"舒瑾有时说话少头缺尾，学生拿去没法划主谓宾。李济运躺下，说："我愿意天天忙到这时候？"舒瑾又说："马尿，哪天。"李济运明白老婆的意思，说他天天喝马尿，没有哪天停过。李济运懒得理她，睡着不动。他感觉枕头不舒服，又怕弄得老婆烦，就将就着算了。他想说说去省里挂职的事，却听得舒瑾微微打鼾了。

第二天上午，县委、县政府向田副厅长汇报。李济运昨晚没怎么睡，居然没有半丝倦意。他想起去省里挂职，这事对他有没有意义，他一直没有想清楚。仕途好比棋局，步步都当谨慎。走一步得看两三步，不然眼前似乎是一着好棋，回头再看就是臭棋。他年轻时私下设定的是一条最低纲领，一条最高纲领。最低纲领是干到县委副书记、县长、县委书记。最高纲领是从县委书记做到市级领导、省级领导。他没有梦想过做中央领导，自认为祖坟还没开坼。

这两条纲领他从没同任何人讲过，同舒瑾都没有讲过。他同舒瑾没太多话说，两人平日说的都是他懒得管的家务事。他早就知道有人背后议论，说舒瑾没太多文化，凭什么就当上幼儿园园长？不就是搭帮她是李济运的老婆吗？舒瑾现在从园长的位置下来了，有些人可能会高兴些。

老婆那点儿文化底子，李济运是知道的。有回，他听到一个黄段子，说的是刚解放时，有位部队首长给警卫员介绍对象，警卫员不满意，嫌那女的没文化，人又长得丑。首长做工作非常干脆，就两句话：第一，你是操屄，又不是操文化！第二，人丑屄不丑，屄丑毛盖着！警卫员马上立正：报告首长，俺想通了！那时候思想工作多好做啊！李济运把这段子学给舒瑾听，她不仅没有觉得好笑，反而大发脾气："就知道你嫌我没文化！早时候呢？"李济运无意间冒犯了老婆，她后面那半句话的意思是说：你早就知道我没文化干吗找我呢？他忙解释："老婆，你是县城一枝花，你又不是丑女人，干吗对号入座？"

李济运虽然知道老婆文化不高，却非常讨厌有人说他老婆没文化。她原本只是唱戏的，嗓子好长相好就行，哪要那么高的文化？又不是让她当大学教授！旧时候的艺人几个是有文化的？有个故事说，过去有个名角唱戏，出场道白："打马来到潼关，不知身在何处。抬头一看，但见三个大字——潼关！"潼关到底是几个字都不知道。道白开口就有毛病，既然说打马来到潼关，却又说不知身在何处。旧艺人多不识字，都是师傅教一句学一句。师傅自己有文化的也少，也是师傅的师傅教的。李济运想自己老婆总算还认得字吧，她当幼儿园园长有什么当不了的？幼儿园不就是教孩子们唱唱跳跳吗？拿这一点说，舒瑾是专家了！她干这园长还有些屈才哩！

李济运就这么神游八极，熬过了上午的汇报会。下午，田副厅长想去当年工作过的乌金乡看看，打算在那里睡一个晚上。田副厅长年轻时在那里当过公社书记，那里可以说是他仕途的起点。熊雄开玩笑，说乌金乡是田厅长的瑞金。田副厅长不想前呼后拥地下去，就只有熊雄陪着他去了。

李济运回到办公室，突然想起昨天酒桌上朱芝的微笑，便打了电话去："昨天吃饭时你笑什么？"

"我不笑，难道哭呀？"朱芝说。

李济运说："我说自己头发也白了，就看见你在笑。"

"没有啊，我不知道自己笑哩。"朱芝问，"熊雄让你去挂职，同你商量过吗？"

李济运说："我不知道他是什么意思。谁知道他是开玩笑的，还是真有这个想法？明明你比我年轻，他故意说我最年轻。他自己都比我小几个月。"

朱芝冷冷一笑，说："看来，你这个老同学来当书记，我们是白高兴了。"

他的手机响了，便放了电话。一看号码是熊雄，他接了，听熊雄说道："李主任，你快叫办公室安排一下，田厅长马上要赶回省里去。早点吃晚饭！"

原来田副厅长突然接到通知，明天要陪成省长下去。他没有赶到乌金乡，半路上就打转了。李济运打了梅园宾馆电话，自己随后就过去了。

五点多钟，田副厅长回来了。李济运迎了上去，道："田厅长真是太忙了！"

田副厅长笑道："这就叫人在江湖！"

匆匆吃过晚饭，田副厅长就告辞了。乌柚到省城很快，回去其实很从容。田副厅长下来是当然的老大，可他接了省政府办公厅的电话，连走路的步子都快些了，不再是从容不迫的样子。他的这种反应，完全是下意识的。电影里那些国民党官员，只要听到"总统"二字，马上齐刷刷地立正，只怕不光是一种仪式。李济运最近读书看到一种理论，说的是下者对上者，弱者对强者，卑者对尊者，最易产生心理依附，影响人的正常心智和正确判断。如此看来，个人崇拜是有病理根由的。

送走田副厅长，熊雄说："李主任，我俩坐坐吧。"

李济运猜到肯定是找他谈挂职的事。熊雄这两天陪着田副厅长，他俩一直没有机会坐下来。去了田副厅长才住过的大套间，服务员正在收拾卫生。李济运吩咐道："你等会儿再来弄吧。"

服务员走了，把门轻轻带上。熊雄说："李主任，派干部到省里去挂职，这不论对干部本人的成长，还是对我们县里的工作都有好处。既然田厅长点名想让你去，我个人觉得这对你是个好事。"

李济运早已不把熊雄当同学了。既然是公事公办的关系，说话自然按官场套路。李济运说："熊书记，我自然是服从组织安排。但要我谈个人看法，这件事我还没有想得太明白。去好还是不去好，我拿不准。当然，我这只是从个人角度考虑。"

熊雄说："李主任，我俩毕竟是老同学，你我说话不妨开诚布公。我个人意见，你到省里去挂职，对你的进步很有好处。你如果能够争取在省里留下来，起点更高，天地更宽。"

李济运笑道："熊书记处处替我着想，非常感谢。但是，我个人想法，一是想继续在县里干，二是觉得自己可能更适合基层工作。"

熊雄点头而笑，说："李主任，我一直很感谢你。我来乌柚时间不长，你对我的工作非常支持。但我这个人你是知道的，凡事既要从工作需要考虑，也要从干部成长考虑。这事先这么说着，你自己想想。不想去，我是求之不得。反正还只是酒桌上一句话。有一条请你相信，我熊雄一切都是唯愿你好。"

两人并肩下楼，熊雄上了车。李济运习惯走走，就说："熊书记你先走吧。"天黑下来，县城里人声叫嚷，汽车喇叭，混作一团，似乎比白天还要嘈杂。李济运想让自己脑子变得清醒些，便做游戏似的琢磨这事儿：到底是白天嘈杂些，还是晚上嘈杂些？应该是白天嘈杂些。晚上觉得街上更加吵闹，只因忙碌一天，脑子本来就乱。事情还是要想清楚，多想想结论就不同。去不去省里挂职，这事太重要了，不想清楚不行。不断有人同他打招呼，似乎眼神都有些怪怪的。李济运越来越敏感，总觉得别人都在琢磨他。自从检举了刘星明，他的神经很脆弱了。

李济运按了门铃，门很快就开了。门是舒瑾开的，她并没有望望回家的男人，仍扭头看着电视，说："人都是命。"

李济运没听懂她在说什么，倒是知道这话不是对他说的。舒瑾一边倒茶，一边仍望着电视。一位当红女歌星正在唱歌。舒瑾把茶放在茶几上，眼睛始终没有离开电视机。李济运端起茶来喝，想起了刚才舒瑾说的话。原来她是感叹自己的嗓音天生的好，只是没有那个命，不然也是红歌星。红歌星谢幕而去，舒瑾又微微叹息，头轻轻摇着。

李济运拿起遥控器，调小了电视音量，说："声音太大了，会吵着歌儿。"

歌儿关在自己房间做作业，天知道他到底在捣什么鬼。最近老见家里有蜗牛爬，不小心踩着了就咔地一响，地上便黏糊糊的一个小印子。李济运最先怀疑是污水管里爬上来的，就叫人做了个铁丝网套住洞口。可蜗牛仍不时出现在厨房和客厅，也有爬到卧室里去的。舒瑾有天打扫卫生，却在厨房角落里看见一个塑料盒子，里面装满了沙子。再仔细一看，沙子里满是蜗牛。知道又是歌儿养的，又把小东西教训了。

李济运想进去看看歌儿，却忍住了。歌儿不怎么搭理他，去了也是热脸贴冷屁股。他想起挂职的事，就对舒瑾说："你说人都是命，我正想同你说件事。"

舒瑾问："什么事？"

李济运说："我有个机会到省里去工作，你说是去好，还是不去好？"

舒瑾又问："给你个什么位置？"

李济运笑笑，说："你倒问得直接啊。我是去省里挂职，哪有什么位置？"

舒瑾仍只是问话："挂职，也就是说还是要回来的？"

李济运说："照说挂职是要回来的。"

舒瑾还是问："要挂几年？"

李济运说："通常是三年，一年两年也是有的。"

舒瑾一直望着电视，这会儿便转过脸，瞪着李济运，说："挂职三年，又不安排位置，去不是疯子？三年，人家早提拔了！"

李济运为这事伤了两天脑筋，舒瑾几句话就说清楚了。听了老婆这番话，李济运决定不去省里挂职。舒瑾关了电视，嘱咐歌儿早点休息，就进屋睡觉。李济运去洗漱了，也上了床。本来想好了，躺在床上，又思绪万端。

李济运其实也不是想不清楚，而是利弊难以取舍。他在县里只要走得顺，再过三到五年，也许可以干到县委书记。那时候，他年纪四十岁上下。如果再顺水顺风，就可干到市级领导。老天再开开眼，干到省级领导也说不定。如果径直去了省里，运气好的话一鼓作气干到厅级，再下来干几年市委书记，往上调回去就是省级领导。

但是，他在省里没有过硬的靠山，很难得到别人赏识。田副厅长最多只能把他送到处级干部分上。田副厅长过几年就退下来了，没有能力把他送得更高。昨天晚上，田副厅长让他去房间聊天，他就明显感觉这位领导老了。瓜老籽多，人老话多。田副厅长早几年回来，没有这么多的话。他现在扯着老部下们没完没了地聊天，这就是老了。不能把自己的前途放在老同志身上。

李济运的最低纲领和最高纲领，他暗地里论证过无数回。哪个位置上干几年，如何加快步子往上走，他都细细设想过。如果天遂人愿，他必定大有出息。李济运有个习惯，每次省里和中央换届选举，他都会细细研究当选人的履历。那种上得快的年轻干部，他会研究得更加细致，想从字缝里找出玄机。人家为什么短短十几年工夫，就从普通干部做到了省部级？人家为什么五十几岁就做到了国家领导人？看到有些高级干部，同自己的早期经历相似，他就会信心百倍。但执行这两个纲领，他设想的起点都是在基层，从没想过去省里机关。

不去了，他决定不去了。

李济运全神贯注憧憬着美好前程，突然听得舒瑾说："摆样！"

他听得没头没脑，问："什么摆样？"

舒瑾本来平躺着的，听男人这么一说，她身子弹了一下，就背过去侧卧了。李济运顿时明白，很久没有同老婆温存了。舒瑾意思是说这么一个漂亮老婆，他只放在家里做摆样。也真是对不住老婆，他每天都回得晚，进门就精疲力竭，哪还有那心思？

李济运去扳老婆的肩，说："我俩不在说话吗？说说话就来了。"

舒瑾硬着身子不从,说:"见过!"

李济运知道她是说气话,听着还是不舒服,道:"知道你见过,你见得多,好吗?"

舒瑾却越发生气,又翻了一个身,趴在床上。李济运长长叹了一口气。夫妻都这么久了,儿子都九岁多了,生这种闲气太没意思。他便忍着气,抚摸老婆的背。摸着摸着,老婆身子柔软了,他心里也没气了。他趴了上去,吻着老婆的后颈。

二十五

　　李济运每次同老婆温存了，都会睡得格外香。他清早醒来时，见老婆睁大眼睛望着他。老婆瞌睡多，平日都是他先醒来，穿衣洗漱才会吵醒她。她今天居然先醒来，他觉得有些奇怪。舒瑾望着他，眼睛眨都没眨。

　　他问："有事？"

　　舒瑾说："还是去！"

　　他听着糊涂，问："哪里去？"

　　舒瑾说："挂职。"

　　李济运说："你昨晚不是一句话说死了吗？"

　　舒瑾说："你昨夜像死猪！"

　　李济运琢磨老婆的意思，她昨夜失眠了，问："你也有睡不着的时候？"

　　舒瑾说："看什么时候。"

　　他又问："什么时候呢？"

　　舒瑾说："为孩子想，去省城好。"

　　李济运说："不是理由。儿子只要上到中学，就可以送到省城去读书。"

舒瑾摇摇头，不说话。没有再谈下去，他没时间了，匆匆出门。起床太晚了，早饭都顾不上吃。儿子早上是自理的，上学路上买早餐吃。

李济运晚上回家，进门就听舒瑾说："你嘛，儿子前程要紧。"他听懂老婆前半句的意思，就是说他只能到这个样了。舒瑾平日总说他床底下放风筝，再高也高不到哪里去。他虽说听着不舒服，也不想同老婆争吵。自己两口子，争个什么高低呢？有本事到外头争高低去！

挂职这事李济运已想得很清楚了，不想再说，道："说不去就不去了。"

舒瑾又说："我一个晚上都没睡。"意思是说她通宵都在想这事儿，还是得去。

他说："我去没有意义！"

舒瑾说："你就算了，儿子！"

李济运有些火了，说："别人看我是个宝，就你看我是根草！"

舒瑾瞪了他半天，说："谁？"

李济运自己倒了茶，坐下半天才问："什么谁？"

舒瑾只问："你说谁！"

李济运听明白了，她是问谁看他是个宝。若是哪个女人说的，要么找她算账去，要么叫他跟她走就是了。李济运就怕老婆胡搅蛮缠，说："谁看我都是个宝，就在你眼里是根草！"

舒瑾哼哼鼻子："金子？玉石？皇后娘娘夜壶？还宝！"

李济运道："全县六十九万人，县委常委只有七个人，这个账你算得清吗？"

舒瑾说："我语文不好，算术还行。我算得清楚，七个常委，你排第七！人家六个人都提拔完了才轮到你，胡子都白了！"

李济运听这话格外来气，反唇相讥："你以为是食堂排队打饭啊！算得很准！算这笔账用不着数学，算术就行了。"

舒瑾冷笑道："我就小学文化，枪毙？蛮聪明啊，如今小学也叫数学，不叫算术了。"

李济运觉得很没有意思，同老婆争这些东西！他不说话了，独自喝茶。儿子从里屋出来，李济运便叫道："歌儿，过来一下。"

歌儿没有过来，径直往厕所去，头都不回，说："人家要解手！"

李济运不管心里有什么事，只要看见儿子就没气了。调皮归调皮，儿子还是儿子。李济运故意逗他："人家要解手，又不是你要解手。过来！"

歌儿解手出来，一边提裤子，一边走到爸爸身边："什么事？"

李济运摸摸儿子脑袋，说："没事就不能叫你？告诉爸爸，最近又养什么了？"

歌儿有些不耐烦，说："人家很多作业！"

李济运便在儿子屁股上拍了一板，说："好，人家去做作业吧！"

儿子瞟着电视机，慢吞吞地进屋去了。李济运摇头而笑，想如今做父母的在孩子这都是自作多情。儿子上幼儿园时，回家就往他身上爬，缠着他讲故事。那几本故事书他不知讲过多少回，还得三番五次地讲。儿子从小学二年级开始，慢慢地就不亲他了。男孩子上初中以后更是不肯理人，一直要到上大学才同父母重修旧好。李济运这么想着，虽是无尽感叹，心里却暖洋洋的。

儿子进去没多久，舒瑾忽又柔声喊道："歌儿，出来！"

歌儿推开门，问："妈，什么事？"

舒瑾说:"你要喝牛奶了。"

歌儿说:"不是做完作业喝吗?"

舒瑾说:"妈叫你喝你就喝吧。"

歌儿说:"好的!"便去了厨房,拉开冰箱拿牛奶。歌儿一边喝牛奶,一边往房间去。

舒瑾又说:"给妈妈也拿一瓶。"

歌儿又回厨房,取了牛奶递给妈妈。舒瑾又说:"去给爸爸也拿一瓶。"

歌儿说:"爸爸不喝的。"

李济运笑道:"爸爸今天想喝。"

歌儿瞟了他老爸一眼,说:"你自己去拿,别耽搁我写作业!"

舒瑾望着儿子,得意地笑。歌儿扮个鬼脸,做个拜拜的手势,进屋去了。老婆导演的这场戏,就是故意气他的。李济运却并不生气,反而像得了大奖似的,笑道:"鬼东西,他妈的!"

舒瑾却找他的茬子,说:"儿子不听你的,关他妈什么事?"

李济运不搭理,她又说:"这么聪明的儿子,放在小县城里,成不了才的。"

舒瑾说完就去了卧室,不知道在里面收拾什么。李济运仍坐在客厅里,说:"俗话说,山窝里飞出金凤凰!"

舒瑾在里面听见了,头从门口探出来说:"我要是生在大地方,从娘肚子出来就是凤凰,还用飞到哪里去?"

李济运就不作声了,他明白老婆的意思。他有时在歌厅里唱歌,碰见那种唱得好的,心里就感慨:中国这么大,有本事的人实在是太多了。每天晚上在歌厅里自娱自乐的人,很多都有红歌星的资质,只是他们没有机会走运。看到媒体惊曝哪位娱乐明星没文化,他会非常理解。他家就放着一个没文化的娱乐人才,只

407

是她一直埋怨自己命运不好。

最近这些日子，两口子天天为挂职的事争吵。平日李济运顺着老婆的时候多，可这事儿他不会随便听她的。事关前程，女人不懂。

有天清早，李济运刚到办公室，熊雄打电话让他去说个事儿。熊雄起身给他倒茶，他忙说："不用不用，熊书记。"

熊雄说："我才收到的安溪铁观音，你尝尝！"

李济运喝了一口，熊雄也端着茶杯，问他："怎么样？"

李济运说："茶您是内行，我只是觉得味道不错！"

熊雄半天没说正事儿，只是说茶："我这里还有几盒，你喜欢就拿两盒去！"

李济运说："熊书记您留着，茶您懂，我是外行。"

熊雄笑道："我这个人的毛病，就是喜欢的东西要同朋友分享。"

李济运说："谢谢熊书记，我只拿一盒吧。"

熊雄说："我这里还有太平猴魁，黄山的，也很好。"

李济运说："这茶我倒是没喝过。"

熊雄说："那你一定要拿一盒尝尝！"

熊雄说着，就从身后的书架上取出两盒茶，一盒安溪铁观音，一盒黄山太平猴魁。李济运双手接过茶叶，坐下来细看包装和产地说明。熊雄谈茶兴致很高，说："太平猴魁传说很多，有种说法是这茶树长在悬崖峭壁上，人力无法采摘，靠猴子去采。当然，这猴子肯定是训练过的。"

李济运笑道："我们中国人的毛病就是好东西就要把它神秘化。真是猴子采的，我还不敢喝哩！"

熊雄也笑了起来，说："我想也是的，现在这环境，哪里还找得着几只猴子？"

李济运慢慢地品茶，等着熊雄吩咐。熊雄也在品茶，感叹着外地名茶，又说到自己县里的茶。他说我们县其实也有好茶，老县志记载明代进过贡的，只是后来被人遗忘了。

熊雄不会找我来讨论茶叶吧？李济运正纳闷着，熊雄缓缓说道："李主任，市委组织部让我们县抽一位县级领导去省里挂职。这是全省统一部署的，上挂、下挂统筹考虑。也是巧了，前不久田厅长来的时候，我们正好说到这事。田厅长是现成的人缘，老领导对你又格外器重，我正式征求你的意见，你考虑考虑？"

熊雄面色平和，神情仍像在品茶。李济运听着就明白了，所谓征求意见只是客气话，事实上是组织上已经决定了。他早就想好不去挂职，可这会儿熊雄找他谈话，他却找不到回绝的理由。他是个没有太硬后台的人，逆着组织意图是要吃亏的。心里却非常不爽，想这熊雄干吗硬要把他弄走？李济运知道自己讨价还价已经没用，便说："熊书记，如果组织上定了，我就服从！不知道是几年？"

熊雄说："这次省里部署，上挂都是两年，下挂的三年。"

李济运马上想到，两年后他三十四岁，年纪不算太大。这两年就算耽误了，一切都还来得及。他甚至还得意自己的年轻，心里便有几分藐视天下的感觉，非常干脆地说："好吧，我去！"

李济运爽快地答应了，熊雄反过来更加体谅人，说："李主任，你还是考虑考虑。我只是个人想法，还没有同几位副书记通气。你要是考虑好了，我就在常委会上正式建议。"

李济运笑道："我知道这是熊书记替我着想，我没什么可考虑的。"

熊雄点点头说："既然这样，我们下午开个常委会。"

李济运回到自己办公室，坐下来半天回不过神。熊雄说还没有同几位副书记商量，鬼知道到底是怎么回事？既然是这么重要的事情，坐下来就应该认真地谈，却天南地北说半天茶叶！倒显得挂职的事，只是顺便找他扯扯。到底是熊雄不方便见面就说，还是几盒好茶叶让他太高兴了？熊雄说话办事很有章法，不会轻重主次都不分。如果他说这事有心理障碍，那就耐人寻味了。李济运越想越觉得不对劲，似乎这里头大有文章。

他又实在想不明白，这是一篇什么文章。摆在桌面上讲，干部挂职意义重大，他不能提任何意见。他自己是官场中人，却在感叹官场套路的虚伪：事情总是先决定好了，再在程序上从头做起。已经决定我去挂职了，还用得着在常委会上正式建议吗？不如直接宣布决定！李济运望着桌上的两盒茶叶很不顺眼，拉开抽屉哐地丢了进去。又想起熊雄讲的猴子采茶，真是荒唐！山里哪里还有几只猴子？都到城里动物园挂职去了！

常委会上，熊雄提出派李济运去省交通厅挂职，没有人提出不同意见。只有明阳和朱芝不说话，别的常委都向李济运表示祝贺。会后，朱芝跑到李济运办公室，说："你自己真愿意去？没有意义啊！"

李济运说："你没看出来？熊雄不希望我在县里。"

"为什么？"朱芝大感不解，"你们原来是很好的同学啊！"

李济运苦笑道："此一时彼一时也。"

朱芝又恼又气，说："你怎么这么软弱？去不去由你自己啊！"

李济运说："说句心里话，我对乌柚也有些心灰意懒了。熊雄完全变了个人，我怎么也没想到。再一起共事，终是难受。"

朱芝沉默半晌，抬头问道："你就把我一个人放在这里？"

李济运一时无语，脸上发烧。朱芝对外人难免要摆出架势，但终究是个小女子，遇事很容易慌张。朱芝果然就说："我也没理由要求你什么。只是你走之后，我连个商量事的人都没有。"

李济运说："你越来越成熟了，你能力很强，要相信自己。"

"我平时想着凡事有你帮忙,心里就有底。"朱芝低着头。

李济运叹息着说:"事情已经由不得我了。他执意让我走,我赖在这里也没有意思。"

朱芝眼睛红红的,再没说什么就走了。李济运不能挽留她,也没几句有用的话说。他最近脑子里总是乱七八糟,很多事情都想不清楚。他跟熊雄的同学之谊,莫名其妙就变味了。

李济运周末回了趟乡下。他一个人去的,想自己清静清静。他告诉家里,将去省里挂职,说不定就留在省里了。家里没人听了高兴,倒像他逃跑了似的。李济林说得更直:"哥,你走了,我们想依靠你,一点指望都没有了。"

李济运说:"我是去省里工作,又不是判刑了。"

李济林又说:"发哥家出了那么大的事,赔了那么多钱,家里还是富裕。"

李济运听着火了,说:"不要只知道钱!发哥人都不见了,旺坨还在牢里!"

李济林向来不怕冲撞哥哥,说:"你真有本事,就应该救人家!乡里人都说,要是换你出事了,发哥肯定救你了!"

弟弟说到李济运的痛处,叫他大为光火。弟弟说得其实没错。发哥有匪气,也有霸气,很讲义气。李济运知道自己的弱点,说得好听是宽厚善良,很多时候却是懦弱可欺。

"有事打个电话,马三的人十分钟赶到,110半日到不了。"妈妈在旁没头没脑地说。李济运心想这老娘事事充能干,实在是越来越糊涂了。他想那个收保护费的马三,迟早是要出事的。

李济运回到城里,晚上约熊雄说说话。熊雄听他电话里语气很低沉,猜他必定有要紧的事,必定又是麻烦的事,就想推托:"李主任,明天上班时再说行吗?"

李济运说:"我想晚上说,最好是上你家里说。"

411

熊雄见推不掉,就请他到办公室去。熊雄同刘星明风格不同,晚上多待在家里看书。刘星明晚上却喜欢坐在办公室,始终是日理万机的样子。李济运并不急着上楼,独自在楼下散步。望见熊雄办公室的灯亮了,他才上去敲了门。熊雄不抽烟,总关着门,开着空调。

熊雄说:"李主任,什么重要的事,过不得夜吗?"

李济运说:"我怕过了夜,又不想同你说了。"

"那我就不明白了。"熊雄望着李济运,目光看上去很遥远,"李主任,你我之间应该无话不谈。"

李济运抽出烟来,看看门窗紧闭,又塞进去了。熊雄也不说让他抽,还只是遥遥地望着他。李济运也往后面靠靠,似乎两人的距离更远了。他说:"熊书记,我想谈四件事。"

熊雄笑笑,说:"事还不少嘛。一件件谈吧。"

李济运说:"第一件事,就是李济发失踪案。他的失踪我想同桃花溪煤矿事故调查有关,可能同刘星明案子也有关。他有个材料,检举了刘星明,也申诉了煤矿事故处理的冤屈。他说这个材料复印了很多份,我估计上面很多领导和部门都收到过。我这里还有一份,可以交给你。"

熊雄忙摇手,说:"材料我先不接,你往下说吧。"

李济运说:"我相信李济发说的都是事实。可是,至今没有看到刘星明的案子深入下去。"

熊雄见李济运停顿了,便说:"继续说吧。"

李济运又说:"第二件事,刘星明回来了。"

熊雄眼睛突然鼓了出来,就像赵构听说徽钦二宗南归,忙问:"他回来了?他没有事?"

李济运知道熊雄听错人了,心里却是好笑。哪怕真是那个刘星明回来了,也不会赶走你这个县委书记。他故意挨了会儿,说："不是刘半间刘星明，是那个刘差配刘星明。"

熊雄显然后悔自己失态，身子稳稳地躺在椅子里，安如泰山的样子，说："哦，这个人听说过。"

李济运说："他原来是乡党委书记，选举会场上当场发疯。他现在病好了，天天关在家里。应该考虑怎么安排，不然我担心他又会疯。"

"第三件事呢？"熊雄问。

李济运说："有两个疯子，舒泽光和刘大亮，关在市精神病医院。这事我同你说过。"

熊雄说："我记得。"

李济运说："你当时很激愤。"

"第四件呢？"熊雄问。

李济运说："第四件事，我还没想好说还是不说。"

熊雄说："没想好，那就不说吧。"

李济运便不说了。他原本想提醒熊雄，小心贺飞龙这种人，他是乌柚的黑恶势力。但是，他话到嘴边又咽回去了。他刚才在楼下散步，想到了铁腕人物叶利钦。总理基里延科对叶利钦发出危机警告，叶利钦却冷冰冰地说：一个总统用不着你告诉他如何运用权力！李济运就想：不必自作聪明。可是上了楼，他想毕竟是老同学，还是提醒他吧。又见熊雄如此冷淡，他最后还是不说了。

李济运说："熊书记，我说完了。"

熊雄说："李主任，你说的三件事，我只有一句话，请相信组织。"

李济运简直想拍桌子，但还是忍住了。他望着遥不可及的熊雄，冷冷一笑，说："成省长是很大的组织吧？李济发把信寄给了他。"

熊雄摇摇头,说:"李主任,我们谈论问题,最好不要提太多人的名字,尤其是上级领导。"

李济运说:"我俩过去不是这么说话的。"

熊雄点点头,说:"你说得很对。过去我们只是清谈,不需负责。现在我们必须对自己说的负责,当然不一样了。"

李济运眼睛望着别处,说:"你曾经还拔剑四顾心茫然啊!"

熊雄笑笑,说:"济运兄,你不必讽刺我。我为什么不多说,你这么聪明的人,未必想不透?"

听熊雄对他再次称兄,李济运心头居然热热的。熊雄又不再说话了,一副波澜不惊的样子,似笑非笑地望着他。李济运突然明白,熊雄真不能多说。李济发失踪案公安还在调查,熊雄说与不说有什么意义呢?桃花溪煤矿事故的处理,省市煤炭部门早就介入,县里无权横插一杠。刘星明案子要是深入下去,肯定还会有说法。何况查案子相当复杂,没有证据而只凭推断,没法反映情况。检举材料既然有关部门都有了,熊雄不必再拿一份。熊雄刚到乌柚来,也没有精力陷进具体案子。李济发的家属有权上任何地方告状,县里却没有理由平白无故替他鸣冤叫屈。刘星明的工作安排,也不是件容易的事。刘星明自己都觉得很难办,谁能想得出好办法?舒泽光和刘大亮,也许更是棘手。这事只要闹出来,立即就是天大的丑闻。外界不明就里,会朝乌柚官方万箭齐发。熊雄新来乍到,自然不愿替人受过。

李济运想今天约熊雄说话,真是多余。他站起来,说:"熊书记,我不再说了。你休息吧。"

熊雄说:"你先回去吧,我过会儿再走。"

几天之后,李济运在大院碰见刘星明,喊道:"星明,在外面走走?"

刘星明站住了,目光直直地望着他,说:"有空吗?说句话。"

李济运说:"有空啊,去我办公室吧。"

"不了,就在外面吧。"刘星明把李济运引到院子外面,站在树荫下,"济运,我这几天又糊涂了。"

李济运听着就害怕,说:"星明,你知道自己糊涂,肯定就不糊涂。"

"真的,我糊涂了。"刘星明头上汗珠子往下滚,"我不知道我到底是不是癫子。舒泽光和刘大亮明明不是癫子,却关在疯人院里。那我是不是真癫过呢?"

李济运说:"星明,你别乱想了。你的病美美可以证明,美美你应该相信吧?"

"那舒泽光和刘大亮怎么解释?怎么解释?"刘星明偏着脑袋用力点头,好像硬要从耳朵里倒出答案。

李济运不能多说,只道:"医院诊断,他俩患有偏执性精神病。"

"我听说他们是因为上访。"刘星明瞪着李济运,"你把他们送进去的。"

李济运额上也冒汗了:"星明,你不要听别人乱说。我看你的病好了,我真的很高兴。"

刘星明抬手擦擦头上的汗,眼眶里突然红了起来,说:"济运,我是一个共产党员,一个国家干部,我有责任讲真话。明明看见真相就在那里,还要闭着眼睛装瞎子,我做不到!"

李济运慌了,说:"星明,你别多想。你只好好休息,先静养一段再说。"

刘星明大手在半空中挥舞,说:"做不到,我做不到。要么是我受到迫害,要么是老舒和老刘受到迫害。只有这两种可能。我是要上告的,我是要问个水落石出的。"

刘星明丢下这话就走了。他刚才本是进院子里去,这会儿却又往外面走了。李济运不便去追赶，望着他的背影慢慢消失。心想怎么回事呢？刘星明突然说起舒泽光和刘大亮了。必定又是癫了。刘星明清醒着，知道什么话不能说，什么事不能管。他如今又癫了，就知道自己是共产党员，是国家干部，要讲真话。

李济运去找熊雄："熊书记，刘星明果然又疯了。"

熊雄说："精神病是反复无常的。做他家属工作，仍送去治疗吧。"

"可能没这么简单。"李济运便把刘星明那话说了。

熊雄听着不急不慌，只说："我看了常委会议纪要，舒泽光和刘大亮是你送进去的。"

"他妈的刘半间，我早就知道会这样的！"李济运忍不住骂了起来。他知道这事万一出了麻烦，追究起来必有县级领导倒霉。刘星明亲自派毛云生去处理，却非得请李济运随后赶去，就是想早早地安排好替罪羊。

熊雄说："李主任，你现在骂娘没有用。事情最好是先压着，能压多久压多久。"

李济运说："我那天去了你家里，记得都同你讲过。我和明阳、朱芝都不同意，刘星明一定要送他俩去精神病医院。"

熊雄只说："先压着。你去做刘星明老婆工作，送他去医院治疗，不能让他告状。"

晚上，李济运邀了朱芝，一道去了刘星明家。刘星明已经知道自己的病，用不着瞒着他，四个人坐下来谈。刘星明死不肯去医院，说："我是癫子，舒泽光和刘大亮就不是癫子，你们就把他们先放出来。"

陈美说："我只能保证他不乱跑。去医院嘛，他自己做主。"

"我反正是不去的。我没有病，老舒和老刘就有病；我有病，他俩就没有病。我只认这个。"刘星明说。

朱芝说:"刘老兄,老舒和老刘自己家的人都不过问这事,你管什么呢?你自己身体要紧。"

刘星明说:"老舒家是没人,老刘家我去了。他家里的人讲,老刘现在是不想出来。他说你们关他关得越久,你们的麻烦越大。老刘说他自己这辈子反正完了,干脆在里面睡两年大觉。老刘他老婆说得更绝,就当老刘在外面打工,到时候拿年薪。"

难怪两个人进了精神病医院,都悄无声息了。李济运听着也不怕,心想真要三头对六面,明阳和朱芝都是证人。只是政府要赔大钱,舆论上要起风波。

李济运这回有些敷衍,说不通刘星明他就不说了。他反正快去挂职了,谁倒霉谁来管这事。

熊雄听说刘星明不肯去治疗,便说:"不必勉强,只是看住他别往上面跑。"李济运又去拜托陈美,别让老同学四处跑,他毕竟身体不好,怕在外头出事。

晚上,李济运做了个奇怪的梦。他怕忘记这个梦,醒来仔细回忆了。先是兵荒马乱,他带着老婆孩子赶火车。站台上人挤人,上车需得熟人关照。他找到了熟人,送老婆孩子上车了。自己却又下了车,在站台上闲逛。突然想起车快开了,他跑去挤车。门前水泄不通。车门是个大圆筒,有两扇可以拉合的门。门口空了,他进去了。门里面有几个军官,身着瓦灰色军服。火车突然开动了,几个士兵跑上来爬车。一个军官嚓地把门合上,有个士兵的手夹住了。军官举起枪,喝道:你不是上过车了吗?你难道死了吗?立时就开了枪,士兵掉下车去。马上又是俄罗斯的森林,地上长着厚厚的地衣。一个俄罗斯男子,裸着粉红的上身,站在高高的土台上,奋力摇着摇井。他身后霞光万道,井里流出白色的牛奶。一个女人,手里拿着巨大的弓,弦线在地衣下面左右刮着。女人一边刮着地衣,一边跳着舞蹈。地衣翻着波浪,像底下鼓满了风。女人欢快地唱歌,喊她男人:伊万诺夫!男人摇着摇井,大笑着喊道:喀秋莎,别老逗着地衣跳舞!地衣在梦里有个名字,听上去像小孩或动物。李济运忘记了。一把黑漆镶贝弓箭同一排竹编工艺品整齐地摆放着,那工艺品有鸭嘴似的造型,嘴巴都伸向霞光的方向。有旁白说:伊万诺夫永远不会把他的武器派上用场。李济运想这梦真有意思,居然分上下两部。上部是战争,下部是和平。

二十六

　　李济运来到省城正是深秋,穿城而过的河流瘦去了许多。那天风大,李济运带了那件黑风衣,穿上却有些热,便搭在手上。

　　小车在交通厅办公楼前停下,一片黄叶飘到他手腕上。原来是一片银杏树叶。推开车门,脚下很轻软。地上铺着一层银杏树叶。他抬头望去,一棵巨大的银杏树,正沙沙地落着叶子。满树暖暖的黄色,看着叫人舒服。心想银杏树同他真的有缘。

　　市委组织部和县里都派了干部送他,礼节和程序都应如此。县里来的是朱芝。别的常委今天都走不开,熊雄就派了朱芝。田副厅长在办公室热情地接待了他们,马上召集有关处室负责同志,开了一个简短的欢迎会。从会场的布置看,厅里知道李济运今天来,早有准备了。有鲜花、有水果。

　　厅里设宴接风,田副厅长和有关处室领导都到场了,总共弄了三桌。好几位处长都是见过的,只是记不得大名了。李济运只记得吴主任,两人握手拍肩很亲热。吴主任大名吴茂生,李济运暗记过他的名片。田副厅长说王厅长本来要来的,今天正好要做治疗。

　　饭后,漓州和县里的同志要回去。临别的时候,市委组织部的人悄悄儿说:"济运兄,我送过很多干部到省里挂职,没见谁受到过这么隆重的待遇!"

　　李济运紧紧握了市委组织部那位干部的手,心领神会地摇了几下,意思是说:放心,我会好好干的。

李济运握了朱芝的手,说:"今天不回去吧。"

朱芝说:"想不回去,想偷懒休息休息。但是不行啊!"

他俩的心思彼此都明白,握手比别人多了几秒钟。

第二天,田副厅长找李济运谈话:"济运,你来了,很好!我们非常欢迎。我们接到省委组织部的通知,厅党组马上就研究了,你安排在厅办公室,任副主任。"

李济运听着有些失望,他自己的想法是去业务处室。业务处室才有实权,才可能对家乡有实际的帮助。厅办公室无非是三项任务,对上服务领导,对下服务基层,对内服务机关干部。"服务"二字还算说得好听的,换两个字就是"侍候"。他太熟悉办公室工作了,哪一头都不是好侍候的。

田副厅长好像看出他的心思,说:"济运,你也可以谈谈自己的想法嘛。"

反正是老领导,李济运就把话直说了:"田厅长,如果有可能,是否再调整一下呢?我在基层干了多年办公室工作,到省里来就想在业务处室锻炼一下。"

田副厅长笑道:"你的意思我明白,去业务处室,可以替县里打打小算盘。这一点你放心,我对自己家乡,应该照顾到的,你来不来厅里挂职,都是一样的。"

李济运忙说:"田厅长,我也不是这个意思。"

田副厅长说:"怎么安排你,我心里有数。你去办公室,对掌握全局情况有好处。"

看样子没有可能再调整了,李济运便说:"行,我听田厅长安排!"

田副厅长便站起来同他握手,说:"好,哪天带你去医院见见王厅长。"

李济运从田副厅长那里出来，径直去了吴茂生办公室。吴茂生非常客气，赶紧给他倒了茶。坐下来聊了几句，吴茂生又把两位副主任叫来，一位姓张，叫张家云；一位姓余，叫余伟杰。吴茂生说："我们几个干脆开个短会，分分工。张主任仍旧管机关事务，余主任仍旧管机关经营和车队，文秘这块原来是我兼着的，现在李主任来了，就请您把这块接下来。早听田厅长说，李主任是个大笔杆子！"

李济运没想到自己跑到省里来挂职，还是逃脱不了替人写文章的命，心里极不自在。可是看办公室这个格局，他也是无话可说的，只道："吴主任，我听您的安排。只是对省里情况我不熟悉，您就多带带吧。"

吴茂生客气几句，回头问张家云："李主任的办公室安排好了吗？"

张家云说："安排好了，508。"

吴茂生微微皱了皱眉头，问道："508？"

张家云回道："是的，我叫工作人员把卫生都打扫了。"

余伟杰没有说话，望望张家云，又望望吴茂生，只是没有望李济运。余伟杰的眼神像是躲闪着什么。李济运觉得有些怪异，却又莫名其妙。

虽说是开个会，其实几句话就完事了。张家云便说："李主任，我们去看看你的办公室？"

厅办公室在四楼办公，李济运跟着张家云去了五楼。沿着走廊一路走过，李济运才发现五楼全部是厅领导。到了508门口，张家云掏出钥匙，咔地打开了门。李济运站在门口往里望，差不多倒抽一口凉气。这间办公室有六十平方米，里面放着宽大的班台、真皮沙发和实木茶几，极是考究。张家云站在门口，说："李主任，您进去看看，缺什么就说。"

李济运忙说:"张主任,这应该是厅领导的办公室吧?我怎么敢坐!"

张家云笑道:"李主任您这就谦虚了,您迟早不要当厅领导的?"

李济运赶紧摇手,说:"张主任您这就折煞我了!这办公室我是不敢坐的,您能否给我换一间?"

张家云说:"我是开玩笑,您别当真。但虽说是玩笑,未必就不是真的。听说您要来,厅里都在议论,说您是个大才子,前程无量。办公室呢,您就将就着坐吧,暂时没有空余的。"

张家云这么一讲,李济运也就释然了。反正是暂时坐坐,也不怕别人说什么。张家云又说:"李主任,您昨晚住的宾馆是我们厅里自己的,住着本来无妨。但田厅长说怕影响不好,让我另外安排。办公楼十八楼有几间空房子,您住一间吧。田厅长可是处处替您着想哪!"

张家云想事格外周到,几乎把李济运衣食住行统统都过问了。他的这些话都是站在门口说的,怕影响其他厅领导办公,就把声音放得很低。说话声音低了,听着就特别知心似的。李济运说:"张主任,进去坐坐吧。"

张家云摇头道:"我还要去田厅长那里,不坐了。您先忙着,看还需要什么,尽管找我!"

张家云走了,李济运把门轻轻掩上。他再细细打量,原来办公室还带着洗漱间。厅里的处级干部虽说也是单间办公室,但面积不过十几平方米,也不带卫生间。他看着这宽大的办公室,心里实在喜欢。可仍是过意不去,立马跑到楼下,找到吴茂生:"吴主任,那间办公室我坐就太超标了,您去坐吧。"

吴茂生忙摇头,说:"李主任你别客气。您是半客半主,您坐没关系。我坐,别人会说闲话的。再好也就是间办公室嘛,没关系的。"

李济运便发了好多感叹，只道厅里的同志对他太关心了。吴茂生笑道："别客气！您是大才子，我还要向您多学习。那间办公室好几年没人坐了，可能空气不太好，我让工作人员摆几盆植物进去。"

李济运下午正坐在办公室看文件，就有工作人员送绿色植物进来了。一盆高高的绿萝，一盆巴西木，还有几盆吊兰之类。这些摆设别的办公室也都是有的。打发走了工作人员，李济运仍坐下来看文件。他要先熟悉情况，只得多看文件。

突然见门口似乎有人，抬头一看竟是田副厅长。他忙站起来，跑到门口去迎接。不等他开口，田副厅长就问："安排你坐在这里？谁安排的？"

李济运说："张主任安排的。田厅长进来坐坐？"

"不了，不了。"田副厅长转身走了，好像还皱着眉头。

李济运越发觉得他坐这办公室有些不适合，却又不能再提出来更换。张家云说过了，没有空闲的办公室。张家云中午带他去了十八楼，那里倒是空着几间屋子，却不是做办公室用的。下午会有工作人员去打扫，他晚上就可以睡到十八楼去。十八楼是最顶楼，他的房子在东头第一间。房间同处长们的办公室同样格局，十几平方米大小，没有卫生间。楼道中间位置有公共卫生间，也很方便。

李济运琢磨田副厅长和吴茂生的眼神，他们怎么都皱了眉头呢？我坐这么好的办公室超标了，也不能怪到我的头上呀！李济运正为办公室的事百思不解，吴茂生站在门口敲了敲门。他忙站起来，说："吴主任请坐！"

吴茂生说："我不进来坐了。您出来一下，我带您见见其他几位厅领导。"

昨天接风时，只有田副厅长到场，还有几位厅领导忙别的去了。李济运便跟在吴茂生后面,一间一间办公室去拜访。厅领导们格外热情,同他握手都很用力,有说他是栋梁之材的,有说他是新鲜血液的,有说他是政坛黑马的。李济运自是谦虚,说尽感谢的话。大家说的都是场面上的客套,李济运私下就开始幽默,发现在厅长们眼里,他不是一块木头,就是一盆子血液,要么就是一匹长着黑毛的马,反正就不是一个人。

又到了一个门口,吴茂生轻轻地说:"里面是程副厅长。"

吴茂生好像突然变得胆小,小心地敲敲门,侧耳听着动静。半天才听得里面有人回答,声音若有若无。吴茂生推了门,说:"程厅长,您好!"

程副厅长正埋头看文件,似乎要看完最后几行字,才问:"有事?"

他头并没有转过来,只是抬头望着对面的墙。吴茂生说:"向程厅长介绍一下到厅里挂职的李济运同志。"

程副厅长仍没有朝门口望,只把身子往后靠靠。吴茂生领着李济运进去,站在程副厅长面前。程副厅长仿佛是一台 X 光机,病人得自己站到他前面去。吴茂生说:"李济运同志,昨天到的。"

程副厅长目光平视着,只望得见桌前两个人的肚子。如果他真是 X 光机,他只会看见他们满肚子不合时宜。

李济运脸上顿时发烧,说:"今后请程厅长多多指导。"

程副厅长没有说话,眼里放出的光是游离而模糊的。吴茂生说:"程厅长您忙,我们走了。"程副厅长照样不说话,埋头看文件。

吴茂生送李济运回办公室,只在门口就站住了。李济运说:"吴主任,进来坐坐吧。"

吴茂生说:"不坐了,您忙吧,我下去了。"

吴茂生才转过身去，又回头轻轻说："李主任，程厅长为人很严肃，他是这个样子。"

李济运只是笑笑，没有说话。他什么话都不好说。吴茂生也笑笑，挥挥手走了。李济运心里暗暗有些感激。吴茂生可能是个很好的人。但李济运在官场上见人见事太多，不敢轻易相信人。他刚参加工作时，碰到那种很热情的人，马上就把人家当兄弟。可到头来暗地里使绊子的，就是那些看上去热情似火的兄弟。

晚上，李济运仍在办公室看文件。他必须马上进入角色，不能让自己有见习阶段。他去洗漱间解手，忽然发现里面居然装有电热淋浴器。李济运好生奇怪，白天怎么就没有看见淋浴器呢？他在家找东西就像没长眼睛，洗澡连衣服都得老婆拿给他。舒瑾老说他是故意的，就是要给她找麻烦。实在是冤枉他了，他眼睛有时真的不管事儿。既然这办公室什么都齐，买张折叠床就可以住在这里了。

直到深夜，他舒舒服服地冲了一个澡，才离开办公室，乘电梯上十八楼。那件黑色风衣，只能挂在办公室的衣帽架上。他刚才犹豫过，想把风衣拿到卧室去。可卧室里没地方挂，他带来的箱子又有些小。从电梯间出来，却见楼道里一片漆黑。他打开手机照明，不由得有些胆虚。他给自己壮胆，就高声唱歌。他才开腔，楼道里灯火通明。原来楼道灯装的是声控开关。他还没走到尽头，灯又熄了。他跺跺脚，灯又亮了。他便故意加重脚步，不让灯光再熄灭。突然想起曾国藩告诫子孙，男人走路必须踏得地板咚咚响，方才是有出息的富贵之相。李济运这么想着，似乎锦绣前程就在脚下，不由得趑趄阔步向前。

房间里的卧具都是从宾馆里搬来的，床上用品也会由宾馆按时更换。官场讲究的就是所谓影响，其实他干脆住在宾馆还没这么麻烦。但真的住在宾馆，宾馆财务上至少得记一笔账。每天按标准间价格计算，两年下来也是个吓人的数目，差不多三十万块钱。一个干部到省里挂职，光住宿就花掉三十多万，说出去还真是个事儿。

今天他也没干什么，就是见见领导，看看文件，却很是犯困。上床没多久，就睡意蒙眬了。李济运平时睡眠不太好，总觉得醒、睡之间有道门坎，他总在门槛外边徘徊，老是跨不进去。今天他很顺利就跨过了这道门槛。可他刚刚跨进去，突然一惊又跳出来了。他想起了田副厅长那皱着的眉头。吴茂生似乎也皱了眉头。真是奇怪。程厅长冷冰冰的，没同他说一句话。如此不近人情的人，他从没碰到过。难道因为他办公室超标？又不关他自己的事。

李济运晚上没睡好，照样早早地就醒了。这是他多年的习惯，不管夜里加班还是失眠，都是早早地起床。过去当普通干部，没谁听他讲迟到的理由。后来做了领导，也由不得他睡懒觉。碰上开会，早上八点半他就得坐在主席台上。总不能说昨晚失眠了，叫会议推迟吧。又不是伟大领袖毛主席，想白天睡觉就白天睡觉，想晚上开会就晚上开会。

李济运洗漱完了，却没胃口。早饭干脆就省了。他很多时候不吃早餐，这是个坏毛病。十八楼空空荡荡，那些空屋子不知干什么用的。李济运从步行楼梯试着往上爬，居然可以直通楼顶。楼顶视野好极了，裂城而过的河流叫楼影分割成若干段，仍隐隐可见。他视力极好，望得见河里闪耀的晨光。这楼顶倒是个独自散步的好地方，只是每隔几米就横着管道，有些像跨栏跑道。他就像运动员似的，一个个管道跨越而过。楼顶很宽阔，他跑了两个来回就气喘吁吁了。正想停下来休息，他发现这管道布设无意间形成迷宫，顺着迷宫走就用不着不停地跨栏。

他走着迷宫，步态就从容了。空中有鸟飞过，楼下市声渐浓。抬腕看看手表，也才七点多。这栋十八层的高楼坐北朝南，南面楼下有宽阔的草坪，草坪紧临城市主干道。坪与道路之间隔着葱茏的树木和欧式园林。他在楼顶南面边沿站定，伏着一米多高的围栏往下望望，只觉一股酸麻顺着两腿内侧，闪电般直冲屁股缝儿。两腿不由得夹紧了，眼睛有些发花。这应该是恐高症吧？他原来没有这毛病的，自小爬树麻利得像猴子。年纪大了？他才三十二岁。忽见东南方向那条街道金黄一片，那里栽的应该也是银杏。他往东走了几十步，再望望楼下，就是银杏树巨大的树冠。隐约望见树下有人在扫落叶。

李济运先去办公室擦擦桌子，再下楼到吴茂生那里，看有没有任务。吴茂生也正在擦桌子，请他先坐。他坐下，随手翻翻报纸。吴茂生忙完，要替他倒茶，他说："不用客气，吴主任真的不用客气。"

吴茂生也就不客气了，坐下来问："李主任还习惯吗？"

李济运道："习惯习惯，谢谢吴主任。"

吴茂生说："办公室文秘这块，说有事就很忙，有时还得加班加点，说没事也没事。办公室工作，您更内行。"

李济运说："哪里哪里，要向您多学习。省里要求高些，县里到底随意性大些。"

聊了几句，也没什么事，李济运就去秘书科，打算再借些文件去。秘书科长姓文，看见李济运来了，笑眯眯地站起来打招呼："李主任好！李主任您是我的顶头上司啊！今后多多指教！"

李济运笑道："哪里哪里，别客气。厅里情况我不熟悉，都要拜托你哩。"

李济运随便扯了几句，问文科长哪里人，到厅里几年了，再新借了几本文件，说："文科长，我等会儿把昨天借的文件送下来。"

文科长说："不用送，我等会儿来取。"

李济运回到五楼，想把昨天看过的文件送下去，不必麻烦人家上楼来取。可反过来又想，应从细微处培养下级的服务意识，他就坐着不动了。他毕竟要在这里当两年副主任，太随便了到最后就没人听他的了。文科长说他来取，就让他来取吧。

他才看了几页文件，舒瑾发短信来，让他打电话过去。他拿桌上的座机打电话，问："什么事？"

舒瑾没说什么事，先问："这是哪里电话？"

他说："我办公室电话。"

舒瑾说："去了两天了，也不把办公室电话告诉我。"

李济运问："你说什么事嘛。"

舒瑾说："怕？"

李济运听得没头没脑，问："怕什么怕？"

舒瑾说："怕我知道你办公室电话？"

李济运终于听出意思了，说："我怕你查什么岗？我手机二十四小时开着！你说，什么事吧。"

舒瑾说："明知道你上挂，都说你调走了。"

李济运说："调走不好吗？你不正要我调上来吗？"

舒瑾说："不一样！"

李济运问："什么不一样？"

舒瑾说："你是不是真调了，同人家讲你调不调，不是一回事。"

李济运问："你到底听到什么话了？"

舒瑾说："你人还没走，茶就凉了。"

李济运问："你只说到底是怎么回事嘛。"

舒瑾说："不说了，我有事了。"

李济运还在喂喂，电话里已经是嘟嘟声了。他猜肯定是舒瑾自己多事，答应帮人家什么忙没有办成。他多次同老婆讲过，官场游戏规则正在慢慢变化，很多事并不是谁说句话就能办的。可她就是不听，老说别人办得成的事，你为什么办不成？他真是拿这个女人没办法。

李济运这回到省里挂职，从他的爸妈和兄弟姐妹，到岳父、岳母都不赞成，怕他往上一挂就不回来了。家族的大小事情，都要靠他罩着。只有舒瑾希望他不要再回来。舒瑾是什么话都说得出的，她挨个儿打电话训人："是他自己的前程要紧，还是你的事情要紧？是我儿子的前程要紧，还是你的事情要紧？他只要上去了，到哪里都管得了你的事。他要是上不去，你提拔他？"

他来省里之前的十几天，不断有人请他吃饭。席间总有人举起酒杯说："李主任，祝贺您荣调省里！"他就故意严肃起来说："你是省委组织部长？明知道是挂职啊！"大家便笑起来，只道他反正是要上调的。他很不喜欢听这些话，总觉得谁别有用心似的。

他看完手头的文件，已是十一点半了。文科长说了来取文件的，怎么没来呢？他打开电脑上网看新闻，硬是不送文件下去。吃过中饭，回到十八楼午睡。下午三点，准时到508。没事可干，又上网随便浏览。

厅长们办公室的门都是关着的，他也关着门就不太好。处长们都是开门办公，他早就留意过。五楼只有李济运的508开着门，也就只有一道斜斜的光影，从这间屋子投射到走廊上。有人从他门口经过，都忍不住会望望里头。他能感觉到门口有人影闪过，却从不抬头去看。他现在有个小小的尴尬，厅里的人差不多都知道他是谁，他却只认得几个人。从他门口走过的人，肯定多是他不认识的。

门口老是有人经过，他觉得总挂在网上不太好。报纸上午就翻完了，又装模作样翻文件。这会儿听得有脚步声，感觉着门口有人影了。脚步声停了下来，李济运仍不抬头。听到了敲门声，他才抬头："呵呵，文科长，请进！"

文科长进来了，眼睛四下打量。李济运说："我文件都看完了，才要送给你。"

文科长说："哪要李主任送去，我说过来取的。上午事多，没来得及。"

李济运要起身倒茶，文科长只道不要客气。他就坐下了，请文科长也坐下。文科长进去看看卫生间，这才出来坐下，笑道："我还从来没有进过厅长们的办公室。"

李济运大为惊奇，说："不可能吧？"

文科长说："我们跑到厅长办公室干什么呢？也轮不到我们进厅长办公室。"

李济运笑笑说："我这里可是副主任办公室。"

文科长说："所以我就进来了嘛！李主任，我们厅还算民主的！"

李济运看出文科长还有下文要讲，便问："怎么说？"

文科长说："有个厅，我只不好点名，他们厅长弄得像皇帝似的。也是十八层的办公室，厅长们在十六楼上班。办公楼三个电梯，有一个电梯正副厅长几个人专用，直开十六楼。每到上下班时间，另外两个电梯挤得人死。还没有人敢提意见！"

李济运见文科长不方便说哪个厅，他也就只是微笑着摇摇头。文科长又说："他们厅里，处长办公室里有洗漱间，厅长办公室里有卧房。"李济运心想这里要是也有卧房，他就不用上十八楼睡觉了。

文科长抱着文件走了，李济运突然觉得心里发慌。他在县里成天忙不过来，哪过得惯这种清闲日子？他掏出手机准备翻电话号码，手机却突然响了："喂，济运兄，您到省里来了怎么不告诉一声？"原来是刘克强的电话。

李济运说："啊啊，克强兄，我还来不及向您汇报，前天才到的。"

刘克强说："什么话呀？您没来之前就得先告诉我，我叫上几个老乡给您接风！"

李济运笑道："我的不是，我的不是。现在正式向刘处长报告吧。"

刘克强说："我马上叫几位兄弟，晚上聚聚。我定好地点，打电话给您！"

李济运讲了几句客气，问："克强，方便请请我们田厅长吗？"

刘克强说："怎么不方便？都是老乡。这样，您同他讲讲？"

李济运说："我说不方便，您请他吧。"

快下班时，刘克强打来电话，告诉了地点。李济运问："田厅长去得了吗？"

刘克强说："我报告田厅长了，他很高兴。"

李济运放下电话，马上去请田副厅长。敲了敲门，听得田副厅长说声请，他才把门推开："田厅长，刘克强约几个老乡聚聚，请您光临！"

田副厅长说："克强打我电话了。你们先聚，不要等，我稍后到。部里来了人，我先接待一下。"

李济运回办公室稍稍收拾，就下楼去。他在马路边打车，突然有车停在他身边，窗玻璃慢慢摇了下来，竟是办公室余伟杰："李主任，去哪里？"

李济运说："我几个同学聚聚。"他下意识就说是同学聚会，而不是老乡聚会。说老乡聚会有时候显得敏感，像搞小集团似的。

余伟杰说："上车吧，我送送您。"

李济运说:"不麻烦余主任,我打车就是了。"

余伟杰说:"您别客气,上车吧!"

李济运不便再推辞,上车说:"我去满江红,不顺路吧?"

余伟杰笑道:"屁大个城市,去哪里都顺路!"

李济运来三天了,这还是第二次见到余伟杰,便说:"余主任,您好忙啊!"

余伟杰说:"我手头尽是具体的杂事,我这人也只干得了这个。"

李济运说:"哪里啊,余主任太谦虚了。懂经营的人才,正是这个时代需要的人才!"

余伟杰笑道:"李主任别客气。您以后出门,就同我说声,厅里车也方便。还让李主任自己打车,就是我工作失职了。"

李济运听罢大笑,问:"余主任是部队转业的吧?"

余伟杰道:"李主任好眼力,您应该当省委组织部长,善于识人啊!"

李济运说:"您身上有军人气质。"

余伟杰自嘲道:"野蛮!"

李济运道:"豪爽!"

两人一路聊着,就到了满江红。李济运说:"余主任,您方便一起去吧?"

余伟杰道:"你们都是同学,我就不凑热闹了。三个读书人讲书,三个阉猪匠讲猪,我是个粗人,嘿嘿!"

李济运本来就是嘴上客气,就不再勉强相留,再次道了感谢。他站在酒店门口,望着余伟杰车掉好头,再扬扬手才进去。余伟杰只怕还真是个好人。好人也罢,坏人也罢,都先存疑再说。

进了包厢,里头已坐着七八个人了。刘克强迎上来,道:"济运兄,好久不见了。"李济运再同其他老乡握手,多半是认识的，也有不认识的。认识的就是"好久不见"，不认识的就是"久仰大名"。

客套完了，李济运说："田厅长让我们别等他，部里来了人，他先接待了再来。"

刘克强问："田厅长说一定来吗？"

李济运说："田厅长讲稍晚些到，叫我们不要等。"

刘克强说："那还是等等吧，他是我们最高首长。"

有人就说部里来了人，天知道他什么时候到？刘克强便打了电话去："田厅长您好，我们等着您啊！不不，我们等等。啊啊，好好，那我们……我们先开始？"刘克强挂掉电话，说："我们开始吧，边吃边等！"

酒过数巡之后，刘克强电话响了。他看看号码赶紧站了起来："好好，我下来接您！"听说是田副厅长到了，都说下去迎接。刘克强笑道："你们都坐着，我同济运去接。人都走了，小姐以为我们跑单了哩！"

李济运跟着刘克强下楼去，猜那部里来的人肯定不太重要，不然田厅长哪有半路抽身的道理。他俩到门口站了没多久，一辆黑色奥迪停了下来。李济运认出是田副厅长的车，忙跑上前去开门。田副厅长说："部里下来了一个年轻人，我也得出面喝杯酒。俗话说，侯府奴才七品官。"

李济运暗想，果然猜准了。田副厅长拍了拍刘克强的肩膀，笑道："克强老弟，什么时候当秘书长？"

刘克强摇头道："我混口饭吃就行了，做梦都不敢想那个好事！"

田副厅长说："不不，这不是你们年轻人说的话。不过，要解决路线问题。像你，应该下去。济运，应该上来。"

田副厅长说着又回头望望李济运，说："对了，部里来的这个年轻人,济运应该认识。"

李济运问:"谁?"

田副厅长说:"你们县委办副主任于先奉的女婿,叫顾达。"

李济运说:"我没见过。没听说于先奉的女婿在部里啊!"

田副厅长说:"才去部里没多久。一个海归博士,公开招考进去的。听顾达自己介绍,他回国后就在北京工作,今年想考公务员,就考上了。应该是个人才,部里招十二个公务员,全国一万三千人报名。"

说话间就到了包厢,大家都站了起来。见过一两面的老乡,田副厅长都能叫出名字。大家便说田厅长记性真好,这是最重要的领导素质。田副厅长听着高兴,便讲了一件自己记性好的老故事:"我在做县长的时候,有回县委决定一个事情,常委会上大家都发表了意见。后来这事出了些问题,市委过问下来,大家都推责任,好像这事情是我一个人的决定。我把谁在会上怎么讲的,一一指出来。结果拿出会议记录,一字不差!"

人越是不服老,就越是老了。田副厅长听人夸他记性好,就像小孩子受了表扬似的。常言道,老小老小,老了就小了。刘克强举起酒杯敬酒,说:"田厅长,记性好不好,最能检验年龄。我说,组织部门考察干部年龄,不能光看档案,要考记性!"

田副厅长拿手点着刘克强,哈哈大笑,道:"克强这话的意思,就是说我老了!"两人谈笑着碰杯干了。

李济运接下来敬酒,说:"田厅长,我有个提议。您刚才在那边喝了,我们敬酒都干,您就表示一下算了。"

田副厅长故意作色,道:"济运你什么意思?怕老同志酒喝多了当场中风?哪天我俩对着瓶子吹,一人一瓶!"

李济运说:"田厅长海量,我哪是您的对手!"

田副厅长说:"不瞒各位老弟,医生是禁止我喝酒的。我除了职务不高，血脂、血糖、血压都高！今天同你们年轻人在一起，高兴！"

因又说到于先奉的女婿，李济运道："老百姓都说官场暗箱操作多，我看公务员招考倒是越来越规范了。也不是说不可以搞一点名堂，但越来越难掌控了。"

田副厅长却说："事情都要辩证地看。公开招考公务员，老百姓意见少了。但是，招考成本太高。我们厅里去年公开招考十一个公务员，花了多少钱你们知道吗？"大家都望着田副厅长，等着他说出下文。他说："花了七十多万！招一个人合六万多！部里一万三千人报名，还不知道花多少钱，只怕要合十几万招一个人！"大家平时没这么算过账，都大吃一惊。田副厅长说："招考进来的是不是人才，也还难说。当然，总的来说，公务员公开招考，比过去的做法好多了。"

李济运说："你们各位都是人才，我想自己如果也靠招考进来，考得上吗？我没有信心。公务员考试比大学、博士都要难考啊！我们当年从大学直接分配到工作岗位，还算是幸运的！"大家难免又发了诸多感慨，都说一代是一代的命运。

话说得多，酒也喝得不少。田副厅长问喝到几瓶了，便道："酒就不再开了，规模控制！"原来田副厅长脑子还是很清醒的。他转过脸，望着李济运，说："你来了几天了，我也没有专门找你扯。机关越大，越复杂。这种业务性很强的厅局，除了厅领导流动性大些，很多都是几十年守在这里，直到退休。你想想就知道，人与人几十年在一起，关系自然就会很复杂。"

酒桌上好几位是厅局的处长，都说田厅长讲得太有道理了。田副厅长笑道："我刚到省里工作时很不习惯。我们在基层工作，有吵架骂娘的，有拍桌打椅的，就没见藏着掖着的。省里的干部，文化高、修养好，但他们坏起来也更加阴！"

田副厅长说这些话的时候，似乎忘记了坐在他面前的这些人，全是大学毕业就分配在省里工作的。李济运好像看出他们脸上的尴尬，便暗自圆场，道："我们这些乡下人，哪怕从哈佛出来，都改不了身上的纯朴气。"

刘克强是个嘴巴快的人，心性又有些幽默，故意开玩笑："难怪田厅长一直不喜欢我，就因为我一直在省里工作！"

田副厅长在刘克强肩上重重拍了一板，说："这小子，我若是你的领导，你早不只是个处长了。"

刘克强又笑道："起码让我当个科长！"

老乡相聚就这么随便，不分尊卑，满堂笑语。时间差不多了，尽兴而散。大家在包厢里握了一回手，到酒店门口又握了一回手。田副厅长说："济运你坐我车吧。"

李济运说声好，感觉有人碰了他的手。原来刘克强塞过一个公文包，他马上明白这是田副厅长的，赶紧接过来夹在腋下。李济运偷偷做了个鬼脸，意思是说克强兄毕竟灵泛多了。上车之后，司机问："厅长是回家吗？"

田副厅长说："去一下办公室。"

一路上没有人说话。田副厅长把座椅往后放斜，懒懒地靠着。没多时，就听见他微微的鼾声。李济运想自己少年得志，为领导提包倒茶的意识早就淡薄了。这回到省里挂职，还得把当年的童子功捡起来。幸好田副厅长是他的老上级，不然他抱着人家的包心里会怪怪的。

车到厅办公楼前停下，田副厅长就醒了。李济运飞快下车，替田副厅长开了门。司机小闵也下车了，他也是来开门的，却叫李济运抢了先。小闵冲李济运笑笑，说："李主任您陪田厅长上去，我在下面等。"

进了电梯，田副厅长也不说话，面对电梯门站着。李济运只看得见田副厅长的后脑勺,不知道他这会儿是什么表情。领导干部在不同场合有不同的脸色,田副厅长进了办公楼脸色肯定不同了。出了电梯,田副厅长踱着方步往办公室去,李济运夹着包跟在后边。到了门口,田副厅长掏了半天钥匙,才把门打开了,说:"济运进来坐坐吧。"

李济运进门先开了饮水机,再四下里找茶杯。田副厅长说:"有些话刚才在酒桌上不好说。你坐吧。"

李济运说:"没事,我先等水开了。"

饮水机嗡嗡地响,田副厅长往高背椅上一倒,望了望敞开着的门。李济运明白田副厅长的意思,过去把门关上了。他回头看见田副厅长的茶杯原来就放在办公桌上。真是奇怪,他找东西就是眼睛不管事。水很快就烧开了,李济运替田副厅长倒了茶,自己拿纸杯子倒了一杯。

田副厅长说:"济运,我刚才在酒桌上话只说了一半。省里机关同基层不一样,这里的人难识深浅。你对每一个人都笑脸相迎,但看人看事心里要有个数。你们办公室吴茂生很不错,还算正派,也有能力。那个姓张的,你要提防。姓余的是个军人,直爽,人也聪明。我只点到为止,你是个聪明人。"

李济运问:"田厅长,我看这么大一栋办公楼,怎么会没有别的空房子呢?张主任把我安排在厅级干部办公室,弄得我很尴尬。"

田副厅长说:"张这个人很阴。他把你安排在厅级干部办公室,我猜几种考虑。第一,让你在火上烤,一个挂职的副处级干部,坐厅长办公室,厅里干部对你就会有看法。第二,还有个原因,真说起来还不好说。"

李济运不由得紧张起来,问:"怎么说?"

田副厅长吸着烟,好半天才说:"那间办公室,是个凶宅!"

李济运听了双腿发麻，不由得想望望窗外。窗帘拉得严严实实，室内气氛似乎更加紧张。

田副厅长把茶喝得咕咕地响，说："我们都是共产党员，唯物主义者。可有些事情，哪怕是巧合，也叫人害怕。这栋办公大楼自从建成以来，你那间508办公室先后坐过三个副厅长，没有一个不出事的。两个判了刑，一个自杀了。"

李济运问："自杀的就是巫梦琴吗？我记得当时报道说她是在办公室吞服安眠药自杀的。"他没想到几年前媒体炒得沸沸扬扬的美女厅长自杀案，原来就发生在他天天坐着的办公室！李济运说："难怪姓张的只把我送到门口，他自己都没有进办公室。"

田副厅长说："那间屋子锁了几年了，没人敢去坐。说实话，我也怕进那个屋子。"

李济运说："吴主任也没有进那间屋子，只有秘书科文科长进去了。"

田副厅长说："小文年轻人，可能不相信。"

李济运平时并不相信世上真的有鬼，可如今碰上这事却非常害怕，他说："我明天找吴主任说说，换一间办公室。"

田副厅长好像没听见他的话，只说："吴主任我们正考虑提拔他，任纪检组长，解决个副厅级。张想接主任，处处给余使坏，怕余抢了位置。你来了，他也怕你留在厅里。张知道自己不如你，心里就怪怪的。"

李济运说："我向您汇报过，我可以去业务处室嘛。"

田副厅长说："我原来的打算也是让你去业务处室，但厅党组研究的时候意见有分歧。你是我的老乡，老部下，我不方便太坚持自己意见。又想反正挂职只是个经历，哪个岗位都无所谓。"

李济运说："他姓张的忌着我干什么？我又没想过留下来！"

田副厅长说："济运，各是各的晋升路线。我个人考虑，你既然到了省里，留下来对你有好处。我在任上，可以把你送到副厅级。再往上走，就靠你自己了。当然，凡事都有变数，你自己好好想想。"

听田副厅长这么一说，李济运有些动心。他说："我听老领导安排吧。"

田副厅长说："这事先说到这里。我尽快带你去见见王厅长。"

李济运把田副厅长送上车，径直上了十八楼。夜里大楼空荡荡的，他真不敢再进508了。有个女人曾在这间办公室自杀！他想着寒毛都竖了起来。自小在乡下长大，听过很多鬼故事，女鬼好像比男鬼更叫人害怕。那王厅长是个什么人物？很长时间不能正常工作了，居然可以守着厅长的位置不动！

二十七

第二天，李济运打开办公室的门，感觉有股腐臭味儿扑鼻而来。他分不清这是什么味儿，站在门口不想进去。听得电梯间那边有人声，他才硬着头皮进去了。打开窗户，拉开窗帘，有风吹进来，顿觉清爽了许多。他望望楼下那棵大银杏，树叶正纷纷飘落。他清晨在楼顶走迷宫，看见街上满是黄叶，叫清洁工人清扫了。才不到两个小时，地上又黄灿灿一片了。深秋黄叶铺地，正是城中一景，何必急着扫去呢？他想到了中午，办公楼前又会是厚厚的黄叶。他喜欢满地黄叶。

他先拖地板，再抹桌子。打开卫生间的排气扇，按亮里头所有的灯。他刚忙完这些，听得有人敲门。他从卫生间出来，见文科长站在门口，便道："文科长，这么早？请进吧。"

文科长进来了，笑眯眯地递上文件夹："李主任，这是您的任命文件。"

李济运问："什么任命文件？"

他边问边打开文件夹，见里头原来有份红头文件，任命他当厅办公室副主任。"竟然这么正式？"李济运说。

文科长说:"办公室副主任,一个副处级干部,不能口头说说了事,当然要下文嘛。"

李济运心想自己本来就是副处级,又只是来这里挂职,如此正式倒显得烦琐了。李济运见文科长手里拿着两盒名片,隐约望见上头印着自己的名字,便问:"文科长这是什么?"

文科长打开名片盒,说:"事先没有向李主任报告,我把您的名片印好了。厅里副处以上干部的名片,我们秘书科统一印制。李主任您看看,不行的话我去重印。"

李济运看着名片,笑道:"我一个过路客,要什么名片!"

文科长说:"有个名片方便些,工作需要嘛。"

李济运看看名片背面,仍然印着他县里的职务,便说:"文科长想得真周到!可这么一来我就是两面派了!"

文科长乐了,说:"李主任太幽默了!"

李济运突然想起他读过的《戈尔巴乔夫回忆录》。戈尔巴乔夫进入苏共政治局那天,选举会议刚刚开过,他从会议室一出门,发现别墅、汽车、警卫等中央领导的待遇,全部到位了。戈尔巴乔夫深深感叹:效率极慢的苏联,一旦碰到关系特权和地位等事,办事速度快得惊人。李济运到省里挂职才几天,任命文件和名片也都弄好了。

文科长客气几句走了,走到门口又回头挥手。李济运刚拿起电话,瞥见文科长还在挥手,他又放下了电话。直等到文科长的脚后跟在门口消失,他才重新拿起电话。他拨的是刘克强电话,压着嗓子说了凶宅之事。

刘克强听着也惊了:"真的?"

他说:"真的,我昨天晚上都没怎么睡好。"

刘克强说:"干脆换间办公室,免得晦气。"

李济运说:"我也想过换办公室,但这个理由摆不上桌面。"

刘克强感叹几句，反过来却安慰道："我相信济运你火焰高，你不怕。你看你，印堂发亮，阔达之相！"

李济运说："怎么不怕！我今天一早打开办公室，就觉得里头有股难闻的气味。"

刘克强笑道："心理作用吧？济运，我认识一位大师，请他来解一解。"

李济运说："照说吧，我真不相信这些东西。可是，唉，说不清楚！"

刘克强说："信不信是另一回事，请大师解一解心里安稳些。滨江大酒店重修门厅的时候，有棵古桂树园林部门不准砍，只好把它围起来。从此酒店尽出鬼事！请这位大师一看，他说把树围起来，就是个困字。他叫酒店在门口弄了个双龙戏珠，就解掉了。你看看，滨江大酒店的生意红得起火！"

李济运笑了起来，说："什么围住木就是困，围住人就是囚，老掉牙的段子。"

刘克强笑道："济运，你不很矛盾吗？你不相信大师，就是唯物主义。你心里害怕，就是唯心主义。"

李济运也笑了起来，说："克强兄，世界哪是这么简单的，唯物唯心四个字就讲清楚了？好吧，信你的，请大师解解吧。"

他刚放下电话，铃声又响了。原来是田副厅长："济运，你一直忙音。"

听这话就知道田副厅长有脾气了，李济运忙说："田厅长，刚才县里打了电话来。"

田副厅长说："你下来吧。"

李济运还没听清是怎么回事，田副厅长把电话挂了。李济运拿了公文包，匆匆出门。他脑子还没有转过来，不知道田副厅长叫他下去是下到哪里去。他路过田副厅长办公室门口，小心推推门,紧关着。他进了电梯,略略迟疑,便按了一楼。出了电梯,就见司机小闵隔着玻璃门朝他招手。李济运小跑过去,上了车。田副厅长没有回头,只道:"去看看王厅长。"

田副厅长不再说话,李济运也不多嘴。一定要习惯少说话,这可是做大领导的功课。少说话不等于没口才。需说话时口若悬河,不需说时沉默寡言。这才叫功夫!李济运望着田副厅长稀疏的头发,想起他在老家的酒席上是一副面孔,昨晚老乡聚会是一副面孔,夜里在办公室找他谈话是一副面孔,现在威严地坐在车上又是一副面孔。不论是哪副面孔,李济运都是必须仰视的。哪怕田副厅长拍着他肩膀叫道"李老弟",人家也是高高在上的。李济运自卑和屈辱的感觉油然而生,真的不该到省里来挂职。刚才居然还把自己同戈尔巴乔夫类比,实在是太可笑了。戈尔巴乔夫什么人物?你李济运算哪根葱?

车到医院,径直开到高干病房楼下。李济运飞快下车开门,招呼田副厅长下车。小闵刚准备去停车,李济运拍拍车门。车停了,李济运从后座上拿起田副厅长的包。他便一手拿着田副厅长的包,一手拿着自己的包,跟在田副厅长后面。走了几步,李济运上前说:"田厅长,克强说请个大师来解解。"

田副厅长没有说话,往电梯间走去。电梯还没下来,两人相对而立。李济运有些后悔,不该同田副厅长说大师的事。田副厅长望望四周,全是陌生面孔,便道:"可以。"

电梯门开了,一窝人蜂拥而入。李济运拿手稍稍挡挡,让田副厅长先进去了,自己马上进去。他不知道多少楼,田副厅长早按了。出了电梯,田副厅长又说:"晚上。避人。"话虽说得有些隐晦,李济运却听得很明白了。

田副厅长在病房前敲了门,听得里面有人说了声"请进"。听得这声"请进",田副厅长先伸手拿过自己的包,再轻轻地推

443

开门。李济运马上明白了,田副厅长不敢在王厅长面前摆谱。见沙发上坐着一个老头,李济运猜这位就是王厅长了。老头做了个想站起来的动作,屁股却仍粘在沙发上。田副厅长快步上前,道:"王厅长您坐着,别起来别起来!"

果然是王厅长。田副厅长同王厅长握握手,回头望了一眼,说:"王厅长,这位就是新来挂职的李济运同志。"

李济运忙上去同王厅长握手,道:"王厅长您好,我是小李。"

王厅长说:"小李很年轻嘛!我听老田说过多次,说你很有才干!我就同老田说,这样的人才,要是当地舍得,争取把他留下来!"

李济运说:"只怕自己素质不够!"

王厅长请两位坐下,然后开始谈天说地。李济运的目光没有离开过王厅长的脸,王厅长的目光则在田副厅长和李济运脸上自由转换。老百姓常说的官相,正是王厅长这模样:方头大脸,阔鼻厚唇,两眉浓黑,双目如电。看他气色,丝毫不像病人。李济运有个怪毛病,他望着别人阔大的鼻孔,自己的鼻管就会发痒。他总感觉那种过于鼓胀的鼻孔里充溢着无穷无尽的鼻涕。有位很红的女演员,很多人都说喜欢,他偏不喜欢。他看不惯那女演员的鼻孔,胀鼓鼓的像鼻涕永远擤不完。

王厅长正说着本·拉登太厉害了,突然微笑着望望李济运道:"小李,我同老田说说事情。"

李济运马上站起来,说:"两位领导谈工作吧,我到外头去。"

他出了病房,在走廊里走了几个来回,就去了外面大厅。既然领导要谈工作,他干脆就避远些,免得有偷听的嫌疑。可又不能跑得太远了,他在大厅里晃荡的时候,眼睛始终瞟着走廊。走廊同大厅隔着门,门的上半部分是玻璃,写着大大的"静"字。

他透过"静"字笔画留出的空隙，留意着王厅长病房的门。时间过得很慢，他拿起墙角的报夹看报。报纸上载有基地组织的消息，难怪王厅长说本·拉登太厉害了。李济运曾在什么书上看到一种说法，两个陌生人初次相见，彼此印象如何瞬间就有直觉。自己对别人的感觉不好，别人对你的感觉也会不好。这种直觉会影响两个人日后的关系。他突然想到这点，心里有些发虚。他不喜欢王厅长胀鼓鼓的鼻子，说不定王厅长就不喜欢他的小眼睛。

突然看见王厅长病房门口闪出一道光亮，田副厅长出门往走廊两头张望。李济运忙推开走廊的门，小跑着上前去。田副厅长说："进去打个招呼吧。"

李济运进了病房，朝王厅长嘿嘿地笑，说："王厅长，您好好养病！您面色红润，精神也很好。"

王厅长笑笑，说："老田你看，小李说我装病哩！"

李济运知道王厅长在开玩笑，仍是不好意思，道："小李不会说话。"

王厅长说："不会说话没关系，会写文章就行了。小李，当办公室主任，关键是笔杆子过硬！我们厅里文章是个薄弱环节，小李来了就靠你了！"

李济运还在谦虚，田副厅长说："王厅长您好好休息，我们就走了。"

出了病房，等电梯的时候，田副厅长说："王厅长对你印象不错！"

李济运十分感激，说："都是搭帮田厅长。"

电梯门开了，突然听有人喊道："哟，田厅长。"原来是程副厅长从电梯里出来了。

田副厅长伸出手去，同程副厅长握了握，说："哦，老程来了！"

程副厅长笑道:"来看看王厅长。"

田副厅长看看手表,说:"十点钟开个会,你来得及吗?"

李济运一直按着按钮,早有人烦躁了,嚷道:"下不下呀?"

田副厅长便进了电梯,门飞快地关上了。程副厅长冲着电梯门缝说:"我准时赶到!"程副厅长对田副厅长很是恭敬,可他的目光绝不瞟向另外的人。

田副厅长身边站着的那个人,故意大骂医生都是强盗,当官的都是贪污犯!要不是官商勾结,药费哪会这么贵?要不是一些当官的包庇,医生哪敢胡作非为?

电梯有些挤,田副厅长抬着头,免得让脸贴着身边那个人的脑袋。那个人的脑袋里充满着愤怒,不停地诅咒当官的。这人知道身边站着一位厅长,骂得越发起劲。李济运同田副厅长紧挨着,反而不能看清他的脸色。他猜想田副厅长的脸色肯定是祥和的,人家做了几十年的领导干部,什么难听的话没领教过?自己在县里也是个领导,县委、县政府门口不三天两头被老百姓堵了?那也是骂什么话的人都有的。出了电梯,李济运才想起去拿田副厅长的包。田副厅长说:"不客气!"包仍是自己夹在腋下。反正几步就到门口,李济运也不争着去提田副厅长的包。小闵跑进门来迎接,很自然地接过田副厅长的包。小闵替田副厅长开了门,把包顺手给了李济运。李济运是从小闵手里接过的包,心里就有些不舒服。

望着田副厅长毛发萧疏的后脑勺,李济运猜到这位领导在生气。想想又觉得不应该呀,如今哪里没有老百姓骂娘?"济运,你给几个领导打电话,十点钟开个会。你也参加。"田副厅长说。

李济运说:"哦哦,好好。我手里没有电话本,回办公室再打电话?"

他才说着,小闵递过了电话号码本。田副厅长说:"电话号码本要随身带。"

李济运还没有领到电话号码本,却不便多作解释,只好说着"是的是的"。

"程副厅长就不要打了吧?"李济运问。

田副厅长说:"打吧,开会都应办公室正式通知。"

李济运打电话去,说自己是小李。程副厅长没反应过来,问是哪位小李。李济运便说自己是办公室小李,才上来挂职的小李。程副厅长"啊啊"几声,说:"知道,我知道了。"

李济运听出程副厅长有些不高兴,也没往心里去。下级是不能同上级计较的,就像大人不能同小孩计较。领导有时候就像小孩,说不高兴就不高兴了。

电话刚刚打完,就回到了厅里,离开会还有半小时。李济运吩咐工作人员打开会议室,把桌椅重新抹了一遍。一切准备停当,李济运去田副厅长办公室,说:"田厅长,吴主任参加吗?"他想吴茂生不参加,自己参加就不太合适。

田副厅长听出他的意思了,就说:"你请他参加吧。"

李济运便去了吴茂生那里,说了田副厅长的意思。吴茂生问:"研究什么?"

李济运说:"田厅长没说。"

时间也差不多了,李济运同吴茂生去了会议室。厅领导们陆陆续续进来,相互客气地打招呼,礼让着坐下。领导们天天隔着一堵墙坐着,却每天都像头回相见似的。厅领导们对李济运格外客气,都同他紧紧地握手。李济运知道自己毕竟是个客人,人家自然要客气些。

田副厅长进来了,他没有同李济运握手,径直坐了下来。李济运稍稍琢磨,就知道厅领导的座位都是固定的。会议室摆放的是椭圆形圈桌,正对着门的是圈桌的一方宽边,后背的墙面装饰得考究些,墙脚立着国旗。这方宽边上的座位空着,显然是平时王厅长坐的。李济运没有坐到圈桌上去,靠墙坐在下面的座位上。

田副厅长说:"大家都坐上来吧,都坐得下!"

这话意思很明白,都坐得下就坐上来,坐不下就坐在下面。李济运看明白了座次,找个适当的地方坐下。有些像电影里蒋委员长的军事会议,李济运的这个座位好像是书记员的。如今会议室的圈桌通常是长方形或椭圆形,一把手总是坐在一方长边或长圆弧的中间,两边依次坐着班子其他成员,排位靠后的同志就坐到对面去了。王厅长有自己的习惯,他喜欢像蒋委员长那样独坐一方。李济运见田副厅长坐在宽边空座的右手第一个位置,就相信自己的猜想没有错。

时间到了,只有程副厅长还没有来。田副厅长看看墙上的钟,说:"济运你再打一下程副厅长电话。"

李济运说声好的,掏出电话就出了会议室。他不想马上打电话,说不定磨蹭几分钟,程副厅长就到了。他在会议室外面站着,手机装模作样地贴在耳朵上。没多时,程副厅长就来了。李济运忙推开门,礼让程副厅长进去了。程副厅长在田副厅长对面坐了下来,看看手表说:"车太多了。"他这是委婉的道歉。看看座位便明白,田副厅长是二把手,程副厅长排位第三。

田副厅长说声开始吧,就拉开架势讲开了。李济运一听,觉得这会开得有些没来由。田副厅长原来是传达王厅长的指示,就是几句原则性的工作意见。王厅长讲的原话并不多,田副厅长的即兴发挥却是长篇大论。也不是说王厅长的指示不重要,领导开口就是重要讲话,这早已是游戏规则。只是他的讲话还没到必须立即传达的地步。

李济运认真记录着,慢慢脑子里就明白了。原来,田副厅长决定马上召集厅领导开会,就是在医院看到程副厅长的那个瞬间决定的。他不愿意看见别人老往医院里跑,只能由他一个人直接同王厅长联系。如此一想,李济运就理解了。他在县里的时候,看见于先奉往县委书记那里跑,心里也犯猜疑。

差不多是心灵感应,他刚想着县里的事,熊雄就打电话来了。李济运不方便接,轻声说:"开会,我过会儿打来。"他想这会再怎么拉面条,也拉不得多长的。但各位副厅长都说了一通话,会仍然开到十一点半。

散了会,李济运马上打熊雄电话:"熊书记,刚才厅长们开会,我在会上。"

熊雄说:"李主任,几个老百姓上访,躺在省政府门口。毛云生已经赶过去了,请你也去看看。"

李济运说:"熊书记,信访局去人就行了吧,我在这里挂职,不可能天天跑县里的事。"

熊雄说:"你是双重身份,仍然是乌柚县委常委,信访工作是你分管的。"

李济运说:"我去肯定是要去的。但是,熊书记,两年时间,应该另外安排同志管这事。不然,我会成为信访局驻省办主任。交通厅这边对挂职干部很重视,安排了具体工作,不是走过场。"

熊雄说:"我知道了。"

眼看着就快十二点,李济运想故意拖拖。从乌柚赶到省政府不需太久,毛云生马上就会到了。他去自己办公室,磨蹭十几分钟,再问余伟杰要了车。叫车送他到省政府对面路上,自己再走过去。他不想马上露面,先打了毛云生电话:"毛局长,你到了吗?"

毛云生说:"我到了,看到你了。"

李济运望望马路对面,毛云生正在省政府门口。李济运等人

449

行灯绿了，不慌不忙过了马路。走近了，又看见信访局和城关镇的干部，差不多上十人。毛云生迎了上来，李济运问："什么事，多少人？"

毛云生说："五个人，城关镇的居民。"

李济运猜想到是什么事了，问："旧城改造那块的吧？"

毛云生点头说："正是的。他妈的就不知道少来一个人？偏偏来五个！"

上访人数五人以上，算是群体性上访，简称群访。一个县的百姓每年到上级机关群访三次以上，县委书记和县长就地免职。省里这么规定，也自有道理。全省一百三十多个县，假如每个县一年有三次群访，每天省政府门口就会聚集两伙群访的百姓。加上零零星星的上访，省政府门口会天天宾客如云。

截访人员已把那五个人拉到省政府大门左侧的人行道上，围着他们讲道理。毛云生过去说："你们哪怕告到中央去，解决问题还是靠县里。你们跑这么远上访，除了出我们县里的丑，还有什么用？"

"不往上搞，县里会重视吗？"

"越闹越有理，越闹越有利，是吗？"毛云生喝道。

"你是毛局长吗？你态度要好一点。"

毛云生说："道理就是道理，同嗓子有屁关系！"

"你又做不得主！你信访局只要把人搞回去，就完成任务了。"

毛云生腔调仍是老高："你做得了主，你来当信访局长算了！"

听上去毫无意义的争吵，却是截访劝说的过程。毛云生有经验，不管正理歪理，软话硬话，有什么上什么。吵到最后，毛云生的话听上去更离谱了："今天不同你们谈解决问题，今天只让你们回去。这里不是谈解决问题的地方。县里的问题到县里解决，这里谈的不算数！你们不回去，我也不管了。你们就睡在省政府门口，地睡塌进去都不关我的事。上头怪罪下来，挨骂的是县里领导，又不是我！大不了撤我的职，我正不想搞了哩！我不当信访局长，去当财政局长，我年年给你们拜年！"

"那我们就不回去，你好当财政局长。"

毛云生说："你们想得美！看看我们多少人！绑都要把你们绑回去！说得通，我们吃顿饭回去。喜欢喝酒的喝酒，喜欢吃肉的吃肉。菜由你们点，鱼翅、鲍鱼没有，龙虾、螃蟹由你点！"

"我们不是吃龙虾来的。"

"跟你们说了，要解决问题，回去再说。"毛云生今天半句软话都没有。

"你莫把我们当卵搞！"

毛云生嘿嘿一笑，说："我把你们当人物好不好？告诉你们，五人以上叫群访。群访就有头子，你们哪个是头子？你们再往省政府门口去，武警再拦你们，你们就勇敢地往前冲。冲着冲着，就打起来。好，打起来就好了。你们至少是危害公共秩序，冲击国家机关。你们谁是头子？头子要判刑。"

"吓三岁小孩啊！"

"你不是三岁小孩，你是大人物。你去呀，你去冲呀！为你好，你不知好！"毛云生就像说相声。

"我们不是五个人，我们是五百多户的代表！"

毛云生又是冷笑，说："你以为人多势众就有理？你们代表五百户，就不用查谁是头子，你们全是头子！你们干吗这么傻？你们就算等到老天开眼了，哪个领导接了你们的告状信，大笔一挥：请乌柚县委、县政府认真处理！你还不是拿着这张纸回县里去？告诉你们，这位就是县委常委李主任，他马上就可以代表县委说,我们会认真处理。"

李济运突然被毛云生顶了出来,只好说:"我是李济运,县委常委。我说的话都代表县委,都是算数的。我今天不问你们具体情况,只谈一条总原则,就是你们提出的任何要求,只要是符合法律和政策的,同时又有现实可能性,县里将不折不扣督促有关方面落实。"

"什么是现实可能性呢?你这话有圈套。"

李济运一时语塞,支吾一下,说:"现实可能性嘛,就是你们提出的要求是正当合理的,可以满足的。"

"你是说光合理合法还不行?"

李济运说:"法律、政策和现实条件都要考虑。宪法规定,公民有劳动的权利和义务。那你如果失业了,你能拿这条理由去告国家和政府违背宪法吗?"

李济运不管讲不讲得通,想到这条就理直气壮讲了。居然没人答得上来,他就趁势诱导:"所以说,我们回去讲道理。听我一句话,去找个地方吃饭。"

毛云生喊道:"先吃饭行不行?你们想在这里睡觉,吃过饭再来睡也不迟,没人占你们的地方!"

五个人你望我,我望他,果然肚子咕咕叫,就跟着走了。附近有家不上不下的餐厅,毛云生熟门熟路,领着大家去了。总共十六个人,要了两桌。菜管好的点,酒管好的要。店里端上水井坊,李济运暗暗踢了毛云生。毛云生明白意思,忙说:"酒只要中档的,你这里的高档酒,嘿嘿,不好意思,我信不过。"任店家赌咒发誓,毛云生只要了便宜的酒。

上访的人也帮腔,说越是高档酒,越是假酒多,不如喝几十块钱的。李济运听这话心里就有谱了,毕竟算是坐上同一条板凳。上了几个菜,李济运举了杯,说:"别的话不说,几个乌柚人,在省城里喝杯酒,也是难得。我敬各位一杯!"

毛云生忙插话说:"我不是开玩笑,乌柚六十多万人,有幸让常委敬酒的,我敢打包票,不超过三十个!"

城关镇有个干部笑道:"这里就有十五个了,指标有限啊!"

毛云生瞪了那个干部,说:"老子帮你做工作,你还在这里开玩笑!"

两桌的人都笑了,共同举杯,一饮而尽。四瓶酒下去,五个上访户全都醉了。毛云生笑道:"不会在省政府门口睡了,送他们回去睡吧。"

吃完了饭,五个上访户被七手八脚抬上了车。李济运站在路边,听毛云生大致汇报了。李济运说:"我会给熊书记打电话,你回去之后再详细汇报。不能全怪老百姓,贺飞龙要拿出诚意,不然还会有更多麻烦。下半年是上访高峰,再来两次群访就完了。"

李济运回到厅里,稍事休息就到下午上班时间。他打了熊雄电话,简要说了截访过程,再说:"熊书记,看来旧城改造那块,信访压力很大。除了有关单位,仅家庭上访户就牵涉到五百多户。每户只按四口人算,就是两千多人。处理不好,哪天两千多人往县委、县政府门口一站,不敢想象!毛云生会向您详细汇报。我想说一点,就是县委应该提醒贺飞龙,拿出诚意和行动。他已有动用不正当手段,压制和恐吓群众的苗头。"

熊雄听完之后,只说了三个字:"知道了。"

李济运听着这三个字,重重地出了一大口气。已越来越看不清熊雄的面目了,他就像电脑程序只在 0 和 1 之间选择。李济运忍不住发了短信过去:同他有关的项目是目前乌柚最大的信访源。不料熊雄回信:也许同他对乌柚经济的贡献成正比。李济运后悔自己发这条短信,幸好他没有提贺飞龙的名字。难道熊雄到乌柚才几个月,就成贺飞龙的保护神了?

二十八

过了十几天,刘克强才约了大师来。这些天要么是刘克强自己忙,要么是大师云游在外。李济运可是急坏了,他每天打开办公室,心脏都跳到了喉咙口。平时只要想起,就闻得屋里有股怪味儿。他只得终日敞开窗户。秋天风大,有时猛一开门,桌上的文件、稿纸就吹得满屋子飞。

晚上,李济运如约在办公楼下等候。八点半钟,一辆黑色别克停在门厅前。刘克强先下车,他刚要替后面开门,一位中年男人,身着中式布褂,肩挎白色布袋,自己推开门下来了。李济运心里微微有些不敬,想这些大师未必都要弄得像演戏似的?

刘克强介绍道:"李大师,你的本家。"

李大师轻轻地握了李济运的手,说:"李处长好!"

李济运说:"有劳大师!"

刘克强只是微微地笑,并不说话。进了电梯,三个人都不言语。五楼到了,李济运拍拍手掌,走廊立即灯火通明。他已经十几个晚上没有去办公室了。打开办公室的门,按下电灯开关,灯光闪了一下却黑了。

李济运吓得几乎尖叫。他在灯光闪了一下的时候，看见办公桌后面站着一个人！他跺跺脚，想震亮走廊的灯光。走廊里的灯没有亮，原来整栋楼都停电了。李大师掏出手机，借着荧屏的光亮往里走。李济运给自己壮胆，说："办公楼从来不停电的，马上就会来的。"

　　刘克强走在后面，顺手关了门。李济运这会儿看清了，他办公桌后面原来挂着那件黑色风衣！知道并不是闹鬼，心里仍是突突地跳。黑暗中，不知李大师窸窸窣窣干了些什么。

　　李大师问："有打火机吗？"

　　李济运虽是抽烟，打火机却只放在桌上。刘克强也是抽烟的，啪地打燃了打火机。李大师点燃地上的冥钱，双手合十，默默念诵法咒。他刚放下双手，室内灯光突然亮了。李大师望着李济运，笑容很像菩萨，重又双手合十，嘱咐说："地上的纸钱灰不要拿扫把去扫，让风自己吹走。"

　　李济运也不由得双手合十，道："十分感谢！"

　　李大师又从布袋里取出一块石头，说："李处长，这是泰山石敢当，我作过法的。你把它供在书架上，百邪莫侵。"

　　李济运双手接过石头，恭敬地放置在书架正中央。刘克强说："李大师法力很高，名声很大。要不是朋友，花钱都是请不来的！"

　　李济运听出弦外之音，便说："请神就得心诚，消灾就得花钱。"

　　李大师摇摇手，说："我的行当就是行善，你们当个好干部也是行善，客套就免了。不瞒两位领导，若是企业老板消灾，那是得请他们花些钱。"

　　刘克强便说了些李大师乐善好施之类的话，这事就算结了。出门时，李济运忍不住又看了一眼墙角的黑色风衣。

第二天，李济运早早地去了办公室。门一打开，风吹着纸钱灰满屋子飞扬。他跑过去把窗帘尽量拉开，叫风使劲地吹。满屋子的纸钱灰翻卷着，慢慢从门口吹向走廊。心想坏了，走廊里弄得尽是纸钱灰，必定会招骂的。他跑去走廊看看，竟然看不见半点形迹！原来走廊里铺着地毯，纸钱灰已吹得很细，敷在上面并不显眼。李济运早早地赶来，就是为了吹散屋里的纸钱灰。时间还是很早，他便慢慢地抹桌子，拖地板。收拾好了，坐了下来，猛然想起：今天开门时，真没有闻见怪味儿啊！

刘克强电话来了，问："济运，怎么样？"

李济运说："不知道是心理作用，还是真的神，我今天打开门，再没有闻到那种气味了。"

李克强说："只要管用就好！李大师真是有法力的！"

李济运说："克强兄，太感谢你了。"

刘克强说："我知道你不给钱不好意思，给钱又不知道行情，我就索性把话暗地里挑明了。真是老板请他，得花大价钱的！"

李济运笑道："克强，你真是太聪明了！你要是不做大官，真是老天瞎眼！"

两人相互奉承，客气半日才放了电话。

今天是周末，李济运打算回去看看老婆孩子。他来这么久还没回去过。也不是工作太忙，只是应酬有些多。他给老婆打了电话，老婆却说她过来算了，好久没进省城了。

"那你自己坐班车来？"李济运说。

舒瑾说："要是你回来呢，也坐班车？"

李济运说："你怎么这样说？"

舒瑾说："要怎么说？"

李济运知道舒瑾的脾气，语气缓和下来，说："我回来肯定叫县里来车接，你让县里派车送不适合。"

舒瑾冷冷一笑,说:"两袖清风,我自己知道来!"

李济运猜到舒瑾肯定会去叫车,不如自己打电话好些。他记不住于先奉的电话号码,掏出手机翻了半天,打了过去:"先奉吗?我李济运。"

他话还没讲完,于先奉就说:"哦哦,李主任您好!刚才舒园长给我打了电话,我已安排好了。"

李济运说:"哦,谢谢。我原打算请您派车来接接我,舒瑾说她想过来看看,我就不回来了。"他说这话是不想给人留把柄,意思是说反正要派车的,区别只在来和去。

于先奉笑道:"李主任百忙之中还是回来看看嘛!"

下午快下班时,吴茂生打来电话:"李主任,晚上有安排吗?"

李济运听出是有饭局,便道:"没什么安排,我老婆会过来。"

吴茂生说:"是吗?那我们应该好好接待啊!"

李济运客气道:"哪敢惊动吴主任。您有什么指示?"

吴茂生说:"什么指示!有个饭局,想请你参加。既然这样,我把饭局推了,办公室几个同志聚聚!"

李济运说:"吴主任,今天是周末,大家都要回去陪老婆的!"

吴茂生道:"你听我的,今天搞个家庭聚会,要求都带夫人参加!"

吴茂生不由分说,李济运便道了感谢。吴主任是个厚道人,周末都会问问李济运有没有安排。要是没有安排,就拉他出去吃饭。吴茂生只要愿意,餐餐都有饭局。

放下电话没多久,舒瑾打电话说,已经到楼下了。他让她直接上楼,到508办公室。没多时,舒瑾上来了,进门就问:"你一个人?"

李济运明白她说的是这层楼只有他一个人，就说："这一层坐的都是厅级领导。厅领导都是关门办公，就我开着门。"

舒瑾笑笑，说："办公室好气派，你也成厅级干部了。"

李济运过去关了门，说："我关上门就是厅领导了。"

舒瑾明白他的意思，扑过来亲热。李济运亲亲老婆，问："你让师傅走了？"

舒瑾说："我留他吃饭，他说回去很快。"

李济运说："周末嘛。"

舒瑾故意作了脸色，说："那你呢？"

李济运说："我这两个周末有事，不是同你说了嘛！"

亲热完了，李济运开了门，说毕竟不能像厅级干部那样。李济运要倒茶，舒瑾就说："你待客啊，我不是客。我要上厕所。"

她说着就往外走，李济运说："里面有厕所。"

舒瑾进去解手，坐在马桶上说："办公室都有厕所，你还不肯调来？"

李济运生怕隔墙有耳，忙把厕所门拉严了。舒瑾从厕所出来，说："渴得喉咙冒烟了。"说着就端起李济运的茶杯，喝了个底朝天。

李济运说："倒茶你又不要。"

舒瑾笑笑，说："女人嘛！"

听得敲门声，门是开着的，文科长站在门口，说："李主任，我们下去吧？"

李济运道："哦，文科长！我老婆，舒老师。"

文科长伸出手来，说："啊呀，嫂子这么漂亮，像电影演员！"

舒瑾没有同人握手的习惯，稍稍迟疑才伸过手去，笑道："都老太婆了，还漂亮！"

到了楼下，车早等着了。吴茂生和张家云、余伟杰都从车里出来，同舒瑾见面叙礼，都说她是大美女。余伟杰说："济运兄小鼻子小眼的，怎么就找到这么漂亮的老婆了？肯定是以权谋私了！"几位科长没有下车，都透着车窗往外看。科长们要是也下车同舒瑾握手，就有冒充领导接见群众的意思。

礼让着上了车，刚要开车，田副厅长来了。吴茂生忙伸出脑袋，说："报告厅长，我们办公室自娱自乐，群众活动，不敢惊动领导。"

田副厅长笑道："你们办公室很团结，很活跃，很好，很好！"

吴茂生说："谢谢厅长表扬！这要是在'文革'啊，又可以说是搞宗派主义！"

田副厅长哈哈一笑，自己上车走了。办公室同志共坐了三辆车，等田副厅长车稍稍走远些，他们才缓缓驶出办公楼。李济运夫妇和吴茂生同车。李济运说："老婆，吴主任是厅里最大的笔杆子。吴主任对我非常照顾，事事替我着想，吃饭都管着我。"

吴茂生说："我们办公室的传统向来很好，同志之间关系和谐。济运来了，把县里好作风带了来。"这种客气话不说不行，也不必说得太多。

李济运问："嫂子怎么去？有车去接吗？"

吴茂生说："我告诉她了，她自己打车去！"

李济运很感叹，说："吴主任对自己要求也太严格了，派个车去接接也没事嘛！"舒瑾觉得这话是说给她听的，暗自掐了李济运的大腿。

进了酒店包厢，里面已坐着一位女士，正在看菜谱。原来是吴茂生的夫人，笑眯眯地站起来，问："这就是李主任吧？这么年轻？嗬，这么漂亮的太太！贵姓？"

459

李济运说:"姓舒,叫她小舒吧!"

吴茂生说:"我老婆姓王。"

舒瑾问:"那我该怎么称呼嫂子?"

吴茂生笑道:"小舒你不是已经称呼了吗?就叫她嫂子吧。"

正说着,大家都进屋了。不多时,太太们也陆续到来,彼此见过。只有舒瑾是头次相见,她们都是常聚的,却仍在争年龄,都说自己大些。

余伟杰便说:"你们都别争了!我知道的,你们嘴上争大,谁都不愿意承认自己大!你们都小字相称,你是小舒,你是小宋,你是小刘,你是小……"余伟杰手指着王姐,嘿嘿笑了起来。

王姐望着余伟杰,故意板着脸,说:"小余,我看你这声小王怎么叫得出口!"大家都笑了起来。王姐也笑了,说:"这里就我和老吴最大,你们都是小字辈!"

余伟杰的老婆小宋,拉着舒瑾的手不放,说:"小舒真是美人坯子,你看她要身段有身段,要脸蛋有脸蛋!"

余伟杰接过他老婆的话说:"我见面就说了,李主任长得小鼻子小眼的,怎么就找到这么漂亮的老婆呢?肯定是以权谋私了!"

舒瑾说:"哪里啊,他找我的时候,什么都不是,还在跟着书记提包哩!"

小宋说她男人:"老余你知道什么?人家小舒这叫有远见!男人早不流行大眼睛了,现在流行小眼睛!你看现在当红的男明星,哪个不是小眼睛?风水轮流转!"

李济运听着笑了起来,自嘲道:"实在是老了,不然改行演电影去!"

吴茂生说:"别光只顾着说话,我们快点菜吧!说好了,今天是家庭聚会,我们也不搞腐败。我做东,你们谁也别抢!"

李济运抢着说:"不行不行,我来了这么久,还没请大家吃过饭。今天我买单,算是入伙吧。"

大伙儿便都争着请客,只是男人们在嚷嚷,女人们都不说话。只有王姐把菜谱抓在手里,说:"你们都别争,菜谱在我手里,我说了算。我也不征求你们意见,我包揽了。我会适当控制,太贵了我也请不起。"听王姐说得实在,大家都不争了。

吴茂生说:"我这老婆,就是心直口快。小舒你是头次接触她,他们都是知道的。她说请客干脆自己点菜,让别人点嘛,别人不好意思,都点小菜。还显得主人有小心眼。自己点,把话说明了,也不怕别人说你小气。"

张家云说:"吴主任,我就喜欢王姐这个性格,实在。"

他说着便回望着老婆小刘:"老婆,你可要向王姐学习啊!"

小刘说:"你也太难为我了,王姐天生大气,哪里是我学得来的?"

王姐把菜谱放在腿上,抬头笑道:"小刘,你干脆说我大块好了!在座女同胞就我胖。我也不在乎了,快五十岁的人了,还天天为减肥去劳神!"

李济运说:"我曾经讲过一句说女人的话,被老婆骂了几天!"

舒瑾红了脸,道:"哪个敢骂你啊!"

大家便催李济运快说,是句什么话。李济运说:"我说中国的女人,只关心两件事,一是身上的肉,二是身上的布。"

女人们一时没有反应过来,都张嘴望着李济运。余伟杰的老婆小宋突然大笑起来,说:"李主任,你真是太绝了!"于是满堂大笑,都说精辟。

王姐菜点完了,等服务员出了门,说:"你们这些男人啊,只知道损女人。我们女人好歹还是爱美,你们男人呢?满肚子坏水!自古都说你们男人也只爱两样东西!"

有人便问哪两样。王姐笑道:"我才不说,你们自己知道!"

小刘像是突然想明白了,笑得坐都坐不稳。小宋便问:"小刘你知道呀?你快说呀!"

小刘直摇手,仍笑个不止。文科长笑道:"我知道了,王姐是说男人在世,上为什么巴,下为什么巴!"

文科长老婆使劲捶了男人的肩,骂道:"就你聪明!"

只是几位主任和他们的夫人在说笑,科长们同他们的夫人并不多嘴。文科长在科长堆里分量有些特殊,只有他说话随便些。

舒瑾平时在县里,逢着这种聚会,必定是中心人物。她今天多少有些怯场,话自然就不很多,意外地像个淑女。看着大家都在疯,王姐便笑道:"你们呀,脸皮都不知道有多厚。你看人家小舒,多文静!"

李济运说:"王姐就别夸了,我老婆是乡里人进城,见不得场面哩!"

王姐就说李济运:"李主任你别大男子主义,我看小舒要是有机会,说不定早就是大明星了,哪里还有你的戏?"

李济运知道老婆喜欢听这话,索性加把火,说:"王姐这话倒是说对了。小舒在省城是个乡巴佬,她在我们县里却是头号歌星,二十多年长盛不衰!"

吴茂生说:"那好,吃完饭我们唱歌去!"

余伟杰忙说:"吃饭我就不跟吴主任抢了,唱歌我买单!"

张家云自然也得争争,话说得很响亮,却看不出太多诚意。也许是田副厅长交过几个人的底细,李济运听张家云说话总觉得有水分。

菜上来了,王姐说:"酒是我自己带来的,五粮液。本来带了两瓶,要去唱歌,就只喝一瓶。别嫌我小气,我就不准你们多喝!"

吴茂生说:"老婆,酒还是尽兴,总量就控制两瓶!"

王姐不依,说:"老吴,我就知道你想借机会多喝,你是除了职务不高,血压、血糖、血脂哪样都高!不行,就一瓶!"

上座时,免不了又是谦让。王姐说:"今天这里没有主任、科长什么的。老吴请客,我是主妇,听我的。老吴坐主人席,李主任夫妇是客人,坐主宾席,你们各位按年龄排。这个座位是买单的,你们谁也别跟我争。"话虽说得在理,只是安顿了李济运夫妇的座位,其他人仍是按职务坐下。王姐虽说要坐买单的座位,却让司机抢先占了。

酒喝得很开心,都说办公室同事非常团结,不像有的处室很复杂。吴茂生却说:"我们能够一起共事,都是缘分,一定珍惜。我们也不去说别的处室,传出去不好。应该说我们厅的干部风气算好的,都不错。"

张家云说:"我们办公室气氛好,说到底还是吴主任这个班长当得好。我提议,大家敬吴主任。"

王姐忙摇手,道:"别别别,你们别把礼数弄倒了。今天是老吴请客,应该是老吴敬你们!"

吴茂生笑了起来,说:"老婆,你还是当会计的,算账这么糊涂?在座十六个人,除了你,我敬每人一杯是十四杯,大家每人敬我一杯也是十四杯。张主任我还不知道?不在敬不敬,他只是要我喝酒!"

张家云直喊冤枉,说:"吴主任,兄弟们是诚心要敬您!"

吴茂生说:"我有个提议,今天是小舒来了,才让我们有机会聚聚。大家主要任务是把李主任夫妇陪好。"

舒瑾忙说:"我是不会喝酒的,济运也只喝得几杯啤酒。"

463

满桌的人都笑了起来。舒瑾不明白大家笑什么，以为自己说错话了，脸一下子通红。文科长说了："嫂子您不知道，我们办公室原来叫张主任酒神，李主任来了被称作酒圣！"

舒瑾便敲了李济运脑袋，说："你呀，真有本事！"满桌都叫"哇噻"，直道李主任夫妇太亲热了。

吵吵嚷嚷的没多久工夫，一瓶酒就喝完了。吴茂生说："报告老婆，把那瓶也开了。两瓶酒没问题的。"

王姐见自己男人并没有喝多少酒，就说："再开一瓶可以，你就别争着喝了！你就是人来疯！"

舒瑾笑道："你看，还说我们！人家王姐说吴主任，就像大人说小孩！这才叫恩爱！"

王姐笑道："他呀，家里什么都不管，衣来伸手，饭来张口。不就跟带小孩一样？"

吴茂生听着，憨憨地笑。场面实在是一团和气，真看不出谁跟谁有什么过节。别人在敬酒的时候，舒瑾悄悄儿问李济运："哪个是正主任？"

酒桌上讲悄悄话本来就不礼貌，问的竟然又是这种蠢话，李济运有些恼火。他轻轻碰了一下舒瑾，没有理她。张家云挨着舒瑾坐的，李济运生怕他听见了。这时，张家云举了杯说："不管怎么说，我还是要提议大家一起敬吴主任。来，让我们紧密地团结在吴主任周围好好工作！"

李济运猜想张家云必定听见舒瑾的话了，甚是尴尬。吴茂生笑道："这杯酒我受了，但张主任这话我受不起。太像中央的口气，我哪有这个胆子？放在'文革'啊，你我都是反革命！"

酒喝完了，直赴歌厅。余伟杰先打了电话，歌厅早留好了包厢。他平时抓经营，少不了应酬，没几家歌厅不熟悉的。联系歌厅自然都是找妈咪，余伟杰出门时又打了电话，说："亲爱的，我们今天都是自己带老婆来的,你可要讲纪律啊!害得我们都回去跪搓衣板,小心老子收拾你!"

余伟杰多喝了几杯酒,声音大得像炸雷。他老婆小宋假装生气,说:"大家都听见了吧?你看他们平时在外头都干什么!"

王姐笑道:"余主任你胆子也太大了,就不知道背着老婆打电话?"

余伟杰说:"放心,我两口子彼此太了解了。我俩在部队就是战友,如今是夫妻也是战友。什么是战友?一起打架啊!"

上了车,舒瑾说:"余主任这人真有意思,心直口快。"

吴茂生说:"他呀,就是军人性格。我开他玩笑,说你老婆这么漂亮,怎么就跟了你呢?他怎么说?他说部队女兵长得漂亮的都不太安全。我是军长的警卫,找了她做对象,她就安全了,乖乖地跟我了。"

舒瑾说:"小宋也是当过兵的?难怪两口子性格那么像!余主任叫人家讲纪律,什么意思?"

吴茂生大笑起来,说:"小舒真是纯洁!"笑罢又搪塞道,"他是军人出身,讲话脱不了部队味道。纪律嘛,就是立正稍息。"

李济运捏了捏老婆的手,暗示她别再问傻话。到了歌厅门口,舒瑾又悄悄地同男人说:"告诉我嘛!"

李济运听得没头没脑,问:"告诉你什么呀?"

舒瑾说:"余主任说什么纪律呀?"

李济运拉着老婆故意走在后面,说:"余主任是在同歌厅妈咪打电话,让她别带坐台小姐过来!"

舒瑾使劲掐了男人,说:"我可没那么大方,你别在外头花花草草!"

去的是金色大歌厅,进门时小宋接了别人电话,说:"啊啊,我今晚没空,我们在外头唱歌!黄色大歌厅!"

迎宾小姐笑道:"我们这叫金色大歌厅!"

小宋笑笑说:"小妹你回去查字典吧,金色就是黄色!"

迎宾小姐礼貌地微笑,说:"大姐您真幽默!"

余伟杰对李济运说:"我家老婆业务很忙,很多人都离不开她。刚才电话,肯定又是哪里三缺一!"

小宋说:"什么三缺一,男朋友的电话,气死你!"

余伟杰笑道:"那好,叫那哥们过来,我敬他一杯酒!"

说笑着进了包厢,有人径直就往厕所跑。余伟杰大声喊道:"你们这些前列腺有毛病的家伙,都去上公厕!包厢里的厕所女士优先,她们饭后得补补妆呀,洗洗脸呀。"大家便都说余伟杰是个好男人,难怪小宋这么服他。余伟杰笑道:"哪是她服我,是我服她!我在单位听吴主任的,回家听老婆的。我苦呀!"

妈咪过来了,喊道:"哟,洪总,好久没来了!"大家听妈咪叫余伟杰洪总,都笑了起来。舒瑾觉得奇怪,望着李济运。李济运轻轻碰碰她,又怕她问傻话。

余伟杰说:"美女,你把点单的叫来,没你的事了。"

妈咪又是拱手,又是鞠躬,道:"各位大哥大姐,祝你们玩得开心!"

妈咪一出门,小宋就敲了男人脑袋:"你小子,出门花天酒地,把祖宗的姓都卖掉了!"

余伟杰哈哈大笑,说:"头一回来这里唱歌,她问我贵姓。我说姓洪,一个日本名字,叫洪福齐天!她就一直叫我洪老板。难得她好记性,真是吃哪碗饭都得有本事!"

小宋又敲了男人脑袋,余伟杰躲过老婆,说:"我家小宋真是爱学习啊,刚才看见小舒敲过她男人一回脑袋,她马上就活学活用了,都敲了我两回了!"大家都觉得余伟杰夫妇太乐了,大笑起来。

小刘从卫生间出来,笑道:"你们笑什么呀?没说我坏话吧?"

王姐道:"小刘你这么好,哪有坏话让人说?"

小宋偏要逗她,说:"正是在说你,不信问你老公。"

小刘满屋子找人,就是不见她老公。小宋就说:"张主任出去了,有美眉打电话来。电话越打越远,声音越打越小,肯定有名堂。"

正说着,张家云进来了,双手背在后面。小宋又说:"只有张主任派头最足,双手背着像个厅长。"

张家云笑道:"小宋这话就不对了,现在是小干部双手放在后面,大领导双手都抱着肚子!"大家又笑起来了,原来余伟杰正双手抱着肚子,站在推车旁边点酒菜。王姐只喊别点了,谁的肚子还装得下?余伟杰却说:"白酒是酒,啤酒漱口!"

小宋已坐在电脑面前点歌,叫大家把保留节目都报来。却都在客气,只讲自己五音不全。王姐说:"今晚要让小舒显身手,多给她点。"

舒瑾有些拘谨,只道:"你们点吧,我待会儿自己选。"

李济运说:"小宋,你点就是了,只要不点帕瓦罗蒂。"

舒瑾敲了李济运的脑袋,说:"只有你傻些,不知道保护老婆!"

李济运笑道:"又没人非礼你,保护什么?"

吴茂生靠在沙发上直摇手,道:"唱歌是你们年轻人的事,我只当听众。"

余伟杰在旁嘿嘿地笑,说:"你看我老婆,点歌可是业务娴熟啊,还说我花天酒地。我到现在都不会点歌!"

小宋白了男人一眼,说:"你别装纯洁了!你一是蠢,二是懒。你们平时都是小姐帮着点歌,哪要你们自己动手?"

467

一首《青藏高原》的旋律响起，字幕在走，却没人唱。小刘说："这歌谁唱得上去？我是架了梯子都上不去。"

话筒在几个女人间传来递去，就像遇着烫手的年糕粑。话筒最后抛在舒瑾手里，她略作犹豫，开口唱了起来。闹哄哄的包厢安静了，却马上有人嚷嚷起来："不行不行，太浪费了，从头放起！"小宋一直坐在电脑边，马上重放《青藏高原》。舒瑾站了起来，双手捧着话筒，暗暗提了提气。她再次开口，只唱了头一句，掌声哗地响了起来。待她唱完，小刘便笑道："今晚谁也不敢唱了。"

舒瑾笑笑，说："饱打饿唱，菜太好了。"她是说吃得太饱，唱得还不算好。李济运熟悉老婆说话的习惯，别的人未必就听得懂。

文科长听明白了，笑道："舒姐说话有些蒙太奇，她说还没有完全发挥哩！"

舒瑾问李济运："什么奇？我说话很奇怪吗？"

文科长说："舒姐，蒙太奇是外国电影手法，很先进！"

今晚的歌半数是舒瑾唱的，不论什么年月的歌，她都唱得下来。别人唱到半路唱不下去了，她马上拿起话筒救场，边唱边示意人家一起唱。唱到半夜，突然发现舒瑾自己没点歌。王姐就说："小舒，你点首自己最拿手的吧。"

舒瑾说："我也不知道唱什么好。点首《玫瑰三愿》吧。"

小宋问："哪几个字？没听说过这首歌。"

舒瑾说："愿望的愿。"

电脑里没有这首歌，舒瑾说："这歌太老，二三十年代的，可能找不到。"

小宋说："那肯定好听，小舒清唱吧。"

舒瑾推托几句，唱了起来："玫瑰花，玫瑰花！烂开在碧栏杆下，烂开在碧栏杆下！我愿那妒我的无情风雨莫吹打，我愿那爱我的多情游客莫攀摘，我愿那红颜长好不凋谢，好教我留住芳华……"

吴茂生一直坐在那里喝啤酒，等人家唱完就拍拍手。这会儿听了舒瑾的清唱，他站了起来，说："济运，不是我说你，你把你老婆毁了！"

李济运拉吴茂生坐下，笑道："我怎么毁她了？"

吴茂生说："小舒这么好的料子，你应早让她出来发展！你守在县里当什么官？"

舒瑾说："表扬我吴主任啊！老太婆，不行了，不行了！"

舒瑾想好了再唱首歌，可听王姐说："时间也不早了，人家李主任和小舒可是小别胜新婚啊！"

满屋子的人都笑了，舒瑾竟有些不好意思。

小宋就说："我点了《难忘今宵》，让它优先！"

大家便合着旋律击节而歌，性子急的就边唱边找提包。

回去时，李济运夫妇坐余伟杰的车顺路。两个女人坐在后面，就像多年的老姐妹，亲热得不得了。小宋说："小舒，干脆调到省里来算了，我们在一起多好玩呀！"

舒瑾说："我怕没人要，我就会唱几句歌，还登不得大台子。"

小宋说："你愁什么？省里多大的天地呀？哪里没你的饭碗？李主任又能干，找单位随便！"

李济运夫妇下了车，目送余伟杰的车出了大门。两人先去了办公室，拿了舒瑾的行李，再上十八楼。打开门，舒瑾环视房间，问："你就住这里？"

李济运笑道："难道还住总统套房？"

舒瑾叹了口气，说："不知道的，还以为你在省里挂职，多

469

好的待遇哩！"

李济运说："到省里来，就这个待遇。你还想来吗？"

舒瑾几乎是瞪着男人，说："你别顺势就那个了，我是要到省里来的。"

李济运不说了，领着舒瑾去洗漱间。虽然夜里没人，李济运仍不方便进女厕所。他在男厕所洗漱完了，就站在门口等舒瑾。李济运原本有三快，吃饭快，拉屎快，走路快。这几年做了县里领导，走路不再急匆匆的，少了一快。他曾暗自幽默：补上一个升官快，仍是三快。

好不容易等到舒瑾出来，她说："不如去你办公室打地铺，晚上起来上厕所。"她是说晚上去厕所麻烦，话却说得不完整。

李济运把被子卷了起来搂着，说："你抱枕头吧。"

进了电梯，舒瑾问："余主任管公司？官场不是不准办公司了吗？"

李济运纠正说："党政机关不准办公司。"

舒瑾说："不是一样！"

李济运说："我们厅有些特殊。王厅长硬顶着，别人奈何他不得。"

舒瑾笑道："你真的想好调来了？"

电梯门开了，李济运出来说："这事不要说，很敏感。"

舒瑾四处看看，问："未必装了监视器？"

李济运拿旧报纸垫在地上，再在上面开铺。李济运笑道："老婆头次来，就让你睡地铺！"

舒瑾说："就当出国，去了日本！"

李济运见老婆少有的幽默，忍不住捏捏她的脸蛋。舒瑾就势倒过来，两人滚在了地铺上。舒瑾做爱忍不住会大叫的，平时李济运都会拿嘴去堵她。今夜他任她叫喊，说："叫吧，老婆，叫吧，天叫塌下来都没人听见！"

舒瑾叫唤着，说："楼也不怕塌！哑床，哑床！"

两人洗漱回来，躺在地铺上说话。李济运不想告诉老婆，这间办公室死过人，免得她害怕。舒瑾望着天花板不眨眼，说："他们人都很好！"

李济运从来不会把外头的是非同老婆说的，只道："是的，他们都很好。"

舒瑾说："不像县里那些人。"

李济运心想，只要有人的地方，都有钩心斗角。他嘴上却说："是的，省里机关，人的素质不一样。"

舒瑾说："县里都说，你是素质最高的。"

李济运笑道："你听全县人民齐声说的？人家当你面说的好话，别太相信。"他明白老婆的意思，是说像他这样素质的干部，就应该调到省里来。

两人睡到很晚，反正是周六。舒瑾说："你傻，就睡办公室。"

李济运说："影响不好。"

舒瑾说："干部啊，影响！"

李济运笑道："是干部，就要注意影响，有什么办法呢？"

舒瑾说："你一个人就睡沙发，比你那床还舒服些。早上把被子往柜子里一塞，谁知道！"

朱师傅是周日上午到的，歌儿也随车来了。歌儿嚷着去儿童游乐场玩，就带他去了。他从过山车上下来，兴奋得满脸通红。

舒瑾问："儿子，愿意到省城来上学吗？"

李济运怕朱师傅听了回去传话，便遮掩说："歌儿等到了高中，生活能自理了，就可以到这里来上学。"

他说着就望望舒瑾，暗示她别说这话了。

471

二十九

　　渐近年底，乌柚县的班子突然调整了。明阳调到经济开发区当管委会主任，那边的主任过来当县长。当然是代县长，选举程序还是要走的。那位主任过来当县长算是重用，明阳过去当主任可想而知。李非凡就地免职。市委本要调他去市人大任职，他却死不肯离开乌柚。市委领导来火了，不作任何安排。吴德满提前一年退二线，让出了政协主席的位置。朱芝改任县政府助理调研员，朱达云接她做宣传部长。
　　李济运半丝风声都没有察觉，朱芝打电话过来他才知道。朱芝说："很明显，检举刘星明的人一锅端了。我是另外一回事，还是叫成鄂渝整了。"
　　李济运相当震惊和惶恐，似乎报复他的人正提刀把守门外。听朱芝慢慢讲完人事变动，他也安静下来了，说："老妹，我早就隐约感觉到会发生什么事。既然来了，也没什么可怕的。你我祸源不同，境况是一样的。这时候，你需要的是平静。你不必有情绪，更不要想着申诉。"
　　朱芝说："我也是这么想的，人在官场，有什么办法？但想着自己只有伸出脖子挨刀的分，又格外的委屈。"

　　李济运说："看远一点。你年轻，未来长着哪。到了政府这边，分配什么做什么，尽力把事情做好。既要让人看到你的能力，更要让人看到你的气量。你一个小女子，要是表现出不同凡响的气度，大家不得不敬你几分！"

　　"你自己呢？"朱芝说，"你们四个人，就还没有向你动手。"

　　李济运嘿嘿一笑，说："你傻啊！最早朝我动的手，我不离开乌柚了吗？"

　　李济运犹豫再三，打了陈一迪电话，告诉他成鄂渝开始整朱芝了。陈一迪电话里大骂成鄂渝，说他是小人得志，太没气量了。李济运要的不是陈一迪的谴责，便说："你们是老上下级关系，方便时候说说话，别做得太过分了。朱芝算是修养好的，不然把他的作为抖出来，他在漓州也不好过。大不可鱼死网破。"

　　陈一迪说："济运兄你劝劝小朱，暂时忍住。官场上的事，撕破了脸到底不好。我有机会肯定做做工作。我同他关系不一样，我会有办法的。"

　　第二天，熊雄打了电话过来，告诉他市委对乌柚班子做了调整。李济运只当不知道，听熊雄一五一十说了。他故意问熊雄："熊书记，我的岗位会作调整吗？"熊雄听出了他的情绪，稍作停顿，说："李主任，你安心在上面挂职吧。"

　　田副厅长很快听说了乌柚的消息，找了李济运过去，说："李非凡我就懒得说了，明阳我是骂过他的。他们不该把你扯进去。他们年纪大，想赌一把。你呢？日子长着哪！"

　　李济运说："我当时也觉得参加检举不妥，但没有想到会有这么严重的后果。我在那种情形下，不好不答应。他们把我拉到外面，四个人在车上商量。"

　　田副厅长哼哼鼻子，说："看看你们，那么神神秘秘，多像搞阴谋诡计！"

李济运这个晚上一秒钟都没睡着。他想熊雄到乌柚来，完全是副陌生的面孔，肯定被人面授过机宜。他们四个人联名检举县委书记，有人看到的就不是什么正气，而是乌柚班子不团结。熊雄也不愿意陷身这个班子结构。也许在熊雄看来，明阳、李非凡、吴德满和李济运是铁板一块。前面竖着这么一大块硬邦邦的铁，熊雄会想到他的县委书记不好当。从市委领导到熊雄，都愿意早日把这块铁熔化掉。

李济运是块未曾熔化的三角铁，搁置在离乌柚两小时车程的地方。他摸摸自己的肚皮，实在是过早地松弛了，哪里还有铁的硬度！窗口已经大亮，时间只怕不早了。李济运收拾好了被褥，慢慢地洗漱了。出来看看时间，已是早上七点。他打了明阳电话："明县长，没吵着您休息吧？"

明阳说："还叫什么县长？叫老明吧。"

李济运说："明主任，都说一失足成千古恨，我们可是未失足成千古恨啊！"

明阳说："济运，这些话没有意义，不要说了。我只后悔一点，不该信李非凡，把你也拉进来。田书记批评了我，我认了错了。"

李济运说："明主任不要这么说，我做了就做了，又不是丢人的事。"

"不丢人，丢官！"明阳说，"我反正就这样了。熊雄这个人，我不想评价他。但我离开乌柚时，找他认真谈过，包括经济发展思路，包括贺飞龙的事，包括干部队伍的事。我不管他听不听，我要对自己的身份负责，我要对乌柚老百姓负责，同时也是对他负责。"

李济运听着真有些感动，说："明主任，我很敬佩您。我也想同他谈,但我忍住了。"

明阳说:"你不必谈,你不一样。我是没有顾虑了,反正过几年退二线,一混就退休。"

放下电话,李济运去楼顶散步。他没有胃口,早饭不吃了。远望街道上的银杏叶渐渐稀疏,心想又一年光景消逝了。他沿着管道走迷宫,一圈又一圈地走着。明阳实在称得上德才兼备,却就这么黯然退场。活在世上几十年就像一桌麻将,抓着几手臭牌天就亮了。

省里照例召开经济工作会议,县里党政一把手都来了。往年省里开重要会议,李济运必带截访队伍跟随。今年没谁安排这事,李济运就装聋作哑。可他知道熊雄来了,不打电话又讲不过去。报到那天晚上,李济运打了电话去:"熊书记,您住在哪里?来看看您!"

熊雄说:"李主任别客气,我会来看你的。这两天都有安排。"

县委书记到省里来开会,他有需要拜访的人,也有想拜访他的人。总之,吃饭、喝茶、唱歌、洗脚之类,都是需要排队的。

第三天下午,突然听得有人敲了他的门:"李主任,办公室好气派啊!"

他一抬头,见于先奉笑眯眯地站在门口。他忙站起来迎接,请于先奉坐下,边倒茶边问:"于主任,什么时候到的?"

于先奉说:"我同熊书记一起来的,还不是跟着来截访。今天熊书记叫我来衔接一下高速公路,刚到田厅长那里。我女婿跟田厅长很熟。"

李济运说:"哦,那好,那好!"心里却很不是滋味。于先奉来负责截访,自己倒落得清闲。可他到厅里来跑项目,居然招呼都不打一声,径直就去找田副厅长了。

于先奉喝了一口茶,草草闲扯几句,就说:"李主任,您先忙吧。晚上熊书记有应酬,我要去招呼一下。"

李济运听着两耳几乎发炸!看来于先奉要取而代之了。按照常理,熊雄的应酬都可以请李济运出席。他虽然到厅里挂职了,仍是县里的领导,为什么需要他回避?李济运肚子里的怒气没有冲到脸上,他站起来送于先奉到电梯口,说:"我就不送下去了。"

于先奉伸手过来握握,说:"李主任先忙!"

电梯门刚关上,他就轻声骂道:"妈的!"他的骂声轻得几乎没有声音,自己却听得很清楚。他忙望望左右,怕有人听见了。电梯口没有人,走廊里也没有人。

李济运回到办公室,关上了门。他本来不关门的,可他的心情太坏了。他挂职这几个月,回县里去过两次。每次想看看熊雄,他都跑到漓州去了。熊雄到省里来过几次,都是匆忙地见见,只说时间太仓促了。熊雄什么意思?未必真的要把他挤走?

晚上,熊雄打电话来:"李主任,真是抱歉。我原想明天请你一起吃个饭,只怕又不行了。你过来坐坐?"

李济运说:"熊书记别客气。我很快过来!"

挂了电话,李济运差不多要大声骂娘。他妈的哪顿饭我不可以去陪着吃?未必我就差你那顿饭吃?临时叫车,会耽搁时间,李济运下楼拦了出租车。

李济运坐在出租车里,气愤得闭上眼睛。离宾馆大堂还有三十多米,他叫出租车停了。不想让人看到他是坐出租车来的。进了大堂,他先去了洗漱间。站在小便池边屙了半天,没屙出一滴尿来。又怕别人看着不好,就像患了前列腺毛病。他等身边屙尿的人刚转身,就钻进大便间里。拉上插销,闭着眼睛运气。暗自骂道:老子生气,关你什么事?屙尿都屙不出!他骂了也没用,仍是屙不出来。只好出来，假装洗洗手。

那里面就像灌了铅，沉沉的，胀胀的。俗话说屎急尿慌，真是太对了。憋尿憋得急了，人会发慌。有尿又出不来，人照样也慌。李济运心短气促，就像全身筋脉都扭曲了，呼吸也快阻塞了。快到熊雄门口，李济运深深吸了口气，按了门铃。门开了，于先奉迎了出来："哦，李主任，快请！"

李济运进去，见里面坐着很多人。熊雄站起来同他握手，喊着"请坐"。沙发上和床沿上都坐着人，大家都站起来让座。李济运坐下，就得有人站着。他感觉眼前一片茫然，没来得及看清谁是谁。他站在房子中间团团转，说："不坐不坐，你们坐吧。"

终于有人过来拉住他，说："李主任您坐下，我站着就是。"

李济运这才看清，原来是刘克强。李济运说："刘处长，您坐您坐！"

刘克强硬拉着他坐下，说："李主任就是喜欢讲客气。好，我坐床头柜上。"

李济运便坐在沙发上，同熊雄隔着茶几。他再环视屋内，有认得的，有不认得的。熊雄不介绍，他也不问。李济运说："会议安排得好满啊！"意思是说熊雄没安排时间见他。

熊雄笑着，指指刘克强："都是我们刘处长安排的！"

刘克强笑道："熊书记骂我了！会议是省委安排的，我一个小小处长！"

熊雄望望李济运，说："李主任红光满面，省城里的水养人啊！"

李济运笑笑，说："熊书记气色很好，就像过去我们形容毛主席，神采奕奕！"

心里却暗自骂娘：他妈的，老子这脸色都是憋尿憋的！

熊雄说："李主任，听于主任讲，高速公路方面，县里提出的想法，交通厅都同意。辛苦你了。"

李济运说："都是熊书记您做的工作。"

熊雄笑道："厅里靠你，部里靠先奉的女婿顾处长。"

熊雄的意思是说顾达在部里说了话。有人便说顾达前程无量，于先奉却是谦虚："年轻人，还要锻炼。"

熊雄说："顾处长年纪轻轻的，又是海归博士，又在部里工作，今后不得了。"

"在部里当个处长，算不了官。部长倒是器重他，点名要他当秘书。"于先奉突然没头没脑地说，"我今天去了李主任办公室，他那办公室气派啊！"

李济运笑道："那哪是我的办公室？我的办公室在县里！"他这话听上去是谦虚，实则是想告诉于先奉：你别不把我当县里的领导！

刘克强说："李主任坐的可是厅级领导办公室！"

熊雄伸手拍拍李济运，说："你们田厅长很讲义气，关心部下很到位！"

李济运听着这话别扭，似乎熊雄早不把他当县里的人了。

有人掏出手机看时间，刘克强就说："也不早了，熊书记早点休息吧。"

李济运本想单独留下来说几句话，熊雄却问："济运来车了吗？"

李济运说："我让司机走了，打车回去。"

熊雄忙叫于先奉："于主任，送送李主任！厅领导不送送，今后我们县里的项目就完了。"虽然听上去是玩笑，毕竟说的是两家话。李济运也就不想留了，同熊雄握手告辞。

刘克强说："不必喊司机了，我送吧，我顺路。"

上了车，刘克强说："济运兄，昨天好险啊！"

李济运问："什么事？"

"你还不知道？"刘克强说，"昨天县里来了上百人，把省政府大门都堵了。"

"啊？我没听到半点风声！"李济运问，"你知道是为什么事吗？"

刘克强说："旧城改造拆迁纠纷造成的，死了一个人，老百姓说是开发商雇人打死的。"

李济运说："到底出大事了！"

刘克强说："情况你应该很清楚吧？"

李济运说："我出来挂职，县里的事暂不管了。"

刘克强说："上访是条高压线，群访三次以上，县委书记和县长要就地免职。我同几个老乡四处托人，把这次上访记录销掉了。县里昨天晚上请了三桌客，今天是专门感谢几个乌柚老乡。"

李济运听得背冒冷汗，说："那当然要好好感谢！不然，县委书记和县长要卷铺盖了。"

刘克强摇头道："济运兄，县里工作不好干，书记、县长天天坐在火山口上。我说你呀，调上来算了。"

李济运嘴里敷衍着："省直机关对干部素质要求高，我怕不行啊！"

李济运回到办公室，半天没有搬出被子睡觉。自从上次老婆来过，他晚上都睡在办公室了。确实比睡在十八楼方便些，洗漱和解手都不用出门。十八楼也没有热水，这里有热水器。李济运好久没抽烟了，这会儿突然像烟瘾来了似的。办公室有几条烟，都是没有开封的。他拆了一条软中华，却找不到打火机。一个一个抽屉瞎找，知道肯定没有打火机的。这张办公桌最后一位主人是女的，她哪里会用打火机？他拉开最底下的抽屉，却意外地看见一个打火机。

479

啪！火焰蹿得老高，吓了一大跳。李济运把火焰调小些，再点燃了烟。抽了几口，人就轻松些了。又想起刚才在熊雄房间里，自己站在那里团团转，样子应该是非常狼狈的。他叼着烟去了洗漱间，坐在马桶上舒舒服服地尿了。憋了两个多小时的尿，屙了个淋漓尽致。

他喜欢坐在马桶上看书，几个月下来就养成了坐着小解的习惯。他原先都是站着小解的，总觉得坐着屙尿像个女人。他正看的是《梦溪笔谈》，看起来很慢，却很有意思。这会儿刚读到："学士院第三厅学士阁子当前有一巨槐，素号槐厅。旧传居此阁者多至入相，学士争槐厅，至有抵彻前人行李而强据之者。予为学士时，目观此事。"

李济运的文言底子不算太好。反复看了两遍，才看明白意思。原来沈括说的是学士院第三厅学士阁子正前方有一株巨大的槐树，这个厅向来被叫作槐厅。听说在这间屋子居住的人做官多做到宰相，所以学士们争着住槐厅，甚至有人把别人的行李搬掉强行占据。沈括做学士的时候，亲眼看到过这种事情。

李济运看了这节，难免想到自己这间办公室。跟书上的槐厅正好相反，这间办公室被厅里当作凶宅。可他不再害怕这间屋子，那些离奇的传闻几乎叫他忘记了。

第二天，李济运在走廊碰见田副厅长。田副厅长边走边问："同熊雄见了吗？"

李济运说："见了。"

说话间，就到了田副厅长办公室门口。话似乎没说完，李济运就跟着进门了。田副厅长坐下来，埋头在抽屉里翻东西，说："我看熊雄可成大器。"

李济运不便说什么，只是附和："他这个人老成。"

"他到乌柚，三拳两脚，就把班子调整了。李非凡这个人是不好动的，他不怕。"田副厅长似乎很赞赏熊雄。

李济运说："乌柚很复杂。"

田副厅长说："哪里都复杂。想到个不复杂的地方做官，趁早不做官。"

李济运看不出田副厅长有什么吩咐，说了几句就告辞。出门碰见程副厅长，李济运打了招呼："程厅长您好。"程副厅长没听见似的，挺着肚子进了办公室。李济运也不再尴尬，他还没见程副厅长搭理过谁。心里到底还是不舒服：他妈的，又不是皇帝，龙行虎步，沉默寡言。

李济运去找吴茂生说事儿，正好碰见张家云也在那里。张家云非常热情，居然伸手过来握手，说："吴主任，李主任是个很正派的人。"

吴主任开玩笑说："我们谁也不觉得李主任不正派呀！"

张家云说："他们办公室于主任昨天到厅里，同我说起李主任，真叫我敬佩！他这个人正派、刚直、有胆量！"

李济运便知道他要说什么了，忙拿话岔开："张主任过奖了。你也是个正派的人，我们接触几个月了，我知道。张主任……"

张家云却打断他的话，说："乌柚前县委书记刘星明，就是李主任检举下来的。官场风气这么败坏，就需要李主任这样的啄木鸟型干部！"

"哪里，我没有张主任说的那么伟大。我哥哥是财政局长，神秘失踪至今活不见人死不见尸。他同刘星明有说不清的关系，刘星明很可能涉嫌杀害我哥哥。"李济运边说边编，把堂兄说成了亲哥，把检举理由说成家仇。堂皇的理由不能说服人，也不能叫人原谅，他只能矮化自己。

下午，李非凡来了。他进门就把手伸得老长，笑嘻嘻的，声音很大："李主任，省里衙门就是不同啊！"

李济运在县里听大家粗着嗓说话，也没什么不习惯。来了省里几个月，听李非凡高声大气就如闻炸雷。他忙站起来，握了李非凡的手："李主任怎么来了？"

　　李非凡笑道："喊老李啊，我现在是一介平民！"

　　李济运也笑笑，说："老大，声音轻点，田厅长那边听得见。"

　　"我怕个卵！"李非凡话是这么说，声音却低下来了。

　　李济运倒了茶，问："老大，你怎么来了？"

　　"我现在是闲人，自由自在。"李非凡说，"我今后的主要工作，就是为邮政事业做点微薄的贡献。"

　　李济运没听明白，问："老大说什么？"

　　李非凡嘿嘿一笑，说："写信哪！我很多年没写过信了，现在天天写信。"

　　李济运听懂了，他说的是专写告状信。李济运不好说什么，只是笑笑。李非凡又说："要我天天跑到上级机关静坐，我丢不起这个格，也吃不了这个苦。我不会像舒泽光和刘大亮，跑到省里来喊喇叭。我只写信。我不会写匿名信，我的信都是落了真姓实名的。"

　　"我说呀，老大，你不如安心休息。"李济运劝道。

　　李非凡声音突然又提高了，说："你怎么同他们一个腔调了？我们四个人，个个都整倒了。怂着你挂职，不就是调虎离山？"

　　李济运过去把门虚掩了，说："老大莫抬举了，我也算不上虎。"

　　李非凡问："济运，济发那封信，你那里还有吗？"

　　李济运编了话说："那封信太敏感，我烧掉了。"

　　李非凡重重地拍了大腿，说："济运老弟，不是我说你，你政治上太不成熟了。那么重要的信，一定要留着才是！我今天来，就是想找那封信。"

李济运说:"那封信是检举刘星明和别的人的，现在你也用不上。"

李非凡说:"我管他那么多！我只要找事！无事都要找事，何况还真有事！"

李济运笑道:"我真佩服老大的精力。要是我啊，到你这样子，就好好休息算了。"

李非凡说:"我的性格你是知道的。你敬我一尺，我敬你一丈。你要是整我呢，那我也就不客气。我生命不息，战斗不止！"

"真是共产党员的好品质！"李济运玩笑道。

李非凡却听不出这话的讽刺，反而发挥开去:"不是我们自己吹牛，你、我、明阳、吴德满，算是乌柚最正派的共产党员！但是，正派怎么样？正派人受迫害！我们检举了贪官，对贪官的调查这么久了不见进展，对我们几个检举人的处罚却是雷厉风行！"

李非凡说的是事实，李济运却不想多说，只道:"历史会检验一切的。"他说这话自己都觉得好笑，无非是应付罢了。历史永远只站在胜利者那边，何况自己连历史的尘埃都算不上。哪怕他现在被提出去枪毙了，历史也不知道他是谁。

"我现在出门，后面至少跟着三四个尾巴。跟吧，玩死他们！"李非凡见李济运似乎有些紧张，"济运老弟，你不用担心。这楼里有你，还有田副厅长，他们知道我找谁？"

李济运忙说:"哪里，我们又不是特务接头，怕什么？"

李非凡说:"他们喜欢跟，哪天让他们跟个饱。我好久没去北京了，过段时间想去看看。我带着老婆去，让她也开开眼界。我就放风出去，说到北京上访去。他们会派四五个人跟着。你越是跟着，我越是高兴。最后，他们会负责来回机票和全部食宿，

483

不花他两三万块钱，老子不回来。我过去就这样对付上访的老百姓，现在自己也来享受享受上访者的福利待遇。"

"带嫂子出去走走也好。"李济运找不到别的话说。

李非凡又突然笑起来，双肩一耸一耸，非常得意的样子，说："熊雄现在最头痛的是两个人，一个是我，过去县里的老领导；一个是你的老同学刘差配，他是个癫子！"

李济运问："星明现在怎么样？"

李非凡说："他到处说，要上北京告状。他说，我是癫子呢，老舒和老刘就不是癫子。老舒和老刘是癫子呢，我就不是癫子。二者必居其一，必须要个说法。"

"要出事的。"李济运叹息道。

李非凡看看时间，说："我走了。"

李济运说："干脆再坐坐，请你吃晚饭。"

李非凡说："那不行，那不行。老大是快退休的人了，你还年轻，真不能让你受连累。出去吃饭，他们就会看见我俩在一起。吃饭你放心，老大饿不着。我出门只要径直往省政府走，他们就会出面请我吃晚饭。"

李非凡站起来，鬼里鬼气一笑，轻轻地说："田厅长那里我就不去了，怕他骂人。他肯定怪我这人太不争气。"

李济运送他到电梯口，没有陪他下楼去。电梯门快关上时，李非凡又冲他嘻嘻地笑，肩膀一耸一耸的。好几天以后，他不时会想起李非凡进电梯去的样子。真想象不出此人不久前还是乌柚县人大主任，成天在主席台上正襟危坐。

三十

每天清早,李济运照例去楼顶走迷宫。远处,寒风吹着银杏树叶,纷纷飘落。银杏树会魔术似的,黄叶从秋落到冬,树上仍是黄灿灿的。办公楼前那棵大银杏更繁茂,树下总是铺着薄薄一层黄叶。

传闻王厅长要升任省人大副主任,继任厅长的将是田副厅长。田副厅长自己不透消息,李济运也不方便打听。回家过年之前,李济运去田副厅长办公室坐了十几分钟。他没话找话,问:"田厅长回老家过年吗?"

田副厅长说:"老人都已过去,我好几年没回乌柚过年了。"

李济运说:"我还是要回去,两边都有老人。"

他原想闲谈几句,看田副厅长是否有要紧话说。可谈的都是无关痛痒的,他便告辞了。

年过得冷清,几乎没几个人上门。李济运沉住气不说,舒瑾却早忍不住了:"怪了,今年!"偶有来拜年的,舒瑾格外客气。但只要客人一走,舒瑾就会说:"来的都是几个不中用的人。"

正月初二,毛云生打电话,说来看看李主任。李济运觉得奇怪,毛云生实在犯不着来拜年。毛云生在乌柚官场说不上得意。朱达云提拔当宣传部长了,毛云生去当政府办主任,却只因他资格太老。他给李济运打过电话,说他当政府办主任谈不上重用,但毕竟比信访局超脱些。信访局没一天好日子过,他实在是不想干了。

毛云生提着一个编织袋,进门就说:"乡里的东西,腊鱼、腊肉、腊豆腐。"

李济运笑道:"毛主任,你客气什么呀?"

舒瑾倒了茶上来,说:"毛主任太客气了。你是济运的老兄,拜什么年呀?"

李济运笑笑,给毛云生递烟,问他在哪里过的年,孩子回来了吗,去了乡下没有,都是些客套话。李济运不想说是非,省得惹是非。

毛云生却终于说了:"李主任,我平时不给领导拜年的,今年你这个年我一定要拜。听说今年没人给李主任拜年了,我听了气愤。"

李济运仍是不语,舒瑾却火了,问:"为什么?他们?"

毛云生说:"都说李主任马上要调走,用不上了,哪会来拜年?"

舒瑾冷笑道:"我济运调走,也是升官!去坐牢呀?还没调哩!"

李济运不想让这话题继续下去,就说:"没人拜年,说明县委的文件有人听了,这是好事!"

舒瑾不明白,问:"什么文件?"

李济运说:"每年春节之前,县委都要下个廉洁过年的文件。"

舒瑾笑道:"狗屁!提醒大家拜年吧!"

李济运严肃起来,说:"舒瑾,你怎么这样说话?"

毛云生劝劝舒瑾,又说:"李主任我最了解,他这人过得硬,我佩服!他管信访这几年,我从没挨过批评。我这人其实是老油条了,你批评几句没关系的。"

李济运有心逐客,便说:"毛主任,你留下来吃中饭吧,我俩喝几杯。"

毛云生看看时间,说:"中饭时间还早哩,我就不打扰了!"

舒瑾说:"毛主任别客气,坐坐嘛!"

毛云生不肯再留,执意要走了。李济运就提了他的编织袋,说:"毛主任,老朋友就不要客气。"

毛云生摇头道:"几样乡里的东西,我提回去就是笑话了。"

李济运说:"都有,都有。我也没什么打发你的,东西你拿回去。"

毛云生就有些生气了,说:"李主任,你这样我就不好意思了。"

李济运只好把编织袋放下,同毛云生握手。毛云生走了,舒瑾说:"提蛇皮袋拜年,还真少见!"舒瑾喜欢把编织袋叫作蛇皮袋。李济运不搭腔,坐下来换台。电视里都在锣鼓喧天过春节,很没有意思。官场上早没人提蛇皮袋拜年了。会做事的都是年前去办公室汇报工作,把拜年的礼数尽了。也有上家里去的,也有年后去办公室汇报的,但都不会提蛇皮袋子。不过,毛云生同他并无利益往来,人家上门来坐坐,已经够意思了。

舒瑾问:"年前有人到你那里吗?"

李济运不想多说,只道:"没有。"

舒瑾说:"往年可是排队啊!年前排到年后!"

李济运却想老婆真不晓事。

李济运说:"我想到乡下去。"

舒瑾不想去，说："不是才去了吗？"

李济运说："我很多年都没好好陪父母过年了，这次也是吃顿饭就打转。我想在乡下住几天。"

舒瑾说："歌儿不习惯，你一个人去吧。"

李济运正想一个人安静，吃过中饭，叫车去了乡下。四奶奶见他一个人，就问："他们娘儿俩呢？"

李济运说："歌儿寒假作业多。"

四爷坐在场院里织竹篮，晒着太阳。李济运说："爸爸，今天才初三哩！"

四爷说："闲着心慌。"

依乡下风俗，过了正月十五才做事。说是开工时间太早，又是一年的劳碌命。李济运搬了凳子，也坐在父亲面前晒太阳。

李济林本来在外面玩，听得大哥回家了，就赶了回来。李济林喊了声哥，也搬了凳子坐在场院里。四爷说："济运，你就这一个弟弟。"

李济运知道爸爸的意思，就说："有机会再说吧。"

四奶奶在旁说："每次同你讲，你都是这句话。"

李济运说："妈妈，话说不死的，现在同以前不一样了。"

李济林说："我也想通了，靠不到的就不靠。今天晚上出龙灯，正月里挣几个小钱。平日呢，仍开场子。"

李济运问："又开场子了？"

李济林笑笑，说："怎么不开呢？你们不照样赌博？福利彩票、体育彩票，不是赌博？"

李济运说："那不一样，你别乱说。"

四奶奶突然想起今天出龙灯，说："济林，你不要跟人家说你哥哥回来了。"

李济林说："我哥快去省里做官了，又不是做贼的。"

四奶奶说:"知道你哥哥回来了,舞龙灯肯定多要几个钱。"

李济运说:"多几个就多几个吧。平常你们多少?"

四奶奶说:"我多的没有,只给个七八十。"

"我要给多少呢?"李济运问。

四奶奶说:"看他们开多大的口。济林,你自己也是成头的,你不要他们整你哥哥。最多给二百八。"

刚刚黄昏,家里还在吃晚饭,就听到远远的有锣鼓声、唢呐声。李济林飞快地扒了几口饭,早就出去了。李济运说:"这么早就出灯了?"

四奶奶说:"挨家挨户,舞到我家里,只怕是九点多。"

果然九点多钟,龙灯红红火火地来了。四奶奶忙嘱咐李济运:"最多给二百八。不要一次就给了,先给八十,慢慢加上去。"

只见李济林自己先跑了回来,"吱呀"地拉开大门。又拿出鞭炮,噼里啪啦地点着了。有人专门喊号子,净是些吉利的话。每喊一句号子,众人就齐声应和:"好的!"

"四季发财呀!"

"好的!"

"五子登科呀!"

"好的!"

"六六大顺呀!"

"好的!"

李济运早依妈妈嘱咐的,预备了八十块零钱,再数了四张五十的钞票。统统封作红包。李济运打躬作揖,给了一个红包,应和声就改作了"高升",意思是还要加钱。

"八面来风呀!"

"高升!"

489

"九龙在天呀！"

"高升！"

"十全十美呀！"

"高升！"

"百事顺意呀！"

"高升！"

四奶奶见李济运加过四回红包了，就大声喊道："好的！好的！"众人便不再喊"高升"，都改口喊道："好的！"龙灯算是舞过一户人家，李济林忙又点了鞭炮相送。那龙灯又红红火火，往别的人家去了。

"都变味了，都变味了。旧社会舞龙灯只是图吉利，爱热闹。成头的都是村里的乡贤。如今呢？只是赚钱，舞龙灯的是烂仔。"四爷冲着热闹的人群摇头，这话他去年说过的。

"你莫多嘴，你自己济林也在里头。"四奶奶这话也是去年说过的。

李济运在家待了三天，差不多都是赖在床上睡觉。他同朱芝打过几个长长的电话，他俩在县里倒不好怎么见面。朱芝看上去心情平稳，听不到她半句牢骚。她在乌金乡定了个联系村，李济运知道那个村，叫蛇溪村。朱芝说年后去找他帮忙，跑几十万块钱给村里修路。

他偶尔接到舒瑾电话，说是谁拜年来了。他就在电话里同人家客气几句。这些人上门拜年，不仅不会给他带来安慰，说不定还会给他带来麻烦。他们多是官场上的失意者，牢骚很多，话也很多。他们到李济运家拜了年，到外头去就会张扬，显得自己如何讲义气，不是那种趋炎附势的人。这些话在外头传多了，对他没有半点好处。他打电话告诉舒瑾，叫她不要接陌生电话，不要放人进门拜年。可是舒瑾不听，她说就是要看看谁是他真正的朋友。他不想在电话里吵架，就随她去了。

李济运成天迷迷糊糊地睡着，不时会惊醒过来。他知道自己已陷入一个僵局：没有人给他拜年，他也不给别人拜年。他不是不想给别人拜年，而是找不到可以去拜年的人！官场上的人，没有地方去拜年，肯定就没戏了。

李济运回到家里，舒瑾拿出一个本子，说："都在这上面，不上一万。"

李济运接过本子，见上面写着拜年人的名字，不到二十个人。他记住了这些名字，就把那页纸扯下来撕碎了。傻老婆，记什么名字？有人犯事，从家里查出送礼单子，可给检察院省了好多事。

离上班还有两天，李济运打了田副厅长电话："田厅长，新年好！我想来拜个年，晚上在家吗？"

田副厅长问："你回来了？"

李济运说："我还要两天回厅里。"

田副厅长说："你别讲客气，回来时一起吃个饭吧。"

李济运说："很近，我晚上过来！"

早早地吃过晚饭，李济运叫了朋友的车，专程去给田副厅长拜年。他不叫县委的车，免得有人闲话。田副厅长见李济运去了，骂了几句："你小子就是不听话！专门跑来干吗？马上就上班了嘛！"

李济运也没有坐多久，喝了几口茶就告辞了。他带了两瓶水井坊、四条软中华、一盒冬虫夏草，礼盒里还放了一万块钱。东西是家里现成的，钱是李济运私下攒的。别人送给他家的不到一万，他送田副厅长也不能超过一万。只有这么多工资，给他送钱的人也并不多，赔本买卖他做不起。烟酒之类是别人送的，他转送出去也不心疼。

晚上十点钟没到,李济运就回家了。舒瑾问:"这么快?"

李济运说:"不在于坐多久,只看你去不去。"

舒瑾说:"是的,坐久了也不好,他们家拜年的肯定川流不息。"

李济运只作没听见,进房里去看儿子。他不喜欢同老婆说官场上的事,很多事情做起来就够让人烦了,哪里还想放在嘴上说!歌儿跪在地上拼机器人,这是他春节得到的礼物。他希望儿子不再养稀奇古怪的东西,宁愿他天天玩机器人。李济运望着儿子玩,脑子里又想到别的去了。自己在官场上混了这么些年,到头来居然找不到可以去拜年的人了。

他回家时同熊雄吃过一次饭,再也没见过面。李济运打了他的电话,说:"熊书记,您这几天回漓州去了吧?"

熊雄说:"是的,回去住了几天。"

李济运说:"我也不在城里,去乡下休息了几天。"

熊雄笑道:"我要是有个乡下老家,我会三天两头跑回去躲着。"

意思不用挑明,彼此都已领会。李济运是说,你反正不在家,我也到乡下去了,想叙叙都碰不上。熊雄则是说,你躲在乡下老家很好,用不着同我讲客气。

回到厅里,突然觉得办公楼有些陌生。原来前几天下过一场雪,银杏树的叶子全部掉光了。平时见过的银杏多是通直的,树冠也不会太大。楼前这棵银杏却是三根巨杆扇形闪开,树荫足有半个篮球场那么大。透过枝丫斜横的大树望去,天空像碎碎的破棉絮。

上班头一天,大家见面都握手拜年。李济运去了田副厅长办公室,进门就拱手:"田厅长,向您拜个晚年!"那意思,就像他没有拜过似的。田副厅长请他坐下,说了几句客气话,就从抽屉里拿出一个红包,说:"你小子,也不说说,我差点连礼盒一起送给别人了。拿回去吧,你没几个钱。"

李济运红了脸,忙说:"就是个敬意。"

"敬意我领了。快收起来,别人看见了不好。"田副厅长作了脸色。

李济运忙把红包扒过来,塞进口袋里。

田副厅长突然有些动情,说:"济运,你跟着我这么多年了,你对我应该了解。不是我倚老卖老,要是在旧社会,我儿子都有你这么大了。我把你就是当作自己儿子看的。"

李济运从未听田副厅长讲过这么亲热的话,几乎有些不知所措,赶紧说:"济运也一直视您如父!"

李济运从田副厅长那里出来,正好看见了程副厅长。李济运伸了手说:"程厅长新年好!"程副厅长点点头,没有把手伸过来。李济运手僵在半路上,缩回来的动作相当艰难。程副厅长进了自己办公室,门被北风嘭地带上。好在五楼走廊里很少有人走动,不然让别人看见就太丢脸了。

李济运回去,也关了办公室的门。冬天办公室有暖气,处以下干部也都关门办公了。李济运望望窗外,远处街道上的银杏树也是光溜溜的。他在田副厅长那里如沐春风,碰到程副厅长却霜严如剑。

刚上班,天天都是饭局。有同学饭局,有老乡饭局,也有工作关系的饭局。工作关系的饭局,都是同事们一起去。老乡饭局不止一两次,田副厅长偶尔也在场。田副厅长出不出席饭局,不光看他有没有空,还看愿不愿意去。不愿意去的,自然也是说另外有约。有回在饭局上,田副厅长说:"济运,不用等挂职期满,先调过来算了。"

李济运早就感觉到,自己回县里也没有意思了,就说:"好,我听田厅长安排!"

那天刘克强在场，说："李主任明白吗？田厅长要重新组阁了!"

田副厅长笑道："克强的性格，今后是个开拓型领导，但是当不得组织部长。"

刘克强不好意思，说："田厅长对不起，我嘴巴就是太快。"

酒桌上的人都神秘地彼此望望，没有把话题继续下去。李济运琢磨出来了，老乡们都知道田副厅长要做厅长。田副厅长在厅里天天看见他，却都没有同他说调动的事。老乡聚会的酒桌上，他就讲了。可见气场对田副厅长很起作用。那天他说把李济运看作亲儿子，也许并不是虚情假意。但他在厅里毕竟是领导，不是所有话都会说出来。

那次老乡聚会，田副厅长喝得尽兴，李济运送他回家，半路上他就睡着了。车在住宅楼前停下来，田副厅长仍没有醒。李济运对司机小闵轻轻说："不急，让厅长休息一下。"

田副厅长马上就醒了，说："唉，睡着了!"

李济运飞快下车，开门迎着田副厅长。田副厅长有些踉跄，李济运忙扶了他。田副厅长说："今天怎么了？没喝几杯酒。"

李济运说："您没醉，您是太累了。"

到了电梯口，田副厅长说："济运回去吧，我也不请你上去坐了。"

李济运挥挥手，电梯里灯光惨白的，田副厅长的面容更显憔悴。李济运早年跟田副厅长当秘书，那时候的田书记四十多岁，真是意气风发啊！一晃十几年过去了，当年的精壮汉子已渐见老态。

没过多久，李济运就正式调来了。李济运自己也没回去，只是厅人事处的人跑了几天。熊雄打来电话，说："济运呀，我先要骂你,再是恭喜你。你不够朋友,共事也有这么久,又是老同学,调走了也不回来告个别。恭喜你呢,你荣调省里必定坐直升机。田厅长马上就要当厅长了,他急急地调你过去,意义非同小可啊!"

听熊雄讲话的语气,他俩似乎又是老同学了。李济运说:"哪里哪里,我只是平调,又没有提拔,哪里值得恭喜?我这几天手头有些事,哪天专门回来看你!"

这时候,县里传闻于先奉要接县委办主任。毛云生打来电话说:"于先奉哪做得了县委办主任?熊书记知道他女婿在国家部委工作,就拿原则做人情!于先奉今年五十五岁,按政策不得再提拔了。"

李济运说:"云生兄,我们还是不说这个吧,你有空到省里来,我陪你喝酒。"

毛云生却仍在愤怒,说:"俗话说朝中有人好做官,于先奉的女婿不就是个处长吗?也不是什么朝中重臣啊!熊书记就是这么个人!我听人家议论,说熊书记把你挤走,就是想安排于先奉!"

毛云生说的未必没有真相,但李济运不想惹麻烦,只说:"云生兄,你不要听信这种话。我走是自己要走的,熊雄同志留过我很多次。"

毛云生平时虽说嘴巴很快,却不是个乱讲话的人。他这么大的火气,肯定是争过县委办主任。按他们两个人的能力,毛云生更适合做县委办主任。但是,李济运只把这些话放在心里,套近乎也没有必要说给毛云生听。

省里很快就开人大会,王厅长真做了省人大副主任。他留下的厅长位置却是空着,似乎有些不正常。王厅长回厅里召集处以下干部开了个会,宣布田副厅长主持厅里全面工作。但从田副厅长脸上,看不到多少喜气。这几年,本来就是他主持工作。厅里有人私下里说,到底谁当厅长,真还说不定。这个会本来就不合规矩,本应是省委组织部来人,可原任厅长越俎代庖了。

吴茂生倒是提拔了,任厅纪检组长。吴茂生留下的位置空着,但也没人顶上去。田副厅长吩咐下来,办公室工作由李济运主持。李济运明白田副厅长的意思,但没有正式任命他当主任,终是放心不下。

星期六,李济运起得晚,听得外头有响动。他起来看看,却见张家云领着人,把王厅长的东西往外搬,就问:"王厅长办公室要搬了?"

王厅长早就是王副主任了,但厅里的人仍习惯叫他王厅长。张家云说:"王厅长在人大安排办公室了,这里他反正不会来,程厅长想搬过来。"

李济运便把张家云拉到自己办公室,问:"向王厅长汇报了吗?"

张家云说:"没事的,我负责汇报。程厅长说他的办公室靠北边,风大。"

李济运便想起过年回来上班那天,他在走廊里向程副厅长握手拜年,手伸出去却收不回来,听到的只是北风摔门的声音。

上班时,李济运接到田副厅长电话:"济运,你主持办公室工作,你就得管事!"

李济运一听就明白是怎么回事了,说:"是老张自己领着人搬的,说他去向王厅长汇报。"

田副厅长很不高兴:"王厅长现在是人大副主任,是副省级干部!你要尊重领导!"

李济运放下电话,便去了田副厅长办公室。田副厅长脸色难看,说:"他妈的有野心!"

李济运听得没头没脑，不好说什么。他从田副厅长那里出来，又去了吴组长办公室。吴茂生当了纪检组长，但这个职务不太好称呼，大家也按习惯叫他吴厅长。吴厅长的办公室没有搬，原任纪检组长退休了，领着老婆出国看望女儿，不知道什么时候回来。

李济运说：“吴厅长，您的办公室安排不好，我有责任。”

吴茂生说：“你有什么责任？要说责任，责任在我自己。风气不好，我有姑息之过。”

李济运说：“吴厅长体谅我，不然我心里非常不安。”

吴茂生说：“你现在的位置很尴尬，田厅长也很尴尬。”

既然吴茂生这么说了，李济运就把声音放得更低些，说："程厅长怎么这样？"

吴茂生也轻声地说："老矛盾了！他一是个性强硬，二是瞄着厅长位置。那间502，出过两个省级领导了，风水好。"

李济运便想起《梦溪笔谈》里面的槐厅，问道："真的这么玄呀？听说我的那间办公室是个凶宅？"

吴茂生有些难为情，说："老张安排了，我也不好说了。唉，老张那个人！"

李济运笑道："吴厅长，我是不信邪的。"

他心里却想：我早请大师解过了，让老张使坏去！

吴茂生说："济运，你最近尽量低调些，有时难免受气，就忍忍！"

李济运笑笑，摇摇头。吴茂生接了电话，田副厅长打来的，忙说："好的，田厅长，我就上来！"

吴茂生站起来，轻声说："田厅长不容易，我们都要支持他。"

李济运出门，瞥见余伟杰在办公室，便进去打招呼。余伟杰同张家云共一间办公室,但张家云多在外面跑。余伟杰笑道:"济运兄,你做主任,我双手赞成。我知道自己做个副主任还勉强,主任是做不了的。他是个有理想的人。"余伟杰说着就指指对面的空办公桌。李济运不想谈这些话,说了些感谢老兄的意思,就含糊过去了。厅里的干部原来都是很含蓄的,不知怎么最近他们说话都赤裸裸的了。吴茂生平日尤其老成,今天的话也说得很白。

于先奉果然继任了县委办主任。舒瑾电话里说:"熊雄真是瞎了眼。"

李济运说:"县里安排干部,关你什么事?"

舒瑾说:"你是猪啊!为了安排于先奉,都这么说。"

李济运说:"我是上调,又不是受处分!"

舒瑾没好气,问:"你升官了吗?你当厅长了吗?"

李济运既然调来了,舒瑾在县里又闲着,就领着儿子来了省城。儿子就近找了所学校,步行二十分钟就行了。舒瑾的工作却一时找不到。到了新地方,才知道找工作文凭多么重要。舒瑾只有个高中文凭,她过去当过园长、能歌善舞等等,都是不能说服人的。再就是房子。李济运突然发现自己是个穷人,省城里的房子他倾其所有买不起十平方。他当初在乡下工作,没有在城里买房子,舒瑾带着孩子住娘家。他成了县委常委,住的常委楼不能买。这几年很多人都买了房子,他没有钱买。他两口子每个月工资加在一起,没有超过五千块。一年下来,最多能够省下万把块。拿工资结余买房子,三十年都靠不住。

有天黄昏,李济运去楼下买报纸,听得几个民工聊天。他们望着对面的交通厅大楼,说起来像演小品。

"这栋楼有好多间房子?"

"可能三百多间。"

"不止。"

"只有三百多间。"

"这栋楼是我的多好。"

"你要这么多房子干什么?"

"我有这么多房子,我就编上号。一天一间,从一月一日,编到十二月三十一日。我每个晚上轮流着睡。"

"你按阳历编,还是按阴历编?"

"我是乡下人,按什么阳历!"

"阴历有闰月,闰月怎么办?"

"闰月没房住,住宾馆,我有钱啊!"

"哈哈哈!"

李济运回来随意翻着旧报纸。上面有篇言论文章,正是说房产的,居然很有意思。

有个美国人学了几句汉语,他打算借中国朋友的客厅待客,便文绉绉地写了一封信:欲邀好友三五,奈何寒舍逼仄,欲借令堂一用。这位美国人知道"令"是敬辞,"堂"想当然就是客厅了。外国人闹此笑话,并不太可笑,倒是很可爱。类似的笑话,放在中国人身上,就有些啼笑皆非。我曾经看见某楼盘广告,号称"某某精舍"。也许房产商望文生义,以为精舍就是精美的屋舍,或精致的屋舍。然而"精舍"二字是早就固定了的名词,指的是佛家修行所在。寺庙可以叫精舍,僧人住所也可叫精舍,与佛门有关的书院亦曾叫过精舍。只是红尘之人的宅第,怎么也不能叫精舍的。精舍虽是佛门庄严之地,然而于凡俗之人未必就是好风水。中国民间有个讲究:生不住庙前,死不葬庙后。意思是说人活着不要住寺庙前面的房子,死后不要葬在寺庙后面。风水相冲，大为不吉。如此，商家把楼盘叫作精舍，就莫名其妙了。寺庙前面都是住不得的，未必还要买个寺庙做宅第？除非举家剃度了，那才住进精舍去。

又见某楼盘叫"某某观邸"，亦百思不得其解。邸是宅第，且是阔气的房子。小门小户，不能叫邸。世人多好装阔气，房子不管大小，都愿意叫作邸。这也无所谓，无非只是夸张。"邸"字前头加个"观"字，就叫人想烂脑壳了。人们见到"观"字，首先想到的是看。未必观邸就是只让看不让住的房子？观还有个意思就是景物或样子，加在"邸"字前面似又文理不通。景物的房子？样子的房子？听着都别扭。何况观未必就是美观或雅观，亦有不美观或不雅观。人的某些认识或看法也叫观，比如乐观、悲观、世界观。这个意思同房子更是风马牛不相及了。假如把"观"字读作第四声，倒是同建筑有些关系，比如道家庙宇叫作观。但普通人家的住宅，肯定不是道观，哪怕如邸之豪华道观。"观"字第四声的古义，还有台榭的意思。那么观邸就是建得像亭台楼阁的住宅，那就得去看看是不是那么回事。但房子真建得像公园，隔三岔五去玩玩还行，天天住在里头不见得就好。

未必是官邸之误，或故作幽默？也说不太通。不过类似的小聪明倒是常见，比方卖鸡肉的铺门上，也许会写上四个大字："鸡不可失"。果然，就见到有个楼盘叫"某某官邸"。叫官邸何等气派！我们见得多的官邸名称，通常是总统官邸、总理官邸、首相官邸、大使官邸。然而，气派倒是不假，毛病却又来了。官邸是政府提供给官员办公或居住的地方，官员本人是没有所有权的。白宫是美国总统官邸，卸任当天就得搬走。唐宁街10号是英国首相官邸，同样是卸任就得让人。私人买几间房子，产权却是政府的，只怕没人愿意吧。与官邸对应的,其实叫作私邸。中国人再怎么官僚崇拜,明明自家买了几间房子,也没必要叫作官邸。无非是应了一句老话:打肿了脸充胖子。

好好的买个房子,不是佛家的,就是道家的,要么就是公家的。这几家你都不想买,你就得买外国的。看看那些楼盘名字,通通是佛罗伦萨、圣地亚哥、阿尔卑斯、得克萨斯。反正你不想出家,就得出国,要不然就充公。记得有年去外地出差,遇上一位老太太求助:我不是问你讨钱,我是找不到家了。老人家方言很重,我略略听懂了这两句,只好把她送到巡警手里。我看到有个楼盘,起的自然也是个洋名,长长的九个汉字,中间还打了个圆点。九个汉字,加上圆点,就得读十个音节。不但需要记性,还要丹田之气。记不得非洲哪个国家有条河,名称长得叫人难以置信,读出来有一百多个音节,翻译成汉语大意如下:你们在那边打鱼,我们在这边打鱼,谁也不准在河中央打鱼之河。如此看来,十个音节的洋名楼盘,起名的努力空间还很大。我却想自己买了很长名字的房子,年纪大了也像那位老太太迷了路,没法告诉警察我住在哪里。所以,我宁愿自己住的地方叫乌泥街,也不要叫亚历山大·弗兰西斯科·纽伦堡。

李济运看着文章,笑得眼泪水直流。舒瑾不知道他笑什么,只道他发什么神经。他没有同舒瑾细说,说起来又会不高兴。他俩尽量不去说房子,怕碰地雷似的。文章嘲笑房产商没文化,可你有文化又怎样呢?李济运心里有些凉,又想如今说自己买不起房子,没人说你是个廉洁干部,只会说你没有本事。

有天上午,舒芳芳跑到省里找李济运。舒芳芳跪在地上,哇哇大哭。李济运慌了,忙问:"芳芳,你怎么了?"

"我爸爸他死在里面了!"舒芳芳瘫软在地上。

李济运惊得耳朵都聋了,忙去关了门,怕人围观。"芳芳,告诉李叔叔,到底是怎么回事。"

舒芳芳泣不成声,说了半日他才听明白。原来她爸爸年三十那天就自杀了。医院通知了乌柚县政府,但县里没有告诉家属。芳芳的妈妈还在监狱里,县里又没人知道芳芳的电话。直到昨天,芳芳去医院看爸爸,见到的却是骨灰盒。女子监狱在省城,芳芳刚才去看了妈妈,却不敢告诉她爸爸已经不在了。

"人家都说我爸爸是你送进精神病医院的,我爸爸又说你是个好干部。我每次去看爸爸,他都说有事就找李叔叔。李叔叔,到底是为什么?我要告状,我去告谁呀!"

李济运想安慰这孩子,说了他不想说的话:"芳芳,不是我送你爸爸进去的。送你爸爸进去的人,已被我和几个叔叔检举,抓起来了。他是个贪官,法律会惩罚他的。"

舒芳芳说:"法律惩罚他,可我爸爸活得过来吗?我爸爸他真可怜!我相信他身上的污水都是别人泼上去的。上回我去看他,他要我好好读书,一定出国留学,不要再回来。他还说会给我留一笔钱,可他哪里有钱呀!我知道,爸爸是个廉洁的干部,我们家没有这笔钱!"

听舒芳芳说了这些话,李济运惊得全身发麻。记得刚出事的时候,李济运去舒泽光家里,提到了他的女儿,老舒就痛哭起来,说自己没本事,无力送女儿出国,反而让她无脸见人。

舒泽光自杀了,为的是获得国家赔偿,好让女儿有钱出国!

李济运心里又酸又痛,如果不是怕吓着芳芳,他会号啕大哭。他把舒芳芳拉起来坐着,说:"芳芳,爸爸已经不在了,我也很痛心。这事叔叔会管的。"舒瑾还没找到工作,白天都待在十八楼。李济运打了她电话,叫她下来有事。

没多时，舒瑾下来，看到芳芳，惊道："芳芳，你怎么来了？"

李济运说："芳芳她爸爸不在了。你领芳芳上去，好好劝劝孩子，我处理些事情。"

李济运进洗漱间洗了把脸，出来打了熊雄电话："熊书记，舒泽光的事，有人向您汇报了吗？"

熊雄说："我当天就知道了。"

李济运说："县里打算怎么处理？"

熊雄说："我已让公安局在调查。"

李济运说："事实很清楚。他不是精神病人，关人家进去已经违法。如今死在里头，责任全在政府身上。"

熊雄总没多少话，只道："我知道了，我们会处理的。"

"熊书记，你要给我个态度。告诉你，舒泽光自杀，就是想给女儿留笔钱出国读书。这笔钱你们一定要出！"

熊雄说："这不是讹诈吗？"

李济运叫了起来："熊雄，想不到你会说这种话！人家命都搭进去了！这个事，我会过问到底！"

熊雄也提高了嗓门："老同学，你要是早点在刘星明面前大喊大叫，阻止他做这些伤天害理的事，就不会有现在的悲剧！"

李济运说："我现在想起的确后悔，当时应该坚决抵制。但是，你换个位置想想看，你现在要是也像刘星明那样做，你的手下照样听你的！你是一把手，你有权指手画脚，你有能力一手遮天！"

"济运，你今天太激动了。"熊雄语气低下来了。

李济运也息息火气，说："我为你考虑，也请你尽快处理。还有刘大亮，赶快做工作让他出来。我听说他不愿意出来，他要待在里面。为什么？等着同你们算总账！"

熊雄说："好吧，我知道了。"

503

下午,县政府来人把舒芳芳接走了。舒瑾已劝了她几个小时,这孩子孤苦无助,临走时就像要上刑场似的,趴在舒瑾怀里不肯起来。李济运拍拍舒芳芳的肩膀,说:"孩子,你现在要坚强些,妈妈今后就靠你了。放心,你家的事李叔叔会管到底。"

送走了舒芳芳,李济运把自己关在洗漱间,忍不住失声痛哭。他拿出手机,发了短信给熊雄:乌柚县曾有人在拘留所自杀,国家赔偿三十万。熊雄没有回复信息。整个下午,李济运无数次掏出手机,都没有看到熊雄的信息。

吴茂生的爱人王姐帮忙,给舒瑾找了份工作,在爱迪生幼儿园做保育员。爱迪生幼儿园是私人办的,是那种收费很高的贵族幼儿园。舒瑾进去没资格当老师,只能做保育员。她自己当过园长的,但要问她什么是保育员,她肯定说不出概念。她只知道县幼儿园里的保育员,就是文化不高,不能当幼师的。

舒瑾看不上这份工作,却也只得去做。一则待在家里太闷,二则毕竟多份收入。省城里开支大了许多,幸好她县里的工作没有辞掉。她先是请的病假,慢慢联系工作。舒瑾上班不顺心,保育员有夜班,幼儿园是全托的。她下班回来,总是骂骂咧咧:"天天听人家孩子叫你妈妈,烦躁死了!"原来爱迪生幼儿园的幼师称老师,保育员叫妈妈。

晚上,李济运独自睡在十八楼,舒瑾同儿子睡办公室。暂时买不起房子,打算先租个房住着。手头总有很多事,还没时间去看房子。舒瑾每次回来,都会带回几个租房信息。两口子仔细商量,都不太合适,总嫌房租太高。

厅里突然传出风声,余伟杰被调查了。李济运同吴茂生知心,跑去打听消息:"吴厅长,应该是谣言吧?"

吴茂生说:"省纪委事先找过我,问了老余的情况。根据经验,纪委不会随便带人走的。田厅长这几天脾气不好。"

李济运说:"田厅长对您,对老余,评价都很高。他专门嘱咐我同您走近些,说您是靠得住的朋友。"

吴茂生说:"济运老弟,事事小心吧。"

李济运很担心余伟杰,又问:"老余不会有大问题吧?"

"大小哪个说得清?如今的干部,只要手中有些权,多少都有些问题,只看弄不弄你。情况可能会有些复杂。济运,我们不说了。"吴茂生的声音很轻。

李济运的睡眠越来越糟糕,通宵通宵地睡不着。稍稍睡着,又总是噩梦。有回梦见满口的牙碎了,自己包着嘴巴咔嚓咔嚓地嚼。还梦见自己把肋骨一根根抽出来,肋骨上居然没有生血,而是烤熟了的肉。每回噩梦中醒来,都心短气促,冷汗长流。

老是有同事问他:听说乌柚前县委书记是李主任您检举的?

他有时会说:县里人大、政府、政协三大家一把手联名检举的。

有时又说:县委书记杀了我哥哥。

或者说:我哪有那么勇敢!

总之,他想把事情弄得含含糊糊。

外头流传一个段子,说是省交通厅有个副处级干部,叫作李济运。李济运要调到省里来了,手续都还没有办完,他乘车经过家乡的大桥,突然叫司机停车。司机觉得奇怪,这座大桥可是禁止停车的呀?可领导叫停,那就停吧!李济运披着黑色风衣,缓缓地下了车。夜幕刚刚降临,他一手叉在腰间,一手抚摸栏杆,远望万家灯火,饱含深情地说,家乡的变化真大呀!李济运知道自己荣调省里,这可是人生重大转折,日后必定衣锦还乡。他有些情不自禁,就把多年以后的风光,偷偷儿提前预演了。好像那些老将军,戎马倥偬大半辈子,暮年还乡,百感交集。

刘克强打电话来开玩笑,他才知道这个段子又换了主人公。

505

李济运在电话里骂道:"他妈的,仅仅把军大衣换成了我的黑风衣!交通厅这地方小人多。"

"你们那里最近有点儿那个。"刘克强含含糊糊地说。

李济运问:"刘处长,你知道情况吗?"

刘克强说:"哪天见面再聊吧。"

电话里说话不安全,李济运就不多问了。听说厅里有人开始编他的段子,他的形象也许就有些可笑。段子是不是张家云编的呢?也未必。他检举刘星明的事,应该就是张家云在四处宣扬。刘克强说得隐晦的事,到底是什么?他有种不想往下想的预感:是否田家永会出事?

李济运天天担心的事终于发生了。田副厅长接受调查去了,同时进去的还有三位处长。马上又听到新的消息,高速公路管理局局长和两位处长也进去了。交通厅人心惶惶,不知道还会有谁进去。大家见面只点点头,绝不多说半句话。同事间也不串门,都关在自己办公室。

李济运想到的净是田副厅长待他的好。他老想起春节后那次同乡聚会,饭后他送田副厅长回去。电梯里,惨白的灯光下,田副厅长面色憔悴。他就像看见自己的父亲老去,心里隐有大恸。

贺飞龙寄了请柬过来,定于七月二十四日在紫罗兰大酒店为他父亲七十大寿摆宴,恭请李济运主任光临。李济运把请柬往桌上一丢,心想贺飞龙越来越把自己当人物了。又想,难道他不知道自己同李家的过节?仔细琢磨,又发现贺飞龙很精明。他自己装得没事似的,你还不好怎么点破。李济运肯定是不会去的。可都是台面上的人,不去也得想个理由。他翻了翻日历,见这天正是星期五。他有了理由,就打周应龙电话:"应龙兄,飞龙父亲做寿,你收到请柬了吗?"

"收到了。省里领导他也惊动了?这个贺飞龙。"周应龙说。

李济运说:"我看了日期,那天正好是星期五。省里机关不同县里,不太方便请假。到时候麻烦你同飞龙说一声,我就不来了。你要是方便,代我随个礼吧。"

周应龙笑道:"我说一声吧。你人没到,礼就不必了。我说说,他就有面子了。你是省里领导啊。"

很快就是星期五,李济运隐约想起,今天好像有什么事似的。仔细一想,今天贺飞龙父亲过七十大寿。他要是还在县里,也没理由不去喝寿酒。场面上混的人就是这样,强把苦脸作笑脸也是常有的事。李济运今天起得早,先到楼顶走走,再下楼吃了早点。舒瑾老骂他不吃早饭,胃会搞坏的。八点钟没到,他就往办公室去。他不想在上班高峰出现在电梯里,懒得望那些莫名其妙的面孔。他刚到办公楼前,看见吴茂生下了车。彼此点点头,都不说话。进了电梯,吴茂生轻轻说:"你真不该调来。"李济运苦笑一下,握了握老吴的手。他心里却想:我也不能留在乌柚啊!

李济运照例关在办公室,这几天厅里几乎停摆了。省委组织部和省纪委来过人,宣布厅里工作暂由程副厅长主持。程副厅长也不怎么在办公室,老是在外头开会。有人议论,说程副厅长最近在配合调查。

中午快下班时,刘星明来了。李济运有些不耐烦,他没心思听老同学说疯话。可面子上过不去,忙请老同学坐下。刘星明人没坐下,疯话就来了:"我在电梯里同他们吵起来了!听有人说,李济运本来是那个县委书记的心腹,同人家闹翻了,就把人家检举了!"

李济运说:"你吵什么呀?人家想怎么说就怎么说。"

刘星明气呼呼的,说:"我就是疾恶如仇!我就是眼睛里容不得沙子!"

"星明，什么要紧事你来了？"李济运想岔开他的话。

刘星明说："我要告状，我要反映情况。我在精神病医院几个月，知道里面关的上访群众，不光是舒泽光和刘大亮，外县也有。谁的天下？这还了得？老舒都死在里面了！这不是纳粹的集中营吗？"

李济运劝了几句，就说："你喝茶，我上个厕所。"

李济运进了厕所，悄悄给熊雄发了短信：刘星明在我这里，他要去反映精神病医院的事。火速派人把他劝回去。

熊雄立即回信：马上安排人。

李济运出来，说："星明，我们下去找个地方喝杯酒吧。"

刘星明掏出手机看看时间，说："简单点，我下午要去省政府。本来想马上就去的，眼看着快下班了。贺飞龙的事我也要告，他身上至少有五六条命案！你发哥就是他杀的！"

李济运不接他的腔，知道他说的是疯话。发哥的死料定同贺飞龙有关，但至今没有找到证据。周应龙总说在调查，说不定早把这案子晾着了。

下楼找了家小店，点了几个菜。刘星明死不肯喝酒，说："我下午要见成省长，已经同成省长联系好了。酒喝得满面通红，不太好。"

李济运不好意思附和他的疯话，只当没听见。没有喝酒，饭很快就吃完了。刘星明说："我就不上楼了，这就去省政府。"

李济运说："时间太早了，中午休息三个小时。"

刘星明说："成省长很忙，我要提前等着。"

李济运拉着他说："你去我那里休息一下也不迟。去省政府，走路也就十几分钟。我派车子送你。"

刘星明就跟着他去了交通厅。李济运带他上了十八楼，开了门说："我在这里有个蜗居，你就在这里睡睡。时间到了，我来叫你。"

"你就住在这里?"刘星明问。

李济运说:"还没找到房子。"

刘星明很是感叹,说:"艰苦,廉洁。济运兄,像你这样的干部不多。"

李济运安顿好了刘星明,自己下楼休息。晚上都是失眠,中午不睡人受不了。他打了熊雄电话,没有人接。新任信访局长电话他没有,就打了毛云生的电话。也不见人接。不知道派来的人上路了吗?他们要是慢慢吞吞吃过中饭再来,就到下午三点了。

急也没有用,李济运就躺在沙发上睡觉。他中午睡眠也不行,浅浅地睡得不深。刚睡着没多久,舒瑾进来了。舒瑾很生气,说不想在爱迪生做了。喊得好听,妈妈妈妈,哪把你当妈妈?你是奴婢!李济运劝她,她骂男人没本事。跟你跑到省里来,天天晚上打地铺!我要是你啊,害得老婆孩子受这个苦,我去跳楼!忽听得有人大喊:跳楼啊,跳楼啊!李济运爬到桌子上,跨到窗口。舒瑾说:有本事你跳呀!李济运脑子一空,人就往楼下飘。他想很快往下跳,人却像棉花似的,飞呀飞呀。终于到了地上,就像丢了一块西瓜皮,响声不怎么大。地上的银杏叶飘起来,鸡毛似的飞。有个年轻妈妈推着婴儿车,车上婴儿哈哈大笑,笑得嘴里清水直流。李济运又听得啪的一响,舒瑾把那幅叫《怕》的画丢了下来,红红的玫瑰碎了,很像血。李济运没感觉自己流血了,脸上有黏黏的东西粘在地上,他想肯定是脑浆。又听得有人喊:跳楼了,有人跳楼了!

李济运使劲把脑袋竖起来,猛地坐在沙发上。怎么做这么吓人的梦呢?又听得有人喊:"跳楼了。"李济运一惊,不知是真是幻。声音似乎是楼下传来的,他趴到窗台上去看。真的看见楼下聚了很多人。人群在办公楼东头,不知道出了什么事。李济运急忙出门,跑到电梯口。一按电梯,发现停电了。

不会吧？不可能的，不可能的！

他想跑到十八楼去，却又太高了。他打刘星明电话，没有人接听。他脑子整个是乱的，不知怎么就往楼下跑。出了办公楼门厅，就看见有人抬着头，往楼顶指指点点。

心想坏了，难道真是的？他不敢往前走了，膝盖弯直直的。

"楼顶摔下来，应该头先着地啊！"

"二楼那里的电缆线挡了一下，人转了向，脚就先着地了。"

"难怪停电了。"

"太惨了，脚都到身子里去了，人只剩半截。"

"哪个处的？"

"不认得，不是厅里的吧。"

李济运人不敢近前，马上打了急救电话："120吗？省交通厅这里有人跳楼，请马上派急救车过来。"

突然听得哄笑起来。"打什么120，打110吧。"

早有人打了110，警察已经来了。

突然有人拍了他的肩膀："李主任。"

李济运浑身一电，看见县里信访局的来了。李济运突然流了眼泪："从楼顶跳下来的，死了。"

李济运到派出所去说明情况。信访局四个人，两人守着遗体，两人随李济运去派出所。刚进派出所，朱芝打了电话来："哥，有要紧事。"

李济运说："我这里有事。"

朱芝说："非常重要。"

"我这里更重要！"李济运声音不高，语气却很生硬。

朱芝问："哥，你怎么了？"

李济运捂了电话，问警察："我接个电话行吗？"

警察点点头，李济运就出来了。下午三点多，外面酷热。

"说吧。"李济运说。

朱芝声音很兴奋:"哥,今天贺飞龙父亲七十大寿,公安局把贺飞龙和他的兄弟们全部抓了!有个叫马三的喽啰动刀,当场击毙了。见了血,再没一个敢动。"

李济运两耳嗡嗡地响,问:"老妹,你在编电视剧吧?"

朱芝急了,说:"你听我说吧,这事是开得玩笑的?"

听朱芝细细说来,知道贺飞龙真的被抓了。警察是市公安局从外地调来的,乌柚方面只有熊雄知道行动计划。突然间,四大卡车警察跳下车来,把紫罗兰酒店团团围住。李济运一听就明白,肯定是熊雄秘密向市委汇报了。难怪那会儿打熊雄电话,他不接听。警察缴获了送礼名单,很多县级领导和部门领导大名都在上面。熊雄拿过名单看都没看,马上叫周应龙把它烧了。

"周应龙也知道行动计划?"李济运问。

朱芝说:"哪里!周应龙也是去喝寿酒的,熊雄一句话他就参与了行动。"

"哦,周应龙……"李济运说。

朱芝问:"你怎么了?"

"出大事了。刘星明,陈美家的刘星明,从我们厅楼顶跳下来,死了。"

"啊?我的天哪!"

李济运挂断电话,又进了派出所。想来真是心酸,刘星明怎么今天就跳楼了呢?他真不应该死啊!贺飞龙被抓了,实在是个好消息。可李济运高兴不起来。他向警察详细讲述事情经过,却只能说今天发生的情况。过去相关的事情,他还在虚与委蛇。乌柚这架大哑床,他还得护着它不弄出响声。他觉得自己很卑劣,泪水和汗水混在一起流。

李济运从派出所回到厅里,刘星明的遗体已经搬走。电梯门上的指示灯亮着,断了的电缆已经接上了。他进了电梯,不知该按哪个钮。那些数字键亮晃晃的,花眼睛。交通厅沉寂了好些日子,今天仿佛四处有人在悄悄说话。